文史哲研究丛刊

汉赋系年考证

彭春艳 著

上海古籍出版社

图书在版编目(CIP)数据

汉赋系年考证/彭春艳著.—上海：上海古籍出
版社，2017.6
(文史哲研究丛刊)
ISBN 978-7-5325-8442-0

Ⅰ.①汉… Ⅱ.①彭… Ⅲ.①汉赋—诗歌研究 Ⅳ.
①I207.22

中国版本图书馆 CIP 数据核字(2017)第 096690 号

本书为教育部人文社会科学研究青年基金项目
"汉赋系年考证"(13YJC751041)结题成果

文史哲研究丛刊
汉赋系年考证
彭春艳 著
上海世纪出版股份有限公司
上海古籍出版社 出版
(上海瑞金二路 272 号 邮政编码 200020)
(1)网址:www.guji.com.cn
(2)E-mail:guji1@guji.com.cn
(3)易文网网址:www.ewen.co
上海世纪出版股份有限公司发行中心发行经销
惠敦印务有限公司印刷
开本 890×1240 1/32 印张 14.75 插页 2 字数 370,000
2017 年 6 月第 1 版 2017 年 6 月第 1 次印刷
印数:1—1,300
ISBN 978-7-5325-8442-0
I·3156 定价:64.00 元
如有质量问题,请与承印公司联系

目　录

序…………………………………………………………赵逵夫　1

绪　论………………………………………………………………　1
赋作者及赋篇目考定………………………………………………　6
　一、争议考辨…………………………………………………………　6
　　1. 有争议的赋作　………………………………………………　6
　　2. 有争议的赋作者　……………………………………………　12
　二、汉赋辑佚…………………………………………………………　13
　　1. 存作者名、篇目、残句　……………………………………　14
　　2. 存作者名、篇名　……………………………………………　18
　　3. 存作者名，不存篇名　………………………………………　19
　　4. 存题材类型、数量，不存作者名、篇名　…………………　33
　　5. 疑似赋作举例　………………………………………………　34
　　小结………………………………………………………………　35
西汉赋系年考证……………………………………………………　37
　　1. 陆贾(? —约前 179)　…………………………………………　37
　　2. 贾谊(前 200—前 168)　………………………………………　37
　　3. 枚乘(约前 210—前 140)　……………………………………　41
　　4. 枚皋(前 160—?)　……………………………………………　44
　　5. 邹阳(约前 206—前 129)　……………………………………　45

6. 公孙乘(约前 140 年前后在世) …………… 46

7. 路乔如(约前 140 年前后在世) …………… 46

8. 公孙诡(? —前 150) ………… 46

9. 羊胜(? —前 150) ………… 46

10. 孔臧(约前 201—前 123) ………… 47

11. 刘安(前 179—前 122) ………… 48

12. 司马相如(前 179—前 117) ………… 49

13. 盛览(约与司马相如同时) ………… 64

14. 庆虬之(约与司马相如同时) ………… 64

15. 刘胜(? —前 113) ………… 64

16. 董仲舒(前 179—前 104) ………… 65

17. 东方朔(前 161—前 88) ………… 66

18. 刘彻(前 156—前 87) ………… 69

19. 司马迁(前 145—?) ………… 75

20. 王褒(? —前 53) ………… 76

21. 刘向(前 78—前 7) ………… 79

22. 班婕妤(约前 48—前 6) ………… 82

23. 扬雄(前 53—18) ………… 83

24. 冯商(约与扬雄时代相近) ………… 98

25. 刘歆(? —23) ………… 99

26. 佚名(? —?) ………… 102

27. 虞公(? —?) ………… 104

东汉赋系年考证………… 105

1. 崔篆(约 33 年前后在世) ………… 105

2. 班彪(3—54) ………… 106

3. 桓谭(约前 23—56) ………… 112

4. 刘玄(明帝时人) ………… 114

5. 冯衍(约 1—76) ………… 114

6. 杜笃(? —78) ⋯⋯⋯⋯⋯⋯⋯⋯⋯⋯ 117

7. 梁竦(? —83) ⋯⋯⋯⋯⋯⋯⋯⋯⋯⋯ 120

8. 傅毅(约 35—91) ⋯⋯⋯⋯⋯⋯⋯⋯ 121

9. 崔骃(? —92) ⋯⋯⋯⋯⋯⋯⋯⋯⋯⋯ 130

10. 刘广世(约与傅毅、崔骃同时) ⋯⋯ 144

11. 班固(32—92) ⋯⋯⋯⋯⋯⋯⋯⋯⋯ 144

12. 王充(27—约 100) ⋯⋯⋯⋯⋯⋯⋯ 163

13. 黄香(? —106) ⋯⋯⋯⋯⋯⋯⋯⋯⋯ 163

14. 苏顺(和、安帝时在世) ⋯⋯⋯⋯⋯ 163

15. 葛龚(和、安帝时在世) ⋯⋯⋯⋯⋯ 164

16. 班昭(约 49—120) ⋯⋯⋯⋯⋯⋯⋯ 164

17. 刘𫘝𫘝(? —126) ⋯⋯⋯⋯⋯⋯⋯⋯ 168

18. 邓耽(104—132 年前后在世) ⋯⋯ 169

19. 李尤(约 55—约 135) ⋯⋯⋯⋯⋯⋯ 169

20. 张衡(78—139) ⋯⋯⋯⋯⋯⋯⋯⋯ 176

21. 崔瑗(78—143) ⋯⋯⋯⋯⋯⋯⋯⋯ 208

22. 马芝(约 143 年前后在世) ⋯⋯⋯ 209

23. 崔琦(约 106—约 158) ⋯⋯⋯⋯⋯ 209

24. 王逸(约 89—?) ⋯⋯⋯⋯⋯⋯⋯⋯ 213

25. 王符(约 77—约 163) ⋯⋯⋯⋯⋯ 214

26. 朱穆(100—163) ⋯⋯⋯⋯⋯⋯⋯⋯ 214

27. 边韶(约 100—约 165) ⋯⋯⋯⋯⋯ 215

28. 王延寿(约 143—约 165) ⋯⋯⋯⋯ 215

29. 马融(79—166) ⋯⋯⋯⋯⋯⋯⋯⋯ 218

30. 张升(118—166) ⋯⋯⋯⋯⋯⋯⋯⋯ 221

31. 延笃(约 100—167) ⋯⋯⋯⋯⋯⋯ 222

32. 桓麟(? —约 167) ⋯⋯⋯⋯⋯⋯⋯ 222

33. 崔寔(? —约 171) ⋯⋯⋯⋯⋯⋯⋯ 224

34. 皇甫规(104—174) ……………………………… 227

35. 郦炎(150—177) …………………………………… 227

36. 桓彬(133—178) …………………………………… 227

37. 刘梁(约118—约183) …………………………… 227

38. 刘宏(156—189) …………………………………… 229

39. 蔡邕(132—192) …………………………………… 230

40. 边让(约150—约193) …………………………… 240

41. 侯瑾(? —?) ……………………………………… 241

42. 廉品(? —?) ……………………………………… 242

43. 张超(? —195) …………………………………… 242

44. 刘琬(约168—196年在世) …………………… 243

45. 祢衡(173—198) …………………………………… 245

46. 赵岐(约108—201) ……………………………… 248

47. 张纮(152—211) …………………………………… 250

48. 阮瑀(? —212) …………………………………… 251

49. 潘勖(? —215) …………………………………… 253

50. 崔琰(163—216) …………………………………… 253

51. 陈琳(? —217) …………………………………… 257

52. 王粲(177—217) …………………………………… 272

53. 应玚(? —217) …………………………………… 280

54. 刘桢(? —217) …………………………………… 283

55. 繁钦(? —218) …………………………………… 297

56. 徐幹(171—218) …………………………………… 303

57. 赵壹(约136—约219) …………………………… 311

58. 杨修(175—219) …………………………………… 313

59. 丁仪(? —220) …………………………………… 315

60. 丁廙(? —220) …………………………………… 316

61. 丁廙妻(约与丁廙同时) ……………………… 316

62. 夏侯惇(？—220) ·············· 316

63. 曹操(155—220) ·············· 316

64. 曹丕(187—226) ·············· 318

65. 曹植(192—232) ·············· 363

66. 刘协(181—234) ·············· 388

67. 卞兰(魏明帝时) ·············· 403

汉赋系年总表 ························ 405

结　论 ····························· 423

附录：本书系年取旧说与新考统计表 ······ 425

主要参考文献 ························ 451

后　记 ····························· 459

序

赵逵夫

　　诗、赋是我国古代文学的主流,而赋又是中国文学中特有的文体。

　　从上古至近代我国各种文学体裁中,赋这种体裁的形成与成熟,仅迟于诗歌,从战国之时至近代二千多年中长盛不衰,也一直有杰出的作家与名作产生。但提到"赋",人们总会联想到汉代。因为虽然战国末年楚国的宋玉留下了不少以"赋"名篇的赋作,而且骚体赋的形式在屈原时已完全形成,文赋的形式在战国之时实际上也已形成,但作为赋的主体的文赋,尤其最典型地体现着文赋的特色、也体现着整个赋体"铺张扬厉"的特色的骋辞大赋,在汉代达到鼎盛,与大汉王朝开疆拓土、统一宇内的积极向上的时代精神相一致。所以,汉赋成了与楚辞、六朝骈语、唐诗、宋词、元曲并列的"一代之文学"。

　　但是,汉赋保存到今天的作品很有限。班固《两都赋序》中说到武宣之后辞赋创作的盛况,言"孝成之世,论而录之,盖奏御者千有余篇"。我们由《汉书·艺文志·诗赋略》中可以看到些主要作者及所谓"杂赋"中的主要题材。中云:"凡诗赋百六家,千三百一十八篇。"《艺文志序》中也说:"成帝时,以书颇散亡,使谒者陈农求遗书于天下。诏光禄大夫刘向校经、传、诸子、诗赋。"这其中也可能包括少量先秦之作(从《艺文志·诗赋略》所列看,先秦之作不会超过 70 篇)。但这尚不包括成帝末年和哀帝、平帝、孺子婴、新莽时这三十多年中的创作,也不包括民间创作的俗赋(如 1993 年连云港发现的《神乌赋》不见此前任何文献提及,而且西汉时同类俗赋也不见有一篇有所著录),还可能不包括董仲舒《士不遇赋》、司马迁《悲士不遇赋》这类因个人遭遇而泄愤的作品。如考虑到以上这些情况,仅西汉赋的数量,应在 2000 篇左右。东汉之时赋的题材大大开拓,作者更多,更普及,那么作品应不会比西汉少。两汉赋作总数应在 4000 篇上下。今据费振刚、胡双宝、宗明华辑校《全汉赋》,收录西汉、东汉之赋共 83 家,293 篇,包括残篇、残句,还包括存目,完整者只 60 余篇,大体完整者 30 余篇(其中有的难以确定是否为完篇)。《全汉赋》出版之后程章灿等先生有所辑补,虽多残章断句,但对于尽可能全面地了解汉代辞赋的创作提供了更多的线索。

彭春艳同志 2009 年至我处问学,我刚刚忙完看《历代赋评注》前几卷校样的工作,同她谈到汉赋研究中文献方面的问题,觉得新时期三十年中研究汉赋之专著、论文很多,但由于文本、作者方面存在的疑问太多,空缺处太大,影响到研究面的开拓和一些结论的确定,自然也影响着研究工作整体上的深入。所以,她决定从研读全部汉赋文本入手,及于有关作家的传记资料、一些作品的创作背景,对相关研究著作加以泛览,希望对汉赋作者文本、作时等方面的一些问题作出较完满的陈述。2012 年完成博士学位论文《汉赋系年考校》,得匿名评审专家和答辩委员会先生们的肯定与好评。毕业三年多来,她对论文作了进一步修改、充实。彭春艳同志勤于钻研,善于思考,在前修时贤探索搜求的基础上,不懈努力,各方面又有所得,又有推进。

全书分五部分。第一部分为作者与篇目考定,除对有争议的赋作的归属等问题进行考定,同时在辑录佚文和缀合残段、恢复原文规模、确定作品散佚的赋作者方面也颇有收获。本书从有关文献考定此前学者较少关注到的赋作者有薛方、王隆、夏恭、夏牙、卫宏、刘睦、琅邪孝王刘京、东平王刘苍、李胜、胡广、韩说、刘陶、服虞、高彪等。佚文方面共辑得佚文、存目90条。如从《分门集注杜工部诗》、《补注杜诗》辑得羊胜《月赋》中残句，可以使我们对梁孝王门客赋的创作情况有更多的了解（《西京杂记》卷四上载有公孙乘《月赋》，羊胜所作为《屏风赋》）；由《佩文韵府》辑得刘协的《嘉瑞赋序》五句，并依据汉末朝臣上书、各类诏册及同时碑文，推断其作于曹丕受禅之前，可以对东汉最后一个皇帝汉献帝刘协及曹魏代汉中的一些仪程操作有更多的认识。缀合残篇方面，如东汉末年刘琬的《神龙赋》，《全汉赋》于《艺文类聚》辑得一段文字，其中几句作"惟天神上帝之马，含胎春夏，房心所作。轩照形，角尾规矩"。本书据《历代赋汇》，"轩照形"作"轩辕照形"，增"辕"字，又校"天"字为"夫"字，作"惟夫神龙，上帝之马。含胎春夏，房心所作。轩辕照形，角尾规矩"。为整齐的四言句，句意也明白顺畅。校班彪《冀州赋》、曹植《宝刀赋》等，也都有理有据，部分地恢复了原作的规模。这些都可以使我们对汉代赋创作的状况有一个更接近实际的认识。

第二部分为西汉赋系年，第三部分为东汉赋系年。这两部分在整理文本的基础上对两汉94家赋作进行考订，确定其作年。这方面，彭春艳除广泛吸收前人的成果之外，也采用了多种方法加以考订，故对旧说颇有订正。

首先，据赋作所涉历史事件重新考定作年。如司马相如《难蜀父老》，学界多据赋中"汉兴七十有八载"推其作年，因推算方法相异，致有元光五年（前130）、元光六年（前129）、元朔元年（前128）三说，另加熊伟业建元六年（前135）之说，四说并置。本书首先确定《史记》、《汉书》之"汉兴××年"乃周年计算法，而非年头推算法，确定"汉兴七十有八载"为汉兴七十八周年之元朔元年（前128）。继而考证元朔元年（前128）并非作赋时间。因《难蜀父老》

乃司马相如出使西南夷时所作,故从考汉武帝时两次通西南夷之时间、所到地域及司马相如在二次征西南夷中的角色、其他出使人员,考定作《难蜀父老》所涉及的通西南夷实际为元狩元年(前122)至元狩三年(前120)第二次通西南夷,而非第一次唐蒙通西南夷,从而考定《难蜀父老》作于元狩三年(前120)还至蜀都时,推翻四种旧说,使其作时得以确定。

　　其次,据赋作所涉及的人、物考定作年。如学界多认为刘彻《悼李夫人赋》悼念对象为李延年之妹李夫人,然《史记》记载为王夫人,《汉书》为李夫人。从辨析李少翁见武帝、为帝设帐、被杀时间,王、李二夫人亡故时间,考证应为《悼王夫人赋》,为元狩四年(前119)所作。再如组赋《车渠椀赋》,在前贤系年之基础上,全观组赋各篇,从中提取作该组赋所需条件:所用车渠为西国方物、是贡品、六人会聚于庭,推定作赋区间为建安十四年(209)至二十一年(216)九月。继而考察其间西域贡献之历史记载、当时六人所在之时地,论证该组赋作于建安二十一年七至九月。

　　再次,据作者之生平、行程、赋作所言节令信息,考定作年。如赵岐《蓝赋》,前贤据本传之"年三十余,有重疾,卧褥七年",而系于其三十余岁时,即永和六年(141)左右。然考赵岐三十余岁重疾时仕州郡,在长陵,此时往偃师就医,行程由西向东,断不会经过偃师东面之陈留,且"卧褥七年"是否方便外出求医也成问题。考赵岐生平,除三十余岁有重疾外,其初平三年(192)八月至四年(193)持节慰抚天下时南到陈留,得笃疾,时赵岐在东北面,由北至南,然后由东往西之洛阳行进,先需至陈留,再偃师,再洛阳,与赋序"余就医偃师,道经陈留"相合。再据蓝之生长习性及赋中景物描写所反映的节令信息,考定《蓝赋》作于初平四年(193)。

　　另外,有的赋据重新缀合后之文本考定作年。如张衡《舞赋》,首先缀合文本,梳理前贤之系年五说,根据缀合后文本所描写之乐舞规格、张衡生平经历、当时乐舞政策,论证《舞赋》作于和帝永元十五年(103)十月至十六年(104)六月。

　　第四部分为汉赋系年总表,末附《本书系年取旧说与新考统计表》,以便学者了解与进一步探索。

　　总的说来,本书是有创获的,在汉赋的研究上,有所推进,为进一步从各方面进行观察与评价,提供了一个较好的基础。自然,有些只能说是作者一家之言。学术是无止境的,学界高明与后来者都会在此基础上作进一步探索,彭春艳同志也会继续就有些问题作进一步思考。但无论如何,这总是汉赋研究方面的一个可喜的成果。

　　　　　　　　　　　　2016 年 3 月 23 日于滋兰斋

绪　论

汉赋文本多残缺,目前汉赋研究多侧重于重点、完整篇目,少有全部顾及者。费振刚、胡双宝、宗明华《全汉赋》,郑竞《全汉赋》,龚克昌《全汉赋评注》,费振刚、仇仲谦、刘南平《全汉赋校注》,马积高《历代辞赋总汇》承袭清严可均《全上古三代秦汉三国六朝文》内容,并注意吸收近代学者辑佚校勘成果,在汉赋文本整理上做出了重要贡献。① 赋作家别集校注对赋作亦有论及,先后出版有如《曹丕集校注》、《扬雄集校注》、《曹植集校注》、《司马相如集校注》、《蔡邕集编年校注》等。② 汉赋之辑佚、校勘、缀合,可谓费力不讨好,然历来仍有孜孜不倦者。古有唐徐坚《初学记》、宋陈仁子《文选补遗》、吴淑《事类赋》,明张溥《汉魏六朝百三家集》、田艺衡《诗女史》,清陈元龙《历代赋汇》、汪灏等《广群芳谱》、孙星衍《续古文苑》、严可均《全上古三代秦汉三国六朝文》;近现代曹淑娟《论汉赋之写物言志传统》,何沛雄《现存汉魏六朝赋作者及篇目》,俞绍初

---

① 费振刚、胡双宝、宗明华《全汉赋》,北京大学出版社,1993 年;郑竞《全汉赋》,之江出版社,1994 年;龚克昌《全汉赋评注》,花山文艺出版社,2003 年;费振刚、仇仲谦、刘南平《全汉赋校注》,广东教育出版社,2005 年;马积高《历代辞赋总汇》,湖南文艺出版社,2014 年。

② 夏传才、唐绍忠《曹丕集校注》,中州古籍出版社,1992 年;张震泽《扬雄集校注》,上海古籍出版社,1993 年;赵幼文《曹植集校注》,人民文学出版社,1998 年;李孝中《司马相如集校注》,巴蜀书社,2000 年;邓安生《蔡邕集编年校注》,河北教育出版社,2002 年。

《建安七子诗文钩沉》、《建安七子遗文存目》,林家骊《日本所存〈文馆词林〉中的王粲〈七释〉》,姜书阁《汉赋通义》,费振刚、胡双宝、宗明华《全汉赋》,郑竞《全汉赋》,程章灿《魏晋南北朝赋史》、《赋学论丛》,张应斌《繁钦〈建章凤阙赋〉补辑》,龚克昌《全汉赋评注》,张晓明《扬雄著作存佚考及系年研究》,万光治《汉赋通论》、《杨修文学三题》,费振刚、仇仲谦、刘南平《全汉赋校注》等有辑佚佚文及存目之功。[①] 俞绍初《建安七子集》、赵逵夫师《汉晋赋管窥》、张乃鉴《建安七子集校注·刘桢》、章沧授《笔显南山秀　情倾社会美——汉班固〈终南山赋〉赏析》、庄新霞《丁仪妻〈寡妇赋〉作者及相关问题考论》等对汉残赋有辑佚、缀合。[②] 尤以严可均辑佚、缀合为勤,惜限于其书体例,缀合之理由未展开论证。前贤对汉赋文本有基础性整理,辑佚众多佚文;现存汉赋部分篇目主体结构保存完好,文本缀合具有可行性。本书拟收集包括类书以外的汉赋载录资料,对汉赋文本进行校对,考订异文;进一步辑佚前贤遗漏之残句;对佚文从内容与韵脚等方面考虑,将其缀合进原赋,并加着重号标示与存世文献记载相异之处。实在不能缀合者,存疑以待明哲。

汉赋系年目前有四种方式:(一)大文学史及综合系年。如刘汝霖《汉晋学术编年》、陆侃如《中古文学系年》、吴文治《中国文学

---

① 曹淑娟《论汉赋之写物言志传统》,硕士学位论文,1983 年。何沛雄《汉魏六朝赋家论略》,台湾学生书局有限公司,1986 年。俞绍初《建安七子诗文钩沉》,《郑州大学学报》,1987(2);《建安七子遗文存目》,《许昌师专学报》,1987(3)。林家骊《日本所存〈文馆词林〉中的王粲〈七释〉》,《文献》,1988(9)。姜书阁《汉赋通义》,齐鲁书社,1988 年。程章灿《魏晋南北朝赋史》,江苏古籍出版社,2001 年;《赋学论丛》,中华书局,2005 年。张应斌《繁钦〈建章凤阙赋〉补辑》,《文献》,2002(4)。张晓明《扬雄著作存佚考及系年研究》,《青岛大学师范学院学报》,2004(12)。万光治《汉赋通论》,中国社会科学出版社,2004 年;《杨修文学三题》,《贵州文史丛刊》,2006(7)。

② 俞绍初《建安七子集》,中华书局,1989 年;赵逵夫师《汉晋赋管窥》,《甘肃社会科学》,2003(5);吴云、张乃鉴等《建安七子集校注》,天津古籍出版社,2005 年;章沧授《笔显南山秀　情倾社会美——汉班固〈终南山赋〉赏析》,《古典文学知识》,2005(3);庄新霞《丁仪妻〈寡妇赋〉作者及相关问题考论》,《中国典籍与文化》,2007(5)。

史大事年表》、刘跃进《秦汉文学编年史》、石观海《中国文学编年史·汉魏卷》。① (二)个人年谱及作品集校注。如《班固年谱》、《张衡年谱》,曹丕、曹植年谱等。② (三)断代专体系年。如徐公持《建安七子诗文系年考证》、刘斯翰《汉赋——唯美文学之潮·汉赋大事年表》、康金声《汉赋纵横·汉赋年表》。③ (四)单篇或个人研究时系年。此类太多,兹不列举。其中刘斯翰、康金声可谓开汉赋断代专体系年之先。上述系年共同点:只注重主要赋作者之主要篇目系年,且系年中多从前贤之说,大量残赋、不常被提及的赋作没有系年。系年方式不同及参与者较多致同一赋作系年众说纷纭,少则二三说,多则十余说。汉赋十不存一,对残存之汉赋再来一次遗弃,仅关注少量重点篇目,这样断不能得出汉赋研究之客观结论。本书拟在尽量恢复汉赋文本的基础上,借鉴、辨析前贤之系年,将现存各赋纳入系年范围。

本书作断代专体系年考校,时间界定为汉高祖前元元年(前206)至献帝延康元年(220)曹丕代汉,对于曹丕、曹植等跨汉魏者,作于曹丕代汉前者皆纳入,包括作于延康年者。

赋之篇目基本上以《全汉赋校注》为参照,但有所改动:(一)对《全汉赋校注》所收袁安《夜酣赋》、张奂《芙蓉赋》、郑玄《相风赋》,

① 刘汝霖《汉晋学术编年》,华东师范大学出版社,2010年;陆侃如《中古文学系年》,人民文学出版社,1985年;吴文治《中国文学史大事年表》,黄山书社,1987年;刘跃进《秦汉文学编年史》,商务印书馆,2006年;石观海《中国文学编年史·汉魏卷》,湖南人民出版社,2006年。

② 郑鹤声《班固年谱》,商务印书馆,1933年;孙文青《张衡年谱》,商务印书馆,1956年;洪顺隆《魏文帝曹丕年谱暨作品系年》,商务印书馆,1978年;易健贤《曹丕年谱》,贵州教育学院学报,1998(2);江竹虚《曹植年谱》,中华书局,2013年;徐公持《曹植年谱考证》,社会科学文献出版社,2016年。

③ 徐公持《建安七子诗文系年考证》,《文学遗产》增刊第十四辑,1982(2);刘斯翰《汉赋——唯美文学之潮》,广州文化出版社,1989年;康金声《汉赋纵横》,山西人民出版社,1992年。

万光治辑佚的仲长统《核性赋》，经论证不属汉赋（见"有争议的赋作"部分），不纳入本书系年。（二）增加建安、延康时期赋作；（三）凡在楚辞集中出现的篇目暂不纳入。（四）辑佚汉代赋作家及赋作。共论及汉赋作者 158 家（含佚名作者二位），汉赋 1273 篇（含存目及可考亡佚篇数）。

各赋作家基本按时代先后排序，生年失考者，以卒年为据；生卒年不详者，参考亲属、仕宦关系。

作家名下，以赋作写作先后为序，不能考定作年者，放在个人论述之末。

赋作系年时，具体情况具体分析，对只能划出区间者，不求之过严。对于不能确考写作时间而知道作者生年之赋作，以卒年为写作时间下限，上限不超过其 10 岁时；对不能确考赋作者之生年而知其卒年者，以卒年为赋写作时间下限。

本书辑佚校勘主要用书如下：《史记》、《汉书》、《东观汉纪》、《后汉书》、《三国志》、《文选》、《艺文类聚》、《北堂书钞》、《初学记》、《古文苑》、《事类赋》、《太平御览》、《东汉文鉴》、《事文类聚》、《文选补遗》、《古赋辨体》、《西汉文纪》、《东汉文纪》、《汉魏六朝百三家集》、《六朝诗集》、《雅伦》、《古俪府》、《文章辨体汇选》、《历朝赋格》、《渊鉴类函》、《历代赋汇》、《七十家赋钞》、《古文辞类纂》、《续古文苑》、《骈体文钞》、《全上古三代秦汉三国六朝文》等。

在研究汉赋文本时，先查考各赋作载录情况，比对各本所载，在比对中发现异文及佚文，考校异文，缀合文本。文本校勘缀合有创见者详细论证，未有创见者从略。梳理、辨析前贤系年，以文本为出发点，结合相关史料，对赋作系年。汉末之同题赋作较多，其论述放在其中一人部分进行，他人部分则不重出，赋作者生平论述亦如是。

此书目的在于辑佚、校勘、缀合汉赋文本，考定作年，对汉赋断代专体系年进行补充与完善；在赋作系年同时，明晰赋作者之生平及其他体裁作品之写作时间；同时纠正前贤误收、误辑、误考之举，勘史之误；以断代专体系年方式将文学史微观细化，从而为明晰大文学史尽绵薄之力。

赋作者及赋篇目考定

由于文献传抄讹误等原因,汉赋作者及作品著作权颇多争议,现就汉代有争议的赋作、赋作者进行辨析。对汉赋进行辑佚,分五个小类进行:存作者名、篇名、佚文;仅存作者名、篇名;仅存作者名;存题材类型、数量,不存作者名、篇名;疑似赋作。

一、争议考辨

有争议的赋作计 16 条;有争议的赋作者计 5 人。

1. 有争议的赋作

(1)《夜酣赋》

《夜酣赋》残句两段:(一)"开金扇,坐琼筵。卫姬进,郑女前。形窈窕以纤弱,艳妖冶而清妍。似春兰之齐秀,象明月之双悬。"《文选注》卷三十、《六臣注文选》卷三十、《太平御览》卷三百八十一、《历代赋汇》补遗卷二十一、《玉台新咏笺注》卷九、《渊鉴类函》卷二百五十五、《全上古三代秦汉三国六朝文·全晋文》(下称《全晋文》)卷五十七将著作权属袁宏。(二)"拊燕竽,调齐笙。引宫徵,唱清平。"《锦绣万花谷后集》卷三十二、《佩文韵府》卷七之九将著作权归为袁宏。《初学记》卷十五、《全后汉文》卷三十则认为是袁安《夜酣赋》。残句(二)作者两属,可知实为一篇,而不是《全后汉文》所说袁安、袁宏均有《夜酣赋》。

案:其作者当为袁宏,证之如下:(一)记载《夜酣赋》的最早文献为《文选》注,按文献学从先原则,作者为袁宏;(二)将其著作权归为袁安的仅为《初学记》,《全后汉文》以《初学记》为据认为是袁安,因此作者为袁安之说可谓孤证,难立;(三)《文选理学权舆》卷二、《说文解字义证》卷四十八、《〈隋书·经籍志〉考证》卷三十九之五录《夜酣赋》篇名时均认为是袁宏之作;(四)《后汉书·袁安传》中未涉及其所作诗赋篇章。《晋书》卷九十二:"(袁)宏有逸才,文章绝美。……谢尚时镇牛渚,秋夜乘月,率尔与左右微服泛江。会宏在舫中讽咏,声既清会,辞又藻拔,遂驻听久之。……诗、赋、诔、表等杂文凡三百首,传于世。"言袁宏"辞又藻拔",与《夜酣赋》描写女乐之美相符。综上,《夜酣赋》不属于汉赋,《全汉赋》、《全汉赋评注》、《全汉赋校注》、《历代辞赋总汇》误收。《历代赋汇》中将该赋题作汉袁宏《夜酣赋》,将朝代弄错,如踪凡所说"《赋汇》题为汉袁宏《夜酣附》,朝代与赋题两误"。① 程章灿"疑此或属于同一篇赋作,安、宏形近,袁安或系袁宏之讹"的"疑"可换成"确"。毕万忱所认为的袁宏《夜酣赋》"存八句"应增至存十二句。② 郑明璋、聂济冬、徐畅、钱志熙、王立增等论汉代乐舞时可去掉袁安《夜酣赋》之例。③

　(2)《芙蓉赋》

《芙蓉赋》有残句"绿房翠蒂,紫饰红敷。黄螺圆出,垂蕤散须。缨以金牙,点以素珠"。著作权两属:(一)汉张奂。见于《初学记》

---

① 踪凡《〈历代赋汇〉的汉赋编录与分类》,《天津社会科学》,2004(6)。

② 毕万忱《刘勰论晋赋二题》,《文学评论》,1996(5)。

③ 郑明璋《论汉代音乐文化视野下的汉赋创作》,《青岛大学师范学院学报》,2007(1);聂济冬《东汉士人的游艺风气》,《民俗研究》,2008(9);徐畅《秦汉夜间娱乐杂考》,《南都学坛》,2009(2);钱志熙《论蔡邕叙"汉乐四品"之第四品应为相和清商乐》,《北京大学学报》,2010(2);王立增《论汉代诗歌的音乐传播》,《首都师范大学学报》,2010(3)。

卷二十七、《太平御览》卷九百九十九、《记纂渊海》卷九十三、《玉海》卷一百九十七、《佩文韵府》卷七之四、《全后汉文》卷六十四、《全汉赋》、《全汉赋评注》、《全汉赋校注》。又题作《扶蕖赋》。①
（二）晋夏侯湛。见于《艺文类聚》卷八十二、《太平御览》卷九百七十五、《汉魏六朝百三家集》卷四十四、《渊鉴类函》卷四百七、《历代赋汇》卷一百二十二，且还有其他文句。

案：据文献学从先原则，加之张奂本传亦未言及其有赋作，②故该赋当属夏侯湛。

（3）《相风赋》

《相风赋》作者两说：（一）汉郑玄。见于《太平御览》卷九、《全汉赋》、《全汉赋评注》、《全汉赋校注》。（二）晋傅玄。见于《北堂书钞》卷一百三十一、《艺文类聚》卷六十八、《九家集注杜诗》卷三十一、《东坡诗集注》卷二十一、《施注苏诗》卷五、《汉魏六朝百三家集》卷三十九、《历代赋汇》逸句卷一、《康熙字典》卷二十、《渊鉴类函》卷三百六十九、《佩文韵府》、《续古文苑》卷二、《全晋文》卷四十五。

案：郑玄本传未言及其赋作；《晋书·傅玄传》：“玄博学善属文。……文集百余卷行于世”；结合文献学从先原则，《相风赋》当属傅玄。

（4）《核性赋》

万光治辑仲长统《核性赋》。③ 赋存残句：“蠢尔一概，智不相绝。推此而谈，孰痴孰黠？”“但见商鞅，不闻稷契。父子兄弟，殊情异计。君臣朋友，志乖怨结。邻国乡党，务相吞噬。台隶僮竖，唯盗唯窃。”“怀仁抱义，祇受其毙。周孔徒劳，名教

---

① 刘跃进《秦汉文学地理与文人分布》，中国社会科学出版社，2012年，第147页。
② 范晔《后汉书》，中华书局，1965年，第2144页。
③ 万光治《汉赋通论》，第489页。

虚说。"

案：此实为晋仲长敖所作，全文见于《艺文类聚》卷二十一。

（5）桓谭《大道赋》

朴现圭《汉赋体裁与理论之研究》中桓谭赋作篇目下有《大道赋》，注文：见侯康《补后汉书艺文志》卷九"顾槐三"案。案：清人侯康《补后汉书艺文志》卷九：大安丞桓谭五卷条引"顾槐三"案：今可考者，《大道赋》、《集仙宫赋》（即指《仙赋》）并序。万光治辑佚桓谭《思道赋》（或《大道赋》）。①

案：《思道赋》（或《大道赋》），疑为桓谭《新论》中第十二篇名《道赋》。

（6）杨终《雷赋》、《电赋》、《神雀赋》

朴现圭《汉赋体裁与理论之研究》中杨终赋作篇目下有《雷电之赋》，见《补后汉书艺文志》卷九"顾槐三"案；顾槐三在《补后汉书艺文志》卷九《别集类后跋》中，说"图索骥有所考焉，它若杨终（自注：有《雷电之赋》、《神雀赋》）。"可见杨终作《雷电之赋》、《神雀赋》（疑即《论衡·自纪》所载之《神雀颂》）。

案：《后汉书补注》（清嘉庆九年冯集梧刻本）卷十二："《华阳国志》曰：（杨）终年十三，能作《雷赋》，通屈原《七谏》章。"《后汉书》卷四十八注曰："《袁山松书》曰：时蜀郡有雷震决曹，终上白记，以为断狱烦苛所致，太守乃令终赋雷电之意，而奇之也。"故《雷赋》、《电赋》之作在杨终十三岁时。（杨终）年十三，为郡小吏，太守奇其才，遣诣京师受业，习《春秋》。显宗时，拜校书郎。杨终永元十二年（100），征拜郎中，以病卒。② 汉明帝（显宗）57 年至 75 年在位。杨终拜校书郎约二十岁，则其生年在建武十三年（37）至建武三十一

---

① 万光治《汉赋存目补遗与辨证》，《四川师范大学学报》（社会科学版），2014（1）。

② 范晔《后汉书》，第 1601 页。

年(55)间。《雷赋》、《电赋》作于明帝即位前,写作区间为光武帝建武二十六年至中元元年(50—56)。

(7) 李尤《玄宗赋》

朴现圭《汉赋体裁与理论之研究》考李尤作有《玄宗赋》,注为残文。分见常璩《华阳国志》、《文选》卷三十一"杂体诗"李善注;《文选》李善注误作"李充"。

案:此赋作残句严可均《全上古三代秦汉三国六朝文》收在《全晋文》李充名下。

(8) 郦炎《角赋》

朴现圭《汉赋体裁与理论之研究》和马积高《历代辞赋总汇》郦炎名下有《角赋》。①

案:《北堂书钞》卷第一百二十一武功部九:"郦炎《角赋》云:似两凤之双鸣,若二龙之齐吟。"《太平御览》三百三十八兵部六十九、《事物纪原》(明弘治十八年魏氏仁实堂重刻正统本)卷九、《历代赋汇》补遗卷十二、《全上古三代秦汉三国六朝文·全晋文》卷一百二十八、《渊鉴类函》卷二百二十八武功部二十三、《佩文韵府》卷二十七之三作"谷俭";《路史》卷四十余论三、《说略》卷一作"徐俭";《全晋文》卷一百二十八载:"谷俭《角赋》:夫角以类推之,盖黄帝会群臣于太山,作清角之音,以似两凤之双鸣,若二龙之齐吟,如丹虵之翘首,似雄虵之带矢。"

(9) 繁钦《检抑赋》、《抑检赋》

孔德明认为繁钦有《检抑赋》。对此,踪凡业已论证实为《柳树赋》。廖国栋研究繁钦名下有《抑检赋》及残句。②

---

① 朴现圭《汉赋体裁与理论之研究》,硕士学位论文,1983 年;马积高《历代辞赋总汇·先秦汉魏晋南北朝卷》,第 377 页。

② 孔德明《汉赋的生产与消费研究》,光明日报出版社,2013 年,第 155 页;踪凡《严可均〈全汉文〉〈全后汉文〉辑录汉赋之阙误》,《文学遗产》,2007(6);廖国栋《建安辞赋之传承与拓新》,文津出版社有限公司,2000 年,第 22 页。

案：实为《柳赋》文句。程章灿业已证明。①

（10）蔡邕《逸行赋》

见《后汉书集解》卷六十下，沈钦韩曰："（蔡）邕集有《逸行赋》。"

案：疑为《检逸赋》。

（11）蔡邕《终南山赋》

万光治辑佚蔡邕《终南山赋》，其依据为《野客丛书》、《说略》中"三春之季，天气肃清"为蔡邕《终南山赋》。②

案：此二句实际为班固《终南山赋》文句"三春之季，孟夏之初。天气肃清，周览八隅"之节录，《野客丛书》（明刻本）卷一、《说略》（《文渊阁四库全书》本）卷十四、《四六丛话》（清嘉庆三年吴兴旧言堂刻本）卷二十、《兰亭志》（清乾隆凝秀堂刻本）卷五均归为蔡邕《终南山赋》，误。

（12）扬雄《解朔》

马积高主编《历代辞赋总汇·先秦汉魏晋南北朝卷》中言及扬雄《解朔》。③

案：当作《解嘲》，可能为排版印刷错误。

（13）敦煌汉简中的汉赋

石明秀认为现藏伦敦大英图书馆斯氏编号 T. 22d021 汉简所载"日不显目兮黑云多，月不可视兮风非沙；从恣蒙水诚江河，洲流灌注兮转扬波。辟柱槙到忘相加，天门徕小路彭池；无因以上如之何，兴章教海兮诚难过。"为东汉前期屯田戌边佚名士卒即兴创作的一篇无题汉赋。④

---

①　程章灿《魏晋南北朝赋史》，第 353 页。

②　万光治《汉赋存目补遗与辨证》，《四川师范大学学报》（社会科学版），2014（1）。

③　马积高《历代辞赋总汇·先秦汉魏晋南北朝卷》，第 10 页。

④　石明秀《敦煌汉简所见汉赋考》，《社会科学战线》，2013（3）。

案:此简文内容较为明显具有骚体的形式特点,视为赋作未尝不可。系年亦从其说。

（14）曹操《槐赋》

廖国栋研究曹操名下列《槐赋》,并指明源于宋王楙《野客丛书》卷五"玉树青葱"条:"古来文章如曹操、曹植、王粲、挚虞、庾儵、傅巽、庾信之徒,皆有《槐赋》。"并说引自程章灿《魏晋南北朝赋史》附录二《先唐赋存目考》。①

案:查王楙《野客丛书》（明刻本）卷五"玉树青葱"条:"古来文士如曹操、曹植、王粲、挚虞、庾儵、傅玄、庾信之徒,皆有《槐赋》。"则其中的"傅玄"廖国栋误引作"傅巽";《说略》（文渊阁《四库全书》本）卷二十七作"傅選";《四六丛话》（清嘉庆三年吴兴旧言堂刻本）卷二作"傅巽"。曹丕有《槐赋》,此处的曹操当为曹丕。

（15）枚皋《殿中赋》

程章灿辑佚枚皋《殿中赋》,其依据为《汉书》卷五十一《枚皋传》:"上得之大喜,召入见待诏,皋因赋殿中。"②

案:殿中为作赋地点,而非篇名。

（16）班昭《西征赋》

刘跃进所言"班昭《西征赋》,描写西行经历。"③

案:当是《东征赋》,而非《西征赋》。

2. 有争议的赋作者

（1）左姬

孔德明据《后汉书·清河孝王庆传》左姬"善史书、喜辞赋"而认为左姬为女赋家。④

① 廖国栋《建安辞赋之传承与拓新》,第 10,34 页。
② 程章灿《魏晋南北朝赋史》,第 391 页。
③ 刘跃进《秦汉文学地理与文人分布》,第 141 页。
④ 孔德明《汉赋的生产与消费研究》,第 23 页。

案："喜辞赋"与是否是赋家当不是同一个概念,且左姬从未因"善史书"被认定为史学家,故不认为左姬是赋作家。

（2）曹朔

孔德明认为曹朔也有赋作生产。①

案：《后汉书·文苑列传》："又有曹朔,不知何许人,作《汉颂》四篇。"其所作为颂而非赋。

（3）应奉

孔德明认为应奉为河南赋家。②

案：《后汉书·应奉传》："（应）奉乃慨然以疾自退,追愍屈原,因以自伤,著《感骚》三十篇,数万言。"其所作当为感骚拟骚之作,不妨将其纳入楚辞系列。

（4）崔烈

孔德明认为崔烈为河北赋家。③

案：然考史书,不见有崔烈作赋之记载。

（5）张壹

张清钟《汉赋研究》一书提及"张壹",当为"赵壹"之讹。④

二、汉赋辑佚

《汉书·艺文志·诗赋略》对西汉作家、作品作了统计,作家计74人,作品941篇。东汉的赋作家、作品《后汉书》没有作统计,只是《隋书·经籍志》别集类收录了后汉别集30部,总集类著录辞赋18部,具体篇目无从了解。刘勰《文心雕龙·诠赋》："繁积于宣时,校阅于成世,进御之赋,千有余首。"可惜后来汉代赋作"十不存

① 孔德明《汉赋的生产与消费研究》,第23页。
② 孔德明《汉赋的生产与消费研究》,第54页。
③ 孔德明《汉赋的生产与消费研究》,第54页。
④ 张清钟《汉赋研究》,台湾商务印书馆,1975年,第29页。

一"。大量亡佚的赋作是汉赋研究中棘手的问题,对此,先贤辑佚汉赋作者、存目、佚文用力甚勤。清严可均辑校《全上古三代秦汉三国六朝文》,其中《全汉文》63卷、《全后汉文》106卷,收有汉赋作者75家,作品258篇。① 今人张清钟论及西汉赋作家46家,作品108篇;叶幼明《辞赋通论》统计,大约今存汉代赋家69人,作品185篇。费振刚等辑校的《全汉赋》,收录汉赋作者83家,293篇,存目24篇,其余都是残篇。《全汉赋校注》扩大至91家,319篇(含残篇、存目)。龚克昌《全汉赋评注》列赋家70家,赋作195篇(不含建安赋)。曹淑娟在《论汉赋之写物言志传统》中编缀《两汉辞赋总目》,凡得208篇;朴现圭《汉赋体裁与理论之研究》中总结两汉赋篇总数为163篇。廖国栋列汉赋204篇。《历代辞赋总汇》收录汉赋作者78家,作品242篇(包括赋、颂、诗、文、论、歌、七体、拟骚之作等)。② 汉赋篇目文句散佚以及对汉赋的认定分歧,导致各家所收汉赋篇目差别较大。

通过扩大检索范围,汉赋亡佚部分尚可以从以下五小类进行辑佚:

1. 存作者名、篇目、残句

(1) 羊胜《月赋》

金委波而不定,桂照水以常摇。(《补注杜诗》卷三十一、《分门集注杜工部诗》卷一)

(2) 刘向《麒麟角杖赋》,残句

《庾子山集》卷一注:"刘向《别录》有《麒麟角杖赋》,言人之生老病死,皆有常数,虽劲柘贞筠之材,刻鸟图麟之丽,终不能延年却病,

---

① 踪凡《严可均〈全汉文〉〈全后汉文〉辑录汉赋之阙误》,《文学遗产》,2007(6)。
② 张清钟《汉赋研究》,第19页;叶幼明《辞赋通论》,湖南教育出版社,1991年;曹淑娟《论汉赋之写物言志传统》,硕士学位论文,1983年;朴现圭《汉赋体裁与理论之研究》,硕士学位论文,1983年;廖国栋《建安辞赋之传承与拓新》,第166页;马积高《历代辞赋总汇》,第24265—24274页。

是杖无所用也。以喻高爵厚禄，无所加于我矣。"案：刘向《麒麟角杖赋》文句为："人之生老病死，皆有常数。虽劲柘贞筠之材，刻鸟图麟之丽，终不能延年却病，是杖无所用也。"疑为赋序部分内容。

（3）刘向《雁赋》，残句

《焦氏类林》（明万历十五年王元贞刻本）卷七："刘向《雁赋》顺风而飞以助气力，衔芦而翔以避矰缴。"《佩文韵府》（文渊阁《四库全书》本）："刘向《雁赋》衔芦而翔以避矰弋。""刘向《雁赋》顺风而飞以助气力，衔芦而翔以避矰弋。"《升庵集》卷五十三："刘安赋雁云：顺风而飞以助气力，衔芦而翔以避矰缴。"案："刘安"当是"刘向"。上述记载有异文如下："矰缴"、"矰弋"。"缴"指系于箭上的丝绳。《淮南子·说山》："好弋者先具缴与矰。"弋，以绳系矢而射。《诗·郑风·女曰鸡鸣》："将翱将翔，弋凫与雁。"《庄子·应帝王》："且鸟高飞以避矰弋之害。"故"矰缴"、"矰弋"意同。《淮南子·修务训》："夫雁顺风以爱气力，衔芦而翔以备矰弋。"《说苑》（《四部丛刊》景明钞本）卷十六："一言而非，四马不能追；一言不急，四马不能及。顺风而飞以助气力，衔葭而翔以备矰弋。"

（4）扬雄《蜀都赋》

A. 闻蹲鸱之沃野，则以为世济。（《蜀中广记》（清文渊阁《四库全书》本）卷六十四）

B. 万条翠藻青黄，若摘锦绣布，望之无疆。（《茹草编》（明《夷门广牍》本）卷三）

案：《太平御览》卷九百七十七："万条荥荥，翠藻青黄，若摘锦布绣，望之无疆。"《扬子云集》卷五、《全蜀艺文志》卷一、《历代赋汇》卷三十二、《（雍正）四川通志》卷三十九作："蔓茗荥郁翠紫青黄丽靡螭烛若挥锦布绣望芒兮无幅。"《艺文类聚》卷六十一、《成都文类》卷一、《渊鉴类函》卷三百三十三作："螭烛若挥锦布绣，望芒芒兮无幅。"《全汉文》卷五十一作："蔓茗荥翠藻蕊青黄丽靡摘烛若挥锦布绣，望芒芒兮无幅。"此段为《蜀都赋》写果蔬等出产的文句。

疑当作:"蔓茗荧翠,藻蕊青黄,丽靡摛(螭)烛,若挥锦布绣,望芒芒兮无幅。"

（5）班彪《冀州赋》

A. 嗟西伯于羑里兮,伤明夷之逢艰。演九六之变化兮,永幽隘以历年。（《韵补》卷二、《正字通》卷八、《词林海错》卷六、《康熙字典》卷二十四）

B. 忽进路以息节兮,饮余马兮洹泉。朝露渐余冠盖兮,衣晻蔼而蒙尘。（《韵补》卷二、《正字通》卷二、《叶韵汇辑》卷八、《毛郑诗释》卷一、《康熙字典》卷五）

以上两句或以为出自《北征赋》,实属《冀州赋》,具体论证见后文东汉赋系年考证班彪《游居赋》。

（6）崔骃《七依》

间娵之孕,既丽且闲。紫唇素齿,雪白玉晖。回眸百万,一笑千金。孔子倾于阿谷,浮屠忘其桑门。彭祖飞而溶集,王乔忽而堕云。（《游仙窟》卷二、《太平御览》卷三百八十一、《渊鉴类函》卷二百五十五）

（7）马融《梁将军西第赋》

仲秋阴中节,胡桃已零落。（《北堂书钞》卷一百五十四、《渊鉴类函》卷十五,二者名为《西第颂》）

（8）王符《羽猎赋》

天子乘碧瑶之雕轸,建曜天之华旗。（《文选》卷二十二注,《玉海》卷七十九、一百四十四,《佩文韵府》卷四十一）

（9）朱穆《郁金赋》

英熠烁以焜煌,似九日之普照。（《太平御览》卷九百八十一）

案:该句《全汉赋校注》840页注[七]有提及,可据《太平御览》卷九百八十一记载直接补在"远而望之"前。

（10）侯瑾《筝赋》

平平定均。（《白孔六帖》卷六十二、《白孔六帖事类集》卷十八）

案:阮瑀《筝赋》有"平调足均,不疾不徐。"

（11）曹丕《校猎赋》

陵重冈，历武城。（《元丰九域志》卷二）

（12）曹丕《大暑赋》

《太平御览》卷一："魏文帝《大暑赋》曰：'壮皇居之瑰玮兮，步八纮而为宇。节四运之常气兮，踰太素之仪矩。'"该句《全三国文》卷十三作曹植《大暑赋》。宋战利将"步八闳而为宇，节四运之常氛"归为曹丕《大暑赋》。①

　　案：八纮指八方极远之地。《淮南子·墬形训》："九州之外，乃有八殥……八殥之外，而有八纮，亦方千里。"高诱注："纮，维也。维落天地而为之表，故曰纮也。"汉刘桢《赠徐幹》诗："兼烛八纮内，物类无偏颇。"曹植《五游咏》"逍遥八纮外"。故当作"八纮"而非"八闳"；结合上下文，"壮皇居之瑰玮兮"句末有"兮"，故本当作"节四运之常气兮"。"氛"为误"兮"为"分"，将"气"、"分"二字错误合文所致（古籍竖排，易出现此类错误），故曹丕有《大暑赋》之作，存《太平御览》所载四句。

（13）曹植《大暑赋》

席季夏之二伏。（《靖康缃素杂记》卷五）

（14）崔琰《述初赋》

想黄公于邳圯，勒鱼石于彭城。（《水经注》卷二十三、《左传折诸》卷十三、《水经注集释订讹》卷二十三、《公羊义疏》卷五十五、《苏诗补注》卷十五、《水经注释》卷二十三）

　　案：《方舆考证》卷四十七作"《停初赋》"，误。《历代辞赋总汇》在文末有列出。②

（15）刘协《嘉瑞赋》序

至德之世，峦封瑞雪，山驻庆云。野谷旅生，桑蚕成茧。（《佩文

---

① 宋战利《曹丕研究》，博士学位论文，2007年。
② 马积高《历代辞赋总汇·先秦汉魏晋南北朝卷》，第386页。

韵府》卷二之二)

案:刘劭也有《嘉瑞赋》,但未有赋序之说,且刘劭不太可能被误为刘协,故该赋著作权属汉献帝刘协。具体论证见后文东汉赋系年考证刘协部分。

计 13 家 15 篇。

2. 存作者名、篇名

(1) 枚皋《甘泉赋》、《雍赋》、《河东赋》、《封泰山赋》、《宣房赋》、《校猎赋》、《蹴鞠赋》、《戒终赋》

"从行至甘泉、雍、河东,东巡狩,封泰山,塞决河宣房,游观三辅离宫馆,临山泽,弋猎射驭狗马蹴鞠刻镂,上有所感,辄使赋之……。"①案:枚皋当有《甘泉赋》、《雍赋》、《河东赋》、《封泰山赋》、《宣房赋》、《校猎赋》、《蹴鞠赋》等赋作。踪凡辑佚过《甘泉赋》、《雍赋》、《河东赋》。② 其中《宣房赋》作于元封二年(前 109)。

《汉书·贾邹枚路传》:"初,卫皇后立,(枚)皋奏赋以戒终。"卫皇后元朔元年(前 128)春三月甲子立,③案:枚皋当有《戒终赋》,作于元朔元年(前 128)。

(2) 傅毅《郊祀赋》

《文献通考》卷一百七十九、《待轩诗记》卷首、《经义考》卷一百五、《全闽诗话》卷四:"颜氏《纠缪正俗》以傅毅《郊祀赋》'穰'有'而成切'。《直斋书录解题》卷二仅"有"记为"作"。案:傅毅有《郊祀赋》。

(3) 曹丕、徐幹《正情赋》

《丹阳集》卷八:"蔡邕《静情》亦名《检逸》,魏文帝爱之,因拟作《正情赋》,且命陈琳、徐幹、王粲、阮瑀、应场并作。"案:曹丕、徐幹有《正情赋》。王粲建安十三年(208)八月刘表卒后属曹,阮瑀建安

---

① 班固《汉书》,中华书局,1962 年,第 2367 页。

② 踪凡《严可均〈全汉文〉〈全后汉文〉辑录汉赋之阙误》,《文学遗产》,2007(6)。

③ 班固《汉书》,第 2367、169 页。

十七年(212)卒,因此,该组赋当作于建安十三年八月至十七年。

计4家11篇。

3. 存作者名,不存篇名

可从《汉书·艺文志》、相关人物传记或其他材料推考三方面展开,其中据《汉书·艺文志》列举者,前贤多有提及。

以下据《汉书·艺文志》:

(1) 赵幽王(刘友)赋一篇

案:未言具体赋作名。沈钦韩《汉书疏证》(清光绪二十六年浙江官书局刻本)卷二十五云:"赵幽王赋一篇,本传作歌。"疑为赵幽王饿死前所作歌。《汉书·高五王传》:"诸吕用事兮,刘氏微;迫胁王侯兮,强授我妃!我妃既妒兮,诬我以恶;谗女乱国兮,上曾不寤!我无忠臣兮,何故弃国?自快中野兮,苍天与直!于嗟不可悔兮,宁早自贼!为王饿死兮,谁者怜之!吕氏绝理兮,托天报仇!"《史记·吕后本纪》文字稍异。此歌完全是骚体赋形式,却以歌的形式出现。"七年(前181)……春正月丁丑,赵王友幽死于邸。"① 则歌作于吕后七年(前181)。

(2) 庄夫子赋二十四篇

案:现仅存《哀时命》。《汉书》(清乾隆武英殿刻本)卷三十注:"(庄夫子)名忌,吴人。"据《汉书·邹阳传》庄夫子与邹阳等俱仕吴,后遭景帝不好词赋,入梁国就梁孝王。则作赋时间在景帝中元六年(前144)梁孝王亡故前后。

(3) 淮南王群臣赋四十四篇

案:文帝十六年(前164)五月刘安为淮南王,元狩元年(前122)十一月被诛,故群臣作赋在此期间。

(4) 阳丘侯刘隈赋十九篇

案:《汉书辨疑》(清《铜熨斗斋丛书》本)卷十六:"阳丘侯刘隈

---

① 班固《汉书》,第99页。

赋十九篇。齐悼惠王之子也。史表'阳'作'杨','隁'作'偃'。"文帝十六年(前164)五月刘偃嗣为杨丘侯,孝景四年(前153)坐出国界,耐为司寇。① 故其作赋时间大致在文帝十六年至景帝四年间。

(5)吾丘寿王赋十五篇

案:吾丘寿王少从董仲舒学《春秋》,元鼎元年(前116)汾阴得鼎时尚有奏对,后坐事诛。② 董仲舒孝景时为博士,故吾丘寿王活动时间主要在武帝朝,作赋时间约在景帝后元三年(前141)至元鼎元年(前116)。易小平系于元鼎元年(前116)。③

(6)蔡甲赋一篇

案:惜生平不可考。

(7)兒宽赋二篇

案:据《汉书·兒宽传》可知,兒宽元封元年(前110)为御史大夫,居位九岁,以官卒。《汉书·百官公卿表》作"八年"。④ 太初三年(前102)正月,胶东太守延广为御史大夫。⑤ 故兒宽卒年当为太初二年(前103)。即其作赋时间下限。

(8)光禄大夫张子侨赋三篇

案:《汉书》卷三十注:"与王褒同时。"主要活动时间在宣帝朝,即元平元年(前74)七月至黄龙元年(前49)十二月。

(9)阳成侯刘德赋九篇

案:《汉纪·前汉孝宣皇帝纪》(《四部丛刊》景明嘉靖刻本)卷第十八:"阳成侯刘德者,辟强之子也。"昭帝武帝后元二年(前87)即位,时刘德年三十余,则其生年在元朔四年(前125)至元狩六年(前

---

① 班固《汉书》,第431页。
② 班固《汉书》,第2798页。
③ 易小平《西汉文学系年》,博士学位论文,2005年。
④ 班固《汉书》,第2628—2633、781页。
⑤ 班固《汉书》,第784页。

117)，刘德地节四年(前66)三月封为阳城侯，五凤二年(前56)薨。①不妨将其写作时间定在武帝元封四年(前107)至宣帝五凤二年。易小平系于宣帝五凤二年(前56)。②

（10）朱建赋二篇

案：朱建最初为淮南王黥布相。黥布为淮南王在高帝四年(前203)秋七月。朱建文帝三年(前177)四月因淮南厉王杀辟阳侯事件自杀，③故朱建作赋时间下限为文帝三年。

（11）常侍郎庄忽奇赋十一篇

案：《汉书》卷三十注：枚皋同时。颜师古曰："《七略》云'忽奇者，或言庄夫子，或言族家子，庄助昆弟也，从行至茂陵，诏造赋'。"《瞥记》(清嘉庆刻《白士集》本)三："胶鬲之姓甚少，汉武帝时有赵人胶仓，与朱买臣、庄忽奇等待诏金马。"则可知庄忽奇主要活动时间在汉武帝朝，即景帝后元三年(前141)至武帝后元二年(前87)。考汉武帝朝，和茂陵相关的记载有：建元二年(前139)初置茂陵邑。建元三年(前138)，赐徙茂陵者户钱二十万，田二顷。初作便门桥。元朔二年(前127)徙郡国豪杰及訾三百万以上于茂陵。太始元年(前96)徙郡国吏民豪桀于茂陵、云陵。④但具体"从行至茂陵，诏造赋"时间难考。

（12）严助赋三十五篇

案：据《汉书·严朱吾丘主父徐严终王贾传》："(严助)有奇异，辄使为文，乃作赋颂数十篇。"⑤严助作赋时间当在建元六年(前135)为会稽太守后，淮南王反之前，即建元六年至元狩元年(前122)。易小平系于元狩元年。⑥

---

①　班固《汉书》，第1928、1927、697页。

②　易小平《西汉文学系年》，博士学位论文，2005年。

③　班固《汉书》，第46、1886、119、2118页。

④　班固《汉书》，第158、170、205页。

⑤　班固《汉书》，第2790页。

⑥　易小平《西汉文学系年》，博士学位论文，2005年。

（13）朱买臣赋三篇

案：元鼎二年（前 115）十一月张汤自杀，上亦诛买臣。① 则朱买臣卒年在元鼎二年，即其作赋时间下限。

（14）宗正刘辟强赋八篇

案：《同姓名录》卷十二："两刘辟强：长乐卫尉。河间王。"长乐卫尉之刘辟强在昭帝时。河间王刘辟强在文帝时。为长乐卫尉者为昭帝时刘辟强。

昭帝时长乐卫尉之刘辟强，《汉书·昭帝纪》：始元二年（前 85），"以宗室毋在位者，举茂才刘辟强、刘长乐皆为光禄大夫，辟强守长乐卫尉"。②《汉书·楚元王传》载："辟强，字少卿，亦好读《诗》，能属文，武帝时，以宗室子随二千石论议，冠诸宗室。清静少欲，常以书自娱，不肯仕。昭帝即位……遂拜辟强为光禄大夫，守长乐卫尉，时年已八十矣。徙为宗正，数月卒。"③则此刘辟强生卒年为文帝十六年（前 164）至始元二年（前 85）。《汉书·百官公卿表》载："（孝昭始元二年）光禄大夫刘辟强为宗正，数月卒。"④亦可证。刘辟强赋作时间下限为始元二年（前 85）。易小平系于始元二年（前 85）。⑤

（15）郎中臣婴齐赋十篇

案：《汉书辨疑》卷十六："郎中臣婴齐赋十篇，道家有郎中婴齐十二篇，疑即其人。"其生平不可考。

（16）臣说赋三篇

案：《汉书·艺文志》："臣说三篇。武帝时（所）作赋。"⑥《汉

---

① 班固《汉书》，第 182、2794 页。

② 班固《汉书》，第 220 页。

③ 班固《汉书》，第 1926 页。

④ 司马迁《史记》，中华书局，1959 年，第 792 页。

⑤ 易小平《西汉文学系年》，博士学位论文，2005 年。

⑥ 班固《汉书》，第 1741 页。

书》卷三十、《诗薮》(明刻本)杂编一、《汉书补注》(清光绪刻本)卷三十:"臣说赋九篇。"赋当作于汉武帝在位期间(前 141—前 87)。

(17) 臣吾赋十八篇

案:惜生平不可考。

(18) 辽东太守苏季赋一篇

案:惜生平不可考。

(19) 萧望之赋四篇

案:据《汉书·萧望之传》可知望之初元二年(前 47)十二月自杀,死时年逾六十,其作赋时间不妨前推五十年,即太始元年(前 96)至初元二年(前 47)。

(20) 河内太守徐明赋三篇

案:《汉书》注:"字长君,东海人,元成世历五郡太守,有能名。"元帝黄龙元年(前 49)十二月即位,成帝绥和二年(前 7)三月驾崩,故徐明主要活动时间在黄龙元年至绥和二年,赋亦作于此期间。

(21) 给事黄门侍郎李息赋九篇

案:《同姓名录》卷六:"前汉两李息,一为材官将军军马邑,又从大将军出朔方,皆无功;一为给事黄门侍郎李息,著赋九篇,见《艺文志》。"《汉书辨疑》卷十六:"给事黄门侍郎李息赋九篇,《卫霍传》之李息别是一人,非作赋者。"如此一来,作赋之李息生平不可考,但可确定是西汉人。孔德明将其系于武宣赋家之列。①

(22) 淮阳宪王(刘钦)赋二篇

案:淮阳宪王钦元康三年(前 63)立,三十六年(前 28)薨。②孔德明则将其归入武宣之世的赋家。③

---

① 孔德明《汉赋的生产与消费研究》,第 19 页。
② 班固《汉书》,第 3311、3319 页。
③ 孔德明《汉赋的生产与消费研究》,第 18 页。

（23）博士弟子杜参赋二篇

案:《汉书》颜师古注引刘歆云:"参,杜陵人,以阳朔元年病死,〔死〕时年二十余。"①阳朔元年为前 24 年,其年不会超过 29 岁。则杜参作赋时间下限为阳朔元年(前 24)。《诗薮》(明刻本)外编一则载"《艺文志》作博士弟子杜参有赋三篇"。孔德明将其赋系于成帝朝。②

（24）车郎张丰赋三篇

案:《册府元龟》(明刻初印本)卷八百三十七"张丰,字侨予,为车郎,有赋三篇"。《汉书注校补》(清光绪十年周氏思益堂刻本)卷二十八:"寿昌案:光禄大夫张子侨赋三篇以著录于前,兹复录其子丰之作,是与枚乘及子皋同列赋家,父子继业,皆西汉盛事也。"张子侨与王褒同时,主要活动时间在宣帝朝(前 74 年 7 月—前 49 年 12 月),则其子当稍后。

（25）骠骑将军朱宇赋三篇

案:《汉书考证》(清景钞元至正三年余氏勤有堂刻本)作"骠骑将军朱字赋三篇","字"乃"宇"形近而讹。《后汉纪》中有一司隶校尉朱宇,建宁二年(169)被诛杀,但未见任骠骑将军。查两汉任骠骑将军者均不见朱宇,姑存疑。

（26）广川惠王(刘越)赋五篇

案:广川惠王越以孝景中二年(前 148)立,在位十三年(前 136)薨,③则其作赋下限为孝武建元五年(前 136)。易小平系年于孝武建元五年。④ 景帝孝惠七年(前 188)出生,⑤文帝元年(前 179)正月立为太子。设此前后景帝纳广川惠王越母王夫人,则广

① 班固《汉书》,第 1750 页。
② 孔德明《汉赋的生产与消费研究》,第 20 页。
③ 司马迁《史记》,第 855 页;班固《汉书》,第 2427 页。
④ 易小平《西汉文学系年》,博士学位论文,2005 年。
⑤ 班固《汉书》,第 3943 页。

川惠王越出生时间约在文帝元年前后。

（27）长沙王群臣赋三篇

案：异姓诸侯长沙王吴芮高帝五年（前202）徙封长沙王，其后为成王臣、哀王回、共王右、靖王差，孝文前元七年（前173）无子国除。① 时间区间为高帝五年至孝文前元七年。后来的长沙定王发孝景前二年（前155）三月立，其后为戴王庸、顷王鲋鮈、刺王建德、炀王旦、孝王宗、鲁人，王莽时绝。王莽居摄是6年，则时间区间为景帝二年（前155）三月至居摄元年（6）。其中炀王旦无子，绝岁余，元帝初元三年（前46）复立孝王宗。② 具体是哪位长沙王召集群臣作赋，史无记载。或与淮南王群臣赋同时。易小平系年于定王发卒的时间，即武帝元朔元年（前128）。③

（28）魏内史赋二篇

案：惜生平不可考。孔德明从三方面论证为汉初赋。④

（29）东暆令延年赋七篇

案：《全上古秦汉三国六朝文·全汉文》卷二十八："延年史失其姓，齐人。注：按《汉志》有东暆令延年赋七篇，或即其人。"朴现圭则说其"依《艺文志》大体以作者年代的先后为顺序的编法来推算，可能是汉武帝时人"。⑤《全上古秦汉三国六朝文·全汉文》卷四有汉武帝《报齐人延年书》，有言及齐人，但未言及为东暆令及作赋。

（30）卫士令李忠赋二篇

案：《同名姓录》卷六："前汉卫士令李忠赋二篇，见《艺文志》。"故作赋的李忠须与后汉的李忠区别开来。

---

① 班固《汉书》，第1894页。
② 班固《汉书》，第2427页。
③ 易小平《西汉文学系年》，博士学位论文，2005年。
④ 孔德明《汉赋的生产与消费研究》，第11、12页。
⑤ 朴现圭《汉赋体裁与理论之研究》，硕士学位论文，1983年。

（31）张偃赋二篇

案：据《史记·汉兴以来诸侯王年表》张偃高后元年（前187）四月封为鲁王，孝文元年（前179）被废为侯。但不知写赋的张偃是否即鲁王张偃。

（32）贾充赋四篇

案：惜生平不可考。

（33）张仁赋六篇

案：惜生平不可考。

（34）秦充赋二篇

案：惜生平不可考。

（35）李步昌赋二篇

案：《汉书》卷三十注"宣帝时数言事。"《西汉会要》卷三十一"钩盾冗从"下注："《艺文志》李步昌。"《汉书辨疑》卷十六："李步昌赋二篇，儒家有钩盾冗从李步昌八篇，疑即其人。"故约为宣帝朝人，赋作时间在元平元年（前74）七月至黄龙元年（前49）冬十二月。

（36）侍郎谢多赋十篇

案：惜生平不可考。

（37）平阳公主舍人周长孺赋二篇

案：平阳公主是景帝之女，食邑阳信，故又称阳信公主，因其嫁于开国功臣曹参曾孙平阳侯曹时，所以称平阳公主。汉景帝四年（前154），曹时继承平阳侯爵位。元光四年（前131）平阳侯亡。①平阳公主在汉武帝即位后被尊为长公主。汉武帝景帝三年正月（前141）甲子即位。则可能被称为平阳公主的时间为汉景帝四年（前154）至后元三年正月（前141）。则其舍人周长孺作赋时间在此期间。

---

① 司马迁《史记》第881、2031页。

（38）雒阳锜华赋九篇

案：惜生平不可考。

（39）眭弘赋一篇

案：据《汉书·眭两夏侯京翼李传》："眭弘字孟，鲁国蕃人也。孝昭元凤三年（前78）正月因泰山有大石自起立、上林有柳树枯僵复起，虫食叶成文'公孙病已当立'异常现象，有上书，但因霍光秉政，恶之，伏诛。"故眭弘卒年在元凤三年（前78），即其作赋时间下限。

（40）别栩阳赋五篇

案：惜生平不可考。

（41）臣昌市赋六篇

案：惜生平不可考。

（42）臣义赋二篇

案：惜生平不可考。

（43）黄门书者假史王商赋十三篇

案：《同姓名录》卷二则记载："王商五：前汉王商以共侯武之子相成帝，袭封乐昌侯。王莽诸父商，阳朔中为大司马，封成都侯。黄门书者假史王商者，著赋十三篇，见《艺文志》。后汉王堂之曾孙王商，益州牧，刘焉以为蜀郡太守，有治声，即《华阳国志》所谓广汉王吉，亦见咏怀者。姚秦时王商，作进饼图，见广川画跋。"《（雍正）陕西通志》卷七十五注王商"杜陵人"；《援鹑堂笔记》（清道光姚莹刻本）卷二十二史部："树按：《景昭宣元成功臣表》同时有二王商，乐昌侯商，宣帝舅王武之子，为丞相，有威重，为王凤所挤死。成都侯商，孝元皇后之弟，代王音为大司马，此王商不详何时人。"故作赋王商具体为何时人不可考。孔德明将其系于武宣赋家之列。[①]

---

① 孔德明《汉赋的生产与消费研究》，第19页。

（44）侍中徐博赋四篇

案：惜生平不可考。孔德明将其系于武宣赋家之列。①

（45）黄门书者王广、吕嘉赋五篇

案：《名疑》卷四："前汉两吕嘉，一吕台子，封常山王，见《吕后传》。一封临蔡，见《南越传》。"到底为谁而作，作于何时，惜史料缺乏不可考。元鼎六年（前111）得吕嘉首，以为获嘉县。②

（46）汉中都尉丞华龙赋二篇

案：《汉书》卷六十四下："王褒字子渊，蜀人也。宣帝时修武帝故事，讲论六艺群书，博尽奇异之好，征能为《楚辞》，九江被公，召见诵读，益召高材刘向、张子侨、华龙、柳褒等侍诏金马门。"（华）龙者，宣帝时与张子侨等待诏，以行污秽不进，欲入（周）堪等，堪等不纳，故与（郑）朋相结。（弘）恭、（石）显令二人告（萧）望之等谋欲罢车骑将军疏退许（章）、史（高）状，候望之出休日，令朋、龙上之。③ 故华龙主要活动时间在宣、元帝朝。作赋亦当在此间，即元平元年（前74）七月至竟宁元年（前33）五月。

（47）左冯翊史路恭赋八篇

案：惜生平不可考。

以下见于史传所载。刘跃进等有论及。④

（48）东方朔《封泰山》、《责和氏璧》、《平乐观》、《从公孙弘借车》等赋作

案：《汉书·东方朔传》："朔之文辞，此二篇最善。其余有《封泰山》、《责和氏璧》及《皇太子生禖》、《屏风》、《殿上柏柱》、《平乐观赋猎》，八言、七言上下，《从公孙弘借车》，凡［刘］向所录朔书具是

---

① 孔德明《汉赋的生产与消费研究》，第19页。
② 班固《汉书》，第188页。
③ 班固《汉书》，第3286页。
④ 刘跃进《秦汉文学地理与文人分布》。

矣,世所传他书皆非也。"①

（49）薛方诗赋数十篇

案:《汉书·王贡两龚鲍传》:"薛方尝为郡掾祭酒,尝征不至,及莽以安车迎方,方因使者辞谢曰:'尧舜在上,下有巢由,今明主方隆唐虞之德,小臣欲守箕山之节也。'使者以闻,莽说其言,不强致。方居家以经教授,喜属文,著诗赋数十篇。"②故薛方诗赋之作在王莽时前后,即居摄元年(6)至地皇四年(23)。

（50）王隆赋

案:《后汉书·文苑传》:"王隆……建武中,为新汲令。能文章,所著诗、赋、铭、书凡二十六篇。"③姑将其作赋时间定在建武年间,即建武元年(25)至建武三十二年(56)。孔德明将其列为光武至章帝时汉赋作者。④

（51）夏恭赋

案:《后汉书·文苑列传》:"(夏)恭善为文,著赋、颂、诗、励学凡二十篇。"⑤夏恭活动时间主要在王莽末、光武帝时,年四十九卒官。夏恭赋作大概亦在建武年间,即建武元年(25)至建武三十二年(56)。

（52）夏牙赋

案:《后汉书·文苑列传》:"(夏恭)子牙。少习家业,著赋、颂、赞、诔凡四十篇。"⑥《后汉艺文志》(民国《适园丛书》本)卷四、《(雍正)河南通志》卷六十五:"(夏)牙,蒙人,父恭,见《儒林志》,牙少习家业,著赋、颂、赞、诔凡四十篇。"夏牙早卒,则其作赋时间当去其

① 班固《汉书》,第2873页。
② 班固《汉书》,第3096页。
③ 范晔《后汉书》,第2609页。
④ 孔德明《汉赋的生产与消费研究》,第51页。
⑤ 范晔《后汉书》,第2610页。
⑥ 范晔《后汉书》,第2610页。

父不远,约建武元年(25)至建武三十二年(56),或稍后。

(53)卫宏赋

案:《后汉书·儒林列传》:"(卫)宏作《汉旧仪》四篇,以载西京杂事,又著赋、颂、诔七首,皆传于世。"①卫宏主要活动时期大概在东汉光武帝时代,即建武元年(25)至建武三十二年(56)。

(54)刘睦赋颂数十篇

案:《后汉书·宗室四王三侯列传》:"(刘)睦能属文,作《春秋旨义终始论》及赋、颂数十篇。"睦少好学,博通书传,光武爱之,数被延纳。永平十七年(74)春正月薨。②故其作赋时间大致在光武朝至薨,即更始三年(25)至永平十六年(73)。

(55)刘京(琅邪孝王)诗赋数篇

案:《后汉书·光武十王列传》:"京性恭孝,好经学,显宗尤爱幸,赏赐恩宠殊异,莫与为比。永平二年,以太山之盖、南武阳、华,东莱之昌阳、卢乡、东牟六县益琅邪。五年,乃就国。光烈皇后崩,帝悉以太后遗金宝财物赐京。京都莒,好修宫室,穷极伎巧,殿馆壁带皆饰以金银。数上诗赋颂德,帝嘉美,下之史官。……立三十一年薨,葬东海即丘广平亭,有诏割亭属开阳。"③其作赋时间下限为建初六年(81)春二月辛卯薨逝时间。④琅邪孝王京活动时间主要在显宗朝,则其作赋时间为中元二年(57)至建初六年(81)。

(56)刘苍(东平王)赋作

案:《后汉书·光武十王列传》:"明年正月薨,诏告中傅,封上苍自建武以来章奏及所作书、记、赋、颂、七言、别字、歌诗,并集览焉。"东平王苍建初八年(83)正月薨。东平王苍母为光烈阴皇后,

① 范晔《后汉书》,第2576页。
② 范晔《后汉书》,第557、121页。
③ 范晔《后汉书》,第1451页。
④ 范晔《后汉书》,第141页。

阴皇后生显宗、东平宪王苍、广陵思王荆、临淮怀公衡、琅邪孝王京。① 显宗建武四年(28)生,则东平王苍出生最早只能在建武五年(29)。其作赋时间下限为建初八年(83)。

(57) 李胜赋

案:《后汉书·文苑列传》:"(李)尤同郡李胜,亦有文才,为东观郎,著赋、诔、颂、论数十篇。"②其作赋时间当与李尤相近。

(58) 崔瑗其他赋作

案:《后汉书·崔骃列传》:"瑗高于文辞,尤善为书、记、箴、铭,所著赋、碑、铭、箴、颂、七苏、南阳文学官志、叹辞、移社文、悔祈、草书艺、七言,凡五十七篇。"崔瑗汉安二年(143)于杜乔为八使之年卒,年六十六。③ 故赋作年下限为汉安二年(143)。

(59) 胡广赋作

案:《后汉书·邓张徐张胡列传》:"(胡广)其余所著诗、赋、铭、颂、箴、吊及诸解诂,凡二十二篇。"④熹平元年(172)胡广薨,年八十二。其生年为永元三年(91)。其作赋时间下限为熹平元年。

(60) 韩说赋

案:《后汉书·方术列传》:"(韩说)数陈灾眚,及奏赋、颂、连珠。"其作赋在迁为侍中前,光和元年(178)上言灵帝前。熹平四年,韩说为议郎,正定六经文字。⑤ 韩说中平二年(185)迁江夏太守,公事免。年七十,卒于家。其作赋时间下限为中平二年。

(61) 刘陶赋作

案:《后汉书·杜栾刘李刘谢列传》:"(刘)陶著书数十万言,又作《七曜论》、《匡老子》、《反韩非》、《复孟轲》,及上书言当世便事、

---

① 范晔《后汉书》,第1441、1423页。

② 范晔《后汉书》,第2616页。

③ 范晔《后汉书》,第1722、1724页。

④ 范晔《后汉书》,第1511页。

⑤ 范晔《后汉书》,第2733、1990页。

条教、赋、奏、书、记、辩疑,凡百余篇。"又"大将军梁冀专朝,桓帝无子,连岁荒饥,灾异数见。陶时游太学","游太学"说明其年尚幼。梁冀永和六年(141)八月为大将军。但当时是桓帝朝,则起码到本初元年(146)桓帝即皇帝位后。刘陶中平二年(185)十月坐直言,下狱死。① 故不妨将其作赋时间定为本初元年至中平二年十月。

(62) 服虔赋作

案:《后汉书·儒林列传》:"(服虔)所著赋、碑、诔、书记、连珠、九愤,凡十余篇。"②服虔中平末拜九江太守,免。遭乱行客,病卒。故其卒年当去中平六年(189)不远,其生年不可考,其作赋时间下限姑系为中平六年。

(63) 高彪赋

案:《后汉书·文苑列传》:"(高彪)后举孝廉,试经第一,除郎中,校书东观,数奏赋、颂、奇文,因事讽谏,灵帝异之。"③灵帝朝校书东观在熹平四年(175),故高彪作赋时间约在熹平四年至中平六年(189)。

(64) 刘季绪赋

案:《三国志·魏书·陈思王传》裴注引挚虞《文章志》:"刘季绪,名修,刘表子。官至东安太守。著诗、赋、颂六篇。"④故刘季绪有赋作且不排除汉时有赋作,然其卒年在汉以后,故本书暂且不论。

以下自其他材料推考而得:

(65) 桓谭赋

案:《全上古三代秦汉三国六朝文·全后汉文·桓谭·道赋第十二》:"观吾小时二赋,亦足以揆其能否。"则桓谭除《仙赋》外,当

---

① 范晔《后汉书》,第 1851、1842、271、352 页。
② 范晔《后汉书》,第 2583 页。
③ 范晔《后汉书》,第 2650 页。
④ 陈寿《三国志》,中华书局,1959 年,第 560 页。

还有赋一篇,且写作时间在年少之际,与《仙赋》时间接近。

(66) 刘宏(汉灵帝)赋

案:《后汉书补注》(清嘉庆九年冯集梧刻本)卷四:"十二月还幸太学"下注:"鱼豢《典略》:帝幸太学,自就碑作赋。"由此可推考碑文可以是赋,时间在光和五年(182),惜篇名不详,但不是其《追德赋》无疑。

(67) 鸿都门学士赋

案:《文心雕龙·时序》:"降及灵帝,时好辞制,造《羲皇》之书,开鸿都之赋。"汉灵帝时所设鸿都门学士,如乐松、江览等三十二人有赋作,其间有俗赋之作。作赋时间为光和元年(178)鸿都门设立至灵帝驾崩。

(68) 杨修赋

案:杨修《答临淄侯笺》:"是以对鹖而辞,作《暑赋》,弥日而不献。"联系当时曹操、曹植有《鹖赋》之作,兼汉代辞赋混称,推考杨修有《鹖赋》。

计68条,其中17家篇目无法确切统计,余344篇。

4. 存题材类型、数量,不存作者名、篇名

据《汉书·艺文志》还有只知题材类型、不具作者名与篇名的赋作:

(1) "客主赋"十八篇

(2) "杂行出及颂德赋"二十四篇

(3) "杂四夷及兵赋"二十篇

(4) "杂中贤失意赋"十二篇

(5) "杂思慕悲哀死赋"十六篇

(6) "杂鼓琴剑戏赋"十三篇

(7) "杂山陵水泡云气雨旱赋"十六篇

(8) "杂禽兽六畜昆虫赋"十八篇

(9) "杂器械草木赋"三十三篇

（10）"大杂赋"三十四篇

（11）"成相杂辞"十一篇

（12）"隐书"十八篇

计233篇。

5. 疑似赋作举例

（1）息夫躬《绝命辞》

案：《汉书·蒯伍江息夫传》："初，躬待诏，数危言高论，自恐遭害，著《绝命辞》曰：……后数年乃死，如其文。"此辞近骚体，当作于息夫躬为待诏时。"哀帝初即位，皇后父特进孔乡侯傅晏与躬同郡，相友善，躬繇是以为援，交游日广。先是，长安孙宠亦以游说显名，免汝南太守，与躬相结，俱上书，召待诏。"①傅氏立为皇后在绥和二年（前7）五月丙戌，同时其父傅晏被封为孔乡侯，则息夫躬始为待诏在绥和二年五月后。在"东平王云、云后谒及伍宏等皆坐诛。上擢宠为南阳太守，谭颍川都尉，弘、躬皆光禄大夫左曹给事中。"②则息夫躬为待诏截至时间在建平三年（前4）。故此作在绥和二年（前7）五月至建平三年。

（2）司马相如《与五公子相难》

案：《汉书·司马相如传》："相如它所著……《与五公子相难》……"其《难蜀父老》被列为赋作，则《与五公子相难》或为问难体、主客问答之类的赋作。

（3）刘劭《嘉瑞赋》

刘劭建安中为太子舍人，迁秘书郎，则其与建安七子有共同活动的时间段，其《嘉瑞赋》或属汉赋。

（4）傅巽《槐树赋》《蚊赋》《七诲》

建安十三年（208），曹操军到襄阳，傅巽时任东曹掾，与蒯

---

① 班固《汉书》，第2179页。

② 班固《汉书》，第2180页。

越、王粲等游说刘琮归降曹操。刘琮举州往降,以傅巽说降刘琮有功,赐爵关内侯。则其与建安七子等有可能共同作赋,建安七子中有《槐树赋》及七体之作。上述赋作或为同名赋作,同属汉赋。

以上计4家6篇。

上述五部分,计新辑佚残句18条、赋作603篇(17家赋作数量不可考,疑似赋作除外)。

小　结

辑佚赋作家,为汉代赋作家的研究增加了资料,特别是很多诸侯王有赋作,如此一来,以前多认为汉赋为御用文人所作之观点需作适当修正。帝王和诸侯王参与汉赋创作,说明赋作家身份层次、作赋目的、赋作形式等呈多元化态势。同时,亦是研究赋作家个人的重要补充资料。

辑佚汉赋篇目,有利于了解汉赋创作实际情况、亡佚状况,是研究汉赋的必要一环。现存文献不等同于实际创作,所以在文学史的书写过程中存在下列问题:用现存文献来说明当时创作实际是否恰当? 如果不以传世文献来说明当时创作情况,又该据什么来说明?

又,辑佚汉赋残句,有利于文本研究,是汉赋一切研究展开的基础。

在对汉赋相关内容进行辑佚的过程中,存在下列问题:1. 史书记载的赋作家现在未见其赋作,然史书未记载的赋作家却有赋作传世,则当时作赋的还有多少作者、多少篇目未被记载? 2. 辑佚出来的部分汉赋作家生平不可考。3. 汉赋很多只有篇名而内容亡佚。4. 大量赋作根本不可推考其篇名,仅存作者及数量。5. 所辑佚的残句、残字很多无法缀合。6. 疑似赋作显示汉代赋与其他文体分界不甚明晰。部分汉魏之际的作者之作应属汉赋或魏赋？上述诸多问题，该如何解决？不能解决的可存疑；尝试解决的，是否会构成新的误导？

西汉赋系年考证

本部分论述时间跨度为汉高祖元年至更始帝更始三年(前206—25)。《汉书·艺文志》著录西汉赋作家 78 家,作品 104 篇。① 此部分论述涉及 27 家。

1. 陆贾(? —约前 179)

《汉书·艺文志》:"陆贾赋三篇。"现《孟春赋》存目,当亡佚两篇。

《升庵集》卷四十三、《正杨》卷二作《感春赋》。《文心雕龙·才略篇》:"汉室陆贾,首发奇采,赋《孟春》而选典诰,其辩之富矣。"贾所著《楚汉春秋》、《孟春赋》也,云《后语》"感春"误。当作《孟春赋》。

陆贾从高祖定天下,高祖十一年(前 196)出使南粤,留与饮数月,功成而返,拜太中大夫,时时前说称《诗》《书》。十二年(前195)高祖崩,以病免。文帝前元元年(前 179)复出使南粤,后以寿终。② 姑将其作赋时间下限定为文帝前元元年(前 179)。

2. 贾谊(前 200—前 168)

《汉书·艺文志》:"贾谊赋七篇",现存《吊屈原赋》、《鹏鸟赋》、《旱云赋》、《簴赋》,当亡佚三篇。

---

① 马积高《历代辞赋总汇·先秦汉魏晋南北朝卷》,第 3 页。
② 班固《汉书》,第 2111、3849、2116 页。

　　《吊屈原赋》见于《史记》卷八十四、《汉书》卷四十八、《崇古文诀》卷三、《方舆胜览》卷二十三、《古赋辨体》卷三、《诗学体要类编》卷二、《文章辨体》卷三、《经济类编》卷四十五、《楚辞疏》卷十三、《汉魏六朝百三家集》卷一、《贾子次诂》卷十二、《七十家赋钞》卷二、《古文辞类纂》卷七十二、《全汉文》卷十六、《(光绪)湖南通志》卷七十四;《记纂渊海》卷三十六,《事文类聚》前集卷三十一、别集卷二十一,《历代赋汇》卷一百十二摘录。南宋陈振孙《书录解题》称"《吊湘赋》",明何孟春《贾太傅新书目录》等延续这一说法。

　　作年三说:(一)文帝前元二年(前178)。王耕心、汪中、严可均、吴松庚。① (二)前元三年(前177)。王益之、吴文治、董笔正、康金声、王兴国、王洲明、徐超、龚克昌、易小平、刘跃进、石观海、张强、吴云、李春台、潘超。② (三)前元四年(前176)。司马光、吴忠烈、刘斯翰、田宜弘、王涛。③ 贾谊作《吊屈原赋》前,绛、灌、东阳侯、冯敬之属尽害之,乃短贾生于王,则须四人同朝为臣。绛侯周勃文帝前元元年(前179)由丞相太尉为右丞相,八月辛未免。

---

　　① 王耕心《贾子次诂》,清光绪王氏龙树精舍本;汪中《汪氏丛书·述学·内篇三·贾谊年表》,上海中国书店,1925年;严可均《铁桥漫稿》,清道光十八年四录堂刻本,卷四;吴松庚《贾谊》,岳麓书社,2008年,第69、70页。

　　② 王益之《西汉年纪》,商务印书馆,1936年,第69页;吴文治《中国文学史大事年表》,第67页;董笔正《贾谊辞赋略论》,《兰州教育学院学报》,1989(2);康金声《汉赋纵横》,第227页;王兴国《贾谊评传》,南京大学出版社,1992年,第23页;王洲明、徐超《贾谊集校注》,人民文学出版社,1996年,第406页;龚克昌《全汉赋评注》,第7页;易小平《西汉文学系年》,博士学位论文,2005年;刘跃进《秦汉文学编年史》,第91页;石观海《中国文学编年史·汉魏卷》,第21页;张强《贾谊赋考论四题》,《文学遗产》,2006(4);吴云、李春台《贾谊集校注》,天津古籍出版社,2010年,第354页;潘超《汉初"士"精神世界的新变——再读〈吊屈原赋〉》,《牡丹江师范学院学报(哲社版)》,2012(2)。

　　③ 司马光《资治通鉴》,中华书局,1956年,第462页;吴忠烈《贾谊》,中华书局,1981年,第12页;刘斯翰《汉赋——唯美文学之潮》,第207页;田宜弘《贾谊生卒年及其名赋作年考》,《黄石教育学院学报》,1989(1);王涛《论〈七发〉的主旨与写作时间》,《西安石油大学学报》,2009(11)。

文帝前元二年（前178）十一月乙亥，复为丞相。前元三年（前177）十二月免，就国。短贾谊当在其就国前。灌婴文帝前元元年（前179）为太尉，三年（前177）为丞相，四年（前176）十二月薨。东阳侯张相如高祖十一年（前196）十二月癸巳封东阳侯。文帝前元四年（前176）薨。冯敬文帝前元三年（前177）为典客，七年（前173）为御史大夫，①短贾谊时冯敬尚未为御史大夫。《史记正义·淮南衡山列传》："冯敬行御史大夫事"说明未为御史大夫。文帝前元二年（前178）冯敬尚未入朝。前元三年（前177）十一月壬子周勃免相之国，②前元四年（前176）周勃已就国。四人同朝为臣在文帝前元三年（前177）十二月前。汉承秦制，以十月为岁首，则短贾谊在文帝前元三年（前177）十、十一、十二这三个月内，且十二月的可能性较小。贾谊为长沙王傅当在此后不久，则《吊屈原赋》作于文帝前元三年（前177），不会早在二年（前178），亦不会迟至四年（前176）。梁怀王楫文帝前元十一年（前169）六月薨，③贾谊哭泣岁余，亦死，其卒在文帝前元十二年（前168）。贾谊死"后四岁，齐文王薨，亡子。文帝思贾生之言，乃分齐为六国，尽立悼惠王子六人为王。又迁淮南王喜于城阳，而分淮南为三国，尽立厉王三子以王之"。淮南厉王三子被封王在文帝十六年（前164）五月，而"齐文王"在孝文文二年（前178）嗣，十四年薨，④则在文帝十五年（前165），此年"齐文王薨"间隔贾谊卒年文帝前元十二年（前168）刚好是"四岁"。贾谊死时年三十三，则其生年在高祖七年（前200）。

　　《鵩鸟赋》见于《史记》卷八十四、《汉书》卷四十八、《文选》卷十三、《事文类聚》后集卷四十七、《贾子次诂》卷十二、《历代赋汇》卷

---

① 班固《汉书》，第598、755、756、757、2056页。
② 司马迁《史记》，第1126页。
③ 班固《汉书》，第123页。
④ 班固《汉书》，第127、398页。

一百三十四、《古文辞类纂》卷六十四、《七十家赋钞》卷二、《全汉文》卷十五;《艺文类聚》卷九十二、《渊鉴类函》卷四百二十七摘录。亦有名《服赋》者,如明何孟春《贾太傅新书目录》等。

作年四说:(一)文帝前元四年(前 176)。严可均。① (二)前元五年(前 175)。王耕心、王兴国。② (三)前元六年(前 174)。裴骃、汪师韩、钱大昕、董笔正、吴忠烈、刘汝霖、吴文治、康金声、王洲明、徐超、龚克昌、易小平、刘跃进、石观海、张强、吴松庚、吴云、李春台。③ (四)前元七年(前 173)。刘斯翰、田宜弘、王涛。④ 从前元五年(前 175)说。则其为长沙王太傅在此前三年,即前元三年(前 177),时作《吊屈原赋》。

《旱云赋》见于《古文苑》卷三、《文选补遗》卷三十一、《汉魏六朝百三家集》卷一、《历朝赋格》卷一、《贾子次诂》卷十二、《历代赋汇》卷六、《全汉文》卷十五。《文选补遗》在"煎砂石而烂煟"后增"阳风吸习熇熇"。

文帝前元九年(前 171)春大旱,⑤董笔正、刘斯翰、康金声、王洲明、徐超、赵逵夫师、龚克昌、易小平、刘跃进、石观海、吴云、李春

---

① 严可均《铁桥漫稿》。

② 王耕心《贾子次诂》;王兴国《贾谊评传》,第 29 页。

③ 司马迁《史记》,第 2497 页;汪师韩《文选理学权舆》,清光绪十五年读画斋精刻本;钱大昕《廿二史考异》,中华书局,1985 年;董笔正《贾谊辞赋略论》,《兰州教育学院学报》,1989(2);吴忠烈《贾谊》,第 12 页;刘汝霖《汉晋学术编年》,第 33 页;吴文治《中国文学史大事年表》,第 68 页;康金声《汉赋纵横》,第 228 页;王洲明、徐超《贾谊集校注》,第 464 页;龚克昌《全汉赋评注》,第 13 页;易小平《西汉文学系年》,博士学位论文,2005 年;刘跃进《秦汉文学编年史》,第 94 页;石观海《中国文学编年史 · 汉魏卷》,第 22 页;张强《贾谊赋考论四题》,《文学遗产》,2006(4);吴松庚《贾谊》,第 69 页;吴云、李春台《贾谊集校注》,第 355 页。

④ 刘斯翰《汉赋——唯美文学之潮》,第 207 页;田宜弘《贾谊生卒年及其名赋作年考》,《黄石教育学院学报》,1989(1);王涛《论〈七发〉的主旨与写作时间》,《西安石油大学学报》,2009(11)。

⑤ 班固《汉书》,第 122 页。

台系于此年，①可从。

《簠赋》残句散见于各书，赵逵夫师关于其文本的缀合研究可参。②

其写作时间下限为贾谊卒年。

3. 枚乘（约前210—前140）

《汉书·艺文志》："枚乘赋九篇。"现存《七发》《临灞池远诀赋》《梁王兔园赋》《柳赋》。程章灿、万光治、林恬慧辑佚《笙赋》存目。③ 故四篇亡佚。

《七发》见于《文选》卷三十四、《文章辨体》卷四十四、《文编》卷三十七、《西汉文纪》卷七、《两汉萃宝评林》卷上、《七十家赋钞》卷一、《古文辞类纂》卷六十四、《骈体文钞》卷二十八、《全汉文》卷二十；《艺文类聚》卷五十七、《渊鉴类函》卷一百九十九摘录。

《七发》主旨五说：（一）戒膏粱子弟说。刘勰《文心雕龙》首倡，何沛雄等从。④ （二）戒梁孝王反说。李善《文选》注倡，王增文、易小平等从。⑤ （三）戒吴王濞谋反说。清梁章钜《文选旁证》引朱绶说起，曹大中、赵逵夫师、刘斯翰等和。⑥ （四）游戏骋

---

① 董笔正《贾谊辞赋略论》，《兰州教育学院学报》，1989（2）；刘斯翰《汉赋——唯美文学之潮》，第207页；康金声《汉赋纵横》，第228页；王洲明、徐超《贾谊集校注》，第463页；赵逵夫师《汉晋赋管窥》，《甘肃社会科学》，2003（5）；龚克昌《全汉赋评注》，第19页；易小平《西汉文学系年》，博士学位论文，2005年；刘跃进《秦汉文学编年史》，第99页；石观海《中国文学编年史·汉魏卷》，第24页；吴云、李春台《贾谊集校注》，第355页。

② 赵逵夫师《汉晋赋管窥》，《甘肃社会科学》，2003（5）。

③ 程章灿《魏晋南北朝赋史》，第389页；万光治《汉赋通论》，第424、425页；林恬慧《先唐乐器赋研究》，博士学位论文，2012年。

④ 何沛雄《〈子虚〉〈上林〉与〈七发〉的关系》，《文史哲》，1988（1）。

⑤ 王增文《关于枚乘〈七发〉主旨的商榷》，《商丘师专学报》，1988（1）；易小平《〈七发〉构思及其主旨探源》，《广西民族大学学报》，2009（6）。

⑥ 曹大中《论〈七发〉非为戒膏梁之子而发》，《求索》，1989（6）；赵逵夫师《〈七发〉与枚乘生平新探》，《西北师范大学学报》，1999（1）；刘斯翰《汉赋——唯美文学之潮》，第208页。

辞说。束莉。① (五)宣传道家哲学思想说。徐宗文。②

作年五说:(一)高后八年(前 180)左右。吴文治。③ (二)枚乘四十岁左右,即文帝前元十五年(前 165)左右。赵逵夫师。④ (三)文帝后元四年(前 160)。刘斯翰。⑤ (四)景帝前元元年(前 156)。袁行霈。⑥ (五)景帝中元元年(前 149)。易小平。⑦ (六)景帝中元六年(前 144)后。刘跃进。⑧

众说云立,不妨从考其生平入手。据《汉书·邹阳枚乘传》等相关史料可梳理枚乘生平如下:为吴王濞郎中→久之→吴王因太子事怨望为逆,上《谏吴王书》,吴王不纳→枚乘之梁→(景帝前元三年正月)吴王反,汉斩晁错谢诸侯,枚乘再上《谏吴王书》,吴王不用,景帝前元三年(前 154)二月见擒灭→景帝前元三年(前 154)六月汉平七国,枚乘拜为弘农都尉,去官,复游梁→景帝中元六年(前 144)六月梁孝王薨,枚乘归淮阴→建元元年(前 140)武帝即位被征,道死。生平后段清晰明了,第一次上《谏吴王书》,吴王不纳之梁的时间不明确。此次上书缘由为吴王因太子事怨望为逆。太子事指皇太子引博局提杀吴太子。吴太子被杀在文帝前元元年(前 179)三月立启为皇太子后。因子被杀,吴王怨望,稍失藩臣之礼,称疾不朝。查考吴王濞最后一次上朝在前元三年(前 177),⑨"春曰朝,秋曰请。"故吴王心生怨恨不朝在文帝前元三年(前 177)春之后。后京师知其以子故,验问实不病,诸吴使来,辄系责治之。吴王恐,所谋滋甚。

---

① 束莉《枚乘〈七发〉主题再探》,《南京师范大学文学院学报》,2006(3)。
② 徐宗文《〈七发〉三问》,《徐州师范学院学报》,1986(3)。
③ 吴文治《中国文学史大事年表》,第 66 页。
④ 赵逵夫师《〈七发〉与枚乘生平新探》,《西北师范大学学报》,1999(1)。
⑤ 刘斯翰《汉赋——唯美文学之潮》,第 208 页。
⑥ 袁行霈《中国文学史》,高等教育出版社,1999 年,第 290 页。
⑦ 易小平《西汉文学系年》,博士学位论文,2005 年。
⑧ 刘跃进《秦汉文学编年史》,第 125 页。
⑨ 司马迁《史记》,第 829 页。

"后天子赦吴使者归,赐吴王几杖,老不朝。吴得释,其谋亦益解。故枚乘第一次上《谏吴王书》当在吴王太子被杀后,在遇赦、赐几杖、老不朝之前。与之相近有邹阳《谏吴王书》。考邹阳《谏吴王书》所涉史实最迟为"岂非象新垣平等哉"。文帝后元年(前163)冬十月,新垣平诈觉,谋反,夷三族。① 故邹阳之《谏吴王书》当作于文帝后元年(前163)冬十月后。邹阳《谏吴王书》言"今胡数涉北河之外,上覆飞鸟,下不见伏兔",说明此时汉匈关系紧张,尚未和亲。文帝后元二年(前162)六月匈奴和亲,② 故邹阳《谏吴王书》作于文帝后元年(前163)冬十月至二年(前162)五月。枚乘《谏吴王书》中"今欲极天命之寿"所言"天命之寿"是就吴王濞而言,五十为知天命,当指吴王濞五十至五十九岁。景帝前元三年(前154)吴王濞反时下令国中"寡人年六十二",则其天命之寿为文帝前元十四年(前166)至文帝后元七年(前157)。枚乘景帝中元六年(前144)六月自梁东归时枚皋年十七,则枚皋生年在文帝后元四年(前160)。刘向斌论证其生年在景帝前元元年(前156)。③ 枚乘最迟当在文帝后元二年(前162)至梁娶枚皋之母,则枚乘《谏吴王书》写作下限在文帝后元二年(前162)。石观海文帝后元二年(前162)之系年较为合理,刘跃进文帝后元七年(前157)说不可从。④《七发》为戒吴王而作,作于吴王谋逆不朝至枚乘之梁前,即文帝前元三年(前177)春至文帝后元二年(前162)六月,赵逵夫师之说可从。

《临灞池远诀赋》存目,见于《文选》卷二十七李善注。

灞池,潘岳《开中记》:"霸陵,文帝陵也,上有池,有四出道以写

---

① 班固《汉书》,第128页。

② 班固《汉书》,第129页。

③ 刘向斌《枚乘卒年与枚皋生年新考》,《中国赋学》第三辑《第十届国际辞赋学学术研讨会论文集》,齐鲁书社,2016年,第238—247页。

④ 石观海《中国文学编年史·汉魏卷》,第28页;刘跃进《秦汉文学编年史》,第110页。

水。"《史记索隐》:"霸是水名,水径于山,亦曰霸山。即芷阳地也。"
文帝后元七年(前157)夏六月乙巳葬霸陵,霸陵在长安东南,属京
兆尹。枚乘家乡淮阴属临淮郡,景帝中元六年(前144)六月梁孝
王薨,枚乘由梁归淮阴及建元元年(前140)武帝即位被征,道死。
易小平系于孝景中二年(前148)。① 赋作内容亡佚,写作时间下限
为建元元年(前140)。

《梁王兔园赋》见于《古文苑》卷三、《汴京遗迹志》卷十九、《(雍
正)河南通志》卷七十二、《七十家赋钞》卷二、《全汉文》卷二十;《艺文
类聚》卷六十五、《文选补遗》卷三十一、《历代赋汇》卷八十四摘录。
《文选补遗》、《历代赋汇》"极乐到暮"后增"乐而不舍,逮及春郊"。

刘斯翰、石观海系于景帝前元四年(前153)。② 梁孝王筑东苑在
帮助平定七国之乱、景帝前元四年(前153)夏四月汉立太子后。③ 赋
作于枚乘景帝前元三年(前154)六月至中元六年(前144)六月第二
次游梁期间。赋言"秋风扬焉"、"于是晚春早夏"、"春阳生兮萋萋",
则作年为景帝前元四年(前153)至中元六年(前144)五月。

《柳赋》见于《西京杂记》卷四、《古文苑》卷三、《汴京遗迹志》卷
十九、《四六丛话》卷四、《历朝赋格》卷五、《广群芳谱》卷七十六、
《历代赋汇》卷一百十六、《全汉文》卷二十。

枚乘《柳赋》,邹阳、公孙乘、路乔如、羊胜赋作在后文羊胜部分
论述。

枚乘《笙赋》写作时间下限为其卒年。

4. 枚皋(前160—?)

《汉书·艺文志》:"枚皋赋百二十篇。"《汉书·贾邹枚路传》:
枚皋赋"凡可读者百二十篇,其尤嫚戏不可读者尚数十篇"。④ 现

---

① 易小平《西汉文学系年》,博士学位论文,2005年。
② 刘斯翰《汉赋——唯美文学之潮》,第208页;石观海《中国文学编年史·汉魏
卷》,第36页。
③ 班固《汉书》,第143、2208页。
④ 班固《汉书》,第2367页。

《皇太子生赋》存目；程章灿、万光治辑佚《平乐馆赋》存目；①笔者前文中辑佚《戒终赋》、《宣房赋》、《甘泉赋》、《雍赋》、《河东赋》、《封泰山赋》、《校猎赋》、《蹴鞠赋》，起码亡佚110篇。

《皇太子生赋》存目。《汉书·外戚传》："元朔元年生男。"《汉书·武五子传》："元狩元年立为皇太子，年七岁矣。"作年当如吴文治、易小平所系在元朔元年（前128）。②

"（枚）皋字少孺，乘在梁时，取皋母为小妻。乘之东归也，皋母不肯随乘，乘怒，分皋数千钱，留与母居。年十七，上书梁共王，得召为郎。三年，为王使，与冗从争，见谗恶遇罪，家室没入。皋亡至长安。会赦，上书北阙，自陈枚乘之子。上得之大喜，召入见待诏，皋因赋殿中。诏使赋平乐馆，善之。拜为郎，使匈奴。"③梁共王孝景后元年（前143）嗣，七年薨。④ 即建元四年（前137）薨。那么，枚皋"三年，为王使，与冗从争，见谗恶遇罪，家室没入"，"亡至长安"当在孝景后元三年（前141）至建元四年（前137）间。此间"赦天下"有建元元年（前140），且该年"议立明堂，遣使者安车蒲轮，束帛加璧，征鲁申公"。⑤ 则枚皋"会赦，上书北阙，自陈枚乘之子"，"上得之大喜，召入见待诏，皋因赋殿中"当在建元元年（前140）或稍后。由"诏使赋平乐馆，善之"可见枚皋有《平乐馆赋》无疑，写作时间在建元元年（前140）或稍后。易小平系于建元元年（前140）。⑥

5. 邹阳（约前206—前129）

邹阳有《几赋》、《酒赋》。曹道衡、沈玉成编撰的《中国文学家

①　程章灿《魏晋南北朝赋史》，第390页；万光治《汉赋通论》，第436页。

②　吴文治《中国文学史大事年表》，第81页；易小平《西汉文学系年》，博士学位论文，2005年。

③　班固《汉书》，第2366页。

④　班固《汉书》，第406页。

⑤　班固《汉书》，第157页。

⑥　易小平《西汉文学系年》，博士学位论文，2005年。

大辞典》中有《悷赋》。① 案:当是《酒赋》。

《几赋》见于《西京杂记》卷四、《文选补遗》卷三十三、《古俪府》卷十二、《四六丛话》卷四、《渊鉴类函》卷三百八十二、《历代赋汇》卷八十五、《续古文苑》卷一、《全汉文》卷十九。

《酒赋》见于《西京杂记》卷四、《七十家赋钞》卷二、《全汉文》卷十九;《渊鉴类函》卷三百九十三摘录。

6. 公孙乘(约前 140 年前后在世)

《月赋》见于《西京杂记》卷四、《古文苑》卷三、《尧山堂外纪》卷四、《四六丛话》卷四、《七十家赋钞》卷二、《全汉文》卷十九。《北堂书钞》卷一百五十、《初学记》卷一、《卓氏藻林》卷一、《陈检讨四六》卷七、《渊鉴类函》卷三将其中部分文句误属于枚乘之作。

7. 路乔如(约前 140 年前后在世)

《鹤赋》见于《古文苑》卷三、《尧山堂外纪》卷三、《四六丛话》卷四、《历代赋汇》卷一百二十八。曹道衡、沈玉成编撰的《中国文学家大辞典》中有《雏赋》。② 案:当为《鹤赋》。

8. 公孙诡(? —前 150)

《文鹿赋》见于《西京杂记》卷四、《四六丛话》卷四、《渊鉴类函》卷四百三十、《历代赋汇》卷一百三十四、《续古文苑》卷一、《全汉文》卷十九。

9. 羊胜(? —前 150)

《屏风赋》见于《西京杂记》卷四、《初学记》卷二十五、《古文苑》卷三、《尧山堂外纪》卷四、《四六丛话》卷四、《渊鉴类函》卷三百七十六、《历代赋汇》逸句卷一、《全汉文》卷十九。《初学记》卷二十五作"芊胜",误。

《西京杂记》:"梁孝王游于忘忧之馆,集诸游士,各使为赋。枚

---

① 曹道衡、沈玉成《中国文学家大辞典》,中华书局,1996 年,第 214 页。

② 曹道衡、沈玉成《中国文学家大辞典》,第 466 页。

乘《柳赋》、路乔如《鹤赋》、公孙诡《文鹿赋》、邹阳《酒赋》、公孙乘《月赋》、羊胜《屏风赋》，韩安国作《几赋》不成，邹阳代作，邹阳、安国罚酒三升，赐枚乘、路乔如绢，人五匹。"

　　此组赋作为同时之作。易小平、刘跃进、石观海系年于景帝前元四年（前 153）。① 羊胜、公孙诡、邹阳景帝前元四年（前 153）夏四月后至梁，羊胜、公孙诡景帝前元七年（前 150）夏四月匿王后宫，②使者"月余不得"，后自杀，则死亡时间为景帝前元七年（前 150）六月。匿于后宫之四月，当不得宴饮。枚乘《柳赋》："枝逶迤而含紫，叶萋萋而吐绿。"公孙乘《月赋》："蟋蟀鸣于西堂"，可见是春夏之际。宋谢惠连《雪赋》："岁将暮，时既昏。寒风积，愁云繁。梁王不悦，游于菟园。乃置旨酒，命宾友，召邹生，延枚叟，相如末至，居客之右。"其说不可为据。故枚乘《柳赋》、路乔如《鹤赋》、公孙诡《文鹿赋》、邹阳《酒赋》、公孙乘《月赋》、羊胜《屏风赋》、邹阳代韩安国作《几赋》，在景帝前元四年（前 153）四月至前元七年（前 150）四月。

　　10. 孔臧（约前 201—前 123）

　　《汉书·艺文志》："太常蓼侯孔臧赋二十篇。"《孔丛子》卷七："孝武皇帝重违其意，遂拜为太常，其礼赐如三公。在官数年，著书十篇而卒。先时，尝为赋二十四篇，四篇别不在集，以其幼时之作也。"现存《谏格虎赋》（顾实《汉书艺文志讲疏》作《谏虎赋》）、③《蓼虫赋》、《鸮赋》、《杨柳赋》，亡佚 20 篇。

　　《谏格虎赋》见于《孔丛子》卷七、《文选补遗》卷三十一、《历朝赋格》上集文赋格卷三、《续古文苑》卷一、《全汉文》卷十三。孙少华系于汉文帝前元十六年（前 164）。吴文治系于建元三年（前

　　① 易小平《西汉文学系年》，博士学位论文，2005 年；刘跃进《秦汉文学编年史》，第 117 页；石观海《中国文学编年史·汉魏卷》，第 36 页。
　　② 司马迁《史记》，第 2083、2085 页。
　　③ 顾实《汉书艺文志讲疏》，第 178 页。

138）。易小平系于元朔三年（前 126）。①

《蜚虻赋》见于《孔丛子》卷七、《文选补遗》卷三十一、《渊鉴类函》卷四百十、《历代赋汇》卷一百四十、《全汉文》卷十三；《艺文类聚》卷八十二、《王荆公诗注》卷二十七、《广群芳谱》卷四十七摘录。

《鸮赋》见于《孔丛子》卷七、《艺文类聚》卷九十二、《文选补遗》卷三十一、《续古文苑》卷一、《全汉文》卷十三；《太平御览》卷九百二十七、《渊鉴类函》卷四百二十七、《历代赋汇》卷一百三十四、《七十家赋钞》卷三、《汉书疏证》卷二十五摘录。

《杨柳赋》见于《孔丛子》卷七、《文选补遗》卷三十一、《续古文苑》卷一、《全汉文》卷十三。

吴文治系于元朔五年（前 124）。② 由前文可知赋作于拜太常前。孔臧文帝前元九年（前 171）嗣父为蓼侯。孔臧元朔二年（前127）为太常，三年免。③ 故其赋写作时间下限为元朔二年（前127）。

11. 刘安（前 179—前 122）

《汉书·艺文志》："淮南王赋八十二篇。"现存《屏风赋》、《薰笼赋》，亡佚八十篇。

《屏风赋》见于《初学记》卷二十五、《古文苑》卷三、《历代赋汇》卷八十七、《（嘉庆）凤台县志》卷七、《全汉文》卷十二；《艺文类聚》卷六十九、《唐韵正》卷十五、《渊鉴类函》卷三百七十六摘录。

《薰笼赋》存目，见于《太平御览》卷七百十一。

刘安孝文前元八年（前 172）被封为阜陵侯时年七八岁，十六年（前 164）被封为淮南王；建元二年（前 139）入朝，"献所作《内篇》，上爱秘之。使为《离骚传》，又献《颂德》及《长安都国颂》。每宴见，谈说得失及方技赋颂，昏莫然后罢"。元狩元年（前 122）反，

①　孙少华《孔臧四赋与西汉诗赋分途发微》，《文学遗产》2009（2）；吴文治《中国文学史大事年表》，第 78 页；易小平《西汉文学系年》，博士学位论文，2005 年。

②　吴文治《中国文学史大事年表》，第 81 页。

③　班固《汉书》，第 771 页。

自杀。① 刘安作赋时间下限为元狩元年(前 122)。《薰笼赋》系于此间。

《屏风赋》"庇荫尊屋"、"近君头足",可证此屏风不是自家的。写作时间下限为元狩元年(前 122)。

12. 司马相如(前 179—前 117)

《汉书·艺文志》:"司马相如赋二十九篇。"现存《美人赋》、《梓桐山赋》、《子虚赋》、《天子游猎赋》、《哀二世赋》、《长门赋》、《大人赋》、《难蜀父老》、《梨赋》、《鱼葅赋》②另踪凡辑《玉如意赋》。③亡佚 18 篇。《历代辞赋总汇》列《琴歌》。④

《美人赋》辨伪可参看简宗梧《〈美人赋〉辨证》。⑤ 赋见于《古文苑》卷三、《文选补遗》卷三十一、《山中一夕话》卷四、《汉魏六朝百三家集》卷二、《历代赋汇》外集卷十五、《七十家赋钞》卷二、《全汉文》卷二十二;《艺文类聚》卷十八、《渊鉴类函》卷二百五十五摘录。此外,《玉台新咏笺注》卷二:"司马相如《美人赋》:'花容自献,玉体横陈。'"该句见《徐孝穆集笺注》卷四、《李义山诗集注》卷一上、《佩文韵府》卷十一之四、《夵史》卷五十九、《玉溪生诗详注》卷三、《曝书亭集词注》卷四、《六朝文絜笺注》卷八名为《好色赋》。案:二者文句相同,实为一赋。

作年三说:(一)游梁时。蔡辉龙系于景帝中元元年(前 149)至中元六年(前 144);李昊定在景帝中元五年(前 145)。⑥ (二)据《西京杂记》卷二:"长卿素有消渴疾,及还成都,悦文君之色,遂以

---

①　班固《汉书》,第 2145 页。
②　张清钟《汉赋研究》,第 9 页"葅"作"菹"。
③　踪凡《严可均〈全汉文〉〈全后汉文〉辑录汉赋之阙误》,《文学遗产》,2007(6)。
④　马积高《历代辞赋总汇·先秦汉魏晋南北朝卷》,第 130 页。
⑤　简宗梧《汉赋史论》,东大图书公司,1993 年,第 41—52 页。
⑥　蔡辉龙《两汉名家田猎赋研究》,天工书局,2001 年,第 10 页;李昊《司马相如生平考辨》,《中华文化论坛》,2006(3)。

发痼疾,乃作《美人赋》,欲以自刺,而终不能改。"康金声系于景帝中元四年(前146);吴文治系于景帝中元五年(前145);易小平系于中元六年(前144)。龚克昌、石观海系于景帝后元二年(前142)。① (三)认为此赋为相如受金免官后以美人为喻,好色与否为自己受金辩护。鲁红平。② 据赋作内容看,当为游梁时所作。景帝时梁孝王入朝三次:景帝前元二年(前155)、三年(前154)、七年(前150)。景帝前元四年(前153),羊胜、公孙诡、邹阳之属方被孝王招致,③故司马相如见邹阳、枚乘、庄忌之徒而说之,因病免,客游梁在景帝前元七年(前150)。此次入朝在十月,十一月孝王归国,则司马相如至梁在景帝前元七年(前150)十一月。梁孝王卒在景帝中元六年(前144)六月。④ 故司马相如景帝前元七年(前150)十一月至中元六年(前144)六月游梁,赋作于此间。

《梓桐山赋》,程章灿辑残词"礧碡"。⑤《山海经笺疏》:"梓桐山又名子桐山";《蜀典》卷一称"梓潼山",《山海经笺疏》:"地域似不在蜀地。"《汉书·地理志》中梓潼属于广汉郡,"五妇山,驰水所出,南入涪,行五百五十里"。⑥《后汉书》卷七"梓潼山崩"注:"梓潼县,属广汉郡,今始州县也,有梓潼水。"言及梓潼县、梓潼水,但没有梓潼山之称,因此当是指梓潼之山,而非梓潼山,且梁时方置梓潼。《禹贡锥指》卷四记载"淄川梓桐山",梓桐山在今山东省淄博淄川境内。西汉时,梁国为大国,居天下膏腴地,北届泰山。梓潼山在泰山北,故《梓桐山赋》为司马相如景帝前元七年(前150)

① 康金声《汉赋纵横》,第231页;吴文治《中国文学史大事年表》,第75页;易小平《西汉文学系年》,博士学位论文,2005年;龚克昌《中国辞赋研究》,第371页;石观海《中国文学编年史·汉魏卷》,第43页。
② 鲁红平《论司马相如的创作心迹》,《新疆师范大学学报》,2005(2)。
③ 班固《汉书》,第2107、2208页。
④ 司马迁《史记》,第1132页;班固《汉书》,第2211页。
⑤ 程章灿《魏晋南北朝赋史》,第332页。
⑥ 班固《汉书》,第1597页。

十一月至中元六年(前144)六月游梁期间作。

《玉如意赋》为其游梁时所作。《西京杂记》:"司马相如作《玉如意赋》,梁王悦之,赐以绿绮之琴,文木之几,夫余之珠。琴铭曰'桐梓合精'。"

《子虚赋》、《上林赋》及《天子游猎赋》分篇之争自宋王观国始,《学林》卷七:"司马相如《子虚赋》中,虽言上林之事,然首尾贯通一意,皆《子虚赋》也,未尝有《上林赋》。而昭明太子编《文选》,乃析其半,自'亡是公听然而笑'为始,以为《上林赋》,误矣。"金人王若虚《滹南集》卷三十四《文辨》,明人焦竑《笔乘》卷三、清人何焯《义门读书记》、顾炎武《日知录》卷二十七、阎若璩《潜邱札记》卷五、孙志祖《读书脞录》卷七,近人高步瀛《文选李注义疏》等承其余绪。但现在学界基本认同现有文献中的《子虚》、《上林》实为同一篇赋作的两部分。分歧在于武帝所读之《子虚赋》与现存之《子虚赋》是否为同一赋作?现存《子虚赋》是《天子游猎赋》一部分,还是武帝所读《子虚赋》已亡佚?对此,学界争议不断:胡大雷认为"《史记·司马相如列传》所称'《子虚》之赋'当也是含在《天子游猎赋》中的,所谓别有《子虚赋》的意见不能成立。"①刘汝霖、蔡辉龙、刘跃进等试图调和,提出初稿与定稿之说。②对此,笔者倾向于龚克昌之论证:汉武帝所欣赏的《子虚赋》,当是《天子游猎赋》以外的另一篇,已经亡佚。③

《子虚赋》作年五说:(一)景帝前元七年(前150)至中元六年(前144)。刘跃进、金前文。④ (二)景帝中元元年(前149)至六年

① 胡大雷《别有〈子虚说〉不能成立》,《文学遗产》,2005(5)。
② 刘汝霖《汉晋学术编年》,第52页;蔡辉龙《两汉名家田猎赋研究》,第13页;刘跃进《秦汉文学编年史》,第145页。
③ 龚克昌《中国辞赋研究》,第335页。
④ 刘跃进《秦汉文学编年史》,第121页;金前文《西汉蜀郡赋家赋作考》,《湖北工业大学学报》,2010(6)。

（前144）。蔡辉龙。① （三）景帝中元三年（前147）。刘斯翰。②
（四）景帝中元四年（前146）。石观海。③ （五）景帝中元五年（前
145）左右。吴文治、龚克昌、易小平。④ 司马相如景帝前元七年
（前150）十一月游梁后，"梁孝王令与诸生同舍，相如得与诸生游
士居。数岁，乃著《子虚》之赋"。⑤ "数岁"方赋《子虚》，"数岁"当
在三年以上，即景帝中元三年（前147）十一月后。中元六年（前
144）六月梁孝王卒，相如归，故系《子虚赋》于景帝中元三年（前
147）十二月至六年（前144）六月。

　　《天子游猎赋》见于《史记》卷一百十七、《汉书》卷五十七、《文
选》卷七、《通志》卷九十八、《班马异同》卷二十六、《古赋辨体》卷
三、《雅伦》卷四、《文章辨体》卷三、《汉魏六朝百三家集》卷二、《历
朝赋格》卷二、《历代赋汇》卷五十八、《七十家赋钞》卷二、《古文辞
类纂》卷六十五、《全汉文》卷二十一、《汉书补注》卷二十七；《艺文
类聚》卷六十六、《事文类聚》卷三十七、《渊鉴类函》卷二百九摘录。

　　作年六说：（一）武帝建元元年（前140）至三年（前138）。金前文。
易小平系于建元元年（前140）。⑥ （二）建元三年（前138）。何沛雄、
蔡辉龙、刘斯翰、石观海。⑦ （三）建元四年（前137）。简宗梧。⑧ （四）

---

①　蔡辉龙《两汉名家田猎赋研究》，第10页。

②　刘斯翰《汉赋——唯美文学之潮》，第209页。

③　石观海《中国文学编年史·汉魏卷》，第40页。

④　吴文治《中国文学史大事年表》，第75页；龚克昌《中国辞赋研究》，第334页；
易小平《西汉文学系年》，博士学位论文，2005年。

⑤　司马迁《史记》，第2999页；班固《汉书》，第2529页。

⑥　金前文《西汉蜀郡赋家赋作考》，《湖北工业大学学报》，2010(6)；易小平《西汉
文学系年》，博士学位论文，2005年。

⑦　何沛雄《上林赋作于建元初年考》，《汉魏六朝赋论集》，台北联经出版事业公
司，1990年，第21页；蔡辉龙《两汉名家田猎赋研究》，第12页；刘斯翰《汉赋——唯美
文学之潮》，第210页；石观海《中国文学编年史·汉魏卷》，第48页。

⑧　简宗梧《汉赋史论》，第125页。

建元五年（前 136）。康金声。① （五）建元六年（前 135）。龚克昌。② （六）元光元年（前 134）。沈伯俊、刘跃进。③ 武帝景帝后元三年（前 141）春正月即位,故《天子游猎赋》作年上限为景帝后元三年（前 141）。至于相如何时被召,史料缺乏无考。"赋奏,天子以为郎。为郎数岁,会唐蒙使略通夜郎、西僰中。"唐蒙通夜郎、西僰中在建元六年（前 135）。④ 则奏赋在此前数年。建元三年（前 138）扩建上林苑,且上林苑之建章、承乐、豫章等宫观未在赋中言及,故系该赋于扩建上林苑之初较为合理。至于刘跃进强调赋中重儒需在窦太后辞世后之说法与建元元年（前 140）上尚儒术,⑤建元五年（前 136）置五经博士之记载相抵牾;其"为天下始"即改元的说法也过于将文学与史学映证。故系于建元三年（前 138）。

《哀二世赋》见于《史记》、《汉书》卷五十七、《艺文类聚》卷四十、《通志》卷九十八、《楚辞后语》卷二、《班马异同》卷二十七、《文选补遗》卷三十一、《汉魏六朝百三家集》卷二、《渊鉴类函》卷一百八十二、《历代赋汇补遗》卷十四、《七十家赋钞》卷二、《古文辞类纂》卷六十六、《全汉文》卷二十一、《汉书补注》卷五十七。《汉书》、《艺文类聚》、《通志》、《楚辞后语》、《文选补遗》、《历代赋汇》、《七十家赋钞》、《古文辞类纂》无"复邈绝而不齐兮,弥久远而愈休,精罔阆而飞扬兮,拾九天而永逝,呜呼哀哉"。

作年五说:(一)建元三年（前 138）。吴文治、石观海、金前文。⑥

① 康金声《汉赋纵横》,第 233 页。
② 龚克昌《中国辞赋研究》,第 373 页。
③ 沈伯俊《司马相如简论》,《西南师范大学学报（人文社会科学版）》,1982(2);刘跃进《秦汉文学编年史》,第 145 页。
④ 班固《汉书》,第 3839 页。
⑤ 司马迁《史记》,第 452 页。
⑥ 吴文治《中国文学史大事年表》,第 78 页;石观海《中国文学编年史·汉魏卷》,第 48 页;金前文《西汉蜀郡赋家赋作考》,《湖北工业大学学报》,2010(6)。

（二）建元六年（前135）后。龚克昌。①　（三）元光五年（前130）。
康金声。②　（四）元朔二年（前127）。刘斯翰。③　（五）元朔三年（前
126）。易小平。④《史记》："（司马相如）尝从上至长杨猎，是时天
子方好自击熊彘，驰逐野兽，相如因上疏谏（《谏猎疏》）。……上善
之，还过宜春宫，相如奏赋以哀二世行失（《哀二世赋》）。……相如
拜为孝文园令，天子既美子虚之事，相如见上好仙道，因曰：'上林
之事未足美也，尚有靡者。臣尝为《大人赋》，未就，请具而奏之。'
相如以为列仙之传居山泽间，形容甚臞，此非帝王之仙意也，乃遂
就《大人赋》。……相如既奏《大人赋》，天子大说，飘飘有凌云之
气，似游天地之闲意。"此部分属追述之辞。"尝从上至长杨猎"当
指《汉书·东方朔传》中所言建元三年（前138）武帝微行南猎长
杨，东游宜春事，司马相如《谏猎疏》"且夫清道而后行，中路而后
驰，犹时有衔橛之变。而况涉乎蓬蒿，驰乎丘坟"可证不是正式的
出猎，而是微行私下之举。其后所作之《哀二世赋》当在建元三年
（前138）。元光五年（前130）、元朔二年（前127）无武帝出猎记
载；龚克昌认为司马相如建元三年（前138）应诏进京，《天子游猎
赋》作于建元六年（前135），并据此将该赋作年下推至建元六年
（前135）后。

　　《长门赋》辨伪可参看简宗梧《〈长门赋〉辨正》、力之《〈长门赋〉
之作者考辨》等。⑤　赋见于《文选》卷十六、《古赋辨体》卷三、《文章
辨体》卷三、《雅伦》卷四、《汉魏六朝百三家集》卷二、《历朝赋格》卷
二、《历代赋汇》外集卷十四、《七十家赋钞》卷二、《古文辞类纂》卷

---

① 龚克昌《中国辞赋研究》，第375页。
② 康金声《汉赋纵横》，第234页。
③ 刘斯翰《汉赋——唯美文学之潮》，第210页。
④ 易小平《西汉文学系年》，博士学位论文，2005年。
⑤ 简宗梧《汉赋史论》，第53—61页；力之《〈长门赋〉之作者考辨》，《钦州师范高
等专科学校学报》，1998(2)。

六十六、《全汉文》卷二十二。

作年六说：(一)元光五年(前130)。吴文治、康金声、张连科、李昊。① (二)六年(前129)。蔡辉龙、易小平、石观海。② (三)元朔元年(前128)。龚克昌。③ (四)元光六年(前129)至元朔二年(前127)。刘南平、班秀萍。④ (五)受金免官后。鲁红平。⑤ (六)孝文园令上。蒋晓光。⑥ 元光五年(前130)陈皇后被废,赋作于该年。

《大人赋》见于《史记》卷一百一十七、《汉书》卷五十七、《文选补遗》卷三十一、《通志》卷九十八、《班马异同》卷二十七、《汉魏六朝百三家集》卷二、《历代赋汇》外集卷十一、《七十家赋钞》卷二、《古文辞类纂》卷六十六、《全汉文》卷二十一、《汉书补注》卷二十七。

作年四说：(一)元光二年(前133)。吴文治、龚克昌、康金声、石观海、李昊。⑦ (二)元朔四年(前125)。刘斯翰、龚克昌、万光治。⑧ (三)元狩四年(前119)。庄春波、张连科、刘南平、班秀萍。⑨ (四)元狩五年(前118)。龙文玲。⑩ 案:龚克昌前后持说有

① 吴文治《中国文学史大事年表》,第80页;康金声《汉赋纵横》,第234页;张连科《司马相如集编年笺注》,辽海出版社,2003年,第94页;李昊《司马相如生平考辨》,《中华文化论坛》,2006(3)。
② 蔡辉龙《两汉名家田猎赋研究》,第14页;易小平《西汉文学系年》,博士学位论文,2005年;石观海《中国文学编年史·汉魏卷》,第54页。
③ 龚克昌《中国辞赋研究》,第383页。
④ 刘南平、班秀萍《司马相如考释》,天津古籍出版社,2007年,第253页。
⑤ 鲁红平《论司马相如的创作心迹》,《新疆师范大学学报》,2005(2)。
⑥ 蒋晓光《〈长门赋〉新论》,《古典文学知识》,2011(5)。
⑦ 吴文治《中国文学史大事年表》,第79页;龚克昌《汉赋研究》,第129页;康金声《汉赋纵横》,第234页;石观海《中国文学编年史·汉魏卷》,第52页;李昊《司马相如生平考辨》,《中华文化论坛》,2006(3)。
⑧ 刘斯翰《汉赋——唯美文学之潮》,第211页;龚克昌《全汉赋评注》,第174页;万光治《司马相如〈大人赋〉献疑》,《四川师范大学学报》,2005(3)。
⑨ 庄春波《汉武帝评传》,南京大学出版社,2001年,第545、546页;张连科《司马相如集编年笺注》,第138页;刘南平、班秀萍《司马相如考释》,第263页。
⑩ 龙文玲《司马相如〈上林赋〉、〈大人赋〉作年考辨》,《江汉论坛》,2007(2)。

变化。元狩四年(前119)相如免官期间,当不会上《大人赋》。元光二年(前133)汉武帝开始向仙,对向仙之危害尚未明晰,故本书取元朔四年(前125)说。

《难蜀父老》,学界多据文中"汉兴七十有八载"推作年,因推算方法相异致三说并行:(一)元光五年(前130)。《两汉纪》发端,司马光、方向红从。① (二)元光六年(前129)。源自《史记集解》引徐广"元光六年也"说,刘汝霖、泷川资言、白寿彝、刘琳、吴文治、简宗梧、蔡辉龙、刘斯翰、康金声、李孝中、龚克昌、易小平、董灵超、石观海、刘南平、班秀萍、吴明贤、许结、赵炳清、杜松柏、李昊从。② (三)元朔元年(前128)。沈伯峻、金国永、张连科、刘跃进。③ (四)建元六年(前135)。熊伟业。④ 四说并置,孰是孰非?建元六年(前135)明显与文中"汉兴七十有八载"相违。"汉兴七十有八载"

① 荀悦著、张烈点校《两汉纪》,中华书局,2002年,第183页;司马光《资治通鉴》,第590页;方向红《司马相如及其辞赋研究》,第10页。

② 司马迁《史记》,第3049页;刘汝霖《汉晋学术编年》,第85页;泷川资言《史记会注考证》,北岳文艺出版社,1999年,第4770页;白寿彝《中国通史》,巴蜀书社,1984年,第四卷下册第152页;刘琳校注《华阳国志》,巴蜀书社,1984年,第272、219页;吴文治《中国文学史大事年表》,第80页;简宗梧《汉赋史论》,第120页;蔡辉龙《两汉名家田猎赋研究》,第14页;刘斯翰《汉赋——唯美文学之潮》,第210页;康金声《汉赋纵横》,第234页;李孝中《司马相如集校注》,第56页;龚克昌《中国辞赋研究》,第382页;易小平《西汉文学系年》,博士学位论文,2005年;董灵超《司马相如的人格精神和文学精神探析》,第51页;石观海《中国文学编年史·汉魏卷》,第54页;刘南平、班秀萍《司马相如考释》,第229页;吴明贤《论司马相如在开发西南夷中的贡献》,《四川师范大学学报》,2008(4);许结《诵赋而惊汉主——司马相如与汉宫廷赋考述》,《四川师范大学学报》,2008(4);赵炳清《司马相如与通"西南夷"》,《西华师范大学学报》,2008(5);杜松柏《司马相如〈难蜀父老〉的写作年代、文体与篇名考》,《学术交流》,2009(11);李昊《司马相如生平考辨》,《中华文化论坛》,2006(3)。

③ 沈伯峻《司马相如简论》,《西南师范学院学报》,1982(2);金国永《司马相如集校注》,第159页;张连科《司马相如集编年笺注》,第118页;刘跃进《秦汉文学编年史》,第154页。

④ 熊伟业《西汉唐蒙、司马相如通西南夷的两个问题》,《兰台世界》,2008(2)。

该为何年？《史记·河渠书》："汉兴三十九年，孝文时，河决酸枣，东溃金堤。"《史记·封禅书》："文帝即位十三年。……是时，丞相张苍好律历，以为汉乃水德之始，故河决金堤，其符也。"文帝十七年秋（前180）即位，十三年即文帝前年十三年（前167）。往前三十九周年即汉兴之高祖元年（前206）。《汉书·律历志》："至武帝元封七年，汉兴百二岁矣。"①元封七年即太初元年（前104），高祖元年（前206）至太初元年（前104）为102周年。故可知《史记》、《汉书》之"汉兴××年"乃周年计算法，而非年头推算法。故"汉兴七十有八载"当指七十八周年之元朔元年（前128）。元光五年（前130）、六年（前129）之说不可从，明矣。"汉兴七十有八载"乃元朔元年（前128），但是否为写作时间，还需全观武帝时征西南夷历史事件及文本内容。该赋写作背景《史记·司马相如传》及《难蜀父老》交代甚详：

> 唐蒙已略通夜郎，因通西南夷道，发巴、蜀、广汉卒，作者数万人。治道二岁，道不成，士卒多物故，费以巨万计。蜀民及汉用事者多言其不便。是时邛筰之君长闻南夷与汉通，得赏赐多，多欲愿为内臣妾，请吏，比南夷。天子问相如，相如曰："邛、筰、冉、駹者近蜀，道亦易通，秦时尝通为郡县，至汉兴而罢。今诚复通，为置郡县，愈于南夷。"天子以为然，乃拜相如为中郎将，建节往使。副使王然于、壶充国、吕越人驰四乘之传，因巴蜀吏币物以赂西夷。至蜀，蜀太守以下郊迎，县令负弩矢先驱，蜀人以为宠。于是卓王孙、临邛诸公皆因门下献牛酒以交欢。卓王孙喟然而叹，自以得使女尚司马长卿晚，而厚分与其女财，与男等同。司马长卿便略定西夷，邛、筰、冉、駹、斯榆之君皆请为内臣。除边关，关益斥，西至沫、若水，南

---

① 班固《汉书》，第974页。

至牂牁为徼，通零关道，桥孙水以通邛都。还报天子，天子大悦。

相如使时，蜀长老多言通西南夷不为用，唯大臣亦以为然。相如欲谏，业已建之，不敢，乃著书，籍以蜀父老为辞，而己诘难之，以风天子，且因宣其使指，令百姓知天子之意。其辞曰："汉兴七十有八载，德茂存乎六世，威武纷纭，湛恩汪濊，群生霑濡，洋溢乎方外。于是乃命使西征，随流而攘，风之所被，罔不披靡。因朝冄从駹，定筰存邛，略斯榆，举苞满，结轶还辕，东乡将报，至于蜀都。耆老大夫荐绅先生之徒二十有七人，俨然造焉……"

由上述材料可知：（一）"还报天子，天子大悦"，"业已建之"，"因朝冄从駹，定筰存邛，略斯榆，举苞满，结轶还辕，东乡将报，至于蜀都"，可证赋作于相如征西南夷完成返回时，非初征及准备出征时。（二）"治道二岁，道不成，士卒多物故，费以巨万计。蜀民及汉用事者多言其不便。"此就唐蒙开西南夷而言。《汉书·武帝纪》："元光五年（前130）夏，发巴、蜀治南夷道。""治道二岁"时至元朔元年（前128）夏。多言其不便之汉用事者指公孙弘。公孙弘元光五年（前130）为左内史，①一岁中"时方通西南夷，巴蜀苦之，诏使弘视焉。还奏事，盛毁西南夷无所用"在元光五年（前130）。② 元朔三年（前126）公孙弘为御史大夫，数谏"以为罢弊中国以奉无用之地，愿罢之"。"愿罢西南夷、苍海，专奉朔方。上乃许之"。③ 因公孙弘等强烈反对，唐蒙通西南夷止于元朔三年（前126）。考唐蒙通西南夷之所为："从巴、蜀、筰关入，遂见夜郎侯多同。蒙厚赐，喻

---

① 班固《汉书》，第770页。
② 司马迁《史记》，第2618页。
③ 班固《汉书》，第772、2619页。

以威德,约为置吏,使其子为令。夜郎旁小邑皆贪汉缯帛,以为汉道险,终不能有也,乃且听蒙约。还报,乃以为犍为郡。发巴蜀卒治道,自僰道指牂牁江。……数岁,道不通,士罢饿离湿,死者甚众;西南夷又数反,发兵兴击,耗费无功。上患之,使公孙弘往视问焉。还对,言其不便。及弘为御史大夫,是时方筑朔方以据河逐胡,弘因子言西南夷害,可且罢,专力事匈奴。上罢西夷,独置南夷夜郎两县一都尉,稍令犍为自葆就。"其发卒之"巴、蜀、广汉"本南夷;[1]其所至之"巴蜀筰关"、"夜郎"、"犍为郡"、"僰道"、"牂牁江"属南夷。[2] (三)相如所言之"邛筰"属西夷,[3]不在南夷。《难蜀父老》明言"今又接以西夷"。相如出征时"西至沬、若水,南至牂牁为徼,通零关道,桥孙水以通邛都",地域涉及南夷与西夷,与唐蒙所至地域不一致,则司马相如作《难蜀父老》时之征西南夷与唐蒙不为同一次。唐蒙出征仅在南夷,司马相如为西夷与南夷。(四)考汉武帝时征西南夷,"初,汉欲通西南夷,费多,罢之。及骞言可以通大夏,乃复事西南夷"。[4] "复事"可证有两次,唐蒙为第一次。"及元狩元年(前122),博望侯张骞使大夏来,言居大夏时见蜀布、邛竹杖,使问所从来,曰:'从东南身毒国可数千里,得蜀贾人市。或闻邛西可二千里有身毒国。'骞因盛言大夏在汉西南,慕中国,患匈奴隔其道,诚通蜀,身毒国道便近,有利无害。于是天子乃令王然于、柏始昌、吕越人等,使间出西夷西,指求身毒国。至滇,滇王尝羌乃留,为求道西十余辈。岁余,皆闭昆明,莫能通身毒国。滇王与汉使者言曰:'汉孰与我大?'及夜郎侯亦然。以道不通故,各自以为一州主,不知汉广大。使者还,因盛言滇大国,足事亲附。

① 班固《汉书》,第1645页。
② 中国历史地图集编辑组《中国历史地图集》第二册,中华地图学社出版,1974年,第29—30、31—32页。
③ 司马迁《史记》,第2994页。
④ 司马迁《史记》,第3166页;班固《汉书》,第2690页。

天子注意焉。"①第二次通西南夷在元狩元年（前 122），所派使者"王然于、柏始昌、吕越人等"与《司马相如传》所言之"乃拜相如为中郎将，建节往使。副使王然于、壶充国、吕越人驰四乘之传，因巴蜀吏币物以赂西夷"相合，两处所言，实为同一次通西夷。《史记·西南夷列传》不明言使者司马相如而以"等"表示，乃司马迁之互见法使然。《滇略》卷七、《云南通志》卷十八下之二亦如此记载。②《通鉴纪事本末》卷三上、《西汉年纪》卷十四亦有相关记载。③《资治通鉴》卷十八："元狩元年（前 122），天子以为然，乃拜相如为中郎将，建节往使，及副使王然于等乘传因巴蜀吏币物以赂西夷"则考述确切，行文明了。④《滇略》卷五："司马相如元封二年（前 109）以中郎将持节开越嶲，与副使王然于、壶充国、吕越人驰四乘之传，略定西夷，邛、莋、冄、駹，楪榆诸君长请为臣。相如至若水，楪人张叔、盛览等皆往受学，文献于是乎始。"⑤"元封二年（前 109）"司马相如业已辞世，此乃"元狩二年"之讹。相如至若水时，盛览、张叔皆往受学，亦可见诸《滇略》卷六、《古欢堂集》卷二十四、《云南通志》卷二十一之一。⑥"岁余，皆闭昆明，莫能通身毒国。……使者还，因盛言滇大国，足事亲附。天子注意焉。"《汉书》载为"四岁余，

---

① 司马迁《史记》，第 2996 页；班固《汉书》，第 3841 页。
② 谢肇淛《滇略》，台湾商务印书馆，1971—1986 年，第 494—172 页；鄂尔泰《云南通志》，台湾商务印书馆，1971—1986 年，第 569—614 页。
③ 王益之《西汉年纪》，第 164 页；袁枢《通鉴纪事本末》，台湾商务印书馆，1971—1986 年，第 346—125 页。
④ 司马光《资治通鉴》，第 590 页。
⑤ 谢肇淛《滇略》，第 494—146 页。
⑥ 谢肇淛《滇略》，第 494—159、160 页；田雯《古欢堂集》，台湾商务印书馆，1971—1986 年，第 1324—239 页；《云南通志》，570—115 页；《滇略》卷六："汉盛览，字长通，楪榆人也，学于司马相如，所著有《赋心》四卷……同时有张叔者……元狩间闻相如至若水造梁，距楪榆二百余里，叔负笈往，从之受经，归以教乡人。"《古欢堂集》卷二十四："汉司马相如曾西至滇，授经于盛览、张叔。"《云南通志》卷二十一之一："盛览，字长通，楪榆人，元狩闲从学于司马相如，所著有《赋心》四卷。"

皆闭昆明,莫能通。"①《通志》卷一百九十七、《滇考》卷上亦为"四岁余"。② 若果为"四岁余",时至元狩六年(前 117),此年相如卒。③ 如此则相如受金失官,居岁余,复召为郎不可能。此乃《汉书》讹误,导致后来文献皆错,原文当作"岁余",所还使者为司马相如等,时间在元狩三年(前 120),故《难蜀父老》作于元狩三年(前 120)。相如《答盛览问作赋》与盛览之《列锦赋》作于元狩二年(前 121)下半年至三年(前 120),在《难蜀父老》之前,而非李昊所言之建元五年(前 136)、吴文治所言之元光六年(前 129)。④ 综上,武帝时两次通西南夷司马相如均参与,第一次,往责唐蒙,作《喻巴蜀檄》;第二次建节往使,元狩三年(前 120)还,作《难蜀父老》。至此,《难蜀父老》"作于元光六年(前 129)已成公论"之说可得以修正。⑤

　　"汉兴七十有八载"交代命使西征前之国情,并非确切西征时间,且"朝冄从骖,定筰存邛。略斯榆,举苞满"并非易事,不可能在一年完成,文作于还时,故将"汉兴七十有八载"定为写作时间,不正确。"'汉兴七十有八载'正是司马相如第二次出使西南夷完成使命'东乡将报,至于蜀都的时候"⑥说法错误。文中"今罢三郡之士,通夜郎之涂,三年于兹",通夜郎在元朔三年(前 126)第一次征西南夷罢时,往前三个年头即为元朔元年(前 128),故"汉兴七十有八载"指通夜郎之开始。"今又接以西夷"指元狩元年(前 122)

　　①　司马迁《史记》,第 2996 页;班固《汉书》,第 3841 页。
　　②　郑樵《通志》,台湾商务印书馆,1971—1986 年,第 381—548 页;冯苏《滇考》,台湾商务印书馆,1971—1986 年,第 364—5 页。
　　③　司马相如卒年,有元狩五年(前 118)、元狩六年(前 117)两说。笔者认同后者,论证详见刘南平、叶会昌、《司马相如卒于公元前 117 年考——兼论〈史记〉、〈汉书〉记年法与系年推算法的逻辑关系》,《河北北方学院学报》,2009(5)。
　　④　李昊《司马相如生平考辨》,《中华文化论坛》,2006(3);吴文治《中国文学史大事年表》,第 80 页。
　　⑤　简宗梧《汉赋史论》,第 120 页。
　　⑥　熊伟业《西汉唐蒙司马相如通西南夷年代辨证》,《贵州民族研究》,2008(3)。

第二次征西夷事。且"今通夜郎之涂"与"今接西夷"显非同年之事，两"今"为泛指，非确指当时所在年。"相如使时，蜀长老多言通西南夷不为用，唯大臣亦以为然。相如欲谏，业已建之，不敢，乃著书。"元狩元年（前 122）相如使时，公孙弘已贵为丞相，元狩三年（前 120）相如还时公孙弘新薨不满一年，①以其为首的反对开西南夷之朝廷势力仍存在。后西南夷陆续臣服于汉，直至元封二年（前 109）。② 故此赋乃相如为己出征可能存在疏漏及朝臣之反对进行辩护，并让通西南夷得以彻底完成。

《史记·司马相如传》："相如口吃而善著书，常有消渴疾。与卓氏婚，饶于财，其进仕宦未尝有与公卿国家之事，称病闲居，不慕官爵。""与卓氏婚，饶于财"当在西征至蜀后。元狩元年（前 122）五月复事西南夷，③京城至蜀当可在年内达到，故"与卓氏婚"在元狩元年（前 122）。相如自梁归临邛时"文君夜亡奔相如"，是"奔"而非婚，对此卓王孙大怒，曰："女至不材，我不忍杀，不分一钱也。"此事件在《西京杂记》卷二中被载为："文君……故悦长卿之才而越礼焉。"二人驰归成都，家居徒四壁立，与财无涉。后临邛卖酒，"卓王孙闻而耻之，为杜门不出"，经"文君已失身于司马长卿"之劝，"不得已，分予文君僮百人，钱百万及其嫁时衣被财物，文君乃与相如归成都，买田宅，为富人"，至此尚未"饶于财"。征西南夷至蜀时，"卓王孙因门下献牛酒以交欢，喟然而叹，自以得使女尚司马长卿晚，而厚分与其女财，与男等同"。《史记索隐》小颜云："尚"犹"配"也。"尚晚"之叹，可见二人婚姻此时方得到认可。得卓王孙与男等同之财，加上前为富人时所买田宅，此时之相如"饶于财"可谓名副其实。

---

① 班固《汉书》，第 773、774 页。
② 司马迁《史记》，第 2997 页；班固《汉书》，第 3842 页。
③ 王益之《西汉年纪》，第 164 页。

　　司马相如元狩元年(前122)与"与卓氏婚,饶于财",元狩三年
(前120),失官,居岁余,即元狩四年(前119)复召为郎。此后之司
马相如"其进仕宦未尝有与公卿国家之事,称病闲居"。《史记·司
马相如传》于其后所载之《谏猎疏》《哀二世赋》《大人赋》当均为追
述前面所为,而非复召为郎后事。依据有四:(一)"常从上至长杨
猎"之"常"《汉书》作"尝",与《史记·高祖本纪》:"高祖为亭长时,
常告归之田"之"常"《汉书》作"尝"同,均表追述,"曾经"义。(二)
称病闲居,断不会从天子猎长杨。(三)上述赋作中"是胡越起于毂
下,而羌夷接轸也,岂不殆哉!虽万全无患,然本非天子之所宜近
也。且夫清道而后行,中路而后驰,犹时有衔橛之变,而况涉乎蓬
蒿,驰乎丘坟,前有利兽之乐而内无存变之意,其为祸也不亦难矣!
夫轻万乘之重不以为安,而乐出于万有一危之涂以为娱,臣窃为陛
下不取也。""持身不谨兮,亡国失势。信谗不寤兮,宗庙灭绝。呜
呼哀哉!操行之不得兮,坟墓芜秽而不修兮,魂无归而不食。""此
非帝王之仙意也",此类文句绝对积极参与公卿国家之事,与"其进
仕宦未尝有与公卿国家之事"相违。(四)《难蜀父老》文中"方将增
泰山之封,加梁父之事"实乃稍后所作《封禅文》之萌芽。"称病闲
居"不久"既病免,家居茂陵",天子曰:"司马相如病甚,可往后悉取
其书,①若不然,后失之矣。使所忠往,而相如已死。"可见病免之
时离大去之期不远。拜"孝文园令"当在其奏《哀二世赋》后,上《大
人赋》之前。司马相如最后官职是郎而非孝文园令。因此,相如之
生平中间段可由以往学界公认之"上《天子游猎赋》,武帝以为郎→
往责唐蒙,作《喻巴蜀檄》→建节往使西南夷,作《难蜀父老》→受金
失官→岁余复为郎→从上长杨猎作《谏猎疏》、《哀二世赋》→拜孝
文园令→上《大人赋》→病免居茂陵,作《封禅文》→卒"重新梳理为

---

　　①　"后"当作"从"。见王华宝《〈史记·司马相如列传〉校读札记》,《中国典籍与
文化》,2003(12)。

"上《天子游猎赋》,武帝以为郎→从上长杨猎作《谏猎疏》、《哀二世赋》→往责唐蒙,作《喻巴蜀檄》→拜孝文园令→侍上就《大人赋》→为中郎将,建节使西南,作《答盛览问作赋》→还,作《难蜀父老》→受金失官→岁余复为郎,称病闲居→病免,居茂陵,作《封禅文》→卒。"

《梨赋》残句"唰嗽其浆"见于《文选》卷六。

《鱼葅赋》篇名见于《北堂书钞》卷一百四十六酒食部五。

写作时间下限为相如卒年元狩六年(前117)。

13. 盛览(约与司马相如同时)

《列锦赋》作者二说。(一)盛览。见于《西京杂记》卷二,《太平广记》卷一百九十八,《太平御览》卷五百八十七,《天中记》卷三十七,《西汉文纪》卷九,《墨卿谈乘》卷七,《广物博志》卷二十九,《补续全蜀艺文志》卷四十二,《蜀中广记》卷六十七、一百一,《雅伦》卷四,《四六丛话》卷二,《铁立文起》前编卷十,《存砚楼文集》卷十六,《佩文韵府》卷六十六之三,《(雍正)四川通志》卷四十六,《赋话》卷七,《蜀故》卷十七,《续黔书》卷一,《养素堂文集》卷八,《(道光)遵义府志》卷三十三,《敩艺斋文存》卷五,《拙尊园丛稿》卷四,《历代赋话》卷二,《史记疏证》卷五十四。(二)扬雄。见于《绀珠集》卷二。作者当为盛览,作于元狩二年(前121)至三年(前120)(见前文司马相如部分)。

14. 庆虬之(约与司马相如同时)

《西京杂记》卷三:"长安有庆虬之,亦善为赋,尝为《清思赋》,时人不之贵也。乃讬以为相如所作,遂大见重于世。"司马相如以赋显不会早于武帝即位(景帝后元三年前141),元狩六年(前117)司马相如卒,故庆虬之托相如作《清思赋》在景帝后元三年(前141)至元狩六年(前117)。

15. 刘胜(? —前113)

《文木赋》见于《西京杂记》卷六、《古文苑》卷三、《文选补遗》卷

三十三、《历代赋汇》卷一百十七、《历朝赋格》卷五、《七十家赋钞》卷三、《全汉文》卷十二。

作年二说：（一）景帝前元三年（前154）。康金声。① （二）建元三年（前138）。费振刚、仇仲谦、刘南平。② 据赋序可知作《文木赋》时中山王刘胜、鲁恭王在一起，且二人均已封王。中山王景帝前元三年（前154）立，同年，鲁恭王由淮阳王徙鲁。鲁恭王元光六年（前129）薨。从二人封王至鲁恭王薨，二人未曾同年来朝。建元二年（前139）鲁恭王入朝，中山王未来；建元三年（前138）中山王入朝，而鲁共王未来，③但不排除其间二者见面交流的可能，写作时间为前元三年（前154）至元光六年（前129）。

16．董仲舒（前179—前104）

《士不遇赋》见于《古文苑》卷三、《汉魏六朝百三家集》卷三、《历代赋汇》外集卷三；《艺文类聚》卷三十、《（嘉靖）河间府志》卷二十七、《渊鉴类函》卷二百六十五摘录。

作年三说：（一）元朔四年（前125）。刘斯翰。④ （二）元朔六年（前123）。吴文治、石观海。⑤ （三）元狩二年（前121）。康金声。⑥ 胶西王闻董仲舒为大儒，善待之。仲舒恐久获罪，病免。⑦ 赋言"不出户庭，庶无过矣"、"孰若返身于素业兮，莫随世而轮转"、"复不如正心而归一善"，可见赋不作于为胶西相时，当如石观海所言

① 康金声《汉赋纵横》，第230页。
② 费振刚、仇仲谦、刘南平《全汉赋校注》，第161页。
③ 司马迁《史记》，第853页。
④ 刘斯翰《汉赋——唯美文学之潮》，第210、211页。
⑤ 吴文治《中国文学史大事年表》，第82页；石观海《中国文学编年史·汉魏卷》，第59页。
⑥ 康金声《汉赋纵横》，第236页。
⑦ 班固《汉书》，第2525页。

自胶西相免归家后所作，但也并不一定如周桂钿、吴锋所言作于到家的当晚。① 董仲舒为胶西相是因为公孙弘为相后，董仲舒以弘为从谀，弘嫉之。②《诣丞相公孙弘记室书》中董仲舒自称"江都相董仲舒"。董仲舒为江都相，事易王。易王元朔元年（前128）薨，③公孙弘为丞相时董仲舒是否继任江都相史阙，无考。董仲舒为胶西相在元朔五年（前124）十一月公孙弘为丞相后。④ 刘汝霖系于元朔六年（前123）。⑤ 自胶西相病免，董仲舒归家，廷尉张汤至家询问，有《郊事对》。元狩元年（前122）十月武帝祠五畤，当时以十月为岁首，《郊事对》当在元朔六年（前123）。则元朔六年（前123）董仲舒已在家，刘汝霖系归家于元狩二年（前121）误。⑥ 鉴于史料中迁胶西相无明确记载，故系《士不遇赋》于元朔五年（前124）十一月至六年（前123）九月，前除去为胶西相时间。吴文治、石观海元朔六年（前123）之说可参，⑦但亦不排除元朔五年（前124）之可能。

17. 东方朔（前161—前88）

东方朔赋现存《猎赋》、《皇太子生赋》、《答客难》、《非有先生论》、《七谏》，另程章灿、万光治辑《屏风赋》、《殿上柏柱赋》、《平乐观赋猎》、《皇太子生禖赋》。踪凡辑《大言赋》。⑧ 笔者于前文汉赋作者、篇目、佚文辑佚部分辑佚《封泰山》、《责和氏璧》、《平乐观》、

---

① 周桂钿、吴锋《大儒列传——董仲舒》，吉林文史出版社，1997年，第285页。
② 班固《汉书》，第2525页。
③ 班固《汉书》，第2523、2414页。
④ 班固《汉书》，第773页。
⑤ 刘汝霖《汉晋学术编年》，第92页。
⑥ 刘汝霖《汉晋学术编年》，第96页。
⑦ 吴文治《中国文学史大事年表》，第82页；石观海《中国文学编年史·汉魏卷》，第59页。
⑧ 程章灿《魏晋南北朝赋史》，第390页；万光治《汉赋通论》，第437、438页；踪凡《严可均〈全汉文〉〈全后汉文〉辑录汉赋之阙误》，《文学遗产》，2007(6)。

《从公孙弘借车》。《历代辞赋总汇》列《七谏》、《嗟伯夷》、《旱颂》。①

《猎赋》存目,《汉书·东方朔传》:"其余有……平乐观赋猎。"②此作当为赋作,姑定名为《猎赋》。《三辅黄图》:"上林苑中有平乐观。"《汉书·佞幸传》:"江都王入朝,(韩嫣)从上猎上林中。"③江都王入朝仅建元四年(前137),④此前东方朔曾就是否开上林而进谏。故建元四年(前137)武帝猎上林时,适逢上林初建,东方朔可能作该赋。此外,董偃"常从游戏被宫,驰逐平乐"。董偃在陈午死后董太主寡居时得幸,陈午元光六年(前129)薨。在董太主卒前数岁,董偃年仅三十终。由"董太主之子季须坐公主卒未除服奸,兄弟争财,当死,自杀",可推董太主卒于元鼎元年(前116)稍前。⑤ 三岁以上方可称"数岁",故董偃终于元狩四年(前119)前。则董偃得幸在元朔元年(前128)至元狩四年(前119)。是时,朔陛戟殿下,⑥从猎可能性相对建元四年(前137)要小,故系《猎赋》于建元四年(前137)。傅春明则据汉武帝幸上林苑,当有所作,系于元光五年(前130),⑦然《武帝纪》元光五年(前130)无幸上林苑记载。

《皇太子生赋》存目。作于元朔元年(前128),见前文枚皋《皇太子生赋》系年部分。

《答客难》见于《史记》卷一百二十六、《汉书》卷六十五、《通志》卷九十九、《文章辨体汇选》卷四百四十三;《文选》卷四十五、《古文

---

① 马积高《历代辞赋总汇·先秦汉魏晋南北朝卷》,第 132、139 页。

② 班固《汉书》,第 2873 页。

③ 班固《汉书》,第 3724 页。

④ 司马迁《史记》,第 854 页。

⑤ 班固《汉书》,第 2855、537、2857 页。

⑥ 班固《汉书》,第 2856 页。

⑦ 傅春明《东方朔作品辑注》,齐鲁书社,1987 年,第 94 页。

集成》前集卷七十七以《汉书》所载为主,试图糅合《史记》内容,但其中部分不录,且不尽相同。《经济类编》卷五十三、《西汉文纪》卷九、《汉魏六朝百三家集》卷四、《骈体文钞》卷二十七、《古文辞类纂》卷六十四与《文选》同;《文编》卷三十七则与《古文集成》相同部分较多;《艺文类聚》卷二十五、《古今事文类聚》别集卷二十、《文章辨体》卷四十四、《渊鉴类函》卷二百九十九摘录。

《非有先生论》见于《汉书》卷六十五、《文选》卷五十一、《经济类编》卷五十三、《文章辨体汇选》卷四百二十三、《西汉文纪》卷九、《汉魏六朝百三家集》卷四、《骈体文钞》卷二十七、《全汉文》卷二十五。

作年石观海据文中"行此三年……麒麟在郊",疑影射元狩元年(前122)得白麟,将其作年定在元朔四年(前125);《答客难》在元封元年(前110)。吴文治系《答客难》于元狩四年(前119),刘斯翰定为元朔五年(前124)。龚克昌系二者于太初元年(前104)至天汉元年(前100)。康金声系于元封三年(前108)。傅春明系于太初三年(前102)至天汉四年(前97)。①《史记》、《汉书》之《东方朔传》差异很大,《史记》中《答客难》前为"时会聚宫下博士诸先生与议论,共难之",而非《汉书》所言"设客难己"。在《史记》中,《答客难》后紧接元狩元年(前122)获麟东方朔辨认之事。以此看,《答客难》似作于元狩元年(前122)或稍前。然以《汉书》观之,则在司马迁奉使方外后"久之",因著论,设客难己。司马迁西征在元封元年(前110)还,天汉二年(前99)遭宫刑,《答客难》、《非有先生论》似作于元封元年(前110)至天汉元年(前100)。《史记》载《答客难》而不载《非有先生论》,姑将《答客难》作年定在元狩元年(前

<hr>

① 石观海《中国文学编年史·汉魏卷》,第58、68页;吴文治《中国文学史大事年表》,第83页;刘斯翰《汉赋——唯美文学之潮》,第211页;龚克昌《中国辞赋研究》,第438页;康金声《汉赋纵横》,第239页;傅春明《东方朔作品辑注》,第94页。

122)，《非有先生论》系于元封元年（前 110）至天汉元年（前 100）。

《七谏》见于《楚辞章句》卷十三、《汉魏六朝百三家集》卷四、《楚辞补注》。

东方朔生卒年龚克昌定为文帝后元三年（前 161）至后元元年（前 88）。费振刚定为景帝元年三年（前 154）至太始四年（前 93）。① 东方朔为初即位之武帝征召时二十二岁，②时在建元元年（前 140），则东方朔生于文帝后元三年（前 161）。昭帝朝不见东方朔之记载，故当在后元二年（前 87）武帝崩前卒，姑定在后元元年（前 88），故东方朔之生卒年当如龚克昌所言。《七谏》、《屏风赋》、《殿上柏柱赋》、《大言赋》写作时间下限为后元元年（前 88）。

18. 刘彻（前 156—前 87）

《汉书·艺文志》：“上所自造赋二篇。”《太平御览》卷八十八引《汉武故事》：“上好辞赋，每行幸纪奇兽异物，辄命相如等赋之，上亦自作诗赋数百篇，下笔而成。”现存《悼王夫人赋》，故汉武帝赋当有亡佚，起码有一篇。《渊鉴类函》卷三十三兽部：“汉武伐大宛得天马，有角为奇，故汉武帝《天马之歌》。”《汉书·武帝纪》：“四年春（前 101），贰师将军广利斩大宛王首，获汗血马来，作《西极天马之歌》。”此到底是歌还是赋？《历代辞赋总汇》列《秋风辞》、《瓠子歌》、《太一之歌》、《天马歌》、《落叶哀蝉曲》。③

《悼李夫人赋》见于《汉书》卷九十七、《历代赋汇》外集卷十四、《雅伦》卷四、《七十家赋钞》卷二、《古文辞类纂》卷七十二、《全汉文》卷三。

作年五说：（一）元狩二年（前 121）。吴文治。④ （二）元鼎四年

---

① 龚克昌《全汉赋评注》，第 234 页；费振刚、仇仲谦、刘南平《全汉赋校注》，第 171 页。

② 班固《汉书》，第 2841、2842 页。

③ 马积高《历代辞赋总汇·先秦汉魏晋南北朝卷》，第 143、144 页。

④ 吴文治《中国文学史大事年表》，第 83 页。

（前 113）。康金声、石观海。① （三）元鼎六年（前 111）。刘斯翰。②
（四）元封六年（前 105）。刘跃进。③ （五）太初元年（前 104）。易
小平。④ 所悼对象亡故当只在一年，何以五说纷纭？

由赋前"上思念李夫人不已，方士齐人少翁言能致其神。乃夜
张灯烛、设帐帷、陈酒肉，而令上居他帐遥望，见好女如李夫人之
貌，还幄坐而步，又不得就视。上愈益相思悲感，为作诗曰：'是邪
非邪？立而望之，偏何姗姗其来迟？'令乐府诸音家弦歌之，上又自
为作赋，以伤悼夫人"。可见赋作于李少翁见上为武帝设帐致神悼
念夫人之际。弄清夫人亡故及李少翁见上设帐致神时间，则汉武
帝作该赋时间可以确定。

李少翁见上为帝设帐致神各史书记载有异：《大事记》卷十二、
《西汉年纪·武帝》在元狩二年（前 121）；《资治通鉴》、《通鉴纪事
本末》卷三下在元狩四年（前 119）；《前汉纪·孝武》在太初四年
（前 101）。李少翁设帐致神对象，在《史记》为王夫人，⑤《汉书》为
李夫人。

梁玉绳《史记志疑·封禅书》："上有所幸王夫人，夫人卒，少翁
以方术盖夜致王夫人。"条下就李、王二夫人分歧有案语："但李夫
人卒时，少翁之死已久，必《汉书》误。"⑥

《史记·孝武本纪》：

　　其明年，郊雍，获一角兽，若麃然，有司曰："陛下肃祗郊
祀，上帝报享，锡一角兽，盖麟云。"于是以荐五畤，畤加一牛以

---

① 康金声《汉赋纵横》，第 237 页；石观海《中国文学编年史·汉魏卷》，第 65 页。
② 刘斯翰《汉赋——唯美文学之潮》，第 211 页。
③ 刘跃进《秦汉文学编年史》，第 183 页。
④ 易小平《西汉文学系年》，博士学位论文，2005 年。
⑤ 司马迁《史记》，第 458 页。
⑥ 梁玉绳《史记志疑》，中华书局，1981 年，第 811 页。

燎。赐诸侯白金，以风符应合于天地。

于是济北王以为天子且封禅，乃上书献泰山及其旁邑，天子受之，更以他县偿之。常山王有罪，迁，天子封其弟于真定，以续先王祀，而以常山为郡。然后五岳皆在天子之郡。

其明年，齐人少翁以鬼神方见上。上有所幸王夫人，夫人卒，少翁以方术盖夜致王夫人及灶鬼之貌云，天子自帷中望见焉。于是乃拜少翁为文成将军，赏赐甚多，以客礼礼之。文成言曰："上即欲与神通，宫室被服不象神，神物不至。"乃作画云气车，及各以胜日驾车辟恶鬼。又作甘泉宫，中为台室，画天、地、泰一诸神，而置祭具以致天神。

居岁余，其方益衰，神不至。乃为帛书以饭牛，详弗知也，言此牛腹中有奇。杀而视之，得书，书言甚怪，天子疑之。有识其手书，问之人，果伪书，于是诛文成将军而隐之。其后则又作柏梁、铜柱、承露仙人掌之属矣。

文成死明年……

其后三年，有司言元宜以天瑞命，不宜以一二数。一元曰建元，二元以长星曰元光，三元以郊得一角兽曰元狩云。

其明年冬，天子郊雍，议曰："今上帝朕亲郊，而后土毋祀，则礼不答也。"有司与太史公、祠官宽舒议："天地牲角茧栗。今陛下亲祀后土，后土宜于泽中圆丘为五坛，坛一黄犊太牢具，已祠尽瘗，而从祠衣上黄。"于是天子遂东，始立后土祠汾阴脽上，如宽舒等议。

李少翁以鬼神见武帝之前"上郊雍，获一角兽"，①郊雍获麟在元狩元年（前122）。李少翁见上在此后。《玉海》卷一百五十五、《天中记》卷十三"建元三年（前138）武帝因齐人少翁"之

<hr/>

① 司马迁《史记》，第457页。

说误。

武帝获麟后,"济北王以为天子且封禅,乃上书献泰山及其旁邑,天子受之,更以他县偿之"。当在元狩三年(前120)济北王入朝之际。① 常山王有罪,天子封其弟于真定,以续先王祀,而以常山为郡,然后五岳皆在天子之郡,事在元鼎三年(前114)。② "五岳在天子之郡"事件始于元狩三年(前120)。李少翁以鬼神方术见上在"其明年","其"当指元狩三年(前120)济北王上书献泰山及其旁邑,而非获麟之元狩元年(前122)与常山王罪迁之元鼎三年(前114)。李少翁见上在元狩四年(前119),而非元狩二年(前121)、元鼎四年(前113)。此结论可据上述《史记·孝武本纪》后面记载反推。

李少翁见上"居岁余"被诛。元狩四年(前119)见上,元狩五年(前118)中被诛,"其死明年"为元狩六年(前117);"其后三年"为元鼎三年(前114)。"其明年冬"即元鼎四年(前113),与该年立后土祠于汾阴的事实相符。

如果见上在元狩二年(前121),被诛则在三年(前120)中,"其死明年"在四年(前119),"其后三年"指元鼎元年(116),"其明年冬"在元鼎二年(115),与元鼎四年(前113)立后土祠于汾阴的事实相牾。

如果元鼎四年(前113)年见上,被诛则在元鼎五年(前112),与后文之"其后则又作柏梁、铜柱、承露仙人掌之属矣"冲突,作柏梁实际在元鼎二年(前115)。③

故李少翁以鬼神见上在元狩四年(前119)。因将"其"误解为元狩元年(前122),故有《西汉年纪·武帝》、《大事记解题》卷十二

---

① 司马迁《史记》,第458、864页。
② 班固《汉书》,第183、417、2081、2434、2435页。
③ 班固《汉书》,第182页。

李少翁元狩二年（前121）见上之记载，吴文治据此系年，误；将"其"解为元鼎三年（前114），故出现康金声、石观海元鼎四年（前113）之系年；因误元狩四年为太初四年（前101），致《前汉纪·孝武》记载误。

确定了李少翁见上时间，现来考查汉武帝王、李二夫人之卒。王、李夫人皆于卫皇后立七年，男立为太子（元狩元年，前122）后有宠，并早卒。[①]　其中王夫人幸于上的时间当在元朔六年（前123），证之如下：《史记·卫将军骠骑列传》："大将军既还，赐千金。是时王夫人方幸于上，甯乘说大将军曰：'将军所以功未甚多，身食万户，三子皆为侯者，徒以皇后故也。今王夫人幸而宗族未富贵，愿将军奉所赐千金为王夫人亲寿。'"甯乘进言在《史记·滑稽列传》中记载为齐东郭先生："王夫人新得幸于上，家贫。今将军得金千斤，诚以其半赐王夫人之亲，人主闻之必喜。此所谓奇策便计也。"[②]《汉书·卫青霍去病传》中记载为"是时王夫人方幸于上，甯乘说青曰：'将军所以功未甚多，身食万户，三子皆为侯者，以皇后故也。今王夫人幸而宗族未富贵，愿将军奉所赐千金为王夫人亲寿。'"[③]大将军还在元朔六年（前123）四、五月间，其三子封侯在元朔五年（前124）。元朔六年王夫人方幸于上，元狩元年（前122）后有宠，亦符合人感情发展的常理。

王、李二人卒年因史料缺乏不可确考，但可作如下推论：

"李夫人卒，上以后礼葬焉。其后，上以夫人兄李广利为贰师将军。"李广利太初元年（前104）拜贰师将军。[④] 李夫人之子昌邑哀王髆天汉四年（前97）立。[⑤] 则李夫人卒当在太初元年（前104）

①　班固《汉书》，第3950页。
②　司马迁《史记》，第3208页。
③　班固《汉书》，第2478页。
④　班固《汉书》，第2699页。
⑤　班固《汉书》，第2764页。

前不久，其时李少翁早已被诛，不可能为李夫人设帐致神让武帝作赋。龙文玲据《史记·封禅书》："……其春，既灭南越，上有嬖臣李延年以好音见。"及《武帝纪》灭南越之年为元鼎六年（前 111）推定李延年元鼎六年（前 111）见上，李夫人得宠在此后，继而推论李夫人卒在元封三年（前 108）之后、太初元年（前 104）之前。① 该推论中李夫人卒年时间下限正确，其卒年上限及见上得宠时间则值得商榷。《汉书·礼乐志》："以李延年为协律都尉，多举司马相如等数十人造为诗赋，略论律吕，以合八音之调，作《十九章之歌》。"《汉书·佞幸传》："是时上方兴天地诸祠，欲造乐令。司马相如等作诗颂，延年辄承意弦歌。"上述两处史料可证李延年曾与司马相如同朝侍上。司马相如元狩六年（前 117）卒，则李延年入乐府正如虞云国所言"当在元狩六年（前 117）前，而绝不会迟至元鼎五年（前 112）"。② 李夫人得幸时间相应亦当提前。

"王夫人病甚，人主至自往问之曰：'子当为王，欲安所置之？'对曰：'愿居洛阳。'"然武帝却说"可以为齐王"。王夫人病重时，齐怀王闳尚未被封齐王。齐怀王闳元狩六年（前 117）四月乙巳立。③ 故王夫人卒于元狩六年（前 117）齐怀王受封之前。"王夫人死，号曰'齐王太后薨'。"④ 王夫人薨时齐怀王当未正式封王，只有册封之意。《古诗源·落叶哀蝉曲》题下注："王子年《拾遗记》。汉武帝思李夫人，不可复得。时穿昆明之池，泛翔禽之舟，帝自造歌曲，使女伶歌之。"⑤ 穿昆明之池在元狩三年（前 120）。⑥ 则此处当为王夫人，而非李夫人。王夫人之卒在穿昆明池前。

① 龙文玲《论汉武帝〈李夫人赋〉及其文学史意义》，《学术论坛》，2006(5)。
② 虞云国《李延年杂考》，《上海师范大学学报》，1991(2)。
③ 班固《汉书》，第 2111、2749 页。
④ 司马迁《史记》，第 2115、3209 页。
⑤ 沈德潜选《古诗源》，第 37 页。
⑥ 班固《汉书》，第 177 页。

桓谭《新论·辨惑》亦言"武帝有所爱幸姬王夫人,窈窕好容,质性嬛佞。夫人死,帝痛惜之。方士李少君言能致其神,乃夜设烛张幄,置夫人神影,令帝居他帐中遥望,见好女似夫人之状,还帐坐。"王充《论衡·自然篇》为王夫人,《论衡·乱龙篇》则为李夫人。可见,二位夫人被弄混始于汉代。

赋言"秋气憯以凄泪兮,桂枝落而销亡",是其作于秋季之证。

综上:李少翁设帐致神对象为王夫人而非李夫人;汉武帝元狩四年(前119)秋所作赋当名《悼王夫人赋》。

19. 司马迁(前145—?)

《汉书·艺文志》:"司马迁赋八篇。"现存《悲士不遇赋》,亡佚7篇。

《悲士不遇赋》见于《艺文类聚》卷三十、《渊鉴类函》卷二百六十五、《历代赋汇》外集卷三、《七十家赋钞》卷三;《续古文苑》卷一在"逆顺还周,乍没乍起"后增"理不可据,智不可恃",《全汉文》与之同。《全汉赋》《全汉赋评注》《全汉赋校注》列"理不可据,智不可恃"于文末。

作年五说:(一)太初元年(前104)。刘斯翰。[①] (二)天汉二年(前99)。康金声。[②] (三)天汉四年(前97)。石观海。[③] (四)太始四年(前93)。吴文治。[④] (五)征和二年(前91)十一月《报任安书》写就之后,或稍后一段时间。赵怀忠。[⑤] 学界多倾向于遭宫刑之后所作。然《悲士不遇赋》无一词言及身残处秽,故赋当作于遭李陵之祸,尚未受宫刑时,故系于天汉二年(前99)。赋中"何穷达之易惑,信美恶之难分""人理显然,相倾夺兮"等,均是对李陵之

---

① 刘斯翰《汉赋——唯美文学之潮》,第211、212页。
② 康金声《汉赋纵横》,第240页。
③ 石观海《中国文学编年史·汉魏卷》,第74页。
④ 吴文治《中国文学史大事年表》,第90页。
⑤ 赵怀忠《司马迁〈悲士不遇赋〉二题》,《渭南师专学报》,1999(3)。

祸时其他人之反应的感叹。"我之心矣,哲已能忖。我之言矣,哲已能迩"慨叹因言得祸,拳拳忠心不能被明察。

20. 王褒(? —前53)

《汉书·艺文志》:"王褒赋十六篇。"现存《甘泉赋》、《洞箫赋》,亡佚14篇。《历代辞赋总汇》列《九怀》、《责鬚髯奴辞》、《碧鸡颂》、《僮约》。①

《华阳国志》卷第十上:"王褒……初为王襄作《乐赋》、《中和颂》。"《乐赋》在本传中被称为《乐职》,作于神爵四年(前58)。《补续全蜀艺文志》卷一载王褒《赋》,《历代赋汇》补遗卷十四亦称王褒作,其实为柳宗元所作。

《甘泉赋》系残篇,《全汉文》卷四十二载"十分未升其一,增惶惧而目眩。若播岸而临坑,登木末以窥泉"。《全汉赋》、《全汉赋评注》增"却而望之,爵乎似积云;就而察之,爵乎若泰山"。程章灿另辑"耀照形之玉璧",并认为《甘泉宫颂》即《甘泉(宫)赋》。②《全汉赋校注》增收"耀照形之玉璧"。

《甘泉赋》虽残缺,但因涉及甘泉这一帝王行幸且必载入史册的地方,其作年仍具可考性。作年四说:(一)元康二年(前64)。康金声。③ (二)神爵元年(前61)。刘跃进。④ (三)神爵三年(前59)。刘斯翰。⑤ (四)五凤元年(前57)。石观海、王洪林。⑥ 就上述诸说析之如下:元康二年(前64)年宣帝无出行记载,不曾到甘泉,且时王褒尚未在帝身边。即使如有的学者认为王褒于神爵元

---

① 马积高《历代辞赋总汇·先秦汉魏晋南北朝卷》,第151、156、157页。
② 程章灿《魏晋南北朝赋史》,第333页。
③ 康金声《汉赋纵横》,第244页。
④ 刘跃进《秦汉文学编年史》,第224页。
⑤ 刘斯翰《汉赋——唯美文学之潮》,第213页。
⑥ 石观海《中国文学编年史·汉魏卷》,第102页;王洪林《王褒集考释》,巴蜀书社,1998年,第65页。

年被征,但此年改元在三月,而宣帝幸甘泉则在此前之正月,而《汉书·王褒传》明言王褒被征是在"神爵、五凤之间"。神爵三年(前59)王褒在成都,可证之其《僮约》:"神爵三年(前59)正月十五日,资中男子王子渊,从成都安志里女子杨惠,买夫时户下奴便了。"因此,(一)、(二)、(三)说不成立。将王褒卒年误定在神爵元年(前61),又该年宣帝幸甘泉,故有《甘泉赋》作于神爵元年(前61)之说。此系年错误源自史书对王褒持节求金马碧鸡道病死时间相抵牾的记载。《汉书》出现此误,与其编撰者前后不一有关。(四)一说认为"王褒何次从游未详,姑定在最接近神爵二年的五凤元年",其"姑定"一词,有待进一步论证。鉴于此,拟就相关史料证之如下:《汉书·王褒传》:"神爵、五凤之间……(益州刺史王襄)使褒作《中和》、《乐职》、《宣布诗》。……上乃征褒。……数从褒等放猎。……其后,太子体不安,苦忽忽善忘,不乐,诏使褒等皆之太子宫虞侍太子。……太子喜褒所为《甘泉》及《洞箫颂》。……后方士言益州有金马碧鸡之宝,可祭祀致也,宣帝使褒往祀焉,褒于道病死。"据此可知:《甘泉赋》乃王褒侍太子至其死亡期间随帝至甘泉时所作,且去虞侍太子不远。

现在一是需考定王褒被征的年份,二是其卒年。首先,看其卒年。持节往求金马碧鸡道病死,《汉书·郊祀志下》记为神爵元年(前61),荀悦《前汉纪·孝宣》则记为五凤三年(前55)。后之史书多本二者:《资治通鉴·汉纪》、《西汉年纪·宣帝》、《通志》卷四十三、《两汉笔记》卷六、《御批历代通鉴辑览》卷十七等从前者;《前汉纪》、《大事记续编》、《滇考》卷上、《滇略》卷七等从后者。对此,王祎《大事记续编》已论证:"《通鉴》以褒传有宣帝时修武帝故事之语,故载于神爵元年幸甘泉之后。按:本传神爵、五凤之间,数有嘉应。……则非神爵年间事明矣。"神爵元年(前61)亡,何以神爵三年(前59)作《僮约》?故卒于神爵元年(前61)不成立。《汉书·元后传》:"五凤中,太子所幸司马良娣死,太子悲恚发病,不乐,宣帝令皇后择后宫家人子可以虞侍太子者,送王政君太子宫,以此尤知非神爵年间事,今从荀悦《汉纪》载之于此。"王褒以赋作虞侍太子在太子发病期间。《汉书·元后传》:"本始三年(前71)生女政君,即元后也。"五凤中,献政君,年十八矣,入掖庭为家人子。……岁余,会皇太子。……发病,忽忽不乐。久之,宣帝……乃令皇后择后宫家人子可以虞侍太子者,政君与在其中","及王妃壹幸有身,甘露三年(前51)生成帝于甲馆画堂"。① 元后本始三年(前71)生,十八岁为家人子在五凤四年(前54)。"岁余"则在甘露元年(前53),太子发病。"久之"王政君得幸,由其"壹幸有身,甘露三年(前51)生成帝于甲馆画堂",可推其得幸在甘露二年(前52)。太子发病在甘露元年(前53)。如果王褒神爵元年(前61)、五凤三年(前55)病死,不可能以赋虞侍甘露元年(前53)发病之太子。王褒往祭金马碧鸡所作之《移金马碧鸡文》中有"黄龙见兮白虎仁",神爵元年(前61)南郡获白虎威凤为宝,甘露元年(前53)夏四月,黄龙见新丰,②可推王褒卒于甘露元年(前53)夏四月后,石观海之说可参。③ 易小平认为王褒卒于甘露三年(前51)。④《汉书·郊祀志下》、《前汉纪·孝宣》及以后史料对王褒卒年的记载误。现来考定王褒被征之年。"神爵、五凤之间,天下殷富,数有嘉应。上颇作歌诗,欲协律之事,丞相魏相奏言知音善鼓雅琴者渤海赵定、梁国龚德,皆召见待诏",于是益州刺史王襄举荐王褒。魏相五凤元年(前57)四月薨,⑤"五凤"自前57年至前54年。故王褒被征在五凤元年(前57)四月前。王褒生活之宣帝时至甘泉共5次:神爵元年(前61),五凤元年(前57),甘露元年(前53)、三年(前51),黄

---

① 班固《汉书》,第4014、4015、4016页。
② 班固《汉书》,第259、269页。
③ 石观海《中国文学编年史·汉魏卷》,第106页。
④ 易小平《西汉文学系年》,博士学位论文,2005年。
⑤ 班固《汉书》,第2821、2822、808页。

龙元年(前 49)。王褒被召到卒期间幸甘泉为五凤元年(前 57)、甘露元年(前 53)春正月。相较而言,甘露元年(前 53),王褒虞侍太子,献赋展示才华,于时于情于理更合,当然,亦不可完全排除五凤元年(前 57)作《甘泉赋》之可能。

《洞箫赋》见于《文选》卷十七、《事类备要》外集卷十六;《汉魏六朝百三家集》卷六、《雅伦》卷四、《历朝赋格》中集卷五、《历代赋汇》卷九十五、《七十家赋钞》卷三、《全汉文》卷四十二;《艺文类聚》卷四十四、《事文类聚》续集卷二十三、《渊鉴类函》卷一百九十摘录。

作年四说:(一)元康二年(前 64)。康金声。① (二)神爵三年(前 59)。刘斯翰。② (三)五凤元年(前 57)。石观海。③ (四)甘露元年(前 53)。易小平。④《洞箫赋》当作于甘露元年(前 53)王褒虞侍太子时。

21. 刘向(前 78—前 7)

刘向生卒年,学界有四说:(一)始元七年(前 80)至元延四年(前 9)。吴修《续疑年录》(清嘉庆刻本)。(二)元凤二年(前 79)至绥和元年(前 8)。钱大昕《三史拾遗》卷三、王先谦《汉书补注》、钱穆《刘向歆父子年谱》、施之勉《刘向卒于成帝绥和元年》、徐兴无《刘向生卒年考异》、赵章超《刘向生平辨正两题》。⑤ (三)元凤三年(前 78)至绥和二年(前 7)。姚振宗《七略别录佚文叙》、

① 康金声《汉赋纵横》,第 244 页。
② 刘斯翰《汉赋——唯美文学之潮》,第 213 页。
③ 石观海《中国文学编年史·汉魏卷》,第 102 页。
④ 易小平《西汉文学系年》,博士学位论文,2005 年。
⑤ 钱大昕《三史拾遗》,《续修四库全书》,454 册;王先谦《汉书补注》,《续修四库全书》,史部 269 册,第 313 页;钱穆《刘向歆父子年谱》,顾颉刚编著《古史辨》第五册,上海古籍出版社,1982 年,第 107、101 页;施之勉《刘向卒于成帝绥和元年》,《大陆杂志》,第七卷第二期,1953 年;徐兴无《刘向评传》,南京大学出版社,2005 年,第 511 页;赵章超《刘向生平辨正两题》,《古籍整理研究学刊》,2014(3)。

刘汝霖《汉晋学术编年》。① （四）四年（前77）至建平元年（前6）。梅毓《刘更生年表》、周杲《刘子政生卒年月及其著述考辨》、杨树达《汉书管窥》、姜亮夫《历代人物年里碑传综表》、谭正璧《中国文学家大辞典》、梁廷灿《历代名人生卒年表》、冈村繁《刘向〈列女传〉的女性观》。② 刘向生卒年当为元凤三年（前78）至绥和二年（前7），补证如下：（一）刘向年十二，以父德任为辇郎。其父刘德"地节中，以亲亲行谨厚封为阳城侯。子安民为郎中右曹，宗家以德得官宿卫者二十余人"。其父地节四年（前66）三月封为阳城侯。③ 时刘向十二岁，往上十二年即为其生年元凤三年（前78）。"即冠"则在神爵四年（前58），时刘向被征献赋。刘向年七十二卒，在绥和二年（前7）。其献《枕中鸿宝苑秘书》获罪在五凤二年（前56）其父薨，兄安民继嗣阳城侯之际。④ （二）《汉书·礼乐志》："成帝时，犍为郡于水滨得古磬十六枚。刘向因是说上宜兴辟雍，设庠序。……成帝以向言下公卿议，会向病卒，丞相大司空奏请立辟雍。案行长安城南，营表未作，遭成帝崩，群臣引以为定谥。"成帝绥和二年（前7）三月崩，当时丞相为方进，方进绥和二年（前7）二月崩。故刘向当卒于绥和二年（前7）正、二月，在方进卒前。王莽即天子位，定国号曰新。其改正朔是以前八年十二月朔癸酉为建国元年正月之朔，故刘向卒后十三岁而王氏代汉

---

①　姚振宗《七略别录佚文叙》,《快阁师石山房丛书》;刘汝霖《汉晋学术编年》,第204页。

②　梅毓《刘更生年表》,徐乃昌辑,《积学斋丛书》(续编259—519)清光绪刻本;周杲《刘子政生卒年月及其著述考辨》,《文学年报》第二期,燕京大学国文学会,1936年;杨树达《汉书管窥》,科学出版社,1955年;姜亮夫《历代人物年里碑传综表》,中华书局,1959年,第10页;谭正璧《中国文学家大辞典》,上海书店,1981年,第34页;梁廷灿《历代名人生卒年表》,北京图书馆出版社,2002年,第4页;华东师范大学、东方文化研究中心编译《冈村繁全集·汉魏六朝的思想和文学》,上海古籍出版社,2002年,第1页。

③　班固《汉书》,第1928、1927、697页。

④　班固《汉书》,第697页。

指公元八年。

《汉书·艺文志》:"刘向赋三十三篇。"现存《请雨华山赋》、《雅琴赋》、《芳松枕赋》、《麒麟角杖赋》、《合赋》、《行过江上弋雁赋》、《行弋赋》、《弋雌得雄赋》、《雁赋》。《围棋赋》,《白孔六帖》卷三十三作马融《围棋赋》。案:实为马融《围棋赋》,李善弄错人名。故刘向赋亡佚 24 篇。廖国栋、《历代辞赋总汇》列《九叹》。①

《雅琴赋》又名《琴赋》,《全汉文》卷三十五载残句七条。《芳松枕赋》、《合赋》、《行过江上弋雁赋》、《行弋赋》存目。《弋雌得雄赋》存残句四条。《请雨华山赋》见于《古文苑》卷二十一、《华岳全集》卷六、《(雍正)陕西通志》卷八十八、《全汉文》卷三十五。郑竞、孙晶等试图将赋点开。②

《麒麟角杖赋》、《雁赋》见前文赋作者及篇目考定·汉赋作者篇目、佚文辑佚部分。

《汉书·刘向传》:"宣帝循武帝故事,招选名儒俊材置左右。更生以通达能属文辞,与王褒、张子侨等并进对,献赋颂凡数十篇。"③刘向赋作残缺严重,作年不可考,写作时间下限为其卒年绥和二年(前 7)。刘向生活期间旱者有:本始三年(前 71),神爵元年(前 61)秋,初元三年(前 46),建始二年(前 31),鸿嘉三年(前 18),永始三年(前 14)、四年(前 13)。其中本始三年(前 71)刘向年少,初元三年(前 46)刘向时免为庶人。河平三年(前 26)校中秘书,此后致力于书籍。神爵元年(前 61)"自是五岳、四渎皆有常礼。……祭祀西岳华山于华阴"。④故系《请雨华山赋》于神爵元年(前 61)。

①　廖国栋《建安辞赋之传承与拓新》,第 156 页;马积高《历代辞赋总汇·先秦汉魏晋南北朝卷》,第 161 页。

②　郑竞《全汉赋》,第 44 页;孙晶《汉代辞赋研究》,齐鲁书社,2007 年,第 343 页。

③　班固《汉书》,第 1928 页。

④　班固《汉书》,第 1393、284、318、306、1932、310、1249 页。

22. 班倢伃(约前48—前6)

班倢伃《捣素赋》见于《古文苑》卷四、《文选补遗》卷三十一、《古赋辨体》卷三、《文章辨体》卷三、《历朝赋格》下集卷四、《古今写言》卷五、《全汉文》卷十一;《艺文类聚》卷八十五、《渊鉴类函》卷三百六十五、《历代赋汇》卷九十八摘录。该赋非班倢伃所作之疑自《文选·雪赋》注始,其后《续历代赋话》卷二、《甘泉乡人稿》卷九、《卮林》卷五、《丹铅总录》卷十九、《升庵集》卷五十三、《文选理学权舆》从。《丹铅总录》、《升庵集》、《文选理学权舆》并说:"此赋六朝拟作无疑,然亦是徐庾之极笔。"

吴文治、刘斯翰系于鸿嘉三年(前18)。[①]《古今写言》卷五:"史云:'成帝耽于酒色,政事废弛,倢伃贞静失职,故托赋以见意。'"《捣素赋》作年姑系于《自悼赋》时,疑稍前于《自悼赋》,时尚未退处东宫。

《自悼赋》见于《汉书》卷九十七、《古列女传》卷八、《通志》卷十九、《楚辞后语》卷二、《文选补遗》卷三十一、《古赋辨体》卷三、《文章辨体》卷三、《诗女史》卷二、《历代赋汇》外集卷五、《全汉文》卷十一;《艺文类聚》卷三十、《初学记》卷十、《内则衍义》卷十六、《渊鉴类函》卷二百六十五摘录。《艺文类聚》作《自伤赋》。

作年二说,(一)鸿嘉三年(前18)。刘斯翰、龚克昌、刘跃进、石观海。[②](二)永始元年(前16)。康金声。[③]鸿嘉三年系年依据为当年许皇后废。《自悼赋》言"华殿尘兮玉阶落,中庭萋兮绿草生",说明作赋不在冬季。许皇后废在鸿嘉三年冬十一月甲寅,[④]

---

① 吴文治《中国文学史大事年表》,第109页;刘斯翰《汉赋——唯美文学之潮》,第214页。

② 刘斯翰《汉赋——唯美文学之潮》,第214页;龚克昌《全汉赋评注》,第455页;刘跃进《秦汉文学编年史》,第273页;石观海《中国文学编年史·汉魏卷》,第133页。

③ 康金声《汉赋纵横》,第247页。

④ 班固《汉书》,第318页。

时已是隆冬,当不会"玉阶菭"、"绿草生",故赋不作于鸿嘉三年。"赵氏姊弟骄妒,倢伃恐久见危,求共养太后长信宫,上许焉。倢伃退处东宫,作赋自伤悼。""赵氏姊弟骄妒",但尚未言赵氏封后;"恐久见危"说明在赵氏姐妹得幸之后不久。赵飞燕鸿嘉三年潜告许皇后、班倢伃,说明此时赵飞燕已经得幸。其妹在其为倢伃时已经入宫,俱为倢伃,贵倾后宫。赵氏封后在永始元年(前16)。① 故赋作于鸿嘉四年(前17)至永始元年六月。

23. 扬雄(前53—18)

扬雄入京、始为郎时间对确定其赋作年至为关键。"雄年四十余,自蜀来至游京师,大司马车骑将军王音奇其文雅,召以为门下史,荐雄待诏。岁余,奏《羽猎赋》,除为郎,给事黄门,与王莽、刘歆并。"扬雄天凤五年(18)卒,年七十一,其生于甘露元年(前53),此亦可证之于《家牒》。那么扬雄"年四十余"则在前14年至前6年间,奏《羽猎赋》在前7年二月成帝驾崩前,则扬雄来京师时间在前14年至前8年间。王音阳朔三年(前22)九月至永始二年(前15)正月薨一直任大司马车骑将军。如此,则王音举荐扬雄就在时间上矛盾了,据此司马光《考异》、陆侃如《扬雄与王音王根王商的关系》、汤炳正《汉代语言文字学家扬雄年谱》等,论证举荐扬雄者为当是"王商"或"王根"。王商永始二年(前15)二月为大司马,元延元年(前12)十二月薨。王根元延元年(前12)十二月为大司马骠骑将军,绥和元年(前8)七月免。② 如果此观点成立,则奏《羽猎赋》在前13年至前7年之间,亦即其为郎之前。《汉书·扬雄传》:"与王莽、刘歆并。"据《汉书·王莽传》可知王莽阳朔三年(前22)至永始元年(前16)五月为郎。若王商、王根荐雄,"岁余"上《羽猎赋》为郎,不可能与王莽并,故荐

①　班固《汉书》,第3988、319页。
②　班固《汉书》,第3538、705、4039、4040、835、838、839、842页。

雄者当为王音,而非王商或王根。王音为大司马车骑将军即荐扬
雄,则扬雄为郎时间上限为阳朔四年(前21)十月;与王莽同为郎
时间下限为永始元年(前16)五月,则其被荐最迟在鸿嘉四年(前
17)四月。故扬雄至京师被荐时间为阳朔三年(前22)九月至鸿
嘉四年(前17)四月;为郎时间为阳朔四年(前21)十月至永始元
年(前16)五月;如此,则扬雄被荐在32至37岁,其本传当如清
周寿昌、杨福泉、多洛肯、易小平等所说"年三十余,自蜀来至游
京师"。① 王音荐扬雄待诏承明之庭在前,其上《羽猎赋》为郎在
岁余后,扬雄为郎时不排除王音卒的可能,故王音卒年不可作为
扬雄为郎时间上限。②

《汉书·艺文志》:"扬雄赋十二篇。"现存《蜀都赋》、《羽猎赋》、
《甘泉赋》、《河东赋》、《校猎赋》、《长杨赋》、《都酒赋》、《解嘲》、《解
难》、《太玄赋》、《逐贫赋》、《核灵赋》。万光治辑扬雄《蚕赋》实为晋
杨泉《蚕赋》,③文见于《艺文类聚》卷六十五。程章灿辑扬雄《虎
赋》:"目如电光,舌如绵巾。勇怯见之,莫不主臣。"④其中后面两
小句实为马融《龙虎赋》文句,故将其属马融。《历代辞赋总汇》列
《反离骚》全文和《甘泉宫赋序》:"游观屈奇瑰玮,非木靡而不雕,墙
涂而不画。"⑤案:此句实为《汉书·扬雄传》中介绍甘泉宫的相关
文句。⑥

① 周寿昌《汉书注校补》,《续修四库全书》,267册第780页;杨福泉《扬雄至京、
待诏、奏赋、除郎的年代问题》,《上海大学学报》,2002(1);多洛肯《扬雄辞赋创作论》,
《新疆师范大学学报》,2005(3);易小平《〈校猎赋〉就是〈羽猎赋〉吗——兼论扬雄初为
郎的时间及年龄》,《广西大学学报》,2007(3)。
② 易小平《〈校猎赋〉就是〈羽猎赋〉吗——兼论扬雄初为郎的时间及年龄》,《广
西大学学报》,2007(3)。
③ 万光治《汉赋通论》,第450页。
④ 程章灿《魏晋南北朝赋史》,第333页。
⑤ 马积高《历代辞赋总汇·先秦汉魏晋南北朝卷》,第196页。
⑥ 班固《汉书》,第3534页。

自徐中舒指《蜀都赋》为伪作，郑文、方铭等从之，熊良智等驳之。[①] 笔者以为：在无确实证据情况下，当视为扬雄之作。《蜀都赋》见于《扬子云集》卷五、《古文苑》卷四、《全蜀艺文志》卷一、《历代赋汇》卷三十二、《（雍正）四川通志》卷三十九、《七十家赋钞》卷三、《全汉文》卷五十一；《艺文类聚》卷六十一、《渊鉴类函》卷三百三十三摘录。《全汉赋评注》在"众鳞鳂鳇"后增"蟒含珠而璧裂"。案：此句实属扬雄《太玄赋》。《文选》注卷四："夏含霜雪"与"霜雪终夏"实为同一语。

作年七说：（一）建昭五年（前34）。刘跃进。[②] （二）阳朔元年（前24）。王以宪、杨福泉。[③] （三）鸿嘉四年（前17）。林贞爱。[④]（四）永始元年（前16）。吴文治。[⑤] （五）永始三年（前14）。陆侃如、刘斯翰、罗国威、罗琴。[⑥] （六）永始四年（前13）。石观海。[⑦]（七）元延三年（前10）。顾绍炯。[⑧]《蜀都赋》为扬雄至京师前所作，如此则后四说不成立。设扬雄十岁后作赋，则《蜀都赋》可系于成帝建始三年（前44）至鸿嘉四年（前17）四月，具体年份不可考。

《甘泉赋》见于《扬子云集》卷五、《汉书》卷八十七、《文选》卷

① 徐中舒《论〈蜀王本纪〉成书年代及其作者》，《文史资料》1979（6）；郑文《对扬雄生平与作品的探索》，《文史》第24辑；方铭《扬雄赋论》，《中国文学研究》，1991（1）；熊良智《扬雄〈蜀都赋〉释疑》，《文献》，2010（1）。

② 刘跃进《秦汉文学编年史》，第257页。

③ 王以宪《扬雄著作系年》，《湘潭大学社会科学学报》，1983（3）；杨福泉《扬雄年谱考订》，《绍兴文理学院学报》，2006（1）。

④ 林贞爱《扬雄集校注》，第326页。

⑤ 吴文治《中国文学史大事年表》，第109页。

⑥ 陆侃如《中古文学系年》，第8页；刘斯翰《汉赋——唯美文学之潮》，第214页；罗国威、罗琴《两汉巴蜀文学系年要录（上）》，《西华大学学报》，2011（3）。

⑦ 石观海《中国文学编年史·汉魏卷》，第140页。

⑧ 顾绍炯《绵里藏针　寓讽于颂——扬雄〈长扬赋〉新探》，《贵阳师专学报》，1989（1）。

七、《观澜集注》乙集卷一、《通志》卷一百二、《古赋辨体》卷四、《文章辨体》卷三、《雍大记》卷三十、《汉魏六朝百三家集》卷八、《雅伦》卷五、《历朝赋格》中集骚赋格卷二、《(雍正)陕西通志》卷八十八、《历代赋汇》卷四十七、《关中胜迹图志》卷二十七、《古文辞类纂》卷六十七、《七十家赋钞》卷三、《全汉文》卷五十一、《汉书补注》卷五十七;《艺文类聚》卷三十九、《事类备要》外集卷三,《玉海》卷一百五十五,《渊鉴类函》卷一百五十八、一百六十五摘录。程章灿辑赋序。① 《历代辞赋总汇》则另列《甘泉宫赋序》。②

　　作年四说:(一)永始三年(前14)。李善《文选》注,严可均《全上古秦汉三国六朝文》,施之勉,林贞爱。③ (二)永始四年(前13)。何焯、唐兰、王以宪、孟祥才、费振刚、仇仲谦、刘南平、熊良智、纪国泰、多洛肯、杨福泉、郭君铭、易小平。④ (三)元延元年(前12)。赵洛。⑤ (四)元延二年(前11)。宋王益之、徐天麟、胡三省,清戴震、钱大昕、朱琰、沈钦韩、梁章钜、王先谦,近代陆侃如、刘斯翰、汤炳正、康金声、黄开国、张震泽、郑文、王青、蔡辉龙、龚克昌、张晓明、万光治、蔡妮芳、刘跃进、石观海、韩晖、李昕昕、金前文、罗国威、罗

---

　　① 程章灿《魏晋南北朝赋史》,第333页。

　　② 马积高《历代辞赋总汇·先秦汉魏晋南北朝卷》,第196页。

　　③ 施之勉《扬雄奏甘泉羽猎二赋在成帝永始三年考》,《大陆杂志》,第四卷第二期,1952年;林贞爱《扬雄集校注》,第38、327页。

　　④ 何焯《义门读书记》,上海古籍出版社,1992年,第650页;唐兰《扬雄奏〈甘泉〉、〈河东〉、〈羽猎〉、〈长杨〉四赋的年代》,《学原》第十期;王以宪《扬雄著作系年》,《湘潭大学社会科学学报》,1983(3);孟祥才《扬雄述论》,《人文杂志》,1999(2);费振刚、仇仲谦、刘南平《全汉赋校注》,第233页;熊良智《扬雄"四赋"时年考》,《四川师范大学学报》,2005(3);纪国泰《扬雄"四赋"考论——兼论扬雄"三世不徙官"的重要原因》,《西华大学学报》,2005(6);多洛肯《扬雄辞赋创作论》,《新疆师范大学学报》,2005(3);杨福泉《扬雄年谱考订》,《绍兴文理学院学报》,2006(1);郭君铭《扬雄入京年代和推荐人考辨》,《石家庄铁道学院学报》,2008(1);易小平《关于扬雄四赋作年的两个问题》,《古籍整理研究学刊》,2010(6)。

　　⑤ 赵洛《汉赋四题》,《山西社会主义学院学报》,2009(1)。

琴、郭明真。①

　　《河东赋》见于《汉书》卷八十七、《通志》卷一百二、《全汉文》卷五十一;《艺文类聚》卷三十九、《渊鉴类函》卷一百五十八、《历代赋汇》补遗卷八摘录。《水经注》卷二十四"扬雄《河水赋》曰:'登历观而遥望兮,聊浮游于河之岩'"《太平御览》卷四十二作"《河东赋》曰:'登历观而遥望兮,聊浮济河之岩'",故扬雄不当另有《河水赋》。

　　作年四说:(一)永始三年(前14)。林贞爱。②(二)永始四年(前13)。唐兰、王以宪、吴文治、孟祥才、多洛肯、熊良智、纪国泰、杨福泉、郭君铭、易小平。③(三)元延元年(前12)。费振刚、仇仲

　　① 王益之《西汉年纪》,第578页;宋徐天麟《西汉会要》,中华书局,1955年,第668页;司马光《资治通鉴》;戴震《戴震全集》,清华大学出版社,1997年,第2492页;钱大昕《三史拾遗》,454册第925页;朱琦《文选集释》,民国十七年(1928)上海受古书店中一局据同治十二年朱氏家刻本影印本;沈钦韩《汉书疏证》,上海古籍出版社,1995年,第132页;梁章钜《文选旁证》,清道光刻本;王先谦《汉书补注》《续修四库全书》,史部269册;陆侃如《中古文学系年》,第11页;刘斯翰《汉赋——唯美文学之潮》,第214页;汤炳正《语言之起源》,台湾贯雅文化事业有限公司,1990年,第326页;康金声《汉赋纵横》,第247页;黄开国《扬雄的著述活动与著作》,《成都大学学报》,1992(2);张震泽《扬雄集校注》,第43、444页;郑文《扬雄文集笺注》,巴蜀书社,2000年,第2页;王青《扬雄评传》,南京大学出版社,2000年,第59、345页;蔡辉龙《两汉名家田猎赋研究》,第25页;龚克昌《全汉赋评注》,第306页;张晓明《扬雄著作存佚考及系年研究》,《青岛大学师范学院学报》,2004(4);万光治《汉赋通论》,第447页;蔡妮芳《理论与实践——扬雄文学思想及其赋结合之考察》,硕士学位论文,2004年;刘跃进《秦汉文学编年史》,第282页;石观海《中国文学编年史·汉魏卷》,第142页;韩晖《〈文选〉郊祀赋略论》,《东方丛刊》,2007(1);李昕昕《扬雄赋研究》,硕士学位论文,2008年;金前文《西汉蜀郡赋家赋作考》,《湖北工业大学学报》,2010(6);罗国威、罗琴《两汉巴蜀文学系年要录(上)》,《西华大学学报》,2011(3);郭明真《汉赋四大家大赋之成熟与衰退》,硕士学位论文,2015年。
　　② 林贞爱《扬雄集校注》,第62、327页。
　　③ 唐兰《扬雄奏〈甘泉〉、〈河东〉、〈羽猎〉、〈长杨〉四赋的年代》,《学原》第十期;王以宪《扬雄著作系年》,《湘潭大学社会科学学报》,1983(3);吴文治《中国文学史大事年表》,第110页;孟祥才《扬雄述论》,《人文杂志》,1999(2);多洛肯《扬雄辞赋创作论》,《新疆师范大学学报》,2005(3);熊良智《扬雄"四赋"时年考》,《四川师范大学学报》,2005(3);纪国泰《扬雄"四赋"考论——兼论扬雄"三世不徙官"的重要原因》,《西华大学学报》,2005(6);杨福泉《扬雄年谱考订》,《绍兴文理学院学报》,2006(1);郭君铭《扬雄入京年代和推荐人考辨》,《石家庄铁道学院学报》,2008(1);易小平《关于扬雄四赋作年的两个问题》,《古籍整理研究学刊》,2010(6)。

谦、刘南平。① (四)元延二年(前11)。宋徐天麟《西汉会要》,今人
陆侃如、刘斯翰、汤炳正、黄开国、张震泽、郑文、王青、蔡辉龙、龚克
昌、张晓明、万光治、蔡妮芳、纪国泰、刘跃进、石观海、赵洛、金前
文、罗国威、罗琴、郭明真。②

《校猎赋》见于《扬子云集》卷五、《汉书》卷八十七、《文选》卷八、
《通志》卷一百二、《事文类聚》前集卷三十七、《汉魏六朝百三家集》卷
八、《历朝赋格》上集卷三、《历代赋汇》卷五十八、《古文辞类纂》卷六
十七、《七十家赋钞》卷三、《全汉文》卷五十一、《汉书补注》第五十七。

作年五说:(一)永始三年(前14)。严可均《全上古秦汉三国
六朝文》、施之勉、林贞爱。③ (二)永始四年(前13)。唐兰、吴文
治、孟祥才、多洛肯、熊良智、纪国泰。④ (三)元延元年(前12)。王

---

① 费振刚、仇仲谦、刘南平《全汉赋校注》,第249页。
② 陆侃如《中古文学系年》,第12页;刘斯翰《汉赋——唯美文学之潮》,第214
页;汤炳正《语言之起源》,第328页;黄开国《扬雄的著述活动与著作》,《成都大学学
报》,1992(2);张震泽《扬雄集校注》,第72、74、444页;郑文《扬雄文集笺注》,第50页;
王青《扬雄评传》,第59、345页;蔡辉龙《两汉名家田猎赋研究》,第25页;龚克昌《全汉
赋评注》,第325页;张晓明《扬雄著作存佚考及系年研究》,《青岛大学师范学院学报》,
2004(12);万光治《汉赋通论》,第447页;蔡妮芳《理论与实践——扬雄文学思想及其
赋结合之考察》,硕士学位论文,2004年;纪国泰《扬雄"四赋"考论——兼论扬雄"三世
不徙官"的重要原因》,《西华大学学报》,2005(6);刘跃进《秦汉文学编年史》,第283
页;石观海《中国文学编年史·汉魏卷》,第143页;赵洛《汉赋四题》,《山西社会主义学
院学报》,2009(1);金前文《西汉蜀郡赋家赋作考》,《湖北工业大学学报》,2010(6);罗
国威、罗琴《两汉巴蜀文学系年要录(上)》,《西华大学学报》,2011(3);郭明真《汉赋四
大家大赋之成熟与衰退》,硕士学位论文,2015年。
③ 施之勉《扬雄奏甘泉羽猎二赋在成帝永始三年考》,《大陆杂志》,第四卷第二
期,1952年;林贞爱《扬雄集校注》,第73、327页。
④ 唐兰《扬雄奏〈甘泉〉、〈河东〉、〈羽猎〉、〈长杨〉四赋的年代》,《学原》第十期;吴
文治《中国文学史大事年表》,第110页;孟祥才《扬雄述论》,《人文杂志》,1999(2);多
洛肯《扬雄辞赋创作论》,《新疆师范大学学报》,2005(3);熊良智《扬雄"四赋"时年考》,
《四川师范大学学报》,2005(3);纪国泰《扬雄"四赋"考论——兼论扬雄"三世不徙官"
的重要原因》,《西华大学学报》,2005(6)。

以宪、费振刚、仇仲谦、刘南平、杨福泉、郭君铭、易小平。① （四）元延二年(前11)。宋徐天麟《西汉会要》，今人陆侃如、吴文治、刘斯翰、黄开国、郑文、王青、蔡辉龙、龚克昌、张晓明、刘跃进、石观海、金前文、罗国威、罗琴。② （五）元延三年(前10)。张震泽、赵洛。③

《长杨赋》见于《扬子云集》卷五、《汉书》卷八十七、《文选》卷九、《观澜集注》乙集卷一、《通志》卷一百二、《事文类聚》卷三十七、《古赋辨体》卷四、《雍大记》卷三十、《汉魏六朝百三家集》卷八、《关中胜迹图志》卷四、《历代赋汇》卷五十八、《雅伦》卷五、《(雍正)陕西通志》卷八十八、《全汉文》卷五十二、《古文辞类纂》卷六十七、《七十家赋钞》卷三、《汉书补注》卷五十七;《渊鉴类函》卷二百九摘录。

作年五说:(一)永始四年(前13)。费振刚、仇仲谦、刘南平。④ (二)元延元年(前12)。孟祥才、熊良智、纪国泰。⑤ （三)二年(前

---

① 王以宪《扬雄著作系年》,《湘潭大学社会科学学报》,1983(3);费振刚、仇仲谦、刘南平《全汉赋校注》,第257页;杨福泉《扬雄年谱考订》,《绍兴文理学院学报》,2006(1);郭君铭《扬雄入京年代和推荐人考辨》,《石家庄铁道学院学报》,2008(1);易小平《关于扬雄四赋作年的两个问题》,《古籍整理研究学刊》,2010(6)。

② 陆侃如《中古文学系年》,第11页;吴文治《中国文学史大事年表》,第111页;刘斯翰《汉赋——唯美文学之潮》,第214页;黄开国《扬雄的著述活动与著作》,《成都大学学报》,1992(2);郑文《扬雄文集笺注》,第62页;王青《扬雄评传》,第59、395页;蔡辉龙《两汉名家田猎赋研究》,第25页;龚克昌《全汉赋评注》,第335页;张晓明《扬雄著作存佚考及系年研究》,《青岛大学师范学院学报》,2004(12);刘跃进《秦汉文学编年史》,第279、283页;石观海《中国文学编年史·汉魏卷》,第143页;金前文《西汉蜀郡赋家赋作考》,《湖北工业大学学报》,2010(6);罗国威、罗琴《两汉巴蜀文学系年要录(上)》,《西华大学学报》,2011(3)。

③ 张震泽《扬雄集校注》,第84、444页;赵洛《汉赋四题》,《山西社会主义学院学报》,2009(1)。

④ 费振刚、仇仲谦、刘南平《全汉赋校注》,第275页。

⑤ 孟祥才《扬雄述论》,《人文杂志》,1999(2);熊良智《扬雄"四赋"时年考》,《四川师范大学学报》,2005(3);纪国泰《扬雄"四赋"考论——兼论扬雄"三世不徙官"的重要原因》,《西华大学学报》,2005(6)。

11)。唐兰、王以宪、林贞爱、龚克昌、多洛肯、石观海、杨福泉、郭君铭、易小平。① （四）三年（前 10）。胡三省、束景南、陆侃如、吴文治、刘斯翰、汤炳正、康金声、黄开国、郑文、王青、蔡辉龙、张晓明、万光治、蔡妮芳、刘跃进、金前文、罗国威、罗琴、郭明真。② （五）绥和元年（前 8）。《七略》、《全上古秦汉三国六朝文》、张震泽。③

《甘泉》、《河东》、《校猎》、《长杨》四赋作年，确定《长杨》作年后，上推一年即为《校猎》写作时间。元延二年（前 11），"冬，行幸长杨宫，从胡客大校猎"。历"三旬有余"，还，上《长杨赋》。则永始四年（前 13）、元延元年（前 12）说不能成立。与胡校猎，彰显大汉声威，所上之赋不会迟至绥和元年（前 8）。汉《成帝纪》有"秋九月"，"冬十月"之说，则其冬包括十、十一、十二月。长杨校猎，未明言确切月份。但"秋，命右扶风发民人入南山。……上亲临观焉"。

---

① 唐兰《扬雄奏〈甘泉〉、〈河东〉、〈羽猎〉、〈长杨〉四赋的年代》，《学原》第十期；王以宪《扬雄著作系年》，《湘潭大学社会科学学报》，1983(3)；林贞爱《扬雄集校注》，第 8、105、329 页；龚克昌《全汉赋评注》，第 358 页；多洛肯《扬雄辞赋创作论》，《新疆师范大学学报》，2005(3)；石观海《中国文学编年史·汉魏卷》，第 143 页；杨福泉《扬雄年谱考订》，《绍兴文理学院学报》，2006(1)；郭君铭《扬雄入京年代和推荐人考辨》，《石家庄铁道学院学报》，2008(1)；易小平《关于扬雄四赋作年的两个问题》，《古籍整理研究学刊》，2010(6)。

② 司马光《资治通鉴》，第 1038 页；束景南《〈太玄〉创作年代考》，《历史研究》，1981(5)；陆侃如《中古文学系年》，第 15 页；吴文治《中国文学史大事年表》，第 111 页；刘斯翰《汉赋——唯美文学之潮》，第 215 页；汤炳正《语言之起源》，第 332 页；康金声《汉赋纵横》，第 248 页；黄开国《扬雄的著述活动与著作》，《成都大学学报》，1992(2)；郑文《扬雄文集笺注》，第 109 页；王青《扬雄评传》，第 346 页；蔡辉龙《两汉名家田猎赋研究》，第 25 页；张晓明《扬雄著作存佚考及系年研究》，《青岛大学师范学院学报》，2004(12)；万光治《汉赋通论》，第 448 页；蔡妮芳《理论与实践——扬雄文学思想及其赋结合之考察》，硕士学位论文，2004 年；刘跃进《秦汉文学编年史》，第 285 页；金前文《西汉蜀郡赋家赋作考》，《湖北工业大学学报》，2010(6)；罗国威、罗琴《两汉巴蜀文学系年要录（上）》，《西华大学学报》，2011(3)；郭明真《汉赋四大家大赋之成熟与衰退》，硕士学位论文，2015 年。

③ 张震泽《扬雄集校注》，第 115、444 页。

则其校猎当去秋不会太远,故系《长杨赋》于元延二年(前 11)。上推一年即元延元年(前 12)为《校猎赋》之作年。永始三年(前 14)冬十月庚辰,皇太后诏有司复甘泉泰畤、汾阴后土、雍五畤、陈仓陈宝祠。永始四年(前 13)春正月,行幸甘泉,郊泰畤。……三月,行幸河东,祠后土。① 则《甘泉赋》、《河东赋》作于永始四年(前 13)。当年十二月有校猎行为,但地点不一定在长杨。如此,则《羽猎赋》与《校猎赋》不为同一赋作,论证详见易小平文。②《西汉年纪》卷二十七:"故聊因《校猎赋》以风,除为郎,给事黄门,与王莽、刘歆并。"清王轩、杨笃《山西通志》卷一百四十八"上《河东赋》以劝,后除为郎,给事黄门"之记载误。《羽猎赋》作于阳朔四年(前 21)十月至永始元年(前 16)五月为郎之前。

《都酒赋》见于《汉书》卷八十七、《嵩山文集》卷十九、《西汉年纪》卷二十七、《通志》卷一百八十、《笺注简斋诗集》卷三、《铁崖乐府注》卷八、《西汉文纪》卷二十一、《六语》卷一、《资治通鉴补》卷三十九、《古今谭概》卷二十七、《文章辨体汇选》卷五百十八、《经济类编》卷九十八、《骈字类编》卷五十五、《子史精华》卷一百五十九。《东坡诗集注》卷十五、《玉海》卷五十九等名《酒箴》。《法言义疏》十七,《艺文类聚》卷七十二,《北堂书钞》卷一百四十八,《初学记》卷二十六,《太平御览》卷八十九、七百五十八、七百六十一,《资治通鉴》卷一百六十八,《通鉴纲目》卷五十下,《纬略》卷四,《隐居通议》卷二十五,《天中记》卷二十六,《诗经世本古义》卷十八,《正字通》卷七,《董说集》文集卷一,《酒概》卷四,《蜀中广记》卷六十五,《识小录》卷之一,《杜诗详注》卷十六,《骈雅训纂》卷四,《不下带编》卷五,《佩文韵府》卷八之二、二十五之二,《礼经释例》卷十一,

① 班固《汉书》,第 327、3558、315、323、3557、324 页。
② 易小平《〈校猎赋〉就是〈羽猎赋〉吗——兼论扬雄初为郎的时间及年龄》,《广西大学学报》,2007(3)。

《汉书补注》名为《酒赋》。严可均:"都酒者,酒器名也。又或有作《都酒赋》者,验文当目'都酒'为长。"案:三者名异实同,实为《都酒赋》)。①

作年五说:(一)永始元年(前16)。杨福泉。② (二)元延二年(前11)。罗国威、罗琴。③ (三)元延四年(前9)。王以宪、王青、张晓明、石观海。④ (四)绥和元年(前8)。陆侃如、刘斯翰、林贞爱。⑤ (五)绥和二年(前7)。吴文治。⑥《汉书·陈遵传》:"先是黄门侍郎扬雄作《酒箴》以谏成帝",成帝绥和二年(前7)三月丙午崩于未央宫,⑦故《都酒赋》作于扬雄为黄门侍郎至成帝崩期间。扬雄始为郎时间为阳朔四年(前21)十月至永始元年(前16)五月。王以宪据《成纪》"元延四年(前9),甘露降京师,赐长安民牛酒"系年;杨福泉据永始元年(前16)九月谷永上书谏戒酒系年。甘露降京师,理应欢庆;谷永谏戒酒,扬雄未必上《酒箴》,故王、杨二君系年略显牵强。《西汉年纪》:"雄又作《酒箴》以讽谏帝。……是岁许美人御幸生男,赵昭仪谓帝曰……"元延元年(前12)赵昭仪害许美人所生皇子,《都酒赋》作于该年。

《解嘲》见于《扬子云集》卷四、《汉书》卷八十七、《文选》卷四十五、《册府元龟》卷七百六十九、《通志》卷一百二、《崇古文诀》卷三、《补续全蜀艺文志》卷三十三、《经济类编》卷五十三、《文章辨体汇

---

① 赵逵夫师《汉晋赋管窥》,《甘肃社会科学》,2003(5)。

② 杨福泉《扬雄年谱考订》,《绍兴文理学院学报》,2006(1)。

③ 罗国威、罗琴《两汉巴蜀文学系年要录(上)》,《西华大学学报》,2011(3)。

④ 王以宪《扬雄著作系年》,《湘潭大学社会科学学报》,1983(3);王青《扬雄评传》,第346页;张晓明《扬雄著作存佚考及系年研究》,《青岛大学师范学院学报》,2004(12);石观海《中国文学编年史·汉魏卷》,第145页。

⑤ 陆侃如《中古文学系年》,第16页;刘斯翰《汉赋——唯美文学之潮》,第215页;林贞爱《扬雄集校注》,第330页。

⑥ 吴文治《中国文学史大事年表》,第113页。

⑦ 班固《汉书》,第330页。

选》卷四百四十三、《文编》卷三十七、《西汉文纪》卷二十一、《汉魏六朝百三家集》卷八、《太玄闻秘》附编、《古文辞类纂》卷六十七、《骈体文钞》卷二十七、《全汉文》卷五十三、《汉书补注》第五十七；《艺文类聚》卷二十五、《事类备要》续集卷三十九、《事文类聚》别集卷二十、《渊鉴类函》卷二百九十九摘录。

作年六说。(一)建平元年(前6)。丁介民、蔡辉龙。[①] (二)建平二年(前5)。康金声。[②] (三)建平三年(前4)。陆侃如、吴文治、刘斯翰、王青、林贞爱。[③] (四)建平四年(前3)。刘跃进、石观海。[④] (五)元寿元年(前2)。刘汝霖、王以宪、汤炳正、张震泽、蔡妮芳、张晓明、杨福泉、罗国威、罗琴。[⑤] (六)元寿二年(前1)。易小平。[⑥]

《解难》见于《扬子云集》卷四、《汉书》卷八十七、《册府元龟》卷七百六十九、《妙绝古今》卷二、《文选补遗》卷二十五、《文章辨体汇选》卷四百四十三、《经济类编》卷五十三、《西汉文纪》卷二十一、《汉魏六朝百三家集》卷八、《太玄闻秘》附编、《古文辞类纂》卷六十

① 丁介民《扬雄年谱》，菁华出版社，1975年；蔡辉龙《两汉名家田猎赋研究》，第26页。

② 康金声《汉赋纵横》，第249页。

③ 陆侃如《中古文学系年》，第20页；吴文治《中国文学史大事年表》，第115页；刘斯翰《汉赋——唯美文学之潮》，第215页；王青《扬雄评传》，第348页；林贞爱《扬雄集校注》，第331页。

④ 刘跃进《秦汉文学编年史》，第299页；石观海《中国文学编年史·汉魏卷》，第154页。

⑤ 刘汝霖《汉晋学术编年》，第223页；王以宪《扬雄著作系年》，《湘潭大学社会科学学报》，1983(3)；汤炳正《语言之起源》，第350页；张震泽《扬雄集校注》，第448页；蔡妮芳《理论与实践——扬雄文学思想及其赋结合之考察》，硕士学位论文，2004年；张晓明《扬雄著作存佚考及系年研究》，《青岛大学师范学院学报》，2004(12)；杨福泉《扬雄年谱考订》，《绍兴文理学院学报》，2006(1)；罗国威、罗琴《两汉巴蜀文学系年要录(上)》，《西华大学学报》，2011(3)。

⑥ 易小平《西汉文学系年》，博士学位论文，2005年。

七、《骈体文钞》卷二十七、《全汉文》卷五十三、《汉书补注》第五十七。

作年六说。（一）建平元年（前6）。丁介民。① （二）建平二年（前5）。康金声。② （三）建平三年（前4）。陆侃如、吴文治、王青、林贞爱、龚克昌。③ （四）建平四年（前3）。刘跃进。④ （五）元寿元年（前2）。杨福泉、石观海。⑤ （六）元寿二年（前1）。王以宪、张晓明、易小平。⑥《解嘲》《解难》作于"哀帝时丁、傅、董贤用事"时。傅喜建平元年（前6）四月丁酉至建平二年（前5）二月丁丑为大司马。傅晏元寿元年（前2）正月为大司马卫将军。丁明建平二年（前5）二月丁丑大司马卫将军，元寿元年（前2）正月更为大司马骠骑大将军，元寿元年（前2）九月己卯免。其用事期为建平二年（前5）二月至元寿元年（前2）九月。哀帝绥和二年（前7）四月丙午即位，"董贤随太子官为郎。二岁余，董贤传漏殿下。……哀帝望见，说其仪貌。……拜为黄门郎，由是始幸。"董贤始幸在哀帝即位二岁余时，最早当在建平二年（前5）五月。建平四年（前3）八月，董贤被封为高安侯；元寿元年（前2）十二月庚子为大司马卫将军，元寿二年（前1）五月甲子更为大司马，六月乙未免。⑦ 三者同时用事在元寿元年（前2）正月至九月，其中傅指傅晏。《解嘲》、

① 丁介民《扬雄年谱》。
② 康金声《汉赋纵横》，第249页。
③ 陆侃如《中古文学系年》，第20页；吴文治《中国文学史大事年表》，第115页；王青《扬雄评传》，第348页；林贞爱《扬雄集校注》，第331页；龚克昌《全汉赋评注》，第396页。
④ 刘跃进《秦汉文学编年史》，第299页。
⑤ 杨福泉《扬雄年谱考订》，《绍兴文理学院学报》，2006（1）；石观海《中国文学编年史·汉魏卷》，第155页。
⑥ 王以宪《扬雄著作系年》，《湘潭大学社会科学学报》，1983（3）；张晓明《扬雄著作存佚考及系年研究》，《青岛大学师范学院学报》，2004（12）；易小平《西汉文学系年》，博士学位论文，2005年。
⑦ 班固《汉书》，第845、849、850、334、3733、713、851、852页。

《解难》作于元寿元年(前2)。

郑文《读扬雄太玄赋献疑》定《太玄赋》为伪,束景南驳之,问永宁进而论证其作者可能是杨泉。① 束先生驳斥有据,可从。

作年六说:(一)建平元年(前6)。丁介民、蔡辉龙。② (二)建平二年(前5)。康金声。③ (三)建平三年(前4)。陆侃如、刘斯翰、林贞爱、龚克昌。④ (四)建平四年(前3)。刘跃进、石观海。⑤ (五)元寿元年(前2)。杨福泉。⑥ (六)元寿二年(前1)。王以宪、蔡妮芳、易小平。⑦《太玄赋》可据《解嘲》、《解难》,系于元寿元年(前2)。

《逐贫赋》见于《扬子云集》卷五、《艺文类聚》卷三十五、《古文苑》卷四、《太平御览》卷四百八十五、《嵩山文集》卷十九、《滑耀编》、《汉魏六朝百三家集》卷八、《雅伦》卷五、《渊鉴类函》卷二百八十七、《历代赋汇》、《七十家赋钞》卷三、《全汉文》卷五十三;《初学记》卷十八、《文选补遗》卷三十一摘录。

作年五说:(一)建昭元年(前34)。刘跃进。⑧ (二)永始三年(前14)。刘斯翰。⑨ (三)元始元年(1)。王青。⑩ (四)新莽建国

① 束景南《〈太玄赋〉非伪作辨》,《古籍整理研究学刊》,1993(5);问永宁《〈太玄〉作者考辨》,《湖北大学学报》,2006(5)。

② 丁介民《扬雄年谱》;蔡辉龙《两汉名家田猎赋研究》,第26页。

③ 康金声《汉赋纵横》,第249页。

④ 陆侃如《中古文学系年》,第20页;刘斯翰《汉赋——唯美文学之潮》,第215页;林贞爱《扬雄集校注》,第331页;龚克昌《全汉赋评注》,第367页。

⑤ 刘跃进《秦汉文学编年史》,第299页;石观海《中国文学编年史·汉魏卷》,第154页。

⑥ 杨福泉《扬雄年谱考订》,《绍兴文理学院学报》,2006(1)。

⑦ 王以宪《扬雄著作系年》,《湘潭大学社会科学学报》,1983(3);蔡妮芳《理论与实践——扬雄文学思想及其赋结合之考察》,硕士学位论文,2004年;易小平《西汉文学系年》,博士学位论文,2005年。

⑧ 刘跃进《秦汉文学编年史》,第257页。

⑨ 刘斯翰《汉赋——唯美文学之潮》,第214页。

⑩ 王青《扬雄评传》,第349页。

三年(11)。石观海。① (五)新莽建国四年(12)。陆侃如、康金声、林贞爱、龚克昌、杨福泉。② 扬雄因刘歆子刘棻事件投阁,几死。此后,"雄以病免,复召为大夫。家素贫,耆酒,人希至其门。时有好事者载酒肴从游学"。《汉书·元后传》:"太后年八十四,建国五年二月癸丑崩。三月乙酉,合葬渭陵。莽召大夫扬雄作诔曰……"③可见扬雄建国五年(13)二月癸丑太后崩时复召为大夫,人希至其门,其病免期间无人问津更是情理之中。《逐贫赋》中"扬子遁世,离俗独处","朋友道绝,进官凌迟"正是其真实写照。刘棻事件在新莽建国三年(11),投阁后病免。复召在建国五年(13),故《逐贫赋》作于建国三年(11)至五年(13)。

《覈灵赋》残缺,《扬子云集》卷五载残句:(一)自今推古,至于元气始化,古不览今,名号迭毁,请以《诗》、《春秋》言之。(二)太易之始,太初之先,冯冯沉沉,奋搏无端。④《全汉文》卷五十二除上两句外,另增五句:(一)河出龙马,雒贡龟书。(二)世有黄公者,起于苍州,精神养性,与道浮游。(三)二子规游矩步。(四)文王之始起,浸仁渐义,会贤儹智。(五)枝附叶从,表立景随。《全汉赋》、《全汉赋评注》、《全汉赋校注》在"河序龙马"前多"太(大)易之始"。该赋名称有三:(一)《橄灵赋》。《扬子云集》,《太平御览》卷一,《能改斋漫录》卷七,《九家集注杜诗》卷十九、三十六,《玉台新咏笺注》卷五。(二)《覈灵赋》。《文选》注卷二十八、五十六,《海录碎事》卷八下、十上,《纬略》卷八,《困学纪闻》卷一,《玉海》卷三十五,《文宪

---

① 石观海《中国文学编年史·汉魏卷》,第166页。

② 陆侃如《中古文学系年》,第43页;康金声《汉赋纵横》,第251页;林贞爱《扬雄集校注》,第343页;龚克昌《全汉赋评注》,第373页;杨福泉《扬雄年谱考订》,《绍兴文理学院学报》,2006(1)。

③ 班固《汉书》,第3585、4035页。

④ 《纬略》作"不可奋搏"。案:于义均通。上文"太初之先"元部韵,"端"元部韵,"搏"铎部韵,当作"奋搏无端"。

集》卷二十六,《喻林》卷八十五,《尚书古文疏证》卷七,《佩文韵府》卷二之二,《洪范正论》卷一,《易图明辨》卷一,《说文解字句读》卷八,《全汉文》卷五十二,《说文通训定声》。(三)《和灵赋》。《文选》注卷三十九、四十四,《说文解字注》卷八。

　　案:其中《文选》两称。"太易之始,太初之先,冯冯沉沉,奋搏无端"句《太平御览》(《四部丛刊》三编景宋本)称《㰴灵赋》,《易俟图》等称《覈灵赋》。"文王之始起,浸仁渐义,会贤僭智"句《文选》注卷三十九、《说文解字注》作《和灵赋》,《说文解字句读》、《说文通训定声》作《覈灵赋》,可见三者为一。"覈"、"和"同音。"覈"、"核"同源字,二字声母相同,韵部为锡、职旁转,作果核讲,实为一词;在考核等意义上也相通。"核"误抄为"㰴"?

　　道家哲学称太易、太初、太始、太素、太极并为先天五太。太易代表无极过渡到天地诞生的第一个阶段,只有无垠虚无的宇宙状态。《易纬乾凿度》和《列子》都说:"太易,未见气也。"《道法会元》卷六十七张善渊《万法通论》说:"太易者,阴阳未变,恢漠太虚,无光无象,无形无名。寂兮寥兮,是曰太易。太易,神之始而未见气也。"太初,道家哲学中代表无形无质,只有先天一炁,比混沌更原始的宇宙状态。《太上老君开天经》认为,太初是道教创世纪中的第二个年代。盘古开天,女娲造人,至此洪荒中有了宇宙和生命。《列子》说:"太初者,始见气也。"张善渊则认为:太初,都有名无实,虽变有气,而未有形,是曰太初。太初,气之始而未见形者也。太始在道家哲学中代表有形无质,非感官可见,开天辟地前的原始宇宙状态。《易纬乾凿度》:"太始,形之始。"张善渊则说:太始者,阴阳交合,混而为一,自一而生形,虽有形而未有质,是曰太始。太始,形之始而未有质者也。太素,在道家哲学中代表天地开辟前出现原始物质的宇宙状态。《列子》将太素定义为质之始。张善渊认为:太素者,太始变而成形,形而有质,而未成体,是曰太素。太素,质之始而未成体者也。太极,初见于《易传》:"易有太极,是生两仪。两仪生四象,四象生八卦。"极,指尽头、极点。物极则变,变则化,所以变化之源是太极。故将"太易之始,太初之先。冯冯沉沉,奋搏无端"放在赋作之首。

"自今推古,至于元气始化,古不览今,名号迭毁,请以《诗》、《春秋》言之"当言作赋之时。文王商纣时为西伯,建国于岐山之下,积善行仁,政化大行,因崇侯虎向纣王进谗言,而被囚于羑里,后得释归。益行仁政,天下诸侯多归从。"请以《诗》、《春秋》言之"韵脚为之部韵。"文王之始起,浸仁渐义,会贤赞智"韵脚为支部韵。"枝附叶从,表立景随"韵脚支部韵,此三句意思相关,韵脚相近,可连在一起。《墨子》有"河出绿图,地出乘黄,武王践功",故将"河出龙图,雒贡龟书"列在文王相关内容之后。黄公为秦末时人,故将其相关内容放在武王后。

综上,《覈灵赋》残句七条试排列为:

> ……太易之始,太初之先。冯冯沉沉,奋搏无端。……文王之始起,浸仁渐义,会贤赞智。枝附叶从,表立景随。河出龙图,雒贡龟书。……世有黄公者,起于苍州,怡神养性,与道浮游……自今推古,至于元气始化,古不览今,名号迭毁,请以《诗》、《春秋》言之。

"二子规游矩步"疑可接于黄公后。

24. 冯商(约与扬雄时代相近)

《汉书·艺文志》:"待诏冯商赋九篇。"现《灯赋》存目,亡佚八篇。《汉书·艺文志》:"冯商所续《太史公》七篇。"韦昭曰:"冯商受诏续《太史公》十余篇,在班彪《别录》。商,字子高。"师古曰:"《七略》云:商,阳陵人,治易,事五鹿充宗,后事刘向,能属文,后与孟柳俱待诏,颇序列传,未卒,病死。"《七略》明言冯商卒,《七略》成书在哀帝初立,王莽荐刘歆之后,在刘歆出任河内太守前,即绥和二年

（前7）四月至建平二年（前5）十二月。冯商事刘向，当在刘向领校秘书时，即河平三年（前26）至建平元年（前6）。冯商事刘向，与刘歆当熟识，疑冯商《灯赋》与刘歆《灯赋》为同题共作，姑系于河平三年（前26）至绥和二年（前7）。

25. 刘歆（？—23）

刘歆赋现存《灯赋》、《遂初赋》、《甘泉宫赋》。

《灯赋》作年不可考。结合前文冯商《灯赋》部分，系于河平三年（前26）至绥和二年（前7）。

《遂初赋》见于《古文苑》卷五、《汉魏六朝百三家集》卷九、《历代赋汇》外集卷二、《七十家赋钞》卷三、《全汉文》卷四十；《艺文类聚》卷二十七、《渊鉴类函》卷三百六摘录。

作年二说：（一）建平元年（前6）。陆侃如、吴文治、刘斯翰、康金声、张宜迁、张永山、石观海、唐景珏。[①]（二）建平三年（前4）。刘跃进。[②] 据赋序及赋中“守五原之烽燧”，可见赋作于徙五原太守时。刘歆上书让太常博士，史书相关记载为：

> 诸儒皆怨恨。是时名儒光禄大夫龚胜以歆移书上疏深自罪责，愿乞骸骨罢。及儒者师丹为大司空，亦大怒，奏歆改乱旧章，非毁先帝所立。上曰：“歆欲广道术，亦何以为非毁哉？”歆由是忤执政大臣，为众儒所讪。惧诛，求出补吏，为河内太守。以宗室不宜典三河，徙守五原，后复转在涿郡，历三郡守，数年，以病免官，起家复为安定属国都尉。会哀帝崩，王莽持

---

① 陆侃如《中古文学系年》，第19页；吴文治《中国文学史大事年表》，第113页；刘斯翰《汉赋——唯美文学之潮》，第215页；康金声《汉赋纵横》，第248页；张宜迁《博采史传　情词美矗——刘歆〈遂初赋〉简析》，《古典文学知识》，1997（3）；张永山《西汉目录学家刘向刘歆年谱》，《图书馆杂志》，2002（4）；石观海《中国文学编年史·汉魏卷》，第150页；唐景珏《两汉远游文学研究》，博士学位论文，2009年。

② 刘跃进《秦汉文学编年史》，第298页。

政,莽少与歆俱为黄门郎,重之。

> 房凤……大司马骠骑将军王根奏除补长史,荐凤明经通达,擢为光禄大夫,迁五官中郎将,时光禄勋王龚以外属内卿,与奉车都尉刘歆共校书,三人皆侍中。歆白《左氏春秋》可立,哀帝纳之,以问诸儒,皆不对,歆于是数见丞相孔光,为言《左氏》以求助,光卒不肯,唯凤、龚许歆,遂共移书责让太常博士,语在歆传。大司空师丹奏歆非毁先帝所立,上于是出龚等补吏,龚为弘农,歆河内,凤九江太守……①

孔光绥和二年(前 7)三月至建平二年(前 5)四月为丞相。师丹绥和二年(前 7)十月至建平元年(前 6)九月为大司空。② 上书让太常博士在绥和二年十月至建平元年九月,学界据此推《遂初赋》作于建平元年。

此推理疏漏有二:(一)绥和二年(前 7)亦有可能,何以独系于建平元年?(二)《汉书·刘歆传》中"是时名儒光禄大夫龚胜以歆移书上疏深自罪责,愿乞骸骨罢"。"是时"证明龚胜上疏深自罪责在刘歆让太常博士后、被出前。查考龚胜履历:龚胜受大司空何武、执金吾阎崇荐,被征为谏大夫。为大夫二岁余,迁丞相司直,徙光禄大夫。何武绥和元年(前 8)四月至二年九月为大司空;阎崇绥和二年为执金吾,③则龚胜被荐、被征为谏大夫只能在绥和二年正月至九月。"二岁余"迁丞相司直,徙光禄大夫则在建平二年(前 5)二月至三年(前 4)八月。哀帝顺傅太后旨意下孙宝狱时,"大司马傅喜、光禄大夫龚胜固争,上为言太后,出宝复官。"傅喜建平元

---

① 班固《汉书》,第 1972、3619 页。
② 班固《汉书》,第 843、845 页。
③ 班固《汉书》,第 3080、3081、841、843 页。

年(前6)四月至二年二月为大司马,①则龚胜建平二年二月为光禄大夫。如此则建平二年二月刘歆在京师,不可能于此前之建平元年徙五原。此亦可求证于以下史料:建平二年,哀帝初立,司隶校尉解光亦以明经通灾异得幸,白贺良等所挟忠可书,事下奉车都尉刘歆,歆以为不合五经,不可施行。六月,待诏夏贺良等言赤精子之谶,汉家历运中衰,当再受命,宜改元易号。②解光荐贺良当在建平二年六月稍前,时刘歆以为不合五经,不可施行,当在京师。

《遂初赋》言"漂积雪之皑皑兮,涉凝露之隆霜。扬雹霰之复陆兮,慨原泉之凌阴"可证赋作于冬季。刘歆"历三郡守,数年,以病免官,起家复为安定属国都尉。会哀帝崩",元寿二年(前1)六月哀帝崩,"数年"当在三年及以上。若太初元将元年(前5)十月至十二月徙,至哀帝崩,三年多。若建平三年(前4)十至十二月徙,至哀帝崩,仅不到三年。何况中间还有任河内、五原、涿郡太守、以病免官,复为安定属国都尉,故刘歆出任五原太守在太初元将元年冬,《遂初赋》作于此时。

《甘泉宫赋》见于《艺文类聚》卷六十二、《古文苑》卷二十一、《陕西通志》卷八十八、《汉魏六朝百三家集》卷九、《渊鉴类函》卷三百四十一、《历代赋汇》卷七十二;《初学记》卷二十四少"封峦为之东序";《全汉文》卷四十、《全汉赋》、《全汉赋评注》、《全汉赋校注》除上述文句外,列残句二:(一)"章蘙菽之文帷。"(二)"云阙蔚之岩岩,众星接之皑皑。"此外,程章灿辑"择吉日兮令辰。"③《历代辞赋总汇》则将"择吉日兮令辰"作《甘泉赋》。④

作年易小平系于永始四年(前13)。⑤陆侃如、康金声、张永

---

①　班固《汉书》,第3261、844页。

②　班固《汉书》,第3192、340页。

③　程章灿《魏晋南北朝赋史》,第333页。

④　马积高《历代辞赋总汇·先秦汉魏晋南北朝卷》,第178页。

⑤　易小平《西汉文学系年》,博士学位论文,2005年。

山、龚克昌、石观海系于元延二年(前11)。① 扬雄《甘泉赋》是为祭祀求嗣而作。《古文苑》章樵在刘歆《甘泉宫赋》题下:"成帝时扬雄从祠甘泉,还,奏赋以风。此赋不及祠祝,后有缺文也。"考刘歆生平,其在成帝河平中,受诏与父向领校秘书。讲六艺传记,诸子诗赋,数术方技,无所不究。向死后,歆复为中垒校尉,②并无从祠甘泉之记载。且刘歆《甘泉赋》现存内容正如章樵所言不及祠祝,故赋之作年需重新考虑。

"元始五年(5)五月庚寅,太皇太后临于前殿,延登,亲诏之曰:'⋯⋯麟凤龟龙,众祥之瑞,七百有余⋯⋯。'"当年愿意臣服于汉之外族曰:"太皇太后圣明,安汉公至仁,天下太平,五谷成熟,或禾长丈余,或一粟三米,或不种自生,或茧不蚕自成。甘露从天下,醴泉自地出,凤皇来仪,神爵降集⋯⋯"③上述文句与刘歆《甘泉宫赋》中"翡翠孔雀,飞而翱翔,凤凰止而集棲。甘醴涌于中庭兮,激清流之泳泳。黄龙游而蜿蟺兮,神龟沉于玉泥"极其相类。汉时祥瑞之兆,记之本纪,其神圣重要不可随口说。平帝元始五年王莽多次奏言祭祀问题,其中便涉及甘泉泰畤、河东后土。且当时中垒校尉刘歆、太中大夫朱阳、博士薛顺、议郎国由等六十七人议。元始五年,"羲和刘歆等四人使治明堂、辟雍,令汉与文王灵台、周公作洛同符。太仆王恽等八人使行风俗,宣明德化,万国齐同,皆封为列侯。"④故刘歆《甘泉宫赋》作于元始五年议甘泉泰畤等祭祀问题时,时王莽篡位之意尚不甚明。

26. 佚名(?—?)

佚名《神乌赋》刊于《文物》1996年第8期,同期载《尹湾汉墓

---

① 陆侃如《中古文学系年》,第14页;康金声《汉赋纵横》,第247页;张永山《西汉目录学家刘向、刘歆年谱》,《图书馆杂志》,2002(4);龚克昌《全汉赋评注》,第435页;石观海《中国文学编年史·汉魏卷》,第142页。

② 班固《汉书》,第1967页。

③ 班固《汉书》,第4074、4077页。

④ 班固《汉书》,第1264、1265、359页。

简牍释文选》。

作年七说：（一）西汉后期。裘锡圭。[1]（二）成帝置"贼曹"后。伏俊琏师、郭学利。[2]（三）西汉中晚期到王莽时期。马青芳。[3]（四）元凤元年（前80）至河平三年（前26）。许云和。[4]（五）扬雄《逐贫赋》后。曲德来。[5]（六）东汉。程章灿。[6]（七）成帝元延三年（前10）。刘洪石。[7] 出土《神乌赋》之尹湾六号墓下葬时间为元延三年（前10），[8]扬雄《逐贫赋》作于新莽建国三年（11）至五年（13）（见扬雄部分），则（三）、（五）、（六）说不成立。正如许云和所证，汉初已有贼曹，故（二）不成立。该赋下限为元延三年（前10）无疑。许云和所证始元七年（前80）之上限较为合理。此外，还可通过赋之用韵来推其作年。

《神乌赋》之用韵，裘锡圭析之甚详：赋中"山"、"猿"、"安"、"官"、"连"、"困"元、文平声合韵；"取"、"柱"、"去"、"处"、"馀"、"栋"鱼、屋合韵；"旁"、"横"等阳耕平声合韵。[9] 通过《汉魏晋南北朝韵部演变研究》查找，（一）元、文平声合韵在汉代有邹阳《几赋》，

①　裘锡圭《〈神乌赋〉初探》，《文物》，1997（1）。

②　伏俊琏师《俗情雅韵——敦煌赋选析》，甘肃人民出版社，2000年，第174页；《俗赋研究》，中华书局，2008年，第187、188页；郭学利《尹湾汉墓〈神乌赋〉研究》，硕士学位论文，2004年。

③　马青芳《〈神乌赋〉的生命价值观及其悲剧意义》，《青海民族学院学报》，1997（3）。

④　许云和《尹湾汉简〈神乌傅（赋）〉考论》，《中山大学学报》，2008（3）。

⑤　曲德来《由〈神乌傅（赋）〉论及有关文学史的几个问题》，《出土文献与中国文学研究》，北京广播学院出版社，2000年，第213—222页。

⑥　程章灿《魏晋南北朝赋史》，第14页。

⑦　刘洪石《西汉俗赋第一篇——东海尹湾汉墓出土〈神乌傅〉浅析》，《连云港师范高等专科学校学报》，2005（3）。

⑧　连云港市博物馆《江苏东海县尹湾汉墓群发掘简报》；滕昭宗《尹湾汉墓简牍概述》，《文物》，1996（8）。

⑨　裘锡圭《〈神乌赋〉初探》，《文物》，1997（1）。

路乔如《鹤赋》(前 153—前 150);司马相如《子虚赋》(前 147—前 144),王褒《九怀》、《四字讲德论》(前 58)、《甘泉赋》(前 53)、《洞箫赋》(前 53),扬雄《甘泉赋》、《河东赋》(前 13)、《羽猎赋》(前 21—前 16)、《长杨赋》(前 11)、《覈灵赋》(？—18)等。(二)鱼、屋合韵有:司马相如《子虚赋》(前 147—前 144),王褒《四子讲德论》(前 58),扬雄《羽猎赋》(前 21—前 16)、《解难》(前 2)。(三)阳耕平声合韵者有:韦孟《讽谏诗》(前 174—154),韦玄成《自劾诗》(前 55—前 49),王褒《四子讲德论》(前 58),扬雄《甘泉赋》、《赵充国颂》、《荆州箴》,班婕仔《自悼赋》、《捣素赋》(前 17—前 16)。三条同时具备者为王褒、扬雄,故姑系《神乌赋》于神爵四年(前 58)至元延三年(前 10)。

27. 虞公(？—?)

《丽人歌赋》,万光治辑佚存目。① 《艺文类聚》卷四十三:"刘向《别录》曰:'有《丽人歌赋》,汉兴以来,善雅歌者鲁人虞公,发声清哀,盖动梁尘。'"刘向绥和二年(前 7)卒,则《丽人歌赋》当在此前。

---

① 万光治《汉赋通论》,第 423 页。

东汉赋系年考证

本部分论述时间跨度为光武帝建武元年至汉献帝延康元年（公元25—220），论述涉及赋家67家。

1. 崔篆（约33年前后在世）

《慰志赋》见于《后汉书》卷五十二、《历代赋汇》外集卷一、《七十家赋钞》卷三、《全汉文》卷六十一。

作年二说：（一）建武二年（26）。刘跃进。① （二）三年（27）。石观海。②《后汉书·崔骃传》："建武初，朝廷多荐言之者，幽州刺史又举篆贤良。篆自以宗门受莽伪宠，惭愧汉朝，遂辞归不仕，客居荥阳，闭门潜思，著《周易林》六十四篇，用决吉凶，多所占验。临终作赋以自悼，名《慰志》。"③建武自25年至55年，"初"当在前，但并非一定为建武元年（25）。王莽篡位，各路势力林立，建武之初，光武帝忙于武功吏治，无暇文治。建武五年（29）冬十月，初起太学，车驾还宫，幸太学，赐博士弟子各有差。六年（30）冬十月，下诏"其勑公卿举贤良、方正各一人"，七年（31）夏四月，下诏公卿、司隶、州牧举贤良、方正各一人。④ 故崔篆被幽州刺史举荐为贤良当在七年四月，不就辞归，闭门著《周易林》六十四篇，惜著

---

① 刘跃进《秦汉文学编年史》，第336页。
② 石观海《中国文学编年史·汉魏卷》，第178页。
③ 范晔《后汉书》，第1705页。
④ 范晔《后汉书》，第40、52页。

《周易林》距其卒之时间因史料缺乏不可考,姑系《慰志赋》于建武七年后。

2. 班彪(3—54)

班彪有《北征赋》、《览海赋》、《冀州赋》,另程章灿辑失题赋"至于函宁"。① 案:《太平寰宇记》卷三十四"函宁在郡西",疑该句属《北征赋》。《历代辞赋总汇》列《悼离骚》。②

《北征赋》见于《文选》卷九、《雍大记》卷三十、《雅伦》卷五、《历代赋汇》外集卷九、《(乾隆)甘肃通志》卷四十六、《七十家赋钞》卷三、《全后汉文》卷二十三。

《北征赋》作年,《杜工部草堂诗笺》卷十一、《九家集注杜诗》卷三、《雍大记》卷三十、《处齐堂集》后集卷四、《卓氏藻林》卷四、《笺注杜诗》卷二、《义门读书记》第一卷、《七十家赋钞》卷三、《汉书补注》第七十等,均依《流别论》"更始时,班彪避难凉州。发长安至安定,作《北征赋》",定在班彪避难凉州时;现当代学者将其析为三说:(一)复汉二年(24)。刘跃进。③ (二)建武元年(25)。陆侃如、吴文治、刘斯翰、康金声、龚克昌、石观海、赵逵夫师、唐景珏、李捷之。④ (三)建元十五年(39)。郑鹤声。⑤《流别论》:"更始时,班彪避难凉州"言班彪避难时间,并非作赋时间;"发长安至安定,作《北征赋》"才是具体作赋时间。

———————

① 程章灿《魏晋南北朝赋史》,第335页。

② 马积高《历代辞赋总汇·先秦汉魏晋南北朝卷》,第214页。

③ 刘跃进《班彪与两汉之际的河西文化》,《齐鲁学刊》,2003(1)。

④ 陆侃如《中古文学系年》,第54页;吴文治《中国文学史大事年表》,第127页;刘斯翰《汉赋——唯美文学之潮》,第216页;康金声《汉赋纵横》,第252页;龚克昌《全汉赋评注》,第33页;石观海《中国文学编年史·汉魏卷》,第176页;赵逵夫师《汉王朝的兴衰与汉赋的发展及转变》,《西北民族大学学报》,2009(2);唐景珏《两汉远游文学研究》,博士学位论文,2009年;霍旭东主编《历代辞赋鉴赏辞典》,商务印书馆国际有限公司,2012年,第205页。

⑤ 郑鹤声《班固年谱》,第15页。

　　班彪年二十余，更始败，三辅大乱。时隗嚣拥众天水，彪乃避难从之。建武元年（25）十二月隗嚣据陇右。长安至天水是西征而非北征。《北征赋》中所言之安定在建武元年十二月时为卢方所据。① 《北征赋》乱曰"虽之蛮貊，何忧惧兮"，说明作赋时班彪是至蛮貊之地而非天水。《北征赋》中所涉地名"郇邠"、"赤须长坂"、"义渠旧城"、"安定"、"泥阳"、"彭阳"、"长城"、"朝那"、"高平"属安定、北地郡。② 隗嚣建武二年（26）经高平之战，被命为西州大将军，得专制凉州、朔方事。③ 安定、北地郡名义上方属其势力范围，但实际往往在失去与收复之间拉锯。此时需武功文治双管齐下，方可控制属地。故该赋为班彪依附隗嚣后，以宾客身份帮助隗嚣往事凉州、朔方途中所作，在建武二年而非建武元年。作者凭吊古迹，抒写胸臆，有乱世前途未卜之担忧，亦有勇往直前之果敢。建武十三年（37）班彪前往徐地，后以病免，不会在建元十五年（39）作此赋。

　　《览海赋》见于《艺文类聚》卷八、《汉魏六朝百三家集》卷十一、《渊鉴类函》卷三十六、《历代赋汇》卷二十四、《续古文苑》卷一、《全后汉文》卷二十三。《汉魏六朝百三家集》、《历代赋汇》将其著作权属于班固。"运之修短，不豫期也"亦属班彪《览海赋》。④

　　作年二说：（一）建武十二年（36）。龚克昌。⑤ （二）建武十三年（37）。陆侃如、吴文治、刘斯翰、章沧授、石观海、张永山、李

　　①　范晔《后汉书》，第 1323、25 页；中国历史地图集编辑组《中国历史地图集》第二册，中华地图社出版，1974 年，第 57—58 页。
　　②　中国历史地图集编辑组《中国历史地图集》第二册，第 57—58 页。
　　③　范晔《后汉书》，第 522 页。
　　④　赵逵夫师《班彪〈览海赋〉》，《文学遗产》，2002（2）。
　　⑤　龚克昌《全汉赋评注》，第 24 页。

雪莲。① 窦融建武十二年入京，被封为冀州牧、大司空；光武帝大
飨将士，班劳策勋在建武十三年四月，②故班彪受封徐令亦在建武
十三年。《览海赋》所言"淮浦"属徐地，《览海赋》为建武十三年前
往徐地所作。

　　《冀州赋》一名《游居赋》，残缺，作者之争张鹏一有考辨；篇名
之别王子今有论及。③《艺文类聚》卷二十八所载《游居赋》，首尾
完整，使其文本校订具可能性。《艺文类聚》：

> 夫何事于冀州，聊托公以游居。历九土而观风，亦惭人之
> 所虞。④ 遂发轸于京洛，临孟津而北厉。想尚甫之威虞，号苍
> 兕而明誓。既中流而叹息，美周武之知性。谋人神以动作，享
> 乌鱼之瑞命。瞻淇澳之园林，美绿竹之猗猗。望常山之峨峨，
> 登北岳而高游。嘉孝武之乾乾，亲饰躬于伯姬。建封禅于岱
> 宗，⑤瘗玄玉于此丘。遍五岳与四渎，观沧海以周流。鄙臣恨

---

① 陆侃如《中古文学系年》，第 62 页；吴文治《中国文学史大事年表》，第 131 页；
刘斯翰《汉赋——唯美文学之潮》，第 216 页；章沧授《览海仙游　感悟人生——班彪
〈览海赋〉赏析》，《古典文学知识》，2003(1)；石观海《中国文学编年史·汉魏卷》，第 187
页；张永山《目录学家班固年谱》，《科技情报开发与经济》，2007(4)；李雪莲，《观海齐
量　离世高游——班彪〈览海赋〉论》，《安徽文学》，2009(1)。
② 范晔《后汉书》，第 1166、62 页。
③ 张鹏一辑《叔皮集》，陕西文献征辑处，1922 年；王子今《〈全汉赋〉班彪〈冀州
赋〉题名献疑》，《文学遗产》，2008(6)。
④ 《汉魏六朝百三家集》、《畿辅通志》、《渊鉴类函》、《山西通志》、《叔皮集》"惄"
作"哲"。案：《说文·口部》"哲，知也。悊，哲或从心。""惄"与"悊"形近；《尚书·伊训》
"敷求哲人"，当作"哲"。
⑤ 《渊鉴类函》卷三百三十四、《历代赋汇》、《山西通志》、《畿辅通志》"禅"作
"坛"。案：《说文·示部》："禅，祭天也。"段注："凡封土为坛，除地为墠，古封禅盖祇作
墠。"项威曰："除地为墠，后改'墠'为'禅'，神之矣。"朱骏声《说文通训定声》："墠为祭
地，坛为祭天。'禅'从'坛'省，'禅'从'墠'省，皆秦以后字。许书收'禅'不收'禅'，故
云祭天耳。其实为坛无不先墠者，祭天之义，禅自得兼。"

不及事，①陪后乘之下僚。今匹马之独征，岂斯乐之足娱。且休精于敝邑，聊卒岁以须臾。

《汉魏六朝百三家集》卷十一、《历代赋汇》外集卷十同；《初学记》卷八摘录；《全后汉文》卷二十三增残句：（一）"漱余马乎洹泉，嗟西伯于牖城"；（二）"感凫藻以进乐兮"；（三）"过荡阴而吊晋鄙，责公子之不臣"。《全汉赋》、《全汉赋评注》、《全汉赋校注》、《历代辞赋总汇》同。此外张鹏一、程章灿辑轶："遵大路以北逝兮，历赵衰之采邑。丑柏人之恶名兮，圣高帝之不宿。"②笔者辑署名为《北征赋》残句二条：（一）"嗟西伯于羑里兮，伤明夷之逢艰。演九六之变化兮，永幽隘以历年。"③《古今通韵》卷四载"伤明夷之逢艰，永幽溢以历年"两句。（二）"忽进路以息节兮，饮余马兮洹泉。朝露渐余冠盖兮，衣晻蔼而蒙尘。"《古今通韵》卷四载"饮予马兮洹泉，衣晻蔼而蒙尘"。

案：此两条残句实属《冀州赋》，依据有三：（一）羑里、洹泉在洛阳往冀州途中，而非长安往北地途中；（二）"责公子之不臣"之"臣"真部韵，"饮余马兮洹泉"之"泉"元部韵；"衣晻蔼而蒙尘"之"尘"真部韵；"伤明夷之逢艰"之"艰"文部韵；"永幽隘以历年"之"年"真部韵。汉代真、文两部合为真部。④（三）因《冀州赋》有"临孟津而北厉"、"遵大路以北逝兮"句，句中有"北厉"、"北逝"，以致《韵补》等误以为《北征赋》文句。今将此二条残句补入《冀州赋》。

① 《韵补》卷二"及事"作"斥退"。案：前文想见孝武封禅大典，叹惜未能赶上，哪怕是充当小小僚属一睹盛典也足慰此生，当作"及事"。
② 张鹏一辑《叔皮集》，陕西文献征辑处，1922年；程章灿《魏晋南北朝赋史》，第335页。
③ 《词林海错》"羑"作"牖"。案："羑里"又名"牖城"。《古今通韵》"隘"作"溢"。案：当作"幽隘"，"溢"乃形近而讹。
④ 罗常培、周祖谟《汉魏晋南北朝韵部演变研究》，科学出版社，1958年，第14页。

　　作年四说：(一)随隗嚣避乱北地中。万光治。① (二)建武十三年(37)。龚克昌、胡健美。② (三)建武十五年(39)。郑鹤声。③ (四)建武二十九年(53)。陆侃如、吴文治、刘斯翰、康金声、张永山。④ 现就上述四说析之如下：第(一)说"避乱北地"时班彪应自家乡扶风安陵或其父亲任所广平郡出发，而不是如赋中所记"发轸于京洛"。第(三)说窦融被征还京师时，光武爱班彪之才，"举司隶茂才，拜徐令，以病免。后数应三公之命，辄去"。窦融还京师被拜为冀州牧时，班彪未曾随任冀州，而是赴任徐令，"徐县，属临淮郡"，东汉时并入东海郡，属徐州。再者，窦融拜为冀州牧，十余日，又迁为大司空。⑤ 窦融可能未赴任冀州牧；如果随窦融赴任，则不会感慨"今匹马之独征"，故(三)不成立。班彪晚年，"察司徒廉为望都长，吏民爱之。建武三十年(54)，年五十二，卒官。"望都古属冀州，故班彪《游居赋》作年应如陆侃如所说，为班彪自京师赴任望都时所作。赴任望都前，"班彪辟司徒玉况府。时东宫初建，诸王国并开，而官署未备，师保多阙，彪上言"，此时班彪在京洛。"二十七年(51)夏四月戊午，大司徒玉况薨"，五月丁丑，大司农冯勤为司徒。建武二十八年(52)北匈奴遣使贡献，乞和亲，⑥时间在冬十月或稍后。"帝下三府议酬答之宜。司徒掾班彪奏曰……"改大司徒为司徒在玉况薨后冯勤接任之际。⑦ 可见玉况薨后，班彪继续留

---

　　① 万光治《汉赋通论》，第 227 页。
　　② 龚克昌《全汉赋评注》，第 28 页；胡健美《汉代班氏家族辞赋研究》，硕士学位论文，2008 年。
　　③ 郑鹤声《班固年谱》，第 15 页。
　　④ 陆侃如《中古文学系年》，第 77 页；吴文治《中国文学史大事年表》，第 136 页；刘斯翰《汉赋——唯美文学之潮》，第 217 页；康金声《汉赋纵横》，第 253 页；张永山《目录学家班固年谱》，《科技情报开发与经济》，2007(4)。
　　⑤ 范晔《后汉书》，第 807 页。
　　⑥ 范晔《后汉书》，第 80、2946 页。
　　⑦ 范晔《后汉书》，第 2946、79 页。

任冯勤府,其由京洛转任望都长在其建武二十八年上奏后。故(二)说不成立。赴望都途中,一如《北征赋》记下沿途经历及所感,是为《游居赋》。故班彪赴望都在建武二十九年(53),治理望都两年,政绩显著,"吏民爱之",建武三十年(54)卒于任上,故(四)建武二十九年可从。

纪行赋主要摹写经历之地的山水景观或记述之相关的人文掌故,因此,行程的确定有助于补入残句。自洛阳至望都,一路北上,需途径孟津、济源、淇水、荡阴、羑里、洹水、望都,再往西北,即到常山。① 残句四条析之如下:(一)"漱余马乎洹泉,嗟西伯于牖城。"完整当为"嗟西伯于羑里兮,伤明夷之逢艰。演九六之变化兮,永幽隘以历年。""忽进路以息节兮,饮余马兮洹泉。朝露渐余冠盖兮,衣晻蔼而蒙尘。""漱余马"与"饮余马"义同,"牖城"又名"羑里"。此应是经淇水向北之行程,可补在"瞻淇澳之园林,美绿竹之猗猗"后。(二)"感凫藻以进乐兮"为骚体句式,此句后应该有阙句"□□□□□"。《韵补》卷二,《叶韵汇辑》卷九、十四,《唐韵正》卷六:"遍五岳与四渎兮,观沧海以周流。鄙臣恨不及事兮,陪后乘之下僚"、"遵大路以北逝兮,历赵衰之采邑。丑柏人之恶名兮,圣高帝之不宿"为骚体句,并非李生龙所言"《冀州赋》全系六言,'兮'字也完全消失"。② "凫藻"与水相关,考原文中涉及水的三处,孟津、淇澳、沧海。写"淇澳"处有"园林"、"绿竹"等具体物象,且凫藻于孟津、沧海中得以看见的可能性不大,故将该句补在"圣高帝之不宿"后。(三)"过荡阴而吊晋鄙,责公子之不臣。"张鹏一所辑《叔皮集》将其补于"美绿竹之猗猗"后。荡阴在洹水以南,该句可放在"漱余马乎洹泉,嗟西伯于牖城"前。考其用韵,"臣"真部韵,"城"耕部韵,真耕后汉时合韵。张鹏一的补入合理,可从。(四)"遵大

---

① 中国历史地图集编辑组《中国历史地图集》第二册,第 15—16 页。
② 李生龙《论汉代的抒情言志赋》,《求索》,1991(2)。

路以北逝兮,历赵衰之采邑。丑柏人之恶名兮,圣高帝之不宿。"赵衰之采邑为济源,临孟津,过黄河后即是。故可补在"享乌鱼之瑞命"后。综上,《游居赋》可校为:

> 夫何事于冀州,聊讬公以游居。历九土而观风,亦哲人之所娱。遂发轸于京洛,临孟津而北厉。想尚甫之威虞,号苍兕而明誓。既中流而叹息,美周武之知性。谋人神以动作,享乌鱼之瑞命。遵大路以北逝兮,历赵衰之采邑。丑柏人之恶名兮,圣高帝之不宿。感兕藻以进乐兮,□□□□□□。瞻淇澳之园林兮,美绿竹之猗猗。过荡阴而吊晋鄙,责公子之不臣。嗟西伯于羑里兮,伤明夷之逢艰。演九六之变化兮,永幽隘以历年。忽进路以息节兮,饮余马兮洹泉。朝露渐余冠盖兮,衣晻蔼而蒙尘。望常山之峨峨,登北岳而高游。嘉孝武之乾乾,亲饰躬于伯姬。建封禅于岱宗,瘗玄玉于此丘。遍五岳与四渎,观沧海以周流。鄙臣恨不及事,陪后乘之下僚。今匹马之独征,岂斯乐之足娱。且休精于敝邑,聊卒岁以须臾。

文本校订后,班彪行程渐至清晰。建武二十九年(53)班彪年51岁,加上玉况新薨,"匹马独征"孤寂之际,休精卒岁之感油然而生,"外儒内道"的思想得以显现。[①] 赋作真实记录了其履历及心路历程,亦文亦史。

3. 桓谭(约前23—56)

《仙赋》又名《集灵宫赋》,见于《艺文类聚》卷七十八、《历代赋汇》卷一百五、《全后汉文》卷十二。

作年三说:(一)永始四年(前13)或元延二年(前11)。龚克

① 李雪莲《从班彪的赋看其外儒内道思想》,《黔南民族师范学院学报》,2010(1)。

昌。① （二）元延二年（前 11）。刘跃进。② （三）绥和二年（前 7）。陆侃如、苏鉴诚、刘斯翰、康金声、易小平、石观海。③《后汉书·桓谭传》：“(桓谭)父成帝时为太乐令，谭以父任为郎。……其后有诏会议灵台所处，帝谓谭曰：‘吾欲谶决之，何如？’谭默然，良久曰：‘臣不读谶。’帝问其故，谭复极言谶之非经。帝大怒曰：‘桓谭非圣无法，将下斩之。’谭叩头流血，良久乃得解，出为六安郡丞，意忽忽不乐，道病卒，时年七十余。”“是岁，初起明堂、灵台、辟雍，及北郊兆域，宣布图谶于天下。”“是年初营北郊、明堂、辟雍，灵台未用事。”④故桓谭卒在建武三十二年（56）。其卒时七十余岁，当在 70 至 79 岁，则其生于阳朔二年（前 23）至永始三年（前 14）。桓谭《新论·道赋》：“余少时为奉车郎，孝成帝出祠甘泉、河东，见部先置华阴集灵宫。武帝所造，门曰望仙，殿曰存仙，欲书壁为之赋，以颂美二仙之行。”“观吾小时二赋，亦足以揆其能否？”《新论·叙事》：“余年十七，为奉车郎，卫殿中小苑西门。”故《仙赋》作于十七岁从祠甘泉河东时。汉成帝时祠甘泉河东共四次：永始四年（前 13）、元延二年（前 11）、四年（前 9）、绥和二年（前 7）。其中绥和二年符合，其生年在阳朔二年（前 23）。对桓谭生卒年之争，自《后汉书校补》始，其后王先谦、前捷克学者鲍格洛、汪廷奎、邱耐久、臧知非、曹道衡、张子侠、韩晖等对此进行论争。⑤ 龚克昌据《新论·叙事》：“昔

---

① 龚克昌《全汉赋评注》，第 10、11 页。

② 刘跃进《秦汉文学编年史》，第 284 页。

③ 陆侃如《中古文学系年》，第 18 页；苏鉴诚《桓谭》，黄山书社，1986 年，第 13、121 页；刘斯翰《汉赋——唯美文学之潮》，第 215 页；康金声《汉赋纵横》，第 248 页；易小平《西汉文学系年》，博士学位论文，2005 年；石观海《中国文学编年史·汉魏卷》，第 146 页。

④ 范晔《后汉书》，第 84、3177 页。

⑤ 王先谦《后汉书集解》，广陵书社，2006 年；鲍格洛《桓谭疑年的讨论》，《杭州大学学报》1962(1)；汪廷奎、邱耐久《桓谭生卒年代考》，《广东社会科学》，1985(3)；臧知非《桓谭生卒年考》，《徐州师院学报》，1987(4)；曹道衡《桓谭生卒年问题志疑》，《辽宁大学学报》，1990(3)；张子侠《桓谭生卒年驳议》，《安徽教育学院学报》，1997(2)；韩晖《桓谭生年质疑》，《新疆师范大学学报》，1997(3)。

余在成帝时为乐府令,凡所典领倡优伎乐有千人"及汉成帝绥和二年六月下诏罢乐府,将绥和二年排除,并将桓谭本传中卒时"年七十余"改为"八十余",将其生年定在建始四年(前29)至河平二年(前27)。① 汉成帝祠甘泉、河东在绥和二年正、三月,哀帝罢乐府在此后之六月,②因罢乐府而认为桓谭在绥和二年为乐府令与从成帝祠甘泉、河东矛盾,于时于理不合。

《后汉书·桓谭冯衍列传》:"(桓谭)所著赋、诔、书、奏凡二十六篇。"故桓谭疑还有其他赋作,但具体数目不可考。

4. 刘玄(明帝时人)

《簧赋》存目。见于《文选》注卷十八:"《文章志》曰:'刘玄,字伯康,明帝时官至中大夫,作《簧赋》。'"姑系《簧赋》于中元二年(57)二月至永平十八年(75)八月明帝在位期间③。

5. 冯衍(约1—76)

冯衍有《显志赋》及《扬节赋》序。

《显志赋》见于《后汉书》卷二十八、《文选补遗》卷三十二、《汉魏六朝百三家集》卷十、《历朝赋格》中集骚赋格卷四、《历代赋汇》外集卷一、《七十家赋钞》卷三、《全后汉文》卷二十;《艺文类聚》卷二十六、《渊鉴类函》卷三百五摘录。

作年六说:(一)建武元年(25)。《史通评释》卷十二外篇:"光武怨衍等不时至,(鲍)永以立功得赎罪,遂任用之,而衍独见黜,作《显志赋》以自励。"鲍永建武元年(25)十二月更始亡后降河内,时攻怀未拔,帝谓永曰:"我攻怀三日而兵不下,关东畏服卿,可且将故人自在城下譬之。"即拜为谏议大夫。至怀,乃说更始河内太守,于是开城而降。帝大喜,赐永洛阳商里宅,固辞不受。帝攻怀在建

---

① 龚克昌《全汉赋评注》,第10页。
② 范晔《后汉书》,第329、335页。
③ 范晔《后汉书》,第95、123页。

武元年(25)十二月丙戌(十二月二十二),①则鲍永为谏议大夫、至
怀、说降、受封当在十二月二十五、六。《史通评释》所定衍独见黜,
作《显志赋》在此时。(二)与阴兴、阴就结交,光武惩西京外戚宾客
前。《册府元龟》卷九百八十五。(三)老废于家,作《显志赋》。《问奇
类林》卷十七。(四)建武二十八年(52)。袁宏《后汉纪》卷八。
(五)建武三十年(54)。刘跃进。②(六)建武三十一年(55)。陆侃
如、吴文治、刘斯翰、康金声、龚克昌、石观海、林佳颖。③

　　就上述诸说析之如下:《显志赋》序及赋言"况历位食禄二十余
年"、"有丧元子之祸"、"退而幽居"、"开岁发春兮,百卉含英。甲子
之朝兮,汩吾西征"、"哀吾孤之早零"。由此可归纳作赋条件:(一)
元子丧后;(二)开岁发春甲子朝;(三)冯衍历位食禄二十余年之
际。首先,考其元子丧亡时间。其子豹,年十二,母为父所出。④
冯衍《与宣孟书》:"自伤前遭不良,比有去两妇之名。"可见其一生
出妻两次,第一次所出妻当为冯豹母,淄县人。由《又与阴就书》可
知时间在建武二十八年(52)暑,约六月。"衍娶北地任氏为妻,悍
忌,不得畜腾妾,儿女常自操井臼,老竟逐之。"⑤"老竟逐之"说明
此时冯衍已年老。北地包括富平、泥阳、弋居、廉、参䜌、灵州。北
地任氏女为第二任妻子。《与妇弟任武达书》不言及任氏女谋害冯
豹,《二程遗书》有很好的解释:"又问:'古人出妻,有以对姑叱狗、
藜蒸不熟者,亦无甚恶,而遽出之,何也?'曰:'此古人忠厚之道也。
古之人绝交不出恶声。君子不忍以大恶出其妻,而以微罪去之,以

　　①　范晔《后汉书》,第1018、1019、25页。
　　②　刘跃进《秦汉文学编年史》,第376页。
　　③　陆侃如《中古文学系年》,第78页;吴文治《中国文学史大事年表》,第137页;
刘斯翰《汉赋——唯美文学之潮》,第217页;康金声《汉赋纵横》,第253页;龚克昌《全
汉赋评注》,第52页;石观海《中国文学编年史·汉魏卷》,第199页;林佳颖《冯衍考
论》,硕士学位论文,2008年。
　　④　范晔《后汉书》,第1004页。
　　⑤　范晔《后汉书》,第1002页。

此见其忠厚之至也。且如叱狗于亲前者,亦有甚大故不是处,只为他平日有故,因此一事出之尔。'或曰:'彼以此细故见逐,安能无辞,兼他人不知是与不是,则如之何?'曰:'彼必自知其罪,但自己理直可矣。何必更求他人知? 然有识者当自知之也。如必待彰暴其妻之不善,使他人知之,是亦浅丈夫而已。君子不如此。大凡人说话多欲令彼曲我直,若君子,自有一个含容意思。'"①冯豹母亲建武二十八年(52)被出,豹12岁,则冯豹生于建武十七年(41)。元子最迟当生在建武十六年(40),赋当作于元子出生后;冯衍"退而幽居"在建武二十八年,与阴兴、阴就结交,光武惩西京外戚宾客前,冯衍为司隶从事。② 故(一)、(二)说不能成立。而其上疏自陈是在建武末,光武帝时。显宗即位,冯衍遂废于家。③ 故(三)说不成立。其次,赋作于春季,建武二十八年七月后冯衍才西归幽居,(四)说建武二十八年可排除。最后,考冯衍仕途:地皇三年(22)为廉丹掾,"二十余年"则在建武十八年(42)至二十六年(50);复汉二年(24)冯衍被鲍永立汉将军,领狼孟长,"二十余年"则在建武二十年(44)至二十八年(52),均不可能作《显志赋》。加之是向光武自陈,"历位食禄"当指光武朝事。冯衍在鲍永建武元年(25)十二月二十五受封后"顷之"被帝封为曲阳令,④当在建武元年末或建武二年(26)初。若建武元年任曲阳令,"二十余年"在建武二十一(45)至二十九年(53),建武二十八年前文已排除,则赋作于建武二十九年;若建武二年任曲阳令,"二十余年"在建武二十二年(46)至三十年(54),作赋时间为建武二十九年、建武三十年。均不会迟至建武三十一年(55),故(六)说不成立。按冯衍急于自陈之心及可能建武元年(25)末任曲阳令,以二十九年可能性更大,刘跃进建武

---

① 程颢、程颐《二程遗书》,上海古籍出版社,2000 年,第 295 页。
② 范晔《后汉书》,第 978 页。
③ 范晔《后汉书》,第 1002 页。
④ 范晔《后汉书》,第 977 页。

三十年说可能性小。故系《显志赋》于建武二十九年春。

《扬节赋》序见于《初学记》卷六、《渊鉴类函》卷三十九、《后汉书补注》卷八、《全后汉文》卷二十、《后汉书集解》二十八下。《文选》注卷十、《后汉书补注》、《后汉书集解》作《扬节赋》。

作年陆侃如、吴文治、刘斯翰、康金声、龚克昌、石观海系于建武二十八年(52)。①《杨节赋》序:"冯子耕于骊山之阿,渭水之阴。废吊问之礼,绝游宦之路。"可证其作于建武二十八年夏六月丁卯光武惩西京外戚宾客,冯衍因罪西归后。《又与阴就书》中言送"妻子还淄县,遭雨逢暑,以七月还"。②"眇然有超物之心,无偶俗之志",而《显志赋》为"偶俗"求用,故《杨节赋》作于《显志赋》后,即建武二十九年(53)春后,当是其仕进无望,自我宽慰之辞。

6. 杜笃(? —78)

杜笃有《论都赋》、《众瑞赋》、《首阳山赋》、《祓禊赋》、《书槌赋》。

《论都赋》见于《后汉书》卷八十、《(雍正)陕西通志》卷八十八、《历代赋汇》卷三十二、《(乾隆)西安府志》卷六十六、《七十家赋钞》卷三、《全后汉文》卷二十八、《后汉书集解》八十;《艺文类聚》卷六十一、《东汉文鉴》卷二、《东汉文纪》卷七、《渊鉴类函》卷三百三十三摘录。

作年三说:(一)建武十九年(43)。康金声、金前文。③ (二)建武二十年(44)。刘汝霖、陆侃如、吴文治、刘斯翰、李小成、石

① 陆侃如《中古文学系年》,第 73 页;吴文治《中国文学史大事年表》,第 136 页;刘斯翰《汉赋——唯美文学之潮》,第 217 页;康金声《汉赋纵横》,第 253 页;龚克昌《全汉赋评注》,第 77 页;石观海《中国文学编年史·汉魏卷》,第 197 页。

② 范晔《后汉书》,第 80、978 页。

③ 康金声《汉赋纵横》,第 252 页;金前文《杜笃诸赋创作时间考》,《传奇·传记文学选刊》,2010(7)。

观海。① （三）建武二十九年（53）。刘跃进。② 建武二十年吴汉薨时杜笃狱中作诔，建武十九年时杜笃要么在美阳，要么在狱中，不会上奏《论都赋》，（一）说不成立。刘跃进系年之建武二十九年，其依据为杜笃建初三年（78）战殁，此前因目疾二十余年不窥京师，以及傅毅《洛都赋》、《反都赋》、崔骃《反都赋》之作。杜笃二十余年不窥京师，但并不能证明其上奏《论都赋》后立即离开京师，第二次入京后也并不一定马上出征战殁，因此由建初三年往前推二十余年来确定《论都赋》之作年略显牵强。至于文人之间作文唱和、相争，时间上没有太多限制，不能据此来论定《论都赋》之作年。建武二十年杜笃作诔被赦，献赋论都，且建武二十二年（46）帝王至长安，在赋中没反映，赋当作于此前，故建武二十年（44）说可从。

《全后汉文》卷二十八载《众瑞赋》残句三条，《全汉赋》、《全汉赋评注》、《全汉赋校注》、《历代辞赋总汇》同。众瑞应该是多种吉兆同时出现，考杜笃时同年出现三种及以上吉兆的有：建武中元元年（56），"是夏，京师醴泉涌出，饮之者固疾皆愈，惟眇蹇者不瘳。又有赤草生于水崖，郡国频上甘露，群臣奏言"；永平十一年（68），"是岁漉湖出黄金，庐江太守以献。时麒麟、白雉、醴泉、嘉禾所在出焉"；永平十七年（74），"是岁，甘露仍降，树枝内附，芝草生殿前，神雀五色翔集京师"。众瑞云集京时，则赋作于在京时，以永平十七年最为可能。

《首阳山赋》见于《艺文类聚》卷七、《古文苑》卷五、《夷齐录》卷四、《渊鉴类函》卷二十八、《历代赋汇》卷十八；《祝子罪知录》卷三摘录。《全后汉文》卷二十八文后列残句"九折娄□而多艰"。《全

---

① 刘汝霖《汉晋学术编年》，第 271 页；陆侃如《中古文学系年》，第 68 页；吴文治《中国文学史大事年表》，第 133 页；刘斯翰《汉赋——唯美文学之潮》，第 217 页；李小成《从京都赋看当时的文风》，《广西师范大学学报（研究生专辑）》，1997 年增刊；石观海《中国文学编年史·汉魏卷》，第 191 页。

② 刘跃进《秦汉文学编年史》，第 375 页。

汉赋》、《全汉赋评注》、《全汉赋校注》同。"九折萦□而多艰"形容
山势险峻,但原文主体结构不全,暂不补入。

　　首阳山之地,众说纷纭。金前文认为首阳山在陇西首阳县,赋
作于随马防出征西羌之"建初二年(77)秋到建初三年(78)春"。[1]
刘斯翰将其作年系于建初三年。[2] 郑慧生论证首阳山为洛阳附近
偃师的首阳山,[3]合理可从,故赋作于杜笃在京师时。杜笃被美阳
令收送京师,会大司马吴汉薨。吴汉薨在建武二十年(44)五月辛
亥,[4]故杜笃入京在二十年(44)五月。杜笃随马防出征,建初三年
(78)战没于射姑山,此前仕郡文学掾,以目疾,二十余年不窥京师。
马防出征在建初二年(77)秋八月。[5] 至于杜笃何时离开京师,何
时二次入京入马防府,史料缺乏,无从考证。其在京时间可表述为
建武二十年五月入京→离京,二十余年→二次入京→建初二年八
月。《首阳山赋》作于此两段在京期间。

　　《袯禊赋》见于《艺文类聚》卷四、《渊鉴类函》卷十八;《古俪府》
卷二、《历代赋汇》逸句卷一摘录。《全后汉文》卷二十八于"王侯公
主"前据《续汉礼仪志上》注补"巫咸之徒,秉火祈福"。《全汉赋》在
《艺文类聚》外另列残句二:"巫咸之伦,秉火祈福。浮枣绛水,酹洒
酿川。沿以素波,鱼踊跃渊。""怀季女使不殇"。程章灿辑佚前一
句,字稍异。[6]《全汉赋评注》与《全汉赋》同。《全汉赋校注》没有
《全汉赋》所载"怀季女使不殇"。"怀季女使不殇"《文选》注卷十
九、二十七作"杜笃《禊祝》曰",故不宜归于《袯禊赋》。"沿以素波,
鱼踊跃渊"不见于《全汉赋》所说之《北堂书钞》卷一百五十五,且不

_____

[1]　金前文《杜笃诸赋创作时间考》,《传奇·传记文学选刊》,2010(7)。
[2]　刘斯翰《汉赋——唯美文学之潮》,第219页。
[3]　郑慧生《首阳山考》,《人文杂志》,1992(5)。
[4]　范晔《后汉书》,第2595、72页。
[5]　范晔《后汉书》,第135页。
[6]　程章灿《魏晋南北朝赋史》,第335页。

见于它书,存疑。"浮杯绛水,酹酒醼川"《北堂书钞》卷一百五十五称为"杜笃《上巳赋》",可知《祓禊赋》又名《上巳赋》。因主体结构未能保存,故"巫咸之徒,秉火祈福"暂不补入。赋中"伊雒"及"王侯公主"显示作赋时杜笃在京都。金前文认为"《祓禊赋》所反映的伊洛贵族那种奢华安逸的生活,显然不是洛邑修理过程中所能有的。所作时间应该是在明帝永平六年到章帝建初三年(78)之间。"①其结论有待商榷,然其认为"《祓禊赋》所反映的伊洛贵族那种奢华安逸的生活,不是洛邑修理过程中所能有"则合理可从。永平十二年(69)年马防为黄门侍郎,不具备养士条件(见后文班固《两都赋》系年部分),杜笃二次入京当在此后。《祓禊赋》作于杜笃二次入京至建初二年(77)八月,姑系于永平十三年(70)至建初二年(77)。

《书搋赋》见于《艺文类聚》卷五十五、《渊鉴类函》卷一百九十二、《全后汉文》卷二十八;《太平御览》卷六百六缺"体清净而坐立,承尊者之至意"。作年不可考,姑以建初三年(78)其卒年为写作时间下限。

7. 梁竦(?—83)

《悼骚赋》见于《东观汉记》卷十二、《后汉书》卷三十四注、《历代赋汇》外集卷五、《七十家赋钞》卷三、《续古文苑》卷一、《全后汉文》卷二十二、《后汉书补逸》卷七、《后汉书集解》卷三十四。

作年两说:(一)永平四年(61)。康金声、刘跃进。② (二)永平五年(62)。龚克昌、石观海。③ 梁竦"坐兄松事,与弟恭俱徙九真。既徂南土,历江湖,济沅湘,感悼子胥、屈原以非辜沉身,乃作《悼骚赋》,系玄石而沉之"。"四年冬(梁松)乃县飞书诽谤,下狱死,国

① 金前文《杜笃诸赋创作时间考》,《传奇·传记文学选刊》,2010(7)。
② 康金声《汉赋纵横》,第 254 页;刘跃进《秦汉文学编年史》,第 390 页。
③ 龚克昌《全汉赋评注》,第 120 页;石观海《中国文学编年史·汉魏卷》,第 207 页。

除。""十二月,陵乡侯梁松下狱死。"①梁竦坐兄事在永平四年十二月。赋言"服荔裳如朱绂兮,骋鸾路于奔濑",可见徙九真至济沅湘作赋在永平五年(62)春夏。

8. 傅毅(约35—91)

傅毅有《七激》、《神雀赋》、《洛都赋》、《反都赋》、《舞赋》、《琴赋》、《羽扇赋》、《郊祀赋》。《历代辞赋总汇》另收录《窦将军北征颂》、《西征颂》。②

据《后汉书·傅毅传》可理其生平:永平中平陵习章句,作《迪志诗》→以显宗求贤不笃,士多隐处,作《七激》→建初中,肃宗博召文学之士,为兰台令史,拜郎中,与班固、贾逵共校书→建初三年(78)十二月至建初八年(83)为马防军司马→建初八年(83)免官归→章和二年(89)为窦宪主记室→章和二年(89)九月为窦宪司马→永元三年(91)二月在窦宪幕府典文章。③ 故其卒年并非陆侃如、康金声所说章和二年(89)及刘斯翰、石观海所说永元二年(90)。④

《七激》见于《艺文类聚》卷五十七、《东汉文纪》卷十、《渊鉴类函》卷一百九十九、《全后汉文》卷四十三。《全后汉文》卷四十三补"凫鸿之羹,粉粱之饭"于"庶羞异馔"后;补"芳甘百品,并仰累重"于"积如委红"后,文后列残句:(一)"迎归云,邀游风。"(二)"无物可乐,顾望怀愁。"(三)"阉君逐臣,顽父放子。"(四)"排挫礼学,讥谴世伪。"《全汉赋》、《全汉赋评注》、《全汉赋校注》同。此外程章灿辑残句二:(一)鸳酿之蓼。(二)嚃填饮泉。⑤ 该赋所涉八条佚文,析之如下:(一)"凫鸿之羹,粉粱之饭。"《全后汉文》补于

①　范晔《后汉书》,第1170、108页。

②　马积高《历代辞赋总汇·先秦汉魏晋南北朝卷》,第270、271页。

③　范晔《后汉书》,第2610、2613、171页。

④　陆侃如《中古文学系年》,第115页;康金声《汉赋纵横》,第258页;刘斯翰《汉赋——唯美文学之潮》,第220页;石观海《中国文学编年史·汉魏卷》,第238页。

⑤　《一切经音义》"嚃"作"嗕";程章灿《魏晋南北朝赋史》,第336页。

"庶羞异馔"后。该句写饮食之美,"饭"、"馔"元部韵,与后之"涔养之鱼"结构亦相类,《全后汉文》补入,可从。(二)"芳甘百品,并仰累重。"《全后汉文》补于"积如委红"后。从"芳甘"可断该句写滋味之丽。"红"、"重"东部韵。先总说百品,然后说"殊芳异味"。"厥和不同"之"同"东部韵,《全后汉文》补入合理,可从。(三)"排挫礼学,讥谴世伪"疑为玄通子所言群俊学士的行为。"伪"歌部韵,"靡不博观"之"观"元部韵,歌、元二部可以合韵,①二者意思上也相类。故将其补在"推义穷类"前。(四)"迎归云,遡游风"、"无物可乐,顾望怀愁"、"阖君逐臣,顽父放子"、"嘷埴饮泉"四句难以确定其所言对象,存疑。《礼记》:"鹑羹鸡羹,鸳酿之蓼。"故"鸳酿之蓼"疑为写饮食的。暂将其补于"粉粱之饭"后。《七激》只列了妙言、美食、骏骑、校猎、嬉游、要言妙道六事,当还有缺文。综上,就现存文献,《七激》可校为:

> 徒华公子,托病幽处。游心于玄妙,清思乎黄老。于是玄通子闻而往属曰:"仆闻君子当世而光迹,因时以舒志。必将铭勒功勋,悬著隆高。今公子削迹藏体,当年陆沉。变度易趣,违拂雅心。挟六经之指,守偏塞之术。意亦有所蔽与,何图身之谬也。仆将为公子论天下之至妙,列耳目之通好,原情心之性理,综道德之弥奥。岂欲闻之乎?"
>
> 公子曰:"仆虽不敏,固愿闻之。"
>
> 玄通子曰:"洪梧幽生,生于退荒。阳春后荣,涉秋先彫。晨飚飞砾,孙禽相求。积雪峨峨,②中夏不流。于是乃使夫游宦失势,穷摈之士。泳溺水,越炎火。穷林薄,历隐深。三秋

---

① 罗常培、周祖谟《汉魏晋南北朝韵部演变研究》,第 213 页。
② 《渊鉴类函》"峨"作"峨"。案:《说文·山部》:"峨,嵯峨也。""峨"水名,当作"峨"。

乃获,断之高岑,梓匠摹度,拟以斧斤。然后背洞壑,临绝溪,听迅波,望曾崖,大师奏操,荣期清歌。歌曰:'陟景山兮采芳苓,哀不惨伤,乐不流声。弹羽跃水,叩角奋荣。沉微玄穆,感物寤灵。此亦天下之妙音也,子能强起而听之乎?'"

公子曰:……

玄通子曰:"单极滋味,①嘉旨之膳。苕荛常珍,庶羞异馔。凫鸿之羹,粉粱之饭。驾酿之蓼,□□□□。涔养之鱼,脍其鲤鲂。分毫之割,纤如发芒。散如绝谷,积如委红。芳甘百品,并仰累重。殊芳异味,厥和不同。既食日晏,乃进夫雍州之梨,出于丽阴。下生芷隈,上托桂林。甘露润其叶,醴泉渐其根。脆不抗齿,在口流液。握之摧沮,批之离坼。可以解烦,悁悦心意。此亦天下之至味也,子能强起而食之乎?"

公子曰:……

玄通子曰:"骥骆之乘,龙骧超摅。腾虚鸟踊,莫能执御。于是乃使王良理辔,操以术教。践路促节,机登飚驱。前不可先,后不可追,踰埃绝影,倏忽若飞,日不转曜,穷远旋归。此盖天下之骏马,子能强起而乘之乎?"

公子曰:……

玄通子曰:"三时既逝,季冬暮岁,玄冥终统,庶卉零悴,王在灵囿,讲戎简旅。于是驷骥骆,乘轻轩。麾旌旗,鸣八鸾。陈众车于广隰,散列骑乎平原。属罦网以弥野,连罻罗以营山。部曲周匝,风动云旋。合团促阵,禽兽骇殚。仆不暇起,穷不及旋。击不待刃,骨解肉离。摧牙碎首,分其文皮。流血丹野,羽毛翳日。于是下兰皋,临流泉,观通谷,望景山,酌旨酒,割芳鲜。此天下之至娱也,子能强起而观之乎?"

---

① 《古俪府》卷十二"单"作"殚"。案:当作"殚",有穷尽意。

公子曰：……

玄通子曰：“当馆侈饰，①洞房华屋，楹桷雕藻，文以朱绿。曾台百仞，临望博见，俯视云雾，骋目穷观，园薮平夷，沼池漫衍，禽兽群交，芳草华蔓。于是宾友所欢，近览从容，詹公沉饵，蒲且飞红，纶不虚出，矢不徒降，投钩必获，控弦加双。俯尽深潜，仰殚轻翼，日移怠倦，然后燕息，列觞酌醴，妖靡侍侧。被华文，曳绫縠，弭随珠，佩琚玉，红颜呈素，蛾眉不画，唇不施朱，发不加泽。升龙舟，浮华池，纤帷翳而永望，镜形影于玄流。偏滔滔以南北，似汉女之神游。笑比目之双跃，乐偏禽之匹嬉。此亦天下之欢也，子能强起而与之游乎？”

公子曰：……

玄通子曰：“汉之盛世，存乎永平。太和协畅，万机穆清。于是群俊学士，云集辟雍。含詠圣术，文质发矇。达犠农之妙旨，照虞夏之典坟。遵孔氏之宪则，投颜闵之高迹。排挫礼学，讥谴世伪。推义穷类，靡不博观。光润嘉美，世宗其言。”此亦天下之□□也，子能强起而□□乎？

公子瞿然而兴，曰：“至乎，主得圣道，天基允臧。明哲用思，君子所常。自知沉溺，久蔽不悟。请诵斯语，仰子法度。”

迎归云，遡游风。

无物可乐，顾望怀愁。

阖君逐臣，顽父放子。

噛垣饮泉。

---

① 《东汉文纪》、《渊鉴类函》“当”作“崇”。案：《说文·山部》：“崇，山大而高也。”段玉裁注：“崇之引伸为凡高之称。”《说文·田部》：“当，田相值也。”故当作“崇”。

作年四说：（一）永平二年（59）。陆侃如、吴文治、刘斯翰。①
（二）永平三年（60）。康金声。② （三）永平六年（63）。石观海。③
（四）永平七年（64）。刘汝霖。④《七激》中"汉之盛世,存乎永平。
太和协畅,万机穆清。于是群俊学士,云集辟雍"提供系年线索。
永平年间,帝王至辟雍共三次,永平二年（59）三月,临辟雍,初行大
射礼。冬十月壬子,幸辟雍,初行养老礼。并赐五更桓荣爵关内
侯,食邑五千户。三老、五更皆以二千石禄养终厥身。其赐天下三
老酒人一石,肉四十斤。永平八年（65）,冬十月丙子,临辟雍,养三
老、五更。其中永平二年（59）两次幸辟雍,不可谓"求贤不笃",此
时傅毅当还在平陵习章句,未至京师,不会目睹辟雍盛况。而永平
八年（65）冬十月之辟雍盛典傅毅得见,依据有二：（一）永平七年
（64）秋八月作《北海王诔》；（二）《后汉书·楚王英传》："永平八年
国相以闻,诏报曰：'楚王诵黄老之微言,尚浮图之仁祠,洁斋三月
与神为誓,何嫌何疑？'"《隋书·经籍志》卷三十五："后汉明帝夜梦
金人飞行殿庭,以问于朝,而傅毅以佛对,帝遣郎中蔡愔及秦景使
天竺求之。"则帝遣使求佛当在永平八年（65）前不久,傅毅以佛对
在此时。此次幸辟雍与永平二年（59）相比,隆重程度远远不如,加
之"求贤不笃,士多隐处"的现实失落感,作赋以为讽乃在情理之
中,故系《七激》于永平八年。

《神雀赋》存目,当如陆侃如、吴文治、刘斯翰、康金声、石观海、
刘跃进所言,作于永平十七年（74）。⑤

① 陆侃如《中古文学系年》,第84页；吴文治《中国文学史大事年表》,第19页；刘
斯翰《汉赋——唯美文学之潮》,第218页。
② 康金声《汉赋纵横》,第254页。
③ 石观海《中国文学编年史·汉魏卷》,第208页。
④ 刘汝霖《汉晋学术编年》,第283页。
⑤ 陆侃如《中古文学系年》,第93页；吴文治《中国文学史大事年表》,第144页；
刘斯翰《汉赋——唯美文学之潮》,第218页；康金声《汉赋纵横》,第255页；石观海《中
国文学编年史·汉魏卷》,第214页；刘跃进《秦汉文学编年史》,第404页。

《洛都赋》见于《艺文类聚》卷六十一、《渊鉴类函》卷三百三十三、《历代赋汇》卷三十二、《河南通志》卷七十二、《全后汉文》卷四十三。《全后汉文》补"挥电旗于四野,拂宇宙之残难。受皇号于高邑,修兹都之城馆"于"握天人之契赞"后;补"砥柱回波缀于后,三涂太室结于前。镇以嵩高,乔岳峻极于天"于"扶二崤之崇山"后;补"弋高冥之独鹄,连轩翥之双鹛"于"校猎因田"后。①《全汉赋》、《全汉赋评注》与《全后汉文》相比,将"弋高冥之独鹄,连轩翥之双鹛"列于文后,此外,文后列"革服朔,正官寮,辨方位,摹八区"。程章灿辑佚另增四条:(一)昆山美玉,涛海明珠。金银璆琳,翠鹭貂旄。(二)岳渎为之簸荡,穹苍为之动运。武臣将校,按部勤屯。②(三)通谷岐岖,石濑寒泉。砥砺所出,爰有碝瑉。③(四)属蒲且以赠红,命詹何使沉纶。维高冥之独鹄,连轩翥之双鹛。④《全汉赋校注》在《全汉赋》基础上,文后列残句三条。综上,该赋除《艺文类聚》所载外共有佚文七条,析之如下:(一)"挥电旗于四野,拂宇宙之残难。受皇号于高邑,修兹都之城馆。"《全后汉文》补于"握天人之契赞"后。将"修城馆"列于"寻往代之规兆,仍险塞之自然"之地理形势前,于义合理。"赞"、"难"、"馆"、"然"元部韵,《全后汉文》补入合理,可从。(二)"砥柱回波缀于后,三涂太室结于前。镇以嵩高乔岳,峻极于天。"《全后汉文》补于"扶二崤之崇山"后。此句交代山水形势,与前文之"昆仑洪流"、"伊洛双川"、"成皋严阻,二崤崇山"同属"仍险塞之自然"部分。"川"、"山"、"前"元部韵,"天"真部韵,用韵和谐,《全后汉文》补入合理,可从。(三)"属蒲且以赠

---

① 《河南通志》"因"作"圃"。案:"因田"于义难通。《国语·周语》"薮有圃草。"韦昭注:"圃,大也。必有茂大之草以备财用也。"《诗·齐风》"勿田甫田。"毛传:"甫,大也"。《诗·小雅》"倬彼甫田。""圃田"与"甫田"义同。当作"圃田"、"甫田"。

② 案:作统率义,"勤"当作"勒"。

③ 《韵补》"瑉"作"碈"。案:与"碝"相应,当为"瑉",指次于玉的美石。

④ 程章灿《魏晋南北朝赋史》,第336页。

缴，命詹何使沉纶。弋高冥之独鹄，连轩鸷之双鹍。"《全后汉文》将"弋高冥之独鹄，连轩鸷之双鹍"补于"校猎圃田"后。此句为具体校猎动作，将其补于"校猎圃田"后于义合理，考其用韵，"田"真部韵；"纶"、"鹍"文部韵，汉代真、文二部合为真部，《全后汉文》补入可从。（四）"革服朔，正官寮，辨方位，摹八区。""革服朔，正官寮"应该在政权建立之初，在庙堂之上进行，原文有"序立庙祧，面朝后市"，立庙祧当在前，革服朔、正官寮在后。考其用韵，"市"之部韵；"寮"宵部韵；"区"鱼部韵，之宵近旁转，故可将该句补在"面朝后市"后。"辨方位，摹八区"与"叹息起雾雾，奋袂生风雨"意义不相连接，其中间应有阙文。（五）"昆山美玉，涛海明珠。金银璆琳，翠鹜貂旄"形容珠宝珍玉，与"砥砆所出，爰有硬瑶"意思相关。（六）"岳渎为之簸荡，穹苍为之动运。武臣将校，按部勒屯"形容部队出发行进之威势，赋作多在交代舆马等装备后写行进。可参之如下，班固《两都赋》"日月为之夺明，丘陵为之摇震。遂集乎中囿，陈师按屯"放在"乘舆乃出"仪仗声威的描写之后。张衡《羽猎赋》："山谷为之澹淡，丘陵为之簸倾"在一切准备就绪"弭节西征"后。原文有"乘舆鸣和，按节发轫"，其"发轫"与"弭节西征"均说明队伍开始行进。"轫"、"运"、"屯"文部韵，故可将该句补在"按节发轫"后。（七）"通谷岐岪，石濑寒泉。砥砆所出，爰有硬瑶。"原文已有前两句，补入即可。综上，《洛都赋》可校为：

> 惟汉元之运会，世祖受命而弭乱。体神武之圣姿，握天人之契赞。挥电旗于四野，拂宇宙之残难。受皇号于高邑，修兹都之城馆。寻往代之规兆，仍险塞之自然。被昆仑之洪流，据伊洛之双川。挟成皋之严阻，扶二崤之崇山。砥柱回波缀于后，三涂太室结于前。镇以嵩高，乔岳峻极于天。分画经纬，开正途轨。序立庙祧，面朝后市。革服朔，正官寮，辨方位，摹八区。……叹息起雾雾，奋袂生风雨。览正殿之

体制,承日月之皓精。骋流星于突陋,追归雁于轩辕。带螭龙之疏镂,垂茵苕之敷荣。顾濯龙之台观,望永安之园薮。淳清沼以汎舟,浮翠虬与玄武。桑宫茧馆,区制有矩。后帅九嫔,躬勅工女。近则明堂辟雍,灵台之列,宗祀扬化,云物是察。其后则有长冈芒阜,属以首山。通谷岋峨,石濑寒泉。砥碏所出,爰有碝瑶。昆山美玉,涛海明珠。金银璆琳,翠鹥貂旄。于是乘舆鸣和,按节发轫。岳渎为之簸荡,穹苍为之动运。武臣将校,按部勒屯。列翠盖,方龙辀。备五路之时副,擥三辰之旗斿。① 傅说作仆,羲和奉时。千乘雷骇,万骑星铺。络驿相属,挥沫扬镳。群仙列于中庭,发鱼龙之巨伟。羡门拊鼓,偓佺操麾。讲武农隙,校猎圃田。属蒲且以矰缴,命詹何使沉纶。弋高冥之独鹄,连轩翥之双鸧。搜幽林以集禽,激通川以御兽。跨乘黄,射游麋。弦不虚控,目不徒睎。解腋分心,应箭殪夷。然后弭节容与渌水之滨,垂芳饵于清流,出旋濑之潜鳞。

《洛都赋》作年二说:(一)永平九年(66)。康金声。② (二)永平八年(65)至建初八年(83)。金前文。其系年依据为"'顾濯龙之台观,望永安之园薮',永安,北宫东北别小宫名,有园观,而北宫永平八年(65)成。傅毅为马防军司马止于建初八年(83)"。③ "案:永安,北宫东北别小宫名"并不等于北宫。《三辅黄图》卷二:"北宫,在长安城中,近桂宫,俱在未央宫北,周回十里。高帝时,制度草创,孝武增修之,中有前殿,广五十步,珠帘玉户如桂宫。"吕后崩

---

① 《玉海》、《全后汉文》、《全汉赋》、《全汉赋评注》"擥"作"擥"。案:《说文·手部》:"擥,撮持也。"当作"擥","擥"乃形近而讹。
② 康金声《汉赋纵横》,第254页。
③ 金前文《傅毅诸赋创作时间考》,《传奇·传记文学选刊(理论研究)》,2010(8)。

在北宫。建始二年(前 31)三月北宫井水溢出,①"20 世纪 90 年代中期勘探发现的北宫遗址位于厨城门大街以东,从考古学上究明了北宫地望问题。始筑于西汉初年的北宫遗址,呈南北向长方形,南北 1710 米、东西 620 米。② 由上述材料可见北宫早已存在,故此系年牵强。然其在洛阳所作之思路给人启发。傅毅永平七年(64)作《北海王诔》时已在洛阳,建初三年(78)十二月马防为车骑将军,四年(79)五月罢,③故傅毅为车骑将军马防司马在建初三年(78)十二月至四年(79)五月。马防建初二年(77)八月出征,傅毅当从征,故《洛都赋》作于永平七年(64)至建初二年(77)七月。

《反都赋》二残句见于《水经注》卷十五、《水经注笺》卷十五、《禹贡锥指》卷八、《水经注集释订讹》卷十五、《渊鉴类函》卷三百四十三、《王右丞集笺注》卷五、《樊川诗集注》卷三、《全后汉文》卷四十三、《笺注杜诗》卷一、《六艺之一录》卷五十六。

该赋作年康金声系于永平九年(66),④不知所据为何。金前文将"开伊阙以达聪"理解为"开伊阙以达天聪"。《尚书·洪范》云:"听曰聪";"天聪"又可理解为"天听"。古代学者多以"天听"指天子,从而系《反都赋》于建初中作者入京受兰台令史时,即建初元年(76)、二年(77),⑤此说可从。

《舞赋》见于《文选》卷十七、《事类备要》外集卷十二、《历朝赋格》上集文赋格卷四、《七十家赋钞》卷三、《古文辞类纂》卷六十八、《全后汉文》卷四十三。赋作者为宋玉、傅毅之争自南宋章樵、明俞

---

① 班固《汉书》,第 305 页。

② 中国社会科学院考古研究所汉城工作队《汉长安城北宫的勘探及其南面砖瓦窑的发掘》,《考古》,1996(10)。

③ 范晔《后汉书》,第 136、137 页。

④ 康金声《汉赋纵横》,第 254 页。

⑤ 金前文《傅毅诸赋创作时间考》,《传奇·传记文学选刊(理论研究)》,2010(8)。

允文等开始,持续不断,对此,近代学者范春义、刘刚作文论争。①

金前文据"天王燕胥,乐而不泆"系于"章帝建初之后不晚于八年的这段时间里,即建初元年(76)至八年(83)",②然此处"天王"有可能指楚襄王。

《琴赋》见于《艺文类聚》卷四十四、《初学记》卷十六、《古文苑》卷二十一、《渊鉴类函》卷一百八十八、《历代赋汇》卷九十四。《操缦录》注其作者"傅毅《琴赋》,或作蔡邕。"《铁桥漫稿》卷六已辨析为傅毅之作。《全后汉文》卷四十三除《艺文类聚》文句外,文末列残句:(一)"绝激哇之淫。"(二)"時促均而增徽,接角徵而控商。"(三)"明仁义以厉己,故永御而密亲。"《全汉赋》、《全汉赋评注》、《全汉赋校注》同。"時促均而增徽,接角徵而控商。""明仁义以厉己,故永御而密亲。"这四小句《文选》卷十八、《说文通训定声》称"傅毅《雅琴赋》"。二者实为一赋。

《羽扇赋》见于《北堂书钞》卷一百三十四、《渊鉴类函》卷三百七十九、《历代赋汇》补遗卷十二、《全后汉文》卷四十三。

《舞赋》、《琴赋》、《羽扇赋》、《郊祀赋》(笔者辑佚,见前文)作年不可考,以其卒年永元三年(91)为写作时间下限。

9. 崔骃(?—92)

崔骃有《达旨》、《七依》、《反都赋》、《大将军临洛观赋》、《大将军西征赋》、《武都赋》、《武赋》。其中《武赋》实为《武都赋》题中脱"都"致误。③ 程章灿、《历代辞赋总汇》所说之崔骃《慰志赋》实为

① 范春义《〈舞赋〉为傅毅所作申证》,《文学遗产》,2010(2);《傅毅〈舞赋〉"增衍说"驳证》,《文艺研究》,2010(9)。刘刚《关于宋玉〈舞赋〉的问题》,《辽宁大学学报》,2002(7);《宋玉〈舞赋〉的语境与其语境下的意蕴》,《中国楚辞学》(第十辑);《宋玉、傅毅同名〈舞赋〉舞蹈描写的文学图像学研究》,《中国诗歌研究》(第六辑)。

② 金前文《傅毅诸赋创作时间考》,《传奇·传记文学选刊(理论研究)》,2010(8)。

③ 赵逵夫师《汉晋赋管窥》,《甘肃社会科学》,2003(5)。

崔篆《慰志赋》。①《历代辞赋总汇》中所言崔骃《七讽》文句实为崔琦《七讽》文句；另收录有《博徒论》、《东巡颂》、《南巡颂》、《西巡颂》、《北巡颂》、《北征颂》、《杖颂》。②

《达旨》见于《后汉书》卷五十二、《册府元龟》卷七百六十九、《通志》卷一百十、《文选补遗》卷二十五、《经济类编》卷五十三、《东汉文纪》卷十、《两汉萃宝评林》卷下、《骈体文钞》卷二十七、《后汉书集解》卷五十二；《艺文类聚》卷二十五、《东汉文鉴》卷六、《渊鉴类函》卷二百九十九摘录。

《达旨》作于明帝朝（57—75），崔骃入太学后。"孔僖与崔篆、孙骃复相友善，同游太学，习《春秋》，因读吴王夫差时事，僖废书叹曰……骃曰……邻房生梁郁傪和之曰……僖、骃默然不对，郁怒恨之，阴上书告骃、僖诽谤先帝，刺讥当世，事下有司，骃诣吏受讯，僖以吏捕方至，恐诛，乃上书肃宗自讼曰……"肃宗建初二年（77）八月即位。元和二年（85）前孔僖已拜为兰台令史。③可推孔僖、崔骃、梁郁游太学上述事件在建初二年八月至元和二年。崔骃有《明帝颂》，《达旨》中亦言及明帝，故崔骃始游太学在明帝朝，扬名则在肃宗朝。崔骃少游太学，与班固、傅毅同时齐名，崔骃游太学，但并不是班固、傅毅也在太学。傅毅文雅显于朝廷在作《显宗颂》后，④即建初元年（76）。有人据崔骃《西巡颂》中"永平三年（60）"之文认为崔骃永平三年已在太学。现析之如下：首先，《西巡颂》为残篇，不排除永平三年事件为回溯后汉一代西巡狩之历史；其次，《西巡颂》所言"永平三年"没有帝王西巡事件；再次，《后汉书·崔骃传》："元和中，肃宗始修古礼，巡狩方

<hr />

① 程章灿《魏晋南北朝赋史》，第 337 页；马积高《历代辞赋总汇·先秦汉魏晋南北朝卷》，第 251 页。
② 马积高《历代辞赋总汇·先秦汉魏晋南北朝卷》，第 252、324、255—264 页。
③ 范晔《后汉书》，第 2560、2561 页。
④ 范晔《后汉书》，第 1708、2613 页。

岳。骃上四巡颂以称汉德。"①可见《西巡颂》作于肃宗朝。最后，据冯方研究杨守敬于日本辑回的崔骃四巡颂，"'永平'当为'元和'之误"，②因此，四巡颂作于元和(84—86)中，不作于永平三年，崔骃永平三年在太学之说不成立。若崔骃永平三年游太学，不可能建初二年(77)八月至元和二年(85)还在游太学。"及宪为车骑将军，辟骃为掾，宪府贵重掾属三十人，皆故刺史、二千石，唯骃以处士年少，擢在其间。"窦宪章和二年(88)冬十月为车骑将军。③ 章和二年(88)时崔骃"处士年少"，按章和二年(88)崔骃 30 岁推，永平三年(60)2 岁，永平十四年(71)13 岁，十六年(73)15 岁。《白虎通》："故十五成童志明，入大学，学经籍。"《白虎通疏证》："大学，王宫之东者。"④大学即太学。《文献通考》引《书传》云："年十八始入大学。"故崔骃游太学在永平十六年后，《达旨》作于永平十六年至十八年(75)八月。吴文治系于永平二年(59)。⑤

《七依》见于《艺文类聚》卷五十七：

> 客曰：乃导玄山之梁，不周之稻。杏以绵绤，砥以柔韦。洞庭之鲋，灌水之鳕。滋以阳扑之薑，蕨以寿木之华。醯以大夏之壇，⑥酢以越裳之梅。
>
> 反宇垂阿，洞门金铺。丹柱雕楹，飞阁曾楼。于是置酒乎燕游之堂，张乐乎长娱之台。酒酣乐中，美人进以承宴。调观

---

① 范晔《后汉书》，第 1718 页。
② 冯方《在古籍西归中由杨守敬于日本辑回的崔骃四巡颂》，《古籍整理研究学刊》，2003(5)。
③ 范晔《后汉书》，第 1721、168 页。
④ 陈立《白虎通疏证》，中华书局，1994 年，第 254 页。
⑤ 吴文治《中国文学史大事年表》，第 139 页。
⑥ 《纬略》卷三、《汉魏六朝百三家集》作"姜"。案：《说文·艸部》："薑，御湿之菜也。"《吕氏春秋·本味》："阳扑之薑。"《说文·女部》："姜，神农尻姜水，因以为姓。"故当作"薑"。

欣以解容,回顾百万,一笑千金。振飞觳以长舞袖,裒细腰以务抑扬。当此之时,孔子倾于阿谷,柳下忽而更婚,老聃遗其虚静,扬雄失其太玄,此天下之逸豫,宴乐之至盘也,公子岂能兴乎?

　　客曰:彭蠡之鸟,万万而群。荆山之兽,亿亿而屯。云合风散,隐隐震震。乃命长狄使驱兽,夷羿作虞人。腾句喙以追飞,骋韩卢以逐奔。弓弹交错,把弧控弦。弯繁弱,鼓千钧,死兽藉藉,聚如山。① 选取上鲜,献之庖人。

　　《东汉文纪》卷十、《汉魏六朝百三家集》卷十二、《渊鉴类函》卷一百九十九同。《全后汉文》卷四十四补入八处:补"万凿百陶,精细如蚁"于"不周之稻"后。补"雍人调膳,展选百味。驾夫遗风之乘,游骐之骓。适靡四海,搩珍□□"于"砥以柔韦"后。补"丹山凤卵,粤泽龙胎。炊以□械之薪,□□□□□□"于"灌水之鳐"后。补"□中鼋□,膳史信羹,甘酸得适,齐和有方。木酪昌菹,巹酒苏浆。成汤不及见,桓公所未尝"于"酢以越裳之梅"后。补"夏屋篷篷"于"反宇垂阿"段前。补"□□□□"于"美人进"后。补"纷屑屑以暖暖,昭灼烁而复明"于"裒细腰以务抑扬"后。补"服飞兔之中乘,骋华骝之骖轮。蹑虚腾云,乘风度津"于"夷羿作虞人"后。文后另列残句:"爰有洞庭之椅桐,依峻岸而旁生。""弦以山柘之丝,饰以和氏之璧。""升龙于天者云也。""霈若膏雨之润良苗。""骃既作《七依》,而假非有先生之言曰:'呜呼,扬雄有言"童子雕虫篆刻",俄而曰"壮夫不为也"。孔子疾小言破道。斯文之族,岂不谓

① 《东汉文纪》、《汉魏六朝百三家集》作"死兽藉藉聚如山";《全后汉文》作"聚髊";《渊鉴类函》"山"作"山陵"。案:弯繁弱,鼓千钧。死兽藉藉,聚如山。选取上鲜,献之庖人。"山"元部韵,"陵"蒸部韵,"人"真部韵。"山"在韵律上较"陵"合适。《说文·骨部》:"髊,鸟兽残骨曰髊。"段玉裁注:"《月令》:'掩骼埋髊',骨之尚有肉者也。及禽兽之骨皆是。"故当作"死兽藉藉,聚髊(髊)如山"。

义不足而辩有余者乎？赋者将以讽，吾恐其不免于劝也。"最后一条在《文通》卷十一记载较为完整："《七发》其流既远，其义遂变。率有辞人淫丽之尤矣。雀（崔）骃既作《七依》，而假非有先生之言。鸣呼，扬雄有言'童子雕虫篆刻'，俄而曰'壮夫不为也'。孔子疾小言破道。斯文之族，岂不谓义不足而辩有余者乎？赋者将以讽，吾恐其不免于劝也。"可见此条不是《七依》佚文，但由此可见《七依》中有"非有先生"。《全汉赋》与《全后汉文》相比，"炊以□械之薪"后之"□□□□□□"无；于"丹柱雕楹"后补"烻光盛起"；"美人进"后之"□□□□"无。文后列残句："雍人调膳，展选百味。""驾夫遗风之乘，游骐之骓。适靡四海，掫珍□□。""□中鼋□，膳史信羹，甘酸得适，齐和有方。""木酪昌菹，邑酒苏浆。成汤不及见，桓公所未尝。""服飞兔之中乘，骋华骐之骖轮。蹑虚腾云，乘风度津。""有洞庭之椅，依峻岸而傍生，迥独居而孤危。琴弦以山柘之丝，饰以和氏之璧。""升龙于天者，云也。""需若膏雨之润良苗。""紫唇素齿，雪白玉晖。""曒曒练丝退浊污。""乃有上邑俊儒，俨然而造。伯以三危之露。"程章灿辑残句："烻光盛起。""仁臻于行苇，惠及乎黎苗。"[1]"乃有上邑俊儒，俨然而造。"[2]《全汉赋评注》、《全汉赋校注》同。另笔者辑得残句一条，见前文汉赋作者、篇目、佚文辑佚部分。

综上，崔骃《七依》佚文共二十处：（一）万凿百陶，精细如蚁。（二）雍人调膳，展选百味。（三）丹山凤卵，粤泽龙胎。炊以□械之薪。（四）□中鼋□，膳史信羹，甘酸得适，齐和有方。木酪昌菹，邑酒苏浆。成汤不及见，桓公所未尝。（五）夏屋篷篷。（六）纷屑屑以暖暖，昭灼烁而复明。（七）服飞兔之中乘，骋华骐之骖轮。蹑虚腾云，乘风度津。（八）爰有洞庭之椅桐，依峻岸而旁生。（九）弦以

---

[1]　与"行苇"相对，当作"黍苗"，"黎"形近而讹。
[2]　程章灿《魏晋南北朝赋史》，第 337 页。

山柘之丝,饰以和氏之璧。(十)升龙于天者云也。(十一)霈若膏雨之润良苗。(十二)炡光盛起。(十三)皦皦练丝退浊污。(十四)乃有上邑俊儒,俨然而造。(十五)间媛之孕,既丽且闲。紫唇素齿,雪白玉晖。回眸百万,一笑千金。孔子倾于阿谷,浮屠忘其桑门。彭祖飞而溶集,王乔忽而堕云。(十六)仁臻于行苇,惠及乎黍苗。(十七)驾夫遗风之乘,游骐之𫘝。适靡四海,攟珍□□。(十八)伯以三危之露。(十九)迥独居而孤危。

其中(十三)《文选》注卷二十五认为是崔骃《七言》文句,崔骃无《七言》,当是《七依》文句。(十七)不见于《全后汉文》所说的《艺文类聚》、《北堂书钞》(《文渊阁四库全书》本)两书,且于原赋之"服飞兔之中乘,骋华骝之骖轮"表意重合,故存疑,暂不纳入。(十八)梁简文帝《七励》有"洗以三危之露水,调以大夏之香盐"句,且《全汉赋》前之文献均不将此句作为《七依》文句,故该句排除。(十九)不见于《全汉赋》所说的《北堂书钞》(《文渊阁四库全书》本)卷一百九,存疑。则崔骃《七依》佚文共十六条。据七体特点可将佚文分类,然后据内容与韵脚对其进行考订补入。

音乐:句子(八)、(九)。此前当有"客曰"。"爰"为句首词,该句写制琴材料生长环境,可放在段首。制琴材料生长环境,当有形容其悲、险之文句。"弦以山柘之丝,饰以和氏之璧"写制琴,其后应有写琴声感人之内容,故音乐部分可整理为:

客曰:"爰有洞庭之椅桐,依峻岸而旁生。……弦以山柘之丝,饰以和氏之璧……"

饮食:句子(一)、(二)、(三)、(四)。"万凿百陶,精细如蚁"写处理原材料。粮食先舂凿、淘洗再磨,故可补在"不周之稻"后。"雍人调膳,展选百味"为总说,接下来应罗列百味。"粤泽龙胎"与"酢以越裳之梅"二者同为之部韵。食材精良,佐料齐备,结果定是"甘酸得适,齐和有方"。吃食铺陈完后,当是汤羹之类。"齐和有方"之"方"、"鬯酒苏浆"之"浆"、"桓公所未尝"之"尝"均阳部韵。

综上,饮食部分可整理为:

客曰:"雍人调膳,展选百味。……乃导玄山之粱,不周之稻。奋以绨绤,砥以柔韦。万凿百淘,精细如蚁。洞庭之鲋,灌水之鳐。滋以阳扑之蘁,薪以寿木之华。丹山凤卵,粤泽龙胎。醯以大夏之薑,酢以越裳之梅。甘酸得适,齐和有方。木酪昌菹,凼酒苏浆。成汤不及见,桓公所未尝。"

宫室:(五)、(十二)。女色:(六)、(十五)。"夏屋篷篷"为总说,前应有"客曰"。"渠"与"洞门金铺"之"铺"同为鱼部韵,故其前应有阙句□□□□。"烻光盛起"形容建筑体光彩照人,当在所有色彩描绘之后。"烻光盛起"之"起"之部韵,飞阁曾楼之"楼"汉代属鱼部韵;"张乐乎长娱之台"之"台"之部韵。"起"、"楼"之、鱼合韵,"起"、"台"韵部相同,故可将"□□□□,烻光盛起"补在"飞阁曾楼"后。"丹柱雕楹,飞阁曾楼"均为两两偏正的名词构成四言句,内容相对,形式相同,且"烻光盛起"与前"洞门金铺"韵部不同,故《全汉赋》将"烻光盛起"补于"丹柱雕楹"后欠妥当。"间嫭之孕,既丽且闲。紫唇素齿,雪白玉晖。回眸百万,一笑千金"其中"回眸百万,一笑千金"原文有,将其放在相应位置。"纷屑屑以暖暖,昭灼烁而复明"形容舞姿,"明"阳部韵,与"裛细腰以务抑扬"之"扬"韵部相同,可将其补在"裛细腰以务抑扬"后。"孔子倾于阿谷,浮屠忘其桑门。彭祖飞而溶集,王乔忽而堕云"形容乐舞感人效果,放在"当此之时"后,原文有"孔子倾于阿谷,柳下忽而更婚,老聃遗其虚静,扬雄失其太玄",新增"浮屠忘其桑门。彭祖飞而溶集,王乔忽而堕云"共七句,不妨按类相从,彭祖、王乔属长寿仙人之类,老聃、扬雄为贵玄道家之流,孔子、浮屠为圣人佛祖之尊,则柳下应有与之相对的人。考其用韵,"孔子倾于阿谷,浮屠忘其桑门"韵脚为文部韵;"彭祖飞而溶集,王乔忽而堕云"文部韵;"老聃遗其虚静,扬雄失其太玄"真部韵,"柳下忽而更婚"之"婚"文部韵,故其前有阙句"□□□□□□"。综上逸豫宴乐部分可整理为：

客曰："□□□□，夏屋篷篷。反宇垂阿，洞门金铺。丹柱雕楹，飞阁曾楼。□□□□，烻光盛起。于是置酒乎燕游之堂，张乐乎长娱之台。□□□□，酒酣乐中。美人进以承宴，调观欣以解容。闲娵之孕，既丽且闲。紫唇素齿，雪白玉晖。回眸百万，一笑千金。振飞縠以长舞袖，袅细腰以务抑扬。纷屑屑以暖暖，昭灼烁而复明。当此之时，孔子倾于阿谷，浮屠忘其桑门。彭祖飞而溶集，王乔忽而堕云。□□□□□□，柳下忽而更婚。老聃遗其虚静，扬雄失其太玄，此天下之逸豫，宴乐之至盘也，公子岂能兴乎？"

校猎：句子（七）。"腾句喙以追飞，骋韩卢以逐奔"与其意思相类。"夷羿作虞人"之"人"真部韵，"骋韩卢以逐奔"之"奔"文部韵，"骋华骝之骖轮"之"轮"文部韵，"乘风度津"之"津"真部韵，"把弧控弦"之"弦"真部韵。汉代真、文二部合为真部，因此将该句补在"骋韩卢以逐奔"后更好，且"跖虚腾云，乘风度津"与后"弓弹交错，把弧控弦"构成整齐四言句式。故校猎部分可整理为：

客曰："彭蠡之鸟，万万而群。荆山之兽，亿亿而屯。云合风散，隐隐震震。乃命长狄使驱兽，夷羿作虞人。腾句喙以追飞，骋韩卢以逐奔。服飞兔之中乘，骋华骝之骖轮。跖虚腾云，乘风度津。弓弹交错，把弧控弦。弯繁弱，鼓千钧。死兽藉藉，聚骨如山。选取上鲜，献之庖人。"

要言妙道、圣德政治：句子（十）、（十一）、（十四）、（十六）。"乃有"为启示下文之词，故将其排在前面，按先云后雨顺序，接"升龙于天者云也"。由自然景象进入"仁臻于行苇，惠及乎黍苗"描述。"需若膏雨之润良苗"比喻德泽广及，故将其放在"惠及乎黍苗"后。此部分文句间应有阙句。综上，则要言妙道、圣德政治部分可整理为：

客曰："……乃有上邑俊儒，俨然而造。……升龙于天者，云也。……仁臻于行苇,惠及乎黍苗。……霈若膏雨之润良苗。"

(十三)"皦皦练丝退浊污"之"练丝"指未染色的熟丝。《管子·地员》:"其麻……大者不类,小者则治,揣而藏之,若众练丝。"汉王充《论衡·率性》:"十五之子其犹丝也,其有所渐化为善恶,犹蓝丹之染练丝,使之为青赤也。"《后汉书·杨终传》:"《诗》曰:'皎皎练丝,在所染之。'"李贤注:"逸诗也。"故此句当属女工服饰部分,赋作当有陈述服饰车舆原料出产、制作、成品之美的文句,姑将其列在饮食之后。

由残赋第三段中之"此天下之逸豫,宴乐之至盘也,公子岂能兴乎"可知每当"客曰"部分当有"此天下之□□,公子□……□乎?"从而构成完整的对话体。

综上,崔骃《七依》可校为:

非有先生言:……
客曰:"爰有洞庭之椅桐,依峻岸而旁生。……弦以山柘之丝,饰以和氏之璧。……此天下之□□,公子□……□乎?"
非有先生言:……
客曰:"雍人调膳,展选百味。……乃导玄山之粱,不周之稻。砻以缔绤,砥以柔韦。万凿百淘,精细如蚁。洞庭之鲋,灌水之鳐。滋以阳扑之薑,蕲以寿木之华。丹山凤卵,粤泽龙胎。蕴以大夏之薑,酢以越裳之梅。甘酸得适,齐和有方。木酪昌菹,酎酒苏浆。成汤不及见,桓公所未尝。……此天下之□□,公子□……□乎?"
非有先生言:……
客曰:"……皦皦练丝退浊污……此天下之□□,公子□……□乎?"
非有先生言:……
客曰:"□□□□,夏屋籧籧。反宇垂阿,洞门金铺。丹柱雕楹,飞阁曾楼。□□□□,燧光盛起。于是置酒乎燕游之堂,张乐乎长娱之台。□□□□,酒酣乐中,美人进以承宴,调观欣以解容。间嫄之孕,既丽且闲。紫唇素齿,雪白玉晖。回眸百万,一笑千金。振飞縠以长舞袖,褒细腰以务抑扬。纷屑屑以暧暧,昭灼烁而复明。当此之时,孔子倾于阿谷,浮屠忘其桑门。彭祖飞而溶集,王乔忽而堕云。□□□□□□,柳下忽而更婚。老聃遗其虚静,扬雄失其太玄。此天下之逸豫,宴乐之至盘也,公子岂能兴乎?"

非有先生言:

客曰:"彭蠢之鸟,万万而群。荆山之兽,亿亿而屯。云合风散,隐隐震震。乃命长狄使驱兽,夷羿作虞人。腾句喙以追飞,骋韩卢以逐奔。服飞兔之中乘,骋华骝之骖轮。躐虚腾云,乘风度津。弓弹交错,把弧控弦。弯繁弱,鼓千钧。死兽藉藉,聚崿如山。选取上鲜,献之庖人。……此天下之□□,公子□……□乎?"

非有先生言:……

客曰:"……乃有上邑俊儒,俨然而造。……升龙于天者,云也。……仁臻于行苇,惠及乎黍苗。……霈若膏雨之润良苗。……此天下之□□,公子□……□乎?"

非有先生言:……

《七依》作年难考,姑系于入太学至卒,即永平十六年(73)至永元四年(92)。

《反都赋》见于《艺文类聚》卷六十一、《汉魏六朝百三家集》卷十二、《渊鉴类函》卷三百三十三、《历代赋汇》逸句卷一、《全后汉文》卷四十四。程章灿辑残句四条:(一)"大汉之初,雍土是居。哀平之世,鸲鹆来巢。"(二)"干弱枝强,末大本消。祸起萧墙,不在须臾。"(三)"开丰鄗之富,散紫苑之饶。践宜春之囿,转胡亥之丘。"

（四）"勒威赫斯，果秉其钺。如川之流，动不可遏。"①《全汉赋校注》列（一）、（二）。四处佚文析之如下：（一）杜笃《论都赋》、班固《两都赋》、张衡《二京赋》均是按帝王次序叙述汉之变迁，故不妨按时间先后排列《反都赋》追述汉代历史变革的内容。"大汉之初，雍土是居。哀平之世，鸲鹆来巢"讲述西汉都长安之史事，当在追述之初，建武龙兴前。（二）哀平之时外戚宦官争斗专权，皇权旁落，导致王莽篡汉，可谓"干弱枝强，末大本消。祸起萧墙，不在须臾"。"鸲鹆来巢"之"巢"宵部韵，"末大本消"之"消"宵部韵，二者同部。"不在须臾"之"臾"与后"奋旅西驱"之"驱"同为鱼部韵。故（二）可接在（一）后。哀平衰微至"建武龙兴"中间应有王莽之政的相关叙述，故"祸起萧墙，不在须臾"与"建武龙兴，奋旅西驱"韵虽同，其间应有阙句。（三）《汉书·扬雄传》："武帝广开上林，南至宜春。"《汉书·东方朔传》："建元三年，（帝）东游宜春"。《天子游猎赋》中有"息宜春"之语，《汉书·司马相如传》："过宜春宫，相如奏赋以哀二世行失。"说明该句应和汉武帝有关，当在"哀平"世前。"散紫苑之饶"之"饶"宵部韵，"转胡亥之丘"之"丘"汉时属幽部韵，"鸲鹆来巢"之"巢"宵部韵，"饶"、"巢"韵部相同，"丘"、"巢"幽宵二部近旁转，故该句可补在"哀平之世，鸲鹆来巢"前。（四）"勒威赫斯，果秉其钺。如川之流，动不可遏。"此句形容征伐果敢，汉代武帝、光武均征战神勇，不知所属，姑存疑。由"客有陈西土之富，云洛邑褊小"可见赋当为客主问答或应对责难性质文体，文末当有客拜服色惭之类的文句，惜阙。

综上，《反都赋》可校为：

汉历中绝，京师为墟。光武受命，始迁洛都。客有陈西土之富，云洛邑褊小。故略陈祸败之机，不在险也。

<hr>

① 程章灿《魏晋南北朝赋史》，第337页。

　　大汉之初,雍土是居。……开丰鄗之富,散紫苑之饶。践宜春之囿,转胡亥之丘。哀平之世,鹪鹩来巢。干弱枝强,末大本消。祸起萧墙,不在须臾。……建武龙兴,奋旅西驱。虏赤眉,讨高胡。斩铜马,破骨都。收翡翠之驾,据天下之图。上圣受命,将昭其烈。潜龙初九,真人乃发。上贯紫宫,徘徊天阙。握狼狐,蹈参伐。陶以乾坤,始分日月。观三代之余烈,察殷夏之遗风。背崤函之固,即周洛之中。兴四郊,建三雍。禅梁父,封岱宗。

　　勒威赫斯,果秉其钺。如川之流,动不可遏。

　　作年两说:(一)建武中元二年(57)。龚克昌。① (二)永平九年(66)。康金声。② 龚克昌据赋中所描述的光武帝封禅、建造三雍(建武三十二年)事,推断该赋作于中元元年以后的近期,约中元二年(建武中元元年)。如前文,章和二年(88)时崔骃30岁,则建武中元元年(57)时不可能作赋,且《反都赋》为残赋,不排除后面有明帝朝的相关叙述,故建武中元元年(57)之说不成立;永平九年(66)说不知其所据为何。《反都赋》作于崔骃游太学后,班固《两都赋》后,写作时间下限为卒年,即永平十七年(74)至永元四年(92)。

　　《大将军临洛观赋》见于《艺文类聚》卷六十三、《汉魏六朝百三家集》卷十二、《渊鉴类函》卷三百四十三、《历代赋汇》补遗卷十一、《全后汉文》卷四十四。《太平御览》卷二十将"迎夏之首。桃枝夭夭,杨柳依依"称作崔骃《临洛观春赋》。程章灿辑佚:"迎夏之首,饯春之杪。阳炎炎以日进,阴冉冉而日衰。"③"迎夏之首,末春之

---

①　龚克昌《全汉赋评注》,第166页。
②　康金声《汉赋纵横》,第254页。
③　程章灿《魏晋南北朝赋史》,第337页。

垂"与"迎夏之首,饯春之杪"表意相近,当为一句。篇名虽三,其实为一。"杪"宵部韵;"垂"歌部韵;"猗"歌部韵,从韵上看"末春之垂"为上。"阴冉冉而日衰"之"衰"脂部韵,与"猗"歌部韵合韵。综上,《大将军临洛观赋》可校为:

> 滨曲洛而立观,营高壤而作庐。处崇显以间敞,超绝邻而特居。列阿阁以环匝,表高台而起楼。步辇道以周流,临轩槛以观鱼。于是迎夏之首,末春之垂。桃枝夭夭,杨柳猗猗。阳炎炎以日进,阴冉冉而日衰。既乃日垂西阳,中曜内光。弛衔纵策,逸如奔飏。

作年二说:(一)永元二年(90)。龚克昌、孙宝。[①](二)四年(92)。陆侃如、吴文治、刘斯翰、康金声、石观海。[②]赋作于窦宪为大将军后在洛阳时。窦宪永元元年(89)九月为大将军,二年(90)七月出屯凉州,四年(92)四月至京师,六月被收。[③]则其为大将军后在京时间为永元元年九月至二年六月;四年四至五月。四年"会宪及邓叠班师还京师,诏使大鸿胪持节郊迎,赐军吏各有差。宪等既至,帝乃幸北宫,诏执金吾、五校尉勒兵屯卫南、北宫,闭城门,收捕叠、磊、璜、举,皆下狱诛,家属徙合浦。遣谒者仆射收宪大将军印绶,更封为冠军侯。宪及笃、景、瑰皆遣就国。帝以太后故,不欲名诛宪,为选严能相督察之。宪、笃、景到国,皆迫令自杀。"四年回洛阳,根本不可能有时间如赋所言"立观"、"作庐"、"周流"、"观

---

① 龚克昌《全汉赋评注》,第171页;孙宝《崔骃、班固赋、颂作年献疑》,《古籍整理研究学刊》,2009(5)。

② 陆侃如《中古文学系年》,第120页;吴文治《中国文学史大事年表》,第153页;刘斯翰《汉赋——唯美文学之潮》,第220页;康金声《汉赋纵横》,第259页;石观海《中国文学编年史·汉魏卷》,第239页。

③ 范晔《后汉书》,第169、171、173页。

鱼"。且此时崔骃为宪不能容,稍疏之,出为长岑长,不之官而归家涿郡安平。《后汉书·苏不韦传》:"汉法,免罢守令,自非诏征,不得妄到京师",①崔骃已弃职而还,定不会干犯法令返京献赋。故《大将军临洛观赋》作于永元二年(90)三、四月。

《大将军西征赋》见于《艺文类聚》卷五十九、《渊鉴类函》卷二百十一、《历代赋汇》逸句卷一、《全后汉文》卷四十四。《东汉文纪》卷十、《汉魏六朝百三家集》卷十二摘录。

作年二说:(一)永元元年(89)。陆侃如、康金声。② (二)永元二年(90)。吴文治、龚克昌、石观海。③ 永元元年六月,窦宪出鸡鹿塞抗击匈奴,当时窦宪为车骑将军尚未升任大将军;鸡鹿塞在今内蒙古蹬口县,由洛阳至鸡鹿塞是北征而非西征;途经并州,而不会"跨雍梁而远踪。陟陇阻之峻坂",故《大将军西征赋》不作于此次征匈奴时。永元元年九月,窦宪升任大将军,永元二年秋七月出屯凉州。凉州在洛阳西北,由洛阳至凉州,向西北行进,可称之为西征。凉州属陇地,能"陟陇阻之峻坂",故《大将军西征赋》作于永元二年秋。

《武都赋》,《北堂书钞》卷一百十四载"超天关兮横汉津,宁西土兮徂北征"。《渊鉴类函》卷二百十一增"凌月氏兮厉楼烦,济云中兮息元元。破匈奴,临瀚海"。《全汉赋》、《全汉赋校注》、《全汉赋评注》二、三句作"竭西玉兮徂北根。陵句注兮厉楼烦"。案:当作"宁西土兮徂北征,凌月氏兮厉楼烦"。《武赋》仅存"假皇天兮简帝心",见于《文选》注卷十四、《全后汉文》卷四十四,实为《武都赋》文句。龚克昌系于永元二年(90)崔骃随窦宪北征时④,可从。

---

① 范晔《后汉书》,第820、1107页。
② 陆侃如《中古文学系年》,第115页;康金声《汉赋纵横》,第258页。
③ 吴文治《中国文学史大事年表》,第151页;龚克昌《全汉赋评注》,第173页;石观海《中国文学编年史·汉魏卷》,第238页。
④ 龚克昌《全汉赋评注》,第175页。

10. 刘广世（约与傅毅、崔骃同时）

《七兴》见于《艺文类聚》卷五十七、《东汉文纪》卷二十七、《渊鉴类函》卷一百九十九、《全后汉文》卷四十三；《古俪府》卷十二无"子康子有疾，王先生往焉，曰"。刘广世与傅毅为同时代人，姑系于永平七年（64）至永元三年（91）。

11. 班固（32—92）

班固有《幽通赋》、《两都赋》、《答宾戏》、《耿恭守疏勒城赋》、《终南山赋》、《白绮扇赋》、《竹扇赋》。《汉魏六朝百三家集》、《历代赋汇》所载班固《览海赋》实为班彪《览海赋》，见前文班彪部分。《历代辞赋总汇》列《览海赋》、《东巡颂》、《南巡颂》、《窦将军北征颂》、《弈旨》、《汉颂论功歌》。①

《幽通赋》见于《后汉书》卷七十、《汉魏六朝百三家集》卷十一、《历代赋汇》外集卷二、《七十家赋钞》卷三、《全后汉文》卷二十四、《汉书补注》；《艺文类聚》卷二十六摘录。

作年两说：（一）建武三十年（54）。陆侃如、刘斯翰、康金声、龚克昌。②（二）建武三十一年（55）。郑鹤声、吴文治、陈其泰、赵永春、洪佳琳、刘跃进、石观海、张永山。③ 班固"弱冠而孤，作《幽通》之赋。"④弱冠在建武二十八年（52）至永平四年（61）。班彪建武三十年卒，⑤则《幽通赋》作年区间为建武三十年至永平四年。"永平初，东平王苍以至戚为骠骑将军辅政，开东阁，延英雄。时固始弱

① 马积高《历代辞赋总汇·先秦汉魏晋南北朝卷》，第240、241、245、246页。
② 陆侃如《中古文学系年》，第77页；刘斯翰《汉赋——唯美文学之潮》，第217页；康金声《汉赋纵横》，第253页；龚克昌《全汉赋评注》，第285页。
③ 郑鹤声《班固年谱》，第30页；吴文治《中国文学史大事年表》，第137页；陈其泰、赵永春《班固评传》，第421页；洪佳琳《班固辞赋研究》，硕士学位论文，2002年；刘跃进《秦汉文学编年史》，第376页；石观海《中国文学编年史·汉魏卷》，第200页；张永山《目录学家班固年谱》，《科技情报开发与经济》，2007(4)。
④ 班固《汉书》，第4213页。
⑤ 范晔《后汉书》，第1329页。

冠,奏记说苍。"东平王苍中元二年(57)四月为骠骑将军。① 永平年号自 58—75 年,则始弱冠之班固奏记说苍当在永平元年(58)至四年(61)。奏记说苍时班固当在京师,不在家乡。赋中"咨孤蒙之眇眇兮,将圮绝而罔阶。岂余身之足殉兮,惟世业之可怀"表明《幽通赋》作于《汉书》完成前。《汉书》之作始于何时,史料缺乏不可考。故《幽通赋》作于建武三十年至永平元年,前几年可能性大,具体年份不可考。

《两都赋》见于《后汉书》卷七十、《文选》卷一、《通志》卷一百九、《崇古文诀》卷五、《事类备要》别集卷一、《事文类聚》续集卷一、《古赋辨体》卷四、《文章辨体》卷三、《汉魏六朝百三家集》卷十一、《历朝赋格》上集文赋格卷二、《历代赋汇》卷三十一、《古文辞类纂》卷六十八、《七十家赋钞》卷三、《全后汉文》卷二十四;《东汉文鉴》卷四、《雅伦》卷五、《(雍正)陕西通志》卷八十八、《后汉书集解》四十上摘录。

作年三派十二说:明帝时:(一)永平三年(60)。徐敏、吴文治、张永山。② (二)永平七年(64)。郑鹤声、陈其泰、赵永春、洪佳琳。③ (三)永平八年(65)。石观海。④ (四)永平九年(66)。陆侃如、顾绍炯、刘斯翰、康金声。⑤ (五)永平十一年(68)。钟肇鹏。⑥

① 范晔《后汉书》,第 1330、96 页。

② 徐敏《王充哲学思想探索》,三联书店,1979 年,第 166 页;吴文治《中国文学史大事年表》,第 139 页;张永山《目录学家班固年谱》,《科技情报开发与经济》,2007(4)。

③ 郑鹤声《班固年谱》,第 42 页;陈其泰、赵永春《班固评传》,第 422 页;洪佳琳《班固辞赋研究》,硕士学位论文,2002 年。

④ 石观海《中国文学编年史·汉魏卷》,第 210 页。

⑤ 陆侃如《中古文学系年》,第 89 页;顾绍炯《西汉的首都　世界的心脏——班固〈两都赋〉新探》,《贵阳师专学报》,1986(7);刘斯翰《汉赋——唯美文学之潮》,第 218 页;康金声《汉赋纵横》,第 254 页。

⑥ 钟肇鹏《王充年谱》,齐鲁书社,1983 年,第 35 页。

（六）永平十二年（69）。刘跃进。① （七）永平十三年（70）。王珏。
后又修定为在永平十二年春至永平十五年冬之间。② （八）永平十
二年后，十八年前（69—75）。朱冠华。③ 章帝时：（九）永平十八年
（75）撰，建初元年（76）完成。孙亭玉。④ （十）建初八年（83）。陈
君。⑤ （十一）元和二、三年（85、86）。赵逵夫师。⑥ （十二）和帝
时：李善《文选·两都赋》题下注。李捷之则试图调和众说，认为
"《两都赋》虽展卷于永平之际，则完篇于和帝永元初年"。曾祥旭
持论亦相仿。⑦

《两都赋》言"遂绥哀牢，开永昌"事在永平十二年（69），故其前
之系年无需再驳斥。现就余下诸说析之如下：王珏论证《两都赋》
中"圣上"为明帝合理，可从，并补证如下：考班固其他作品中帝王
称呼，永平十七年（74）所作《典引》："圣上固已垂精游神……。"此
"圣上"指明帝。《匈奴和亲议》："永平八年（65），复议通之。而廷
争连日。异同纷回，多执其难，少言其易。先帝圣德远览，瞻前顾
后，遂复出使，事同前世。"永平八年廷议后决定复出使通匈奴者为
明帝，以"先帝"称之。《与窦宪笺》："昨上以宝刀赐臣曰：'此大将
军少小时所服……'"窦宪为大将军在永元元年（89）九月庚申，⑧
笺作于其后，此"上"指和帝。从上述三例，特别是对明帝"圣上"、
"先帝"称谓之变化可知：班固对当朝帝王称"上"、"圣上"，对前代
帝王称"先帝"。《两都赋》以"圣上"称永平之际帝王明帝，恰证其

① 刘跃进《秦汉文学编年史》，第 399 页。
② 王珏《班固与汉代文学思想》，博士学位论文，2007 年。
③ 朱冠华《两都赋李善注正补》，香港《中华国学》第二期。
④ 孙亭玉《班固文学研究》，第 376 页。
⑤ 陈君《〈两都赋〉的创作与东汉前期的政治倾向》，《文学评论》，2010(2)。
⑥ 赵逵夫师《〈两都赋〉的创作背景、体制及影响》，《文学评论》，2003(1)。
⑦ 霍旭东主编《历代辞赋鉴赏辞典》，第 233 页。
⑧ 范晔《后汉书》，第 169 页。

作于明帝(57年二月至75年八月在位)时。班固"自为郎后,遂见亲近。时京师修起宫室,浚缮城隍,而关中耆老犹望朝廷西顾。固感前世相如、寿王、东方之徒,造构文辞,终以讽劝,乃上《两都赋》,盛称洛邑制度之美,以折西宾淫侈之论。"班固"召诣校书部,除兰台令史,与前睢阳令陈宗、长陵令尹敏、司隶从事孟异共成《世祖本纪》。迁为郎,典校秘书。""召诣校书部,除兰台令史"在永平五年(62),①为郎在其后。"遂绥哀牢,开永昌"在永平十二年(69),明帝永平十八年(75)八月崩,故《两都赋》写作时间范围在永平十二年(69)至十八年(75)八月,前文朱冠华之说正确,尚可进一步缩小范围。章帝、和帝时之说可排除。

王珏永平十三年(70)之说论据有二:(一)《两都赋》中对"蛮夷"是以文修之,而不会"以战去战",故赋作于明帝决定出兵伐匈奴前。(二)永平十七年(74)西域诸国遣子入侍在《东都赋》中全无消息。析之如下:(一)班固《匈奴和亲议》:"窃自惟思,汉兴以来,旷世历年,兵缠夷狄,尤事匈奴,绥御之方,其途不一。或修文以和之,或用武以征之。或卑下以就之,或臣服而致之。虽屈伸无常,所因时异。"可见班固对征服匈奴是不排除使用武力的,只是认为应视时而论。该态度当由来已久,不始于和帝时,致后来《封燕然山铭》对窦宪血腥武力踏平朔方的热情讴歌,则是其尚武精神之极致。(二)《东都赋》:"光汉京于诸夏,总八方而为之极"、"目中夏而布德,瞰四裔而抗棱。西荡河源,东澹海漘"、"内抚诸夏,外绥百蛮"中"总八方"、"瞰四裔"、"荡河源"、"绥百蛮",当包含西域诸国遣子入侍。且永平十四年(71)也在明帝决定出兵伐匈奴前,何以是永平十三年(70)而不是十四年(71)呢?

陈君建初八年(83)说论据有五:(一)《礼乐志》中文句表明班固对明帝时期现实状况不满,因而《两都赋》不作于明帝朝。(二)

---

① 范晔《后汉书》,第 1335、1334、1571 页。

建初五年(80)"是时承平日久,宫室台榭渐为壮丽",梁鸿过京师,有感而作《五噫》,与《两都赋序》中"时京师修起宫室,浚缮城隍"相符。(三)《两都赋》中班固之自信与乐观,是其为政治家玄武司马后的身份和口吻。(四)"四海之内,学校如林,庠序盈门"之景象"非章帝莫属"。(五)章帝元和元年(84)以后南、东、北、西四次巡狩在《两都赋》中没有任何反映。析之如下:(一)班固永平十七年(74)所作《典引》:"是时圣上固已垂精游神,包举艺文,屡访群儒,谕咨故老,与之乎斠酌道德之渊源,肴核仁义之林薮,以望元符之臻焉。既成群后之谠辞,又悉经五繇之硕虑矣。将绀万嗣,炀洪晖,奋炎景,扇遗风,播芳烈,久而愈新,用而不竭,汪汪乎丕天之大律,其畴能亘之哉,唐哉皇哉,皇哉唐哉。"对明帝赞美之意溢于言表,没有不满。明帝为政,永平二年(59)督农桑、正大予乐;永平四年(61)亲耕藉田、祈农事、平刑罚;永平八年(65),检讨缮修宫室,出入无节;永平十年(67)勉务农桑稼;永平十二年(69)下诏去奢纵,薄葬,反本;永平十三年(70)耕藉田、详刑理冤;永平十八年(75)理冤狱、录轻系、遗诏无起寝庙,无得起坟。[1] 上述举措,与《东都赋》中"惧其侈心之将萌,而怠于东作也,乃申旧章,下明诏,命有司,班宪度,昭节俭,示大素。去后宫之丽饰,损乘舆之服御。除工商之淫业,兴农桑之上务。遂令海内弃末而反本,背伪而归真"相符。章帝时有好举措并不等于明帝时没好举措。明帝崩,十二月癸巳有司奏言:"孝明皇帝圣德淳茂,劬劳日昃,身御浣衣,食无兼珍。泽臻四表,远人慕化。僬侥儋耳,款塞自至。克伐鬼方,开道西域。威灵广被,无思不服。以烝庶为忧,不以天下为乐。备三雍之教,躬养老之礼。作登歌,正予乐。博贯六艺,不舍昼夜。聪明渊塞,著在图谶。至德所感,通于神明。功烈光于四海,仁风行于千载。而深执谦谦,自称不德……制曰:'可'。"傅毅《明帝诔》:

---

[1] 范晔《后汉书》,第 105、106、107、111、113、115、116、117、123 页。

"……仁风弘惠，云布雨集。武伏蚩尤，文胜孔墨。……七经宣畅，孔业淑著。明德慎罚，尊上师傅。……庠序设陈，礼乐宣布。"上述奏言、谏辞肯定明帝之辞与《东都赋》永平之政描述一史一文，互相映证。(二)《两都赋》作"时京师修起宫室，浚缮城隍"，尚未至"壮丽"，"渐为壮丽"之"渐"说明建初五年壮丽之宫室乃"修起宫室"一定年份之结果，此刚好可证作《两都赋》在前，建初五年"宫室台榭渐为壮丽"在后。《文选·两都赋序》："西土耆老，咸怀怨思，冀上之瞻顾，而盛称长安旧制，有陋雒邑之议"中"冀上之瞻顾"说明帝王长时间未顾，故有"冀"之怨思。若当时帝王驾临长安，则迁都有望，无"冀"之怨思，惟幸喜才是。因此《两都赋》系年无需局限于西巡狩前后。(三)考班固仕途升迁：书被郡上给明帝，帝甚奇之，除兰台令史；上《世祖本纪》，为郎；[1]"为郎后，遂见亲近"。以才学被赏识，因才学而升迁，"腹有诗书气自华"，班固自信源于其自身学识；其乐观，有其父辈豁达之传承，加之见到圣朝祥瑞阜集，海内清平所致，官位高低当不是其自信、乐观之决定因素。(四)明帝永平九年(66)为四姓小侯开立学校，置五经师；十五年(72)幸孔子宅，祠仲尼及七十二弟子。亲御讲堂，命皇太子、诸侯说经。[2] 帝王如此重视，文教兴盛当属必然，故《东都赋》所说"四海之内，学校如林，庠序盈门"当不是空穴来风，并非陈君所言"非章帝莫属"。(五)赋言"乃动大路，遵皇衢，省方巡狩，穷览万国之有无，考声教之所被，散皇明以烛幽"，即是对四方巡狩最好之概括。

作年进一步确定，需依据《两都赋》之内容。《两都赋》内容"类皆有据"、"确然可信"。[3] 赋言永平之际，"动大路，遵皇衢，省方巡狩，穷览万国之有无，考声教之所被，散皇明以烛幽"。永平年间，

① 范晔《后汉书》，第 1334 页。
② 范晔《后汉书》，第 113、118 页。
③ 何沛雄《〈两都赋〉和〈二京赋〉的历史价值》，《文史哲》，1990(5)。

二年(59)西巡狩,十年(67)南巡狩,十五年(72)东巡狩。三年(60)起北宫及诸宫府;八年(65)冬十月,北宫成;十二年(69)夏四月,遣匠作谒者王吴修汴渠,自荥阳至于千乘海口;十三年(70)四月,汴渠成。① 与赋序之"京师修宫室,浚城隍,起苑囿,以备制度"相符。赋言"若乃顺时节而蒐狩,简车徒以讲武。则必临之以王制,考之以风雅",明帝永平十五年(72)冬,车骑校猎上林苑,且班固一生仅此一见。故刘跃进永平十二年(69)之说可排除。章帝建初元年(76)九月,永昌哀牢夷叛,②赋当作于此前,此又一作于明帝朝之证据。孙亭玉之说可排除。

元和二年(85)、三年(86)说之赵逵夫师认为:(一)班固忙于撰前汉史之《列传》、《载纪》,尚不能锐意于诗赋,则不能作于永平年间。(二)建初七年(82)西巡狩,北山得铜器,形似酒鳟,献之,又获白鹿,与《两都赋·宝鼎诗》:"登祖庙兮享圣神,昭灵德兮弥亿年"一致。(三)元和二年五月诏书"乃者凤凰、黄龙、鸾鸟比集七郡,或一郡再见,及白鸟、神雀、甘露屡臻",则《两都赋》不作于见白鸟等祥瑞前。(四)《两都赋》为体察圣意所作,且与杜笃、傅毅论都之争当在二人殁和免官后。现求教如下:(一)作《汉书》自永平受诏,历时二十余年,至建初中乃成。此间班固作《答宾戏》、《神雀颂》、《耿恭守疏勒城赋》、《典引》、《白虎通》等,对九岁能属文诵诗赋,及长博贯载籍,九流百家之言,无不穷究之班固,③撰史与作赋并行不悖。(二)酒鳟非《两都赋·宝鼎诗》所言之鼎,二者为不同器具。永平六年(63)二月宝鼎出,四月诏曰:"……太常其以袷祭之日,陈鼎于庙,以备器用……"④建初七年得铜器,形似酒鳟,献之。帝曰:"上无明天子,下无贤方伯。人之无良,相怨

---

① 范晔《后汉书》,第 104、113、118、107、111、114、116 页。
② 范晔《后汉书》,第 134 页。
③ 范晔《后汉书》,第 1330 页。
④ 范晔《后汉书》,第 109 页。

一方。斯器曷为来哉?"①未荐于宗庙,倒对酒罇之到来充满疑虑。
(三)《两都赋·白雉诗》"获白雉兮效素乌"后,《文选》、《通志》、《崇
古文诀》、《事类备要》、《事文类聚》、《古赋辨体》、《文章辨体》、《汉
魏六朝百三家集》、《历朝赋格》、《历代赋汇》、《古文辞类纂》、《七十
家赋钞》、《全后汉文》均有"嘉祥阜兮集皇都"。祥瑞集"皇都"而非
"七郡",《白雉诗》所言之祥瑞不是元和二年(85)诏书所言之祥瑞。
班固一生中众多祥瑞集于京师,仅见于永平十七年(74)。(四)班
固为郎后遂见亲近,随帝左右,体察明帝圣意当是分内之事。至于
与杜笃、傅毅在建都问题上的分歧,为观点之争,当不涉乎人品与
风度。且马防永平十二年(69)为黄门侍郎,十八年(75)为中郎将,
建初三年(78)为车骑将军。②《后汉书·百官志三》:"黄门侍郎,
六百石。本注曰:无员,掌侍从左右,给事中,关通中外及诸王朝
见,于殿中引王就坐。"永平十二年(69)时之马防尚不具备养士条
件;稍后作《两都赋》,当不会有麻烦。永平十七年(74)班固作《典
引》时与傅毅等诏谒云龙门,为同僚,观点相左作赋相争亦属正常。
《两都赋》言"春王三朝,会同汉京。是日也,天子受四海之图籍,膺
万国之贡珍,内抚诸夏,外接百蛮。……列金罍,班玉觞,嘉珍御,
太牢飨。……四夷间奏,德广所及。僸佅兜离,罔不具集。"永平年
间外族遣使奉献计三次:二年(59)诏书言及"群僚藩辅,宗室子孙,
众郡奉计,百蛮贡职,乌桓、濊貊咸来助祭,单于侍子骨都侯亦皆陪
位";十二年(69)春正月,益州徼外夷哀牢王相率内属;十七年(74)
"西南夷哀牢、儋耳、僬侥、盘木、白狼、动黏诸种,前后慕义贡献;西
域诸国遣子入侍"。③ 二年(59)仅诏书言及,其宗祀地点在明堂。
《白虎通·社稷》:"天子社稷皆太牢,诸侯社稷俱少牢。宗庙俱太

----

① 范晔《后汉书》,第144页。
② 范晔《后汉书》,第855页。
③ 范晔《后汉书》,第100、114、121页。

牢,社稷独少牢。"此次是否用太牢尚难确定,且事在"绥哀牢,开永昌"前。十二年(69)仅哀牢内属,谈不上"万国"、"百蛮"。赋中所言永平之际"南趯朱垠"之"朱垠"即朱崖,①《旧唐书·地理志》南海县下注:汉武帝灭南越国,以"其地立九郡,曰南海、苍梧、郁林、合浦、交阯、九真、日南、儋耳、珠崖。后汉废珠崖、儋耳入合浦郡",十七年(74)慕义贡献之儋耳与朱垠当同为合浦郡使者,只是称谓不同。十七年方可称为"万国"、"百蛮"贡献。"十七年春正月甘露降于甘陵。""是岁甘露仍降,树枝内附。芝草生殿前,神雀五色翔集京师。西南夷哀牢、儋耳、僬侥、盘木、白狼、动黏诸种,前后慕义贡献,西域诸国遣子入侍。夏五月戊子,公卿百官以帝威德怀远,祥物显应,乃并集朝堂,奉觞上寿。制曰:天生神物,以应王者。远人慕化,实由有德。朕以虚薄,何以享斯。惟高祖光武,圣德所被。不敢有辞,其敬举觞,太常择吉日策告宗庙。"策告宗庙必以太牢之礼,与赋中"嘉珍御,太牢飨"相符。赋中"僸侏兜离"与《白虎通·礼乐》所述"南夷之乐曰'兜'、西夷之乐曰'禁'、北夷之乐曰'昧'、东夷之乐曰'离'"相合,其中"兜"与"禁"、"侏"、"昧"之异,陈立辨之甚详,②兹不赘述。祥瑞并集皇都之时,一切日食、地震皆为"祥物显应"所遮蔽,故有"海内清平,朝廷无事"之论。十八年(75)诏曰:"自春已来,时雨不降。宿麦伤旱,秋种未下,政失厥中。"六月有星孛于太微;八月,明帝崩。③ 综上,《两都赋》作于永平十七年(74)。

《答宾戏》见于《后汉书》卷七十、《文选》卷四十五、《册府元龟》卷七百六十九、《东汉文鉴》卷五、《古文集成前集》卷七十七、《经济类编》卷五十三、《文章辨体汇选》卷四百四十三、《文编》卷三十七、

---

① 李勃《〈后汉书·班固传〉中的"朱垠"所指何地?》,《中国历史地理论丛》,1998(9)。

② 陈立《白虎通疏证》,第 108 页。

③ 范晔《后汉书》,第 123 页。

《东汉文纪》卷十、《汉魏六朝百三家集》卷十一、《骈体文钞》卷二十七、《全后汉文》卷二十五。

作年四说:(一)永平七年(64)。郑鹤声。①　(二)永平十八年(75)。吴文治、张永山。②　(三)建初元年(76)。陈其泰、赵永春、孙亭玉。③　(四)建初二年(77)。陆侃如、刘斯翰、石观海。④　班固"永平中为郎,典校秘书,专笃志于儒学,以著述为业。或讥以无功,又感东方朔、扬雄自谕以不遭苏、张、范、蔡之时,曾不折之以正道,明君子之所守,故聊复应焉。"⑤可见《答宾戏》作于永平五年(62)为郎后,下限为永平十八年(75)。"及肃宗雅好文章,固愈得幸,数入读书禁中,或连日继夜。每行巡狩,辄献上赋颂,朝廷有大议,使难问公卿,辩论于前,赏赐恩宠甚渥。固自以二世才术,位不过郎,感东方朔、扬雄自论,以不遭苏、张、范、蔡之时,作《宾戏》以自通焉。后迁玄武司马。天子会诸儒讲论五经,作《白虎通德论》,令固撰集其事。"⑥由此可见《宾戏》作于肃宗朝,班固迁玄武司马前。作《白虎通德论》在建初四年(79)十一月,迁玄武司马在此前。肃宗永平十八年八月壬子即位,⑦则《宾戏》作于永平十八年(75)八月至十二月。

《耿恭守疏勒城赋》虽仅存残句二条,但其作年可考,陆侃如、吴文治、刘斯翰、康金声、石观海、张永山、孙亭玉系于建初元

———————————

①　郑鹤声《班固年谱》,第43页。

②　吴文治《中国文学史大事年表》,第145页;张永山《目录学家班固年谱》,《科技情报开发与经济》,2007(4)。

③　陈其泰、赵永春《班固评传》,第424页;孙亭玉《班固文学研究》,第376页。

④　陆侃如《中古文学系年》,第98页;刘斯翰《汉赋——唯美文学之潮》,第219页;石观海《中国文学编年史·汉魏卷》,第219页。

⑤　班固《汉书》,第4225页。

⑥　范晔《后汉书》,第1373页。

⑦　范晔《后汉书》,第1373、129页。

年(76)。① 永平十八年耿恭死守疏勒城,建初元年三月耿恭所部仅存 13 人回到玉门关。②

《初学记》卷五载班固《终南山赋》:

> 伊彼终南,岩巀嶙囷。概青宫,触紫辰。崟峇郁律,萃于霞。③ 暧暐晻蔼,若鬼若神。傍吐飞濑,上挺修林。④ 玄泉落落,密荫沉沉。荣期绮季,此焉恬心。三春之季,孟夏之初。天气肃清,周览八隅。皇鸾鸷鸶,警乃前驱。尔其珍怪。碧玉挺其阿,密房溜其巅。翔凤哀鸣集其上,清水泌流注其前。彭祖宅以蝉蜕,安期飨以延年。唯至德之为美,我皇应福以来臻。扫神坛以告诚,薰珍馨以祈仙。嗟兹介福,永钟亿年。⑤

《古文苑》卷五、《陕西通志》卷八十八、《汉魏六朝百三家集》卷十一、《渊鉴类函》卷二十八、《历代赋汇》卷十八、《西安府志》卷二同;《全后汉文》卷二十四增残句:(一)"流泽遂而成水,停积结而为

---

① 陆侃如《中古文学系年》,第 96 页;吴文治《中国文学史大事年表》,第 145 页;刘斯翰《汉赋——唯美文学之潮》,第 219 页;康金声《汉赋纵横》,第 255 页;石观海《中国文学编年史·汉魏卷》,第 217 页;张永山《目录学家班固年谱》,《科技情报开发与经济》,2007(4);孙亭玉《班固文学研究》,第 376 页。

② 范晔《后汉书》,第 722 页。

③ 他本作"霞雾""霞芬"。案:《玉篇·雨部》:"雾,雾气也。"《说文》新附注:"霞,赤云气也。"《说文·艸部》:"芬,草初生其香分布也。"前后均为四言句,当作"霞雾"。

④ 《全后汉文》《全汉赋》《全汉赋评注》《全汉赋校注》"林"作"竹"。案:《说文·木部》:"林,平土有丛木曰林。"段注:"《周礼》林衡注曰:'竹木生平地曰林。'"于义均通。考其用韵,"林"侵部韵,"竹"觉部韵,后文"密荫沉沉"之"沉"侵部韵,"林"为上。罗常培、周祖谟于《汉魏晋南北朝韵部演变研究》第 245 页亦作如是论。

⑤ 《古文苑》《陕西通志》《汉魏六朝百三家集》《历代赋汇》《西安府志》"钟"作"终",句中之"亿"《全后汉文》作"亿万"。案:"终"有"自始至终,时间久"义;"钟"有"全部赋予"义。《正字通》:"天所赋予亦曰钟",故"钟"为上。文为整齐的六、四言句式,当作"亿年"。

山。"(二)"固仙灵之所游集。"《全汉赋》、《全汉赋评注》、《全汉赋校注》同。《白氏六帖事类集》(民国景宋本)卷二载"翔凤哀鸣集其上,珍怪碧玉挺其阿。彭祖宅以蝉蜕,安期飨以延年。"

　　《初学记》所载保存了其总体结构,故两残句应是其中间部分。"流泽遂而成水,停积结而为山",章沧授将其补在"清水泌流注其前"后。① 先言"清水",再言"流泽遂而成水",逻辑上有违;且"翔凤哀鸣集其上,清水泌流注其前。彭祖宅以蝉蜕,安期飨以延年"句"前"、"年"为元部、真部韵,"停积结而为山"之"山"为元部韵,在韵本相押的两句中加入一需要转韵才相押的句子,不是很恰当。"流泽遂而成水,停积结而为山"有泽、山。考文中"碧玉挺其阿,密房溜其巅",《说文·自部》:"大陵曰阿",段玉裁注:"凡曲处皆得称阿。""山或水的弯曲处称阿。《穆天子传》卷一:'丙午,天子饮于河水之阿。'""巅,山顶。"②交代了山、泽,再写其"阿"和"巅"于理较合。原文"傍吐飞濑,上挺修林。玄泉落落,密荫沉沉"侵部韵。"碧玉挺其阿,密房溜其巅。翔凤哀鸣集其上,清水泌流注其前"真、元部韵。故可将该句补在"碧玉挺其阿"前。《白氏六帖事类集》卷二载"珍怪碧玉挺其阿","尔其"为发语词,在赋作中多有出现,如张衡《南都赋》:"尔其地埶,则……","尔其川渎,则……","尔其则有谋臣武将,皆能攫戾执猛……"故"密房溜其巅"前疑有"□□"。"固仙灵之所游集"之"集"缉部韵,不当为韵脚,其后应有阙句"□□□□□□□"。原文中写仙人彭祖、安期的文句,其前"翔凤哀鸣集其上,清水泌流注其前"为七言,其后"唯至德之为美,我皇应福以来臻"为六、七言,故可将该句补在"彭祖宅以蝉蜕"前,构成七、六言相连句式结构。面对碧玉、密房、翔凤、清水咸集之

---

　　① 章沧授《笔显南山秀　情倾社会美——汉班固〈终南山赋〉赏析》,《古典文学知识》,2005(3)。

　　② 王力《王力古汉语字典》,中华书局,2000年,第257页。

境,生出仙灵所游集之慨,赞美终南,源自肺腑。

综上,《终南山赋》可校为:

> 伊彼终南,肖巀嶙囷。概青宫,触紫辰。嵌峇郁律,萃于
> 霞雾。暧曃晻蔼,若鬼若神。傍吐飞濑,上挺修林。玄泉落
> 落,密荫沉沉。荣期绮季,此焉恬心。三春之季,孟夏之初。
> 天气肃清,周览八隅。皇鸾鷟鷟,警乃前驱。流泽遂而成水,
> 停积结而为山。尔其珍怪碧玉挺其阿,□□密房溜其巅。翔
> 凤哀鸣集其上,清水泌流注其前。固仙灵之所游集,
> □□□□□□。彭祖宅以蝉蜕,安期飧以延年。唯至德之
> 为美,我皇应福以来臻。扫神坛以告诚,荐珍馨以祈仙。嗟兹
> 介福,永钟亿年。

《终南山赋》作年两说:(一)建武三十年(54)。陆侃如、刘斯
翰、康金声、徐华、王征。[1] (二)建武三十一年(55)。吴文治、石观
海、张永山。[2] 二说均系于班固父丧归乡期间。然细读《终南山
赋》,其中"三春之季,孟夏之初。天气肃清,周览八隅。皇鸾鷟鷟,
警乃前驱","唯至德之为美,我皇应福以来臻。扫神坛以告诚,荐
珍馨以祈仙"则显示如下信息:(一)至终南山时间为"三春之季,孟
夏之初",即三月末,四月初;(二)终南山是"周览八隅"中的一站;
(三)"皇鸾鷟鷟,警乃前驱"、"我皇应福以来臻"表明此次为皇帝亲
自驾临。终南山属秦岭山脉,西起陕西宝鸡眉县,东至陕西蓝田。
祭祀终南山,需入陕西境内。《后汉书·光武纪》建武三十年(54)

---

① 陆侃如《中古文学系年》,第77页;刘斯翰《汉赋——唯美文学之潮》,第217
页;康金声《汉赋纵横》,第253页;徐华《东汉庄园的兴起及其文化意蕴》,《南都学坛》,
2002(3);王征《东汉建武时期文学研究》,硕士学位论文,2007年。

② 吴文治《中国文学史大事年表》,第137页;石观海《中国文学编年史·汉魏
卷》,第200页;张永山《目录学家班固年谱》,《科技情报开发与经济》,2007(4)。

二月、七月帝幸鲁,未到陕西,不会祭祀终南山;三十一年(55)帝王没有任何外出巡狩记载,父丧期间随帝王幸终南山可能性小,因此,班固父丧归家作《终南山赋》之说不成立。

班固一生中史书明确记载帝王至陕西且时间在春夏者有建武十八年(42)、二十二年(46),中元元年(56)。① 建武十八年春二月甲寅,西巡狩,幸长安。三月壬午,祠高庙,遂有事十一陵。历冯翊界,进幸蒲坂,祠后土,夏四月甲戌,车驾还宫。时班固10岁,不可能从帝祭祀终南山作赋。二十二年春闰月丙戌,幸长安,祠高庙,遂有事十一陵。二月己巳,至自长安。时班固14岁,有作赋的可能,但"二月己巳,至自长安"与《终南山赋》"三春之季,孟夏之初"不符。中元元年夏四月行幸长安,戊子祀长陵,五月乙丑,至自长安。建武三十年(54)班彪卒,班固归乡。"后汉初世,实多行三年丧者",光武帝时韦彪、鲍永、杨厚、廉范等均服丧三年。和帝时,邓皇后等亦是服丧三年。臣子有私丧,国家或以诏令令之释服。② 沈文倬亦证汉代"公卿以下的中下级官吏以至民间是实行三年丧的"。③ 马王堆三号汉墓出土之《丧服图》:"三年丧:属服,廿十五月而毕。"④《白虎通·丧服》:"父至尊,母至亲,故为加隆,以尽孝子之恩。恩爱至深,加之则倍。故再期二十五月也。礼有取于三,故谓之三年。缘其渐三年之气也。故《春秋传》曰:'三年之丧,其实二十五月也。'"李如森证:"父母丧三年丧制,终汉一代。"绥和二年(前7)诏书:"……博士弟子父母死,予宁三年。"《汉书·公孙弘卜式兒宽传》:"(弘)后母卒,服丧三年。《汉书·扬雄传》:"(扬雄)年七十一,天凤五年卒,侯芭为

①　范晔《后汉书》,第56、58、69、74、82、104、144、172页。

②　杨树达《汉代婚丧礼俗考》,上海古籍出版社,2007年,第197、198、199、210页。

③　沈文倬《菿闇文存》,商务印书馆,2006年,第303页。

④　范志军、贾雪岚《马王堆汉墓〈丧服图〉再认识》,《中原文物》,2006(3)。

起坟,丧之三年。"《汉书·游侠传》:"及(原)涉父死,让还南阳赗送,行丧冢庐三年,由是名显京师。"《汉书·王莽传》:"莽征明礼者宗伯凤等与定天下吏六百石以上皆服丧三年。""莽遂行焉,凡壹吊再会,而令新都侯宗为主,服丧三年云。""莽为太后服丧三年。"①因此班固父丧、母丧当以廿十五月,三个年头计。班固"以彪所续前史未详,乃潜精研思,欲就其业。既而有人上书显宗,告固私改作国史者,有诏下郡,收固系京兆狱,尽取其家书。"显宗中元二年(57)二月即位,②"有诏下郡"说明当时班固在家乡,则建武三十年(54)至中元二年二月,班固在乡服丧,中元元年(56)不会随帝祭终南山。且中元元年帝王至陕西的时间为四、五月间,过了春季。

汉高祖之高庙在长安,光武帝建武二年(26)"壬子,起高庙,建社稷于洛阳。是月,赤眉焚西京宫室,发掘园陵,寇掠关中,大司徒邓禹入长安,遣府掾奉十一帝神主,纳于高庙"。③因此东汉有两处高庙,"在京师洛阳高庙中受祭的西汉高、文、武、宣、元五帝神主,与在西汉故都长安故高庙中受祭的成、哀、平三帝神主"。④班固一生中帝王至高庙有建武十年(34)、十八年(42)、二十二年(46),永平二年(59),建初七年(82),元和二年(85),章和二年(88)。春夏时有建武十八年、二十二年,元和二年,章和二年四年。⑤建武十八年、二十二年前文已排除。元和二年"夏四月乙卯,车驾还宫。庚申,假于祖祢,告祠高庙"、章和二年"夏四月丙子,谒高庙。丁丑,谒世祖庙"。世祖光武庙在洛阳,二者高庙指洛阳高庙。且永元元年(89)六月大将军窦宪出征匈奴,以固为中护

① 班固《汉书》,第 336、2619、3583、3714、4078、4091、4132 页。
② 范晔《后汉书》,第 1333、1334、95 页。
③ 范晔《后汉书》,第 27 页。
④ 郭善兵《汉唐皇帝宗庙制度研究》,博士学位论文,2005 年。
⑤ 范晔《后汉书》,第 56、69、74、104、144、150、167 页。

军,此前班固以母丧去官。① 章和二年班固不会随帝至终南。

　　随帝至终南山而作赋,不妨考班固其他从巡之《南巡颂》、《东巡颂》,以期从中受到启发。班固《南巡颂》之"郊高宗","既禘祖于西都,又将袷于南庭"表明《南巡颂》所记之南巡前,有到西都长安郊高宗、禘祖。考班固时帝王南巡有建武十七年(41)、十九年(43),永平十年(67),元和元年(84),章和元年(87)五次。② 其中建武十七年、十九年时班固太小,不会从帝南巡。永平十年前之八年(65)、九年(66)未有帝王到长安之记载,与《南巡颂》内容不合,可排除。建初八年(83)冬十月癸丑,西巡狩,幸长安,祠高庙,遂有事十一陵;③元和元年八月丁酉南巡狩。……辛丑,幸章陵。……祠长沙定王、舂陵节侯、郁林府君。与《南巡颂》"既禘祖于西都,又将袷于南庭"符合。《南巡颂》"惟汉再受命,系叶十一"与元和二年(85)二月甲寅章帝诏:"《河图》称:'赤九会昌,十世以光,十一以兴'"相呼应。章和元年八月癸丑南巡狩,其前之元和三年(86)春正月丙申北巡狩,④不会"禘祖于西都"。故班固《南巡颂》作年当如郑鹤声、白静生、陈其泰、赵永春、张永山、孙亭玉、孙宝所系之元和元年(84),而非陆侃如所系之章和元年。⑤

　　《东巡狩》(实为《岱宗颂》)序:"窃见巡狩岱宗,柴望山虞,宗祀明堂。上稽帝尧,中述世宗。遵奉光武,礼仪备具。动自圣心,是以神明屡应,休征乃降。不胜狂简之情,谨上《岱宗颂》一篇。"《艺

---

①　范晔《后汉书》,第 168、1385 页。

②　范晔《后汉书》,第 68、71、113、147、157 页。

③　范晔《后汉书》,第 144 页。

④　范晔《后汉书》,第 1202、154 页。

⑤　郑鹤声《班固年谱》,第 70 页;白静生《班兰台集校注》,中州古籍出版社,1991年,第 95 页;陈其泰、赵永春《班固评传》,第 427 页;张永山《目录学家班固年谱》,《科技情报开发与经济》,2007(4);孙亭玉《班固文学研究》,第 377 页;孙宝《崔骃、班固赋、颂作年献疑》,《古籍整理研究学刊》,2009(5);陆侃如《中古文学系年》,第 112 页。

文类聚》卷三十九、《初学记》卷十三、《渊鉴类函》卷一百五十八、《全后汉文》认为是班固作;《蔡中郎集》卷二、《古文苑》卷二十一、《东汉文纪》卷十称蔡邕作;《汉魏六朝百三家集》卷十一、十八则二人集中均有。该赋作年郑鹤声、陆侃如、刘斯翰、白静生、康金声、陈其泰、赵永春、刘跃进、石观海、孙亭玉均系于元和二年(85)。①考班固时帝王东巡共六次:建武二十年(44)、三十年(54),中元元年(56),永平十五年(72),建初八年(83),元和二年(85)。② 其中有柴望岱宗者有中元元年、元和二年。中元元年如前所述,班固不会随帝东巡。《东巡颂》之"岱宗"、"柴望"、"宗祀明堂"、"上稽帝尧"、"中述世宗"、"遵奉光武"、"神明屡应"、"休征乃降"与元和二年二月"丙辰,东巡狩。己未,凤皇集肥城。乙丑,帝耕于定陶。诏曰:'三老,尊年也。孝悌,淑行也。力田,勤劳也。国家甚休之。其赐帛人一匹,勉率农功。使使者祠唐尧于成阳灵台。'辛未,幸太山,柴告岱宗。有黄鹄三十从西南来,经祠坛上,东北过于宫屋,翱翔升降。进幸奉高。壬申,宗祀五帝于汶上明堂。癸酉,告祠二祖四宗,大会外内群臣"一事不差,③合若符契。蔡邕一生,仅延熹七年(164)南巡狩,④没有东巡狩记载,断不会作《东巡颂》。故《东巡狩》为班固元和二年(85)随帝东巡所作。

《白虎通·五祀》:"独大夫已上得祭之何? 士者位卑禄薄,但祭其先祖耳。《礼》曰:'天子祭天地,诸侯祭山川,卿大夫祭五祀,士祭其祖。'《曲礼下》":"天子祭天地,四方山川,五祀,岁遍。诸侯

---

① 郑鹤声《班固年谱》,第71页;陆侃如《中古文学系年》,第110页;刘斯翰《汉赋——唯美文学之潮》,第219页;白静生《班兰台集校注》,第94页;康金声《汉赋纵横》,第257页;陈其泰、赵永春《班固评传》,第427页;刘跃进《秦汉文学编年史》,第428页;石观海《中国文学编年史·汉魏卷》,第231页;孙亭玉《班固文学研究》,第377页。

② 范晔《后汉书》,第72、80、82、11、145、149页。

③ 范晔《后汉书》,第149页。

④ 范晔《后汉书》,第313页。

方祀,祭山川,五祀,岁遍。卿大夫祭五祀。士祭其先。有废莫敢举,有举莫敢废,非所当祭而祭之曰淫祀。淫祀无福。"班固时,皇帝亲自柴祭岱宗,其他名山大川则不然。永平十八年(75)诏曰:"……二千石分祷五岳四渎,郡界有名山大川能兴云致雨者,长吏各洁斋祷请,冀蒙嘉澍。"建初五年(80)春二月甲申诏曰:"……其令二千石理冤狱,录轻系,祷五岳四渎,及名山能兴云致雨者,冀蒙不崇朝遍雨天下之报。务加肃敬焉。"①可见班固时常规下,五岳四渎是二千石、长吏祷请,帝王不亲临。《白虎通·巡狩》:"东方为岱宗。……南方为霍山。……北方为恒山。……西方为华山。……中央为嵩高。"终南山不属五岳之列,尚不在二千石、长吏祷请之列。然《后汉书》卷九十下注:"章帝元和二年(85)制曰:山川百神,应典礼者,尚未咸秩,其议修群祀以祈丰年,又宗祀五帝于汶上明堂。三年(86)望祀华、霍,东柴岱宗为人祈福。"元和三年二月壬寅告常山、魏郡、清河、巨鹿、平原东、平郡太守、相曰:"朕惟巡狩之制,以宣声教,考同遐迩,解释结冤也。今四国无政,不用其良,驾言出游,欲亲知其剧易。前祠园陵,遂望祀华、霍,东柴岱宗,为人祈福。今将礼常山。"②"驾言出游,欲亲知其剧易",表明此次帝王亲临。华、霍、岱宗为五岳,常山与终南山等属名山大川,常山纳入帝王亲临之地,终南山亦当在此次群祀之列。华山在陕西境内,终南山在其西。终南山、华山相继被帝王望祀,《终南山赋》中之"扫神坛以告诚,荐珍馨以祈仙。嗟兹介福,永钟亿年"与望祀之礼及诏书中"为人祈福"用意相合。"肃宗欲制定礼乐,元和二年下诏曰:……明年复下诏曰:……拜褒侍中,从驾南巡,既还,以事下三公,未及奏,诏召玄武司马班固,问改定礼制之宜。固曰……"③此处"南巡"系

---

① 范晔《后汉书》,第 123、139 页。

② 范晔《后汉书》,第 154 页。

③ 范晔《后汉书》,第 1202、1203 页。

"北巡"之误,陆侃如已论证。① 元和三年北巡,三月辛卯车驾还宫,②稍后班固被诏。章和元年(87)正月,乃召(曹)褒诣嘉德门,令小黄门持班固所上叔孙通《汉仪》十二篇,③可见元和三年三月至章和元年班固在帝侧。建初七年(82)西巡狩,八年(83)东巡,元和元年(84)南巡,二年(85)东巡狩,三年北巡狩,④可谓"周览八隅"。"三春之季,孟夏之初"祭终南山,与元和三年三月辛卯所结束之北巡狩紧密相连。元和元年、二年章帝出巡,班固相随并分别上《南巡颂》、《东巡颂》,三年章帝祭终南山,班固按惯例相随作赋颂汉德,祈永年,并歌颂家乡名山大川,抒发身为扶风人之自豪,让终南山在赋作中神灵隽秀,为壮大中国古典文学之终南山情结推波助澜。此赋目的并非"借终南山的灵秀和仙境,来祝福光武帝",⑤赋中"我皇"指章帝,而非汉武帝。⑥

综上,《终南山赋》作于章帝元和三年三、四月。

《白绮扇赋》存目。《西京杂记》注:"汉制,天子玉几,夏设羽扇,冬设缯扇,至成帝时,昭阳殿中设九华扇、五明扇及孔雀翠羽诸名。其华饰侈丽不言可知。孟坚在肃宗朝时以竹扇供御,盖中兴以来屏去奢靡,崇尚朴素所致,赋而美之,所以彰圣德、养君心也。"白绮扇属缯扇,该赋之作当在《竹扇赋》前。班固生卒年学界多从安作璋《班固与汉书》中建武八年(32)至永元四年(92)之说。⑦ 孙亭玉论证班固生卒年为建武十一年(35)至永元五年(93),其将"弱冠"定为二十,过于局限,卒年之论证可参。高山在其基础上论证

---

① 陆侃如《中古文学系年》,第 111 页。

② 范晔《后汉书》,第 155 页。

③ 范晔《后汉书》,第 1203 页。

④ 范晔《后汉书》,第 144、145、147、149、150、154、155 页。

⑤ 聂济冬《古典遗韵与时代新声——论东汉文学的审美趣味》,《齐鲁学刊》,2008(3)。

⑥ 章沧授《论汉赋的美学思想》,《长沙水电师院学报》,1990(2)。

⑦ 安作璋《班固与汉书》,山东人民出版社,1979 年,第 104 页。

班固生卒年为建武九年(33)至永元五年,①其说可从。肃宗建初二年(77)诏书言及除奢纵,②《白绮扇赋》作于在京后之永平元年(58)至建初二年。

《竹扇赋》见于《古文苑》卷五、《文选补遗》卷三十二、《汉魏六朝百三家集》卷十一、《历代赋汇》卷八十七、《全后汉文》卷二十五。姑系《竹扇赋》于肃宗朝建初二年至章和二年(88)。

12. 王充(27—约100)

《果赋》残句"冬实之杏,春熟之甘"见于《太平御览》卷九百六十八、《太平广记》卷四百一十、《天中记》卷五十二、《全后汉文》卷三十一。王充生于建武三年(27),其卒年郑振铎系于永元二年(90);③冈村繁系于永元三年(91);④黄晖、周桂钿系于永元八年(96);⑤谭正璧、钟肇鹏认为在永元十二年(100)左右。⑥ 故《果赋》写作时间下限为永元十二年。

13. 黄香(? —106)

《九宫赋》见于《古文苑》卷六、《历朝赋格》中集骚赋格卷一、《历代赋汇》卷一百五、《全后汉文》卷四十二;《艺文类聚》卷七十八摘录。

以其卒(延平元年106)为写作时间下限。⑦

14. 苏顺(和、安帝时在世)

《叹怀赋》见于《艺文类聚》卷三十四、《渊鉴类函》卷二百六十

① 孙亭玉《班固生卒年新说》,《长沙电力学院社会科学学报》,1997(2);高山《班固生卒年新论》,《辽宁工程技术大学学报》,2009(5)。
② 范晔《后汉书》,第134页。
③ 郑振铎《插图本中国文学史》,人民文学出版社,1957年,第127页。
④ 华东师范大学、东方文化研究中心《冈村繁全集·周汉文学史考·扬雄的文学、儒学及其立场》,第181页。
⑤ 黄晖《论衡校释》,中华书局,1990年,第1209—1234页;钟肇鹏、周桂钿《王充桓谭评传》,南京大学出版社,1993年,第118页。
⑥ 谭正璧《中国文学家大辞典》,第46页;钟肇鹏《王充年谱》,第67页。
⑦ 范晔《后汉书》,第2614、2615页。

四、《全后汉文》卷四十九。

苏顺"和、安间以才学见称,晚乃仕",①和帝章和二年(88)至
永元十七年(105)在位,安帝延平元年(106)至延光四年(125)在
位,苏顺现存最晚作品为《陈公诔》,即延平元年(106)与张衡共作
诔悼陈宠。姑系《叹怀赋》于章和二年至延光四年。

15. 葛龚(和、安帝时在世)

《全后汉文》卷五十六载葛龚《遂初赋》残句两条:(一)"承豢龙
之洪族,觊高阳之休基。"(二)"考天文于兰阁,览群言于石渠。"《全
汉赋》、《全汉赋评注》、《全汉赋校注》同。残句(二),《全汉赋》、《全
汉赋评注》、《全汉赋校注》、曹淑娟均言为《反遂初赋》。②《橘山四
六》卷三、《玉海》卷一百六十三、《天中记》卷十四、《渊鉴类函》卷三
百四十七等亦言《反遂初赋》。

案:葛龚和帝时以善文记知名,和帝章和二年(88)至永元十七
年(105)在位,安帝永初(107—113)中,葛龚拜为荡阴令,后为临汾
令。此赋当为其在京时作,即章和二年至永初六年(112)。

16. 班昭(约49—120)

班昭有《大雀赋》、《针缕赋》、《蝉赋》、《东征赋》。

《大雀赋》见于《艺文类聚》卷九十七、《渊鉴类函》卷四百四十
五、《全后汉文》卷九十六。

作年二说:(一)永元八年(96)。陆侃如、吴文治、刘斯翰、康金
声、石观海。③(二)永元十三年(101)。金璐璐。④ 对于臣服属国

① 范晔《后汉书》,第2617页。
② 曹淑娟《论汉赋之写物言志传统》,硕士学位论文,1983年。
③ 陆侃如《中古文学系年》,第125页;吴文治《中国文学史大事年表》,第155页;
刘斯翰《汉赋——唯美文学之潮》,第221页;康金声《汉赋纵横》,第259页;石观海《中
国文学编年史·汉魏卷》,第241页。
④ 金璐璐《班昭及其著述研究》,博士学位论文,2009年。

遣使奉贡，历来详载史册。永元八年无进献贡物之记载，①亦不会有《大雀赋》之作。《大雀赋》序"大家同产兄，西域都护定远侯班超献大雀，诏令大家作赋"，明确了作赋时间。班超永元三年（91）为西域都护，永元七年（95）封定远侯，永元十二年（100）上疏请归，所上之疏中有言"谨遣子勇随献物入塞"，②其所言之"献物"在《东观汉记》中有记载："时安息遣使献大爵、师子，超遣子勇随入塞。"③安息国居和椟城，去洛阳二万五千里，④其所献大爵及师子永元十二年（100）由西域出发，十三年（101）方抵达京都，此于《后汉书·孝和孝殇帝纪》"十三年冬十一月，安息国遣使献师子及条枝大爵"及《后汉书·西域传》"永元十三年，安息王满屈复献师子及条支大鸟，时谓之安息雀"记载中得到证实。⑤唐李贤等注："《西域传》曰：'条枝国临西海，出师子、大雀。'郭义恭《广志》曰：'大爵，颈及身、膺、蹄都似橐驼，举头高八九尺，张翅丈余，食大麦，其卵如甕，即今之驼鸟也。'"可见大爵即大雀。姚之骃《后汉书补逸》卷八："永元二年（90）安息王献条支大雀，此雀卵大如甕。案：范书永元十三年，安息国遣使献师子及条枝大爵。疑即一事，纪年讹耳。"永元六年（94）西域五十余国悉皆纳质内属焉，⑥故献大雀一事在永元十三年而非永元二年。大雀入京，同时到达的还有班超之子、班昭之侄班勇。召当时为皇后诸贵人所师事之曹大家作赋，显皇恩，叙亲情，丕显大汉之声威，可谓一举多得，故《大雀赋》作于永元十三年十一月。

　　《针缕赋》见于《艺文类聚》卷六十五、《古文苑》卷四、《尧山堂外

---

①　范晔《后汉书》，第 181、182 页。

②　范晔《后汉书》，第 1583 页。

③　刘珍等撰、吴树平校注《东观汉记校注》，中华书局，2008 年。

④　范晔《后汉书》，第 2918 页。

⑤　范晔《后汉书》，第 189、2918 页。

⑥　范晔《后汉书》，第 179 页。

纪》卷六、《山堂肆考》卷一百二十九、《渊鉴类函》卷三百五十六、《历代赋汇》逸句卷一、《全后汉文》卷九十六；《太平御览》卷八百三十摘录。

《蝉赋》见于《艺文类聚》卷九十七、《渊鉴类函》卷四百四十五、《全后汉文》卷九十六。《全后汉文》除《艺文类聚》文句外增残句：（一）"吸清露于丹园，抗乔枝而理翮。崇皇朝之辉光，映豹豹而灼灼。"（二）"复丹款之未足，留滞恨乎天际。"《全汉赋》、《全汉赋评注》、《全汉赋校注》同。曹植《蝉赋》以"游芳林→长吟→栖高枝→饮朝露"为序。"商焱厉而化往"，①"往"阳部韵，"映豹貂而灼灼"之"灼"铎部韵，铎、阳可转。故可将"吸清露于丹园，抗乔枝而理翮。崇皇朝之辉光，映豹貂而灼灼"列在"商飙厉而化往"后。"复丹款之未足，留滞恨乎天际"暂放文末。

综上，《蝉赋》可校为：

　　伊玄虫之微陋，亦摄生于天壤。当三秋之盛暑，陵高木之流响。融风被而来游，商飙厉而化往。吸清露于丹园，抗乔枝而理翮。崇皇朝之辉光，映豹貂而灼灼……复丹款之未足，留滞恨乎天际。

《蝉赋》"崇皇朝之辉光"可见其应诏作赋痕迹，故《针缕赋》、《蝉赋》当为班昭入宫后所作，入宫在其兄班固永元四年（92）死后。故《针缕赋》、《蝉赋》作于永元四年至元初七年（120），尤以和帝时永元七年（95）至十七年（105）可能性大，如朱维铮所言"即应和帝诏所作"。②

---

　　① 《渊鉴类函》"焱"作"飙"。案：《说文·焱部》："焱，火华也。"段玉裁注："古书'焱'与'猋'二字多互讹。"《说文·犬部》："猋，犬走皃。"段玉裁注："引申为凡走之称。"《说文·风部》："飙，扶摇风也。"与"融风"相对，本当作"飙"。
　　② 朱维铮《班昭考》，《中华文史论丛》（总第八十二辑）。

　　《东征赋》见于《文选》卷九、《诗女史》卷二、《历代赋汇》外集卷九、《(雍正)畿辅通志》卷一百十五、《全后汉文》卷九十六;《艺文类聚》卷二十七摘录。

　　作年两说:(一)永元七年(95)。朱维铮、金璐璐。① (二)永初七年(113)。刘汝霖、陆侃如、吴文治、刘斯翰、康金声、龚克昌、刘跃进、石观海。② 永元七年说者依据为:(一)《三辅决录》记载:"齐相子毅,颇随时俗。曹成,寿之子也。司徒掾察孝廉,为长垣长。母为太后师。征拜中散大夫。子毅即成之字也。"曹成东征担任长垣长是因察孝廉。永元七年有司详选郎官宽博有谋、才任典城者三十人。既而悉以所选郎出补长、相。永初七年没有察举孝廉的任何记载。(二)曹成因"母为太后师,征拜中散大夫"。班昭为邓太后师,当在元兴元年之后;曹成因母为太后师而担任中散大夫,最早始于殇帝延平元年(106)。(三)永初年间,正值汉帝国内忧外患、天灾人祸较为严重之时,邓太后用人之际,班昭作为幕后智囊,不会此时随子东征。(四)永初七年64岁高龄之班昭不能随征。现析之如下:(一)即使永元七年(95)曹成被举荐,也是孝廉而不是郎官;何况孝廉之选,并非只有下诏后才选。永元五年(93)"(丁)鸿与司空刘方上言,凡口率之科,宜有阶品,蛮夷错杂,不得为数。自今郡国率二十万口,岁举孝廉一人,四十万二人,六十万三人,八十万四人,百万五人,百二十万六人,不满二十万二岁一人,不满十万三岁一人,帝从之"。永元十三年(101)诏

────────

　　① 朱维铮《班昭考》,《中华文史论丛》(总第八十二辑)。金璐璐《班昭及其著述研究》,博士学位论文,2009年;《班昭〈东征赋〉及其文学史意义》,《学术论坛》,2010(6);《班昭〈东征赋〉、〈女诫〉作年考辨》,《船山学刊》,2011(1)。
　　② 刘汝霖《汉晋学术编年》,第329页;陆侃如《中古文学系年》,第138页;吴文治《中国文学史大事年表》,第162页;刘斯翰《汉赋——唯美文学之潮》,第221页;康金声《汉赋纵横》,第261页;龚克昌《全汉赋评注》,第333页;刘跃进《秦汉文学编年史》,第465页;石观海《中国文学编年史·汉魏卷》,第253页。

曰:"……其令缘边郡口十万以上岁举孝廉一人,不满十万二岁举一人,五万以下三岁举一人。"①可见孝廉每年都举荐,永初七年(113)没有察举孝廉记载不等于没有选孝廉。(二)邓太后永元七年与诸家子俱选入宫;八年(96)二月立贵人阴氏为皇后;八年邓太后入掖庭为贵人,自入宫掖,从曹大家受经书、兼天文、筹数。②因此班昭为皇后贵人师最迟始于永元七年、八年,而非十七年(105)。因此曹成任中散大夫"最早始于殇帝延平元年(106)"不成立。延光三年(124)废太子,中散大夫曹成等证明太子无过,曹成为中散大夫。"邓太后临朝,与闻政事。以出入之勤,特封子成为关内侯,官至齐相。"③可见邓太后临朝(永元十七年105年)、班昭卒(元初七年120年)前,曹成已经被特封为"关内侯"。则延光三年"中散大夫"可能是以前职称之,更可能是曹成没有升职。则按长垣长三四百石,关内侯为级别较高的军职,相当于诸侯,中散大夫六百石,来推定其仕履,矛盾难免。(三)从永初中上疏邓太后谏邓骘,可见班昭盛推"谦让之风,德莫大焉"。班昭深谙"卑弱"、"敬慎"、"妇行"(《女诫》)之道,在激流之际明智而退,方合乎其个性,此举亦换得后来全族之幸。(四)班超70岁尚征战大漠,班昭64岁完全可能随子东征。综上:仍从赋作"惟永初之有七兮",系《东征赋》于永初七年(113)。

17. 刘騊駼(? —126)

《玄根赋》存残句七条。永初中,(刘珍)为谒者仆射,邓太后诏使与校书刘騊駼、马融及五经博士,校定东观五经、诸子传记、百家艺术,整齐脱误,是正文字。(刘珍)被诏在永初四年(110)。"永初中,谒者仆射刘珍、校书郎刘騊駼等著作东观,撰集《汉记》,因定汉

---

① 范晔《后汉书》,第1268、189页。
② 范晔《后汉书》,第419、424页。
③ 范晔《后汉书》,第2785页。

家礼仪,上言请衡参论其事,会并卒,而衡常叹息,欲终成之。""会并卒"可见刘珍、刘騊駼卒在同年。刘珍永建元年(126)卒,①故刘騊駼亦卒于此年,故《玄根赋》写作时间下限为永建元年(126)。

18. 邓耽(104—132 年前后在世)

《郊祀赋》见于《初学记》卷十三、《渊鉴类函》卷一百六十五、《历代赋汇》卷四十七;《全后汉文》卷四十九增残句:"伊皇母以延慈。"《全汉赋》、《全汉赋评注》、《全汉赋校注》同。

赋言"改元"、"宥罪人"、"文林华省"、"奉珍"、"来贡"、"玉璧既萃"、"昭假烈祖"、"皇母延慈"。元初元年(114)刘毅上《汉德论》并《宪论》十二篇,邓耽与刘珍、尹兑、马融共上书称其美,②时邓耽起码 10 岁以上,可推邓耽生活在和帝、殇帝、安帝、顺帝朝。考此四朝,改元且郊祀有阳嘉元年(132)、永和元年(136)、汉安元年(142)。永建六年(131)于阗王遣侍子贡献、日南徼外叶调国、掸国遣使贡献、于阗王遣侍子诣阙贡献,阳嘉元年"春正月乙巳,立皇后梁氏"、"皇后谒高庙、光武庙"、"庚申,敕郡国二千石各祷名山岳渎,遣大夫、谒者诣嵩高、首阳山,并祠河、洛,请雨"、"帝临辟雍飨射,大赦天下"、"丙辰,以太学新成,试明经下第者补弟子,增甲乙科员各十人。除郡国耆儒九十人补郎、舍人。九月,诏郡国中都官系囚皆减死一等,亡命者赎,各有差。""辛卯,初令郡国举孝廉,限年四十以上,诸生通章句,文吏能笺奏,乃得应选;其有茂才异行,若颜渊、子奇,不拘年齿。"永和元年地摇京师,偃师蝗,承福殿火,象林蛮夷叛;汉安元年未见外族贡献,南匈奴左部大人句龙吾斯与薁鞬台耆等反叛。③ 与"文林华省"相涉仅阳嘉元年,故系于此。

19. 李尤(约 55—约 135)

李尤有《平乐观赋》、《东观赋》、《辟雍赋》、《德阳殿赋》、《函谷关

---

① 范晔《后汉书》,第 2617、215、1940 页。

② 范晔《后汉书》,第 2616 页。

③ 范晔《后汉书》,第 259、260、261、258、265、266、272 页。

赋》、《七叹》、《果赋》。庾光蓉言《华阳国志》有李尤《怀戎赋》存目，《华阳国志》卷十作《怀戎颂》。万光治、程章灿辑佚李尤《果赋》残句二条。① 另外，"仙李缥而神李红"句《太平御览》卷九百六十八、《事类赋》卷二十六、《格致镜原》卷七十四作李尤《果赋》；《述异记》卷下、《九家集注杜诗》卷十七、《广群芳谱》卷五十五、《佩文韵府》卷一之四、《分类字锦》卷五十二、《历代诗话》卷十六作陆士衡《果赋》；《记纂渊海》卷九十二、《山堂肆考》卷二百五作《李果赋》。据文献学从先原则，依《述异记》属"仙李缥而神李红"为陆士衡《果赋》。

《平乐观赋》见于《艺文类聚》卷六十三、《汉魏六朝百三家集》卷十五、《渊鉴类函》卷三百四十三、《历代赋汇》卷七十四、《全后汉文》卷五十。另程章灿辑佚"披典籍以论功，盖罔及乎大汉"。②

陆侃如、刘斯翰、康金声系于永元八年(96)。③ 赋言"尔乃大和隆平，万国肃清。殊方重译，绝域造庭。四表交会，抱珍远并"，可见赋作于李尤在京时。李尤被侍中贾逵举荐，被召诣东观，受诏作赋。贾逵为侍中在永元八年。安帝时，李尤为谏议大夫，受诏与刘珍等撰《汉记》。刘珍等校书东观在永初四年(110)，永宁元年(120)受诏开始作建武以来名臣传。延光三年(124)，帝废太子为济阴王，李尤上书谏争。顺帝立(永建元年126年)，迁乐安相。可知永元八年至永建元年李尤在京师。查其在京师外族春正月遣使奉献有永元九年(97)、永初三年(109)、建光二年(122)，其中永元九年为永昌徼外蛮夷及掸国重译奉贡；永初三年仅高句丽遣使贡献；建光二年夫余王遣使贡献。赋中极言百戏之奢，延平元年(106)十月，罢鱼龙曼延百戏，④故《平乐观赋》作于永元九年春

---

① 万光治《汉赋通论》，第469页；程章灿《魏晋南北朝赋史》，第338页。
② 程章灿《魏晋南北朝赋史》，第338页。
③ 陆侃如《中古文学系年》，第124、125页；刘斯翰《汉赋——唯美文学之潮》，第221页；康金声《汉赋纵横》，第259页。
④ 范晔《后汉书》，第183、212、234、205页。

正月。

《东观赋》见于《艺文类聚》卷六十三：

> 敷华实于雍堂，集干质于东观。东观之艺，孽孽洋洋。上承重阁，下属周廊。步西蕃以徙倚，好绿树之成行。历东厓之敞座，庇蔽茅之甘棠。① 前望云台，后匝德阳。道无隐而不显，书无阙而不陈。览三代而采宜，包郁郁之周文。

《汉魏六朝百三家集》卷十五、《渊鉴类函》卷三百四十三、《历代赋汇》卷七十四同；《全后汉文》卷五十于文前列残句"臣虽顽卤，慕《小雅·斯干》叹咏之美"。程章灿辑："润色枝叶，繁茂荄根。万品鳞萃，充此林川。""永平持纲，建初考练。暨我圣皇，溅协剖判。"② 《全汉赋》、《全汉赋评注》、《全汉赋校注》将"臣虽顽卤，慕《小雅·斯干》叹咏之美"放在文末。《全汉赋校注》后补列程章灿所辑残句。《东观赋》主体结构未能保存，三条佚文只能尝试补入。（一）"臣虽顽卤，慕《小雅·斯干》叹咏之美。"与诗书相关，不妨将其放在陈述东观藏书之后，但亦不排除为赋序部分内容。（二）"润色枝叶，繁茂荄根。万品鳞萃，充此林川"描写树木。原文写林木者："敷华实于雍堂，集干质于东观"、"步西蕃以徙倚，好绿树之成行。历东厓之敞座，庇蔽茅之甘棠"。自"东观之艺，孽孽洋洋"至"后匝德阳"均为阳部韵，且文意连贯，中间不宜补入。该句可补在"敷华实于雍堂，集干质于东观"前后。"万品鳞萃，充此林川"是总说性的文句，常理先言枝叶，再言果实；先总说，后分述。"充此林川"之"川"元部韵，与"集干质于东观"之"观"元部韵，故可将该句补在

---

① 《汉魏六朝百三家集》、《渊鉴类函》、《历代赋汇》、《全后汉文》"茅"作"苇"。《四库全书考证》卷九十四："《东观赋》：'历东厓之敞坐，庇蔽苇之甘棠'刊本'苇'讹'茅'，据《赋汇》改"，当作"苇"。

② 程章灿《魏晋南北朝赋史》，第338页。

"敷华实于雍堂"前。(三)"永平持纲,建初考练。暨我圣皇,濊协剖判"回顾历史,宣扬政治隆盛。李尤《平乐观赋》叙述顺序为:建观缘由、政治兴盛→平乐之制→鱼池、果林→政治效果→乐舞秘戏。写政治的部分可放在最初,也可放在写鱼池、果林之后。考其用韵,"永平持纲,建初考练。暨我圣皇,濊协剖判","练"、"判"元部韵。写果木部分的"润色枝叶,繁茂荄根。万品鳞萃,充此林川。敷华实于雍堂,集干质于东观","根"文部韵、"川"、"观"同为元部韵。而"集干质于东观。东观之艺"之间属顶针式连接,中间不宜补入,故该句可放在写果木之前。《艺文类聚》所载文句,"前望云台,后匝德阳"与"道无隐而不显,书无阙而不陈"意思上不连贯,"阳"阳部韵,"陈"真部韵,用韵也不一致,中间应有阙句。综上,《东观赋》可校为:

> 永平持纲,建初考练。暨我圣皇,濊协剖判。……润色枝叶,繁茂荄根。万品鳞萃,充此林川。敷华实于雍堂,集干质于东观。东观之艺,蓐蓐洋洋。上承重阁,下属周廊。步西蕃以徙倚,好绿树之成行。历东厓之敞座,庇蔽芾之甘棠。前望云台,后匝德阳。……道无隐而不显,书无阙而不陈。览三代而采宜,包郁郁之周文。臣虽顽卤,慕《小雅·斯干》叹咏之美。……

作年二说:(一)永元八年(96)。康金声、刘斯翰。[①] (二)永元十三年(101)。刘跃进。[②]《东观赋》作于永元八年至永建元年(126)李尤在京时。《华阳国志》:"明帝诏作东观、辟雍、德阳诸观赋铭、怀戎颂、百二十铭,著《政事论》七篇。帝善之。"案:明帝中元

---

① 康金声《汉赋纵横》,第 259 页;刘斯翰《汉赋——唯美文学之潮》,第 221 页。
② 刘跃进《秦汉文学编年史》,第 451 页。

二年(57)至永平十八年(75)在位,时李尤尚未被举荐。且考明帝本纪,未见有幸东观。陆侃如《中古文学系年》已论证:"明帝"当为"和帝"之误。李尤参与撰《汉记》时写《东观赋》的可能性有,但要小于和帝朝刚被召时,《东观赋》作于永元八年至延平元年(106)。永元十三年春正月丁丑,和帝幸东观,览书林,阅篇籍,博选术艺之士以充其官。故系《东观赋》于永元十三年。

　《辟雍赋》见于《艺文类聚》卷三十八,《汉魏六朝百三家集》卷十五、《历代赋汇》卷七十六同;《初学记》卷十三在"辟雍岩岩"前增"太学既崇,三宫既章。灵台司天,群耀弥光。太室宗祀,布政国阳";于"由斯以匡"后多"喜喜济济,春射秋飨",其余文句不录。《渊鉴类函》卷一百六十将"太学既崇,三宫既章。灵台司天,群耀弥光。太室宗祀,布政国阳"加在"辟雍岩岩"前,其余与《艺文类聚》同。此外:《太平御览》卷五百三十四载"李尤《辟雍赋》曰:卓矣煌煌,永元之隆。含弘该要,周建大中。蓄纯和之优渥兮,化盛溢而兹丰。"《玉海》卷一百十一载"李尤《辟雍赋》:兴云动雷,飞屑风雨。万骑蹼跄以攫挐。"《全后汉文》卷五十首列《太平御览》卷五百三十四所载文句,再接《渊鉴类函》所载,于"由斯以匡"后增"喜喜济济,春射秋飨",文后列《玉海》卷一百十一所载二残句。《全汉赋》、《全汉赋评注》、《全汉赋校注》与之同。"卓矣煌煌"至"化盛溢而兹丰"均为东部韵,与"太学既崇,三宫既章"至"春射秋飨"阳部韵,东、阳合韵。故《全后汉文》之缀合可从。

　该赋作年,陆侃如、刘斯翰、康金声系于永元八年(96)。[1] 赋作于李尤在京时,赋言"永元之隆",考其间仅"永元十四年(102)三月戊辰,临辟雍,飨射,大赦天下"。[2] 故《辟雍赋》作于永元十

　[1]　陆侃如《中古文学系年》,第124、125页;刘斯翰《汉赋——唯美文学之潮》,第221页;康金声《汉赋纵横》,第259页。
　[2]　范晔《后汉书》,第189页。

四年。

《德阳殿赋》见于《艺文类聚》卷六十二、《汉魏六朝百三家集》卷十五、《渊鉴类函》卷三百四十二、《历代赋汇》卷七十三、《河南通志》卷七十二、《全后汉文》卷五十；《玉海》卷一百五十九摘录。《全后汉文》卷五十文首补"曰若炎唐，稽古作先。"程章灿辑残句三条："上□蟠其无际兮，状纡回以周旋。升三阶而参会兮，①错金银与两楹"、"连璧组之烂熳兮，②杂虹文之蜿蜒。动坎击而成响兮，似金石之音声"、"曰若炎唐，稽古作先。于赫圣汉，抗德以遵"。③《全汉赋》、《全汉赋评注》与《全后汉文》同。《全汉赋校注》将程章灿所辑"曰若炎唐，稽古作先。于赫圣汉，抗德以遵"列于文首，其余两条列于文尾。《德阳殿赋》主体结构虽然未能保存，但其残句因有与《艺文类聚》所载有重合部分，故可以补入。（一）"上□蟠其无际兮，状纡回以周旋。升三阶而参会兮，错金银于两楹"可补于"升三阶而参会兮，错金银与两楹"处。（二）"连璧组之润漫兮，杂虹文之蜿蜒。动坎击而成响兮，似金石之音声"可补入原文相应位置。（三）"曰若炎唐，稽古作先。于赫圣汉，抗德以遵。"该句方式与《尚书》同，可遵《全后汉文》补入。综上，《德阳殿赋》可校为：

曰若炎唐，稽古作先。于赫圣汉，抗德以遵。……上蟤蟠其无际兮，状纡回以周旋。升三阶而参会兮，错金银于两楹。入青阳而窥总章，历户牖之所经。连璧组之润漫兮，杂虹文之蜿蜒。动坎击而成响兮，似金石之音声。尔乃周阁回匝，峻楼临门。朱阙岩岩，嵯峨概云。青琐禁门，廊庑翼翼。华虫诡异，密采珍缛。达兰林以西通，中方池而特立。果竹郁茂以蓁

----

① 《艺文类聚》卷六十二"升"作"开"。案：当作"升"。
② 《艺文类聚》卷六十二"烂熳"作"润漫"。案：言"璧组"，以"润漫"为上。
③ 程章灿《魏晋南北朝赋史》，第 338 页。

蓁，鸿雁沛裔而来集。德阳之北，斯曰灇龙。葡萄安石，蔓延
蒙笼。橘柚含桃，甘果成丛。文楸曜水，光映煌煌。

　　刘斯翰、康金声系于永元八年(96)。① 作《德阳殿赋》距《东观
赋》、《辟雍赋》不远，如前文所证在和帝朝。作《东观赋》在永元十
三年(101)，《辟雍赋》在十四年(102)，作《德阳殿赋》在永元十三年
至延平元年(106)，以最初几年，特别是永元十四年、十五年(103)
可能性最大。

　　《函谷关赋》见于《古文苑》卷六；《艺文类聚》卷六、《初学记》卷
七摘录；《河南通志》卷七十二无"缘边邪指，阳会玉门，凌测龙堆，
或置"。《汉魏六朝百三家集》卷十五、《历代赋汇》卷三十九与《古
文苑》同。《渊鉴类函》卷三百五十一与《古文苑》相比，无"嘉尹喜
之望气，知真人之西游。爰物色以遮道，为著书而肯留。自周辙之
东迁，秦虎视乎中州。文驰齐而惧追，谲鸡鸣于狗偷"、"会万国之
玉帛，来百蛮之贡琛。冠盖纷其云合，车马动而雷奔。察言服以有
讥，捐缥传而勿论。于以廓襟度于神圣，法易简于乾坤"。《全后汉
文》卷五十除《古文苑》所载外，列残句二："玉女流眄而下视"、"盛
夏临溧而含霜焉"。《全汉赋》、《全汉赋评注》、《全汉赋校注》与《全
后汉文》同。"玉女流眄而下视"句《文选》卷十一、《御选唐诗》卷二
十二作"李尤《函谷关铭》"。

　　作年二说：(一)永元八年(96)。陆侃如、刘斯翰、康金声。②
(二)明帝时。庾光蓉。③《函谷关赋》当作于李尤永元八年至永建
元年(126)在京时。

　　① 刘斯翰《汉赋——唯美文学之潮》，第221页；康金声《汉赋纵横》，第259页。
　　② 陆侃如《中古文学系年》，第124、125页；刘斯翰《汉赋——唯美文学之潮》，第221页；康金声《汉赋纵横》，第259页。
　　③ 庾光蓉《李尤事迹考证》，《四川师范大学学报》，1997(3)。

《七叹》见于《艺文类聚》卷五十七、《东汉文纪》卷十四、《广群芳谱》卷六十五、《全后汉文》卷五十。《广群芳谱》于"班白内充"后增"滋味伟异,淫乐无穷"。《全后汉文》除《广群芳谱》所载外,列残句:(一)"鸿柿若瓜。"(二)"龙黿水处。"(三)"回皇竞集。"(四)"季秋末际,高风焱厉。"(五)"神奔电驱,星流矢鹜,则莫若益野腾驹也。"(六)"怀戎颂。"(七)"政事论。"残句(一)《全芳备祖》后集卷七、《广群芳谱》认为是昭明太子《七启》文句,但《太平御览》卷九百七十一、《记纂渊海》卷九十二、《全芳备祖》后集卷七、《古今事文类聚》后集卷二十六等,认为是李尤《七叹》文句,故将其收在此。残句(二)《文选》卷五十九作"李尤《七难》曰:猛鸷陆嬉,龙黿水处"。残句(五)《玉台新咏笺注》卷八作"李尤《士叹》"。残句(六)、(七)为严氏误列,见前文《华阳国志》所言。《全汉赋》、《全汉赋评注》、《全汉赋校注》与《全后汉文》相比:残句(二)为:"猛鸷陆戏,龙黿水处。"残句(六)、(七)未列。此外,程章灿辑"橙醯笋菹"。① 《七叹》还有《七款》、《七疑》、《士叹》等名,对此,前贤早有辨识:《汉魏六朝百三家集》卷十五:"李伯仁……今诔颂哀典俱不见,《七叹》无传,惟有《七欸》,岂'叹'字之讹耶?"《文选旁证》卷六:"李尤《七叹》胡公考异曰:'叹'当作'欸',或作'难'作'疑',皆非。"几者名异实同。《历代辞赋总汇·先秦汉魏晋南北朝卷》则分列《七款》、《七难》、《七叹》、《七疑》四篇。② 《后汉书·李尤列传》为《七叹》,故以《七叹》为名。《七叹》作于李尤永元八年(96)至永建元年(126)在京时。《果赋》亦系于此。

20. 张衡(78—139)

张衡有《温泉赋》、《定情赋》、《扇赋》、《南都赋》、《舞赋》、《二京赋》、《鸿赋》、《羽猎赋》、《应间》、《思玄赋》、《七辩》、《冢赋》、

---

① 程章灿《魏晋南北朝赋史》,第 338 页。

② 马积高《历代辞赋总汇·先秦汉魏晋南北朝卷》,第 280、281 页。

《髑髅赋》、《归田赋》、《逍遥赋》。《周天大象赋》实为李播作,清严可均、顾广圻、丁丙早有辨析。①《历代辞赋总汇》载《鸿赋》序名为《赋》。将"王鲔岫居"句列为《赋》,实为《东京赋》文句。另收《四愁诗》。②

张衡生平以《后汉书·张衡传》(后称《本传》)及崔瑗《河间相张平子碑》(后称"崔碑")记载最详。本传记生平:少游三辅→入京师,观太学→永元中举孝廉不行,辟公府不就,作《二京赋》,十年乃成→不应大将军邓骘召→作《谓崔瑗书》→安帝时,征拜郎中,再迁太史令→顺帝初,再转,复为太史令→《上疏陈政事》→迁侍中,遭谗,作《思玄赋》→永和中,为河间相→视事三年,乞骸骨,拜尚书→永和四年(139)卒。崔碑记载仕途履历:孝廉→尚书侍郎→太史令→公车司马令→侍中→河间相。本传记二次为太史令,崔碑于本传外有言为公车司马令。张衡游三辅、入京师,观太学时间学界倾向于15至17岁,具体年份稍有出入。

《二京赋》见于《文选》卷二、三,《东汉文鉴》卷十一,《事文类聚》续集卷一,《汉魏六朝百三家集》卷十三,《历代赋汇》卷三十一,《古文辞类纂》卷六十九,《七十家赋钞》卷四,《全后汉文》卷五十二、五十三;《雍大记》卷三十、《(雍正)陕西通志》卷八十八、《(乾隆)西安府志》卷六十六载《西京赋》;《历朝赋格》上集文赋格卷二、《(雍正)河南通志》卷七十二载《东京赋》。

作年五说:(一)永元十二年(100)。张良毅。③　(二)十七年(105)。陆侃如、吴文治、刘斯翰、康金声。④　(三)延平元年(106)。

---

①　严可均《全后汉文》;顾广圻《张衡别传》,《学衡》第四十期;丁丙《善本书室藏书志》卷十七子部六。

②　马积高《历代辞赋总汇·先秦汉魏晋南北朝卷》,第318、319、321页。

③　张良毅《张衡赋创新思考》,《南京理工大学学报》,2004(3)。

④　陆侃如《中古文学系年》,第133页;吴文治《中国文学史大事年表》,第158页;刘斯翰《汉赋——唯美文学之潮》,第221页;康金声《汉赋纵横》,第261页。

石观海。① （四）永初元年（107）。孙文青、赖家度、廖国栋、张震泽、李法惠、蔡辉龙、宗亚玲。② （五）张衡二十岁至三十岁。冈村繁。③ 延平元年罢鱼龙曼延，故《二京赋》当完成于此前之永元十七年，对此前贤论之甚详，兹不赘述。

邓骘为大将军在永初二年（108）十一月至四年（110）十月，④故张衡不应大将军邓骘召在永初三年（109）。张衡永元十二年（100）至永初二年为南阳太守鲍德主簿之论点可从，⑤现补证如下："（法雄）辟太傅张禹府，举雄高第，除平氏长。善政事，好发摘奸伏，盗贼稀发，吏人畏爱之。南阳太守鲍得上其理状，迁宛陵令。永初三年……征雄为青州刺史，与王宗并力讨（海贼）"。张禹延平元年（106）为太傅，永初元年（107）封安乡侯。⑥ 南阳太守鲍得上法雄理状在法雄辟延平元年为太傅之张禹府、除平氏长后，永初三年前。鲍得即鲍德，则其间鲍得为南阳太守。张衡"安帝时，征拜郎中，再迁太史令"时间，孙文青、曹增祥认为元初元年（114）为尚书侍郎，元初二年（115）为太史令；⑦然《汉书·律历志》："延光二年（123），中谒者亶诵言当用甲寅元，河南梁丰言当复用太初，尚书郎张衡、周兴皆能历数，难诵、丰，或不对，或言失误。"⑧本传初为

---

① 石观海《中国文学编年史·汉魏卷》，第 249 页。
② 孙文青《张衡年谱》，第 48 页；赖家度《张衡》，上海人民出版社，1956 年，第 8 页；廖国栋《张衡生平及其赋之研究》，硕士学位论文，1979 年；张震泽《张衡诗文集校注》，上海古籍出版社，1986 年，第 381 页；李法惠《张衡赋的演变》，《南都学坛》，1996（2）；蔡辉龙《两汉名家田猎赋研究》，第 39 页；宗亚玲《张衡诗赋研究》，硕士学位论文，2008 年。
③ 华东师范大学、东方文化研究中心《冈村繁全集·周汉文学史考·扬雄的文学、儒学及其立场》，第 230 页。
④ 范晔《后汉书》，第 211、216 页。
⑤ 孙文青《张衡年谱》，第 50、51、52 页。
⑥ 范晔《后汉书》，第 1276、1498、1499 页。
⑦ 孙文青《张衡年谱》，第 59、68、69 页；曹增祥《张衡》，中华书局，1961 年，第 10 页。
⑧ 范晔《后汉书》，第 3034 页。

"太史令"前官职为"郎中",崔碑为"尚书侍郎",《汉书·律历志》则称"尚书郎"。"郎中"、"尚书侍郎"、"尚书郎"三者有何联系与区别? 蔡质《汉官仪》:"尚书郎初从三署诣台试;初上台称守尚书郎中;岁满称尚书郎;三年称侍郎。"延光二年张衡为"尚书郎",则建光二年(122)为"守尚书郎中",本传简称"郎中";延光三年(124)为"侍郎",即崔碑之"尚书侍郎"。建光二年八月"己亥,诏三公、中二千石,举刺史、二千石、令、长、相,视事一岁已上至十岁,清白爱利,能敕身率下,防奸理烦,有益于人者,无拘官簿。刺史举所部,郡国太守相举墨绶,隐亲悉心,勿取浮华"。张衡此时被鲍德举荐,拜为"守尚书郎中",时张衡年45,正如《六臣注文选》李周翰所言:"衡游京师,四十不仕。"胡广《汉官解诂叙》:"刘君(珍)与邑子通人张平子参议未定;而刘君迁为宗正、卫尉;平子为尚书郎、太史令。"刘珍延光四年为宗正,永建元年为卫尉。① 张衡任"尚书郎"后为"太史令",时间与刘珍迁宗正、卫尉时间相差不远。则迁"太史令"在延光三年为"尚书侍郎"后之延光四年。《后汉书·五行志》注:"张衡为太史令,表奏云:'今年三月,朔方觉日蚀,此郡惧有兵患,臣愚以为……'"考张衡时三月日蚀记载,有永初元年(107),元初元年(114)、三年(116),延光四年,②张衡为太史令时之三月日蚀,当指延光四年之日蚀。张衡《上顺帝封事》作于永建元年,其文称"臣处外治,不知其审然"当为其去太史令,为公车司马令之证明。《后汉书·百官志》:"公交车司马令,一人六百石。本注曰:掌宫南阙门,凡吏民上章,四方贡献,及征诣公交车者。"司马门为宫城外门,其职属外官,其治为"外治"。张衡《应间》"自去史职五载,复还",张衡延光四年为太史令,永建元年为公车司马令,去史职在永建元年,五载"复还"在永建六年(131),作《应间》。

---

① 范晔《后汉书》,第 2617 页。
② 范晔《后汉书》,第 206、220、225、241 页。

　　《应间》见于《后汉书》卷五十九、《册府元龟》卷七百六十九、《通志》卷一百十一、《东汉文纪》卷十三、《经济类编》卷五十三、《汉魏六朝百三家集》卷十四、《骈体文钞》卷二十七、《全后汉文》卷五十四、《后汉书集解》卷五十九;《文选补遗》卷二十五、《东汉文鉴》卷十一摘录。

　　作年共二说:(一)永建元年(126)。孙文青、廖国栋、赵坚、张震泽、李法惠、蔡辉龙、刘跃进、石观海。① (二)永建三年(128)。陆侃如、刘斯翰、康金声。②《应间》之"今也,皇泽宣洽,海外混同,万方亿丑,并质共剂"合乎本纪:永建二年(127),疏勒国遣使奉献;永建五年(130),疏勒王遣子及大宛、莎车王皆奉使贡献;永建六年(131)于阗王遣侍子贡献,日南徼外叶调国,掸国遣使贡献。于阗王遣侍子诣阙贡献。③ 永建七年(132)"秋七月,史官始作候风地动铜仪"之"史官"当包括太史令张衡。④ 上疏陈政事及图谶事件后张衡迁侍中。《后汉纪》卷十九:"永和五年(140)……是时朝政多僻,竞崇侈靡,侍中张衡上书曰:'臣伏惟陛下,宣哲克明,继体承天,中遭倾覆之变,以应潜龙之德。'"永和四年(139)已卒之张衡断不会永和五年以"侍中"身份上疏,此疏实为迁侍中前所奏,袁宏《后汉纪·孝顺皇帝纪》误。张衡《论举孝廉疏》前有"侍中张衡上疏曰",疏中言"今诏书一以能诵章句,结奏案为限"当指阳嘉元年(132)冬十一月"辛卯,初令郡国举孝廉,限年四十以上,诸生通章

────────────

　　① 孙文青《张衡年谱》,第94页;廖国栋《张衡生平及其赋之研究》,硕士学位论文,1979年;赵坚《张衡主要赋作系年》,《上海师范大学学报》,1984(1);张震泽《张衡诗文集校注》,第384页;李法惠《张衡赋的演变》,《南都学坛》,1996(2);蔡辉龙《两汉名家田猎赋研究》,第43页;刘跃进《秦汉文学编年史》,第480页;石观海《中国文学编年史·汉魏卷》,第266页。

　　② 陆侃如《中古文学系年》,第163页;刘斯翰《汉赋——唯美文学之潮》,第223页;康金声《汉赋纵横》,第264页。

　　③ 范晔《后汉书》,第254、257、258页。

　　④ 范晔《后汉书》,第260页。

句,文史能笺奏,乃得应选;其有茂才异行,若颜渊、子奇,不拘年齿。"疏言"自改试以来,累有妖星震裂之灾"。阳嘉元年十一月后之十二月戊子,客星出天苑。庚子,恭陵百丈庑灾。阳嘉二年(133)夏四月己亥,京师地震;五月丁丑,洛阳地陷。是月,旱。①故《论举孝廉疏》作于阳嘉二年,张衡迁侍中在此年。

其后所作之《思玄赋》见于《后汉书》卷五十九、《文选》卷十五、《汉魏六朝百三家集》卷十四、《雅伦》卷五、《历代赋汇》外集卷二、《古文辞类纂》卷六十九、《七十家赋钞》卷四、《全后汉文》卷五十二、《后汉书集解》卷五十九;《东汉文鉴》卷十一摘录。

作年三说:(一)永建七年(132)。赖家度。② (二)阳嘉三年(134)。曹增祥。③ (三)阳嘉四年(135)。孙文青、赵坚、陆侃如、张震泽、吴文治、刘斯翰、康金声、李法惠、石观海、宗亚玲。④《思玄赋》之作在迁侍中后之阳嘉三年、四年。河间视事三年,乞骸骨,拜尚书,永和四年(139)卒,则任河间相在永和元年(136)。

《温泉赋》见于《古文苑》卷五、《汉魏六朝百三家集》卷十四、《渊鉴类函》卷三十一、《历代赋汇》卷二十八、《(雍正)陕西通志》卷八十八、《(乾隆)西安府志》卷三;《艺文类聚》卷九、《初学记》卷七摘录。

作年三说:(一)永元五年(93)。陆侃如、刘斯翰。⑤ (二)永元

---

① 范晔《后汉书》,第 261、262、263 页。

② 赖家度《张衡》,第 61 页。

③ 曹增祥《张衡》,中华书局,1961 年,第 26 页。

④ 孙文青《张衡年谱》,第 105 页;赵坚《张衡主要赋作系年》,《上海师范大学学报》,1984(1);陆侃如《中古文学系年》,第 171 页;张震泽《张衡诗文集校注》,第 386 页;吴文治《中国文学史大事年表》,第 172 页;刘斯翰《汉赋——唯美文学之潮》,第 22 页;康金声《汉赋纵横》,第 264 页;李法惠《张衡赋的演变》,《南都学坛》,1996(2);石观海《中国文学编年史·汉魏卷》,第 278 页;宗亚玲《张衡诗赋研究》,硕士学位论文,2008 年。

⑤ 陆侃如《中古文学系年》,第 121 页;刘斯翰《汉赋——唯美文学之潮》,第 220 页。

六年(94)。石观海。① (三)永元七年(95)。孙文青、赖家度、曹增祥、廖国栋、徐敏、张震泽、蔡辉龙、宗亚玲。② 永元七年说合理可从,详见孙文青《张衡年谱》。

《定情赋》见于《艺文类聚》卷十八、《渊鉴类函》卷二百五十五、《历代赋汇》逸句卷二;《全后汉文》卷五十三增残句"思在面而为铅华兮,患离尘而无光"。《张衡诗文集校注》、《全汉赋》、《全汉赋评注》、《全汉赋校注》同。"思在面而为铅华兮,患离尘而无光"为思慕妖女文句,"冠朋匹而无双"之"双"东部韵,"患离尘而无光"之"光"阳部韵,东、阳合韵,该句可补在描述美色后,感叹前,即"冠朋匹而无双"后。

作年三说:(一)永元九年(97)。康金声。③ (二)永元十一年(99)。孙文青、赵坚、吴文治、张震泽、石观海、宗亚玲。④ (三)作于晚年说。龚克昌。⑤ 当为早年之作,确切年份不可考,姑系于张衡为南阳主簿前,时间下限为永元十一年。

《扇赋》残句见于《北堂书钞》卷一百三十四、《渊鉴类函》卷三百七十九、《古今名扇录》、《佩文韵府》卷七十六之二。此外,《全后汉文》、《张衡诗文集校注》、《全汉赋》列残句"憺舟□以柔弱,随俯仰以成形"。

---

① 石观海《中国文学编年史·汉魏卷》,第 240 页。

② 孙文青《张衡年谱》,第 29 页;赖家度《张衡》,第 8 页;曹增祥《张衡》,第 5 页;廖国栋《张衡生平及其赋之研究》,硕士学位论文,1979 年;徐敏《王充哲学思想探索》,第 174 页;张震泽《张衡诗文集校注》,第 380 页;蔡辉龙《两汉名家田猎赋研究》,第 39 页;宗亚玲《张衡诗赋研究》,硕士学位论文,2008 年。

③ 康金声《汉赋纵横》,第 260 页。

④ 孙文青《张衡年谱》,第 36 页;赵坚《张衡主要赋作系年》,《上海师范大学学报》,1984(1);吴文治《中国文学史大事年表》,第 156 页;张震泽《张衡诗文集校注》,第 380 页;石观海《中国文学编年史·汉魏卷》,第 243 页;宗亚玲《张衡诗赋研究》,硕士学位论文,2008 年。

⑤ 龚克昌《全汉赋评注》,第 568 页。

作年孙文青、张震泽、吴文治、孔英民、宗亚玲系于永元十三年（101）。① 早年之作，确切年份当不可考。姑系于张衡为南阳主簿前，时间下限为永元十一年（99）。

《南都赋》见于《文选》卷四、《事文类聚》续集卷一、《汉魏六朝百三家集》卷十四、《历代赋汇》卷三十二、《雅伦》卷五、《（雍正）河南通志》卷七十二、《七十家赋钞》卷四、《全后汉文》卷五十三；《艺文类聚》卷六十一、《渊鉴类函》卷三百三十三摘录。

作年三说：（一）永元九年（97）。赵坚。② （二）永初四年（110）。孙文青、张震泽、吴文治、李法惠、蔡辉龙、石观海、宗亚玲。③ （三）永初七年（113）。陆侃如、刘斯翰、康金声。④ 该赋当作于为永元十二年（100）至永初二年（108）鲍德主薄期间，且与帝王南巡有关。张衡时南巡四次：元和元年（84）、章和元年（87）张衡未足十岁。延光四年（125）至宛时帝病即还。十五年（103）和帝南巡狩，"幸章陵，祠旧宅，癸丑，祠园庙，会宗室于旧卢，劳赐作乐"、"十月戊午进幸云梦，临汉水而还"，行程中"劳赐作乐"。⑤ 与赋中"皇祖歆而降福，弥万祀而无衰。帝王臧其擅美，咏南音以顾怀"相合，故系《南都赋》于永元十五年。

张衡《舞赋》残缺，目前相关研究有孙文青、张震泽、李金锋考

①　孙文青《张衡年谱》，第 3 页；张震泽《张衡诗文集校注》，第 381 页；吴文治《中国文学史大事年表》，第 157 页；孔英民《张衡创作新变研究》，硕士学位论文，2006 年；宗亚玲《张衡诗赋研究》，硕士学位论文，2008 年。

②　赵坚《张衡主要赋作系年》，《上海师范大学学报》，1984(1)。

③　孙文青《张衡年谱》，第 57 页；张震泽《张衡诗文集校注》，第 382 页；吴文治《中国文学史大事年表》，第 161 页；李法惠《张衡赋的演变》，《南都学坛》，1996(2)；蔡辉龙《两汉名家田猎赋研究》，第 40 页；石观海《中国文学编年史·汉魏卷》，第 252 页；宗亚玲《张衡诗赋研究》，硕士学位论文，2008 年。

④　陆侃如《中古文学系年》，第 138 页；刘斯翰《汉赋——唯美文学之潮》，第 221 页；康金声《汉赋纵横》，第 261 页。

⑤　范晔《后汉书》，第 191 页。

其作年;《张衡诗文集校注》、《全汉赋评注》、《全汉赋校注》为残篇作注;程章灿、万光治辑佚残句;陈于全、许结将傅毅《舞赋》与张衡《舞赋》残篇简单对比研究;刘刚、刘柳、袁禾等引其文句证明汉舞蹈有关问题;刘丽华以其残句论证张衡与七言诗之关系;英国学者韦理将其翻译。① 文本迄今尚无人校订,拟从内容与韵脚入手,校文本,考作年。

《艺文类聚》卷四十三载张衡《舞赋》:

> 昔客有观舞于淮南者,美而赋之曰:
>
> 音乐陈兮旨酒施,击灵鼓兮吹参差,叛涅衍兮漫陆离。于是饮者皆醉,日亦既昃。美人兴而将舞,乃修容而改袭。②服罗縠之杂错,申绸缪以自饰。拊者啾其齐列,盘鼓焕以骈罗。抗修袖以翳面兮,展清声而长歌。歌曰:惊雄逝兮孤雌翔,临归风兮思故乡。搦纤腰而互折,嫚倾倚兮低昂。增芙蓉之红花兮,光的皪以发扬。腾睇目以顾眄,盼烂烂以流光。连翩骆驿,乍续乍绝。裾似飞燕,袖如回雪。于是粉黛施兮玉质粲,珠簪挺兮缁发乱。然后整笄揽发,被纤垂紣。同服骈奏,合体

---

① 孙文青《张衡年谱》,第 90 页;张震泽《张衡诗文集校注》,第 257、258、385 页;李金锋《张衡韵文创作研究》,硕士论文,2003 年;龚克昌等《全汉赋评注》,第 570—574 页;费振刚、仇仲谦、刘南平《全汉赋校注》,第 760—764 页;程章灿《魏晋南北朝赋史》,339 页;万光治《汉赋通论》,472 页;陈于全《张衡对东汉文学艺术形象创造的贡献》,《华中科技大学学报》,2003(5);许结《张衡评传》,南京大学出版社,1991 年,第 313 页;刘刚《关于宋玉〈舞赋〉的问题》,《辽宁大学学报》,2002(7);刘柳《汉画舞蹈的艺术特征及其影响》,《南都学坛》,2004(4);袁禾《中国古代舞蹈审美历程》,高等教育出版社,2006 年,第 68—85、97—102 页;刘丽华《再论张衡与七言诗之关系》,《赤峰学院学报》,2010(1);西北师大中文系翻印何沛雄《赋话六种》,香港版。

② 《初学记》、《古文苑》、《汉魏六朝百三家集》、《历代赋汇》、《全后汉文》作"服袭"。案:"改服"、"改袭"均指更换衣装,"改袭"仅宜于丧服。《说文·衣部》"袭,衤丨衽袍。小敛大敛之前衣死者谓之袭"。故当作"改服","改袭"乃涉下文倒。

齐声。进退无差，若影追形。

《初学记》卷十五、《古文苑》卷五、《汉魏六朝百三家集》卷十四、《渊鉴类函》卷一百八十六、《历代赋汇》卷九十二同；《全后汉文》卷五十三在“袖如回雪”后增“徘徊相佯，□□□□。提若霆震，[①]闪若电灭。蹇兮宕往，彳兮中辄”；文后列残句：“历七盘而蹝蹑”、“含清哇而吟咏，若离鸿鸣姑邪”、[②]“既娱心以悦目”、“且夫九德之歌，九韶之舞，化如凯风，泽譬时雨。移风易俗，混一齐楚。以祀则神祇来格，以飨则宾主乐胥。方之于此，孰者为优”。《张衡诗文集校注》同；《全汉赋》、《全汉赋评注》、《全汉赋校注》四空格不录，余同。此外程章灿辑残句二条：“歌以咏志，舞以旌心。细则声窕，大则不咸。”“声变谐集，应檄成节。[③] 度终复位，以授二八。”《汉书》卷十注、《两汉隽言》卷六前集仅记“度终复位，次受二八”。[④]《全后汉文》、《张衡诗文集校注》、《全汉赋》、《全汉赋评注》、《全汉赋校注》仅罗列佚文，未整理。

《古文苑》、《汉魏六朝百三家集》、《历代赋汇》题为《观舞赋》。《韵语阳秋》卷十五所引张衡《七盘舞赋》“历七盘而纵蹑”句在梁沈约《宋书》卷十九被称为“张衡《舞赋》”，仅“纵蹑”与“蹝蹑”异。其

---

① 《太平御览》卷三百八十一“提”作“猝”。案：“□若霆震”应指声音或震动很大，且速度迅猛。《说文·穴部》：“猝，从穴中卒出”、“提，挈也”，故应为“猝”。

② 《文选》卷十八“鸿”作“鹍”。案：于义均通。

③ 《正字通》卷一、《康熙字典》卷三“檄”作“激”。案：《说文·水部》：“激，水碍斜疾波也”。“撽，打、击”义。汉时七盘舞以足击盘，与乐相应，当作“撽”，“激”乃形近而误。

④ 《杜诗详注》卷十二作“度终复合，次授二八”。“合”与“位”、“以”与“次”、“授”与“受”异。《补注杜诗》卷二十四及其他记载均作“度终复位”，当作“复位”；“授”、“受”通假。“度”与度曲相关，《两汉博闻》卷五：“度曲，谓歌终更授其次。”《说文·欠部》：“次，不前不精也。”段注“‘前’当作‘寿’，不寿不精，皆居次之意也”，与前之“位”相应。应场《驰射赋》有“次授二八”之说，当作“次”。

他散见于《唐韵正》、《佩文韵府》、《御选唐诗》注、《骈字类编》、《庾子山集注》中张衡《观舞赋》句子均为《艺文类聚》中《舞赋》文句,故可知《舞赋》、《观舞赋》、《七盘舞赋》名异实同。

　　稍前于张衡《舞赋》类型一致的有傅毅《舞赋》。① 傅毅为三辅扶风茂陵人,其文雅显于朝廷。对于此文雅显于朝廷且曾亲身游历过其故乡之先贤,以模拟大赋初登文坛且一生不避模拟的张衡,断无不熟悉模拟之理,②故据傅毅《舞赋》推定张衡《舞赋》行之有据。

　　上述六处未排定佚文,析之如下:

　　(一)"历七盘而蹤蹑"描写七盘舞动作,③结构为"动＋名＋虚＋动",节奏为"——××——××"。张衡赋"骈偶对仗之法,已臻工整严谨",④该句下疑有阙文□□□○□□(○代虚词)。七盘舞有其特点,傅毅《舞赋》:"击不致爽,蹈不顿趾……纡形赴远,漼似摧折。""击"盘鼓在"赴远"、"摧折"前。王粲《七释》:"七盘陈于广庭,畴人俨其齐侯。揄皓袖以振策,竦并足而轩跱。邪睨鼓下,伉音赴节。安翘足以徐击,駊顿身而倾折。"可见七盘舞程序:陈七盘、畴人齐→揄袖振策、竦足轩跱→邪睨鼓下、伉音赴节→翘足徐击、顿身倾折。由上可知:舞姿描写在舞蹈高潮部分,"竦足击鼓赴

---

　　① 此赋《古文苑》误为宋玉所作。章樵注:"后人好事者以前有楚襄、宋玉相唯诺之词,遂指为玉所作,其实非也。"信。后之胡应麟、姜书阁、龚克昌、范春义等均有论证,故将著作权属傅毅。

　　② 陈恩维《论张衡拟赋与汉赋递变的路径》,《怀化学院学报》,2006(7)。

　　③ 《韵语阳秋》、《通俗编》卷三十一"蹤"作"縱";《太平御览》(《四部丛刊三编》景宋本)卷五七四、《文献通考》作"蹤"。案:"蹤"与"屣"同,"屣"在《六书统》为"𧼒"。与"蹤"同音之"縱"《六书统》为"縱",与"縱"之小篆"𦆙"稍异。《玉篇》"蹤,迹也。""縱,恣也,放也。"《西京赋》"振朱屣于盘樽",《史记》"女子则鼓鸣瑟,跕屣",均言"屣"。《说文》无"屣"字,"屣"当后起字。故此处最初为"蹤",后用"屣"。"蹤"与"縱"同音,"蹤"与"蹤"、"縱"与"縱"形近,加之笔画繁多,"蹤"误为"縱"、"蹤"、"縱",便不足为奇。

　　④ 许结《张衡评传》,第357页。

节"在"顿身倾折"前。张衡《舞赋》描写舞蹈动作自"搦纤腰而互折"始,结构为"动＋名＋虚＋动",节奏为"——××——××",与"历七盘而踥蹀"同。此前"惊雄逝兮孤雌翔,临归风兮思故乡"为感叹起兴之骚体句式,二者内容、结构、节奏均不一致,衔接不紧,中间应有阙句。故"历七盘而踥蹀,□□□○□□"可补在"搦纤腰而互折"前。

（二）"含清哇而吟咏,若离鹍鸣姑邪"描写吟咏。为更清晰了解汉乐舞,需考察汉赋中有关乐舞的描写。傅毅《舞赋》首先铺排乐舞环境,细描郑女"出进徐待"、"顾影整装",继而"动朱唇,纡清阳,亢音高歌,为乐之方"。《西京赋》乐舞描写部分首先交代出场人及概述其形、声,接着"徐进→嚼清商、却转→纵体迅赴→振朱屣、奋长袖",最后是观者论赞。《思玄赋》"双材悲于不纳"时,"咏诗而清歌","咏"前"歌"后。边让《章华台赋》先有宓妃、湘娥、齐倡、郑女出场,继而"展新声而长歌"。原文"抗修袖以翳面兮,展清声而长歌"涉及歌唱,考前"拊者啾其齐列,盘鼓焕以骈罗"为交待准备情形。由准备到长歌,应有人物亮相及酝酿阶段,而原文无,可推此间有未录之文。王僧虔曰:"先诗而后声,诗叙事,声成文。"①"声"前之叙事"诗",当可吟咏。"含清哇而吟咏"之"含"字,道出对声音有所控制和保留,为"展清声而长歌"蓄势,故此句当在长歌前。"含清哇而吟咏,若离鹍鸣姑邪"之"邪"歌部韵。"拊者啾其齐列,盘鼓焕以骈罗"之"罗"歌部韵。"抗修袖以翳面兮,展清声而长歌"之"歌"歌部韵。音韵抑扬和谐,配以轻盈灵秀之舞容,令人沉迷。综上,此句可补在"抗修袖以翳面兮,展清声而长歌"前。

（三）"既娱心以悦目"一"既"字,道出了观后身心的满足与愉悦。傅毅《舞赋》独舞后有"观者增叹,诸工莫当"之肯定;群舞终时

---

①　杨慎《升庵集》,影印文渊阁《四库全书》1270 册。

有"观者称丽,莫不怡悦"之评价。《西京赋》盛描乐舞后有"展季桑门,谁能不营"之感慨。观者之感受评论,是凸显乐舞高超必不可少的部分。台上台下全方位描写,是汉赋描写乐舞的惯用方式。张衡《舞赋》原文"进退无差,若影追形"细描台上,台上描摹结束,应接台下观者的评论感叹。故"既娱心以悦目"当在乐舞结束后,与其他评论文句,特别是有关颐养身心的部分连接。"既"为引领之词,所属下文应不止一句。"娱心悦目"为观舞感受的直接陈述,至于感受达到何程度,用哪般比拟之词描摹使未观舞者感同身受,文阙,但应存在,故此句下有阙文□□○□□。"既娱心以悦目,□□○□□"应接于原文末。

(四)"且夫九德之歌,九韶之舞,化如凯风,泽譬时雨,移风易俗,混一齐楚。以祀则神祇来假,以飨则宾主乐胥。方之于此,孰者为优。"感慨乐舞对政教潜移默化的作用,将对乐舞的赞美从感官愉悦上升至政治礼制高度,并肯定其除娱心悦目外,更有泽化苍生、统一大汉之功效。此与张衡"重讽喻、重征实致用的文学观"一致,[1]亦符合汉赋卒章显志的惯用行文模式,故应在最后。

(五)"歌以咏志,舞以旌心。细则声窕,大则不咸"评论歌舞作用,可放在乐舞表演前,也可放在结束后。但本赋小序不像傅毅《舞赋》中宋玉必须强调自己的立场观点,且本赋观舞者不是歌舞组织者与倡导者,无需预见目的性,故放在结束后与观舞感受一起更好。此句涉及歌舞与心志的关系,与"既娱心以悦目,□□○□□"意思上亦衔接。"娱心以悦目"结构为"动宾+虚词+动宾",节奏为"××——××"。"歌以咏志,舞以旌心。细则声窕,大则不咸"结构为"名+虚词+动宾","形+虚词+主谓",节奏为"×——××",二者节奏上呈渐变趋势,文句除传达观舞美感

---

① 龙文玲《汉赋的期待视野及张衡的赋体超越》,《广西师院学报》,1996(2)。

外,更让读者领略到语言动感之美。此句可接在"既娱心以悦目,□□○□□"后。

　　(六)"声变谐集,应撽成节。度终复位,次授二八。""声变谐集"音乐达到高潮,此时舞蹈亦酣畅淋漓、"应撽成节"。王僧虔曰:"大曲又有艳、有趋、有乱。"①"可知演出时先奏艳段,继而歌且击鼓,继而正曲,正曲毕,转入'趋'或'乱'段,再后依次停歇。"②"终"与《登歌》再终,下奏《休成》之乐"之"终"义同,"度终"指音乐暂告一段。"声变谐集,应撽成节"时"度终复位",给人一种高潮时戛然而止之感,且设置悬疑:接下来会有什么精彩? 急促刚健之七盘舞后,乃长袖翩翩之时,刚柔相济,美轮美奂。"次授二八",长袖群舞开始。此四句均为四言。考原文写舞蹈的四言句式有二:"连翩骆驿,乍续乍绝。裾似飞燕,袖如回雪。""然后整笄揽发,被纤垂綦,同服骈奏,合体齐声。进退无差,若影追形。"后者乃舞终后整理服饰及观者印象。"连翩骆驿,乍续乍绝"显示舞者之多,与"二八"相应。"声变谐集,应撽成节。度终复位,次授二八。""节"月部韵,"八"质部韵。"连翩骆驿,乍续乍绝。裾似飞燕,袖如回雪。""绝"月部韵,"雪"质部韵。"节"、"绝"同韵部,"八"、"雪"同韵部。因此,此句可补在"连翩骆驿,乍续乍绝"前。

　　综上,张衡《舞赋》可校为:

　　　　昔客,③有观舞于淮南者,美而赋之曰:
　　　　音乐陈兮旨酒施,击灵鼓兮吹参差,叛涗衍兮漫陆离。

---

　　①　杨慎《升庵集》,影印文渊阁《四库全书》1270 册。
　　②　刘志远、余德章、刘文杰《四川汉代画像砖与汉代社会》,文物出版社,1983 年,第 110 页。
　　③　此断句,见后文之论证。

于是饮者皆醉，日亦既昃。美人兴而将舞，乃修容而改服。袭罗縠之杂错，申绸缪以自饰。拊者啾其齐列，盘鼓焕以骈罗。含清哇而吟咏，若离鹍鸣姑邪。抗修袖以翳面兮，展清声而长歌。歌曰：惊雄逝兮孤雌翔，临归风兮思故乡。历七盘而跕蹀，□□□○□○。搦纤腰而互折，嬛倾倚兮低昂。增芙蓉之红花兮，光的皪以发扬。腾睇目以顾眄，盼烂烂以流光。声变谐集，应撤成节。度终复位，次授二八。连翩骆驿，乍续乍绝。裾似飞燕，袖如回雪。徘徊相佯，□□□□。窣若霆震，闪若电灭。寒兮宛往，彳兮中辄。于是粉黛施兮玉质粲，珠簪挺兮缁发乱。然后整笄揽发，被纤垂萦。同服骈奏，合体齐声。进退无差，若影追形。既娱心以悦目，□□○□□。歌以咏志，舞以旌心。细则声窕，大则不咸。且夫九德之歌，九韶之舞，化如凯风，泽譬时雨。移风易俗，混一齐楚。以祀则神祇来假，以飨则宾主乐胥。方之于此，孰者为优？

文本校订后意思连贯，层次清晰：作赋缘由→乐舞将兴、修容改服→拊者齐列、盘鼓骈罗→吟咏长歌→七盘独舞→二八群舞→舞后整装→观舞之感。精炼之笔，传神展示乐舞全程，结构紧凑，描写细腻，特别是舞姿舞容部分，所用之词色感和光度极强，光中有色，色中有光，光色交融。傅毅《舞赋》七盘舞为群舞，此则是独舞，两《舞赋》均是先独舞后群舞的布局。文末观舞之感，是高昂欢快的颂词，儒家德泽教化、积极用世思想在观舞赏心悦目同时得以彰显与强化。

张衡拟傅毅《舞赋》作同名赋，合乎汉代士人作同名赋逞才之时代特征。文赋内容不限于七盘舞，且"盘鼓舞时盘和鼓数量并不确定，可进行多种变化"，可多人同时表演，也可独自表演；七盘独舞作为宴享时黄门鼓吹"俗乐"组成部分，在沂南汉画像石中得到了证明。① 该赋最早在《宋书》称《舞赋》，故宜名《舞赋》。

作年五说：（一）延光二年（123）。李金锋。② （二）延光三年（124）。孙文青、康金声、孔英民。③ （三）永建三年（128）。张震泽、吴文治、宗亚玲。④ （四）永建五年（130）。蔡辉龙。⑤ （五）晚年。赖家度据其"旷达冷静"风格。⑥ 从缀合后之文本特别是文末观舞之感，可感受到乐舞之热烈与作者积极入世、昂扬勃发之文治思想，未有"旷达冷静"之感。张衡中老年思想走向谈玄、归隐，故该赋不作于晚年。孙谱系年仅据《艺文类聚》所载，未考虑残句。

考作年不妨从文本出发。《说文》段玉裁注："'昔'引伸之则假借为'昨'。"《庄子》："是今日适越而昔至也。"因此赋序中之"昔"可证明赋作于观舞后不久。宋玉《九辩》："去乡离家兮徕远客，超逍遥兮今焉薄？""远客"指在远方为客。马融《长笛赋》："有雒客舍逆旅"而不是"雒客有舍逆旅"；王延寿《鲁灵光殿赋》："予客，自南鄙观艺于鲁。"⑦"客"为旅居他乡作客义。故《舞赋》序当断句为"昔客，有观舞于淮南者，美而赋之曰"，"客"为张衡自指其客居淮南，而不是指他人。

赋中盛描乐舞，高度肯定其价值，赋末"且夫九德之歌，九韶之舞。化如凯风，泽譬时雨。移风易俗，混一齐楚。以祀则神祇来

---

① 孙颖《中国汉代舞蹈概论》，中国文联出版社，2010年，第147页；冯汉骥《论盘舞》，《文物参考资料》，1957(8)；李发林《汉画考释和研究》，中国文联出版社，2000年，第179页。
② 李金锋《张衡韵文创作研究》，硕士学位论文，2003年。
③ 孙文青《张衡年谱》，第90页；康金声《汉赋纵横》，第263页；孔英民《张衡创作新变研究》，硕士学位论文，2006年。
④ 张震泽《张衡诗文集校注》，第385页；吴文治《中国文学史大事年表》，第169页；宗亚玲《张衡诗赋研究》，硕士学位论文，2008年。
⑤ 蔡辉龙《两汉名家田猎赋研究》，第44页。
⑥ 赖家度《张衡》，第9页。
⑦ 此断句之论证见于王延寿部分。

假,以飨则宾主乐胥。方之于此,孰者为优",将所观乐舞言为九德之歌、九韶之舞,可见所观乐舞规格之高,当为帝王之级别。

考张衡可能在淮南之时间:张衡家乡南阳西鄂处淮水之北。①其祖父堪为蜀郡太守。若张衡随祖父从家乡至蜀郡,行程为西南向,不会经过南阳东南之淮南。"衡少善属文,游于三辅,因入京师,观太学。"②其行程由南阳或蜀郡至京师,均不过淮南。入京师观太学,至永元十二年(100)出任南阳太守鲍德主薄,③此间张衡在京师,不在淮南。据此可推定《舞赋》作年上限为永元十二年。张衡建光二年(122)为郎后一直在京,永和元年(136)任河间相,亦不会至淮南,且老年张衡试图归隐,无意于乐舞之欢。其间延光三年安帝巡狩,其时间及行程为:(春二月丙子)东巡狩→(辛卯)泰山→(壬辰)汶上明堂→(三月戊辰)阙里、东平→东郡、魏郡河内→(壬戌)京师,④未达南面之淮水,不曾淮南观舞。故123年、124年、128年、130年作赋之说不成立。

《舞赋》当作于安帝朝为郎前,且在朝廷禁百戏前。安帝延平元年(106)乙酉罢鱼龙曼延百戏。永初元年(107)秋九月庚午,诏三公申旧令,禁奢侈。壬午,诏太仆、少府减黄门鼓吹以补羽林士。永初四年(110)春正月元日,会,彻乐。⑤ 故《舞赋》作年下限为延平元年(106)。

永元十三年(101),和帝博选术艺之士以充其官,张奋作《复上疏条礼乐异议三事》,建议重新考定礼乐。此句无疑为张衡作《舞赋》之合适的政治土壤,接下来,不妨考察能上演如此规格乐舞之史实。张衡身历章、和、殇、安、少、顺帝六代,帝王南巡四次,如前所

① 中国历史地图集编辑组《中国历史地图集》第二册,第40—41页。
② 范晔《后汉书》,第1897页。
③ 孙文青《张衡年谱》,第37页。
④ 范晔《后汉书》,第238页。
⑤ 范晔《后汉书》,第205、207、208页。

述,元和元年(84)、章和元年(87)、延光四年(125)均不具备淮南观舞作赋条件;十五年(103)和帝至淮南且行程中"劳赐作乐"。东汉南阳辖境北起河南熊耳山,南至湖北大湖山,淮水在其中部,淮南很大部分属南阳郡,①和帝临汉水、云梦还宫需经淮南。时文才倍受赏识,客居淮南之主簿张衡配合郡守鲍德接驾,极尽乐舞之丽以娱君上,当在情理之中。称其乐舞为九德之歌,九韶之舞,合情合理。作赋颂汉德、倡教化与张衡任主簿、助太守兴学校、"崇肃肃之仪,扬济济之化"吻合。② 综上,《舞赋》作于永元十五年十月至延平元年(106)。在此期间,十六年(104)秋七月旱;元兴元年(105)、延平元年两帝殇,遭灾害。东汉时在天人感应思想主宰下,一旦出现灾异,当朝帝王采取务实与务虚两方面措施。前者如赈灾、减免赋税、赐爵、请雨、减俸禄、戒奢侈、禁酒、治病;后者如理冤减刑、举贤良、官员上疏陈得失、避正殿。③ 而停乐舞是戒奢侈的重要举措,故灾害期间不会作该赋。故《舞赋》写作区间为和帝永元十五年十月至十六年六月。赋中有"且夫九德之歌,九韶之舞,化如凯风,泽譬时雨","凯风"源于《诗经·凯风》"凯风自南,吹彼棘心",常指春夏之季节;赋中"美人兴而将舞,乃修容而改服。袭罗縠之杂错,申绸缪以自饰","罗"为质地稀疏的丝织品;"縠"为一种疏细的有皱纹的纱,"绸缪"亦当指衣服上的结之类,此类衣服适合春夏穿着,故张衡《舞赋》当作于和帝永元十六年一月至六月。生于将相云起、学校艺文极盛之南阳,少善属文之张衡,逢王朝新考礼乐之政策,持乐舞兴教化之热忱,适遇淮南观舞之经历,可谓天时、地利、人和兼备。

《鸿赋》见于《隋书》卷五十七、《太平御览》卷九百十六、《记纂渊海》卷九十七、《隋文纪》卷五、《汉魏六朝百三家集》卷一百十五、

---

① 中国历史地图集编辑组《中国历史地图集》第二册,第40—41、59—60页。
② 赖家度《张衡》,第8页。
③ 谢仲礼《东汉时期的灾异与朝政》,《中国社会科学院研究生院学报》,2002(2)。

《历朝赋格》下集骈赋格卷五、《渊鉴类函》卷四百十九、《历代赋汇》卷一百二十九、《全后汉文》卷五十四、《全隋文》卷十六、《历代赋话》卷七、《四六丛话》卷五。《历代辞赋总汇》则将其名为《赋》。①

孙文青、廖国栋、陆侃如、张震泽、吴文治、刘斯翰、康金声、蔡辉龙、刘跃进、石观海、宗亚玲均据赋中"余年五十"系于永建二年(127)。② 刘汝霖系于三年(128)。③ 龚克昌之论述可从，④赋当作于永元十二年(100)至永初二年(108)为南阳主簿时期。

《羽猎赋》见于《艺文类聚》卷六十六：

皇上感天威之缪⑤烈，思太昊之观虞。虞人表林麓而廓莱薮，翦荆梓而夷榛株。于是凤皇献历，太仆驾具。蚩尤先驱，雨师清路。山灵护阵，方神踄御。羲和奉辔，弭节西征。翠盖葳蕤，鸾鸣砼砼。山谷为之澹淡，丘陵为之簸倾。于是皇舆绸缪，迁延容与。抗天津于伊洛，夐遥集乎南圃。大诏猎者，竞逐长驱。轻车飚厉，羽骑电骛。雾合云集，波流雨注。马蹂麋鹿，轮轥雉兔。弓不妄弯，弩不虚举。鸟惊绛罗，兽与矢遇。

《初学记》卷二十二、《汉魏六朝百三家集》卷十四、《历代赋汇》卷五

① 马积高《历代辞赋总汇·先秦汉魏晋南北朝卷》，第318页。
② 孙文青《张衡年谱》，第95页；廖国栋《张衡生平及其赋之研究》，硕士学位论文，1979年；陆侃如《中古文学系年》，第162页；张震泽《张衡诗文集校注》，第385页；吴文治《中国文学史大事年表》，第169页；刘斯翰《汉赋——唯美文学之潮》，第222页；康金声《汉赋纵横》，第264页；蔡辉龙《两汉名家田猎赋研究》，第43页；刘跃进《秦汉文学编年史》，第481页；石观海《中国文学编年史·汉魏卷》，第270页；宗亚玲《张衡诗赋研究》，硕士学位论文，2008年。
③ 刘汝霖《汉晋学术编年》，第340页。
④ 龚克昌《全汉赋评注》，第583页。
⑤ 《初学记》卷二十二、《全后汉文》卷五十四、《张衡诗文集校注》、《全汉赋评注》作"惨"。案：《说文·心部》："惨，毒也。毒害也。"当作"惨"。

十八同;《全后汉文》卷五十四文后列佚文:"乘瑶珠之雕轩,建辉天之华旗";"风飒飒其扶轮";"开阊阖兮坐紫宫"。《张衡诗文集校注》、《全汉赋》、《全汉赋评注》、《全汉赋校注》同。程章灿、万光治辑残句二条:"困玄冥于朔野";"逐息昆仑,……劳许公于箕隅"。①残赋整体结构不完整,佚文可能为另外段落的部分,因此该存疑处只能存疑。佚文五条析之如下:(一)"乘瑶碧之雕轩,建辉天之华旗。"司马相如《子虚赋》楚王田猎叙述顺序为驷、舆→斿、旗→戟、弓、剑→骖乘、为御→具体田猎动作、情景→弭节徘徊、翱翔容与→相与獠于蕙圃。《上林赋》叙述顺序为车、马→旌、旗→前皮轩、后道游→奉辔、参乘→从属人员→具体田猎动作、情景→弭节徘徊、翱翔往来→远去狩猎→扬节上浮→猎飞禽→道尽而还。扬雄《甘泉赋》:"集乎礼神之囿,登乎颂祈之堂。建光耀之长旃兮,昭华覆之威威。"《河东赋》王出行的叙述顺序为服→舆→车→乘→斿→矢→旌。综合以上赋作,可见旗的描写均在车舆之后,考原文"皇舆绸缪,迁延容与"写车舆,故该句可补在"迁延容与"后。(二)"风飒飒其扶轮"形容行动之中车队。考原文前部分描写车队行动,主要突出其威严整肃,后面"大诏猎者,竞逐长驱。轻车飚厉,羽骑电骛。雾合云集,波流雨注。马蹂麋鹿,轮轹雉兔"则突出车速之快。"轻车飚厉,羽骑电骛。雾合云集,波流雨注"是从视觉方面描写车速快,四句用韵一致,故此中间不易补入。"大诏猎者,竞逐长驱","驱"虞部韵。车速由慢渐快,刚开始还能感觉耳边风声,后来是如云如电,令人应接不暇,故该句可补在"竞逐长驱"后。(三)"开阊阖兮坐紫宫";(四)"困玄冥于朔野";(五)"逐息昆仑,……劳许公于箕隅"。司马相如《大人赋》:"西望昆仑之轧沕洸忽兮,直径驰乎三危。排阊阖而入帝宫兮,载玉女而与之归。"其路线为:昆仑→三危→阊阖→帝宫。"困玄冥于朔野"与"劳许公于箕隅"结构相似,

---

① 程章灿《魏晋南北朝赋史》,第339页;万光治《汉赋通论》,第472页。

内容相关,故可参《大人赋》将此三残句整理为:"逐息昆仑,……劳许公于箕隅。□□□□,困玄冥于朔野。开闾阖兮坐紫宫,□□□□□。"综上,《羽猎赋》可初步校为:

> 皇上感天威之惨烈,思太昊之观虞。虞人表林麓而廓莱薮,翦荆梓而夷榛株。于是凤皇献历,太仆驾具。蚩尤先驱,雨师清路。山灵护阵,方神跸御。羲和奉辔,弭节西征。翠盖葳蕤,鸾鸣砐砐。山谷为之澹淡,丘陵为之籔倾。于是皇舆绸缪,迁延容与。乘瑶碧之雕轩,建辉天之华旗。抗天津于伊洛,夐遥集乎南囿。大诏猎者,竞逐长驱。风飒飒其扶轮,□□□□□□。轻车飚厉,羽骑电骛。雾合云集,波流雨注。马蹂麕鹿,轮辚雉兔。弓不妄弯,弩不虚举。鸟惊缯罗,兽与矢遇。
>
> 逐息昆仑……劳许公于箕隅。□□□□,困玄冥于朔野。开闾阖兮坐紫宫,□□□□□。

作年五说:(一)前期作品。龚克昌。[1](二)延光二年(123)。金前文、石观海。[2](三)延光三年(124)。孙文青、康金声、孔英民。[3](四)永建四年(129)。张震泽、吴文治、宗亚玲。[4](五)永建五年(130)。蔡辉龙。[5] 考张衡所历章、和、殇、安、少、顺帝六代,校猎两次:延光二年十一月甲辰、永和四年(139)冬十月戊

① 龚克昌《全汉赋评注》,第578页。

② 金前文《汉赋与汉代〈诗经〉学》,博士学位论文,2006年;石观海《中国文学编年史·汉魏卷》,第263页。

③ 孙文青《张衡年谱》,第90页;康金声《汉赋纵横》,第263页;孔英民《张衡创作新变研究》,硕士学位论文,2006年。

④ 张震泽《张衡诗文集校注》,第385页;吴文治《中国文学史大事年表》,第169页;宗亚玲《张衡诗赋研究》,硕士学位论文,2008年。

⑤ 蔡辉龙《两汉名家田猎赋研究》,第44页。

午。此外,帝亲临上林还有延光三年冬十月,但帝只是“历上林,昆明池”,[①]未曾校猎。永和四年冬十月戊午,校猎上林苑,历函谷关而还。此年张衡卒,即使冬十月戊午时张衡未卒,时已六十二岁高龄。延光二年十一月甲辰,身为尚书郎的张衡随帝由洛阳至上林苑校猎,途经伊水,洛河,[②]行程由东向西进发,与赋作内容相吻合。考孙文青所说“作于安帝东巡,回驾过伊、洛之间田猎之后”[③]之延光三年,此次东巡并无田猎记载,故系该赋于延光二年。

《七辩》见于《艺文类聚》卷五十七:

无为先生,祖述列仙。背世绝俗,唯诵道篇。形虚年衰,志犹不迁。于是七辩谋焉,曰:“无为先生,淹在幽隅。藏声隐景,剗迹穷居。抑其不韪,盍往辩诸?”乃阶而就之。

虚然子曰:“乐国之都,设为闲馆。工输制匠,谲诡焕烂。重屋百层,连阁周漫。应门锵锵,华阙双建。彫虫彤绿,[④]螭虹蜿蜓。于是弹比翼,落鹂黄。加双鸨,经鸳鸯。然后擢云舫,观中流。搴芙蓉,集芳洲。纵文身,搏潜鳞。探水玉,拔琼根。收明月之照曜,玩赤瑕之璘豳。此宫室之丽也,子盍归而处之乎?”

雕华子曰:“玄清白醴,蒲陶醲醽。嘉肴杂醢,三臡七菹。荔支黄甘,寒梨乾榛。沙饧石蜜,远国储珍。于是乃有刍豢腯牲,麋麛豹胎。飞凫栖鷔,养之以时。审其齐和,适其辛酸。芳以薑椒,拂以桂兰。会稽之菰,冀野之粱。珍羞杂遝,灼烁芳香。此滋味之丽也,子盍归而食之?”

① 范晔《后汉书》,第237、269、240页。
② 中国历史地图集编辑组《中国历史地图集》第二册,第15—16页。
③ 孙文青《张衡年谱》,第91页。
④ 仅《艺文类聚》“彤”作“肜”。案:“肜”古代一种祭祀。“彤”,丹饰。讹作“肜”。

安存子曰："淮南清歌，燕余材舞。列乎前堂，递奏代叙。结郑卫之遗风，扬流哇而脉激楚。鼙鼓吹，①竽籁应律。金石合奏，妖冶邀会。观者交目，衣解忘带。于是乐中日晚，移即昏庭。美人妖服，变曲为清。改赋新词，转歌流声。此音乐之丽也，子盍归而听诸？"

阙丘子曰："西施之徒，姿容修嫭。弱颜回植，妍夸闲眇。形似削成，腰如束素。淑性窈窕，秀色美艳。鬒发玄鬓，光可以鉴。厣辅巧笑，清眸流眄。皓齿朱唇，的蹶粲练。于是红华曼理，遗芳酷烈。侍夕先生，②同兹宴澡。假明兰灯，指图观列。蝉绵宜愧，夭绍纤折。此女色之丽也，子盍归而从之？"

空桐子曰："交阯缀绣，筒中之纻。京城阿缟，譬之蝉羽。制为时服，以适寒暑。驷秀骐之骃骎，载轮猎之辒车。建采虹之长旃，系雌霓而为旗。逸骇飚于青丘，超广汉而永逝。此舆服之丽也，子盍归而乘之？"

依卫子曰："若夫赤松王乔，羡门安期。嘘吸沆瀣，饮醴茹芝。驾应龙，戴行云。桴弱水，越炎氛。览八极，度天垠。上游紫宫，下栖昆仑。此神仙之丽也，子盍行而求之？"先生乃兴

---

① "脉激楚"《汉魏六朝百三家集》、《全后汉文》作"咏"、《张衡诗文集校注》、《全汉赋》作"脉激"。"鼙鼓吹案"《张衡诗文集校注》、《全汉赋》作"楚鼙鼓吹"；《东汉文纪》、《汉魏六朝百三家集》、《渊鉴类函》作"鼙鼓协吹"、《全后汉文》作"口吹"。案：《激楚》乃乐舞名，"楚"当属上句。"扬流哇"为动宾结构，与之相应，《激楚》前有动词。《说文·辰部》："蜄（脉），血理分斜行体中者"，与音乐发声等无关系，不能将"脉激"解释为"血脉激发，言使人闻之兴奋"。"鼙鼓"与下文"竽籁"为乐器名。"鼙鼓协吹，竽籁应律"交代打击、吹奏乐器所发之乐音协和统一。"协"与"应"，凸显了各乐声彼此互动、水乳交融特征。当作"结郑卫之遗风，扬流哇而咏《激楚》，鼙鼓协吹，竽籁应律"。

② 《古俪府》卷五作"待至"。案：后文"假明兰灯"说明时间为晚上，当作"待夕"，即等到晚上时分。"侍"形近而讹。美人先期而至，等候君子来临，当作"待夕先生至"。

而言曰："吁美哉！吾子之诲，穆如清风。启乃嘉猷，实慰我心。"矫然仰首，邪睨玄圃。轩臂矫翼，将飞未举。

　　髣无子曰："在我圣皇，躬劳至思。参天两地，匪怠厥司。率由旧章，遵彼前谋。正邪理谬，靡有所疑。旁窥八索，仰镜三坟。讲礼习乐，仪则彬彬。是以英人底材，不赏而劝。学而不厌，教而不倦。于是二八之俦，列乎帝庭。揆事施教，地平天成。然后建明堂而班辟雍，和邦国而悦远人。化明如日，下应如神。汉虽旧邦，其政惟新。"而先生乃翻然回而曰："君子一言，于是观智。先民有言，谈何容易。予虽蒙蔽，不敏指趣，敬授教命，敢不是务。"

《东汉文纪》卷十三、《汉魏六朝百三家集》卷十四、《渊鉴类函》卷一百九十九、《全后汉文》卷五十五、《张衡诗文集校注》、《全汉赋》、《全汉赋评注》、《全汉赋校注》载上述文句，此外有佚文九处：（一）"回飙拂其寮，兰泉注其庭"。《全后汉文》、《张衡诗文集校注》、《全汉赋评注》、《全汉赋校注》将其补于"玩赤瑕之璘豳"后，《全汉赋》列于文后。（二）"巩洛之鳟，割以从。① 分芒析缕，细乱蚕足。随锷离俎，纷纷缪缅"。《全后汉文》、《张衡诗文集校注》、《全汉赋校注》补"巩洛之鳟，割以为鲜"于"养之以时"后。《全汉赋》、《全汉赋评注》列全句于文后。程章灿辑佚前四小句。② （三）"华芳重秬，滍皋香秔"。《全后汉文》、《张衡诗文集校注》、《全汉赋》、《全汉赋评注》、《全汉赋校注》将其补于"拂以桂兰"后。案：该句"秬"、"秔"指粮食，与《七辩》："会稽之菰，冀野之粱"文意重复，且见于张

① 《全后汉文》、《张衡诗文集校注》作"鲜"；《渊鉴类函》卷三百八十九、《南滑榾语》作"纵"；《诗传名物集览》卷六作"鱍"。案："鱍"，字词典查无此字。《说文·糸部》："纵，缓也。一曰舍也。"《说文·从部》："從，随行也。"伪《孔传》："鸟兽新杀曰鲜。"《西京赋》："割鲜野飨"、《子虚赋》："割鲜染轮"，故当作"割以为鲜"。

② 程章灿《魏晋南北朝赋史》，第340页。

衡《南都赋》,故不属《七辩》,误收自严可均始。(四)"溜凌软面,①
糅以青秔"。《全后汉文》、《张衡诗文集校注》、《全汉赋》、《全汉赋
评注》、《全汉赋校注》补于"冀野之梁"后。(五)"蜻蛢之领,阿那宜
顾"。《全后汉文》、《张衡诗文集校注》、《全汉赋评注》、《全汉赋校
注》补于"腰如束素"后,《全汉赋》列于文后。(六)"微雾之冠,飞融
之缨"。②《全后汉文》列于"子盍归而乘之"后,《张衡诗文集校
注》、《全汉赋评注》、《全汉赋校注》补在"以适寒暑"后,《全汉赋》列
于文后。(七)"蹊路诡怪"。《全后汉文》、《张衡诗文集校注》列于
"将飞未举"后,《全汉赋》、《全汉赋评注》、《全汉赋校注》列于文后。
(八)"曳罗縠之舞衣,乘洒骖以朝翔。举长屧以蹈节,奋缟袖之翩
人"。③ 见于《北堂书钞》卷一百七,《全汉赋》、《全汉赋评注》、《全
汉赋校注》列文后。(九)"红颜宜笑,睇眄流光"。《四库全书考
证》卷六十六"张衡《七辩》:'红颜宜笑,睇眄流光'。刊本'宜笑'
讹'既夭',据张衡《七辩》改"。案:该句乃曹植《七启》镜机子论声

---

　　① 《全汉赋》"溜"作"橊"。案:"橊",字词典查无此字。《说文·水部》:"溜,水之
小声也"。《楚辞·招魂》"稻粢穱麦"王逸注:"穱,择也"。当作"穱"。
　　② 《艺文类聚》卷五十七"融"作"翮"。案:《说文·羽部》:"翮,羽茎也。"《说文·
糸部》:"缨,冠系也。"据《玉藻》缨分天子朱组缨;诸侯缋綖、丹组缨;士綦组缨。《说
文·糸部》:"组,其小者以为冠缨。"段玉裁注:"缨以组之细者为之,小为组缨。"羽毛
轻且小,"羽茎"之"翮"更轻而小。江充"冠飞翮之缨"见武帝;《左氏博议》:"飞翮之缨,
未必不见奇于武帝也。"故当作"翮"。不能解"飞融之缨"为"谓缨飘动轻如飞烟"。
"融"形近而讹。
　　③ 《北堂书钞》卷一百零七、《渊鉴类函》卷一百八十六"縠"作"縠";"乘洒骖
以朝翔"作"褭纤腰回翔";"翩人"作"翩翩"。《北堂书钞》"缟"作"高"。案:"縠"
汉时丝织品名,"縠"形近而讹。该段句式整齐,结构为动+名+虚+名(动、形),
节奏为×××—××,故"褭纤腰回翔"中当有"以"。此四句描写着罗縠长屧的舞
蹈,不是象舞。如果"乘洒骖"则无处"蹈节"。汉舞"蹈节"在盘上或地上,无马背
"蹈节"之说。汉舞蹈中腰部动作格外突出。《说文·高部》:"高,崇也,象台观高
之形。"望山二号墓楚简一三:"秦高之巫胥(旌)",朱德熙释读为"缟";《尚书·禹
贡》:"厥篚玄纤缟"孔氏传:"缟,白缯。"故当作"缟"。袖"应"翩翩",如云"翩人"
于义不通。

色之妙之文句。《艺文类聚》卷五十七、《唐韵正》卷五将《七启》是句记为"红颜既夭，睇眄流光"。《四库全书考证》误将《七启》文句归之《七辩》。综上，除《艺文类聚》所载外，《七辩》有佚文七条。《七辩》主体结构完整，七体模拟特点突出，故可参照《七发》等其他汉代七体作品及汉赋中描写宫室、滋味、音乐、女色、舆服、神仙部分校《七辩》。

七处佚文析之如下：（一）"回飙拂其寮，兰泉注其庭"与《天子游猎赋》写离宫别馆之"醴泉涌于清室，通川过于中庭"及刘歆《甘泉宫赋》："甘醴涌于中庭兮，激清流之泫泫"表意相类，当属"宫室之丽"文句。原文写"宫室之丽"二十六句，按文义可分为三部分，前十句细描宫室，中十二句写人的活动，再二句总说宫室气势，末两句为问话。"回飙拂其寮，兰泉注其庭"为宫室具体描写，原文具体描写宫室部分："乐国之都，设为闲馆。工输制匠，谲诡焕烂。重屋百层，连阁周漫。应门锵锵，华阙双建。彫虫彫绿，螭虹蜿蜒。""彫虫彫绿，螭虹蜿蜒"紧承前文突出"华阙"之"华"，文意连贯，无法补入。描写重屋、连阁、应门、华阙文句为主谓结构，"回飙拂其寮，兰泉注其庭"亦为主谓结构，而《全后汉文》《张衡诗文集校注》将其补于"玩赤瑕之璘瑜"后，"玩赤瑕之璘瑜"为动宾结构，补入不妥。"螭虹蜿蜒"之"蜒"真部韵；"兰泉注其庭"之"庭"耕部韵，耕、真二部合韵，该句可补在"螭虹蜿蜒"后。

（二）"巩洛之鳟，割以为鲜。分芒析缕，细乱茧足。随锷离俎，纷纷缪细"写"滋味之丽"。原文写"滋味之丽"顺序为：酒醴→肴醯→果、饧→肉食→菰粱→总说。该句属肉食部分，即"于是乃有菊蓉脯牲，麇麝豹胎。飞凫栖鳖，养之以时。审其齐和，适其辛酸。芳以薑椒，拂以桂兰。"据枚乘《七发》、傅毅《七激》、崔骃《七依》、张衡《南都赋》、桓麟、桓彬《七说》描写肉食部分，可归纳其步骤：原料名→加工步骤→佐料调味。"审其齐和，适其辛酸。芳以薑椒，拂以桂兰"讲如何去腥调味，此前应为原料加工，而"分芒析缕,细乱茧足。随锷离俎,纷纷缤纚"正是。故《全后汉文》、《张衡诗文集校注》补"巩洛之鳟,割以为鲜"于"养之以时"后给人明显启发,全句可校为"于是乃有蒭蒌腬牲,麋麛豹胎。飞凫栖鷩,养之以时。巩洛之鳟,割以为鲜。分芒析缕,细乱茧足。随锷离俎,纷纷缤纚。审其齐和,适其辛酸。芳以薑椒,拂以桂兰。"

（三）"稻凌软面,糅以青秔"写"滋味之丽"。《全后汉文》、《张衡诗文集校注》、《全汉赋》、《全汉赋评注》、《全汉赋校注》于"冀野之粱"后。结合上文细细描述处理"蒭蒌腬牲,麋麛豹胎。飞凫栖鷩"肉食的句子,该句应是细描菰粱类的吃法。"拂以桂兰"之"兰"元部韵,"冀野之粱"之"粱"、"灼烁芳香"之"香"同为阳部韵,"糅以青秔"之"秔"耕部韵,元、耕二部合韵,故"稻凌软面,糅以青秔"可补在"拂以桂兰"后,而不是"冀野之粱"后。

（四）"蜎蜎之领,阿那宜顾"写"女色之丽"。楚辞写美女时有"小腰秀颈"之说,"素"、"顾"同为鱼部韵,故《全后汉文》、《张衡诗文集校注》补于"腰如束素"后,可从。

（五）"微雾之冠,飞翮之缨"。《全后汉文》列于"子盍归而乘之"后,说明严氏认为该句属"舆服之丽"。原文"舆服之丽"前为服饰,后为舆马,故该句只能补入前六句中。前四句交代制作服饰的材料,接下来将写制作。"微雾之冠,飞翮之缨"为制作结果。"筒中之紵"中"紵"鱼部韵;"譬之蝉羽""羽"鱼部韵;"以适寒暑"之"暑"鱼部韵;"飞翮之缨"中"缨"耕部韵。《张衡诗文集校注》将其补在"以适寒暑"后合理。交代了冠和缨,后应有描写其他服饰的句子。

（六）"蹊路诡怪"。《全后汉文》、《张衡诗文集校注》补于"将飞未举"后。说明该句属无为先生听完"神仙之丽"后的反应。"矫然仰首,邪睨玄圃。轩臂矫翼,将飞未举","圃"、"举"二者韵不相押。梁丘迟《旦发渔浦潭诗》:"村童忽相聚,野老时一望。诡怪石异像,崭绝峰殊状",可将该句补于"矫然仰首,邪睨玄圃"后,"邪睨玄圃"时,见"蹊路诡怪",下应有形容路途阻绝之四言句。远走向仙艰险不易,需要"轩臂矫翼",做好充分准备,但"将飞未举"之际,髣无子侈言汉之德化,劝以用世之宜。无为先生"将飞未举"原因有三:心向而意不坚、路远而险、髣无子适时而劝。

(七)"曳罗縠之舞衣,袅纤腰以回翔。举长袿以蹈节,奋缟袖之翩翻"写"音乐之丽",且是写舞蹈。原文音乐描写可分为二,前部分描写顺序为:歌舞名→列前堂→咏→管弦、金石合奏→观者感受,其节奏完整紧凑。《思玄赋》"双材悲于不纳"时,"咏诗而清歌","咏"前"歌"后,而此部分写"咏"。"会"、"带"泰部韵相押。后半部分写"美人妖服",妖服为何? 姿态怎样? "转歌流声"承前文之"咏"而"歌",歌时当有舞,张衡《舞赋》"歌曰"过后便是七盘长袖乐舞。该句正是细描舞姿之妙。"转歌流声"之"声"耕部韵,"袅纤腰以回翔"之"翔"阳部韵,耕、阳近旁转,故该句可补在"转歌流声"后。综上,《七辩》可校为:

无为先生,祖述列仙。背世绝俗,唯诵道篇。形虚年衰,志犹不迁。于是七辩谋焉,曰:"无为先生,淹在幽隅。藏声隐景,刬迹穷居。抑其不赇,盍往辩诸?"乃阶而就之。

虚然子曰:"乐国之都,设为闲馆。公输制匠,谲诡焕烂。重屋百层,连阁周漫。应门锵锵,华阙双建。彫虫彫绿,螭虹蜿蜒。回飙拂其寮,兰泉注其庭。于是弹比翼,落鹈黄。加双鹣,经鸳鸯。然后擢云舫,观中流。搴芙蓉,集芳洲。纵文身,搏潜鳞。探水玉,拔琼根。收明月之照曜,玩赤瑕之璘豳。此宫室之丽也,子盍归而处之乎?"先生乃□而言曰:……

雕华子曰:"玄清白醴,蒲陶醲醴。嘉肴杂醢,三臛七菹。荔支黄甘,寒梨乾榛。沙饧石蜜,远国储珍。于是乃有荔拳脂牲,麋麖豹胎。飞凫栖鷩,养之以时。巩洛之鳟,割以为鲜。分芒析缕,细乱茧足。随锷离俎,纷纷缘缅。审其齐和,适其辛酸。芳以薑椒,拂以桂兰。稻凌软面,糅以青秔。会稽之菰,冀野之粱。珍羞杂遝,灼烁芳香。此滋味之丽也,子盍归而食之?"先生乃□而言曰:……

安存子曰:"淮南清歌,燕余材舞。列乎前堂,递奏代序。结郑卫之遗风,扬流哇而咏激楚。鼙鼓协吹,竽籁应律。金石合奏,妖冶邀会。观者交目,衣解忘带。于是乐中日晚,移即昏庭。美人妖服,变曲为清。改赋新词,转歌流声。曳罗縠之舞衣,褰纤腰以回翔。举长袿以蹈节,奋缟袖之翩翩。此音乐之丽也,子盍归而听诸?"先生乃□而言曰:……

阕丘子曰:"西施之徒,姿容修嫭。弱颜回植,妍夸闲眼。形似削成,腰如束素。蜷蛴之领,阿那宜顾。淑性窈窕,秀色美艳。鬒发玄髻,光可以鉴。靥辅巧笑,清眸流眄。皓齿朱唇,的皪粲练。于是红华曼理,遗芳酷烈。待夕先至,同兹宴瘘。假明兰灯,指图观列。蝉绵宜愧,夭绍纤折。此女色之丽也,子盍归而从之?"先生乃□而言曰:……

空桐子曰:"交阯缎绨,筒中之纻。京城阿缟,譬之蝉羽。制为时服,以适寒暑。微雾之冠,飞鼦之缨。……驷秀骐之骏骏,载轮猎之辒车。建采虹之长旃,系雌霓而为旗。逸骇飍于青丘,超广汉而永逝。此舆服之丽也,子盍归而乘之?"先生乃□而言曰:……

依卫子曰:"若夫赤松王乔,羡门安期。嘘吸沆瀣,饮醴茹芝。驾应龙,戴行云。桴弱水,越炎氛。览八极,度天垠。上游紫宫,下栖昆仑。此神仙之丽也,子盍行而求之?"先生乃兴而言曰:"吁美哉!吾子之诲,穆如清风。启乃嘉猷,实慰我心。矫然仰首,邪睨玄圃。蹊路诡怪,□□□□。轩臂矫翼,将飞未举。"

髡无子曰:"在我圣皇,躬劳至思。参天两地,匪怠厥司。率由旧章,遵彼前谋。正邪理谬,靡有所疑。旁窥八索,仰镜三坟。讲礼习乐,仪则彬彬。是以英人底材,不赏而劝。学而不厌,教而不倦。于是二八之俦,列乎帝庭。揆事施教,地平天成。然后建明堂而班辟雍,和邦国而悦远人。化明如日,下应如神。汉虽旧邦,其政惟新。"而先生乃翻然回而曰:"君子一言,于是观智。先民有言,谈何容易。予虽蒙蔽,不敏旨趣,敬授教命,敢不是务。"

《七辩》中无为先生"祖述列仙,背世绝俗,唯诵道篇",远离尘世,一心向仙,七子分别劝以宫室、滋味、音乐、女色、舆服、神仙之丽,前五劝先生不为所动,依卫子陈述赤松王乔,羡门安期游仙成道、神仙之丽后,先生感叹"吁,美哉!"在髣无子劝以盛世新政后幡然悔悟,且"敬授教命,敢不是务",由向仙出世到被劝服入世。疑前五子所劝言辞后有简短描述无为先生动作、言辞、神态等的文句。言为心声,此间有张衡心态之投影,据此可考《七辩》作年。

作年二说:(一)永元八年(96)。孙文青、张震泽、吴文治、康金声、李金锋、孔英民。① (二)晚年作品。龚克昌。② 考其中无为先生之心态,与张衡年轻时积极入世的心态不相合,与"顺和二帝之时,国政稍微,专恣内竖,平子欲言政事,又为奄竖所谮蔽,意不得志,欲游六合之外,势既不能,义又不可,但思其玄远之道而赋之,以申其志耳"相合。《七辩》内容与《思玄赋》中"往走乎八荒",游历仙乡帝都的大量描写亦相关联,但还没到《归田赋》中"超尘埃乎遐逝,与世事乎长辞",完全脱离尘网,故《七辩》写作下限为《归田赋》写作时间(138)。张衡《应间》:"不患位之不尊,而患德之不崇;不耻禄之不夥,而耻智之不博","得之在命,求之无益","聊朝隐乎柱

---

① 孙文青《张衡年谱》,第34页;张震泽《张衡诗文集校注》,第380页;吴文治《中国文学史大事年表》,第155页;康金声《汉赋纵横》,第259页;李金锋《张衡韵文创作研究》,硕士学位论文,2003年;孔英民《张衡创作新变研究》,硕士学位论文,2006年。

② 龚克昌《全汉赋评注》,第578页。

史，且韫椟而待价"，此时张衡还希冀遇时一展宏图，与《七辩》无为先生的被劝而进有异，按其思想逐渐冷静失望的发展过程，《七辩》应在《应间》后。故《七辩》写作时间在阳嘉元年（132）至永和（138），顺帝朝。赋中髣无子劝先生话语，有对时政的陈述，"在我圣皇"表明话说当朝，而不是追忆先烈伟绩。"建明堂而班辟雍"凸显重要信息，因为天子在明堂、辟雍活动，必载之史册。顺帝时，阳嘉元年（132）三月庚寅，帝临辟雍；二年（133）冬十月庚午，行礼辟雍；永和元年春正月，宗祀明堂，登云台，改元永和，大赦天下；汉安元年（142）春正月，宗祀明堂，汉安元年张衡已卒。"建明堂而班辟雍"二者具备在永和元年春正月。① 顺帝之政，《后汉书》："论曰：古之人君，离幽放而反国祚者有矣，莫不矫鉴前违，审识情伪，无忘在外之忧，故能中兴其业，观夫顺朝之政，殆不然乎？"此与《七辩》："汉虽旧邦，其政惟新"相合；赋所言"参天两地，匪怠厥司。率由旧章，遵彼前谋。正邪理谬，靡有所疑。旁窥八索，仰镜三坟。讲礼习乐，仪则彬彬。是以英人底材，不赏而劝。学而不厌，教而不倦。于是二八之俦，列乎帝庭。揆事施教，地平天成。然后建明堂而班辟雍，和邦国而悦远人。化明如日，下应如神"，《后汉书·顺帝纪》书之甚详。张衡永和元年出为河间相，河间相对于京师为幽隅之地，面对河间"国王骄奢，不遵典宪，又多豪右，共为不轨"局面，张衡在出世与入世间徘徊，但最终还是选择了直面现实，"下车，治威严，整法度，阴知奸党名姓，一时收禽，上下肃然，称为政理"。为河间相三年，心理有斗争应该在就任之初，游仙出世之念在责任道义面前只能是梦想，入世于心有违，出世于义不得，《七辩》正是此心理之真实写照。面对"神仙之丽"的劝说感叹"吁美哉！吾子之诲，穆如清风。启乃嘉猷，实慰我心"，表明《七辩》写作时作者内心已经对远游有过具体而微的向往与规划，《思玄赋》刚好是其规划的

① 范晔《后汉书》，第 260、263、26、272 页。

记载。综上,可推《七辩》作于永和元年任河间相前期,时张衡五十八,已是"形虚年衰"。

《冢赋》见于《古文苑》卷五、《汉魏六朝百三家集》卷十四、《历代赋汇》外集卷二十、《全后汉文》卷五十四;《渊鉴类函》卷一百八十三摘录。

作年孙文青系于永和二年(137),张震泽、康金声、李法惠、石观海、宗亚玲从之。① 廖国栋系于永和三年(138)。②《冢赋》当作于永和二年、三年。

《髑髅赋》见于《古文苑》卷五、《文选补遗》卷三十二、《汉魏六朝百三家集》卷十四、《历代赋汇》外集卷十九、《全后汉文》卷五十四;《艺文类聚》卷十七、《太平御览》卷三百七十四、《渊鉴类函》卷一百七十八、二百六十一摘录。

孙文青、张震泽、吴文治、康金声、李法惠、石观海、宗亚玲系于永和二年(137)。③ 廖国栋系于永和三年(138)。④ 永和二年、三年均有可能。

《归田赋》见于《文选》卷十五、《艺文类聚》卷三十六、《宝真斋法书赞》卷四、《汉魏六朝百三家集》卷十四、《渊鉴类函》卷二百九十、《历代赋汇》外集卷十一、《七十家赋钞》卷四、《全后汉文》卷五十三。

① 孙文青《张衡年谱》,第109页;张震泽《张衡诗文集校注》,第386页;康金声《汉赋纵横》,第264页;李法惠《张衡赋的演变》,《南都学坛》,1996(2);石观海《中国文学编年史·汉魏卷》,第280页;宗亚玲《张衡诗赋研究》,硕士学位论文,2008年。
② 廖国栋《张衡生平及其赋之研究》,硕士学位论文,1979年。
③ 孙文青《张衡年谱》,第108页;张震泽《张衡诗文集校注》,第386页;吴文治《中国文学史大事年表》,第173页;康金声《汉赋纵横》,第264页;李法惠《张衡赋的演变》,《南都学坛》,1996(2);石观海《中国文学编年史·汉魏卷》,第280页;宗亚玲《张衡诗赋研究》,硕士学位论文,2008年。
④ 廖国栋《张衡生平及其赋之研究》,硕士学位论文,1979年。

作年二说：（一）阳嘉四年（135）。赵坚。^①（二）永和三年（138）。孙文青、赖家度、曹增祥、廖国栋、张震泽、吴文治、康金声、李法惠、蔡辉龙、石观海、贡小妹、郭艳、宗亚玲。^②从（二）说。

《逍遥赋》残句四条：（一）"稷生挥妙琴"见于《北堂书钞》卷一百九、《广博物志》卷三十四、《渊鉴类函》卷一百八十八。（二）"王子乔吐凤音"见于《北堂书钞》卷一百十、《渊鉴类函》卷一百九十。程章灿辑（一）、（二）。^③（三）"即疏炼石体，稷生挥妙琴"；"由子奏灵靴，王子乔吐凤音"，《全汉赋》、《全汉赋校注》、《全汉赋评注》录此四句。其依据为《北堂书钞》，但"即疏炼石体"、"由子奏灵靴"于四库本《北堂书钞》未见。（四）"以日月为向"，见于《全汉赋校注》。《玉烛宝典》卷五作"以日月为向牖"。

案：当为晚年之作，《归田赋》言"于焉逍遥，聊以娱情"，姑系《逍遥赋》于《归田赋》作年之永和三年（138）。

21. 崔瑗（78—143）

《七苏》残句"加以脂粉，润以滋泽"，见于《北堂书钞》卷一百三十五。《文心雕龙》作《七厉》，《渊鉴类函》卷三百八十一作《七依》，《全后汉文》卷四十五作《七苏》。案：当作《七苏》，《史通通释》卷四、《文心雕龙辑注》卷三、《后汉书疏证》卷六、《后汉书集解》五十二已证之。崔瑗汉安二年（143）于杜乔为八使之年卒，

---

①　赵坚《张衡主要赋作系年》，《上海师范大学学报》，1984(1)。

②　孙文青《张衡年谱》，第110页；赖家度《张衡》，第65页;曹增祥《张衡》，第27页；廖国栋《张衡生平及其赋之研究》，硕士学位论文，1979年；张震泽《张衡诗文集校注》，第386页;吴文治《中国文学史大事年表》，第173页；康金声《汉赋纵横》，第264页；李法惠《张衡赋的演变》，《南都学坛》，1996(2);蔡辉龙《两汉名家田猎赋研究》，第46页；石观海《中国文学编年史·汉魏卷》，第280页；贡小妹、郭艳《〈归田赋〉与怡情山水》，《哈尔滨职业技术学院学报》，2008(6);宗亚玲《张衡诗赋研究》，硕士学位论文，2008年。

③　程章灿《魏晋南北朝赋史》，第339页。

年六十六。① 故《七苏》作年下限为汉安二年。

崔瑗当还有其他赋作,见前文汉赋作者、篇目、佚文辑佚部分。

22. 马芝(约 143 年前后在世)

《申情赋》存目见于《后汉书·袁隗妻》:"隗既宠贵当时,伦亦有名于世。年六十余卒。伦妹芝,亦有才义。少丧亲长而追感,乃作《申情赋》云。"蔡邕《司徒袁公夫人马氏碑铭》:"维光和七年,司徒袁公夫人马氏薨。其十一月葬。……春秋六十有三。"光和七年即中平元年(184),该年十二月改元,②十一月时仍称光和七年。则马伦生卒年为建光二年(122)至中平元年。马伦卒时 63 岁,则马芝当亦五、六十,已入老年,当不再称"长"。"少丧亲长而追感,乃作《申情赋》"由"追"可证当断句为"少丧亲,长而追感,乃作《申情赋》",马融延熹九年(166)卒,③时马伦 44 岁,马芝当亦有三、四十岁,"亲"为母亲无疑。永和二年(137)马伦 15 岁时,马芝当在少,"长而追感"说明在长大后几年,古人视 20 岁成人,汉安元年(142)马伦 20 岁,马芝 20 岁至少在汉安二年(143),马芝卒年不可考。故系《申情赋》于汉安二年至马伦卒年中平元年。

23. 崔琦(约 106—约 158)

崔琦有《白鹄赋》、《七蠲》。

《白鹄赋》存目,又名《白鹤赋》,见于《艺文类聚》卷九十、《渊鉴类函》卷四百二十。

作年二说:(一)永和元年(136)。刘跃进。④ (二)本初元年(146)。陆侃如、刘斯翰、康金声、石观海。⑤ "河南尹梁冀闻其才,

① 范晔《后汉书》,第 1722、1724 页。

② 范晔《后汉书》,第 350 页。

③ 范晔《后汉书》,第 1972 页。

④ 刘跃进《秦汉文学编年史》,第 497 页。

⑤ 陆侃如《中古文学系年》,第 190 页;刘斯翰《汉赋——唯美文学之潮》,第 223 页;康金声《汉赋纵横》,第 265 页;石观海《中国文学编年史·汉魏卷》,第 287 页。

请与交。冀行多不轨,琦数引古今成败以戒之,冀不能受。乃作
《外戚箴》。……琦以言不从,失意,复作《白鹄赋》以为风。梁冀见
之,呼琦问曰:'百官外内,各有司存,天下云云,岂独吾人之尤,君
何激刺之过乎?'琦对曰:'昔管仲相齐,乐闻讥谏之言;萧何佐汉,
乃设书过之吏。今将军累世台辅,任齐伊公,而德政未闻,黎元涂
炭,不能结纳贞良,以救祸败,反复欲钳塞士口,杜蔽主听,将使玄
黄改色,马鹿异形乎?'冀无以对,因遣琦归。"①崔琦最初为梁冀赏
识,在永和元年(136)至永和六年(141)八月梁冀为河南尹时。②
梁冀见《白鹄赋》责问,崔琦对曰称"今将军累世台辅,任齐伊公",
则作《白鹄赋》时梁冀已为将军,即永和六年八月后。故永和元年
之说可排除。"台辅"指三公。"及帝崩,冲帝始在襁褓,太后临朝,
诏冀与太傅赵峻、太尉李固参录尚书事。冀虽辞不肯当,而侈暴滋
甚。"梁冀为三公在"帝崩,冲帝始在襁褓,太后临朝"时,顺帝崩在
即汉安三年(144)八月庚午。建和元年(147),益封冀万三千户,增
大将军府举高第茂才,官属倍于三公。③《白鹄赋》之作当在建和
元年前。故《白鹄赋》写作时间为汉安三年八月至本初元年。本初
元年六月梁冀鸩杀质帝,枉害李固、杜乔。④ 此时当不再是"不能
结纳贞良,以救祸败,反复欲钳塞士口,杜蔽主听,将使玄黄改色",
而是弑君犯上、颠覆朝纲、残害忠良。《白鹄赋》之作当在鸩杀质帝
前,故系《白鹄赋》于汉安三年、永熹元年(145)。

《七蠲》,《文学理学权舆》卷二:"崔玮《七蠲》,'玮'一作'琦'。"
《文选注》卷五十四:"崔玮《七蠲》曰:'三王化行,夷叔隐己。'"《茶
香室丛钞》卷二作"崔玮《七蠲》"。《文选注》卷五十六"崔玮《七蠲》
曰:'翻然凤举,轩尔龙腾。'"崔琦字子玮,故"玮"当是"子玮"误

① 范晔《后汉书》,第 2619、2622 页。
② 范晔《后汉书》,第 1178、1179 页。
③ 范晔《后汉书》,第 274、1179 页。
④ 范晔《后汉书》,第 282、1179 页。

"子"为男子称呼之讹。《七蠲》见于《艺文类聚》卷五十七、《渊鉴类函》卷一百九十九、《东汉文纪》卷十四；《全后汉文》卷四十五增残句五条："暂唱却转，时吟齐讴。穷乐极欢，濡首相煦。""再奏致哀风。""三王化行，夷叔隐己。""翻然凤举，轩尔龙腾。""于斯江罩，实产橘柚。紫叶玄实，绿里朱茎。孟冬之月，于时可食。抚以玉手，永用华饰。"此外，程章灿辑残句三条："弹角而木摇，鼓羽而波涌。斯精诚有以相通，神气有以相感。""小语大笑，应节有方。众戏并进，耀目绕梁。""妓人正容，就列从行。三声二变，激徵溢商。"①《全汉赋》、《全汉赋评注》、《全汉赋校注》上述文句，"弹角而木摇，鼓羽而波涌。斯精诚有以相通，神气有以相感"不录，于"激徵溢商"后据《北堂书钞》卷一百一十二增"镜舞九曜，剑利冬霜"。《艺文类聚》所载，保留了女色、音乐部分，按七体常例，当还有饮食、车马等部分。上述八条残句析之如下：（一）"暂唱却转，时吟齐讴。穷乐极欢，濡首相煦"写乐舞，描写歌唱，当在舞蹈之前。（二）"再奏致哀风。""再"表明为欢乐音乐之后的文句。（三）"三王化行，夷叔隐己"属圣哲之理。（四）"翻然凤举，轩尔龙腾"似写远游、向仙。（五）"于斯江罩，实产橘柚。紫叶玄实，绿里朱茎。孟冬之月，于时可食。抚以玉手，永用华饰"写饮食之丽。（六）"弹角而木摇，鼓羽而波涌。斯精诚有以相通，神气有以相感。"从"弹角"、"鼓羽"可推为乐舞文句。（七）"小语大笑，应节有方。众戏并进，耀目绕梁"写乐舞戏曲，且是交代众多戏曲类型之后总结性质的文句。（八）"妓人正容，就列从行。三声二变，激徵溢商。镜舞九曜。剑利冬霜"写乐舞百戏，分别交代镜舞、剑舞等项。残句（一）、（二）、（六）、（七）、（八）属乐舞百戏内容，汉时乐舞，一般程序为奏乐、歌唱→舞蹈→百戏。按此顺序，五残句可试作如下排列："暂唱却转，时吟齐讴。穷乐极欢，濡首相煦。……再奏致哀风。……弹角而木摇，鼓

---

① 程章灿《魏晋南北朝赋史》，第337、338页。

羽而波涌。斯精诚有以相通,神气有以相感。……妓人正容,就列从行。三声二变,激徵溢商。镜舞九曜。剑利冬霜……小语大笑,应节有方。众戏并进,耀目绕梁。"考其用韵,"再奏致哀风"、"弹角而木摇"侵部韵;"妓人正容"、"小语大笑"阳部韵。韵部之间承转自然协调。综上,则《七蠲》可校为:

> 寒门丘子有疾,玄野子谓之曰:"蓝沼清池,素波朱澜。金钩芳饵,纤缴华竿。缙沉鱼浮,荐以香兰。幽室洞房,绝槛垂轩。紫阁青台,绮错相连。结实布叶,与波邪倾。从风离合,澹淡交并。紫蒂黄葩,翳水吐荣。红颜溢坐,美目盈堂。姿瑜春华,橾越秋霜。从容微眄,流曜吐芳。巧笑在侧,顾眄倾城。……子能□之乎?"
>
> 寒门丘子曰:"……"
>
> 玄野子曰:"爰有梧桐,产乎玄溪。傅根朽壤,託阴生危。激水澡其下,孤鸟集其枝。罔双偶而特立,独飘飘而单离。匠石摧肩,公输折首。目眩肌战,制以为琴。子野调操,钟期听音。子能听之乎?"
>
> 寒门丘子曰:"……"
>
> 玄野子曰:"……暂唱却转,时吟齐讴。穷乐极欢,濡首相煦。……再奏致哀风。……弹角而木摇,鼓羽而波涌。斯精诚有以相通,神气有以相感。……妓人正容,就列从行。三声二变,激徵溢商。镜舞九曜,剑利冬霜。……小语大笑,应节有方。众戏并进,耀目绕梁。……子能□之乎?"
>
> 寒门丘子曰:"……"
>
> 玄野子曰:"于斯江皋,实产橘柚。紫叶玄实,绿里朱茎。孟冬之月,于时可食。抚以玉手,永用华饰。……子能□之乎?"
>
> 寒门丘子曰:"……"

　　玄野子曰："……翻然凤举,轩尔龙腾。……子能□
之乎?"

　　寒门丘子曰:"……"

　　玄野子曰:"……三王化行,夷叔隐已。……子能□
之乎?"

　　寒门丘子曰:"……"

玄野子以女色、音乐、乐舞百戏、美食、远游向仙、圣哲之理等来为
寒门丘子疗疾,为对话体。从残留部分看,于七体创作无大的突
破。崔琦终为梁冀所捕杀,则崔琦卒年必在梁冀卒年前。梁冀延
熹二年(159)自杀,崔琦卒在此前。崔琦少游学京师,以文章博通
称。《七蠲》不排除是早年之作。其为梁冀赏识最早可能在永和元
年(136),此时崔琦举孝廉,为郎。汉时举孝廉,据崔瑗《上言察举
孝廉》:"臣闻孝廉皆限年,三十乃得察举。"设崔琦 30 岁举孝廉,则
生于延平元年(106)左右,而非永元二年(90)。① 《七蠲》写作时间
下限为永寿四年(158)。

　　24. 王逸(约 89—?)

　　王逸有《荔枝赋》、《机赋》。《历代辞赋总汇》收《九思》。②

　　《荔枝赋》散见于各文献,《全后汉文》卷五十七据《艺文类聚》
卷八十七、《太平御览》卷九百七十一、《汉魏六朝百三家集》卷二
十、《广群芳谱》卷六十一、《渊鉴类函》卷四百三、《历代赋汇》卷一
百二十六等整理文本,但仍残断不全。《全汉赋》增"朱实丛生"。

　　《机赋》又名《机妇赋》,当作《机赋》。③ 见于《太平御览》卷八
百二十五;《汉魏六朝百三家集》卷二十、《渊鉴类函》卷三百五十

---

① 龚克昌《全汉赋评注》,第 686 页。
② 马积高《历代辞赋总汇·先秦汉魏晋南北朝卷》,第 343—349 页。
③ 龚克昌《全汉赋评注》,第 682 页。

六、《历代赋汇》卷七十一记载相对完整,《续古文苑》卷一综合整理以上各书记载;《全后汉文》卷五十七进一步完善。

王逸元初中为校书郎,顺帝时为侍中。张华《博物志》:"王子山与父叔师到泰山从鲍子真学箅,到鲁赋灵光殿,归度湘水,溺死。①则王延寿亡时王逸仍在世。王延寿卒在延熹八年(165)。②《机赋》写作时间上限为和帝永元十一年(99)。

《荔枝赋》当为元初元年(114)至汉安三年(144)在京时所作。

25. 王符(约77—约163)

《文选》卷二十二注,《玉海》卷七十九、一百四十四,《佩文韵府》卷四十一:"王符《羽猎赋》:'天子乘碧瑶之雕轸,建曜天之华旗。'"故王符有《羽猎赋》。

"王符少好学,与马融、窦章、张衡、崔瑗等友善。……自和、安之后,……(王符)志意蕴愤,乃隐居著书三十余篇,以讥当时得失,不欲章显其名,故号曰《潜夫论》。"③和帝章和二年(88)二月至元兴元年(105)冬十二月在位,安帝延平元年(106年)八月至延光四年(125)在位,故王符《羽猎赋》之作当在延光四年前。马融建初四年(79)生,张衡建初三年(78)生,崔瑗建初三年生,故王符之生年当相去不远,设为建初二年(77)生,考其间帝王校猎,仅见于延光二年(123)十一月,④故系王符《羽猎赋》于延光二年十一月。

26. 朱穆(100—163)

《郁金赋》见于《艺文类聚》卷八十一、《广群芳谱》卷九十五、《渊鉴类函》卷四百九、《历代赋汇》补遗卷十五、《全后汉文》卷二十八;《全后汉文》增"丹桂植其东",《全汉赋》、《全汉赋评注》、《全汉赋校注》同。另笔者所辑残句"英熠烁以焜煌,似九日之普照",可

---

① 范晔《后汉书》,第2618页。
② 龚克昌《全汉赋评注》,第681页。
③ 范晔《后汉书》,第1630页。
④ 范晔《后汉书》,第237页。

直接补入。

朱穆生卒年为永元十二年(100)至延熹六年(163)，①然《郁金赋》作年难确考，写作时间下限为延熹六年。吴文治系于延熹六年。②

27. 边韶（约 100—约 165）

《塞赋》，见于《艺文类聚》卷七十四、《太平御览》卷七百五十四、《事文类聚》前集卷四十三、《渊鉴类函》卷三百三十、《历代赋汇》卷一百三、《七十家赋钞》卷四、《全后汉文》卷六十二。

赋言"余离群索居，无讲诵之事，欲学无友，欲农无末，欲弈无局，欲博无楮"、"试习其术，以惊睡救寐，免昼寝之讥而已"，可见赋作于边韶教授数百人被其弟子笑昼眠后、入仕前。汉安二年(143)，边韶作为尚书侍上言；桓帝后，边韶一直在朝为官，无教授事。延熹四年(161)被称为尚书边韶；《老子铭》中延熹八年(165)自称陈相；延熹十年(167)仍被称为尚书郎边韶，③由上可知，汉安二年时边韶已出仕，延熹十年仍在世。陆侃如系其卒年于建宁三年(170)，④则其生年约在永元十二年(100)。设其 35 岁教授生徒，则《塞赋》之作约在阳嘉四年(135)至汉安元年(142)。吴文治系于阳嘉三年(134)。⑤

28. 王延寿（约 143—约 165）

王延寿有《梦赋》、《王孙赋》、《鲁灵光殿赋》，另程章灿、万光治辑佚《千秋赋》，马积高等先生亦认为王延寿有《千秋赋》。⑥ 但未

---

① 范晔《后汉书》，第 1473 页。
② 吴文治《中国文学史大事年表》，第 188 页。
③ 范晔《后汉书》，第 3035、2624、1771、2240 页。
④ 陆侃如《中古文学系年》，第 232 页。
⑤ 吴文治《中国文学史大事年表》，第 171 页。
⑥ 程章灿《魏晋南北朝赋史》，第 340 页；万光治《汉赋通论》，第 480 页；马积高《历代辞赋总汇·先秦汉魏晋南北朝卷》，第 356 页。

见于《岁时广记》，且所辑文句当不是王延寿《千秋赋》赋序，可证之
《渔隐丛话后集》卷三十二："按王延寿作《千秋赋》正言此戏，则古
人谓之千秋，或谓出自汉宫，祝寿词也，后人妄易其字为秋千，而语
复颠倒耳，山谷诗'未到清明先禁火，还依桑下系千秋'，又云'穿花
蹴踏千秋索，挑菜嬉游二月晴'，皆用'千秋'字，盖得其实也。"此外
《山谷外集》卷十三、《海录碎事》卷二、《历代诗话》卷五十九均载赋
名，可见王延寿确有《千秋赋》，但亡佚。《历代辞赋总汇》将"鞦韆，
古人谓之千秋，或谓出汉宫后庭之戏，祝辞也。后人妄易其字为鞦
韆，而语复颠倒，不本意，又旁加以革，实未尝用革"作为《千秋赋》
收录。①

　　《梦赋》见于《古文苑》卷六、《文选补遗》卷三十二;《艺文类聚》
卷七十九、《楚宝》卷十五、《渊鉴类函》卷三百二十一、《全后汉文》
卷五十八摘录。

　　《王孙赋》见于《初学记》卷二十九、《古文苑》卷六、《事类备要》
卷七十九、《事文类聚》卷三十七、《文选补遗》卷三十二、《历朝赋
格》卷五、《渊鉴类函》卷四百三十二、《历代赋汇》卷一百三十六、
《全后汉文》卷五十八;《艺文类聚》卷九十五、《太平御览》卷九百十
摘录。

　　《鲁灵光殿赋》见于《文选》卷十一、《事文类聚》续集卷五、《(嘉
靖)山东通志》卷三十七、《历朝赋格》上集文赋格卷二、《历代赋汇》
卷七十三、《古文辞类纂》卷七十、《七十家赋钞》卷四、《全后汉文》
卷五十八;《艺文类聚》卷六十二、《古俪府》卷十一、《渊鉴类函》卷
三百四十二摘录。《鲁灵光殿赋》为王延寿至鲁所作。《后汉书·
王延寿传》:"(王延寿)后溺水死，时年二十余。"其卒时年岁，由本
传之"二十余"衍为五说:(一)20岁。《白氏六帖事类集》卷七、《类
隽》卷十六、《渊鉴类函》卷三百二十一。(二)21岁。《水经注》卷

　　① 马积高《历代辞赋总汇·先秦汉魏晋南北朝卷》，第356页。

三十八、《舆地纪胜》卷六十九、《养知书屋集》文集卷七、《俍湖樵书》卷七、《(光绪)湖南通志》卷十七。(三)24 岁。《梦林玄解》卷三十一。(四)20 至 24 岁。《事文类聚》续集卷五。(五)30 岁。《卓氏藻林》卷四。

《梦赋》、《鲁灵光殿赋》作年陆侃如、吴文治、刘斯翰、康金声、刘跃进、石观海系于延熹五年(162)。① 《鲁灵光殿赋》:"予客自南鄙,观艺于鲁。"当断句为"予客,自南鄙观艺于鲁","客"指在鲁,南鄙指其家乡南郡宜城。如果是"予客自南鄙"则出发地指家乡以外的其他地方。王延寿《桐柏淮源庙碑》中有"延熹六年(163)"之说。桐柏在洛阳东南。② 南郡宜城在桐柏西南,灵光殿所在之曲阜位处桐柏东北,湘水在南郡宜城东南,由鲁渡湘水还宜城,不会至桐柏,因此王延寿行程当为南郡宜城→桐柏→曲阜→湘水。故《鲁灵光殿赋》之作在延熹六年作《桐柏淮源庙碑》后。《鲁灵光殿赋》作年龚克昌系于延熹八年(165)左右较为合理。③ 《梦赋》:"后人梦者读诵以却鬼,数数有验。"可见《梦赋》之作距其卒当还有较长时间,故系于作《鲁灵光殿赋》前一、二年内,即延熹六年(163)、七年(164)。《千秋赋》、《王孙赋》以延熹八年(165)为作年下限。

郦炎《遗令书》:"……陈留蔡伯喈,与我初不相见,吾仰之犹父,不敢以为兄,彼必爱以为弟。九江卢府君,吾父事之。张公衷、张子传幼业、王延寿、王子衍,我之朋友也。鲜于中优,吾先姑之所出也,若不足焉。汝苟足,往而朝觐之;汝不敏,往从之学焉。……"《遗令书》作于熹平六年(177)冬十二月。所言"王延寿"是否为王逸之子?如果是,则王延寿熹平六年冬十二月时仍在世。

---

① 陆侃如《中古文学系年》,第 223 页;吴文治《中国文学史大事年表》,第 186 页;刘斯翰《汉赋——唯美文学之潮》,第 224 页;康金声《汉赋纵横》,第 266 页;刘跃进《秦汉文学编年史》,第 533 页;石观海《中国文学编年史·汉魏卷》,第 306 页。

② 中国历史地图集编辑组《中国历史地图集》第二册,第 49—50 页。

③ 龚克昌《全汉赋评注》,第 681 页。

29. 马融(79—166)

马融有《长笛赋》、《梁将军西第赋》、《围棋赋》、《樗蒲赋》、《琴赋》、《龙虎赋》、《七厉》。《历代辞赋总汇》收《广成颂》、《东巡颂》、《上林颂》。①

《长笛赋》见于《文选》卷十八、《雅伦》卷五、《历朝赋格》上集文赋格卷五、《七十家赋钞》卷四、《全后汉文》卷十八;《艺文类聚》卷四十四、《初学记》卷十六摘录。

作赋时马融为"督邮,独卧郿平阳坞中,去京师逾年"。郿平阳坞在右扶风。延光四年(125)三月北乡侯即位,马融移病去,为郡功曹。② 则马融去京师为郡功曹在延光四年三月后,"逾年"至永建元年(126),《后汉书·百官志》:"安帝以羌犯法,三辅有陵园之守,乃复置右扶风都尉,京兆虎牙都尉。皆置诸曹掾史。本注曰:'诸曹略如公府曹,无东西曹。有功曹史,主选署功劳。有五官掾,署功曹及诸曹事。其监属县,有五部督邮,曹掾一人。'"《长笛赋》当如陆侃如、吴文治、刘斯翰、康金声、石观海所系,在永建元年。③

《梁将军西第赋》名称有四:(一)《梁将军西第赋》:《文选》卷十一、《玉海》卷一百七十五、《文选理学权舆》卷二。(二)《梁冀西第赋》:《南齐书》卷九、《天中记》卷四。(三)《西第颂》:《文选》卷四,《太平御览》卷九百七十一,《丹铅总录》卷三、十七,《丹铅摘录》卷十二,《升庵集》卷七十五,《谭菀醍醐》卷五,《说略》卷四,《历代诗话》卷十五,《渊鉴类函》卷十五。(四)《梁大将军西第颂》:《全后汉文》卷十八。"腾极受檐,阳马承限"句《文选》、《玉海》、《词林海错》作"《梁将军西第赋》",《历代诗话》作"《西第颂》"。梁将军、梁大将

---

① 马积高《历代辞赋总汇·先秦汉魏晋南北朝卷》,第 334—340 页。

② 范晔《后汉书》,第 241、1971 页。

③ 陆侃如《中古文学系年》,第 161 页;吴文治《中国文学史大事年表》,第 168 页;刘斯翰《汉赋——唯美文学之潮》,第 222 页;康金声《汉赋纵横》,第 263 页;石观海《中国文学编年史·汉魏卷》,第 266 页。

军指梁冀,可知四者名异实同。《全后汉文》卷十八载残句:(一)西北戌亥,玄石承输。① 虾蟇吐写,庚辛之域。② (二)黄果扬芳,紫房溃漏。(三)胡桃自零。(四)腾极受檐,阳马承阿。③《玉海》作"腾极受檐,阳马承阿。青琐银铺,为闺闼之饰"。《全汉赋》、《全汉赋评注》、《全汉赋校注》仅收(一)、(四)。笔者辑佚"仲秋阴中节,胡桃已零落。"案:该句与上文"胡桃自零"当为同一句。

该赋作年,陆侃如、刘斯翰、康金声、石观海系于建和元年(147)。④《后汉书·马融传》:"遂为梁冀草奏李固,又作大将军《西第颂》,以此颇为正直所羞。"《梁将军西第赋》当在为梁冀草奏李固后,西第建成时。梁冀草奏李固时间,学界有两说:(一)本初元年(146),刘跃进。⑤ (二)建和元年(147)。陆侃如、刘汝霖。⑥本初元年梁冀"乃说太后先策免固,竟立蠡吾侯,是为桓帝";建和元年"梁冀因此诬固与(刘)文、(刘)鲔共为妖言,下狱"。⑦ 均未有飞章之说。《飞章虚诬李固》:"太尉李固,……大行在殡。……山陵未成。""(梁)冀不从,乃立乐安王子缵,年八岁,是为质帝。时冲帝将北卜山陵,固乃议曰:'今处处寇贼,军兴用费加倍,新创宪陵,赋发非一。帝尚幼小,可起陵于宪陵茔内,依康陵制度,其于役费

① "石"《全汉赋校注》作"右"。"承"《文选旁证》卷三十八作"成";《全汉赋》、《全汉赋评注》作"左右兼输"。案:当作"玄石承输"。
② 《丹铅摘录》"域"作"役",《全汉赋》、《全汉赋评注》、《全汉赋校注》作"城"。案:当作"域"。
③ 《六臣注文选》"阿"作"楄";《词林海错》卷一作"限"。案:卞兰《许昌宫赋》:"睹阳马之承阿。"李善注:"阳马、四阿,长桁也。禁楄列布,承以阳马。"刘向曰:"禁楄,短椽也。阳马,屋四角引出以承短椽者相连接,或圆或方,斑白相间,疏密各有文章也。"故"楄"、"阿"均通;"限"乃形近而讹。
④ 陆侃如《中古文学系年》,第191页;刘斯翰《汉赋——唯美文学之潮》,第224页;康金声《汉赋纵横》,第265页;石观海《中国文学编年史·汉魏卷》,第288页。
⑤ 刘跃进《秦汉文学编年史》,第508页。
⑥ 陆侃如《中古文学系年》,第191页;刘汝霖《汉晋学术编年》,第365页。
⑦ 范晔《后汉书》,第2084、2086、2087页。

三分减一。'乃从固议。""永熹元年(145)春正月己未,葬孝冲皇帝
于怀陵。""大行在殡"指冲帝之"殡"。李固本初元年六月丁亥免除
太尉之职。① 故《飞章虚诬李固》在永熹元年。"建和元年,益封冀
万三千户。""和平元年(150),重封冀万户,并前所袭,合三万户。"
厚赏之下,"冀乃大起第舍。……数年乃成。……冀又其别第于城
西"。② 城西之第在"大起第舍"后,《梁将军西第赋》作于和平元年
后梁冀西第落成时。献赋邀宠,加之前为梁冀草奏李固,导致马融
为正直所羞。

《围棋赋》见于《古文苑》卷五、《文选补遗》卷三十二、《历朝赋
格》中集骚赋格卷五、《历代赋汇》卷一百三、《全后汉文》卷十八;
《艺文类聚》卷七十四、《纬略》卷二、《事文类聚》前集卷四十二
摘录。

《樗蒲赋》见于《艺文类聚》卷七十四、《全后汉文》卷十八。

《琴赋》见于《艺文类聚》卷四十四、《汉魏六朝百三家集》卷十
六、《渊鉴类函》卷一百八十八、《历代赋汇》逸句卷一、《操缦录》卷
五、《全后汉文》卷十八。《全后汉文》据《文选》注于"中道失志"后
补"居无室卢,罔所息置"。《全汉赋》、《全汉赋评注》、《全汉赋校
注》同。

《龙虎赋》仅存两句,见于《史记》卷五十七注、《容斋随笔》卷十
二、《事文类聚》别集卷六、《群书通要》己集卷四、《资治通鉴补》卷
十三、《正字通》卷八、《群书札记》十五、《陔余丛考》卷二十一、《癸
巳类稿》卷十一、《全后汉文》卷十八、《骈雅训纂》卷二、《汉书补注》
卷十。《名义考》卷五作"马援《龙虎赋》"。

《七厉》存目,篇名有二:(一)《七广》:《容斋随笔》卷七、《明文
衡》卷五十六、《荆川稗编》卷七十五、《诗家直说》卷一、《四溟诗话》

---

① 范晔《后汉书》,第 2083、277、282 页。
② 范晔《后汉书》,第 1179、1182 页。

卷一、《沈氏学弢》卷十四、《四六丛话》卷二十六、《日知录》卷十九、
《日知录集释》卷十九、《古欢堂集》卷十八、《铁立文起》前编卷十
二、《渊鉴类函》卷一百九十九、《野鸿诗的》、《全唐文纪事》卷一百
二十、《文房肆考图说》卷六。（二）《七厉》：《读书纪数略》卷三十
一、《隋书经籍志考证》卷三十九、《后汉书艺文志》卷四。案：当作
《七厉》。

《围棋赋》、《樗蒲赋》、《琴赋》、《龙虎赋》、《七厉》作年以马融卒
年即延熹九年（166），①为写作下限。

30. 张升（118—166）

《白鸠赋》序及残句见于《太平御览》卷九百二十一、《全后汉
文》卷八十二。《太平御览》、《东汉文纪》卷十七称《白鸠颂》。

张升，陈留尉氏人。……仕郡为纲纪，以能出为外黄令。……
遇党锢去官，后竟见诛，年四十九。② 东汉党锢在桓帝延熹九年
（166）、灵帝熹平五年（176）。"陈留老父者，不知何许人也。桓帝
世，党锢事起，守外黄令陈留张升去官归乡里，道逢友人，共班草而
言。"③张升遇党锢见诛在桓帝延熹九年（166），故其生年在元初五
年（118）。陶容、于士雄《历代名人生卒年表补》将其生卒年后推三
年。④ 延熹九年（166）冬十二月，司隶校尉李膺等二百余人受诬为
党人，并坐下狱，书名王府。建宁元年（168）正月庚子，灵帝即皇帝
位。二月，大赦天下。⑤ 故张升生卒年当为元初五年（118）至延熹
九年（166）。《白鸠赋》作于其出为外黄令前。写作区间为永建三
年至延熹九年（128—166）。吴文治系于延熹二年（159）。⑥

① 范晔《后汉书》，第 1954、1972 页。
② 范晔《后汉书》，第 2627、2628 页。
③ 范晔《后汉书》，第 2775 页。
④ 陶容、于士雄《历代名人生卒年表补》，北京图书馆出版社，2002 年，第 417 页。
⑤ 范晔《后汉书》，第 318、328 页。
⑥ 吴文治《中国文学史大事年表》，第 184 页。

31. 延笃(约 100—167)

《应讯》存目,见于《后汉书·延笃传》。延笃延熹十年(167)卒,①其生年约在永元十二年(100)。《应讯》写作时间下限为永康元年(167)。

32. 桓麟(? —约 167)

《七说》作者有四说:(一)桓彬:《后汉书》卷六十七,《册府元龟》卷八百三十七、八百五十四,《通志》卷一百八,《河南通志》卷六十二,《大清一统志》卷八十八,《江南通志》卷一百六十四,《骈字类编》卷一百一。(二)桓麟:《文章缘起》,《文心雕龙》卷三,《艺文类聚》卷五十七,《北堂书钞》卷一百四十二、一百四十四、一百四十五,《龙筋凤髓判》卷二,《文选》卷三十五、六十,《韵补》卷四,《纬略》卷三,《慈湖诗传》卷十,《稗编》卷七十五,《毛诗古音考》卷一、二,《东汉文纪》卷二十五,《古今通韵》卷十二,《格致镜原》卷二十二、六十一,《读书纪数略》卷三十一,《佩文韵府》卷三十七之四,《康熙字典》卷三十四,《骈字类编》卷一百九十七,《古欢堂集》卷十八。(三)桓骊:《太平御览》卷八百五十、八百六十一,《古俪府》卷十二,《唐韵正》卷十、十三、十六,《分类字锦》卷二十一、二十二,《渊鉴类函》卷一百九十九、三百九十、三百八十八、三百八十九、三百九十一,《佩文韵府》卷四之六、十九之二、二十二之十三、二十八之一、之二、六十八之三,《康熙字典》卷三十二,《骈字类编》卷二百二十,《叶韵汇辑》卷二十四、三十五。案:作"桓麟《七说》"与"桓骊《七说》"的文句相同,当为同一赋作。《艺文类聚》卷三十一:"《文士传》曰:桓骊,伯父焉。"《太平御览》卷三百八十五:"桓骊,字元凤,沛国龙元人,伯父焉知名。"《说郛》卷五十八上:"桓骊,字元凤,伯父焉。"故可知"桓骊"即《后汉书》中之"桓麟"。(四)桓谭:《文选》卷四:"戏谈以要誉",该句在《佩文韵府》卷二十八之二则为"桓

---

① 范晔《后汉书》,第 2108 页。

麟《七说》"。《后汉书·桓谭列传》:"所著赋、诔、书、奏,凡二十六篇,①未言及《七说》、七体、说等,故当为桓麟《七说》。则著作权之争在桓麟、桓彬父子。考《后汉书·桓荣丁鸿列传》桓麟所著有碑、诔、赞、说、书凡二十一篇。李贤注:案挚虞《文章志》。麟文见在者十八篇,有碑九首,诔七首,《七说》一首。桓彬所著《七说》及书凡三篇,可见父子俩均有七体之作。② 故称"桓麟"、"桓麟"、"桓谭"《七说》的文句,将其归在桓麟《七说》中。文句"斑窎锦文"《北堂书钞》卷一百四十五作桓彦林《七设》;《渊鉴类函》卷三百八十九作桓彦休《七设》。案:"桓彦休"当为"桓彦林"。

《艺文类聚》卷五十七载桓麟《七说》:

> 香其为饭,杂以稉菰。散如细蚳,搏似凝肤。河鼋之羹,齐以兰梅。芳芬甘旨,未咽先滋。椅梧与梓,生乎曾崖。上仰贯天之山,下临洞地之溪。飞霜厉其末,飚风激其崖。孤琴径其根,杂鸟集其枝。王良柏其左,造父骖其右。挥沫扬镳,倏忽长驱。轮不暇转,足不及骤。腾虚踰浮,瞥若飚雾。追慌忽,逐无形。速疾影之超表,捷飞响之应声。超绝壑,踰悬阜。驰猛禽,射劲鸟。骋不失踪,满不空发。弹轻翼于高冥,穷疾足于方外。

《东汉文纪》卷二十五、《渊鉴类函》卷一百九十九同;《全后汉文》卷二十七"未咽先滋"后增"□一元之肤,脍脡祭之鲜。□□铭方,徽割不理。杂犹乱丝,聚若委采。蒸刚肥之豚,炰柔毛之羜。调脡和粉,糅以橙蒟。"文后列残句:"戏谭以要誉"。将"新城之秔,雍丘之粱。重穋代孰,既滑且香。精粺细面,芬糜异粻。""三牲之

① 范晔《后汉书》,第961页。
② 范晔《后汉书》,第1260、1261页。

供,鲤鮋之脍。飞刀徽整,叠似蚋羽。""□□大武,牷犊栗梁。刚鬣奉豕,肥腯云羊。合以水火之齐,和以五味之芳。""菰粱雪累,班莂锦文"作为桓彬《七设》文句。案:《北堂书钞》作"桓彦林《七设》",其为桓麟之误的可能性小,因此,将之归为桓彬《七设》可从。《分类字锦》、《渊鉴类函》、《佩文韵府》、《骈字类编》将其归为作桓麟《七说》,误。《全汉赋》、《全汉赋评注》、《全汉赋校注》则将《全后汉文》补入及文末残句列于文后。"□一元之肤,脍脡祭之鲜。□□铭方,徽割不理。杂犹乱丝,聚若委采。蒸刚肥之豚,炰柔毛之羜。调腥和粉,糅以橙蒟"写饮食之丽,《全后汉文》的补入,合理可从。其前当有写作缘由与用意的部分。

桓麟"桓帝初为议郎,入侍讲禁中,后年四十一卒"。[1] 假定其为议郎时 20 岁,桓帝本初元年(146)即位,则其卒年约在延熹十年(167)前后,《七说》作年下限为延熹十年。太尉刘宽中平二年(185)二月薨,四月葬,桓麟撰碑在西京洛阳县东观。如果桓麟中平二年时在世,则其生年在汉安三年(144)左右。其子桓彬光和元年(178)卒,年四十六,[2]生年在阳嘉二年(133),如此,则桓麟 12 岁生桓彬,故桓麟为刘宽撰碑之说不成立。

33. 崔寔(? —约 171)

崔寔有《大赦赋》、《答讥》。

崔瑗汉安二年(143)卒,崔寔隐居墓侧。服竟,三公并辟,皆不就。桓帝初,诏公卿郡国举至孝独行之士。寔以郡举,征诣公车,病不对策,除为郎。建和元年(147)夏四月,诏大将军、公、卿、郡、国举至孝笃行之士各一人。[3] 故崔寔出仕在建和元年四月。建宁中病卒。家徒四壁立,无以殡葬,光禄勋杨赐、太仆袁逢、少

---

① 范晔《后汉书》,第 1260 页。

② 范晔《后汉书》,第 1261 页。

③ 范晔《后汉书》,第 1724、1725、289 页。

府段颎为备棺椁葬具，大鸿胪袁隗树碑颂德。段颎建宁二年
(169)七月被称为破羌将军，三年(170)为侍中，侍中属少府。四
年(171)段颎代李咸为太尉。李咸四年三月为太尉。则段颎三年
至四年二月为少府。三年八月大鸿胪桥玄为司空。熹平元年
(172)十二月大鸿胪袁隗为司徒。大鸿胪，卿一人，袁隗为大鸿胪
时间为三年九月至熹平元年十一月。杨赐建宁初迁少府、光禄
勋。建宁为168—171年。熹平二年(173)二月，代唐珍为司空。①
综上，崔寔亡故在建宁三年九月至四年二月，而非陆侃如、石观海
所言建宁元年(168)。②

《大赦赋》见于《艺文类聚》卷五十二、《古文苑》卷六、《渊鉴类
函》卷一百五十三、《历代赋汇》卷四十五、《全后汉文》卷四十五；
《初学记》卷二十摘录。

作年二说：(一)和帝十一年(99)四月。吴文治、费正刚、仇
仲谦、刘南平。③ (二)永寿三年(157)。陆侃如、吴文治、龚克
昌、石观海。④ 各本记载均作"四月"，不见有"正月"之例。赋
"惟汉之十一年四月大赦"之"十一"《初学记》作"二"。考崔寔出
仕至其卒四月赦免的有建和元年(147)、三年(149)，⑤其中建和
元年春正月大赦天下，四月宥罪人。此时桓帝即位第二年，与
《初学记》所载相符。147年为建和元年，新登基帝王改元之始，
与赋之"新邦家而更始"相合。崔寔夏四月庚寅被诏，丙午，诏郡

① 范晔《后汉书》，第1731、330、2153、3593、2154、332、331、334、3583、1776、1777页。
② 陆侃如《中古文学系年》，第243页；石观海《中国文学编年史·汉魏卷》，第316页。
③ 吴文治《中国文学史大事年表》，第156页；费振刚、仇仲谦、刘南平《全汉赋校注》，第843页。
④ 陆侃如《中古文学系年》，第212页；吴文治《中国文学史大事年表》，第183页；龚克昌《全汉赋评注》，第703页；石观海《中国文学编年史·汉魏卷》，第299页。
⑤ 范晔《后汉书》，第289、293页。

国系囚减死罪一等,勿笞。唯谋反大逆,不用此书。又诏曰:"比起陵茔,弥历时岁,力役既广,徒隶尤勤。顷雨泽不沾,密云复散,倘或在兹。其令徒作陵者减刑各六月。"①《文子·精气诚》:"故精诚内形气动于天,景星见,黄龙下,凤凰至,醴泉出,嘉谷生,河不满溢,海不波涌。"建和元年二月沛国言黄龙见谯;四月芝草生中黄藏府。② 与赋"披玄云,照景星"相合。故《大赦赋》作于建和元年。

《答讥》见于《艺文类聚》卷二十五、《东汉文纪》卷十七、《渊鉴类函》卷二百九十九、《全后汉文》卷四十六、《后汉书集解》卷五十二。

赋言"客有讥夫人之享天爵而应睿哲",可见作赋时崔寔已为朝廷命官;赋言"嘉遁"、"守恬履静,澹尔无求。沉缗浚壑,栖息高丘,虽无炎炎之乐,亦无灼灼之忧。余窃嘉兹,庶遵厥猷",可见时崔寔归隐避祸。崔寔建和元年(147)出仕,延熹二年(159)八月梁冀诛时以故吏免官,禁锢数年。后为司空黄琼举荐,拜辽东太守。黄琼为司空在延熹四年(161)五月至九月,③故崔寔免官被禁锢在延熹二年八月至延熹四年。拜辽东太守,行道,母病卒,归葬行丧,服竟,召拜尚书。寔以世方阻乱,称疾不视事,数月免归。④ 延熹四年母卒,服竟当至延熹六年(163)末或延熹七年(164)初,拜尚书,数月免归在延熹七年,此后不再出仕,故以世方阻乱,称疾不视事归隐在延熹七年至建宁三年(170)。两次免官,前者被迫,后者为避乱免祸自愿而为,免官期间如客所言"游精太清,潜思九玄,励节缥霄,抗志浮云",《答讥》之作距其卒有一段时间,故系于延熹七年至建宁三年。

① 范晔《后汉书》,第 289、290 页。
② 范晔《后汉书》,第 289、290 页。
③ 范晔《后汉书》,第 1730、308、309 页。
④ 范晔《后汉书》,第 1730、1731 页。

34. 皇甫规(104—174)

皇甫规《芙蓉赋》存目见于顾怀三《补后汉书艺文志》。《后汉书·皇甫张段列传》中皇甫规生平中有"所著赋、铭、碑、赞、祷文、吊、章表、教令、书、檄、笺记,凡二十七篇"。皇甫规有赋作当无疑。皇甫规熹平三年(174)卒,71岁。[①] 则《芙蓉赋》写作时间下限为其卒年。疑还有其他赋作。

35. 郦炎(150—177)

《七平》存目。郦炎熹平六年(177)遂死狱中,时年二十八。[②] 其生卒年为和平元年(150)至熹平六年,郦炎《遗令书》:"我……二十七而作《七平》矣",则《七平》如吴文治所系,作于熹平五年(176)。[③]

36. 桓彬(133—178)

《全后汉文》卷二十七载桓彬《七设》残句四条,从文句上看似乎写滋味之丽。桓彬以其十岁后著作,则其《七设》约作于汉安元年(142)至熹平七年(178)。

37. 刘梁(约118—约183)

《七举》残句散见于各书。《全后汉文》卷六十四收集残句十二条,其中"绿柱朱榱,青琐碧珰"《太平御览》卷一百八十七称刘良《七举》。"华组之缨,从风纷纭"、"佩则结绿悬黎,宝之妙微,荷彩昭烂,流景扬晖。黼黻之服,纱縠之裳"、"九旒之冕,散耀垂文",实为曹植《七启》文句;"酤以醴醴,和以蜜饴"为"刍豢既陈,异馔并羞。勺药之调,煎炙蒸臑。酤以醴醴,和以蜜饴"节录;实际有七条。《全汉赋》、《全汉赋评注》、《全汉赋校注》增:(一)天马之号,出自西域。纤阿为右,御以术仪。揽辔舒节,凌云先螭。(二)仲尼救元意,素道

---

① 范晔《后汉书》,第2137页。

② 范晔《后汉书》,第2649页。

③ 吴文治《中国文学史大事年表》,第197页。

信,而不疑友四子,于载师道、王道,圣以自所谓在富而好礼,命世之雄儒也。(三)在昔上人,耽述古学,处穷困不易其常,在盈溢不变其操。(四)设极九变之乐,而作四诘十二之倡也。(五)秦俳赵舞,奋袖低仰。跳丸跃剑,腾虚踏空。程章灿辑第(一)、(三)、(五)条及"命世雄儒"、"设极九变",字稍异。① 其中第(二)条《渊鉴类函》卷二百一作"仲尼亢意,素道信而不疑,命世之雄儒也"。《北堂书钞》卷九十六仅载"命世雄儒"。第(三)条《北堂书钞》卷九十七、《渊鉴类函》卷二百二作刘良《七举》;第(四)条《北堂书钞》卷一百五作刘广世云;《续后汉书》卷二十九上:"(曹丕甄)后三岁,逸卒,号慕如成人,相者刘良指后曰:'此女贵,乃不可言。'"(曹丕甄)后延康二年(221)六月被赐死,故汉末有相者刘良,但是否与作《七举》之刘良为同一人,史料缺乏,不可知。鉴于此,刘良《七举》文句不纳入刘梁《七举》。《北堂书钞》卷一百十二有"设极九变",因此刘梁《七举》残句实际为十一条。可将其分类如下:(一)宫室,"双辕覆井,芰荷垂英"。"丹楹缥壁,紫柱虹梁。桷榱朱绿,藻棁玄黄。镂以金碧,杂以夜光。鸿台百层,干云参差。仰观八极,游目无涯。玉树青葱,鸾鹤并栖。隋珠明月,照曜其陂。(二)服饰,"黼黻之服,纱縠之裳。繁饰参差,微鲜若霜。"(三)乐舞,"秦俳赵舞,奋袖低仰。跳丸跃剑,腾虚踏空。""设三极九变之乐,而作四诘十二之倡也。"(四)车舆,"天马之号,出自西域。纤阿为右,御以术仪。揽辔舒节,凌云先蝱。"(五)饮食,"刍豢既陈,异馔并差。勺药之调,煎炙蒸臑。酤以醯醯,和以蜜饴。""菰粱之饭,入口丛流。送以熊蹢,咽以豹胎。""鲤鲉之脍,分毫析厘。"(六)道德,"先生昭然神悟,霍而体轻。""仲尼亢意,素道信而不疑,命世之雄儒也。"

刘梁桓帝时举孝廉,光和中卒,②桓帝本初元年(146)至延熹

---

① 程章灿《魏晋南北朝赋史》,第 340 页。

② 范晔《后汉书》,第 2639、2640 页。

十年(167)在位,时刘梁年三十左右,光和为 178—183 年,故刘梁生卒年约在元初五年(118)至光和六年(183)。作赋时间下限为光和六年。

38. 刘宏(156—189)

《追德赋》存目。《历代辞赋总汇》收《招商歌》。①

王美人"光和四年(181)生皇子协,(何皇)后遂酖杀美人。……帝愍协早失母,又思美人,作《追德赋》。"②《太平御览》卷一百三十七据《续汉书》:"孝献帝母王璋女也。……光和三年中夏幸妊身。……四年三月癸巳生上,庚子渴饮米粥,遂暴薨。……永乐后自将护至三岁。灵帝闵上早失所生,追思后令美,乃作《追德赋》、《令仪颂》。陵曰文昭陵,起坟文陵园北。"《续汉书》所言"追思后令美"之"后"指王美人,而非永乐皇后,依据有二:(一)《后汉书·董皇后纪》:灵帝即位,"上尊号曰孝仁皇后……后坐矫称永乐后。……初,后自养皇子协,数劝帝立为太子,而何皇后恨之,议未及定而帝崩"。《后汉书·灵帝纪》:"建宁二年(169)春正月丁丑,大赦天下。三月乙巳,尊慎园董贵人为孝仁皇后。""中平六年(189)六月辛亥,孝仁皇后董氏崩。"灵帝中平六年四月丙辰崩,③由此可知:永乐皇后崩在灵帝驾崩之后。(二)据《后汉书·王美人纪》:"兴平元年(194)……于是有司乃奏追尊王美人为灵怀皇后,改葬文昭陵,仪比敬、恭二陵。"《续汉书》称王美人为"后",乃是用以后之称谓。《追德赋》当为追思王美人而作,"追"可证赋不作于王美人初薨之际。结合《续汉书》所言,当作于皇子协三岁时,即光和六年(183)。

《后汉书补注》卷四、《后汉书集解》八:"帝幸太学,自就碑作

①　马积高《历代辞赋总汇·先秦汉魏晋南北朝卷》,第 377 页。

②　范晔《后汉书》,第 449、450 页。

③　范晔《后汉书》,第 357 页。

赋。"故汉灵帝刘宏当还有其他赋作,惜亡佚。考《后汉书·灵帝纪》,明文记载"幸太学"仅光和五年(182)十二月,①但不排除熹平石经完成等其他时间灵帝幸太学的可能。

39. 蔡邕(132—192)

据《后汉书·蔡邕传》可梳理其生平如下:师事太傅胡广→延熹二年(159)被征,至偃师→称疾归,作《述行赋》,闲居,作《释诲》→建宁三年(170)辟司徒乔玄府→为河平长→郎中、校书东观、迁议郎→熹平四年(175)正六经文字→熹平六年(177)上封事→熹平七年(178)七月对诏金商门、下洛阳狱→徙朔方五原安阳县→光和二年(179)四月还本郡,将就还路,忤王智→亡命吴地12年→中平六年(189)八月为祭酒、侍御史、持书御史、尚书→迁巴郡太守→为侍中→左中郎将,初平元年(190)二月随帝迁都长安,封高阳乡侯→初平二年(191)地震对→三年(192)四月董卓诛,叹,下狱→死狱中。其下狱时"太尉马日䃅驰往谓(王)允",马日䃅初平三年(192)七月庚子为太傅,②蔡邕下狱当在此前,其下狱死亡在初平三年四、五、六月。建宁三年(170),乔玄为司空,建宁四年(171)为司徒,由《辟司空桥玄府出补河平长》可见蔡邕在建宁三年(170)辟司空乔玄府,而非司徒,本传误。亡命吴地自光和二年(179)四月至中平六年(189)八月,为时11年。《让尚书乞在闲冗表》"臣流离藏窜,十有二年",当包括流放朔方时间在内,共十二年。本传谓"三日之间,周历三台",③而其《荐太尉董卓可相国并自乞闲冗章》:"陛下天地之大德,听纳大臣。扶饰文学,遂用臣邕,充备机密。三月之中,充历三台。"案:《后汉书·荀爽传》:"献帝即位,董卓辅政,复征之,爽欲遁命,吏持之急,不得去,因复就拜平原相。

①　范晔《后汉书》,第 347 页。
②　范晔《后汉书》,第 2006、373 页。
③　范晔《后汉书》,第 2005 页。

行至宛陵,复追为光禄勋。视事三日,进拜司空。爽自被征命及登台司,九十五日。"①蔡邕较荀爽用时更短,当作"三月"。初平元年(190)二月随帝迁都长安,此前为侍中、拜左中郎将,②本传称"迁巴郡太守,复留为侍中";《全后汉文》卷六十九称"拜巴郡太守,未行";蔡邕《让高阳乡侯章》:"令守巴郡,还备侍中。"一"还"字可证蔡邕当赴巴郡到任后还京师为侍中。《后汉书·刘梁传》:"(刘梁)后为野王令,未行。"《续后汉书·潘勖传》:"建安二十年迁东海相,未行,留拜尚书左丞。"均言"未行",蔡邕本传不见此词。故蔡邕迁巴郡太守在中平六年(189)十一、十二月。

　　蔡邕有《霖雨赋》、《述行赋》、《伤故栗赋》、《释诲》、《青衣赋》、《琴赋》、《弹棋赋》、《汉津赋》、《短人赋》、《检逸赋》(《静情赋》)、《笔赋》、《蝉赋》、《协和婚赋》、《协初赋》、《瞽师赋》、《团扇赋》、《玄表赋》。赵逵夫师考证《协和婚赋》和《协初赋》是同一篇,③可从。万光治辑《长笛赋》、《鲁灵光殿赋》。④《白氏六帖事类集》(民国景宋本)卷十八、《山堂肆考》卷一百六十三音乐记载蔡邕《长笛赋》"远可以通灵达微,近可以写情畅神"。严可均《全上古三代秦汉三国六朝文》则作为晋代伏滔《长笛赋》内容。《历代辞赋总汇》收《吊屈原文》、《九惟》。⑤

　　《霖雨赋》存一段,《艺文类聚》卷二、《渊鉴类函》卷七作曹植《愁霖赋》;《文选》卷二十七、《全后汉文》卷六十九等作蔡雍《霖雨赋》。王先谦《后汉书补注》卷六十下:"案:魏晋间记载邕事,'邕'或作'雍',字书亦以'邕'为'雍'之古文。……实则借'邕'为'雝',由隶写趋于简易。"赋当为蔡邕所作。

①　范晔《后汉书》,第 2057 页。
②　范晔《后汉书》,第 2005、369 页。
③　赵逵夫师《汉晋赋管窥》,《甘肃社会科学》,2003(5)。
④　万光治《汉赋通论》,第 489 页。
⑤　马积高《历代辞赋总汇·先秦汉魏晋南北朝卷》,第 375、376 页。

　　作年如陆侃如、吴文治、刘斯翰、龚克昌、康金声、石观海、邓安生、傅建忠、曾伟伟、陈海燕所言，为延熹二年(159)。[①]

　　《述行赋》见于《蔡中郎集》外传、《汉魏六朝百三家集》卷十八、《历朝赋格》中集骚赋格卷四、《历代赋汇》外集卷十、《续古文苑》卷一、《七十家赋钞》卷四、《全后汉文》卷六十九；《艺文类聚》卷二十七、《古文苑》卷二十一、《渊鉴类函》卷三百六摘录。

　　因赋序"延熹二年秋"，学界多系于延熹二年(159)，[②]然序中所言起显明苑在延熹二年七月；"梁冀新诛"，徐璜、左悺封侯在延熹二年八月；"白马令李云以直言死，鸿胪陈君以救云抵罪"在延熹三年(160)春闰正月，[③]故《述行赋》必作于延熹三年春闰正月后，邓安生之延熹三年系年合理可从。[④]

　　《伤胡栗赋》见于《蔡中郎集》卷四、《古文苑》卷二十一、《汉魏六朝百三家集》卷十八、《广群芳谱》卷五十九、《渊鉴类函》卷四百三、《历代赋汇》逸句卷二、《全后汉文》卷六十九；《艺文类聚》卷八十七、《初学记》卷二十八摘录。

---

　　①　陆侃如《中古文学系年》，第 217 页；吴文治《中国文学史大事年表》，第 184 页；刘斯翰《汉赋——唯美文学之潮》，第 224 页；龚克昌《全汉赋评注》，第 873 页；康金声《汉赋纵横》，第 266 页；石观海《中国文学编年史·汉魏卷》，第 302 页；邓安生《蔡邕集编年校注》，第 593 页；傅建忠《蔡邕辞赋研究》，硕士学位论文，2003 年；曾伟伟《论蔡邕在文学史上的地位》，硕士学位论文，2007 年；陈海燕《汉末名士蔡邕家世及生平考述》，《西南石油大学学报》，2010(1)。

　　②　陆侃如《中古文学系年》，第 217 页；吴文治《中国文学史大事年表》，第 159 页；刘斯翰《汉赋——唯美文学之潮》，第 224 页；顾绍炯《托古喻今　寄意深远——蔡邕〈述行赋〉初探》，《贵州大学学报》，1990(2)；吴明贤《蔡邕赋论》，《四川师范大学学报》，1990(4)；康金声《汉赋纵横》，第 266 页；顾农《蔡邕论》，《扬州师院学报》，1994(1)；顾农《建安文学史》，湖南教育出版社，2000 年，第 7 页；傅建忠《蔡邕辞赋研究》，硕士学位论文，2003 年；刘跃进《秦汉文学编年史》，第 528 页；石观海《中国文学编年史·汉魏卷》，第 302 页；王辉斌《蔡邕蔡琰生平系年》，《襄樊学院学报》，2009(10)；陈海燕《汉末名士蔡邕家世及生平考述》，《西南石油大学学报》，2010(1)。

　　③　范晔《后汉书》，第 304、307 页。

　　④　邓安生《蔡邕集编年校注》，第 593 页。

"人有折蔡氏祠前栗者,故作斯赋",疑赋作于蔡邕在家时。蔡邕在家分两段,前段为其15岁建和元年(147)后,师事胡广前;后段为延熹三年(160)至建宁二年(169)。以其卒年为写作时间下限。

《释诲》见于《后汉书》卷六十、《蔡中郎集》外传、《册府元龟》卷七百七十、《通志》卷一百一十、《文章辨体汇选》卷四百三十三、《东汉文纪》卷二十三、《汉魏六朝百三家集》卷十八、《骈体文钞》卷二十七、《全后汉文》卷七十三;《艺文类聚》卷二十五、《东汉文鉴》卷十四、《经济类编》卷五十三、《渊鉴类函》卷二百九十九摘录。

作年四说:(一)延熹二年(159)。刘跃进。① (二)延熹四年(161)。吴文治。② (三)延熹六年(163)。陆侃如、龚克昌、石观海、王辉斌。③ (四)建宁三年(170)。顾农。④ 该赋作于延熹三年(160)自偃师至建宁三年辟乔府间。《太平御览》卷四三二引汉蔡邕《书》:"早丧二亲,年逾三十,鬓发二色。""邕年三十余已白发,故自号华巅胡老。""三十余"至少在延熹五年(162)31岁,故《释诲》作于延熹五年至建宁三年。

《青衣赋》见于《汉魏六朝百三家集》卷十八、《渊鉴类函》卷二百五十八、《历代赋汇》外集卷十五、《续古文苑》卷一、《全后汉文》卷六十九;《艺文类聚》卷三十五、《初学记》卷十九摘录。

该赋作年俞纪东系于建宁三年入桥玄幕府后或出补河平长时;⑤邓安生、曾伟伟系于建宁四年(171)。⑥ 赋中"寒雪缤纷,充

① 刘跃进《秦汉文学编年史》,第528页。

② 吴文治《中国文学史大事年表》,第185页。

③ 陆侃如《中古文学系年》,第229页;龚克昌《全汉赋评注》,第885页;石观海《中国文学编年史·汉魏卷》,第308页;王辉斌《蔡邕蔡琰生平系年》,《襄樊学院学报》,2009(10)。

④ 顾农《蔡邕论》,《扬州师院学报》,1994(1)。

⑤ 俞纪东《蔡邕〈青衣赋〉研究》,《上海财经大学学报》,2001(1)。

⑥ 邓安生《蔡邕集编年校注》,第599页;曾伟伟《论蔡邕在文学史上的地位》,硕士学位论文,2007年。

庭盈阶"可见赋作于冬季;"南瞻井柳,仰察斗机。""井柳"指井宿、柳宿,古为秦之分野。王先谦《后汉书集解》引"沈钦韩曰"认为"河平盖平阿之误",可从。平阿,县名,东汉以平阿侯国置,治所在今安徽怀远县西南。① 蔡邕入桥玄司空司徒府在洛阳,②出补河平长亦与秦地不相涉,此赋可能为光和二年(179)冬蔡邕自朔方还本郡亡命吴地途经秦地所作。

《琴赋》残缺,《艺文类聚》卷四十四载:

> 尔乃言求茂木,周流四垂。观彼椅桐,层山之陂。丹华炜烨,绿叶参差。甘露润其末,凉风扇其枝。鸾凤翔其巅,玄鹤巢其岐。考之诗人,琴瑟是宜。尔乃清声发兮五音举,发宫商兮动角羽。曲引兴兮繁弦抚,然后哀声既发,秘弄乃开。左手抑扬,右手徘徊。指掌反覆,抑案藏摧。于是繁弦既抑,雅韵乃扬。仲尼思归,鹿鸣三章。梁甫悲吟,周公越裳。青雀西飞,别鹤东翔。饮马长城,楚曲明光。楚姬遗叹,鸡鸣高桑,走兽率舞,飞鸟下翔,感激兹歌,一低一昂。

《蔡中郎集》卷四、《北堂书钞》卷一百九、《初学记》卷十六、《古文苑》卷二十一、《汉魏六朝百三家集》卷十八、《古俪府》卷八、《操缦录》、《渊鉴类函》卷一百八十八、《历代赋汇》卷九十四所录,不出上述文句。《操缦录》:"蔡邕《琴赋》一作《弹琴赋》",可见一赋二名。《全后汉文》卷六十九在"琴瑟是宜"后增"爰制雅器,协之钟律,通理治性,恬淡清溢。尔乃间关九弦,出入律吕,屈伸低昂,十指如雨";文后列残句:"一弹三欷,悽有余哀。""丹弦既张,八音既平。"

---

① 复旦大学地理研究所《中国历史地名辞典》,江西人民出版社,1986年,第167页。

② 王仲殊《汉代考古学概说》,中华书局,1984年,第18页。

"苟斯乐之可贵,宣箫琴之足听。""于是歌人恍惚以失曲,舞者乱节
而忘形。哀人塞耳以惆怅,辕马蹀足以悲鸣。"《全汉赋》将"间关九
绲,出入律吕,屈伸低昂,十指如雨"列于文末,另增"有清灵之妙"。
《蔡邕集编年校注》、《全汉赋评注》、《全汉赋校注》同。此外,《佩文
韵府》卷二十三之九、卷六十一将"踔宇宙而遗俗兮,眇翩翩而独
征"、"陵纵播逸,霍濩纷葩"认为是蔡邕《琴赋》文句。案:前者属蔡
邕《释诲》,后者属嵇康《琴赋》,《佩文韵府》误。综上,蔡邕《琴赋》
除《艺文类聚》所录外,有残句六处。蔡邕《琴赋》前,相关赋作较
多,枚乘《七发》写音乐顺序为:生长环境→制作→奏、歌→音乐效
果→总评。王褒《洞箫赋》:生长环境→制作→吹奏情形、音声→效
果→论赞。傅毅《七激》:生长环境→得材之难→制作→奏、歌。崔
骃《七依》:生长环境→制作。马融《长笛赋》:生长环境→得材→制
作→笛声之美→效果→笛之由来。马融《琴赋》:生长环境→失志
公子→效果。崔琦《七蠚》:生长环境→制作→演奏。桓麟《七说》:
生长环境。由上述赋作可总结出汉赋描写器乐之顺序:木生之
险→获材之难→琴制之巧→音之妙→音之效→论赞。其中,音乐
效果多通过人和动物听后之反应来体现。据此总结可将蔡邕《琴
赋》残句试补入原文。

　　残句六条析之如下:(一)"爰制雅器,协之钟律。通理治性,恬
淡清溢"交代制琴,当在写制琴木材生长环境后,《全后汉文》补在
"琴瑟是宜"后可从。(二)"尔乃间关九绲,出入律吕,屈伸低昂,十
指如雨"写弹琴。林恬慧去掉"尔乃"二字,补于"曲引兴兮繁弦抚"
后。[①] 描写琴声前,应有相应弹奏描写,《全后汉文》将该句补在制
琴后、琴声前,可从。(三)"一弹三欷,慄有余哀"描写曲之哀,原文
中与哀曲相关文句为"哀声既发,秘弄乃开",后之"左手抑扬,右手
徘徊。指掌反覆,抑案藏摧"为指法描写。"开"、"哀"、"徊"脂部

---

　　① 林恬慧《先唐乐器赋研究》,博士学位论文,2012年。

韵,故可将该句接在"秘弄乃开"后。(四)"丹弦既张,八音既平"之
"八音"指金、石、丝、竹、匏、土、革、木,"八音既平"指八音协畅,当
在描写琴音之后,属总体描写全部乐器乐音部分。原文结束部分
仍写琴声,故可将该句接在"一低一昂"后。(五)"苟斯乐之可贵,
宣箫琴之足听"属评论性语言,可放在文末。(六)"于是歌人恍惚
以失曲,舞者乱节而忘形。哀人塞耳以惆怅,辕马蹀足以悲鸣"描
写音乐效果,当在总体描写乐音后。"丹绉既张,八音既平"正是从
总体上写音乐,故可接在"八音既平"后。考其用韵,"形"、"鸣"、
"平"同为耕部韵。综上,《琴赋》可校为:

> 尔乃言求茂木,周流四垂。观彼椅桐,层山之陂。丹华炜
> 烨,绿叶参差。甘露润其末,凉风扇其枝。鸾凤翔其巅,玄鹤
> 巢其岐。考之诗人,琴瑟是宜。爰制雅器,协之钟律。通理治
> 性,恬淡清溢。尔乃间关九弦,出入律吕。屈伸低昂,十指如
> 雨。尔乃清声发兮五音举,韵宫商兮动角羽,曲引兴兮繁弦
> 抚。然后哀声既发,秘弄乃开。一弹三欷,凄有余哀。左手抑
> 扬,右手徘徊。指掌反覆,抑案藏摧。于是繁弦既抑,雅韵乃
> 扬。仲尼思归,鹿鸣三章。梁甫悲吟,周公越裳。青雀西飞,
> 别鹤东翔。饮马长城,楚曲明光。楚姬遗叹,鸡鸣高桑。走兽
> 率舞,飞鸟下翔。感激兹歌,一低一昂。丹绉既张,八音既平。
> 于是歌人恍惚以失曲,舞者乱节而忘形。哀人塞耳以惆怅,辕
> 马蹀足以悲鸣。苟斯乐之可贵,宣箫琴之足听。
>
> 有清灵之妙,□□□□。

校订后之文本,层次为:求木→木之生长环境→制作→定音弹奏→
音声→指法→琴曲内容→八音协畅→音乐效果→评论。就残篇来
看,该赋沿袭性较强,以悲为美,强调中和克谐,着力描绘符合儒家
规矩的雅音。"邕少博学,师事太傅胡广。好辞章、数术、天文,妙

操音律";在陈留时,有听琴辨杀心之举;桓帝时,因善鼓琴被强征;在吴时,制焦尾琴,董卓时,重邕才学,每集燕,辄令邕鼓琴赞事,邕亦每存匡益。琴几乎伴随蔡邕一生。《琴操》成书大致在蔡邕流放吴会的十二年间。①《琴赋》作年下限为初平三年(192)。

《弹棋赋》残存二段:"荣华灼烁"段见于《蔡中郎集》卷四、《艺文类聚》卷七十四、《古文苑》卷七、《渊鉴类函》卷三百三十;"夫张局陈棋"段见于《太平御览》卷七百五十五;两段均载有:《汉魏六朝百三家集》卷十八、《历代赋汇》卷一百三、《全后汉文》卷六十九。蔡邕《巴郡太守谢表》:"周旋三台。……诏书前后赐……及莲香、瓠子、薰炉、唾壶、弹棋。"该表作于中平六年(189),此时受赐弹棋,作赋叙弹棋、颂皇恩,当属必然,故系《弹棋赋》于中平六年。

《汉津赋》见于《蔡中郎集》卷四、《古文苑》卷七、《楚纪》卷五十三、《汉魏六朝百三家集》卷十八、《历代赋汇》卷二十六、《全后汉文》卷六十九;《艺文类聚》卷八、《初学记》卷七、《渊鉴类函》卷三十八摘录。汉水在西南,该赋当为中平六年十一、十二月蔡邕出任巴郡太守时所作。

《短人赋》见于《初学记》卷十九:

> 侏儒短人,僬侥之后。出自外域,戎狄别种。去俗归义,慕化企踵。遂在中国,形貌有部。名之侏儒,生则象父。唯有晏子,在齐辨勇。匡景拒崔,加刃不恐。其余厇公,劣厥偻娿。嘈喷怒语,与人相距。矇昧嗜酒,喜索罚举。醉则扬声,骂詈恣口。众人恐忌,难与并侣。是以陈赋,引譬比偶。皆得象,诚如所语。其词曰:
>
> 雄荆鸡兮鹜鷾鹈,鹊鸠鸼兮鹑鷃雌。冠戴胜兮啄木儿,观短人兮形若斯。蛰地蝗兮芦蜘蛆,茧中蛹兮蠢蠕顿,视短人兮

① 赵德波《〈琴操〉的作者及其成书》,《西南交通大学学报》,2008(5)。

形若斯。木门阗兮梁上柱，弊凿头兮断柯斧，鞞鞴鼓兮补履獌，脱椎枘兮捣薤杵，视短人兮形如许。

《蔡中郎集》外传、《古文苑》卷七、《汉魏六朝百三家集》卷十八、《渊鉴类函》卷二百五十六、《历代赋汇》外集卷十九、《七十家赋钞》卷四同；《全后汉文》卷六十九在"蛰地蝗兮芦蛆蛆"前增"巴巅马兮枰下狗"，《蔡邕集编年校注》、《全汉赋校注》同；《全汉赋》、《全汉赋评注》列该句于文末。原文"词曰"部分可分为三：鸟、虫、物各一。《全后汉文》在"蛰地蝗兮芦蛆蛆"前增"巴巅马兮枰下狗"，与"蛰地蝗兮芦蛆蛆，茧中蛹兮螽蠕顿，视短人兮形若斯"同归为虫一类，欠妥，疑应另有一组与之类似的句子："巴巅马兮枰下狗，□□□兮□□□，视（观）短人兮形如许（斯）"。赋言"去俗归义，慕化企踵。遂在中国，形貌有部"、"其余厄公"、"是以陈赋，引譬比偶。皆得形象，诚如所语"可知：所写焦侥乃蔡邕亲眼所见之慕化而归群体。《后汉书·安帝纪》："永初元年（107），永昌徼外焦侥种夷贡献内属。"《后汉书·南蛮西南夷传》："永初元年，徼外焦侥种夷陆类等三千余口举种内附，献象牙、水牛、封牛。"《说文·人部》："侥，南方有焦侥人，长三尺，短之极也。""属于焦侥人种的只能在中国南方、西南方和东南亚一带去找，如湖南道州出矮人。"①因此，文中所涉焦侥人生活在永平十二年（69）所置之永昌境内，在西南。蔡邕到达西南在迁巴郡太守时，故系《短人赋》于中平六年（189）十一、十二月。

　　《检逸赋》见于《艺文类聚》卷十八、《汉魏六朝百三家集》卷十八、《历代赋汇》逸句卷二；《全后汉文》卷六十九增"思在口而为簧鸣，哀声独而不敢聆。"《全汉赋》、《蔡邕集编年校注》、《全汉赋评注》、《全汉赋校注》同。吴文治系于延熹四年（161）。②《静情赋》

---

①　何光岳《焦侥考》，《广西民族研究》，1998(4)。

②　吴文治《中国文学史大事年表》，第185页。

存目,见于陶潜《闲情赋》序:"初张衡作《定情赋》,蔡邕作《静情赋》,检逸词而宗澹泊,始则荡以思虑,而终归闲正,将以抑流宕之邪心,谅有助于讽谏。缀文之士,奕代继作,并因触类,广其词义。"陶渊明所言"检逸词"是针对张衡《定情赋》、蔡邕《静情赋》这一类赋而言,并非单指蔡邕《静情赋》;张衡《定情赋》、蔡邕《静情赋》均与爱情相关,且最终依礼归于闲正,助于讽谏;蔡邕时代文章篇名多是根据内容主旨而定,并不像先秦时取文章开头两字为题;"检逸词、宗澹泊"为动宾搭配;"检"为动词,"逸词"为目标对象,"检逸"属断章取词;《全后汉文》认为其旧题为《静情赋》。《丹阳集》卷八:"蔡邕《静情》亦名《检逸》。"综上,《检逸赋》、《静情赋》实为一赋。

《笔赋》分序、赋文两部分,序见于《北堂书钞》卷一百四、《东汉文纪》卷二十三;赋见于《蔡中郎集》卷四、《艺文类聚》卷五十八、《初学记》卷二十一、《古文苑》卷七、《汉魏六朝百三家集》卷十八、《古俪府》卷十二、《历代赋汇》卷六十三;序赋全载有《文房四谱》卷二、《墨池编》卷六、《六艺之一录》卷三百七、《渊鉴类函》卷二百四、《全后汉文》卷六十九。

《蝉赋》见于《艺文类聚》卷九十七、《汉魏六朝百三家集》卷十八、《渊鉴类函》卷四百四十五、《历代赋汇》逸句卷二、《全后汉文》卷六十九。

《协和婚赋》见于《蔡中郎集》卷四、《初学记》卷十四、《汉魏六朝百三家集》卷十八、《渊鉴类函》卷一百七十五、《历代赋汇》外集卷十五、《全后汉文》卷六十九;《全后汉文》、《全汉赋评注》、《蔡邕集编年校注》误将《协初赋》文句列于文后。《协初赋》存残句四段:(一)"其在近也,若神龙采鳞翼将举。其既远也,若披云缘汉见织女。立若碧山亭亭竖,动若翡翠奋其羽。众色燎照,视之无主。面若明月,辉似朝日。色若莲葩,肌如凝蜜。"见于《艺文类聚》卷十八、《汉魏六朝百三家集》卷十八、《古俪府》卷五、《渊鉴类函》卷二百五十五、《历代赋汇》逸句卷二。（二）"长枕横施，大被竟床。"见于《骈字类编》卷二百三十五、《通俗编》卷二十五。（三）"粉弛黛落，发乱钗脱。"见于《北堂书钞》卷一百三十五。（四）"莞蒻和软，茵褥调良。"见于《渊鉴类函》卷三百七十七。

《瞽师赋》残存二段，"夫何矇昧之瞽兮"段见于《北堂书钞》卷一百十一、《汉魏六朝百三家集》卷十八、《历代赋汇》逸句卷一；"时牢落以失次"段见于《文选》卷十七；《全后汉文》卷六十九综合二者。

《团扇赋》见于《北堂书钞》卷一百三十四、《汉魏六朝百三家》集卷十八、《渊鉴类函》卷三百七十九、《历代赋汇》逸句卷一、《古今名扇录》、《全后汉文》卷六十九。

《玄表赋》残句一条，见于《文选》卷四十。

《鲁灵光殿赋》之作当在王延寿桓帝延熹八年（165）作《鲁灵光殿赋》后，则该赋写作时间为延熹八年至初平三年。

作年不可考之赋作，姑以蔡邕下狱前为写作时间下限，即初平三年。

40. 边让（约150—约193）

《章华赋》，又名《章华台赋》。见于《后汉书》卷八十、《楚纪》卷五十三、《（隆庆）岳州府志》卷十八、《全后汉文》卷八十四、《（光绪）湖南通志》卷三十四。

此赋为边让少时之作，为大将军何进辟命前。方永耀亦认为"是其未仕时所作"。[①] 边让为何进辟命时孔融、王朗为府掾，[②]且蔡邕向何进荐边让文中有"伏惟幕府初开。……愿明将军回谋垂虑。……若以年齿为嫌……"可证当时何进刚为将军不久，边让年纪不大。何进中平元年（184）三月为大将军，中平六年（189）八月

---

① 霍旭东主编《历代辞赋鉴赏辞典》，第320页。
② 范晔《后汉书》，第2640、2645页。

被杀。孔融在何进当迁为大将军时,受杨赐之遣往贺进,后进既拜而辟融,举高第,为侍御史。孔融与中丞赵舍不同,托病归家。[①]可推边让为何进辟命在中平元年(184),《章华赋》之作稍前于此。范晔本传评价《章华赋》"虽多淫丽之辞,而终之以正,亦如相如之讽也"。可见《章华赋》有讽谏现实之意图。赋中言及"遂作章华之台,筑干溪之室,穷木土之技,单珍府之实,举国营之,数年乃成"。考汉灵帝即位后,光和三年(180)作罼圭、灵昆苑。光和五年(182)八月,起四百尺观于阿亭道。但光和五年(182)冬十月之校猎未在赋中反映,[②]姑系《章华赋》于光和五年(182)。

41. 侯瑾(? —?)

侯瑾有《筝赋》、《应宾难》。侯瑾有讹作"侯瑛"者,《文选旁证》(清道光刻本)卷十五、《六朝文絜笺注》卷一赋(清光绪枕溢书屋刻本)等已证明。

《筝赋》散见于《艺文类聚》卷四十四、《初学记》卷十六;《事类备要》外集卷十四、《事文类聚》续集卷二十二、《操缦录》卷下、《渊鉴类函》卷一百八十九、《历代赋汇》卷九十四;《全后汉文》卷六十六则将两段聚合在一起;《全汉赋》、《全汉赋评注》、《全汉赋校注》同。另笔者辑佚"平平定均",见前文汉赋作者、篇目、佚文辑佚部分。

《应宾难》存目。陆侃如、康金声、石观海将《应宾难》系于延熹十年(167)。[③]

侯瑾生平见于《后汉书·文苑列传》第七十下,但生卒年不可考,赋无法系年。《隋书》(清乾隆武英殿刻本)卷三十三志第二十八"汉皇德纪三十卷"下注"汉有德征士侯瑾撰,起光武至冲帝"。

---

① 范晔《后汉书》,第 348、358、2262、2263 页。

② 范晔《后汉书》,第 345、347 页。

③ 陆侃如《中古文学系年》,第 242 页;康金声《汉赋纵横》,第 267 页;石观海《中国文学编年史·汉魏卷》,第 314 页。

汉冲帝刘炳建康元年(144)四月被立为皇太子。八月,汉顺帝去世,年仅两岁的刘炳继位,是为汉冲帝。永熹元年(145)汉冲帝去世。《玉海》卷第一百十四:灵帝建宁二年(169)"侯瑾张芝公车有道召不到",则此时侯瑾在世无疑。《尉氏令郑季宣碑》阴有"记室书佐侯瑾"。郑季宣中平二年(185)四月辛亥(阙)卒,其三年(186)四月辛酉(阙)葬。但不知此"侯瑾"是否为作赋之"侯瑾"。《全后汉文》卷六十六、逯钦立《先秦汉魏晋南北朝诗》等均将侯瑾生活年代主要划在桓帝朝。① 胡阿祥等认为侯瑾约 140—195 年在世。② 桓、灵帝二朝,侯瑾应该都经历了。

42. 廉品(?—?)

《大傩赋》存残句两段,见于《太平御览》卷五百三十、《玉烛宝典》卷十二;《全后汉文》卷六十六载《太平御览》内容,《纬略》卷七节录《太平御览》内容。廉品生年不可考,大傩逐疫乃常有之事,故《大傩赋》作年不可考。

43. 张超(?—195)

《诮青衣赋》见于《初学记》卷十九、《锦绣万花谷》后集卷十六;《古文苑》卷六、《渊鉴类函》卷二百五十八、《历代赋汇》外集卷十五、《全后汉文》卷八十四、《全汉赋》、《全汉赋评注》、《全汉赋校注》文末增"勤节君子,无当自逸。宜如防水,守之以一。秦缪思衷,③故获终吉"。《艺文类聚》卷三十五摘录。作者姓名,《历代赋汇》作"晋张子并"。案:张超,字子并,汉代人。④《正字通》作张衡。案:《正字通》误。《渊鉴类函》作张安超。案:《后汉书》、《三国志》未见张安超,"安"衍,当删。

---

① 逯钦立《先秦汉魏晋南北朝诗》,中华书局,2011 年,第 185 页。
② 胡阿祥《中古文学地理研究》,世界图书出版公司,2014 年,第 122 页。
③ 《古文苑》"衷"作"詧"。案:"詧"有罪过、过失义。《说文·衣部》:"衷,袂也。"故当作"詧"。
④ 范晔《后汉书》,第 2652 页。

　　张超生平可考如下：光和七年（184）朱儁讨颍川黄巾时为司马。中平六年（189）至初平元年（190）为广陵太守。兴平元年（194）与人共谋叛太祖。兴平二年（195）十二月雍丘之围中自杀。① 至此，"张超约公元 190 年前后在世"、"张超生卒年不详，约生于桓帝初年，卒于献帝建安初年"之说可修正，②补充为：张超生年不可考，卒于兴平二年十二月。《诮青衣赋》作于光和二年（179）所作之《青衣赋》（见蔡邕部分）后，叛太祖前，即光和三年（180）至初平四年（193）。

　　44. 刘琬（约 168—196 年在世）

　　刘琬有《神龙赋》、《马赋》。

　　《艺文类聚》卷九十六载《神龙赋》："大哉，龙之为德，变化屈伸。隐则黄泉，出则升云。贤圣其似之乎？惟天神上帝之马，含胎春夏，房心所作。轩照形，角尾规矩。"《渊鉴类函》卷四百三十八、《历代赋汇》卷一百三十七、《全后汉文》卷六十七、《全汉赋》、《全汉赋评注》、《全汉赋校注》、《历代辞赋总汇》同。《历代赋汇》作"轩辕照形"。案：当有"辕"，构成整齐四言句式。《九家集注杜诗》卷十三作"惟天神龙，上帝之马。"案："天"当作"夫"，"惟夫"乃赋常用之句首词。如扬雄《甘泉赋》"惟夫所以澄心清魂"，阮瑀《筝赋》"惟夫筝之奇妙"。《神龙赋》残句当作："大哉龙之为德，变化屈伸。隐则黄泉，出则升云。贤圣其似之乎？惟夫神龙，上帝之马。含胎春夏，房心所作。轩辕照形，角尾规矩。"

　　《马赋》见于《太平御览》卷八百九十七、《事类赋》卷二十一、《山堂肆考》卷二百二十、《格致镜原》卷八十四、《渊鉴类函》卷四百三十三、《佩文韵府》卷四之九、《全后汉文》卷六十七。

---

　　① 范晔《后汉书》，第 348、2309、1885、1886、1887、2375 页；陈寿《三国志》，中华书局，1959 年，第 12、221、222 页。

　　② 费振刚、仇仲谦、刘南平《全汉赋校注》，第 959 页；龚克昌《全汉赋评注》，第 899 页。

《后汉书·刘瑜传》："刘瑜,字季节,广陵人也。高祖父广陵靖王。父辩,清河太守。瑜少好经学,尤善图谶、天文、历筭之术。州郡礼请不就。延熹八年(165),太尉杨秉举贤良方正,及到京师,上书陈事曰……及帝崩,大将军窦武欲大诛宦官,乃引瑜为侍中,又以侍中尹勋为尚书令,共同谋画。及武败,瑜、勋并被诛,事在武传。……瑜诛后,宦官悉焚其上书,以为讹言。子琬,传瑜学,明占候,能著灾异。举方正,不行。"刘瑜被诛在建宁元年(168)九月。①《三国志·孙权传》："孙权,字仲谋,兄策既定诸郡,时权年十五,以为阳羡长。郡察孝廉,州举茂才,行奉义校尉,汉以策远修职贡,遣使者刘琬加锡命。琬语人曰:'吾观孙氏兄弟,虽各才秀明达,然皆禄祚不终,惟中弟孝廉形貌奇伟,骨体不恒,有大贵之表,年又最寿,尔试识之。'建安四年(199),从策征庐江太守刘勋。勋破,进讨黄祖于沙羡。"孙权卒于太元二年(252),时年七十一。② 则其生年为光和五年(182),其十五岁在建安元年(196),此时刘琬为使者加锡命,且评价孙氏兄弟,则此刘琬建宁元年(168)至建安元年在世无疑。建宁元年九月刘瑜被夷其族,其子刘琬是否被杀?此两刘琬是否为同一人?

《神龙赋》当和图谶、天文有关,考永兴二年(154)至建安十九年(214)本纪所载,延熹七年(164),野王山上有死龙。延熹十年(167),巴郡言黄龙见。熹平五年(176),沛国言黄龙见谯。③ 前两次时刘琬尚小,且其父在世。熹平五年,刘琬正当年,作赋言谶纬较为合理,姑系《神龙赋》于熹平五年。光和四年(181)正月,初置骐骥厩丞,领受郡国调马。豪右辜榷,马一匹至二百万。④ 良马天价,豪右辜榷,此异常社会现实,刘琬当不会不知,疑《马赋》之作与

① 范晔《后汉书》,第 1854、1855、1857、329 页。
② 陈寿《三国志》,第 1115、1149 页。
③ 范晔《后汉书》,第 313、319、338 页。
④ 范晔《后汉书》,第 345 页。

此相关,姑系于光和四年。

45. 祢衡(173—198)

祢衡《鹦鹉赋》见于《文选》卷十三、《事文类聚》后集卷四十三、《古今合璧事类备要》别集卷六十七、《郝氏续后汉书》卷六十六下、《古赋辨体》卷四、《湖广通志》卷八十三、《历朝赋格》中集骚赋格卷五、《历代赋汇》卷一百三十、《七十家赋钞》卷四、《全后汉文》卷八十七;《北堂书钞》卷九十八,《初学记》卷三十,《古俪府》卷十二,《山堂肆考》卷一百二十九、二百十三,《渊鉴类函》卷四百二十一摘录。

《后汉书·祢衡传》:"建安初,来游许下。……是时许都新建,贤士大夫四方来集。……衡始弱冠,而融年四十。遂与为交友,(融)上疏荐之曰……'窃见处士平原祢衡,年二十四,字正平。……近日路粹、严象,亦用异才擢拜台郎,衡宜与为比……'"孔融上疏荐祢衡之近日,路粹、严象擢拜台郎。《后汉书》卷一百:"《典略》曰,'(路)粹字文蔚,陈留人,少学于蔡邕,建安初以高第擢拜尚书郎,后为军谋祭酒。'"[1]《魏志》卷二十一:"《典略》曰:'(路)粹字文蔚,少学于蔡邕。初平中,随车驾至三辅。建安初,以高才与京兆严像擢拜尚书郎。'"建安三年(198)春正月,初置军师祭酒。[2] 则路粹拜尚书郎只可能在建安元年(196)、二年(197)。初平元年(190)二月丁亥,迁都长安。[3] 兴平二年(195),长安乱,秋七月甲子,天子东迁,败于曹阳。建安元年春正月癸酉,郊祀上帝于安邑。秋七月甲子,杨奉、韩暹以天子还洛阳,奉别屯梁。太祖遂至洛阳,卫京都,暹遁走。天子假太祖节钺,录尚书事。洛阳残破,董昭等劝太祖都许。九月,车驾出轘辕而东,以太祖为大将军,

---

① 范晔《后汉书》,第 2278 页。
② 陈寿《三国志》,第 603、15 页。
③ 范晔《后汉书》,第 369 页;陈寿《三国志》,第 7 页。

封武平侯。"《献帝春秋》:"天子初至洛阳,幸城西故中常侍赵忠宅。使张扬缮治宫室,名殿曰'扬安殿',八月辛丑,幸南宫扬安殿。八月庚申,迁都许。己巳,幸曹操营。"①路粹初平元年二月随车驾至三辅,拜尚书郎在建安元年七月还洛阳时。"许都新建"在建安元年八月,《三国志》言在九月。孔融荐祢衡之疏中称"臣、使衡立朝、天衢、云汉、紫微、帝室皇居",可证时孔融在朝为臣。孔融为北海相六年,"刘备表领青州刺史。建安元年,为袁谭所攻,自春至夏,战士所余裁数百人。……城夜陷,乃奔东山,妻子为谭所虏。及献帝都许,征融为将作大匠,迁少府。"②孔融为将作大匠在建安元年八月,荐祢衡亦在此时。"融既爱衡才,数称述于曹操。……(操)闻衡善击鼓,乃召为鼓史,因大会宾客,阅试音节。诸史过者,皆令脱其故衣,更着岑牟单绞之服。……(衡)裸身而立,徐取岑牟、单绞而着之。"《文士传》曰:"魏太祖欲辱衡,乃令人录用为鼓史。后至八月朝普天阅试鼓节,作三重阁,列坐宾客,以帛绢制作衣,一岑牟,一单绞及小裤。"③考诸陈垣《中西回史日历》,建安元年八月辛丑为八月初八;庚申为八月二十七;己巳为九月初七。④ 如此,与《后汉书》己巳在八月相矛盾,故当以《后汉书》为是。辛丑隔己巳二十七日,若辛丑为八月初一,庚申为八月二十,己巳为八月二十九;若辛丑为八月初二,庚申为八月二十一,己巳为八月三十。庚申八月二十(二十一)迁都许,此后十来天征孔融、融荐祢衡、曹操录衡为鼓史、衡击鼓骂曹在时间上来得及,故祢衡为孔融所荐、击鼓骂曹在建安元年(196)八月。"融深责数衡,并宣太祖意,欲令与太祖相见。衡许之曰:'当为卿往。'至十月朝,融先见太祖说衡欲求见。至日晏,衡着布单衣,疏巾履,坐太祖营门外,以杖捶地,数

① 范晔《后汉书》,第 378、379、380 页;陈寿《三国志》,第 13 页。
② 范晔《后汉书》,第 2653、2654 页。
③ 范晔《后汉书》,第 2655、2656 页。
④ 陈垣《中西回史日历》,中华书局,1962 年,第 106、1023 页。

骂太祖。太祖敕外厩急具精马三匹,并骑二人,谓融曰:'祢衡竖子,乃敢尔!孤杀之无异于雀鼠。顾此人素有虚名,远近所闻,今日杀之,人将谓孤不能容。今送与刘表,视卒当何如?'乃令骑以衡置马上,两骑扶送至南阳。"①可见祢衡被送给刘表在建安元年十月。孔融在祢衡24岁荐之,则祢衡生于熹平二年(173)。被黄祖诛杀时年二十六,②其卒在建安三年(198)。刘汝霖系其卒于建安四年(199)。③孔融建安十三年(208)八月壬子弃市,时年56,④其生卒年为元嘉三年(153)至建安十三年。初平三年(192)孔融40岁,时祢衡20岁,与本传"始弱冠"说相符。至此,陆侃如假定"弱冠"为20岁、孔融大祢衡20岁推祢衡生卒年可以得到确证。⑤

《鹦鹉赋》之作年,陆侃如、吴文治、康金声、阮忠系于建安三年(198)。刘知渐系于四年(199)。⑥该赋作于黄射为章陵太守时,每郡置太守一人,⑦不妨考查章陵太守之出任者变迁。"(建安二年197),公之自舞阴还也,南阳、章陵诸县复叛为绣,公遣曹洪击之,不利,还屯叶,数为绣、表所侵。……冬十一月,公自南征宛,表将邓济据湖阳。……建安三年三月,公围张绣于穰。"⑧湖阳在南阳与章陵间,在章陵北。⑨建安二年十一月湖阳由刘表将邓济把

①　陈寿《三国志》,第312页。
②　范晔《后汉书》,第2658页。
③　刘汝霖《汉晋学术编年》,第440页。
④　范晔《后汉书》,第385、2278页。
⑤　陆侃如《中古文学系年》,第254页。
⑥　陆侃如《中古文学系年》,第332页;吴文治《中国文学史大事年表》,第215页;康金声《汉赋纵横》,第271页;阮忠《论建安赋风》,《许昌师专学报》,1992(4);刘知渐《建安文学编年史》,重庆出版社,1985年,第15页。
⑦　范晔《后汉书》,第3621页。
⑧　陈寿《三国志》,第15页。
⑨　中国历史地图集编辑组《中国历史地图集》第二册,第49—50页。

守,说明湖阳及其南之章陵此时属刘表,张绣已经退至穰。黄射为刘表将黄祖之子,故黄射为章陵太守当在章陵属刘表时。建安二年十一月黄射有可能为章陵太守。"(建安)三年,长沙太守张羡率零陵、桂、阳三郡畔表,表遣兵攻围,破羡,平之。于是开土遂广,南接五岭,北据汉川,地方数千里,带甲十余万。"①"长沙太守张羡叛表,表围之连年不下,羡病死。长沙复立其子怿,表遂攻并怿,南收零、桂,北据汉川,地方数千里,带甲十余万。太祖与袁绍方相持于官渡,绍遣人求助,表许之而不至。""建安四年九月,公还许,分兵守官渡。……十二月,公军官渡。""太祖据袁绍于官渡,绍遣人找(张)绣。……绣从之,率众归太祖。"②张绣归曹操在建安四年十一月,故太祖与袁绍相持官渡始于建安四年九月,刘表平定张羡在此前,"围之连年不下",可见平张羡在建安四年,而非建安三年。《续后汉书》卷五:"蒯越……佐刘表平定境内,诏拜章陵太守,封樊亭侯。"蒯越为章陵太守在建安四年。如此则《鹦鹉赋》作于建安二年或三年(198)。建安元年(196)八月祢衡为曹操录用为鼓史,十月转刘表,在刘表处当有段时间,但不会太长,才转黄祖处,作《鹦鹉赋》。建安三年被杀,作赋与被杀相距当有段时间;惜史书无见建安二年、三年进献鹦鹉之记载。《鹦鹉赋》言"严霜初降,凉风萧瑟",可证赋作于冬季,故系于建安二年。

46. 赵岐(约108—201)

《蓝赋》见于《艺文类聚》卷八十一、《广群芳谱》卷八十九、《渊鉴类函》卷四百九、《历代赋汇》补遗卷十五、《全后汉文》卷六十二;《太平御览》卷九百九十六载赋序。

赵岐为京兆长陵人。……仕州郡。……年三十余,有重疾,

---

① 范晔《后汉书》,第2421页。
② 陈寿《三国志》,第211、329、17页。

卧褥七年，①龚克昌据此系《蓝赋》作于其三十余时。② 赵岐建安
六年（201）卒，年九十余，③则三十余约在永和六年（141）左右。
赵岐重疾在三十余岁时，仕州郡，当在长陵，此时往偃师就医，行
程由西向东，断不会经过偃师东面之陈留，④且"卧褥七年"是否
方便外出求医也成问题，因此其作年需重新考定。"及李傕专政，
使太傅马日磾抚慰天下，以岐为副。……是时袁绍、曹操与公孙
瓒争冀州。绍及操闻岐至，皆自将兵数百里奉迎，岐深陈天子恩
德，宜罢兵安人之道，又移书公孙瓒，为言利害。绍等各引兵去，
皆与岐期会洛阳，奉迎车驾。岐南到陈留，得笃疾，经涉二年。期
者遂不至。兴平元年（194），诏书征岐。"初平三年（192）七月庚
子，太尉马日磾为太傅，录尚书事。八月，遣日磾及太仆赵岐，持
节慰抚天下。⑤ 因此，赵岐持节慰抚天下自初平三年八月始，赵
岐与袁绍等期会洛阳，当时所争之地为冀州，故当时赵岐在东北
面，由北至南，然后由东往西之洛阳行进，先需至陈留，再偃师，再
洛阳，与赋序"余就医偃师，道经陈留"相合。故《蓝赋》之作在初
平三年八月至四年（193）。四年初，天子遣太仆赵岐和解关东，使
各罢兵。公孙瓒以书譬绍……绍于是引军南还。⑥《本草纲目》：
"蓝处处有之。人家蔬圃作畦种。至三月四月生苗。高三二尺
许。叶似水蓼。花红白色。实亦若蓼子而大，黑色。五月六月采
实。"《尔雅翼》卷四："崔寔曰：榆荚落时可种蓝，五月可刈蓝，六月
可种冬蓝，冬蓝，大蓝也，八月用染。"《齐民要术》卷五："七月中作
坑，令受百许，东作麦秆泥泥之，令深五寸，以苫蔽四壁。刈蓝倒

① 范晔《后汉书》，第 2121 页。
② 龚克昌《全汉赋评注》，第 778 页。
③ 范晔《后汉书》，第 2124 页。
④ 中国历史地图集编辑组《中国历史地图集》第二册，第 42—43 页。
⑤ 范晔《后汉书》，第 2123、2124、373 页。
⑥ 范晔《后汉书》，第 2381 页。

竖于坑中。"赋言"蓝田弥望",可见作赋时蓝生长茂盛,可排除初平三年作该赋,当在初平四年。作赋"慨其遗本念末"与其"持节慰抚天下"使命吻合。

47. 张纮(152—211)

《瑰材枕赋》又名《栴榴枕赋》,见于《艺文类聚》卷七十、《汉魏六朝百三家集》卷四十、《渊鉴类函》卷三百七十八、《历代赋汇》卷八十七、《全后汉文》卷八十六。《汉魏六朝百三家集》、《渊鉴类函》、《历代赋汇》、《广事类赋》卷二十七、《骈字类编》卷一百四十一、《佩文韵府》卷二之三等归为晋张华所作。作者为张纮,龚克昌已论证。①

"纮建计宜出都秣陵,(孙)权从之。令还吴迎家,道病卒。……时年六十卒。""十六年(211)权徙治秣陵。明年(212),城石头,改秣陵为建业。"②张纮卒在建安十六年,年六十,当生于元嘉二年(152),其生卒年非龚克昌、费振刚等所言为元嘉三年(153)至建安十七年。③《吴书》:"纮见栴榴枕,爱其文,为作赋。陈琳在北见之,以示人曰:'此吾乡里张子纲所作也。'后纮见陈琳作《武库赋》、《应讥论》,与琳书深叹美之。"④《瑰材枕赋》之作在陈琳建安四年(199)三月作《武军赋》(见陈琳部分)前。《续后汉书》卷五十四:"初,纮在吴,见栴榴枕,爱其文采,为作赋。""建安四年,(孙)策遣纮奉章至许宫,留为侍御史。"⑤《册府元龟》卷八百三十七:"吴张纮,字子纲,广陵人,为大帝长史,见栴榴枕,爱其文,为作赋。""后(孙)权以纮为长史,从征合肥。"孙权自率众围合

①　龚克昌《全汉赋评注》,第 914、915 页。
②　陈寿《三国志》,第 1245、1118 页。
③　龚克昌《全汉赋评注》,第 909 页;费振刚、仇仲谦、刘南平《全汉赋校注》,第 965 页。
④　陈寿《三国志》,第 1246 页。
⑤　陈寿《三国志》,第 1243 页。

肥在赤壁之战后，①赤壁之战在建安十三年（208）冬十月。② 张纮为长史在建安十三年十月后，其为枏榴枕作赋在前，《册府元龟》"为大帝长史，见枏榴枕，爱其文，为作赋"错误。"孙策创业，遂委质焉。表为正议校尉，从讨丹杨。""（孙）策自领会稽太守。……彭城张昭、广陵张纮、秦松、陈断等为谋主。时袁术僭号，策以书责而绝之。"袁术僭号自称天子在建安二年（197）春。③ 张纮委质孙策在建安二年。则《瑰材枕赋》作于建安二年至三年（198）。《三国志·吴书》卷五十三："（张）纮著诗、赋、铭、诔十余篇"，故疑张纮还有其他亡佚赋作，但数目不详，写作时间下限为建安十六年。

48. 阮瑀（? —212）

阮瑀有《纪征赋》、《鹦鹉赋》、《止欲赋》、《筝赋》。

《纪征赋》见于《艺文类聚》卷五十九、《汉魏六朝百三家集》卷三十、《渊鉴类函》卷二百十一、《历代赋汇》卷六十五、《全后汉文》卷九十三。

太祖并以陈琳、阮瑀为司空军谋祭酒，管记室。陈琳建安九年（204）七月未属曹，④则阮瑀为司空军谋祭酒不会早于建安九年七月。阮瑀卒于建安十七年（212）。⑤《纪征赋》作于建安九年八月至十七年阮瑀在曹时。建安十三年（208）曹公之行迹为：邺→七月征刘表→新野→江陵→巴丘→赤壁→还。⑥ 由邺至新野需经黄河、济水。"蛮荆"指刘表、刘备。徐公持、刘知渐、陆侃如、吴文治、俞绍初、章沧授、李景华、胡大雷、石观海、周进系于

---

① 陈寿《三国志》，第 1244、1118 页。

② 范晔《后汉书》，第 385 页。

③ 陈寿《三国志》，第 1243、1104 页；范晔《后汉书》，第 380 页。

④ 陈寿《三国志》，第 600、25 页。

⑤ 陈寿《三国志》，第 602 页。

⑥ 陈寿《三国志》，第 30、31 页。

建安十三年(208)，①可从。

《鹦鹉赋》见后文曹植《鹦鹉赋》部分；《止欲赋》见后文曹丕《正情赋》部分。

《筝赋》见于《艺文类聚》卷四十四、《汉魏六朝百三家集》卷三十、《渊鉴类函》卷一百八十九、《历代赋汇》卷九十四、《全后汉文》卷九十三；《操缦录》摘录。俞绍初、程章灿辑“弦有十二，四时度也。柱高三寸，三才具位也”。②《全汉赋》文末列“弦有十三，四时备也。柱高三寸，三才位也”；《全汉赋校注》作“弦有十二，四时度也。柱高三寸，三才具也”。此残句《乐书》卷一百四十六、《文献通考》卷一百三十七有完整记载：“阮瑀曰：身长六尺，应律数也。弦有十二，四时度也。柱高三寸，三才具也。二手动应，日月务也。故清者感天，浊者感地。”此外，又散见于《北堂书钞》卷一百十、《初学记》卷十六、《白氏六帖事类集》卷十八、《河东先生集》外集卷上赋文志、《训诂柳先生文集》外集卷上、《增广百家补注唐柳先生文集》新编外集卷三、《古今韵会举要》卷八、《类隽》卷二十四、《山堂肆考》卷一百六十三、《渊鉴类函》卷一百八十九、《格致镜原》卷四十六、《说文解字义证》卷十三、《六朝文絜笺注》卷一。其中《河东先生集》、《训诂柳先生文集》、《增广百家补注唐柳先生文集》、《类隽》作阮瑶。案：当为阮瑀。据《乐书》、《文献通考》可将残句直接补入，校《筝赋》为：

---

① 徐公持《建安七子诗文系年考证》，《文学遗产》增刊第十四辑，1982(2)；刘知渐《建安文学编年史》，第34页；陆侃如《中古文学系年》，第371页；吴文治《中国文学史大事年表》，第223页；俞绍初《建安七子集》，第411页；章沧授《论建安赋的新风貌》，《安庆师范学院学报》，1991(1)；李景华《建安文学述评》，首都师范大学出版社，1994年，第29页；胡大雷《中古文学集团》，广西师范大学出版社，1996年，第47页；石观海《中国文学编年史·汉魏卷》，第401页；周进《建安赋研究》，硕士学位论文，2009年。

② 俞绍初《建安七子诗文钩沉》，《郑州大学学报》，1987(2)；程章灿《魏晋南北朝赋史》，第352页。

惟夫筝之奇妙，极五音之幽微。苞群声以作主，冠众乐而为师。禀清和于律吕，笼丝木以成资。身长六尺，应律数也。弦有十二，四时备也。柱高三寸，三才具也。二手动应，日月务也。故能清者感天，浊者合地。五声并用，动静简易。大兴小附，重发轻随。折而复扶，循覆逆开。浮沉抑扬，升降绮靡。殊声妙巧，不识其为。平调定均，不疾不徐。迟速合度，君子之躆也。慷慨磊落，卓砾盘纡，壮士之节也。曲高和寡，妙妓难工。伯牙能琴，于兹为瞍。嫩绎禽纯，庶配其踪。延年新声，岂比能同。陈惠李文，曷能是逢。

《筝赋》作年不可考，写作时间下限为其卒年建安十七年（212）。

49. 潘勖（? —215）

《玄达赋》残句"匪偏人自尰，诉诸衷于来哲"，见于《文选》注卷十三。《后汉书·艺文志》卷四、《隋书经籍志考证》卷三十九之二集部、《全后汉文》卷八十七又名《玄远赋》。

《文章志》曰："勖，字符茂，初名芝，改名勖，后避讳。或曰勖献帝时为尚书郎，迁右丞。诏以勖前在二千石曹，才敏兼通，明习旧事，敕并领本职，数加特赐。二十年，迁东海相，未发，留拜尚书左丞，其年病卒，时年五十余。"[①]建安二十年（215）卒，年五十余，则其生年在桓帝永寿二年（156）左右。《玄达赋》写作时间下限为建安二十年。

50. 崔琰（163—216）

崔琰《述初赋》见于《艺文类聚》卷二十七：

---

①　陈寿《三国志》，第613页。

琰性顽口讷，至二十九，粗关书传，①闻北海有郑征君者，当世名儒，遂往造焉，道由齐都，而作《述初赋》曰：

有郑氏之高训，吾将往乎发矇。洒余发乎兰池，振余佩于清风。望高密以函征，②庋衡门而造止。觏游夏之峨峨，听大猷之篇记。高洪崖之耿介，羡安期之长生。登川山以永望，临洞浦之广溟。左扬波于汤谷，右濯岸于濛汜。运混元以升降，与三光而终始。蓬莱蔚其潜兴，瀛壶崛以骈罗。列金台之寨产，方玉阙之嵯峨。

《历代赋汇》外集卷二、《渊鉴类函》卷三百六同；《全后汉文》卷九十四除上述文句外，另列残句三；《全汉赋》、《全汉赋校注》在《全后汉文》基础上增残句二条。另程章灿辑残句三条；③此外，笔者辑残句"想黄公于邳圯，勤鱼石于彭城"。④ 详见前文汉赋作者、篇目、佚文辑佚部分。

综上，《述初赋》除《艺文类聚》所载外，有九条残句，析之如下：

（一）"倚高舻以周眄兮，观秦门之将将。"具体描述行程，但秦门不详其义，姑存疑。

（二）"吾夕济于郁州。"有自称之词"吾"，且与"顿食兮岛山，暮宿兮郁州"意思重合，故当为赋序。

---

① 《渊鉴类函》、《历代赋汇》、《三国志旁证》卷十二"关"作"阅"。案：当作"阅"，"关（關）"乃与"閱"形近而讹。

② 《韵补》卷三、《渊鉴类函》、《历代赋汇》、《康熙字典》卷二十八、《叶韵汇辑》卷十九、《三国志旁证》、《全后汉文》"函"作"亟"。案：当作"亟"，《诗·豳风·七月》："亟其乘屋。""函"于义不通，乃形近而讹。

③ 程章灿《魏晋南北朝赋史》，第354页。

④ 《水经注》、《水经注释》作"勤"。案："封"讹"勒"。赵云：依孙潜校改"勤"。事在《春秋·襄公九年》。戴改同。熊会贞按："勤"字亦不可通。《左传·襄元年》：围宋彭城，为宋讨鱼石。"讨"与"勒"形近。似"讨"之误，然"封"与"勒"亦形近，作"封"为上。

（三）"朝发兮楼台，回盼兮句榆。顿食兮岛山，暮宿兮郁州。"描述具体行程，为赋正文部分。

（四）"郁州者，故苍梧之山也。心悦而怪之，闻其上有仙士石室也，乃往观焉，见一道人，独处休休然，不谈不对，①顾非己及也。"为说明解释性文句，当是赋序部分。"郁州者，故苍梧之山也。"即今江苏连云港市的云台山脉的古称。汉时有郁州山，②地处高密南，为由高密南行途中所经之地。再往南，则至下邳、彭城。由郁州到下邳、彭城，行程偏西方向，离海渐远。

（五）"登州山以望沧海。"《封氏闻见记》卷八："其序云：登州山以望沧海。"故该句当为序，其前或后有阙文"□□□○□□"。

（六）"琰性顽口讷，年十八，不能会问，好击剑，尚武事。"可据"琰性顽口讷"补入序"至二十九"前，先言十八，再言二十九。

（七）"涉淄水，过相都，登铁山，望齐密。"

（八）"琰闻北郑征君者，名儒善训，遂往造焉。涉淄水，历杞焉，过杞郊之水，登铁山以望高密。"实为同一句。（八）为复述性的记载，而非赋作原文，清晰交代了崔琰之行程。"过杞郊之水"中之"杞郊"《后汉书补注》、《后汉书集解》均作"祀都"，与（七）"相都"为同指，故（七）、（八）可合为"琰闻北郑征君者，名儒善训，遂往造焉。涉淄水，历杞焉，过杞郊之水，登铁山，望高密"。齐都即临淄，在淄水西边，崔琰由家乡河东武城往东高密拜师，当先到临淄，再涉淄水。杞国最初大致在今河南省杞县一带，后来迁到今山东省新泰，后又迁至昌乐、再至安丘一带。故当作"杞郊"，可将"涉淄水，历杞焉，过杞郊之水，登铁山，望高密"补在"道由齐都"后。

（九）"想黄公于邳坦，封鱼石于彭城。"所言当是至下邳、彭城

---

① 《全汉赋》、《全汉赋校注》作"独处休休，然不谈不对"。案：当作"独处休休然，不谈不对"。

② 中国历史地图集编辑组《中国历史地图集》第二册，第44—45页。

时感慨历史沧桑,在郁州之南,故将其接在郁州行程后。

综上,崔琰《遂初赋》可校为:

> 琰性顽口讷,年十八,不能会问,好击剑,尚武事。至二十九,粗阅书传,闻北海有郑征君者,当世名儒善训,遂往造焉。道由齐都,涉淄水,历杞焉,过杞郊之水,登铁山,望高密。……吾夕济于郁州。郁州者,故苍梧之山也。心悦而怪之,闻其上有仙士石室也,乃往观焉,见一道人,独处休休然,不谈不对,顾非己及也。登州山以望沧海,□□□○□□。而作《述初赋》曰:

> > 有郑氏之高训,吾将往乎发矇。洒余发乎兰池,振余佩于清风。望高密以丞征,庑衡门而造止。觊游夏之峨峨,听大猷之篇记。高洪崖之耿介,羡安期之长生。登川山以永望,临洞浦之广溟。左扬波于汤谷,右濯岸于濛汜。运混元以升降,与三光而终始。蓬莱蔚其潜兴,瀛壶崛以骈罗。列金台之塞产,方玉阙之嵯峨。……朝发兮楼台,回盼兮句榆。顿食兮岛山,暮宿兮郁州。……想黄公于邵圯,封鱼石于彭城。

> 倚高舻以周眄兮,观秦门之将将。

该赋作年,刘跃进系于汉灵帝中平四年(187)。[1] 吴文治系于中平五年(188)。[2] 石观海则认为"当作于此后(中平五年 188)四年间"。[3] 即中平六年(189)至初平三年(192)。

该赋内容涉及到下邳、彭城等南方地名。《封氏闻见记》:"汉末崔琰于高密从郑玄学,遇黄巾之乱,泛海而南,作《述初赋》。"故

① 刘跃进《秦汉文学编年史》,第 602 页。
② 吴文治《中国文学史大事年表》,第 206 页。
③ 石观海《中国文学编年史·汉魏卷》,第 345 页。

当为崔琰"周旋青、徐、兖、豫之郊,东下寿春,南望江湖"时之作品,为崔琰二十九岁往北海郑玄处求学途中所作。因此,有必要查考崔琰求学郑玄的起止时间。"徐州黄巾贼攻破北海,玄与门人到不其山避难。时谷籴悬乏,玄罢谢诸生。琰即受遣。"①崔琰求学郑玄的结束时间在徐州黄巾贼攻破北海、郑玄避难不其山时。不其山属青州东莱国。"董卓迁都长安后,公卿举(郑)玄为赵相,道断不至。会黄巾寇青部,(郑玄)乃避地徐州,徐州牧接以师友之礼。……建安元年(196),自徐州还高密。"②避难不其山当在此后。董卓迁都长安在初平元年(190)二月。二年(191)十一月,"青州黄巾寇太山,太山太守应劭击破之。"③则郑玄避难徐州在初平二年十一月后。郑玄初平二年十一月至建安元年在徐州。崔琰受遣时在郑玄处受学未期,则崔琰至郑玄处受学在兴平二年(195)。"自去家四年乃归,以琴书自娱",④崔琰去家在初平二年,赋当作于此时。《太平寰宇记》卷十八、《齐乘》卷一、《钦定大清一统志》卷一百三十四、《历代辞赋总汇》所言《述征赋》文句实属《述初赋》。

51. 陈琳(?—217)

陈琳有《应讥》、《武军赋》、《神武赋》、《止欲赋》、《鹦鹉赋》、《武猎赋》、《柳赋》、《迷迭赋》、《悼龟赋》、《神女赋》、《大暑赋》、《车渠椀赋》、《马脑勒赋》、《大荒赋》、《答客难》。

《应讥》见于《艺文类聚》卷二十五、《汉魏六朝百三家集》卷二十八、《经济类编》卷五十三、《渊鉴类函》卷二百九十九、《全后汉文》卷九十二。程章灿辑残句三条,其中"冶刃销锋,偃武行德"属《应讥》,其他两句实属《答客难》。⑤《建安七子集》、《建安七子集

① 陈寿《三国志》,第367页。
② 范晔《后汉书》,第1209页。
③ 范晔《后汉书》,第372页。
④ 陈寿《三国志》,第367页。
⑤ 程章灿《魏晋南北朝赋史》,第351、352页。

校注》、《全汉赋校注》增二佚句。《文选》卷四十六注、《文选理学权舆》卷二、《佩文韵府》卷七十一之二作"陈琳《应机》"。案:赋中有"客有讥余者云"句,故当作《应讥》。

张连科系《应讥》于建安九年至十三年(208)赤壁之战前。①卒于建安十六年(211)之张纮(见后文张纮部分)见过《应讥》并与陈琳有书信赠答。顾农认为赋中"'主君'也只能指袁绍","《应讥》一文必作于陈琳在袁绍手下之时","按《武军赋》作于建安四年(199),《应讥》的写作时间应与该赋相近,至迟不得在官渡之战以后"。②廖国栋亦认为作于依附袁绍时。③其主君为袁绍说可参。"(何)进不纳其言,竟以取祸。琳避难冀州,袁绍使典文章。袁氏败,琳归太祖。"何进中平六年(189)八月戊辰被杀,④陈琳建安十年(205)归太祖,⑤中平六年九月至建安九年(204)在冀州。《应讥》:"既乃卓为封豸,幽鸩帝后,强以暴国,非力所讨,违而去之,宜也。"董卓中平六年(189)九月丙子杀皇太后何氏,九月废帝为弘农王。初平元年(190)正月癸酉杀弘农王。初平三年(192)夏四月辛巳,董卓被诛。⑥"违而去之"指"董卓呼绍,议欲废帝,立陈留王。……绍不应,横刀长揖而去"。⑦初平元年三月戊午董卓诛太傅袁隗等。⑧当是时,豪侠多附绍,皆思为之报,州郡蜂起,莫不假其名。⑨后曹操迎帝都许等不见于文,但鉴于《应讥》有阙文,故《应讥》作于董卓杀弘农

---

① 吴云等《建安七子集校注》,第 175 页。

② 顾农《建安诗文系年新考二题》,《许昌师专学报》,1999(1)。

③ 廖国栋《建安辞赋之传承与拓新》,第 7 页。

④ 陈寿《三国志》,第 600 页;范晔《后汉书》,第 358 页。

⑤ 张振龙《建安四子归附曹操时间补证》,《信阳师范学院学报》,2005(3)。

⑥ 范晔《后汉书》,第 367、359、361、372 页。

⑦ 陈寿《三国志》,第 190 页。

⑧ 范晔《后汉书》,第 370 页。

⑨ 陈寿《三国志》,第 192 页。

王、袁隗,豪侠多附绍后,陈琳归曹前,即初平元年四月至建安九年。《应讥》:"结疑本朝,假拒群奸,使己蒙噂沓之谤,而他人受讨贼之勋。""他人"疑指曹操,曹操建安元年(196)八月迎帝都许,功高过人,《应讥》当作于此前,即初平元年四月至建安元年七月。且叙董卓时未言其见诛,可能作于此前,即初平元年四月至三年三月。

《武军赋》,《北堂书钞》卷一百十七、《初学记》卷二十二、《韵补》卷一、《山堂肆考》卷一百七十八等称《武库赋》。《文选旁证》卷四十五:"陈琳《武军赋》,何校'军'改'库',各本皆误",且赋言"于此武军",当作《武军赋》。《艺文类聚》卷五十九:

> 赫赫哉,烈烈矣,于此武军。当天符之佐运,承斗刚而曜震。汉季世之不辟,青龙纪乎大荒。熊狼竞以挐攫,神宝播乎镐京。于是武臣赫然,飐炎夫之隆怒,叫诸夏而号八荒。尔乃拟北落而树表,晞垒壁以结营。百校罗时,①千部列陈。弥方城,掩平原。于是启明戒旦,长庚告昏。火烈具举,鼓角并震。千徒从唱,亿夫求和。声訇隐而动山,光赫奕以烛夜。其刃也,则楚金越冶,棠溪名工。清坚皓锷,②修刺锐锋。陆陷藜犀,水截轻鸿。铠则东胡阙巩,百炼精刚。函师振旅,③韦人

---

① 《汉魏六朝百三家集》《古俪府》卷十、《渊鉴类函》卷二百十一、二百十二、《历代赋汇》《分类字锦》卷六十一、《佩文韵府》卷三十四、三十七、七十八、《骈字类编》卷一百零七、《叶韵汇辑》卷七"时"作"峙"。案:"罗"表示分布、排列,与之相应,当作"峙","时"乃形近而讹。

② 《北堂书钞》卷一百二十二、《渊鉴类函》卷二百二十三、《佩文韵府》卷二"坚"作"泾"。案:《说文·刃部》:"刃,刀鉴也。"段玉裁注:"鉴,各本作'坚',今正。"《说文·刀部》:"剄,刀剑刃也。"故当作"清鉴皓锷"。

③ 《北堂书钞》卷一百二十一、《初学记》《太平御览》卷三百五十六、《渊鉴类函》卷二百二十八、《札朴》卷三、《全后汉文》"旅"作"椎"。案:与"韦人制缝"之"制缝"相对,当是细述铠甲的制作过程,当作"振(震)椎"。

制缝。弩则幽都筋骨，①恒山厓干。通肌畅骨，崇缊曲烟。其弓则乌号越耗，②繁弱角端。象弭绣质，哲拊文身。③ 矢则申息肃慎，箇鞴空疏。焦铜毒铁，丽毂挞辀。④ 马则飞云绝景，

---

① 《北堂书钞》卷一百二十二，《太平御览》卷三百四十八，《广博物志》卷三十二，《汉魏六朝百三家集》《古俪府》卷十，《渊鉴类函》卷二百十一、二百二十六，《历代赋汇》，《分类字锦》卷四十二，《大清一统志》卷十一，《佩文韵府》卷十六、三十四、九十五，《骈字类编》卷二百三十一，《日下旧闻考》卷一百五十"骨"作"角"。案：《韩诗外传》卷八："乌号之柘，驿牛之角，荆麋之筋，河鱼之胶也，四物者，天下之练材也。"《尔雅·释地》："北方之美者，有幽都之筋角焉。"郭璞注："幽都，山名，谓多野牛筋角。"当作"角"。

② 《初学记》，《事类赋》卷十三，《太平御览》卷三百四十七，《古今事文类聚》续集卷二十七，《玉海》卷一百五十、一百五十一，《六帖补》卷十四，《韵府群玉》卷二十，《山堂肆考》卷一百七十八，《分类字锦》卷四十二，《渊鉴类函》卷二百二十五，《全后汉文》"耗"作"棘"。案：《礼记》"越棘，大弓。'棘'字与'戟'同。"《礼记注疏》卷三十一："越棘，大弓，天子之戎器也。注：棘，戟也。疏：棘，戟，方言义也。"当作"越棘"，"耗"误。

③ "哲"《初学记》、《渊鉴类函》卷二百二十五作"晳"；《古今事文类聚》续集卷二十七作"暂"；《六帖补》卷十四、《全后汉文》、《全汉赋》作"晳"。"拊"《初学记》、《太平御览》卷三百四十七、《纬略》卷九、《渊鉴类函》卷二百二十五作"弣"；《古今事文类聚》续集卷二十七作"跗"；《全后汉文》作"枎"；《事类赋》作"附"。案：明徐显卿《大阅赋》："象弭曟琠，加以晳弣，饰以云箫。"《说文·日部》："晳，昭晰，明也。通"晳"。当作"晳"。"哲"、"晳"、"暂"形、音近而讹。"枎"、"拊"通"弣"。《考工记·弓人》："凡为弓，方其峻而高其枎。"贾公彦疏："枎，把中。"《礼记·少仪》："弓则以左手屈韣执拊。""跗"、"枎"为同源字。《礼记·曲礼》："左手承弣。"郑玄注："弣，把中。"当作"弣"。综上，当作"晳弣"。

④ 《太平御览》卷三百五十作"飞镞鸣镝"；《北堂书钞》卷一百二十二，《初学记》，《事类赋》卷十三，《玉海》卷一百五十一，《山堂肆考》卷一百七十八，《康熙字典》卷二十二，《说文解字义证》卷十三、四十五，《全后汉文》，《全汉赋》，《全汉赋校注》作"簳镞鸣镝"；《渊鉴类函》卷二百二十六、《佩文韵府》卷二十六作"干镞鸣镝"。案："簳"指箭杆，《列子·汤问》："乃以燕角之弧，朔蓬之簳射之。"《尔雅·释器》："金镞翦羽谓之镝。"《仪礼·既夕礼》："骨镞短卫。"也指箭头。"鸣"当是与"鸣"形近而误。与"鸣"相对，前句以"飞"为上，体现箭飞动过程中速度之快。"飞镞鸣镝"之"镝"鱼部韵，"丽毂挞辀"之"辀"幽部韵，幽、鱼近旁转。《说文·车部》："毂，辐所凑也。""辀，辕也。""丽毂挞辀"言车的内容，此处疑有阙句"其车则□□□□，丽毂挞辀。□□□□，□□□□。"

直罄骐骥。驳龙紫鹿，文的睭鱼。① 若乃清道整列，按节徐行。龙姿凤峙，灼有遗英。

《渊鉴类函》卷二百十一同；《汉魏六朝百三家集》卷二十八、《历代赋汇》卷六十五增《太平御览》卷三百三十六所载赋序："回天军于易水之阳以讨瓒焉，鸿沟参周，鹿菰十里。② 荐之以棘。迤建修橹于青霄，窜深隧下三泉。飞梯云冲神钩之具，不在吴孙之篇，《三略》、《六韬》之术者，凡数十事，秘莫得闻也，乃作《武军赋》曰。"且于"韦人制缝"后增"玄羽缥甲，灼烁流光"；"崇缊曲烟"后增"大黄沉紫，直矢轻弦。当锋摧决，贯遐洞坚"；"文的睭鱼"后增"走骏惊飚，步象云浮"；文后列残句：钩车辚辖，九牛转牵。奔雷响激，③折橹倒垣。其攻也，则飞梯行云，临阁灵构。上通紫霄，下过三垆。蕴隆既备，越有神钩。排雷冲则隳高城，烈炬然则顿名楼。冲钩竞进，熊虎争先。堕垣百叠，敝楼数千。炎燧四举，元戎齐登。整行按律，决敌中原。八部方置，山布星陈。干戈森其若林，牙旗翻以如绘。南辕反旆，爰振其旅。胡马骈足，戎车齐轨。"《全后汉文》卷九十二与《汉魏六朝

---

① 《丹铅总录》卷七，《留青日札》卷二十九，《名马记》续名马记下，《说略》卷二十一，《玉芝堂谈荟》，《汉魏六朝百三家集》，《通雅》卷四十六，《历代赋汇》，《分类字锦》卷五十七，《渊鉴类函》卷二百，《佩文韵府》卷二、七十一、九十、一百零一，《韵府拾遗》卷六，《全后汉文》，《艺林汇考》卷四"睭"作"蹰"。案：《说文·目部》："睭，戴目也。"段玉裁注："戴目者，上视如戴然。……目上视则多白。"桂馥《义证》："戴目如马颡戴星之戴。""蹰"指脚踏地歌唱。故当作"睭"。"睭"乃缺笔而讹。

② 《全后汉文》、《全汉赋》"菰"作"筊"。案：《叶韵汇辑》卷四十九："鹿菰即鹿角也。"《三国志》卷十七："太祖令曰：贼围堑鹿角十重"；卷十八："下马拔鹿角入围。"司马贞《史记索隐》引郭璞云："菰，蒋也。"《正字通》："菌，江南呼为菰。"李善注张衡《南都赋》："筱簳箛箠"，"箛、箠，二竹名。"当作"筊"。

③ "奔"《佩文韵府》卷十三、二十六"激"作"牵"；《太平御览》卷三百三十六、《全汉赋》、《全汉赋校注》作"/"；《历代赋汇》作"奋"；《全后汉文》作"雷响电激"。案："牵"涉上而讹。"奔雷响激"、"雷响电激"于义均通。然相较而言，与下文"折橹倒垣"相对，"雷响电激"为上，在雷声轰隆之际，电光四射，听觉、视觉感受同时呈现。"奋"讹。

百三家集》相比,将"整行按律,决敌中原。八部方置,山布星陈。干戈森其若林,牙旗翻以如绘"补于"鼓角并震"后;于"焦铜毒铁"后增"鞼镞鸣镞";"步象云浮"后增"敛鞭则止,受衔斯游。钩车镠辖,九牛转牵。雷响电激,折橹倒垣。其攻也,则飞梯行云,行阁虚沟。上通紫电,下过三垆。蕰隆既备,越有神钩。排雷冲则頹高雉,烈炬然则顿名楼。冲钩竞进,熊虎争先。堕垣百叠,敝楼数千。炎燧四举,元戎齐登";于"灼有遗英"后接"南辕反斾,爰振其旅。胡马骈足,戎车齐轨"。《古俪府》卷十等摘录。

此外,俞绍初、程章灿辑残句十二条:(一)回天军,震雷霆之威,于易水之阳。(二)飞梯神钩之具,瑰异谲诡之奇。(三)百将罗峙,千部列陈。弥方城,掩平原。耿目耶眇,不同乎一边。(四)弩则幽都筋角,恒山檿干。通肌畅骨,起崇曲弹。大黄沉紫,朱绣别缘,客机庭臂,直矢轻弦。(五)整行按律,决敌中原。八部方置,山布星陈。□□法劲,斾勇殿坚。(六)怅俨其特起,旌钺裴以焜。矫矫虎旅,执戟抚马。(七)金春作,箫管起,灵鼓发,雷鼓奏,轩轰嘈嗽,[1]荡心惧雨。[2] 野夷慑而陵触,前后不相须候。(八)鱼丽纳舒,鹅鹤翼分。裔裔骁骑,卫角守偏。(九)元戎先驰,甲骑踵继。[3] 雷师震激,虎夷典蹄。烨若飚炎,熛熛九蔽。[4] 㘎咤彭韚,不可当御。

---

① 《北堂书钞》卷一百十七、《渊鉴类函》卷二百十二、《全汉赋》"轩"作"骇"。案:当作"骇","轩"于义不通。

② 《北堂书钞》卷一百十七、《全汉赋》"雨"作"耳"。案:当作"荡心惧耳","荡"、"惧"相对,"心"、"耳"连言。此处言"悦耳"于理不合。"惧雨"于义不通。

③ 《北堂书钞》卷一百十七"踵"作"随";"虎夷典蹄"作"霜刃森利"。案:《蛮书》卷十:"夷人遂因号虎夷,一名玄头,刚勇颇有先人之风。""虎夷"之刚勇与雷师相匹。"踵"和"蹄"互文,"甲骑踵继"之"继"支部韵。"虎夷典蹄"之"蹄"支部韵,疑"踵继"是"继踵"为押韵的倒文。"典"疑错讹,当是与"继"义相同的字,惜史料阙如,存疑。前言行伍,后言兵器,"霜刃森利"之"利"质部韵,与上文用韵较为一致,故疑其前有阙文"□□□□"。

④ 《北堂书钞》卷一百十七、《渊鉴类函》卷二百十二作"闪如云蔽"。案:当作"闪如云蔽",与"烨若飚炎"相对。

(十)犹猛虎之驱群羊,冲风之飞枯叶。(十一)于是炎燧四举,元戎齐登。探封蛇于穷穴,枭鲸桀而取巨。(十二)陵九城而上跻,起齐轨乎玉绳。车轩辚于雷室,骑浮厉乎云宫。其中(十)、(十二)俞绍初未辑佚。①《全汉赋》、《全汉赋校注》除上述文句外,于"弊楼数千"后增"崇京魁而独处,表完壑而殒颠"。

综上,《武军赋》除序文及《艺文类聚》、《太平御览》所载外,残句十九条:(一)玄羽缥甲,灼烁流光。(二)走骏惊飚,步象云浮。(三)整行按律,决敌中原。八部方置,山布星陈。干戈森其若林,牙旗翻以如绘。(四)南辕反斾,爰振其旅。胡马骈足,戎车齐轨。(五)飞镞鸣镟。(六)敛鞚则止,受衔斯游。钩车镠轳,九牛转牵。雷响电激,折橹倒垣。其攻也,则飞梯云行,临阁灵构。上通紫霄,下过三垆。蕴隆既备,越有神钩。排雷冲则隳高城,烈炬然则顿名楼。冲钩竞进,熊虎争先。堕垣百叠,敝楼数千。炎燧四举,元戎齐登。(七)回天军,震雷霆之威,于易水之阳。(八)飞梯神钩之具,瑰异谲诡之奇。(九)百将罗峙,千部列陈。弥方城,掩平原。耿目耶眇,不同乎一边。(十)弩则幽都筋角,恒山㢑干。通肌畅骨,起崇曲弹。大黄沉紫,朱绣别缘,客机庭臂,直矢轻弦。当锋摧决,贯遝洞坚。(十一)整行按律,决敌中原。八部方置,山布星陈。□□法劲,斾勇殿坚。(十二)怅㑌其特起,旌钺裴以焜。矫矫虎旅,执戟抚马。(十三)金春作,箫管起,灵鼓发,雷鼓奏,轩轰嘈㰥,荡心惧雨。野夷慑而陵触,前后不相须候。(十四)鱼丽纳舒,鹅鹤翼分。裔裔骁骑,卫角守偏。(十五)元戎先驰,甲骑踵继。雷师震激,虎夷典蹄。□□□□,霜刃森利。烨若飚炎,闪如云蔽。哧咤彭飙,不可当御。(十六)犹猛虎之驱群羊,冲风之飞枯叶。(十七)于是炎燧四举,元戎齐登。探封蛇于穷穴,枭鲸桀而取巨。(十八)

___
① 俞绍初《建安七子诗文钩沉》,《郑州大学学报》,1987(2);程章灿《魏晋南北朝赋史》,第348页。

陵九城而上跻，起齐轨乎玉绳。车轩辚于雷室，骑浮厉乎云宫。（十九）崇京魁而独处，表完垒而殒颠。

析之如下：（一）言"甲"，"铠、甲二字同义。《周礼·夏官》：'司甲，下大夫二人。'郑玄注：'甲，今之铠也。'"《初学记》、《太平御览》卷三百五十六、《玉海》卷一百五十一、《渊鉴类函》卷二百二十八、《佩文韵府》卷一百六十二、《骈字类编》卷一百四十六、《叶韵汇辑》卷十二、《全后汉文》、《全汉赋》、《全汉赋校注》等将其补在"韦人制缝"后。"铠则东胡阙巩，百炼精刚。函师振椎，韦人制缝。玄羽缥甲，灼烁流光"句中，"刚"阳部韵，"缝"东部韵，"光"阳部韵，韵部一致，该补入可从。（二）句"走骏"可知与马相关。《太平御览》卷三百五十八、《分类字锦》卷五十七、《叶韵汇辑》卷十四、《全后汉文》、《全汉赋》、《全汉赋校注》将其补在"文的瞷鱼"后。"走骏惊飙，步象云浮"之"浮"幽部韵，其前之"马则飞云绝景，直鬐骊骊"之"骊"幽部韵，"驳龙紫鹿，文的瞷鱼"之"鱼"鱼部韵，韵部一致。补入可从。（三）、（四）、（九）、（十一）可合而论之。残句（三）、（十一）"整行按律，决敌中原。八部方置，山布星陈"同。"山布星陈"之"陈"真部韵，"□□法劲，斾勇殿坚"之"坚"真部韵，故"□□法劲，斾勇殿坚"可接在"山布星陈"后。据（九）可推定"干戈森其若林，牙旗翻以如绘"在"掩平原"后。《北堂书钞》卷一百十七："'南辕反斾，爰振其旅。胡马骈足，戎车齐轨。百队方置，天行地止。干戈森其若林，牙旗翻以容裔。'今案：陈俞本脱'南辕'六句，'容裔'作'如绘'。《百三家本集》亦作'如绘'，又本钞《阵篇》、《兵势篇》引及百三家本，'百队'作'八部'，'天行'句作'山布星陈'，余同。"故可将该句补在"八百部方置"前。综上，（三）、（四）、（九）、（十一）可校为："百将罗峙，千部列陈。弥方城，掩平原。耿目耶眇，不同乎一边。整行按律，决敌中原。南辕反斾，爰振其旅。胡马骈足，戎车齐轨。八部方置，山布星陈。□□法劲，斾勇殿坚。干戈森其若林,牙旗翻以如绘。"考其韵脚为:真、元、元、元、鱼、幽、真、元、月部,用韵整饬中富于变化。(五)"镞"、"镞"均与箭、矢相关。《北堂书钞》卷一百二十五、《初学记》卷二十二、《事类赋》卷十三、《玉海》卷一百五十一、《山堂肆考》卷一百七十八、《渊鉴类函》卷二百二十六、《佩文韵府》卷一之一、《康熙字典》卷二十二、《全后汉文》、《全汉赋》、《全汉赋校注》将其接在"焦铜毒铁"后。结合前之论证,该处可校为:"矢则申息肃慎,箘簵空疏。焦铜毒铁,飞镞鸣镞。其车则□□□□,丽毂挞辀。□□□□,□□□□。"(六)、(十七)、(十九)可合而论之,据其间之"其攻也"可作如下校订:"钩车镠辖,九牛转牵。雷响电激,折橹倒垣。其攻也,则飞梯云行,临阁灵构。上通紫霄,下过三垆。蕴隆既备,越有神钩。排雷冲则隮高城,烈炬然则顿名楼。冲钩竞进,熊虎争先。堕垣百叠,敝楼数千。崇京魁而独处,表完墼而殒颠。于是炎燧四举,元戎齐登。探封蛇于穷穴,枭鲸桀而取巨。""敛鞚则止,受衔斯游"之"鞚"指马勒。傅玄《良马赋》:"纵鞍则行,揽鞚则止。"该句为写马之文句。"走骏惊飙,步象云浮"之"浮"幽部韵,"受衔斯游"之"游"幽部韵。《全汉赋》"敛鞚则止,受衔斯游"二句顺序颠倒,从韵脚上分析,"止"之部韵,"游"之韵部与上下协调,不当倒。可将"敛鞚则止,受衔斯游"接在"步象云浮"后。(七)、(八)可据"震雷霆之威"、"飞梯神钩之具"补入。(十)可直接补入原文言弩部分,校为:"弩则幽都筋角,恒山欁干。通肌畅骨,崇缊曲烟。大黄沉紫,朱绣别缘。客机庭臂,直矢轻弦。当锋摧决,贯遐洞坚。"韵脚:元、真、元、真、真部,隔句用韵。(十二)《北堂书钞》卷一百十七作"陈琳《武库赋序》云",当为赋序。考《太平御览》所载之赋序,"回天军,震雷霆之威,于易水之阳,以讨瓒焉"交代了赋作反映内容及写作缘由。"鸿沟参周,鹿筑十里。荐之以棘。迤建修橹于青霄,窴深隧下三泉"应是军队的防御活动,但此前没有明确动作的主体,"飞梯云冲神钩之具,瑰异谲诡之奇。不在吴孙之篇,《三略》、《六韬》之术者"则属于"秘莫得闻"之"凡数十事"。(十二)之"虎旅"当是一系列活动的主体,故将其补在"秘莫得闻也"后,也不排除为序之开头的可能。(十三)描写战前之声威,且是刚刚开始利用金春、箫管、灵鼓、雷鼓以振军威。考原文有"于是启明戒旦,长庚告昏。火烈具举,鼓角并震",从"具"、"并"可推此时鼓角已趋白热状态,故(十三)当在此前。"金春作,箫管起。灵鼓发,雷鼓奏。轩轰嘈嗽,荡心惧耳。野夷慑而陵触,前后不相须候"韵脚为:之、候、之、鱼部,用韵一致。前之"戎车齐轨"幽部韵,幽、之、鱼三部近旁转。(十四)形容战中的布阵,可接在原文"百将罗峙,千部列陈。弥方城,掩平原。耿目耶眇,不同乎一边"后。(十五)描写进军之赫赫声势,可接在"若乃清道整列,按节徐行。龙姿凤峙,灼有遗英"后。(十六)以两个比喻来形容对敌方摧枯拉朽的进攻,可接在(十五)后。(十八)写战斗,然文献中无相连的记载,加之《武军赋》不完整,存疑。综上,《武军赋》可校为:

回天军,震雷霆之威,于易水之阳,以讨攒焉。鸿沟参周,鹿觥十里。荐之以棘。迺建修橹于青霄,窀深隧下三泉。飞梯、云冲神钩之具,瑰异谲诡之奇。不在吴孙之篇,《三略》、《六韬》之术者,凡数十事,秘莫得闻也。……怅俨其特起,旌钺裴以焜。矫矫虎旅,执戟抚弓。……乃作《武军赋》曰:

赫赫哉,烈烈矣,于此武军。当天符之佐运,承斗刚而曜震。汉季世之不辟,青龙纪乎大荒。熊狼竞以挐攫,神宝播乎镐京。于是武臣赫然,赑炎夫之隆怒,叫诸夏而号八荒。尔乃拟北落而树表,晞垒壁以结营。百将罗峙,千部列陈。弥方城,掩平原。耿目耶眇,不同乎一边。鱼丽纳舒,鹅鹤翼分。奋奋骁骑,卫角守偏。整行按律,决敌中原。南辕反斾,爰振其旅。胡马骈足,戎车齐轨。八部方置,山布星陈。□□法劲,旆勇殿坚。干戈森其若林,牙旗翻以如绘。金舂作,箫管起。灵鼓发,雷鼓奏。骇轰嘈噭,荡心惧耳。野夷慑而陵触,前后不相须候。于是启明戒旦,长庚告昏。火烈具举,鼓角并震。千徒从唱,亿夫求和。声訇隐而动山,光赫弈以烛夜。其刃也,则楚金越冶,棠溪名工。清鉴皓锷,修刺锐锋。陆陷藥犀,水截轻鸿。铠则东胡阙巩,百炼精刚。函师振锥,韦人制缝。玄羽缥甲,灼烁流光。弩则幽都筋角,恒山麋干。通肌畅骨,崇缊曲烟。大黄沉紫,朱绣别缘。客机庭臂,直矢轻弦。当锋摧决,贯遻洞坚。其弓则乌号越棘,繁弱角端。象弭绣质,晢弰文身。矢则申息肃慎,箭籀空疏。焦铜毒铁,飞镞鸣镝。其车则□□□□,丽毂挞辀。□□□□,□□□□。马则飞云绝景,直骛骊駠。驳龙紫鹿,文的瞷鱼。走骏惊飚,步象云浮。敛辔则止,受衔斯游。若乃清道整列,按节徐行。龙姿凤峙,灼有遗英。元戎先驰,甲骑踵继。雷师震激,虎夷典蹄。□□□□,霜刃森利。烨若飏炎,闪如云蔽。唦咤彭聂,不可当御。犹猛虎之驱群羊,冲风之飞枯叶。钩车镣辖,九牛转牵。雷响电激,折橹倒垣。其攻也,则飞梯云行,临阁灵构。上通紫霄,下过三垆。蕴隆既备,越有神钩。排雷冲则瓂高城,烈炬然则顿名楼。冲钩竞进,熊虎争先。堕垣百叠,敝楼数千。崇京魁而独处,表完螯而殒颠。于是炎燧四举,元戎齐登。探封蛇于穷穴,枭鲸桀而取巨。

陵九城而上跻,起齐轨乎玉绳。车轩辚于雷室,骑浮厉乎云宫。

作年二说:(一)建安三年(198)。王鹏廷。[1]　(二)建安四年

---

[1]　王鹏廷《建安七子述论》,博士学位论文,2002年。

（199）。徐公持、刘知渐、陆侃如、吴文治、毕万忱、张连科、石观海、顾农。① 赋序中"瓒"指公孙瓒，建安四年（199）三月，袁绍大败公孙瓒。袁绍攻公孙瓒于易京，获之。公孙瓒频失利，乃临易河筑京以自固，故号易京。② 故赋作于建安四年（199）三月。

《神武赋》见于《艺文类聚》卷五十九、《汉魏六朝百三家集》卷二十八、《古俪府》卷十、《渊鉴类函》卷二百十一、《历代赋汇》卷六十五、《全后汉文》卷九十二。《渊鉴类函》卷二十六："陈琳《神武赋》：'夫窥巢穴者未可与论六合之广、大人之量，固非说者之可识也。'"《全后汉文》在"有征无战者已"后增"夫窥巢穴者未可与论六合之广，游潢汙者又乌知沧海之深。大人之量，固非说者之可识也"。《全汉赋》、《全汉赋校注》同。

徐公持、章必功、刘知渐、陆侃如、张可礼、吴文治、俞绍初、章沧授、李景华、王鹏廷、刘跃进、石观海、周进、顾农系于建安十二年（207）。③ 十二年（207），北征三郡乌丸行程为：五月无终→七月出

---

① 徐公持《建安七子诗文系年考证》，《文学遗产》增刊第十四辑，1982(2)；刘知渐《建安文学编年史》，《重庆师院学报》，1984(4)；陆侃如《中古文学系年》，第 336 页；吴文治《中国文学史大事年表》，第 216 页；毕万忱《三国赋的题材分类及其特征》，《社会科学战线》，1993(3)；吴云、张连科等《建安七子集校注》，第 140 页；石观海《中国文学编年史·汉魏卷》，第 377 页；顾农《读〈文选〉中的建安作品（三题）》，《广西师范大学学报》，2009(6)。

② 范晔《后汉书》，第 381 页。

③ 徐公持《建安七子诗文系年考证》，《文学遗产》增刊第十四辑，1982(2)；章必功《论建安时代的辞赋观与辞赋创作》，《建安文学研究论文集》，黄山出版社，1984 年，第 68 页；刘知渐《建安文学编年史》，《重庆师院学报》，1984(4)；陆侃如《中古文学系年》，第 360 页；张可礼《建安文学论稿》，山东教育出版社，1986 年，第 10 页；吴文治《中国文学史大事年表》，第 222 页；俞绍初《建安七子集》，第 406 页；章沧授《论建安赋的新风貌》，《安庆师范学院学报》，1991(1)；李景华《建安文学述评》，第 29 页；王鹏廷《建安七子述论》，博士学位论文，2002 年；刘跃进《秦汉文学编年史》，第 643 页；石观海《中国文学编年史·汉魏卷》，第 397 页；周进《建安赋研究》，硕士学位论文，2009 年；顾农《读〈文选〉中的建安作品（三题）》，《广西师范大学学报》，2009(6)。

卢龙塞→白檀→平冈→鲜卑→柳城→八月登白狼山，大获全胜→九月，公引兵自柳城还→十一月至易水，①赋言"治兵易水，次于北平"当在战胜还军途中，②故系于建安十二年(207)十一月。

《止欲赋》、《武猎赋》、《柳赋》、《迷迭赋》、《大暑赋》、《玛瑙勒赋》、《车渠椀赋》，见后文曹丕《正情赋》、《校猎赋》、《柳赋》、《迷迭赋》、《大暑赋》、《玛瑙勒赋》、《车渠椀赋》部分；《鹦鹉赋》见后文曹植《鹦鹉赋》部分。

《悼龟赋》，俞绍初、程章灿辑残句两条："探赜索隐，无幽不阐。下方大祇，上配青纯。""山节藻棁，既棳且韫。参千镒而弗贾兮，岂十朋之所云。通生死以为量兮，夫何人之足怨。"③《建安七子集》、《建安七子集校注》、《全汉赋校注》见载。

张连科系于建安十九年(214)。④赋作于建安十六年(211)至二十一年(216)，见后文曹植部分。

《神女赋》之作，有陈琳、王粲、应玚、杨修。陈琳《神女赋》见于《艺文类聚》卷七十九：

汉三七之建安，荆野蠢而作仇。赞皇师以南假，济汉川之清流。感诗人之攸叹，想神女之来游。仪营魄于仿佛，讬嘉梦以通精。望阳侯而汧潪，睹玄丽之轶灵。文绛虬之奕奕，鸣玉鸾之嘤嘤。答玉质于苕华，拟艳姿于婵荣。感仲春之和节，叹鸣雁之嗺嗺。申握椒以贻予，请同宴乎奥房。苟好乐之嘉合，永绝世而独昌。既叹尔以艳采，又悦我之长期。顺乾坤以成性，夫何若而有辞。

<hr>

① 陈寿《三国志》，第29、30页。
② 中国历史地图集编辑组《中国历史地图集》第二册，第61—62页。
③ 俞绍初《建安七子诗文钩沉》，《郑州大学学报》，1987(2)；程章灿《魏晋南北朝赋史》，第351页。
④ 吴云等《建安七子集校注》，第166页。

《汉魏六朝百三家集》卷二十八、《渊鉴类函》卷三百二十、《历代赋汇》外集卷十四、《全后汉文》卷九十二同。俞绍初、程章灿辑二条：（一）"纡玄灵之鬓髦兮，珥明月之双瑱。结金铄之婀娜兮，飞羽袿之翩翩。"（二）"深灵根而蒂固兮，精气育而命长。感仲春之和节兮，叹鸣雁之嗺嗺。"①（一）描写神女服饰之美，据王粲《神女赋》，当在心理描写之前，可将其补在"深灵根而蒂固兮"前，二者间有阙句。（二）可直接补入原文。综上，陈琳《神女赋》可校为：

> 汉三七之建安，荆野蠢而作仇。赞皇师以南假，济汉川之清流。感诗人之攸叹，想神女之来游。仪营魄于仿佛，讬嘉梦以通精。望阳侯而沪溁，睹玄丽之轶灵。文绛虬之奕奕，鸣玉鸾之嘤嘤。答玉质于苕华，拟艳姿于薜荣。……纡玄灵之鬓髦兮，珥明月之双瑱。结金铄之婀娜兮，飞羽袿之翩翩。……深灵根而蒂固兮，精气育而命长。感仲春之和节，叹鸣雁之嗺嗺。申握椒以贻予，请同宴乎奥房。苟好乐之嘉合，永绝世而独昌。既叹尔以艳采，又悦我之长期。顺乾坤以成性，夫何若而有辞。

王粲《神女赋》见于《艺文类聚》卷七十九、《渊鉴类函》卷三百二十；《汉魏六朝百三家集》卷二十九、《历代赋汇》外集卷十四"鬓类刻成"后增"质素纯皓，粉黛不加。朱颜熙曜，晔若春华。唇譬含丹，目若澜波。美姿巧笑，靥辅奇牙"。《全后汉文》卷九十另增"登筵对兮倚床垂"于"冀致态以相移"后。《全汉赋》、《全汉赋校注》则将"登筵对兮倚床垂"列于文末。《史记》卷五十九、《说文解字义证》卷三十九作"王察"；《毛诗古音考》卷三、《唐韵正》卷十九作"王

① 俞绍初《建安七子诗文钩沉》，《郑州大学学报》，1987（2）；程章灿《魏晋南北朝赋史》，第349页。

微";《古音骈字》作"王彻",所引文句均为王粲《神女赋》文句,当作"王粲"。综上,《神女赋》当如《历代赋汇》、《全汉赋》、《全汉赋校注》所载。

应玚《神女赋》残句"腾玄眸而俄青阳,离朱唇而耀双辅。红颜晔而和妍,时调声以笑语"见于《太平御览》卷三百八十一。"夏姬曾不足以供妾御,况秦娥与吴娃"见于《文选注》卷三十。句二俞绍初、程章灿辑佚。①

杨修《神女赋》见于《艺文类聚》卷七十九、《渊鉴类函》卷三百二十、《历代赋汇》外集卷十四、《全后汉文》卷五十一载。

作年三说:(一)建安十三年(208)。徐公持、陆侃如、吴文治、李景华、李存霞、任慧、石观海、王俊杰。②(二)建安十四年(209)。俞绍初、寇矛、周进、顾农。③(三)建安二十一年(216)。凌迅、吴文治、吴云、唐绍忠、吕斌、张连科、曹立波、戚津虹。④当为建安十三年九月至二十一年九月王粲在曹所作。陈琳赋言"感仲春之和节"可见作于二月。"赞皇师以南假,济汉川之清流",说明是南征途经汉川时。建安十三年赤壁之战,不利。于是大疫,吏士多死

---

① 俞绍初《建安七子诗文钩沉》,《郑州大学学报》,1987(2);程章灿《魏晋南北朝赋史》,第336页。

② 徐公持《建安七子诗文系年考证》,《文学遗产》增刊第十四辑,1982(2);陆侃如《中古文学系年》,第370页;吴文治《中国文学史大事年表》,第222页;李景华《建安文学述评》,第28页;李存霞《从建安七子的创作看建安时代"文学的自觉"》,硕士学位论文,2004年;任慧《浅谈王粲的〈从军诗〉》,《重庆社会科学》,2005(12);石观海《中国文学编年史·汉魏卷》,第400页;王俊杰《论邺下文学集团的形成及其带来的军中风雅》,《赣南师范学院学报》,2007(2)。

③ 俞绍初《建安七子集》,第414页;寇矛《邺下文人集团的形成与演变》,《洛阳工学院学报》,1999(1);周进《建安赋研究》,硕士学位论文,2009年;顾农《读〈文选〉中的建安作品(三题)》,《广西师范大学学报》,2009(6)。

④ 凌迅《王粲传论》,《建安文学研究文集》,黄山书社,1984年,第304页;吴文治《中国文学史大事年表》,第233页;吴云等《建安七子集校注》,第152、317、519页;吕斌《浅议建安七子之女性题材创作》,《安徽文学》,2011(1)。

者,十二月乃引军还。①　时间与《神女赋》"仲春"不合。陈琳《神女赋》有"汉三七之建安",结合王粲《征思赋》"在建安之二八"之说,《神女赋》当作于建安二十一年。二十年(215)十二月,公自南郑还,二十一年春二月,公还邺。②　此行需经汉水。③　凯旋之际,作赋风雅,当属必然,故系于建安二十一年二月。

《大荒赋》残存。《韵补书目》:"陈琳,魏人,有文集九卷,在建安诸子中字学最深,《大荒赋》几三千言,用韵极奇,古尤为难知。"几三千言之《大荒赋》,惜《全后汉文》卷九十二、《全汉赋》仅载"假龟筮以贞吉,问神谂以休祥";俞绍初、程章灿另辑残句十六条;④《全汉赋校注》载以上十七条。

写作时间下限为陈琳卒年,即建安二十二年(217)。

陈琳《答客难》俞绍初辑残句三条:(一)"合百万师若运诸掌者,义也。"该句《杜诗详注》卷九作陈琳《设难》。(二)"六合咸熙,九州来同。倒载干戈,放马华阳。"(三)"太王筑室,百堵皆作。西伯营台,功不浃日。"⑤《韵补》卷五、《西河集》卷十六、《叶韵汇辑》卷五十、《康熙字典》卷二、《佩文韵府》卷九十三之一作"陈琳《客难》";《古今通韵》卷十一则作"陈琳《答客难》"。

赋言"九州来同"。考建安十八年(213)春正月,诏书并十四州,复为九州。⑥　故系《答客难》于建安十八年(213)至二十二年(217)。

52. 王粲(177—217)

王粲亡故时间曹植《王仲宣诔》确言为建安二十二年(217)正

---

①　陈寿《三国志》,第31页。

②　陈寿《三国志》,第46、47页。

③　中国历史地图集编辑组《中国历史地图集》第二册,第53—54页。

④　俞绍初《建安七子诗文钩沉》,《郑州大学学报》,1987(2);程章灿《魏晋南北朝赋史》,第349、350页。

⑤　俞绍初《建安七子诗文钩沉》,《郑州大学学报》,1987(2)。

⑥　陈寿《三国志》,第37页。

月二十四日戊申,年四十一,则生于熹平六年(177)。17 岁(193)依刘表。建安十三年(208)九月刘琮降曹操,王粲归太祖,为丞相掾属,关内侯。[1] 则初平四年(193)至建安十三年(208)八月在荆州依刘表。建安十八年(213)十一月,初置尚书、侍中、六卿。[2] 十八年(213)魏国即建,王粲拜侍中,其为丞相掾属、军谋祭酒在建安十三年(208)九月至十八年(213)十月。二十一年(216)冬十月,治兵,遂征孙权,十一月至谯。[3] 王粲从征,卒,其在曹作赋在建安十三年(208)九月至二十二年(217)正月。

王粲有《登楼赋》、《酒赋》、《游海赋》、《浮淮赋》、《初征赋》、《鹦鹉赋》、《弹棋赋》、《闲邪赋》、《征思赋》、《出妇赋》、《寡妇赋》、《羽猎赋》、《喜霁赋》、《柳赋》、《思友赋》、《伤夭赋》、《迷迭赋》、《投壶赋》、《白鹤赋》、《围棋赋》、《莺赋》、《玛瑙勒赋》、《愁霖赋》、《神女赋》、《车渠椀赋》、《大暑赋》、《七释》、《槐树赋》、《鹖赋》、《述征赋》。俞绍初、《全汉赋校注》、万光治所言王粲《感丘赋》实为晋陆机之作,全文见于《艺文类聚》卷四十、《初学记》卷十四、《渊鉴类函》卷一百八十三等。曾朴《补后汉书艺文志并考》卷十:"《水经注·漳水注》引《漳水赋》,严失采。"案:《水经注·淮水注》"又引王粲诗以证",言诗而不言赋。《水经注》卷三十二作引"王仲宣登其东南隅,临漳水而赋之曰:夹清漳之通浦兮,倚曲沮之长洲",此句实为其《登楼赋》之文句:"挟清漳之通浦兮,倚曲沮之长洲。""夹"乃"挟"缺笔而讹。《历代辞赋总汇》收《吊夷齐文》。[4]

《鹖赋》,见后文曹操《鹖赋》部分;《弹棋赋》、《闲邪赋》、《浮淮赋》、《出妇赋》、《寡妇赋》、《羽猎赋》、《柳赋》、《迷迭赋》、《车渠椀

---

① 陈寿《三国志》,第 599、597、385、598 页。
② 陈寿《三国志》,第 42 页。
③ 陈寿《三国志》,第 49 页。
④ 马积高《历代辞赋总汇·先秦汉魏晋南北朝卷》,第 413 页。

赋》、《大暑赋》、《槐树赋》、《述征赋》、《莺赋》、《玛瑙勒赋》、《愁霖赋》,见后文曹丕《弹棋赋》、《正情赋》、《浮淮赋》、《出妇赋》、《寡妇赋》、《校猎赋》、《柳赋》、《迷迭赋》、《车渠椀赋》、《大暑赋》、《槐赋》、《述征赋》、《莺赋》、《玛瑙勒赋》、《愁霖赋》部分;《酒赋》、《鹦鹉赋》、《白鹤赋》、《七释》,见后文曹植《酒赋》、《鹦鹉赋》、《白鹤赋》、《七启》部分;《神女赋》,见前文陈琳《神女赋》部分。

《登楼赋》见于《文选》卷十一、《艺文类聚》卷六十三、《文章辨体》卷四、《汉魏六朝百三家集》卷二十九、《楚宝》卷三十九、《历朝赋格》中集骚赋格卷四、《渊鉴类函》卷三百四十七、《历代赋汇》卷一百九、《七十家赋钞》卷四、《古文辞类纂》卷七十、《全后汉文》卷九十。

作年《咏史诗》第三,《苕溪渔隐丛话前集》卷四十三,《东坡诗集注》卷十五,《唐诗鼓吹》卷八,《杜工部草堂诗笺》卷二十三,《分门集注杜工部诗》卷二,《九家集注杜诗》卷二十六,《诂训柳先生文集》卷二十二,《笺注简斋诗集》卷十七,《集千家注杜诗》卷十二、十五,《韵府群玉》卷八下,《山堂肆考》卷一百二十九,《楚宝》,《明文海》卷三百六十,《历朝赋格》,《庾开府集笺注》卷二,《杜诗详注》卷十四,《庾子山集注》卷二,系于王粲避难荆州依刘表时。现代学者分降曹前、后两派,降曹前六说:(一)建安九年(204)。徐公持、魏怡、刘知渐、吴云、黄燕平。① (二)建安十年(205)。俞绍初、沈玉成。② (三)建安十一年(206)。缪钺、陆侃如、阮忠。③ (四)建安

① 徐公持《建安七子诗文系年考证》,《文学遗产》增刊第十四辑,1982(2);魏怡《情眷眷而怀归兮——王粲〈登楼赋〉赏析》,《曲靖师专学报》,1983(4);刘知渐《建安文学编年史》,《重庆师院学报》,1984(4);吴云等《建安七子集校注》,第308页;黄燕平《王粲研究三题》,博士学位论文,2008年。

② 俞绍初《建安七子集》,第403页;山东大学文史哲研究室主编《中国历代著名文学家评传》之沈玉成《王粲评传》,山东教育出版社,1983年,第221—235页。

③ 缪钺《王粲行年考》,《责善半月刊》第2卷第21期,1942年;陆侃如《中古文学系年》,第356页;阮忠《论建安赋风》,《许昌学院学报》,1992(4)。

十一、十二年（206、207）。曹大中。①（五）建安十三年（208）。吴文治、易健贤、顾农、石观海、梅新林。②（六）滞居荆州的后期。凌迅、吕艳。③ 穆克宏认为作于荆州，时间在建安十年（205）至十三年（208）。④ 曹成浩、俞绍初认为是降曹操后作。⑤ 俞绍初前后持论有改变。赋当作于降曹前，赋言"遭纷浊而迁逝兮，漫逾纪以迄今"，"遭纷浊而迁逝"在初平四年（193），十二年为一纪，故《登楼赋》作于建安十年（205）至十三年（208）八月。赋言"华实蔽野，黍稷盈畴"，可见作于秋季。《礼记·月令》云"季秋之月"，"农事备收"，"是月也，霜始降"。建安十三年（208）秋七月，曹操南征刘表。⑥ 加之在强敌来征之际，登楼作赋之可能性不大，故十三年（208）可排除。曹植《王仲宣诔》："我公实嘉，表阳京国。金龟紫绶，以彰勋则。"说明王粲受封在归京后。（刘）廙兄望之，有名于世，荆州牧刘表辟为从事。而其友二人，皆以谗毁，为表所诛。望之又以正谏不合，投传告归。廙谓望之曰："赵杀鸣犊，仲尼回轮。今兄既不能法柳下惠和光同尘于内，则宜模范蠡迁化于外。坐而自绝于时，殆不可也。"望之不从，寻复见害。廙惧，奔扬州，遂归太祖。太祖辟为丞相掾属，转五官将文学。"傅子曰：'表既杀望之，荆州士人皆自危也。'"曹操建安十三年（208）六月为丞相，曹丕建安十六年（211）正月为五官中郎将。则刘廙自扬州奔曹当在建安

① 曹大中《〈登楼赋〉——王粲弃刘归曹的信号与准备》，《中州学刊》，1987（3）。
② 吴文治《中国文学史大事年表》，第223页；易健贤《〈登楼赋〉考辨》，《贵州文史丛刊》，1993（1）；顾农《建安文学史》，第74页；石观海《中国文学编年史·汉魏卷》，第402页；梅新林《中国文学地理形态与演变》，上海人民出版社，2014年，第9页。
③ 凌迅《王粲传论》，《建安文学研究文集》，第145页；吕艳《王粲的思想及其文学创作》，硕士学位论文，2004年。
④ 霍旭东主编《历代辞赋鉴赏辞典》，第331页。
⑤ 曹成浩《王粲〈登楼赋〉研究中的几个问题》，《东岳论丛》，1985（6）；俞绍初《〈登楼赋〉测年》，《文学遗产》，2003（2）。
⑥ 范晔《后汉书》，第385页。

十六年(211)前。但其自荆州奔扬州时间因史料缺乏不可考,但肯定在十三年(208)八月刘表卒前。①《登楼赋》中危惧之情当是刘望之被杀后荆州士人皆自危之折射,故赋作于建安十年(205)至十二年(207)滞居荆州后期,且在刘望之被杀后。

《游海赋》见于《艺文类聚》卷八:

> 乘菌桂之方舟,浮大江而遥逝。翼惊风而长驱,集会稽而一眠。登阴隅以东望,览沧海之体势。吐星出日,天与水际。其深不测,其广无桌。章亥所不极,卢敖所不届。怀珍藏宝,神隐怪匿。或无气而能行,或含血而不食。或有叶而无根,或能飞而无翼。鸟则爱居孔鹄,翡翠鹔鹴。缤纷往来,沉浮翱翔。鱼则横尾曲头,方目偃额。大者若山陵,小者重钧石。乃有赉蛟大贝,明月夜光。劈鼍瑃瑁,金质黑章。若夫长洲别岛,旗布星峙。高或万寻,近或千里。桂林蒙乎其上,珊瑚周乎其趾。群犀代角,巨象解齿。黄金碧玉,名不可纪。

《初学记》卷六“乘兰桂之轻舟”前增“含精纯之至道,将轻举而高厉。游余心以广观兮,且彷徉乎西裔”。②“其广无桌”后增“寻之冥地,不见涯泄”。“卢敖所不届”后接“洪洪洋洋,诚不可度也。处嵎夷之正位兮,同色号于穹苍。苞纳污之弘量,正宗庙之纪纲。总众流而臣下,为百谷之君王。”上述文句又见于《古俪府》卷二、《历代赋汇》卷二十四、《海塘录》卷十八。《全后汉文》卷九十“为

---

① 陈寿《三国志》,第 613、614、615、30、34 页。

② 《全后汉文》“西”作“四”。案:西裔指西部边远的地方。《书·禹贡》“三苗丕叙”孔传:“西裔之山已可居三苗之族。”汉王粲《迷迭香赋》:“扬丰馨於西裔兮,布和种於中州。”四裔即四方边远之地。上文言“旷观”,下文中有“会稽”之地,故当为“四裔”,而非“西裔”。

百谷之君王"后多出"洪涛奋荡，大浪踊跃。山隆谷窊，宛亶相搏"。俞绍初、程章灿辑残句"乘兰桂之舟，晨凫之舸。""匈匈磕磕"。①"乘兰桂之舟，晨凫之舸"，《历代辞赋总汇》名为《海赋》。②案："洪涛奋荡，大浪踊跃。山隆谷窊，宛亶相搏"、"匈匈磕磕"描写沧海之体势，可接于"吐星出日，天与水际"后。综上，《游海赋》可校为：

　　含精纯之至道，将轻举而高厉。游余心以广观兮，且彷徉乎四裔。乘菌桂之方舟，浮大江而遥逝。□晨凫之□舸，□□□□□□。翼惊风以长驱，集会稽而一睨。登阴隅以东望，览沧海之体势。吐星出日，天与水际。……洪涛奋荡，大浪踊跃。山隆谷窊，宛亶相搏。……匈匈磕磕。……其深不测，其广无臬。寻之冥地，不见涯浪。章亥所不极，卢敖所不届。洪洪洋洋，诚不可度也。处嵎夷之正位兮，同色号于穹苍。苞纳污之弘量，正宗庙之纪纲。总众流而臣下，为百谷之君王。怀珍藏宝，神隐怪匿。或无气而能行，或含血而不食。或有叶而无根，或能飞而无翼。鸟则爱居孔鹄，翡翠鹔鹴。缤纷往来，沉浮翱翔。鱼则攡尾曲头，方目偃额。大者若山陵，小者重钩石。乃有赑蛟大贝，明月夜光。鼊龟瑇瑁，金质黑章。若夫长洲别岛，旗布星峙。高或万寻，近或千里。桂林蒙乎其上，珊瑚周乎其趾。群犀代角，巨象解齿。黄金碧玉，名不可纪。……

曹氏父子作《沧海》诗赋时，王粲尚未归曹，该赋与曹操、曹丕之《沧

①　俞绍初《建安七子诗文钩沉》，《郑州大学学报》，1987(2)；程章灿《魏晋南北朝赋史》，第344页。
②　马积高《历代辞赋总汇·先秦汉魏晋南北朝卷》，第404页。

海》诗赋不作于同时。赋言"集会稽而一眺",王粲山阳高平人,至长安、荆州均无需经会稽、海边,故赋作于归曹后。会稽属吴郡,当是征孙权途中所作。归曹后建安十四年(209)、十七年(212)、十九年(214)征孙权。十四年(209)出征行程为:三月至谯→七月自涡入淮,出肥水,军合肥→置扬州郡县长吏,开芍陂屯田→十二月还谯。东汉时扬州包括九江郡、丹阳郡、庐江郡、会稽郡、吴郡、豫章郡六郡,会稽山属会稽郡山阴。① 十七年(212)十月出征,十八年(213)四月回邺,此次进军濡须口,攻破权江西营,获权都督公孙阳,乃引军还,②不曾至吴东南之会稽;十九年(214)秋七月征孙权,十月自合肥还,亦未至会稽。故《游海赋》作于十四年(209)八月至十二月置扬州郡县长吏、屯田时。

《初征赋》见于《艺文类聚》卷五十九、《汉魏六朝百三家集》卷二十九、《渊鉴类函》卷二百十一、《历代赋汇》逸句卷二、《全后汉文》卷九十。

当作于建安十四年(209)征刘备时。刘知渐、吴文治、俞绍初、吴云、唐绍忠、石观海作如是论。③ 徐公持、王鹏廷系于建安十三年(208),④误。

《征思赋》,俞绍初、程章灿辑佚"在建安之二八,星步次于箕维";《历代辞赋总汇》则名为《思征赋》。⑤ 吴文治、俞绍初、梁惠、顾农、王鹏廷、吴云、唐绍忠、刘跃进、石观海系于建安十六年

---

① 范晔《后汉书》,第3485、3486、3487、3488、3489、3491、3492页。
② 陈寿《三国志》,第36、37页。
③ 刘知渐《建安文学编年史》,第35页;吴文治《中国文学史大事年表》,第224页;俞绍初《建安七子集》,第415页;吴云等《建安七子集校注》,第306页;石观海《中国文学编年史·汉魏卷》,第403页。
④ 徐公持《建安七子诗文系年考证》,《文学遗产》增刊第十四辑,1982(2);王鹏廷《建安七子述论》,博士学位论文,2002年。
⑤ 俞绍初《建安七子诗文钩沉》,《郑州大学学报》,1987(2);程章灿《魏晋南北朝赋史》,第344页;马积高《历代辞赋总汇·先秦汉魏晋南北朝卷》,第404页。

（211），①可从。

《喜霖赋》存目，见于《全晋文》卷一百二。《说文·雨部》："霖，凡雨三日已往为霖。"此赋当作于久旱之后，考王粲20岁至卒，仅建安十九年（214）夏四月旱，五月，雨水。② 疑作于建安十九年（214）五月，以其卒年为写作时间下限。

《思友赋》见于《艺文类聚》卷三十四，《汉魏六朝百三家集》卷二十九，《渊鉴类函》卷二百五十四、三百八，《历代赋汇》外集卷二十，《全后汉文》卷九十。以其卒年为写作时间下限。

《伤夭赋》见于《艺文类聚》卷三十四、《汉魏六朝百三家集》卷二十九、《庾子山集注》卷一、《渊鉴类函》卷二百六十四、《历代赋汇》外集卷二十、《全后汉文》卷九十。黄燕平认为王粲《伤夭赋》叙曹丕族弟年十一而夭的事，③其说可从，但文仲何时而夭无考，姑系于建安十四年（209）至二十一年（216）。

《投壶赋》存序，见于《太平御览》卷七百五十三、《汉魏六朝百三家集》卷二十九、《渊鉴类函》卷三百三十。《历代辞赋总汇》则名为《棋赋》，④误。

《围棋赋》存序，见于《太平御览》卷七百五十三、《汉魏六朝百三家集》卷二十九、《渊鉴类函》卷三百二十九、《全后汉文》卷九十。《投壶赋》、《围棋赋》亦姑系于建安十四年（209）至二十一年（216），尤以前几年为甚。

---

①　吴文治《中国文学史大事年表》，第227页；俞绍初《建安七子集》，第426页；梁惠《曹植赋创作时期考略》，《殷都学刊》，2000年；顾农《建安文学史》，第77页；王鹏廷《建安七子述论》，博士学位论文，2002年；吴云等《建安七子集校注》，第307页；刘跃进《秦汉文学编年史》，第652页；石观海《中国文学编年史·汉魏卷》，第409页。

②　范晔《后汉书》，第387页。

③　黄燕平《论王粲投曹后同题诗赋创作的艺术特色》，《西南交通大学学报》，2009(3)。

④　马积高《历代辞赋总汇·先秦汉魏晋南北朝卷》，第410页。

53. 应场(? —217)

应场、刘桢各被太祖辟，为丞相掾属。场转为平原侯庶子，后为五官将文学。建安二十二年(217)卒。[①] 应场有《校猎赋》、《正情赋》、《鹦鹉赋》、《西狩赋》、《撰征赋》、《西征赋》、《迷迭赋》、《愁霖赋》、《神女赋》、《车渠椀赋》、《灵河赋》、《憋骥赋》、《杨柳赋》、《赞德赋》、《驰射赋》、《释宾》；俞绍初、万光治所言《矢伤赋》、《喜霁赋》姑存疑。[②]

应场《正情赋》、《西狩赋》、《迷迭赋》、《愁霖赋》、《车渠椀赋》、《杨柳赋》见后文曹丕《正情赋》、《校猎赋》、《迷迭赋》、《愁霖赋》、《车渠椀赋》、《柳赋》部分；《鹦鹉赋》见曹植《鹦鹉赋》部分；《西征赋》见后文徐幹《西征赋》部分；《神女赋》见前文陈琳《神女赋》部分。

《校猎赋》残句"乃命有司，巡士周寻。二虞莱野，三匦表禽。北弥大陆，南厉黄浖"。见于《初学记》卷二十二，《渊鉴类函》卷一百五十九、二百九、《全后汉文》卷四十二。

曹立波、戚津虹系于建安十三年(208)至十六年(211)。[③] 石观海系于建安十八年(213)。[④] 赋言"北弥大陆，南厉黄浖"。《湖南通志》卷二十七："澧水有九：茹、温、渌、渫、黄、浖、澹、道，并澧为九。"作赋时应到湖南北部，湖南汉时属荆州。应场被太祖辟为丞相掾属，曹操建安十三年(208)六月为丞相，则该赋区间为建安十三年(208)六月至二十二年(217)。考其间南征荆州唯有十三年(208)秋七月南征刘表，其行程为：九月新野→江陵→十二月巴丘→赤壁→十二月引军还，次年三月至谯。巴丘在现岳阳楼附近，地处湘北，由巴丘至赤壁，经历湘北之澧水水系，即"厉黄浖"，故赋

---

①　陈寿《三国志》，第601、602页。

②　俞绍初《建安七子遗文存目考》，《许昌学院学报》，1987(3)。

③　吴云等《建安七子集校注》，第519页。

④　石观海《中国文学编年史·汉魏卷》，第416页。

作于建安十三年(208)十二月。

《撰征赋》见于《艺文类聚》卷五十九、《汉魏六朝百三家集》卷三十二、《渊鉴类函》卷二百十一、《历代赋汇》逸句卷一、《全后汉文》卷四十二。《历代赋汇》作"《征赋》"。

李景华、明月熙、周进系于建安十年(205)随曹操北征幽州时。①徐公持、陆侃如、吴文治、章沧授、顾农、王鹏廷、曹立波、戚津虹认为作于建安十二年(207)。②赋言"奋皇佐之丰烈"、"亲戎乎幽邻"、"北巡"、"临长城兮"、"周览郡邑",不见作战之紧张氛围。建安十年(205)北征幽州、十二年(207)北征乌丸当不属"亲戎"。《白虎通·巡狩》:"王者所以巡狩者何?巡者,循也。狩者,牧也。为天下巡行守牧民也。"建安二十年(215)春,省云中、定襄、五原、朔方郡,郡置一县领其民,合以为新兴郡。③《后汉书·舆服》:"天子玉路,以玉为饰,锡樊缨十有再就,建太常,十有二斿,九仞曳地,日月升龙,象天明也。""乘舆、金根、安车、立车。……建大旗,十有二斿,画日月升龙,驾六马。"④建安十二年(207)时曹操为冀州牧,绝不会"飞龙旗以云曜"。十八年(213)曹操被封魏公,二十一年(216)进爵魏王。二十二年(217)夏四月,天子命王设天子旌旗,出入称警跸。……冬十月,天子命王冕十有二旒,乘金根车,驾六马。⑤曹操出行乘金根车、飞龙旗始于建安二十二年(217)冬十

---

① 李景华《建安文学述评》,第 29 页;明月熙《汉魏汝南应氏家族文学研究》,硕士学位论文,2008 年;周进《建安赋研究》,硕士学位论文,2009 年。
② 徐公持《建安七子诗文系年考证》,《文学遗产》增刊第十四辑,1982(2);陆侃如《中古文学系年》,第 361 页;吴文治《中国文学史大事年表》,第 222 页;章沧授《论建安赋的新风貌》,《安庆师范学院学报》,1991(1);顾农《应场论》,《临沂师专学报》,1993(1);王鹏廷《建安七子述论》,博士学位论文,2002 年;吴云等《建安七子集校注》,第 509 页。
③ 陈寿《三国志》,第 45 页。
④ 范晔《后汉书》,第 3643、3644 页。
⑤ 陈寿《三国志》,第 39、49 页。

月,然此后曹操未到长城一带。故《撰征赋》作于建安二十年(215)春。此处"征"指出行,而非征伐义。

《灵河赋》见于《艺文类聚》卷八;《古文苑》卷二十一、《河南通志》卷七十二、《汉魏六朝百三家集》卷三十二、《渊鉴类函》卷三十六、《历代赋汇》卷二十五"于昆仑之神丘"后增"凌增城之阴隅兮,赖后土之潜流";"披山麓而溢浮"后增"蹶龙黄而南迈兮,纡鸿体而因流";《全后汉文》卷四十二文后增"龙榱白鲤,越艇蜀舲。沂游覆水,帆柂如林"。《全汉赋》、《全汉赋校注》同。《杜诗详注》卷八作"沂凇蔽水,帆柱如林"。《初学记》卷六摘录。《玉芝堂谈荟》卷三十、《说略》卷十三、《御选唐诗》卷十四作"应场《虚河赋》"。案:"虚"乃"灵"之讹。写作时间下限为其卒年建安二十二年(217)。

《慜骥赋》见于《艺文类聚》卷九十三、《汉魏六朝百三家集》卷三十二、《渊鉴类函》卷四百三十四、《历代赋汇》卷一百三十五、《全后汉文》卷四十二。王鹏廷系于归曹前。① 写作时间下限为其卒年建安二十二年(217)。

《赞德赋》,俞绍初、程章灿辑佚残句"抗六典之崇奥,办九籍之至言"。② 赋言"六典"、"九籍",疑作于建安八年(203)七月曹操颁布《修学令》后,③即建安八年(203)七月至二十二年(217)。

《驰射赋》见于《艺文类聚》卷六十六、《汉魏六朝百三家集》卷三十二、《射书》卷四、《渊鉴类函》卷三百二十四、《历代赋汇》卷六十五。《射书》称作《马射赋》。案:当为"驰"缺"也"而讹。《全后汉文》卷四十二"咸皆骙衺与飞菟"后增"陇修勒而容与,并轩轇而厉怒";文末列"节饰齐明"。俞绍初、程章灿辑(一)"穷百

---

① 王鹏廷《建安七子述论》,博士学位论文,2002年。

② 俞绍初《建安七子诗文钩沉》,《郑州大学学报》,1987(2);程章灿《魏晋南北朝赋史》,第336页。

③ 陈寿《三国志》,第24页。

氏之玄奥"。（二）"百两弥涂，方轨连衡。朱骑风驰，雕落层城"。①《全汉赋》与《全后汉文》同，文末增（二）。《全汉赋校注》文末列上述残句三条。

该赋为应玚归曹后所作。曹丕《典论·自叙》："建安十年，……时岁暮春，……与族兄子丹猎于邺西。"应玚预建安五年官渡之役，②疑该赋作于建安十年（205）春。若如顾农所证"应玚预建安五年官渡之役"之说不成立，③应玚被太祖辟，为丞相掾属。应玚转为平原侯庶子，后为五官将文学。④ 曹植封平原侯在建安十六年（211），"讲肄余暇"当在为平原侯庶子或五官将文学期间，则该赋作于建安十六年（211）至二十二年（217）。考此间阳春不出征之年有建安十六年（211）、十七年（212）、十九年（214）、二十一年（216），则赋作于建安十八年（213）、二十年（215）、二十二年（217）。

《释宾》残句"圣人不违时而遯迹，贤者不背俗而遗功"，见于《文选》注卷三十五；"子犹不能腾云阁，攀天衢"，见于《文选》注卷五十五、《杜诗详注》卷十二；"九有威夷，始失其政"，见于《文选》注卷四十七。《全后汉文》载上述三残句。"九有"指九州岛，十八年（213）正月诏书并十四州，复为九州岛。⑤ 故系于建安十八年（213）至二十二年（217）。

54. 刘桢（？—217）

刘桢归曹时间四说：（一）初平三年（192）。顾农、张振龙。⑥

① 俞绍初《建安七子诗文钩沉》，《郑州大学学报》，1987（2）；程章灿《魏晋南北朝赋史》，第 336 页。

② 俞绍初《建安七子集》，第 396 页。

③ 顾农《应玚论》，《临沂师专学报》，1993（1）。

④ 陈寿《三国志》，第 601 页。

⑤ 陈寿《三国志》，第 37 页。

⑥ 顾农《建安文学史料丛札（三则）》，《古籍整理研究学刊》，2002（5）；张振龙《建安四子归附曹操时间补证》，《信阳师范学院学报》，2005（3）。

（二）建安初年。俞绍初。① （三）建安五年（200）。魏宏灿。②
（四）建安十三年（208）至十五年（210）。徐公持。③《魏志》："桢，
字公幹，为司空军谋祭酒，五官郎将文学，与徐幹、陈琳、阮瑀、应玚
俱以文章知名，转为平原侯庶子。"建安元年（196）十月，天子拜公
为司空。三年（198）正月，初置军师祭酒。十三年（208）正月汉罢
三公官，置丞相、御史大夫。④ 故刘桢为司空军谋祭酒在建安三年
（198）至十二年（207），但建安三年（198）刘桢是否属曹难以确定，
十二年（207）刘桢在曹则无疑。

刘桢有《瓜赋》、《黎阳山赋》、《遂志赋》、《大暑赋》、《清虑赋》、
《鲁都赋》。程章灿辑佚《大阅赋》。⑤

刘桢《大阅赋》、《大暑赋》见后文曹丕《校猎赋》、《大暑赋》
部分。

《瓜赋》见于《艺文类聚》卷八十七：

> 丰细异形，圆方殊务。扬晖发藻，九采杂糅。厥初作苦，
> 终然允甘。应时淑熟，含兰吐芳。蓝皮密理，素肌丹瓢。乃命
> 圃师，贡其最良。投诸清流，一浮一藏。折以金刀，四剖三离。
> 承之以雕盘，幂之以纤缔。甘逾蜜房，冷亚冰圭。

《太平御览》第九百七十八："刘桢《瓜赋》曰：桢在曹植坐，厨人进
瓜，桢为立成，辞曰：'含金精之芳流，冠众瓜而作珍。设诸清流，一
浮一藏，片以金刀，四剖三离，承之雕盘，幕以纤缔。甘侔蜜房，冷
甚冰圭。'"《记纂渊海》卷九十二较《太平御览》字稍异。《广群芳

---

① 俞绍初《建安七子集》，第396页。
② 魏宏灿《刘桢新论》，《阜阳师院学报》，1993（1）。
③ 徐公持《建安七子诗文系年考证》，《文学遗产》增刊第十四辑，1982（2）。
④ 陈寿《三国志》，第14、15、30页。
⑤ 程章灿《魏晋南北朝赋史》，第393页。

谱》卷六十七在《艺文类聚》所载前增："在曹植坐，厨人进瓜。植命为赋，促立成。其辞曰：'布象牙之席，薰玳瑁之筵。① 凭彤玉之几，酌缥碧之尊。三星在隅，温风节暮。枕翘于藤，流美远布。黄花炳晔，潜实独著。'"《初学记》记载散句。《全汉赋》将"含金精之芳流，冠众瓜而作珍"、"更铺象牙之席，薰玳瑁之筵。凭彤玉之几，酌缥碧之樽"列在文末。《全汉赋校注》字稍异。《广群芳谱》所载较为完整，综上，《瓜赋》可校为：

> 在曹植坐，厨人进瓜。植命为赋，促立成。其辞曰：
> 　布象牙之席，重玳瑁之筵。凭彤玉之几，酌缥碧之尊。三星在隅，温风节暮。枕翘于藤，流美远布。黄花炳晔，潜实独著。丰细异形，圆方殊务。扬晖发藻，九采杂糅。厥初作苦，终然允甘。应时湫熟，含兰吐芳。蓝皮密理，素肌丹瓤。乃命圃师，贡其最良。含金精之芳流，冠众瓜而作珍。投诸清流，一浮一藏。折以金刀，四剖三离。承之以雕盘，幂之以纤绤。甘逾蜜房，冷亚冰圭。

俞绍初、张乃鉴文本校订与之不同。②《三国志补注》卷三："钟嵘《诗品》曰：降及建安，曹公父子笃好斯文，平原郁为文栋，刘桢、王粲为其羽翼。"曹植建安十六(211)年封平原侯，十九年(214)徙封临菑侯。《世说新语·言语篇》引《典略》："建安十六年(211)，世子为五官中郎将，妙选文学，使桢随侍太子。""其后太子尝请诸文学，酒酣坐欢，命夫人甄氏出拜，坐中众人咸伏，而桢独平视，太祖闻之，乃收桢，减死输作，刑竟署吏。"刘桢获罪后不久被赦。刘

---

① 《温飞卿诗集笺注》卷六"薰"作"熏"；《职官分纪》卷三十二作"重"。案："熏"、"薰"于义难通，当作"重"，与"布"相应。

② 俞绍初《建安七子集》，第198页；吴云等《建安七子集校注》，第607页。

桢《谏曹植书》"而桢礼遇殊特",可证在曹植为平原侯时曹植善待刘桢,故《瓜赋》作于建安十六年(211)至十八年(213)曹植为平原侯时可能性大,当然,也不排除跟随曹丕时作。

《黎阳山赋》见于《艺文类聚》卷七、《汉魏六朝百三家集》卷三十一、《渊鉴类函》卷二十四、《历代赋汇》卷十八;《全后汉文》卷六十五文后列残句:"良游未厌,白日潜晖。"《全汉赋》、《全汉赋校注》、《建安七子集》同。

张乃鉴系于建安八年(203)三月。石观海系于十九年(214)。① 赋言"魏都",建安九年(204)八月,邺定。② 故八年(203)三月不会称邺为"魏都"。十八年(213)五月,汉天子策命曹操为魏公。秋七月,始建魏社稷宗庙。二十一年(216)夏五月,天子尊曹操为魏王。故称魏都当始于建安十八年(213)七月。刘桢二十二年(217)卒,则赋作于建安十八年(213)七月至二十二年(217)。赋言"南荫黄河,左覆金城"、"延首南望,顾瞻旧乡"、"桑梓增敬,惨切怀伤",与曹丕《黎阳作》之"奉辞罚罪遄征"、"东济黄河金营"、"北观故宅顿倾"、"彼桑梓兮伤情"表意相同。赋中"想王旅之旌旄,望南路之遒修",与曹植《东征赋》"想见振旅之盛"相类。赋中"自魏都而南迈"、"御轻驾而西徂",可见是由邺往南,然后向西行进。考建安十八年(213)五月至二十二年(217)由邺往南,然后向西行进仅建安二十年(215)。故系于建安二十年(215)三至七月,时刘桢随曹丕守孟津。

《遂志赋》见于《艺文类聚》卷二十六、《汉魏六朝百三家集》卷三十一、《渊鉴类函》卷三百五、《历代赋汇》外集卷一、《全后汉文》卷六十五。

　　赋言"幸遇明后，因志东倾"，可知作于刘桢属曹期间。赋言"梢吴夷于东隅，掣叛臣乎南荆"、"翼傿乂于上列，退仄陋于下场"，当作于建安十五年（210）《求贤令》后。姑系于建安十五年（210）至二十一年（216）。李景华、石观海系于十三年（208）。① 曹丕建安十三年（208）所作之《述征赋》称曹操为"元司"，且无见建安十三年（208）时称曹操为"明后"之例。

　　《清虑赋》，《文选注》卷十三作"刘公幹《清庐赋》"，此外，《北堂书钞》卷一百四十、《太平御览》卷七百九、《骈字类编》卷七十三、《佩文韵府》卷六之三作刘桢《清虚赋》。《清虑赋》、《清虚赋》、《清庐赋》三者名异实同，究为何名，文阙不可考。赋共存残句七条，俞绍初、程章灿有辑佚。② 残句"瀹凤卵"，《全汉赋》句后多"此非平常可得之物，皆恣作者大言"。案：多出句子为后人评论语句，《全汉赋校注》删。《历代辞赋总汇》将《清虑赋》、《清虚赋》列为两赋。③

　　周进系于建安十六年（211）。④ 该赋作于刘桢卒（217）前。

　　《鲁都赋》作者，多称刘桢，此外还有：（一）刘祯：《宋书》卷十五，《艺文类聚》卷六十一，《太平御览》卷七百十八、九百二十五，《书叙指南》卷十五，《通志》卷四十三，《类隽》卷四，《升庵集》卷七十五，《论语类考》卷一，《广博物志》卷四十，《玉台新咏笺注》卷一，《正字通》卷二、五、七，《天中记》卷四，《词林海错》卷六，《佩文韵府》卷二十六之二，《骈字类编》卷一、十，《卷施阁集》卷二，《山东通志》卷三十七。（二）刘慎：《初学记》卷十五。

　　① 李景华《建安文学述评》，第 29 页；石观海《中国文学编年史·汉魏卷》，第 400 页。

　　② 俞绍初《建安七子诗文钩沉》，《郑州大学学报》，1987（2）；程章灿《魏晋南北朝赋史》，第 342 页。

　　③ 马积高《历代辞赋总汇·先秦汉魏晋南北朝卷》，第 418、419 页。

　　④ 周进《建安赋研究》，硕士学位论文，2009 年。

（三）刘颖：《初学记》卷二十七、《广群芳谱》卷九、《渊鉴类函》卷
三百九十四。（四）刘桢：《管城硕记》卷十九。（五）刘植：《北堂
书钞》卷九十六，《太平御览》卷七百、七百三，《韵补》卷五。
（六）刘积：《古音丛目》卷五，《渊鉴类函》卷一百九十七、四百十
七，《御选唐诗》卷十七、十八。（七）刘相：《少室山房笔丛》、《山
堂肆考》卷一百九十。（八）刘绩：《渊鉴类函》卷三百六十六。
《初学记》、《渊鉴类函》作者两属。《鲁都赋》未见同名赋作，且
很多文句分属不同的作者，则作者只能为一。《三国志·刘桢
传》作"桢"，字公幹。《书·费誓》："峙乃桢干。"伪《孔传》："题
曰桢，旁曰干。"扬雄《太玄·廓》："金干玉桢，廓于城。"《汉书·
匡衡传》："朝廷者，天下之桢干也。"故当作刘桢。"祯"、"稹"、
"稹"、"慎"、"植"、"颖"、"相"，音、形相近而讹。《艺文类聚》卷
六十一载《鲁都赋》：

昔大廷氏肇建厥居，少昊受命，亦都兹焉。山则连冈属
岭，暗豳峡北。紫金扬晖于鸿崖，水精潜光乎云穴。岱宗邈其
层秀，干气雾以高越。其木则赤楄青松，文茎蕙棠。洪干百
围，高径穹皇。竹则填彼山垠，陔弥阪域。①夏篠攒包，劲条
并殖。②翠实离离，凤皇攸食。水产众夥，各有彝伦。颁首华
尾，丰颅重断。戴兵挟刃，盘甲曲麟。

且观其时谢节移，和族绥宗。招欢合好，肃戒友朋。蛾眉
清眸，颜若雪霜。插曜日之珍笄，珥明月之珠珰。舞人就列，

---

① 《初学记》卷二十八，《汉魏六朝百三家集》卷三十一，《渊鉴类函》卷四百十七，
《佩文韵府》卷二十二、九十八、一百零二，《骈字类编》卷四十，《全后汉文》"陔"作"根"。
案：当作"根"，形容竹多且密。
② 《汉魏六朝百三家集》卷三十一、《历代赋汇》卷三十七、《骈字类编》卷二十四
"条"作"筱"；《敬斋文集》卷二作"濯"。案：《说文·竹部》："筱，小竹也。"《说文·木
部》："条，小枝也。"故当作"筱"，"条"形近而讹。

整饰容华。和颜扬眸,眄风长歌。飘乎焱发,身如转波。寻虚骋迹,顾与节和。纵修袖以终曲,若奔星之赴河。及其素秋二七,天汉指隅。民胥被禊,国于水游。① 缇帷弥津,丹帐覆洲。盖如飞鹤,马如游鱼。

应门岩岩,朱扉含光。路殿峭其隆崇,文陛嶻其高骧。听迅雷于长除,若有闻而复亡。其园圃苑沼,骈田接连。渌池分浪,以带石垠。文隅琼岸,华玉依津。邦乃大狩,振扬炎威。教民即戎,讲习兴师。落幕包括,连结营围。毛群陨殪,羽族奸剥。填崎塞畎,不可胜录。

《渊鉴类函》卷三百三十三、《山东通志》卷三十七同;《汉魏六朝百三家集》卷三十一、《历代赋汇》卷三十七"陔弥阪域"后多"蒙雪含霜,不渝其色"。《全后汉文》卷六十五在《艺文类聚》上有下列八处增补:"亦都兹焉"后增"巨海分焉,倾泻百川"。"劲条并殖"后增"蒙雪含霜,不渝其色"。"凤皇攸食"后列"芳果万名,攒罗广庭。霜滋灵润,②时至则零"、"黍稷油油,秔族垂芒。残穗满

---

① 《宋书》卷十五,《通典》卷五十五,《册府元龟》卷七百八十,《韵补》卷一,《通志》卷四十三,《文献通考》卷八十八,《升庵集》卷七十五,《丹铅总录》卷三,《过庭录》卷十五,《敬斋文集》卷二,《论语类考》卷一,《说略》卷四,《天中记》卷四,《古今通韵》卷二,《坚瓠集》续集卷二,《湛园札记》卷四,《带经堂诗话》卷十七,《管城硕记》卷十九、二十八,《渊鉴类函》卷一百六十三,《历代赋话》卷六,《康熙字典》卷六、二十一,《子史精华》卷二十六、九十九,《暬记》卷四,《柳亭诗话》卷二十,《陔余丛考》卷二十一,《骈字类编》卷一、四十五、八十七,《后汉书疏证》卷八,《文选旁证》卷三十八,《四六丛话》卷五,《青溪旧屋集》卷四,《后汉书集解》卷六十一,《周礼正义》卷五十,《历代诗话》卷十五"于"作"子";《通典》卷五十五作"予";《山东通志》作"千"。案:当作"子",指国人,上至公卿大夫,下至平民百姓。"于"、"予"、"千"乃形近而讹。

② 《太平御览》卷九百六十四、《记纂渊海》卷九十二、《全汉赋》、《全汉赋校注》"灵润"作"露熟";《渊鉴类函》卷四百零四作"露润"。案:当作"霜滋露润",两个主谓词构成并列短语。

握，一颖千箱”、①“禄鹢葱鹭”。② “盘甲曲鳞”后列“其盐则高盆连再，波酌海臻。素鹾凝结，皓若雪氛”、“又有盐池漭沆，煎炙旸春，焦暴渍沫，疏盐自殷，挹之不损，取之不动”、③“女工则绛□绮縠。”“纤纤丝履，灿燗鲜新。灵草寻梦，华荣奏□。表以文组，缀以珠蠙。步蹈安审，接迹承身”。“肃戒友朋”后增“龙烛九枝，逸稻寿阳。赋湛露以留客，召丽妙之新倡。众媛侍侧，鳞附盈房。蛾眉清眸，颜若雪霜。玄发曜粉，芳泽不□。含丹吮素，巧笑妍详。袿裾纷袢，振佩鸣璜。插曜日之珍笄，珥明月之珠珰。”“丹帐覆洲”后增“日暮宴罢，车骑就衢。”“马如游鱼”后增“伊岁之冬，云气清晞。水沍露凝，冰雪皑皑。”“金陛玉砌，玄枑云柯。”④“连结营围”后增“长罼掩壑，大罗被罜”。⑤ 文末列：“戢武器于有炎之库，放戎马于巨野之垧”；“彼齐诸儒，⑥绘弁端衣。散佩垂绅。金声玉色，温故知新。访鲁都之区域，吊先王之遗贞。”

---

① 《初学记》卷二十七、《广群芳谱》卷九、《渊鉴类函》卷三百九十四、《全汉赋》、《全汉赋校注》“千”作“盈”。案：“一颖盈箱”较为合情理。

② 《编珠》卷四，《太平御览》卷九百二十五，《埤雅》卷八，《海录碎事》卷二十二，《古今韵会举要》卷九，《诗演义》卷十五，《升庵集》卷六十八，《秋林伐山》卷七，《诗缉》卷二十四，《玉芝堂谈荟》卷二十八，《广博物志》卷四十，《诗经世本古义》卷十八，《诗经通义》卷八，《词林海错》卷三，《格致镜原》卷二十八、八十，《渊鉴类函》卷三百八十六，《骈字类编》卷一百三十九，《说文解字义证》卷十，《毛诗名物图说》卷一，《羽扇谱》，《诗绪余录》卷七“禄”作“绿”。案：《说文・示部》：“禄，福也。”《说文・糸部》：“绿，帛青黄色也。”《尔雅・释器》：“青谓之葱。”《诗・小雅・采芑》：“有玱葱珩。”毛传：“葱，苍也。”朱熹《集传》：“葱，苍色如葱者也。”与“葱”相对，当作“绿”。“禄”形近而讹。

③ 《北堂书钞》卷一百四十六、《古今鹾略》、《渊鉴类函》卷三百九十一“动”作“勤”。案：“动”东部韵；“勤”文部韵，前文“疏盐自殷”之“殷”文部韵，当作“勤”。

④ 《文选》卷四十六、《骈字类编》卷七十一作“阿”。案：“阿，大陵曰阿。”段注：“室之当栋处曰阿。”《说文・木部》：“柯，斧柄也。”段注：“柯之假借为枝柯。”当作“玄枑云阿”。

⑤ 当作“大罗被澤”。

⑥ 《北堂书钞》卷九十六、《渊鉴类函》卷二百零一“齐”作“齐鲁”。案：“齐鲁”在孔子、荀子后常连言，且后有“诸儒”之说，当作“齐鲁”。

俞绍初辑佚残句十七条："阳窗含辉，阴牖纳光。""苹藻漂于阳侯，芙蕖出乎渚际。奋纪苑之熇熇，①逸景烛于崖水。""龟螭潜滑于黄泥，文鱼游踊于清濑。浚迅波以远腾，②正泌沛于涠濇。""建燕尾之飞旌。""岩险回隔，峻巘隐曲。猛兽深潜，介禽窜匿。""昼藏宵行，俯仰哮咆。禽兽怖窜，失偶丧俦。""若乃考王道之去就，览万代之兴衰。发龙图于金縢，启洛典于石扇。③ 崇七经之旨意，删百氏之乖违"。"覃思图籍，阐迪德谟。蕴包古今，撰集丘素。"④"至于日昃，体劳怠倦。一张一弛，文武之训。""曳发编茈，蔚若雾烟。九采灼烁，青藻纷缤。""举成均之旧志，建学校乎泗滨。表泮宫之宪肆，有唐虞之三坟。""采逸礼于残竹，听遗诗乎达路。览国俗之盛衰，求群士之德素。""旁厉四邑，延于休溷。冠盖交错，隐隐辚辚。""奉彝执羃，纳觯授觞。引满辄釂，滴沥受觥。""贵交尚信，轻命重气。义激毫毛，怨成梗概。""妖服初工，刻画绮纱。和颜扬眸，盱风长歌。""素秋二七，天汉指隅。工祝掩渚，扬菂陈词。"⑤程章灿辑二十条，二条为新增："猰貐猛容，举父猴玃。战斗陵冈，瞋目奋赫。""四城来京。"⑥《全汉赋》列十九条残句于文末，增"汤盐池东西长七十里。南北七里。盐生水内，暮取复生。其盐则高盆连

① 《韵补》卷四、《正字通》卷六、《全汉赋校注》"纪苑"作"红葩"。案：当作"红葩"。

② 《全汉赋校注》"浚"作"凌"。案：《哀郢》："凌阳侯之泛滥兮。"《吕氏春秋》："虽有江河之险则凌之。"《说文・水部》："浚，抒也。"段注："抒者，挹也，取诸水中也。"当作"凌"。

③ 《北堂书钞》卷九十六，《渊鉴类函》卷一百九十四、一百九十七，《佩文韵府》卷二十四，《骈字类编》卷七十二，《全汉赋校注》"扇"作"扉"。案：《说文・户部》："扉，户扇也。""扇，扉也。"于义均可。"扇"元部韵；"扉"脂部韵，前"览万代之兴衰"之"衰"脂部韵，后文"删百氏之乖违"之"违"脂部韵，故"扉"为上。

④ "素"当作"索"，指八索、九丘。

⑤ 俞绍初《建安七子诗文钩沉》，《郑州大学学报》，1987(2)。

⑥ 《北堂书钞》卷一百四十六"城"作"域"。案：当作"域"。程章灿《魏晋南北朝赋史》，第341、342页。

冉,波酌海臻。素醝凝结,皓若雪氛"。《全汉赋校注》文末列残句三十条,不出上述所列。

综上,《鲁都赋》除《艺文类聚》所载外,有残句三十六条。析之如下:

(一)"巨海分焉,倾泻百川"概述鲁都地形,与左思《吴都赋》:"百川派别,归海而会"相类,《全后汉文》补入,可从。

(二)"蒙雪含霜,不渝其色。"《分门集注杜工部诗》卷十三、《初学记》卷二十八、《汉魏六朝百三家集》卷三十一、《渊鉴类函》卷四百十七、《历代赋汇》卷三十七、《全后汉文》卷六十五均将其列在"根弥阪域"后,从。

(三)"芳果万名,攒罗广庭。霜滋露润,时至则零。""黍稷油油,秔族垂芒。残穗满握,一颖盈箱"铺排物产。左思《吴都赋》铺排物产时叙及草、木、竹、其果、其琛赂、其荒陬谲诡、煮海为盐;庾阐《杨都赋》为其山、竹、草、兽、鱼、果、尔其宝怪。故可将上述两条残句列在"凤皇攸食"后。

(四)"绿鹢葱鹜"言船名,当与水相关。傅毅《洛都赋》、张衡《西京赋》等在狩猎后转入水上游乐,故将其列在狩猎后。

(五)"又有盐池溿沆,煎炙旸春,焦暴渍沫,疏盐自殷,挹之不损,取之不勤。""汤盐池东西长七十里。南北七里。盐生水内,暮取朝复生。其盐则高盆连再,波酌海臻。素醝凝结,皓若雪氛"当为相连内容,属物产部分,将其列在"盘甲曲麟"后。

(六)"女工则绛□绮縠"言女工。"纤纤丝履,灿烂鲜新。灵草寻梦,华荣奏□。表以文綦,缀以珠蜼。步蹋安审,接迹承身"可能是言女工,也可能是写女容。

(七)"龙烛九枝,逸稻寿阳。赋湛露以留客,召丽妙之新倡。众媛侍侧,鳞附盈房。蛾眉清眸,颜若雪霜。玄发曜粉,芳泽不□。含丹吮素,巧笑妍详。袿裾纷裶,振佩鸣璜。插耀日之珍笄,珥明月之珠珰。"可据其中"蛾眉清眸,颜若雪霜"与"插耀日之珍笄,珥明月之珠珰"补入原文。《太平御览》卷三百八十一"袿裾纷裶,振佩鸣璜"在"插耀日之珍笄,珥明月之珠珰"后。

（八）"日暮宴罢,车骑就衢。"据《编珠》卷二、《初学记》卷四、《海录碎事》卷二十二、《类隽》卷四、《渊鉴类函》卷十九、《全后汉文》卷六十五所载,将其补在"国子水游"后。

（九）"伊岁之冬,云气清晞。水冱露凝,冰雪皑皑。"张衡《西京赋》写天子校猎前,有"于是孟冬作阴,寒风肃杀,雨雪飘摇,冰雪惨烈"气候的描写。考其用韵:"晞"、"皑"脂部韵,"邦乃大狩,振扬炎威"之"威"脂部韵,故该句可列在狩猎前。

（十）"金陛玉砌,玄枅云阿"写宫室之丽。原文"应门岩岩,朱扉含光"与之相类,将其补在"应门岩岩"前。

（十一）"长罞掩罂,大罗被泽"写狩猎,可补在"连结营围"后。

（十二）"戢武器于有炎之库,放戎马于巨野之坰"为武功与文治过渡文句。

（十三）"彼齐鲁诸儒,绘弁端衣。散佩垂绅。金声玉色,温故知新。访鲁都之区域,吊先王之遗贞"讲述儒家之盛,"贞"耕部韵。"若乃考王道之去就,览万代之兴衰。发龙图于金縢,启洛典于石扉。崇七经之旨意,删百氏之乖违",均为脂部韵。"举成均之旧志,建学校乎泗滨。表泮宫之宪肆,有唐虞之三坟。"似为政府行为,故列在前。"覃思图籍,阐迪德谟。蕴包古今,撰集丘索。""采逸礼于残竹,听遗诗乎逵路。览国俗之盛衰,求群士之德素。"同属文治内容,将其列在一处。"谟"鱼部韵;"索"、"路"铎部韵;"素"鱼部韵。

（十四）"猕窳猛容,举父猴玃。战斗陵冈,瞋目奋赫。""昼藏宵行,俯仰哮呿。禽兽怖窜,失偶丧俦。"言人之行动,幽部韵。"岩险回隔,峻嶭隐曲。猛兽深潜,介禽窜匿。"言禽兽之反应,"曲"屋部韵;"匿"职部韵。原文"毛群陨殪,羽族歼剥。填崎塞畎,不可胜录"屋部韵,故将"昼藏宵行,俯仰哮呿。禽兽怖窜,失偶丧俦"、"岩险回隔，峻巘隐曲。猛兽深潜，介禽窜匿”补在“毛群陨殪”前。“建燕尾之飞旌”当在出猎之初，将其补在“振扬炎威”后。“大罗被泽”之“泽”铎部韵，“猰貐猛容，举父猴玃，战斗陵冈，瞋目奋赫”铎部韵，故将该句接在“大罗被泽”后。

（十五）“苹藻漂于阳侯，芙蕖出乎渚际。奋红葩之熄熄，逸景烛于崖水。”“龟蠵潜滑于黄泥，文鱼游踊于清濑。凌迅波以远腾，正泌滞于湄滀”与水有关。原文言及“其园囿苑沼”，故将其接在“华玉依津”后。

（十六）“曳发编茫，蔚若雾烟。九采灼烁，青藻纷缤”写女容。

（十七）“旁厉四邑，延于休涸。冠盖交错，隐隐辚辚”写鲁都中人之交往兴盛繁忙。

（十八）“奉彝执羃，纳觯授觞。引满辄釂，滴沥受觥”写饮酒，可能是祓禊时、狩猎后（张衡《西京赋》狩猎后有“升觞举燧，既釂鸣钟”），也可能是写广交宾客宴饮时。暂将其列在祓禊处。

（十九）“素秋二七，天汉指隅。工祝掩渚，扬菂陈词”可据“素秋二七，天汉指隅”补入原文。

（二十）“妖服初工，刻画绮纱。和颜扬眸，盱风长歌”可据“和颜扬眸，盱风长歌”补入。原文“舞人就列，整饰容华”之“华”鱼部韵，“妖服初工，刻画绮纱之”之“纱”歌部韵，东汉鱼部“家”、“华”转入歌部，①故将其补在“整饰容华”后。

（二十一）“至于日昃，体劳意倦。一张一弛，文武之训”。徐幹《齐都赋》：“日既昃而西舍，乃反宫而栖迟。欢幸在侧，便嬖侍隅。含清歌以詠志，流玄眸而微眄。竦长袖以合节。纷翩翻其轻迅。”“日昃”之后，方需“龙烛”，故将其补在“龙烛九枝”前。

（二十二）“贵交尚信，轻命重气。义激毫毛，怨成梗概”写朋友交往，不妨接在“招欢合好，肃戒友朋”后。

---

① 罗常培、周祖谟《汉魏晋南北朝韵部演变研究》，第 14 页。

（二十三）"四域来京"存疑。

（二十四）"阳窗含辉，阴牖纳光"写宫室之丽。综上，《鲁都赋》可校为：

昔大廷氏肇建厥居，少昊受命，亦都兹焉。……巨海分焉，倾泻百川。……山则连冈属岭，暗嶭峡北。紫金扬晖于鸿崖，水精潜光乎云穴。岱宗巍其层秀，干氛雾以高越。其木则赤楱青松，文茎蕙棠。洪干百围，高径穹皇。竹则填被山垓，根弥阪域。蒙雪含霜，不渝其色。夏簜攒包，劲筱并殖。翠实离离，凤皇攸食。……芳果万名，攒罗广庭。霜滋露润，时至则零。……黍稷油油，秔族垂芒。残穗满握，一颖盈箱。……水产众夥，各有彝伦。颁首华尾，丰颅重断。戴兵挟刃，盘甲曲麟。……汤盐池东西长七十里。南北七里。盐生水内，暮取朝复生。……其盐则高盆连再，波酌海臻。素蹉凝结，皓若雪氛。又有盐池潆沉，煎炙旸春，焦暴渍沫，疏盐自殷，挹之不损，取之不勤。

且观其时谢节移，和族绥宗。招欢合好，肃戒友朋。……贵交尚信，轻命重气。义激毫毛，怨成梗概。至于日昃，体劳意倦。一张一弛，文武之训。……龙烛九枝，逸稻寿阳。赋湛露以留客，召丽妙之新倡。众媛侍侧，鳞附盈房。蛾眉清眸，颜若雪霜。玄发曜粉，芳泽不□（阳部韵）。含丹吮素，巧笑妍详。插耀日之珍笄，珥明月之珠珰。袿裾纷袆，振佩鸣璜。……舞人就列，整饰容华。妖服初工，刻画绮纱。和颜扬眸，晒风长歌。飘乎焱发，身如转波。寻虚骋迹，顾与节和。纵修袖以终曲，若奔星之赴河。

及其素秋二七，天汉指隅。工祝掩渚，扬苅陈词。民胥袚禊，国子水游。日暮宴罢，车骑就衢。缇帷弥津，丹帐覆洲。盖如飞鹤，马如游鱼。……奉彝执罍，纳觯授觞。饮满辄釂，滴沥受觥。

……金陛玉砌，玄栭云阿。……应门岩岩，朱扉含光。阳窗含辉，阴牖纳光。路殿岿其隆崇，文陛俨其高骧。听迅雷于长除，若有闻而复亡。其园囿苑沼，骈田接连。渌池分浪，以带石垠。文隅琼岸，华玉依津。……苹藻漂于阳侯，芙蕖出乎渚际。奋红葩之熜熜，逸景烛于崖水。……龟螭潜滑于黄泥，文鱼游踊于清濑。凌迅波以远腾，正泌沛于湄滀。

伊岁之冬，云气清晞。水沍露凝，冰雪皑皑。……邦乃大狩，振扬炎威。……建燕尾之飞旌。……教民即戎，讲习兴师。落幕包括，连结营围。长罼掩壑，大罗被泽。……猰窳猛容，举父猴玃。战斗陵冈，瞋目奋赫。……昼藏宵行，俯仰哮咆。禽兽怖窜，失偶丧俦。……岩险回隔，峻巘隐曲。猛兽深潜，介禽窜匿。……毛群陨殪，羽族歼剥。填崎塞畎，不可胜录。……绿鹆葱鹙。

……戢武器于有炎之库，放戎马于巨野之垧。

……举成均之旧志，建学校乎泗滨。表泮宫之宪肆，有唐虞之三坟。……彼齐鲁诸儒，绘弁端衣。散佩垂绅。金声玉色，温故知新。访鲁都之区域，吊先王之遗贞。……旁厉四邑，延于休溷。冠盖交错，隐隐辚辚。……若乃考王道之去就，览万代之兴衰。发龙图于金縢，启洛典于石扉。崇七经之旨意，删百氏之乖违。……覃思图籍，阐迪德谟。蕴包古今，撰集丘索。采逸礼于残竹，听遗诗乎逵路。览国俗之盛衰，求群士之德素。

女工则绛□绮縠。

纤纤丝履，灿爛鲜新。灵草寻梦，华荣奏□（真部韵）。表以文綦，缀以珠蠙。步蹈安审，接迹承身。……曳发编茫，蔚若雾烟。九采灼烁，青藻纷缤。

四域来京。

《鲁都赋》主体结构保存不完整,补入只能是一种尝试。赋言"表泮宫之宪肆",汉末战乱连年,学校艺文之事荒废持久,《三国志·魏书·武帝纪》:"建安二十二年(217)五月作泮宫。"姑系于建安二十二年(217),刘桢卒前。

55. 繁钦(? —218)

繁钦,字休伯,以文才机辩,少得名于汝、颍。钦既长于书记,又善为诗赋。其所与太子书,记喉转意,率皆巧丽。为丞相主簿。建安二十三年(218)卒。① 与杜袭、赵俨避乱荆州,通财同计,合为一家。赵俨建安二年(197)年二十七,诣太祖,②则赵俨建宁四年(171)生,繁钦生年当与其相差不会太远,繁钦生卒年约建宁四年(171)至建安二十三年(218)。其归太祖亦当如刘跃进所言,在建安二年(197),③建安二年(197)至二十三年(218)在曹。繁钦为丞相主簿当在建安十三年(208)夏六月曹操为丞相后。④

繁钦有《述行赋》、《避地赋》、《愁思赋》、《征天山赋》、《述征赋》、《暑赋》、《柳赋》、《建章凤阙赋》、《三胡赋》、《弭愁赋》、《桑赋》、《明□赋》。

繁钦《述征赋》、《暑赋》、《柳赋》见后文曹丕《述征赋》、《大暑赋》、《柳赋》部分;《述行赋》、《愁思赋》见后文曹植《述行赋》、《愁思赋》部分。

《避地赋》残句"朝余发乎泗州,夕余宿于留乡",见于《水经注》卷八、《路史》卷二十七、《春秋地名考略》卷十、《佩文韵府》卷二十二之二、《水经注集释订》卷八、《水经注释》卷八、《汉书地理志补注》卷九十九、《全后汉文》卷九十三。赋与《述行赋》相关,由泗往沛县需经留县,当作于建安三年(198)。孙宝系《避地赋》、《述行

---

① 陈寿《三国志》,第603页。
② 陈寿《三国志》,第665、668页。
③ 刘跃进《秦汉文学编年史》,第628页。
④ 陈寿《三国志》,第30页。

赋》于初平三年(192)左右逃难荆州时,不可从。①

《征天山赋》,《太平御览》、《隋书经籍志考证》卷三十九之二、《后汉书艺文志》卷四、《全后汉文》卷九十三称"一名《撰征赋》"。案:疑为"繁钦撰征天山赋"脱"天山"二字,后人误将动词"撰"纳入赋名。《艺文类聚》卷五十九载《征天山赋》:

> 素甲玄镞,皓旰流光。左骈雄戟,右攒干将。彤旐朱增,丹羽绛房。望之妒火,焰棄朝阳。② 华旗翳云霓,聚刃曜日铓。于是轒辒云趋,③威弧雨发。钲鼓雷鸣,猛火风烈。跃刃雾散,房锋摧折。呼吸无闻,丑类剥灭。

《太平御览》卷三百三十九:

> 有汉丞相武平侯曹公,杖节东征,观六军于三江,浮五湖以曜武。左骈雄戟,右攒干将。彤弧朱矰,舟羽绛房。④ 望之如火,映夺朝阳。

《古俪府》卷十、《渊鉴类函》卷二百十一、《历代赋汇》卷六十五与《艺文类聚》同;《全后汉文》卷九十三将《艺文类聚》、《太平御览》记载内容综合。程章灿辑残句:(一)"建安十四年十二月甲辰,丞相武平侯曹公东征,临川未济,群舒蠢动,割有潜六,乃俾上将荡寇将军治兵南岳之阳。"案:该句为赋序。(二)"天柱而南徂。"案:此

---

① 孙宝《繁钦与建安文风的嬗变》,《西南交通大学学报》,2006(6)。
② "棄"他本作"夺"。案:当作"夺"。
③ "轒"他本作"辌"。案:"辌辒"叠韵连绵字。古代用于攻城的战车。"轒"疑为形近而讹。
④ "舟"他本作"丹"。案:与上下文相应,当为表颜色的词"丹"。"舟"乃形近而讹。

二条《资治通鉴》有记载，"荡寇将军"后多出"张辽"二字。第二条作"陟天柱而南徂"。（三）"清我东南，浑齐边寓，力浅效深，费薄功厚。"①案：此句当是赞武功文句，不妨放在文末。

作年三说：（一）建安十二年（207）。费振刚等。②（二）建安十四年（209）十二月。《三国志旁证》卷十三："繁钦《征天山赋》为辽平兰、成而作。""繁钦《征天山赋》作建安十四年十二月甲辰也。"陆侃如、吴文治、马宝记、石观海、周进亦作如是论。③（三）建安十四年（209）或者是十七年（212）。张琴。④

建安十二年（207）秋八月"斩单于蹋顿"。"斩单于蹋顿。……时荆州未定，复遣辽屯长社。……陈兰、梅成以氐六县叛，太祖遣于禁、臧霸等讨成，辽督张郃、牛盖等讨兰。成伪降禁，禁还。成遂将其众就兰，转入灊山。灊中有天柱山。……尽虏其众。……太祖论诸将功，曰：'登天山，履峻险，以取兰、成，荡寇功也。'"⑤征讨陈兰、梅成在建安十四年（209），故该赋作于建安十四年（209）十二月。《三国志旁证》系年、指事正确。建安十七年（212）年冬十月征孙权，⑥而不是征天柱山。

考《三国志》，"十三年（208）夏六月，以公为丞相"。⑦故赋序部分可校为"建安十四年十二月甲辰，有汉丞相武平侯曹公，杖节东征"。

"十四年七月军合肥，置扬州郡县长吏，开芍坡屯田。十二月，

---

① 程章灿《魏晋南北朝赋史》，第 354 页。
② 费振刚、仇仲谦、刘南平《全汉赋校注》，第 1010 页。
③ 陆侃如《中古文学系年》，第 375 页；吴文治《中国文学史大事年表》，第 224 页；马宝记《繁钦及其〈定情诗〉》，《许昌师专学报》，1990(1)；石观海《中国文学编年史·汉魏卷》，第 404 页；周进《建安赋研究》，硕士学位论文，2009 年。
④ 张琴《建安文学论考》，硕士学位论文，2008 年。
⑤ 陈寿《三国志》，第 28、29、518 页。
⑥ 陈寿《三国志》，第 37 页。
⑦ 陈寿《三国志》，第 30 页。

军还谯。"《汉书·地理志》以今吴淞江和安徽省芜湖市、江苏省宜兴市间由长江通太湖一水,并长江下游称之为南江、中江、北江的"三江"。东汉人郑玄曾作《周礼注》,认为南江应是赣江,中江应是岷江,北江应是汉江。《周礼·夏官·职方氏》:"东南曰扬州……其泽薮曰具区,其川三江,其浸五湖。"郑玄注:"具区、五湖在吴南。"具区,即太湖。《国语·越语下》:"果兴师而伐吴,战于五湖。"韦昭注:"五湖,今太湖。"汉赵晔《吴越春秋·夫差内传》:"入五湖之中。"徐天祐注引韦昭曰:"胥湖、蠡湖、洮湖、滆湖,就太湖而五。"北魏郦道元《水经注·沔水二》:"南江东注于具区,谓之五湖口。五湖谓长荡湖、太湖、射湖、贵湖、滆湖也。"赋中言"观六军于三江,浮五湖以耀武",此句当写此次治军用意及未开战时之军威,下文具体描述军姿军容。

赋中"临川未济,群舒蠢动,割有潜六"之"潜"指今安徽霍山东北、"六"指今安徽六安北,当是指陈兰、梅成等"氐六县叛"。因其反叛,所以才有荡寇将军张辽之征讨。

天柱山在安徽灊中,"南岳"衡山在湖南境内。此次行军由北而南,当先经灊中天柱山,再至南岳之阳。故将"天柱而南徂"残句放在"治兵南岳之阳"前。

综上,繁钦《征天山赋》可校为:

> 建安十四年十二月甲辰,有汉丞相武平侯曹公,杖节东征。观六军于三江,浮五湖以耀武。素甲玄焰,皓旰流光。左骈雄戟,右攒干将。彤弧朱矰,丹羽绛房。望之如火,焰夺朝阳。华旗翳云霓,聚刃曜日铓。……临川未济,群舒蠢动,割有潜六。……陟天柱而南徂。……乃俾上将荡寇将军张辽治兵南岳之阳。……于是辚辚云趋,威弧雨发。钲鼓雷鸣,猛火风烈。跃刃雾散,虏锋摧折。呼吸无闻,丑类剥灭。……清我东南,浑齐边寓。力浅效深,费薄功厚。

《建章凤阙赋》见于《艺文类聚》卷六十二：

> 筑双凤之崇阙，表大路以遐通。上规圆以穹隆，下矩折而绳直。长楣森以骈停，修桷揭以舒翼。象玄圃之层楼，肖华盖之丽天。当蒸暑之暖赫，步北楹而周旋。鶢鹏振而不及，岂归雁之能翔。抗神凤以甄甍，似虞庭之锵锵。櫨六翮以抚跱，俟高风之清凉。华钟金兽，列在南廷。嘉树蓊蓁，奇鸟哀鸣。台榭临池，万种千名。周楣辇道，屈绕纡萦。

《古俪府》卷十一、《渊鉴类函》卷三百四十三、《历代赋汇》卷七十四、《全后汉文》卷九十三同。《水经注》卷十九、《长安志》卷三、《水经注集释订讹》卷十九、《水经注释》卷十九："秦汉规模，廓然毁泯。惟建章凤阙岿然独存，虽非象魏之制，亦一代之巨观也。"《玉海》卷一百六十九："序云：秦汉规模泯毁，惟建章凤阙耸然独存，虽非象魏之制，亦一代之巨观。"张应斌将其作为序补入，可从。[1] 程章灿辑残句两处："桥不雕兮木不奢，反淳庞兮踵云洞，阐所迹兮起遐踪。""长唐虎圈，回望曼衍。盘旋岩嶤，上刺云汉。"《历代辞赋总汇》将"不雕兮木不龙，反淳庞兮踵元洞，阐所迹兮起遐踪"名为《凤阙赋》。[2] 因此赋可校为：

> 秦汉规模，廓然毁泯。惟建章凤阙岿然独存，虽非象魏之制，亦一代之巨观也……
> 筑双凤之崇阙，表大路以遐通。上规圆以穹隆，下矩折而绳直。长楣森以骈停，修桷揭以舒翼。象玄圃之层

---

① 张应斌《繁钦〈建章凤阙赋〉补辑》，《文献》，2002(4)。
② 程章灿《魏晋南北朝赋史》，第 354 页；马积高《历代辞赋总汇·先秦汉魏晋南北朝卷》，第 437 页。

楼,肖华盖之丽天。当蒸暑之暖赫,步北楹而周旋。鹔鹏振而不及,岂归雁之能翔。抗神凤以甄甍,似虞庭之锵锵。栌六翩以抚跱,俟高风之清凉。华钟金兽,列在南廷。嘉树荟蓁,奇鸟哀鸣。台榭临池,万种千名。周楣辇道,屈绕纤萦。

桥不雕兮木不奇,反淳庞兮踵云洞,阐所迹兮起退踪。

长唐虎圈,回望曼衍。盘旋岩峣,上刺云汉。

踪凡亦有上述缀合论证。① 《正义·括地志》云:"建章宫在雍州长安县西二十里,长安故城西。"赋作于繁钦至长安时。由颍川避难荆州,不需经过长安。建安十六年(211)征马超,七月结营于渭南。……九月,进军渡渭。……冬十月军自长安北征杨秋。十月在长安。建安二十三年(218)九月至长安,② 不会如赋言"当蒸暑之暖赫",姑以其卒年建安二十三年(218)为写作时间下限。

《三胡赋》见于《太平御览》卷三百八十二:

莎车之胡,黄目深精,员耳狭颐。

康居之胡,焦头折頞,高辅陷无。③ 眼无黑眸,颊无余肉。

罽宾之胡,面象炙蝟,顶如持囊,隈目赤眦,洞頞卬鼻。

《全后汉文》卷九十三增残句:"硕似貙皮,④ 色象萎橘。⑤"《渊

---

① 踪凡《严可均〈全汉文〉〈全后汉文〉辑录汉赋之阙误》,《文学遗产》,2007(6)。

② 陈寿《三国志》,第34、35、36、51页。

③ 《渊鉴类函》、《骈字类编》"陷无"作"陷面";《全后汉文》作"陷口"。案:"辅"有面颊义,与之相应,"陷"后当为表身体面部部位的名词,"面"与"辅"重复,"无"于义不通,疑作"口"。

④ 《太平御览》卷九百六十六、《全汉赋》"硕"作"额"。案:当作"额"。

⑤ 《太平御览》卷九百六十六、《全汉赋》"萎"作"荌"。案:当作"萎"。

鉴类函》卷二百五十五、《骈字类编》卷一百三十八亦有相关记载。
康居之胡、罽宾之胡言及"额"，且均为四个四言句，唯莎车之胡未
言额，且仅两句，故将"额似鼬皮，色象萎橘"补在"员耳狭颐"后。
故《三胡赋》可校为：

> 莎车之胡，黄目深精，员耳狭颐。额似鼬皮，色象萎橘。
> 康居之胡，焦头折颏，高辅陷口。眼无黑眸，颊无余肉。
> 罽宾之胡，面象炙蝟，顶如持囊。睅目赤眦，洞颏卬鼻。

《弭愁赋》见于《艺文类聚》卷三十五、《渊鉴类函》卷二百六十
五、《历代赋汇》外集卷十五、《全后汉文》卷九十三。周进系于建安
十六年(211)。[1]

《桑赋》见于《艺文类聚》卷八十八、《桑志》卷九、《渊鉴类函》卷
四百十四、《历代赋汇》卷七十一、《全后汉文》卷九十三。

《明□赋》残句"唇实范绿，眼惟双穴。虽蜂膺，眉鬓梓"，见于
《北堂书钞》卷一百五十八、《全后汉文》卷九十三。钱钟书先生以
为赋题当作《胡女赋》，误为徐幹作。[2]

不能确考作年之赋，以其卒年建安二十三年(218)为写作时间
下限。

56. 徐幹(171—218)

徐幹有《齐都赋》、《序征赋》、《正情赋》、《西征赋》、《喜梦赋》、
《七喻》、《车渠椀赋》、《橘赋》、《哀别赋》、《冠赋》、《圆扇赋》、《玄猿
赋》、《漏卮赋》。

徐幹《正情赋》、《车渠椀赋》见后文曹丕《戒盈赋》、《车渠椀赋》
部分；徐幹《七喻》见后文曹植《七启》部分。

---

① 周进《建安赋研究》，硕士学位论文，2009 年。
② 钱钟书《管锥编》，中华书局，1979 年，第 1044 页。

《齐都赋》见于《艺文类聚》卷六十一：

> 齐国，实坤德之膏腴，而神州之奥府。其川渎则洪河洋洋，发源昆仑。惊波沛厉，浮沫扬奔。南望无垠，北顾无鄂。兼葭苍苍，莞菰沃若。瑰禽异鸟，群萃乎其间。戴华蹈缥，披紫垂丹。应节往来，翕习翩翻。灵芝生乎丹石，发翠华之煌煌。其宝玩则玄蛤抱玑，驳蚌含珰。构厦殿以宏覆，起层榭以高骧。龙楹螭枅，山岳云墙。其后宫内庭，嫔妾之馆，众伟所施，极巧穷变。然后修龙榜，游洪池。折珊瑚，破琉璃。日既仄而西舍，乃反宫而栖迟。欢幸在侧，便嬖侍隅。含清歌以咏志，流玄眸而征眄。竦长袖以合节，纷翩翻其轻迅。王乃乘华玉之辂，驾玄驳之骏。武骑星散，钲鼓雷动。旌旗虹乱，盈乎灵圃之中。于是羽族咸兴，毛群尽起。上蔽穹庭，下被皋薮。

《历代赋汇》卷三十七、《渊鉴类函》卷三百三十三、《山东通志》卷三十七同；《全后汉文》卷九十三"发源昆仑"后增"九流分逝，北朝沧渊"；"驳蚌含珰"后增"若其大利，则海滨博诸，溲盐是钟。皓皓乎若白雪之积，鄂鄂乎若景阿之崇"、"三酒既醇，五齐惟醽"、"青春季月，①上除之良。②　无大无小，袚于水阳"、"纤缅细缨，薄配蝉翼。自尊及卑，颒我元服"、③"兰豕臑羔，炰鳖脍鲤。嘉旨杂逻，

---

① 《初学记》卷四、《过庭录》卷十五、《岁时广记》卷十八、《词林海错》卷八、《渊鉴类函》卷十八、《佩文韵府》卷六、《四库全书考证》卷六十六、《全汉赋》、《全汉赋校注》"春"作"阳"。案：《尔雅·释天》："春为青阳。"当作"阳"。

② 《过庭录》卷十五"良"作"辰"。案：均可。

③ 《北堂书钞》卷一百二十七、《渊鉴类函》卷三百七十一"颒我"作"须此"；《太平御览》卷六百八十六、《全汉赋》、《全汉赋校注》作"须我"。案：《说文·水部》："湏，古文沫。"段玉裁注："湏，从两手匊水而洒其面。"与"元服"不相涉。当作"须此"。

丰实左右。前徹后著,恶可悉数"、"窗棂参差,景纳阳轩";"驾玄驳之骏"后增"翠樨浮游,[①]金光晈皞,[②]戎车云布";"下被皋薮"后增"矢流镝,韦张罗。蚕飞鋋,抱雄戈"。俞绍初、程章灿另辑残句十五条:"齐国者,元龟之精,降为厥野。""驾鹅鸧鸹,鸿雁鹭鸨。连轩翚霍,覆水掩渚。""竦长袖以合节,纷翩翻其轻迅。往如飞凫,来如降燕。""罛鳣鲔,网鲤鲨。拾蠙珠,籍蛟螭。""宗属大同,乡党集聚。济济盈堂,爵位以齿。""磬管铿锵,钟鼓喈喈。制度之妙,非众所奇。""主人飨盛,期尽所有。三酒既醇,五齐惟醹。烂豕臑羔,炮鳖鲙鲤。嘉旨杂遝,丰实左右。前徹后著,恶可胜数。""倾杯白水,沅肴如京。""历阴堂,行北轩。""彤玉限兮,金铺锹铊。""隋珠荆宝,磥起流烂。雕琢有章,灼烁明焕。生民以来,非所视见。""既坠反升,将绝复胤。昭晰神化,傀巧难遍。""日不迁晷,玄泽普宣。鹑火南飞,我后来巡。""刊梗林,燎圃草。驱禽翼兽,十千维旅。""砏殷矎戾,壮气无伦。凌高越险,追远逐遯。""窗棂参差,来景纳阳。"[③]案:按其所言出处,文字稍有出入,均按古文出处改。《全汉赋》所载不出上述文句。《全汉赋校注》于"溲盐是钟"后增"佥赖其肤"。综上,《齐都赋》除《艺文类聚》所载外,有残句二十三条,析之如下:

(一)"九流分逝,北朝沧渊。"《水经注》卷一、《水经注集释订讹》卷一、《水经注释》卷一、《玉海》卷二十一、《全后汉文》等均列在"发源昆仑"后,可从。(二)"若其大利,则海滨博诸,溲盐是钟。

---

① 《北堂书钞》卷一百二十一"樨"作"握";《文选》卷五、《太平御览》卷三百三十八、《渊鉴类函》卷二百二十八、《全汉赋》、《全汉赋校注》作"幄"。案:当作"幄"。

② 《太平御览》卷三百三十八、《全汉赋》、《全汉赋校注》"皞"作"旰";《北堂书钞》卷一百二十一作"戎"。案:郭璞《盐池赋》:"扬赤波之焕烂,光旰旰以晃晃。"当作"旰",指光彩盛。"戎"乃涉下而讹。

③ 俞绍初《建安七子诗文钩沉》,《郑州大学学报》,1987(2);程章灿《魏晋南北朝赋史》,第 353 页。

皓皓乎若白雪之积,鄂鄂乎若景阿之崇"写盐,属铺陈物产之盛,不妨接在写宝玩之后,《全后汉文》补入可参。(三)"青阳季月,上除之良。无大无小,被于水阳"写祓禊之事。(四)"纤缅细缨,薄配蝉翼。自尊及卑,须此元服"写服饰之丽。(五)"窗棂参差,来景纳阳"写宫室之丽,可接在"构厦殿以宏覆,起层榭以高骧。龙楹螭桷,山岊云墙"后。(六)"翠幄浮游,金光皎盱,戎车云布"可据《太平御览》卷三百三十八"王乃乘华玉之路,驾玄驳之骏。翠幄浮游,金光皎盱。戎车云布,武骑星散。钲鼓雷动,旌旗虹乱",将其补在"驾玄驳之骏"后,《全后汉文》补入可从。(七)"矢流镝,绲张罗。蚕飞铤,抱雄戈"写羽猎。(八)"齐国者,元龟之精,降为厥野"当为文首内容。(九)"驾鹅鸧鸹,鸿雁鹭鸥。连轩霏霍,覆水掩渚"写水鸟之多。原文"瑰禽异鸟,群萃乎其间",可补于其后。(十)"竦长袖以合节,纷翩翻其轻迅。往如飞凫,来如降燕"可直接补入原文。(十一)"众鱣鲥,网鲤鲨。拾蜄珠,籍蛟蟒"写水嬉之娱,与"折珊瑚,破琉璃"当属一处。(十二)"宗属大同,乡堂集聚。① 济济盈堂,爵位以齿"写宴饮之欢。汉赋之惯例是先写宴饮,次写乐舞,可补入乐舞文句前。(十三)"磬管铿锵,钟鼓喈喈。制度之妙,非众所奇"写音乐之丽,当在舞蹈之前。(十四)"主人飨盛,期尽所有。三酒既醇,五齐惟醨。烂豕臑羔,炮鳖脍鲤。嘉旨杂沓,丰实左右。前徹后著,恶可胜数"写宴饮。(十五)"倾杯白水,沆肴如京"写宴饮。(十六)"历阴堂,行北轩"写游览宫室,不妨补在"窗棂参差,来景纳阳"后。(十七)"彤玉隄兮,金铺锹铃"同上,属局部细节刻画,不妨按游历顺序补在"来景纳阳"前。(十八)"隋珠荆宝,磥起流烂。雕琢有章,灼烁明焕。生民以来,非所视见"写宝玩,可接在"玄蛤抱玑,驳蚌含珰"后。(十九)

---

① 《韵补》卷三、《正字通》卷十二、《古今通韵》卷七、《全汉赋校注》"堂"作"党"。案:二者均可表同祖亲属。《释名》:"五百家为党。""党"为上。

"既坠反升,将绝复胤。昭晰神化,傀巧难遍"写舞容之奇。原文写乐舞有"竦长袖以合节,纷翩翻其轻迅。往如飞凫,来如降燕","燕"元部韵,"遍"真部韵。(二十)"日不迁晷,玄泽普宣。鹑火南飞,我后来巡"写巡狩。(二十一)"刊梗林,燎圃草。驱禽翼兽,十千维旅"写巡狩。(二十二)"砏殷䗁庋,壮气无伦。凌高越险,追远逐遯"写巡狩校猎。原文中有"王乃乘华玉之辂,驾玄驳之骏",可将其按狩猎之顺序补入。(二十三)"金赖其肤"难知其意,存疑。综上,《齐都赋》可校为:

> 齐国者,元龟之精,降为厥野。……实坤德之膏腴,而神州之奥府。其川渎则洪河洋洋,发源昆仑。九流分逝,北朝沧渊。惊波沛厉,浮沫扬奔。南望无垠,北顾无鄂。兼葭苍苍,莞菰沃若。瑰禽异鸟,群萃乎其间。戴华蹈缥,披紫垂丹。应节往来,翕习翩翻。……驾鹅鸧鸹,鸿雁鹭鸨,连轩翚霍,覆水掩渚。……灵芝生乎丹石,发翠华之煌煌。其宝玩则玄蛤抱玑,驳蚌含珧。……隋珠荆宝,磈起流烂。雕琢有章,灼烁明焕。生民以来,非所视见。……若其大利,则海滨博诸,溲盐是钟。皓皓乎若白雪之积,鄂鄂乎若景阿之崇。……
>
> 构厦殿以宏覆,起层榭以高骧。龙楹螭桷,山岊云墙。……彤玉隈兮,金铺锹铓。……窗楔参差,来景纳阳。……历阴堂,行北轩。……其后宫内庭,嫔妾之馆,众伟所施,极巧穷变。然后修龙榜,游洪池。折珊瑚,破琉璃。……罛鳣鲔,网鲤鲨。拾蠙珠,籍蛟螭。……日既仄而西舍,乃反宫而栖迟。欢幸在侧,便嬖侍隅。……磬管铿锵,钟鼓喈喈。制度之妙,非众所奇。……含清歌以咏志,流玄眸而征盻。竦长袖以合节,纷翩翻其轻迅。往如飞凫,来如降燕。……既坠反升,将绝复胤。昭晰神化,傀巧难遍。……

纤缅细缨，薄配蝉翼。自尊及卑，须此元服。……

青阳季月，上除之良。无大无小，祓于水阳。……宗属大同，乡党集聚。济济盈堂，爵位以齿。……主人飨盛，期尽所有。三酒既醇，五齐惟醹。烂豕臑羔，炮鳖鲙鲤。嘉旨杂遝，丰实左右。前徹后著，恶可胜数。……倾杯白水，沉肴如京。……

日不迁晷，玄泽普宣。鹑火南飞，我后来巡。……刊梗林，燎圃草。驱禽翼兽，十千维旅。……王乃乘华玉之辂，驾玄驳之骏。翠幄浮游，金光皎旰。戎车云布，武骑星散。钲鼓雷动，旌旗虹乱。盈乎灵圃之中，……砏殷戛戛，壮气无伦。凌高越险，追远逐邌。……矢流镝，缓张罗。蚤飞铤，抱雄戈。……于是羽族咸兴，毛群尽起。上蔽穹庭，下被皋薮。

金赖其肤。

赋言"鹑火南飞，我后来巡"可见作于九月后；十二年（207）"北征三郡乌丸。……九月，公引兵自柳城还。……十一月至易水。……十三年春正月，公还邺。""太祖北伐三郡单于，还住昌国。"①昌国今属淄博，古属齐，临淄南不远。②易水在临淄北，赋作于建安十二年（207）十一、十二月自易水与还住昌国间。郭丽就其佚文从地理与物产、宫殿与君王、衣饰、宾客与宴会、民俗、军事作战、音乐七方面内容进行了考察。③

《序征赋》见于《艺文类聚》卷五十九、《渊鉴类函》卷二百十一、《历代赋汇》外集卷九、《全后汉文》卷九十三。

作年徐公持、陆侃如、刘知渐、吴文治、俞绍初、李景华、胡大

①　陈寿《三国志》，第 29、30、353 页。
②　中国历史地图集编辑组《中国历史地图集》第二册，第 44—45 页。
③　郭丽《徐幹〈齐都赋〉内容之考察——以佚文为中心》，《中国赋学》第三辑第十届国际辞赋学学术研讨会论文集，齐鲁书社，2016 年，第 325—331 页。

雷、成其圣、石观海、周进系于建安十三年(208)。① 然考徐幹《序征赋》:"行兼时而易节,迄玄气之消微。道苍神之受谢,逼鹑乌之将栖。虑前事之既终,亦何为乎久稽。乃振旅以复踪,泝朔风而北归。及中区以释勤,超栖迟而无依。"可见此次出征经历了春、夏,在冬季北归。考建安十三年(208),七月南征刘表,其行程为:新野(九月)→江陵→巴丘(十二月)→赤壁→邺→十四年(209)谯(三月)→涡(七月)→淮→合肥→谯(十二月)。② 故该赋作于建安十四年(209)十二月,而非十三年(208)十二月。

徐幹、应玚有《西征赋》。徐幹《西征赋》见于《艺文类聚》卷五十九、《渊鉴类函》卷二百十一、《历代赋汇》卷六十五、《全后汉文》卷九十三。《全后汉文》将"总螭虎之劲卒,即矫涂其如夷"归为《失题》,《全汉赋》、《全汉赋校注》则将其归为《西征赋》;《历代辞赋总汇》则名为《从西戎征赋》。③《北堂书钞》卷一百十八:"徐幹《从西戎征赋》云:'总螭虎之劲卒,即矫涂其如夷。'今案:本钞帝王部引无'从西'五字,严辑《徐幹集》收下二句以为《失题》,盖据书钞帝王部言也。陈俞本亦删'西戎'二字,'螭'作'摛'、'矫'作'险'。"《渊鉴类函》卷二百十二称"总擒虎之劲卒"为徐幹《从征赋》。廖国栋、程章灿亦将其属《从征赋》。④ 故此二句存疑,暂不纳入《西征赋》。

---

① 徐公持《建安七子诗文系年考证》,《文学遗产》增刊第十四辑,1982(2);陆侃如《中古文学系年》,第370页;刘知渐《建安文学编年史》,第35页;吴文治《中国文学史大事年表》,第222页;俞绍初《建安七子集》,第411页;李景华《建安文学述评》,第29页;胡大雷《中古文学集团》,第47页;吴云等《建安七子集校注》,第417页;石观海《中国文学编年史·汉魏卷》,第401页;周进《建安赋研究》,硕士学位论文,2009年。
② 陈寿《三国志》,第30、31、32页。
③ 马积高《历代辞赋总汇·先秦汉魏晋南北朝卷》,第397页。
④ 廖国栋《建安辞赋之传承与拓新》,第20、42页;程章灿《魏晋南北朝赋史》,第353页。

周进系于建安十五年(210)。① 徐公持、陆侃如、刘知渐、顾农系于十六年(211)从军西征马超时。② 建安十六年(211)"秋七月,公西征,与超等夹关而军。……遂、超等走凉州,杨秋奔安定,关中平。……十二月,自安定还。"赋言"庶区宇之今定,入告成乎后皇。登明堂而饮至,铭功烈乎帝裳",可见作赋时曹操还至天子处,③故赋作于建安十六年(211)十二月。

应玚《西征赋》残句"鸾衡东指,弭节逢泽"见于《水经注》卷二十二;《佩文韵府》卷二十六之一"九斿"条下"应玚《西征赋》:'拥箫钲,建九斿'"实属应玚《西狩赋》。

刘知渐、王鹏廷、石观海系于建安十六年(211)。④ 陆侃如系于二十年(215)。⑤ 十九年(214)东征孙权,自合肥还,可能经逢泽,其后北巡,西征,疑《西征赋》作于建安二十年(215)。吴文治系二赋于十六年(211),后又系应玚《西征赋》、《西狩赋》于二十年(215),再系《校猎赋》、《西狩赋》于二十一年(216),致前后矛盾。⑥

徐幹《喜梦赋》残句"昔赢子与其交游于汉水之上,其夜梦见神女",见于《初学记》卷七。疑与陈琳等《神女赋》之作同时,在建安二十一年(216)二月。《全上古三代秦汉三国六朝文》卷三十八、《后汉艺文志》卷四、《隋书经籍志考证》卷三十九之二集部二之二则名《嘉梦赋》。

徐幹《哀别赋》残句"秣余马以候济兮,心僮恨而内尽。仰深沉

---

① 周进《建安赋研究》,硕士学位论文,2009年。

② 徐公持《建安七子诗文系年考证》,《文学遗产》增刊第十四辑,1982(2);陆侃如《中古文学系年》;刘知渐《建安文学编年史》,第40页;顾农《徐幹论》,《山东师大学报》,1992(3)。

③ 陈寿《三国志》,第36页。

④ 刘知渐《建安文学编年史》,第40页;王鹏廷《建安七子述论》,博士学位论文,2002年;石观海《中国文学编年史·汉魏卷》,第410页。

⑤ 陆侃如《中古文学系年》,第399页。

⑥ 吴文治《中国文学史大事年表》,第227、232、233页。

之俺蔼兮,重增悲以伤情"见于《初学记》卷十八。

徐幹《冠赋》残句"纤丽细缨,轻配蝉翼。尊曰元饰,贵为首服。君子敬慎,自强不忒"见于《初学记》卷二十六。《历代辞赋总汇》将其名为《齐干赋》。①

徐幹《圆扇赋》残句:"惟合欢之奇扇,肇伊洛之纤素。仰明月以取象,规圆体之仪度。"见于《北堂书钞》卷一百三十四、《太平御览》卷七百二、《事类赋》卷十四、《渊鉴类函》卷三百七十九、《历代赋汇》补遗卷十二、《佩文韵府》卷七十六之二、《古今名扇录》、《全后汉文》卷九十三。《太平御览》、《事类赋》、《历代赋汇》、《说文解字义证》卷四十一、《全后汉文》作《团扇赋》。案:《典论·论文》:"幹之《玄猿》,……《圆扇》……"当作《圆扇赋》。

徐幹《玄猿赋》、《漏卮赋》、《橘赋》存目,见于《典论·论文》。写作时间下限为徐幹卒年。

57. 赵壹(约136—约219)

赵壹有《解摈》、《穷鸟赋》、《刺世疾邪赋》、《迅风赋》。

《解摈》存残句两条。②

《穷鸟赋》见于《后汉书》卷八十、《文选补遗》卷三十二、《古今小品》卷三、《历代赋汇》卷一百三十三、《全后汉文》卷八十二、《后汉书集解》卷八十;《艺文类聚》卷九十、《太平御览》卷三百五十、四百八十六、《东汉文鉴》卷十八、《尧山堂外纪》卷七、《渊鉴类函》卷四百十八摘录。

《刺世疾邪赋》见于《后汉书》卷八十、《语林》卷二十四、《文选补遗》卷三十二、《历代赋汇》卷六十九、《全后汉文》卷八十二、《后汉书集解》卷八十。

《迅风赋》见于《艺文类聚》卷一、《渊鉴类函》卷六、《历代赋

---

① 马积高《历代辞赋总汇·先秦汉魏晋南北朝卷》,第396页。
② 程章灿《魏晋南北朝赋史》,第343页。

汇》逸句卷一、《全后汉文》卷八十二。另程章灿辑："声如歌,响如雷。"①姑系于上计京师至其后二十年,即光和元年(178)至建安三年(198)。

《后汉书·赵壹传》:"光和元年(178),赵壹举郡上计到京师。"赵壹举郡上计到京师,被羊陟、袁逢共称荐之,名动京师,在光和元年(178)十月至二年(179)二月。本传后接"及西还,道经弘农,过候太守皇甫规,门者不即通,壹遂遁去"。皇甫规为弘农太守在延熹十年(167)五月壬子日食后,建宁二年(169)转护羌校尉。熹平三年(174)卒。② 因此不存在赵壹光和元年(178)上计京师后西还至弘农候已卒于熹平三年(174)之皇甫规,候皇甫规当如赵逵夫师所言在建宁元年(168)。③

陆侃如、吴文治、刘斯翰、康金声系《解摈》于延熹十年(167),系《穷鸟赋》、《刺世疾邪赋》于熹平二年(173)。④ 其依据为候皇甫规之后,举郡上计前。则区间为建宁元年(168)至光和元年(178),何独以为熹平二年(173)? 延熹四年(161),"占卖关内侯、虎贲、羽林、缇骑、营士、五大夫,钱各有差"。建宁元年(168)冬十月,令天下系囚罪未决入缣赎,各有差。⑤ 赵壹因文籍满腹,抨击朝政被抵罪,因友人相助得免,社会现实加自身遭遇,故有《刺世疾邪赋》"文籍虽满腹,不如一囊钱"之感叹。《刺世疾邪赋》言及"女谒掩其视听兮,近习秉其威权",建宁元年(168)皇太后主持之下立 12 岁之灵帝,以皇太后为首之外戚秉政;建宁元年(168)九月,中常侍矫诏

---

① 程章灿《魏晋南北朝赋史》,第 343 页。

② 范晔《后汉书》,第 2633、2136、2137、319 页;熊方《补后汉书年表》,中华书局,1984 年,第 223 页。

③ 赵逵夫师《赵壹生平著作考》,《文学遗产》,2003(1)。

④ 陆侃如《中古文学系年》,第 241、254 页;吴文治《中国文学史大事年表》,第 191、195 页;刘斯翰《汉赋——唯美文学之潮》,第 224、225 页;康金声《汉赋纵横》,第 267、268 页。

⑤ 范晔《后汉书》,第 309、329 页。

诛太傅陈蕃、大将军窦武及尚书令尹勋、侍中刘瑜、屯骑校尉冯述，皆夷其族，①近习宦官专权，因此，《刺世疾邪赋》当作于建宁元年(168)；第一次党锢之祸兴于延熹九年(166)十二月，②《穷鸟赋》之作稍后，且在作《刺世疾邪赋》前，赵逵夫师延熹十年(167)系年可从。《解摈》为乡党所摈而作，在党锢之祸前，姑系于延熹八年(165)。

58. 杨修(175—219)

杨修有《许昌宫赋》、《出征赋》、《伤夭赋》、《神女赋》、《暑赋》、《七训》、《节游赋》、《孔雀赋》；张应斌所言《柳赋》姑存疑。③《水经注》卷二十九："杨泉《五湖赋》，案：'泉'近刻讹作'修'。"《全三国文》卷七十五载"杨泉《五湖赋》"，文句较为完整。《冬青馆集》乙集卷四、《汉书疏证》卷二十二均称"杨泉"，其他称"杨修"者文句均本《水经注》，故《五湖赋》当属杨泉。另笔者辑佚杨修《鹍赋》，见前文汉赋作者、篇目、佚文辑佚部分。

《神女赋》见前文陈琳《神女赋》部分；《暑赋》见后文曹丕《大暑赋》部分；《七训》、《节游赋》见后文曹植《七启》、《节游赋》部分。

《许昌宫赋》见于《艺文类聚》卷六十二、《渊鉴类函》卷三百四十一、《历代赋汇》卷七十二；《全后汉文》卷五十一"结云阁之崔嵬"前增"□□□□□□"，文后列"华殿炳而岳立"。程章灿辑："建日月之太常，杂虹霓之旌旄。"④《全汉赋》、《全汉赋校注》将上述二条残句列于文末。赋中"天子"指汉帝。《通鉴释文辨误》卷三："许昌宫在颍川许县，魏改许县为许昌。""入乎新宫"指曹操迎帝于许之际，《后汉书·孝贤帝纪》：建安元年(196)八月庚申，迁都许。《后汉书·祢衡传》："建安初，(祢衡)来游许下"，"是时许都新建，贤士

① 范晔《后汉书》，第 328、333、329 页。
② 范晔《后汉书》，第 318 页。
③ 张应斌《杨修文学三题》，《贵州文史丛刊》，2006(7)。
④ 程章灿《魏晋南北朝赋史》，第 339 页。

大夫四方来集","唯善鲁国孔融及弘农杨修"。建安元年(196)时杨修在许,故《许昌宫赋》作于建安元年(196),八月后。

《出征赋》见于《艺文类聚》卷五十九、《渊鉴类函》卷二百十一、《历代赋汇》卷六十五、《续古文苑》卷二;《全后汉文》卷五十一文末列"汎从风而回舻,徐日转而月移。旆已入乎河口,殿尚集于园池。处者□垂拱而基安,观者若结驷□□□"。《全汉赋》将《全后汉文》中"□"去掉;《全汉赋校注》与《全后汉文》同。

可据赋中"公命临淄,守于邺都",确定作年为建安十九年(214)。周进系于十八年(213)。① 刘知渐、吴文治、赵幼文、张琴系于建安十九年(214)。②

《伤夭赋》残句"悲体貌之潜翳兮,目常存乎遗形",见于《文选》注卷二十三。王粲《伤夭赋》、曹丕《悼夭赋》、曹植《愍子赋》疑为同时之作。

《孔雀赋》见于《艺文类聚》卷九十一、《渊鉴类函》卷四百二十一、《历代赋汇》卷一百二十八、《全后汉文》卷五十一。

陆侃如系于二十二年(217)。③ 赋言"魏王园中有孔雀",当在建安二十一年(216)五月曹操为魏王后。至建安二十四年(219)秋,"公以修前后漏泄言教,交关诸侯,乃收杀之。……修死后百余日而太祖薨"。太祖建安二十五年(220)春正月庚子,崩于洛阳,④时为建安二十五年(220)正月十七,⑤杨修被杀当如《续后汉书》卷二十五所言,在建安二十四年(219)九月。《孔雀赋》作于二十一年(216)六月至二十四年(219)八月。张琴认为《孔雀赋》作于"二十

① 周进《建安赋研究》,硕士学位论文,2009年。
② 刘知渐《建安文学编年史》,第47页;吴文治《中国文学史大事年表》,第230页;赵幼文《曹植集校注》,第571页;张琴《建安文学论考》,硕士学位论文,2008年。
③ 陆侃如《中古文学系年》,第416页。
④ 陈寿《三国志》,第560、53页。
⑤ 陈垣《中西回史日历》,第118页。

二年(217)末到二十四年(219)"。①

59. 丁仪(?—220)

丁仪《厉志赋》见于《渊鉴类函》卷三百五、《历代赋汇》外集卷一;《全后汉文》卷九十四增"苟神祇之我昭,永明目而无怍"。《全汉赋》、《全汉赋校注》同。

曹操"闻仪为令士,虽未见,欲以爱女妻之,以问五官将。……寻辟仪为掾。""毛玠、徐弈以刚蹇少党,而为西曹掾丁仪所不善。"②可见"寻辟仪为掾"当为西曹掾。陆侃如、吴文治、顾农假定操迎天子后五年左右之建安六年(201)丁仪为西曹掾;③石观海认为建安七年(202)时丁仪为西曹掾。④丁仪为西曹掾在曹丕为五官将时,西曹被省前。曹丕建安十六年(211)正月为五官将。"文帝为五官将。……大军还邺,议所并省。……遂省西曹。……魏国初建",西曹掾被省在建安十七年(212)正月大军还邺时,⑤丁仪被辟为西曹掾必在建安十六年。"徐奕……从西征马超。超破,军还。……丁仪等见宠于时,并害之,而奕终不为动。出为魏郡太守。太祖征孙权,徙为留府长史。……魏国既建,为尚书。"⑥西征马超在建安十六年七月,魏国既建在建安十八年(213),可见徐奕为留府长史在建安十七年太祖征孙权之际,故丁仪建安十六年见宠于时。《魏书》曰:"时丁仪兄弟方进宠,仪与夔不合。尚书傅巽谓夔曰:'仪不相好已甚,子友毛玠,玠等仪已害之矣。子宜少下之。'"⑦建安十八年十一月初置尚书,傅巽为尚书当

---

①　张琴《建安文学论考》,硕士学位论文,2008 年。

②　陈寿《三国志》,第 632 页。

③　陆侃如《中古文学系年》,第 343 页;吴文治《中国文学史大事年表》,第 218 页;顾农《建安文学史》,第 354 页。

④　石观海《中国文学编年史·汉魏卷》,第 386 页。

⑤　陈寿《三国志》,第 375、36 页。

⑥　陈寿《三国志》,第 377 页。

⑦　陈寿《三国志》,第 381 页。

在此时,此时丁仪兄弟方进宠,故建安十六年丁仪兄弟见宠无疑。
"杨修年二十五,以名公子有才能,为太祖所器。与丁仪兄弟皆欲
以植为嗣。太子患之,以车载废箅,内朝歌长吴质与谋。"吴质因建
安十六年刘桢平视甄氏事件被贬为朝歌长,此时丁仪为曹植羽翼
不久。铜雀台新成,曹操将诸子登台作赋,曹植援笔立成,可观,太
祖甚异之。……植既以才见异,而丁仪、丁廙、杨修等为之羽翼。①
《登台赋》作于建安十七年,时丁仪已为曹植羽翼。丁仪建安二十
五年(220)被杀,疑《厉志赋》作于丁仪被辟前。其作年下限为建安
二十五年。

60. 丁廙(? —220)

《蔡伯喈女赋》、《弹棋赋》见后文曹丕《蔡伯喈女赋》、《弹棋赋》
部分。

61. 丁廙妻(约与丁廙同时)

《寡妇赋》见后文曹丕《寡妇赋》部分。

62. 夏侯惇(? —220)

《弹棋赋》见后文曹丕《弹棋赋》部分。

63. 曹操(155—220)

曹操赋作有《沧海赋》、《登台赋》、《鹖赋》。

曹操、曹丕有《沧海赋》。

曹操《沧海赋》残句"览岛屿之所有",见于《玉台新咏笺注》卷
九、《说文新附考》卷四、《全三国文》卷一。

曹丕《沧海赋》见于《艺文类聚》卷八、《汉魏六朝百三家集》卷
二十四、《渊鉴类函》卷三十六、《历代赋汇》卷二十四、《全三国文》
卷四。

建安十一年(206)"秋八月,公东征海贼管承,至淳于"。②

---

① 陈寿《三国志》,第 557、560 页。
② 陈寿《三国志》,第 28 页。

该赋当如易健贤、魏宏灿所言,作于建安十一年。[1] 王弘先系于建安十二年(207)。[2] 宋战利系于十七年(212)。[3] 建安十七年冬十月征孙权,当不会如曹丕赋"振绿叶以葳蕤,吐芬葩而扬荣"。

曹操、曹丕、曹植有《登台赋》。

曹操《登台赋》残句"引长明,灌街里"见于《水经注》卷十。

曹丕《登台赋》见于《艺文类聚》卷六十二、《汉魏六朝百三家集》卷二十四、《渊鉴类函》卷三百四十九、《历代赋汇》卷五十七、《全三国文》卷四、《三国志旁证》卷十四。

曹植《登台赋》见于《三国志·曹植传》注、《艺文类聚》卷六十二、《初学记》卷二十四、《六朝诗集》卷二、《汉魏六朝百三家集》卷二十六、《渊鉴类函》卷三百四十九、《历代赋汇》卷五十七、《全三国文》卷十三;《艺文类聚》、《初学记》、《六朝诗集》、《历代赋汇》、《渊鉴类函》无"兮"字;《艺文类聚》、《初学记》、《渊鉴类函》无后两句。

由曹丕《登台赋》序可知作于建安十七年(212)春,多数学者持此说。丁宴、牛润珍系于建安十五年(210),[4]误。

曹操有《鹖赋》,曹植、王粲亦有《鹖赋》。杨修疑亦有《鹖赋》。

曹操《鹖鸡赋》存序:"鹖鸡猛气,其斗终无负,期于必死,今人以鹖为冠,像此也",见于《三国会要》卷十三、《全三国文》卷一。

曹植《鹖赋》见于《艺文类聚》卷九十、《曹子建集》卷四、《六朝诗集》卷二、《汉魏六朝百三家集》卷二十六、《渊鉴类函》卷四百二十二、《历代赋汇》卷一百三十二、《全三国文》卷十四。

王粲《鹖赋》见于《艺文类聚》卷九十、《汉魏六朝百三家集》卷

① 易健贤《魏文帝集全译》,贵州人民出版社,1998年,第4页;魏宏灿《曹丕集校注》,安徽大学出版社,2009年,第91页。
② 王弘先《曹丕及其诗文研究》,硕士学位论文,1999年。
③ 宋战利《曹丕研究》,博士学位论文,2007年。
④ 牛润珍《建安年间的邺下文学作家群》,中州古籍出版社,1992年,第100页。

二十九、《历代赋汇》卷一百三十二、《全后汉文》卷九十。

王粲在曹作赋区间为建安十三年（208）九月至二十一年（216）十月。杨修《答临淄侯书》："是以对鹖而辞，《暑赋》弥日而不献。"《鹖赋》作年如张可礼、吴文治、梁惠所言在建安二十一年（216）。① 杨修《孔雀赋》"魏王园中有孔雀"，王粲《鹖赋》"从孔鹤于园湄"，所咏之鹖亦在魏王园中。曹操建安二十一年（216）五月为魏王。② 故系《鹖赋》于建安二十一年（216）五至十月。

64. 曹丕（187—226）

曹丕有：《沧海赋》、《蔡伯喈女赋》、《述征赋》、《浮淮赋》、《弹棋赋》、《正情赋》、《戒盈赋》、《感离赋》、《哀己赋》、《出妇赋》、《登台赋》、《登城赋》、《临涡赋》、《校猎赋》、《寡妇赋》、《济川赋》、《离居赋》、《玉玦赋》、《柳赋》、《迷迭赋》、《悼夭赋》、《莺赋》、《马瑙勒赋》、《愁霖赋》、《槐赋》、《大暑赋》、《车渠椀赋》、《永思赋》、《思亲赋》、《喜霁赋》、《感物赋》、《闵思赋》。

曹丕《沧海赋》见前文曹操《沧海赋》部分。

曹丕、丁廙均有《蔡伯喈女赋》。

曹丕《蔡伯喈女赋》存序，见于《隋书·经籍志》卷三十九、《太平御览》卷八百六、《汉魏六朝百三家集》卷二十四、《佩文韵府》卷四十二、《续古文苑》卷二、《后汉书疏证》卷十、《全三国文》卷四、《后汉书集解》卷八十四。

丁廙《蔡伯喈女赋》见于《艺文类聚》卷三十、《历代赋汇》外集卷十四、《续古文苑》卷二、《全后汉文》卷九十四。

学界公认此组赋作于蔡琰被赎还之际，分歧在被赎还时间上。被赎时间五说：（一）建安七年（202）。陆侃如、吴文治、易健贤、史

① 张可礼《三曹年谱》，齐鲁书社，1983年，第144页；吴文治《中国文学史大事年表》，第233页；梁惠《曹植赋创作时期考略》，《殷都学刊》，2000年。

② 陈寿《三国志》，第47页。

超、石观海、周进。① （二）建安八年（203）。刘汝霖。② （三）建安
十一年（206）。顾农。③ （四）建安十二年（207）。王弘先。④ （五）
建安十三年（208）。张可礼、刘知渐、董琳、魏宏灿、宋战利。⑤《后
汉书·董祀妻传》："兴平中，天下丧乱，文姬为胡骑所获，没入南匈
奴左贤王，在胡中十二年。"⑥丁廙赋亦言"经春秋之十二"。兴平
为194、195年。陆侃如认为本传误"初平"为"兴平"。⑦ 蔡琰《悲
愤诗》："汉季失权柄……欲共讨不祥。卓众来东下，金甲耀日光。
平土人脆弱，来兵皆胡羌。猎野围城邑，所向悉破亡。斩截无孑
遗，尸骸相撑拒。马边悬男头，马后载妇女。""欲共讨不祥"前之文
句在理解上没有疑义。"卓众"当指董卓之部下。"会灵帝崩，天下
大乱，单于将数千骑与白波贼合兵寇河内诸郡。"灵帝中平五年
（188）四月丙辰崩。其后，南匈奴单于与白波贼合兵寇边。中平六
年（189）白波贼寇河东；初平元年（190）寇东郡；初平三年（192）四
月辛巳董卓被诛。五月董卓部曲将李傕、郭汜、樊稠、张济等反攻
京师。六月戊午，陷长安城。兴平二年（195）二月乙亥，李傕杀樊
稠而与郭汜相攻。三月丙寅，李傕胁帝幸其营，焚宫室。丁酉郭汜
攻李傕，矢及御前。是日李傕移帝幸北坞。五月壬午，李傕自为大
司马。六月庚午，张济自陕来和傕、汜。秋七月甲子，车驾东归。

① 陆侃如《中古文学系年》，第346页；吴文治《中国文学史大事年表》，第219页；
易健贤《魏文帝集全译》，第67页；史超《曹丕研究》，硕士学位论文，2006年；石观海《中
国文学编年史·汉魏卷》，第386页；周进《建安赋研究》，硕士学位论文，2009年。

② 刘汝霖《汉晋学术编年》，第449页。

③ 顾农《建安文学史》，第136页。

④ 王弘先《曹丕及其诗文研究》，硕士学位论文，1999年。

⑤ 张可礼《三曹年谱》，第107页；刘知渐《建安文学编年史》，第31页；董琳《蔡琰
〈悲愤诗〉创作基因试绎》，中州古籍出版社，1992年，第216页；魏宏灿《曹丕集校注》，
第133页；宋战利《曹丕研究》，博士学位论文，2007年。

⑥ 范晔《后汉书》，第2800页。

⑦ 陆侃如《中古文学系年》，第345页。

郭汜自为车骑将军,杨定为后将军,杨奉为兴义将军,董承为安集将军,并侍送乘舆。张济为骠骑将军,还屯陕。八月甲辰,幸新丰。冬十月戊戌,郭汜使其将伍习夜烧所幸学舍,逼胁乘舆。杨定、杨奉与郭汜战,破之。壬寅,幸华阴,露次道南。是夜有赤气贯紫宫。张济复反,与李傕、郭汜合。兴平二年(195)十一月杨奉、董承引白波帅胡才、李乐、韩暹及匈奴左贤王去卑,率师奉迎,与李傕等战,破之。十一月庚午,李傕、郭汜等追乘舆,战于东涧,王师败绩,杀光禄勋邓泉、卫尉士孙瑞、廷尉宣播、大长秋苗祀、步兵校尉魏桀、侍中朱展、射声校尉沮俦。壬申,幸曹阳,露次田中。十二月庚辰,车驾乃进。李傕等复来追战,王师大败,杀略宫人,少府田芬、大司农张义等皆战殁。① 诗中"马边悬男头,马后载妇女"与"王师大败,杀略宫人,少府田芬、大司农张义等皆战殁"相符,故蔡琰被掳在兴平二年(195)十二月,实乃本传所言"兴平中"。文姬由汉入胡在建安元年(196)初。"在胡中十二年"、"经春秋之十二",则至建安十三年(208)。故《蔡伯喈女赋》作于建安十三年(208)。《东坡题跋》:"今此诗乃云为董卓所驱虏入胡,尤知其非真也。该拟作者疏略,而范晔荒浅,遂载之本传,可以一笑也。"东坡疏略有三:非董卓而是"卓众"所驱虏入胡;非拟作者而为文姬;范晔所载合乎史实。

曹丕、曹植、王粲、繁钦有《述征赋》。

曹丕《述征赋》见于《艺文类聚》卷五十九、《汉魏六朝百三家集》卷二十四、《渊鉴类函》卷二百十一、《历代赋汇》逸句卷一、《全三国文》卷四。《全三国文》增"羡西门之嘉迹,忽遥睇其灵宇"。《慈湖诗传》卷八:魏文帝《述征赋》"迈"与"岁"叶。故"顺归风以长迈"后有"□□□之□□,□□□□□岁"。建安十三年(208)秋七

_____

① 范晔《后汉书》,第 2965、357、372、377、378 页。

月,公南征刘表。九月,刘琮降。十二月征刘备。① 赋言"镇江汉
之遗民,静南畿之遐裔",可见作于荆楚臣服后,张可礼、陆侃如、刘
知渐、吴文治、李景华、易健贤、顾农、魏宏灿、王巍、董家平、史超系
于建安十三年(208)九至十一月,②可从。

　　曹植《述征赋》存两残句:"恨西夏之不纲"、"表神掌于岩首"。
"表神掌于岩首"之"岩首"《读史方舆纪要》卷五十二作"岩谷";
《(嘉庆)大清一统志》卷二百四十三作"仙谷"。据《太平寰宇记》卷
二十九"表神掌于岩首"所说之地在华阴县。刘知渐、韩格平系于
建安十六年(211)随征马超时。③ 华阴距潼关不远,其说可从。

　　王粲《述征赋》存目,见于《全晋文》卷一百二。姑系于建安十
三年(208)至二十二年(217)。

　　繁钦《述征赋》残句"时三月之暮春,逼干戈之急难",见于《太
平御览》卷三百五十一、《全后汉文》卷九十三。

　　赋当作于建安二年(197)至二十三年(218)。二十年(215)三
月西征张鲁,④可能作于此时。吴文治系于十四年(209)。⑤

　　曹丕、王粲有《浮淮赋》。

　　曹丕《浮淮赋》,《太平御览》卷七百七十作《沂淮赋》。《艺文类
聚》卷八、《初学记》卷六摘录,《汉魏六朝百三家集》卷二十四综合
二者,《渊鉴类函》卷三十八、《历代赋汇》卷二十六、《全三国文》卷

　　① 陈寿《三国志》,第 30 页。
　　② 张可礼《三曹年谱》,第 101 页;陆侃如《中古文学系年》,第 371 页;刘知渐《建安
文学编年史》,第 34 页;吴文治《中国文学史大事年表》,第 222 页;李景华《建安文学述
评》,第 29 页;易健贤《魏文帝集全译》,第 11、620 页;顾农《建安文学史》,第 88 页;魏宏灿
《曹丕集校注》,第 96 页;王巍《曹氏父子与建安文学》,第 81、345 页;董家平《曹丕赋释疑
解惑》,《青海师范大学学报》,2011(1);史超《曹丕研究》,硕士学位论文,2006 年。
　　③ 刘知渐《建安文学编年史》,第 41 页;韩格平《全魏晋赋校注》,吉林文史出版
社,2008 年,第 31 页。
　　④ 陈寿《三国志》,第 45 页。
　　⑤ 吴文治《中国文学史大事年表》,第 224 页。

四、《三国志补义》补遗卷一同。

王粲《浮淮赋》见于《初学记》卷六。《艺文类聚》卷八载:"于是迅风兴。涛波动,长濑潭湏,滂沛汹溶。"《事文类聚》前集卷十六、《汉魏六朝百三家集》卷二十九、《渊鉴类函》卷三十八、《历代赋汇》卷二十六、《全后汉文》卷九十见载。《古文苑》卷七、《汉魏六朝百三家集》、《历代赋汇》作"迅流兴。潭湏涛波动,长濑,钲鼓若雷,旌麾翳日,飞云天回。苍鹰飘逸,滂沛汹溶,递相竞轶。"《御选唐诗》卷二十三:"于是帆风兴涛,征鼓若电。"案:此句疑为"迅风兴,涛波动"。当如《全后汉文》所载。

曹丕赋"泝淮水而南迈兮"、王粲赋"从王师以南征兮,浮淮水而遐逝"可见为同题同时之作。由曹赋序可知作于建安十四年(209)始入淮口,行泊东山时。建安十四年(209)秋七月,自涡入淮,出肥水,军合肥,赋当作于建安十四年(209)七月。[①] 徐公持、张可礼、凌迅、刘知渐、陆侃如、吴文治、胡德怀、俞绍初、夏传才、唐绍忠、李景华、易健贤、章沧授、顾农、吴莺莺、吴云、史超、刘跃进、石观海、任慧、佟丞、周进、王巍、董家平持此论。[②]

---

① 陈寿《三国志》,第 32 页。

② 徐公持《建安七子诗文系年考证》,《文学遗产》增刊第十四辑,1982(2);张可礼《三曹年谱》,第 108 页;凌迅《王粲传论》,《建安文学研究文集》,第 304 页;刘知渐《建安文学编年史》,《重庆师院学报》,1984(4);陆侃如《中古文学系年》,第 375 页;吴文治《中国文学史大事年表》,第 224 页;胡德怀《论王粲赋》,《中国文学研究》,1988(2);俞绍初《建安七子集》,第 415 页;夏传才、唐绍忠《曹丕集校注》,第 89 页;李景华《建安文学述评》,第 29 页;易健贤《魏文帝集全译》,第 3、620 页;章沧授《建安诸子辞赋创作的重新审视》,《中国文化研究》,1998 秋之卷(总第 21 期);顾农《建安文学史》,第 88 页;吴莺莺《二曹辞赋论》,《合肥教育学院学报》,2003(3);吴云等《建安七子集校注》,第 298 页;史超《曹丕研究》,硕士学位论文,2006 年;刘跃进《秦汉文学编年史》,第 649 页;石观海《中国文学编年史·汉魏卷》,第 404 页;任慧、佟丞《公子敬爱客——试论曹丕和建安文人的文学友情》,《阿坝师范高等专科学校学报》,2007(1);周进《建安赋研究》,硕士学位论文,2009 年;王巍《曹氏父子与建安文学》,第 346 页;董家平《曹丕赋释疑解惑》,《青海师范大学学报》,2011(1)。

《弹棋赋》之作有曹丕、丁廙、夏侯惇、王粲。

曹丕《弹棋赋》见于《艺文类聚》卷七十四、《汉魏六朝百三家集》卷二十四、《渊鉴类函》卷三百三十、《全三国文》卷四；《全三国文》后列"文石为局，金碧齐精。隆中夷外，理致夷平。"案：《骈字类编》卷二百二十六、《佩文韵府》卷一之一、《曹丕集校注》亦将此句属魏文帝，此实为丁廙《弹棋赋》文句。

丁廙《弹棋赋》见于《艺文类聚》卷七十四、《渊鉴类函》卷三百三十、《历代赋汇》卷一百三、《全后汉文》卷九十。

夏侯惇《弹棋赋》，《艺文类聚》卷七十四误作晋夏侯惇，前贤已辨之。《渊鉴类函》卷三百三十、《历代赋汇》卷一百三同。

王粲《弹棋赋》序"因行骋志，通权达理，六博是也"，见于《太平御览》卷七百五十四；《全汉赋》、《全汉赋校注》所收"文石为局，金碧齐精。隆中夷外，理致肌平。"《艺文类聚》卷七十四、《李义山诗集注》卷一下、《渊鉴类函》卷三百三十、《历代赋汇》卷一百三、《分类字锦》卷四十四作"丁廙《弹棋赋》"；《太平御览》七百五十五、《汉魏六朝百三家集》卷二十四、《骈字类编》卷二百二十六、《佩文韵府》卷一之一作"魏文帝《弹棋赋》"。案：当如王辉斌所证属丁廙《弹棋赋》。①

赋均言局、棋、滑石，四者为同题同时之作。王弘先、宋战利系于建安八年（203）。② 易健贤系于建安十二年（207）以前。③ 时王粲未属曹。魏宏灿系于建安十六年（211）。④ 近人李详引《弹棋经后序》："至献帝建安中，曹公执政，禁阃幽闭，至于博弈之具，皆不得安置宫中。"曹操建安十八年（213）五月至二十一年

---

① 王辉斌《建安七子作品辨伪》，《阜阳师范学院学报》，2008(1)。

② 王弘先《曹丕及其诗文研究》，硕士学位论文，1999 年；宋战利《曹丕研究》，博士学位论文，2007 年。

③ 易健贤《魏文帝集全译》，第 44、620 页。

④ 魏宏灿《曹丕集校注》，第 116 页。

（216）五月为魏公，则赋作于建安十四年（209）至十八年（213）。
《典论·论文》："余于他戏弄之事少所喜，唯弹棋略近其巧，少为
之赋。"曹丕《与吴质书》："念昔日南皮之游，诚不可忘。既妙思
六经，逍遥百氏。弹棋闲设，终以六博……元瑜长逝。"《又与吴
质书》："昔日游处，行则连舆，止则接席。何曾须臾相失。每至
觞酌流行，丝竹并奏，酒酣耳热，仰而赋诗。……伟长、德连、孔
璋、公幹、仲宣、元瑜……。"阮瑀参与南皮之游，故当在其卒年
前。付定裕认为"南皮之游"与"西园宴集"在建安十六年
（211），①未言其所据为何。曹丕《与吴质书》忆昔南皮之"浮甘
瓜于清泉，沉朱李于寒冰"，说明南皮之游在夏季四、五、六月。
则《弹棋赋》之作在建安十四年（209）至十六年（211）。南皮在渤
海郡。② 建安十四年（209）三月曹操至谯，七月自涡入淮，军合
肥，十二月还谯。③ 建安十六年（211）前几个月曹操在邺，七月
西征。④ 王粲时为丞相掾，当随曹操出征。建安十六年（211）吴
质因刘桢平视甄氏事件被出为朝歌长。建安十五年（210）没有
战事。《魏志》云："文帝为五官中郎将与吴质重游南皮，筑此台
燕友。"建安十六年（211）为五官中郎将，"重游"证明此前有南皮
之游。曹丕南皮之游极有可能在十五年（210）。故系《弹棋赋》
于建安十五年（210）。

　　曹丕、应玚、徐幹《正情赋》，曹丕《戒盈赋》、曹植《静思赋》、陈
琳、阮瑀《止欲赋》、王粲《闲邪赋》为相似之作。

　　曹丕《戒盈赋》见于《艺文类聚》卷二十三、《渊鉴类函》卷二百
九十四、《历代赋汇》补遗卷一、《全三国文》卷四。

　　曹植《静思赋》见于《艺文类聚》卷十八、《曹子建集》卷三、《六

① 付定裕《"丕植争储"与邺下文士之关系考论》，《邢台学院学报》，2010（2）。
② 中国历史地图集编辑组《中国历史地图集》第二册，第 47—48 页。
③ 陈寿《三国志》，第 32 页。
④ 陈寿《三国志》，第 34 页。

朝诗集》卷二、《汉魏六朝百三家集》卷二十六、《历代赋汇》外集卷
十五、《全三国文》卷十三载。

　　陈琳《止欲赋》见于《艺文类聚》卷十八：

> 　　媛哉逸女,在余东滨。色曜春华,艳过硕人。乃遂古其寡
> 俦,固当世之无邻。允宜国而宁家,实君子之攸嫔。伊余情之
> 是悦,志荒溢而倾移。宵炯炯以不寐,昼舍食而忘饥。叹北风
> 之好我,美携手之同归。忽日月之徐迈,庶枯杨之生稊。道攸
> 长而路阻,河广浒而无梁。虽企予而欲往,非一苇之可航。展
> 余辔以言归,含悁瘁而就床。忽假瞑其若寐,梦所欢之来征。
> 魂翩翩以遥怀,若交好而通灵。

《汉魏六朝百三家集》卷二十八、《历代赋汇》外集卷十五同;《全后汉
文》卷九十二"庶枯杨之生稊"后补"欲语言于玄鸟,玄鸟逝以差
池",[1]《全汉赋》列该句于文后。俞绍初、程章灿辑残句两条:[2](一)
"惟今夕之何夕兮,我独无此良媒。云汉倬以昭回兮,天水混而光
流。"《韵补》卷二作陈琳《正欲赋》。《古音丛目》卷二、《康熙字典》卷
六、《叶韵汇辑》卷十四作《止欲赋》。《历代辞赋总汇》列《正欲赋》、
《止欲赋》。[3] 案:二者实为一赋,"正"当为"止"之讹。(二)"拂穹岫
之萧索兮,[4]飞沙砾之蒙蒙。玄龙战于幽野兮,昆虫蛰而不藏。"[5]该

----

　　① 《全后汉文》"稊"作"梯"。案:《易·大过》:"枯杨生稊",当作"稊"。
　　② 俞绍初《建安七子诗文钩沉》,《郑州大学学报》,1987(2);程章灿《魏晋南北朝
赋史》,第348页。
　　③ 马积高《历代辞赋总汇·先秦汉魏晋南北朝卷》,第424页。
　　④ 《正字通》卷六"萧索"作"萧萧";《韵补》卷二、《叶韵汇辑》卷十二、《全汉赋校
注》作"潇渤"。案:下文为"蒙蒙"叠字,张衡《思玄赋》有"拂穹岫之骚骚"句,故"萧萧"
为上。
　　⑤ 《正字通》卷六"不"作"伏"。案:《说文·虫部》:"蛰,臧也。""蛰而不藏"前后
矛盾,故当作"伏"。

句《韵补》卷二作陈琳《正欲赋》。《全汉赋校注》在《艺文类聚》文句外，文末列以上三条残句。阮瑀《止欲赋》、应玚《正情赋》等同类赋作写作顺序为：女美→思、愿、求→不得而伤→梦。"惟今夕之何夕兮，我独无此良媒。云汉倬以昭回兮，天水混而光流"感叹求女而无媒，属于求女过程。"欲语言于玄鸟，玄鸟逝以差池"言想让玄鸟致辞佳人，但玄鸟远逝未果。因其未果，故有无良媒之感叹。故《全后汉文》之补入可参。从用韵上分析，"庶枯杨之生稊"之"稊"脂部韵，"玄鸟逝以差池"之"池"歌部韵，二者次旁转。"拂穹岫之萧萧兮，飞沙砾之蒙蒙。玄龙战于幽野兮，昆虫蛰而伏藏"句似为求女过程中所历之艰辛，但鉴于所述内容未言及求女，存疑。陈琳《止欲赋》可校为：

> 媛哉逸女，在余东滨。色曜春华，艳过硕人。乃遂古其寡俦，固当世之无邻。允宜国而宁家，实君子之攸嫔。伊余情之是悦，志荒溢而倾移。宵炯炯以不寐，昼舍食而忘饥。叹北风之好我，美携手之同归。忽日月之徐迈，庶枯杨之生稊。欲语言于玄鸟，玄鸟逝以差池。惟今夕之何夕兮，我独无此良媒。云汉倬以昭回兮，天水混而光流。道攸长而路阻，河广濬而无梁。虽企予而欲往，非一苇之可航。展余辔以言归，含惽瘁而就床。忽假瞑其若寐，梦所欢之来征。魂翩翩以遥怀，若交好而通灵。
>
> 拂穹岫之萧萧兮，飞沙砾之蒙蒙。玄龙战于幽野兮，昆虫蛰而伏藏。

阮瑀《止欲赋》见于《艺文类聚》卷十八、《汉魏六朝百三家集》卷三十、《历代赋汇》外集卷十五、《全后汉文》卷九十三载。《全后汉文》、《全汉赋》列"伫延首以极视兮，意谓是而复非"。该句《李义山文集笺注》卷八作"阮籍《正欲赋》"。案：阮籍无《正欲赋》。俞绍初、程章灿辑"思在体为素粉,悲随衣以消除。"①《全汉赋校注》文末列上述二条残句。

王粲《闲邪赋》见于《艺文类聚》卷十八:

> 夫何英媛之丽女,貌洵美而艳逸。横四海而无仇,超遻世而秀出。发唐棣之春华,②当盛年而处室。恨年岁之方暮,哀独立而无依。情纷挐以交横,意惨悽而增悲。何性命之奇薄,爰两绝而俱违。排空房而就衽,将取梦以通灵。目炯炯而不寐,心忉怛而惕惊。

《汉魏六朝百三家集》卷二十九、《历代赋汇》外集卷十五同;《全后汉文》卷九十文末列"关山介而阻险"、"愿为环以约腕"。《全汉赋》、《全汉赋校注》同。案:"愿为环以约腕"句《玉台新咏笺注》卷一、《渊鉴类函》卷三百八十一、《证俗文》卷三、《历代辞赋总汇》作"王粲《闲居赋》"。当是对心上人表白的文句,故《全后汉文》认为"'闲居'为'闲邪'之误"观点正确。"愿为环以约腕"、"关山介而阻险"可放在追求部分,前者直抒胸臆,后者写追求之阻碍。综上,王粲《闲邪赋》可校为:

> 夫何英媛之丽女,貌洵美而艳逸。横四海而无仇,超遻世而秀出。发棠棣之春华,当盛年而处室。……愿为环以约腕。……关山介而阻险。……恨年岁之方暮,哀独立而无依。情纷挐以交横,意惨悽而增悲。何性命之奇薄,爰两绝而俱违。排空房而就衽,将取梦以通灵。目炯炯而不寐,心忉怛而惕惊。

---

① 俞绍初《建安七子诗文钩沉》,《郑州大学学报》,1987(2);程章灿《魏晋南北朝赋史》,第352页。

② 《汉魏六朝百三家集》、《历代赋汇》、《骈字类编》卷一百九十八"唐"作"棠"。案:通假。

　　应场《正情赋》见于《艺文类聚》卷十八、《汉魏六朝百三家集》卷三十二、《历代赋汇》外集卷十五同；《全后汉文》卷四十二文后列"思在前为明镜,哀既往于替口。"《全汉赋》、《全汉赋校注》同。

　　俞绍初、张连科系于建安十六年(211)。① 《丹阳集》卷八："蔡邕《静情》亦名《检逸》,魏文帝爱之,因拟作《正情赋》,且命陈琳、徐幹、王粲、阮瑀、应场并作。"据此,学者多将曹丕《戒盈赋》与曹植《静思赋》、陈琳、阮瑀《止欲赋》等视为同时之作。曹丕《戒盈赋》"避暑东阁",可见作于夏季。其作赋缘由及目的为"怀盈满之戒"、"信临高而增惧,独处满而怀愁。愿群士之箴规,博纳我以良谋"。曹植赋"秋风起于中林"、应场赋"清风厉于玄序",可见在秋九月。主旨为求女。陈琳、阮瑀、王粲、应场赋主旨亦为求女。故曹丕《戒盈赋》与此不为同时之作,曹丕、徐幹有《正情赋》之类作品。王弘先、宋战利系曹丕《戒盈赋》于建安二十二年(217)。② 案:二十二年(217)十月曹丕为魏太子,断不避暑东阁,且此七子凋零,君子不能纷其集庭。吕斌所言该组赋作原型为甄氏之说不成立。甄氏出见,刘桢平视获罪,众人不可能作赋细描甄氏之容颜,更不可能"愿为环以约腕"、"取梦以通灵"。王粲建安十三年(208)九月属曹,阮瑀建安十七年(212)卒,则该组赋当作于建安十四年(209)至十七年(212)。考九月在邺者仅建安十五年(210)、十七年(212),十七年(212)阮瑀卒,故系该组赋于建安十五年(210)九月。

　　曹丕《感离赋》见于《艺文类聚》卷三十、《汉魏六朝百三家集》卷二十四、《渊鉴类函》卷三百二、《历代赋汇》外集卷八、《全三国

　　① 俞绍初《建安七子集》,第420页;吴云等《建安七子集校注》,第506页。
　　② 王弘先《曹丕及其诗文研究》,硕士学位论文,1999年;宋战利《曹丕研究》,博士学位论文,2007年。

文》卷四。

建安十六年(211)秋七月公西征,十二月还。① 赋言"秋风动
兮天气凉"可证作于秋季,即七、八、九月。张可礼、陆侃如、刘知
渐、吴文治、易健贤、王弘先、顾农、金昭希、刘跃进、石观海、史超、
魏宏灿、王巍、董家平系于建安十六年(211)。②

曹丕《哀己赋》残句"蒙君子之博爱,垂过望之渥恩",见于《文
选》卷二十五注;《全三国文》卷四第二句作"垂迫望之渥思"。

王弘先系于建安二十年(215)。③ 该赋作于为五官中郎将或
禅让之际。为太子时,曹丕有"余蒙隆宠,忝当上嗣"之说;受禅之
际,反复强调"吾之不德",故系《哀己赋》于建安十六年(211)十月
为太子时。

曹丕、曹植、王粲有《出妇赋》。

曹丕《出妇赋》见于《艺文类聚》卷三十、《汉魏六朝百三家集》
卷二十四、《渊鉴类函》卷二百四十八、《历代赋汇》外集卷十九、《全
三国文》卷四。

曹植《出妇赋》见于《艺文类聚》卷三十、《曹子建集》卷三、《北
堂书钞》卷八十四、《六朝诗集》卷二、《汉魏六朝百三家集》卷二十
六、《渊鉴类函》卷二百四十八、《历代赋汇》外集卷十九、《全三国
文》卷十三同。《渊鉴类函》卷一百七十五:"曹植《出妇赋》:'妾十
五而束带,辞父母而适人。以才薄而质陋,奉君子之清尘。'"《曹植

① 陈寿《三国志》,第 36 页。
② 张可礼《三曹年谱》,第 117 页;陆侃如《中古文学系年》,第 382 页;刘知渐《建
安文学编年史》,第 39 页;吴文治《中国文学史大事年表》,第 226 页;易健贤《魏文帝集
全译》,第 25、621 页;王弘先《曹丕及其诗文研究》,硕士学位论文,1999 年;顾农《建安
文学史》,第 88 页;金昭希《曹丕诗赋研究》,硕士学位论文,2003 年;刘跃进《秦汉文学
编年史》,第 651 页;石观海《中国文学编年史·汉魏卷》,第 408 页;史超《曹丕研究》,硕
士学位论文,2006 年;魏宏灿《曹丕集校注》,第 105 页;王巍《曹氏父子与建安文学》,第
349 页;董家平《曹丕赋释疑解惑》,《青海师范大学学报》,2011(1)。
③ 王弘先《曹丕及其诗文研究》,硕士学位论文,1999 年。

集校注》、《全魏晋赋》将"妾十五而束带,辞父母而适人"补在赋首,可从。

王粲《出妇赋》见于《艺文类聚》卷三十、《汉魏六朝百三家集》卷二十九、《渊鉴类函》卷二百四十八、《历代赋汇》外集卷十九、《全后汉文》卷九十。

曹丕赋"被入门之初服,出登车而就路",曹植赋"衣入门之初服,背床室而出征。攀仆御而登车,左右悲而失声",王粲赋"马已驾兮在门,身当去兮不疑。揽衣带兮出户,顾堂室兮长辞",文意相类,为同题同时之作。曹丕有《代刘勋出妻王氏作》二首,《玉台新咏》载此诗序云:"王宋者,平虏将军刘勋妻也。入门二十余年,后勋悦山阳司马女,以宋无子出之,还于道中作。"易健贤系《代刘勋出妻王氏作》在建安十五年(210)。[1] 刘知渐、郑良树、王弘先、史超系于二十一年(216)。[2]《出妇赋》亦为刘勋出妻所作。刘勋建安五年(200)为孙策所败,降曹,十八年五月曹操为魏公时,刘勋以华乡侯身份劝进。则《出妇赋》之作在建安十四年(209)至十八年四月。曹植《弃妇篇》有"无子当归宁",与曹丕《出妇赋》"恨胤嗣之不滋"、"信无子而应出"表意相同,当为同时之作。赵幼文认为《弃妇篇》之作"或在建安十六年(211)前也"。[3] 宋战利系于建安十八年。[4] 曹植《弃妇篇》有"石榴植前庭,绿叶摇缥青。丹华灼烈烈,璀采有光荣"。石榴花期为五、六月,可见作于夏季,建安十八年可排除。"遵长涂而南迈"、"即临沂之旧城",由谯往临沂,行程为西

_____

① 易健贤《魏文帝集全译》,第 594 页。
② 刘知渐《建安文学编年史》,《重庆师院学报》,1984(4);郑良树《出题奉作——曹魏集团的赋作活动》,香港中文大学中国语文学系主编《魏晋南北朝文学论集》,台北文史哲出版社,1994 年,第 302 页;王弘先《曹丕及其诗文研究》,硕士学位论文,1999年;史超《曹丕研究》,硕士学位论文,2006 年。
③ 赵幼文《曹植集校注》,第 35 页。
④ 宋战利《曹丕研究》,博士学位论文,2007 年。

南往东北。由邺往临沂为西北往东南，故此组赋作于邺。建安十四年至十七年(212)夏，十四年在谯；十五年、十六年、十七年(212)五、六月在邺，故系《出妇赋》于建安十五年至十七年。

曹丕《登台赋》见前文曹操《登台赋》部分。

曹丕《登城赋》见于《艺文类聚》卷六十三、《初学记》卷二十四、《汉魏六朝百三家集》卷二十四、《渊鉴类函》卷三百四十、《历代赋汇》卷三十九、《全三国文》卷四。

易健贤、魏宏灿认为"此赋与《登台赋》可能是同时所作"，①宋战利系于建安二十一年(216)。② 从建安十七年(212)说。

曹丕《临涡赋》见于《艺文类聚》卷八、《汉魏六朝百三家集》卷二十四、《渊鉴类函》卷三十、《历代赋汇》卷二十七、《全三国文》卷四。

作年三说。(一)建安八年(205)。《艺文类聚》、《汉魏六朝百三家集》、《渊鉴类函》、《历代赋汇》、《赋话》卷七。(二)建安十五年(210)。顾农。③ (三)建安十八年(213)。《初学记》卷九，《太平御览》卷三百五十九，《太平寰宇记》卷十七，《渊鉴类函》卷四十、二百二十九，《说文解字义证》卷三十三，《历代赋话》卷四，《全三国文》，张可礼，陆侃如，刘知渐，吴文治，王弘先，易健贤，史超，石观海，魏宏灿，王巍，董家平。④ 赋作于临涡水时，非《庾开府集笺注》卷五所言"过渭水"。据《初学记》可知是从上至谯拜坟墓时所作。"春

① 易健贤《魏文帝集全译》，第21页；魏宏灿《曹丕集校注》，第103页。
② 宋战利《曹丕研究》，博士学位论文，2007年。
③ 顾农《建安文学史》，第88页。
④ 张可礼《三曹年谱》，第124页；陆侃如《中古文学系年》，第393页；刘知渐《建安文学编年史》，第44页；吴文治《中国文学史大事年表》，第228页；王弘先《曹丕及其诗文研究》，硕士学位论文，1999年；易健贤《魏文帝集全译》，第10、622页；史超《曹丕研究》，硕士学位论文，2006年；石观海《中国文学编年史·曹魏卷》，第414页；魏宏灿《曹丕集校注》，第95页；王巍《曹氏父子与建安文学》，第82、346页；董家平《曹丕赋释疑解惑》，《青海师范大学学报》，2011(1)。

水繁兮发丹华"之"水",《四库全书考证》卷九十四考证为"木",可知赋作于春季。建安八年(203)春夏之际,曹操由黎阳进军邺,[1]行程由南往北,谯在黎阳之南,[2]此行不会经涡水、谯。建安十八年(213)春夏之际,曹操由濡须口还邺,[3]需经涡水、谯,赋作于建安十八年(213)春,《艺文类聚》等脱"十"而讹。建安十五年(210)春曹丕在谯或邺。

挚虞《文章流别论》:"建安中,魏文帝从武帝出猎,赋,命陈琳、王粲、应玚、刘桢并作。琳为《武猎》、粲为《羽猎》、玚为《西狩》、桢为《大阅》。

曹丕《校猎赋》见于《艺文类聚》卷六十六:

> 长铩纠霓,飞旗拂天。部曲按列,什伍相连。峙如丛林,动若崩山。超崇岸之曾崖,厉障潀之双川。[4] 列翠星陈,[5]戎车方毂。风回云转,埃连飚属。雷响震,天地噪,声荡川岳。遂躏封豨,籍麏鹿。捎飞鸢,接鹭鹭。聚者成丘陵,散者阗溪谷。流血赫其丹野,羽毛纷其翳日。考功效绩,班赐有叙。授甘臰,飞酌清酤。割鲜野享,举爵鸣鼓。銮舆促节,骑骖回翔。望爵台而增举,涉幽堑之花梁。

《汉魏六朝百三家集》卷二十四"长铩纠霓"前增"披高门而方轨,迈夷途而直驾"。文末列二段:"抎冲天之素旄兮,[6]靡格泽之修旃。

---

① 陈寿《三国志》,第23页。
② 中国历史地图集编辑组《中国历史地图集》第二册,第44—45页。
③ 陈寿《三国志》,第37页。
④ 《初学记》卷二十二、《全三国文》"障"作"漳"。案:当作"漳",与"潀"均为水名。
⑤ 《唐韵正》卷十五"翠"作"卒"。案:当作"卒",与下文之"车"相对。
⑥ 《太平御览》卷三百三十九、《全三国文》"抎"作"抗"。案:《诗·小雅·宾之初筵》:"大侯既抗,弓矢斯张。""抗"为"举"义。"抎"则表两头同时用力或把线、绳子等猛一拉。故"抗"为上。

雄戟趡而跃厉兮,黄钺扈而扬鲜。""千乘乱扰,万骑奔走。经营原隰,腾越峻岨。彤弓斯彀,戈铤具举。"《历代赋汇》卷五十八、《渊鉴类函》卷二百九无文末两段。《全三国文》卷四赋前有序:"高宗征于鬼方兮,黄帝有事于阪泉。愠贼备之作仇兮,忿吴夷之不藩。将训兵而讲武兮,因大蒐乎田隙。"将《汉魏六朝百三家集》文末二段分别补在"动若崩山"、"厉障澨之双川"后,文末列残句:"登路寝而听政,总群司之纪纲。消摇后庭,休息闲房。步辇西园,还坐玉堂。"《全魏晋赋校注》、魏宏灿《曹丕集校注》同。另笔者辑佚:"陵重冈,历武城",见前文汉赋作者、篇目、佚文辑佚部分。

　　"抗冲天之素旃兮,靡格泽之修旃。雄戟趡而跃厉兮,黄钺扈而扬鲜"写军队装备,当在出征前,《全汉文》将其放在"动若崩山"后。案:"动若崩山"与后之"超崇岸之曾崖,厉漳澨之双川"均写行动中的军队,二者间不宜插入写军队装备的文句。扬雄《羽猎赋》:"蚩尤并毂,蒙公先驱。立历天之旗,曳捎星之旃",写军队装备在始出征时,故不妨将其提前至"迈夷途而直驾"后,用韵与后之"天"、"连"、"山"等亦相押。"千乘乱扰,万骑奔走。经营原隰,腾越峻岨。彤弓斯彀,戈铤具举"写快速行进中的军队,"千乘乱扰,万骑奔走"是从整体上总写,"彤弓斯彀,戈铤具举"则是具体细节上彰显军威。原文之"列卒星陈,戎车方毂"亦是从整体上着笔,构成总分总之描写顺序。其韵脚为:"走"鱼部韵,"岨"、"举"鱼部韵,"彀"、"属"屋部韵;严可均之补入合理可从。"陵重冈,历武城"写行军路线,原文三字句部分为"雷响震,天地噪,声荡川岳",故可将于其前。综上,曹丕《校猎赋》可校为:

　　　　高宗征于鬼方兮,黄帝有事于阪泉。愠蜀贼之作仇兮,忿
　　吴夷之不藩。将训兵而讲武兮,因大蒐乎田隙。披高门而方
　　轨,迈夷途而直驾。抗冲天之素旃兮,靡格泽之修旃。雄戟趡
　　而跃厉兮,黄钺扈而扬鲜。长铩纠霓,飞旗拂天。部曲按列,

什伍相连。跱如丛林,动若崩山。超崇岸之曾崖,厉漳滢之双
川。千乘乱扰,万骑奔走。经营原隰,腾越峻岨。彤弓斯彀,
戈铤具举。列卒星陈,戎车方毂。风回云转,埃连飚属。陵重
冈,历武城。雷响震,天地噪,声荡川岳。遂躏封豨,籍麋鹿。
梢飞鸢,接鸳鸯。聚者成丘陵,散者阗谷溪。流血赫其丹野,
羽毛纷其翳日。考功效绩,班赐有叙。颁授甘炰,飞酌清酤。
割鲜野享,举爵鸣鼓。銮舆促节,骋辔回翔。望爵台而增举,
涉幽堑之花梁。登路寝而听政,总群司之纪纲。逍遥后庭,休
息闲房。步辇西园,还坐玉堂。

陈琳《武猎赋》存目,见《古文苑》卷七。

王粲《羽猎赋》见于《古文苑》卷七、《汉魏六朝百三家集》卷二
十九、《历代赋汇》卷五十八;《艺文类聚》卷六十六、《初学记》卷二
十二、《古俪府》卷十、《渊鉴类函》卷二百九摘录;《全后汉文》卷九
十列"遵古道以游豫兮,昭劝助乎农圃。因时隙之余日兮,陈苗狩
而讲旅"于文首。《全汉赋》、《全汉赋校注》同。程章灿辑:"丛华杂
沓,焕衍陆离。"①

应玚《西狩赋》见于《艺文类聚》卷六十六、《汉魏六朝百三家》
集卷三十二、《渊鉴类函》卷一百五十九、《历代赋汇》卷五十八;《古
俪府》卷十摘录;《全后汉文》卷四十二"飒沓风翔"后增"属车镠辖,
羽骑腾骧"。案:《北堂书钞》卷十五仅指应玚,并未说是《西狩赋》。
《全汉赋》将该句列于文末。程章灿辑佚"仓隼烦翼而悬据"。②
《全汉赋赋校注》将其列于文末。

《晴江阁集》卷三十:《寄汤谷宾》:"曹孟德万世贼臣也,然好学
能知文而又怜才,其出帅时命刘公幹作《大阅赋》,王仲宣作《羽猎

---

①　程章灿《魏晋南北朝赋史》,第 344 页。
②　程章灿《魏晋南北朝赋史》,第 336 页。

赋》,并极推赏,尤喜公幹作,今所传独《羽猎》一赋耳,《大阅赋》竟未得一见。"结合《古文苑》所引,可确定为同时之作。作年五说:(一)建安十七年(212):周进。① (二)建安十八年(213)。张可礼、吴文治、俞绍初、李景华、易健贤、石观海、明月熙、魏宏灿、董家平。② (三)建安十八年(213)或建安十九年(214)。谷阳。③ (四)建安十三年(208)至十六年(211)。曹立波、戚津虹。④ (五)建安二十一年(216)。吴文治。⑤ 吴文治持两说。赋中言及"济漳浦"、"西址"。漳浦在邺附近。⑥ 王粲《羽猎赋》言"相公乃乘轻轩,驾四骆",应玚《西狩赋》有"魏公乃乘雕辂,驷飞黄",赋作于冬季。曹操建安十八年(213)五月被封为魏公。二十一年(216)夏五月曹操进爵为魏王。则该赋作年为建安十八年(213)至二十年(215)。十八年(213)秋七月至十一月曹操均在邺。十九年(214)秋七月征孙权,十月自合肥还。十一月皇后事发,十二月,曹操在孟津,故该年在邺校猎可能性不大。建安二十年(215)秋七月公至阳平,八月孙权围合肥。九月于巴郡封拜诸侯守相。十二月自南郑还。没有在邺校猎的可能。故系于建安十八年(213)。

曹丕、王粲、丁廙妻有《寡妇赋》。

曹丕《寡妇赋》见于《艺文类聚》卷三十四:

① 周进《建安赋研究》,硕士学位论文,2009年。
② 张可礼《三曹年谱》,第129页;吴文治《中国文学史大事年表》,第229页;俞绍初《建安七子集》,第105页;李景华《建安文学述评》,第29页;易健贤《魏文帝集全译》,第14、622页;石观海《中国文学编年史·汉魏卷》,第416页;明月熙《汉魏汝南应氏家族文学研究》,硕士学位论文,2008年;魏宏灿《曹丕集校注》,第392页;董家平《曹丕赋释疑解惑》,《青海师范大学学报》,2011(1)。
③ 谷阳《曹丕赋系年》,《阜阳师范学院学报》,2009(4)。
④ 吴云等《建安七子集校注》,第519页。
⑤ 吴文治《中国文学史大事年表》,第233页。
⑥ 中国历史地图集编辑组《中国历史地图集》第二册,第47—48页。

陈留阮元瑜早亡,每感存其遗孤,未尝不怆然伤心,故作斯赋:

惟生民兮艰危,在孤寡兮常悲。人皆处兮欢乐,我独怨兮无依。抚遗孤兮太息,俛哀伤兮告谁。三辰周兮递照,寒暑运兮代臻。历夏日兮苦长,涉秋夜兮漫漫。微霜陨兮集庭,燕雀飞兮我前。去秋兮就冬,改节兮时寒。水凝兮成冰,雪落兮翻翻。伤薄命兮寡独,内惆怅兮自怜。

《汉魏六朝百三家集》卷二十四、《渊鉴类函》卷二百四十七、《历代赋汇》外集卷十九、《全三国文》卷四见载。程章灿辑:(一)"北风厉兮赴门,食常苦兮衣单。伤薄命兮寡独,内惆怅兮自怜。"(二)"风至兮清厉,阴云曀兮雨未下。伏枕兮忘寐,逮乎朝兮起坐。愁百端兮猥来,心郁郁兮无可。"①残句(一)可直接补入原文,则可校为:

陈留阮元瑜早亡,每感存其遗孤,未尝不怆然伤心,故作斯赋:

惟生民兮艰危,在孤寡兮常悲。人皆处兮欢乐,我独怨兮无依。抚遗孤兮太息,俛哀伤兮告谁。三辰周兮递照,寒暑运兮代臻。历夏日兮苦长,涉秋夜兮漫漫。微霜陨兮集庭,燕雀飞兮我前。去秋兮就冬,改节兮时寒。水凝兮成冰,雪落兮翻翻。北风厉兮赴门,食常苦兮衣单。伤薄命兮寡独,内惆怅兮自怜。

风至兮清厉,阴云曀兮雨未下。伏枕兮忘寐,逮乎朝兮起坐。愁百端兮猥来,心郁郁兮无可。

王粲《寡妇赋》见于《艺文类聚》卷三十四、《汉魏六朝百三家

---

① 程章灿《魏晋南北朝赋史》,第 355 页。

集》卷二十九、《渊鉴类函》卷二百四十七、《历代赋汇》外集卷十九；《全后汉文》卷九十文末列："欲引刃以自裁，顾弱子而复停。"《全汉赋》、《全汉赋校注》同。

丁廙妻《寡妇赋》作者五说：（一）丁仪。《北堂书钞》卷八十四、《文选》卷二十六、《杜诗详注》卷十五。（二）丁仪妻。《文选注》卷十六、四十五，《佩文韵府》卷六之二。（三）丁廙。《韵补》卷一，《历代赋汇》外集卷十九，《佩文韵府》卷六十三之十六、之二十，《骈字类编》卷一百五、二百四十，《叶韵汇辑》卷四。（四）丁廙妻。《艺文类聚》卷三十四，《诗女史》，《唐韵正》卷五，《渊鉴类函》卷二百四十七，《佩文韵府》卷六十二、九十五之六，《续古文苑》卷二。（五）丁德礼。《文选注》卷二十四。即便同一书中，如《文选注》、《佩文韵府》持说不同。《续古文苑》："此赋《艺文类聚》题云魏丁廙妻，而《文选注》卷十六引作丁仪妻，其名乖舛，未知孰是。《文选》所引丁仪妻《寡妇赋》曰：……往往相同，即此篇无疑。"《艺文类聚》卷三十四载丁廙妻《寡妇赋》曰：

　　惟女子之有行，固历代之彝伦。辞父母而言归，奉君子之清尘。如悬萝之附松，似浮萍之托津。何性命之不造，遭世路之险迍。荣华晔其始茂，所恃奄其徂泯。静闭门以却扫，魂孤茕以穷居。① 刷朱扉以白垩，易玄帐以素帱。② 含惨悴以何诉，抱弱子以自慰。时翳翳以东阴，日薨薨以西坠。鸡敛翼以登栖，雀分散以赴肆。还空床以下帷，拂衾褥以安寐。想逝者

① 《佩文韵府》、《续古文苑》"魂"作"愧"；《文选注》作"块"。案：丈夫去世，女子应无愧。"块"有单独义，潘岳《寡妇赋》："静阖门以穷居兮，块茕独而靡依。"此处是讲人独居，而非魂，当作"块"。
② 《诗女史》、《渊鉴类函》、《历代赋汇》"帱"作"帏"；《癸巳存稿》作"帱"。案：《说文·巾部》："帱，禅帐也。""帏，在旁曰帏，在上曰帐。""帱"幽部韵；"帏"脂部韵；"抱弱子以自慰"之"慰"物部韵，"帏"、"慰"韵近。"帱"不见于字书，当作"帏"。

之有凭,因宵夜之仿佛。痛存没之异路,终窈漠而不至。时荏
苒而不留,将迁灵以大行。驾龙辖于门侧,设祖祭于前廊。彼
生离其犹难,矧永绝而不伤。自衔恤而在疚,履冰冬之四
节。① 风萧萧而增劲,寒凛凛而弥切。霜悽悽而夜降,水潇潇
而晨结。② 瞻灵宇之空虚,悲屏帏之徒设。仰皇天而叹息,肠
一日而九结。惟人生于世上,若驰骥之过枑。计先后其何几,
亦同归乎幽冥。

《渊鉴类函》、《历代赋汇》、《续古文苑》同;《诗女史》"似浮萍之托
津"后补"恐施厚而德薄,若履冰而临渊";"抱弱子以自慰"后补"顾
颜貌之艳艳,对左右而掩涕";"雀分散以赴肆"后补"气愤薄而交
荣,抚素枕而歔欷";"自衔恤而在疚"句缺"而在"二字;"寒凛凛而
弥切。霜悽悽而夜降"缺"切霜悽悽"四字。此外《全后汉文》卷九
十六"日曋曋以西坠"后补"鸟凌虚以徘徊,□□□□□□"。"拂衾
褥以安寐"后补"气愤薄而交萦,抱素枕而歔欷"。"设祖祭于前廊"
后补"□□□□□□,旗缤纷以飞扬"。"矧永绝而不伤"后补
"□□□□□□,涕流迸以淋浪"。"冰潇潇而晨结"后补"雪翩翩以
交零,□□□□□□"。"肠一日而九结"后补"神爽缅其日永,岁功
忽其已成"。《全汉赋》除《艺文类聚》所载文句外,于文后列残句九
条,其中"提孤孩兮出户,与之步兮东箱"、"欲引刃以自裁,顾弱子
而复停",实属王粲《寡妇赋》,《全汉赋校注》未列,其余与《全汉赋》
同。该赋除《艺文类聚》所载外,有残句九条。晋潘岳《寡妇赋》可
以说是丁廙妻《寡妇赋》的扩展版,赋作内容极为相似,仅用词不同
而已。现在从内容与韵脚方面入手,据潘岳《寡妇赋》,结合前贤之

____

① 《文选注》、《诗女史》、《续古文苑》、《全后汉文》"冰"作"春"。案:《续古文苑》
业已论证,当作"春"。

② 《历代赋汇》作"冰"。案:当作"冰"。

补定,析之如下:

(一)"恐施厚而德薄,若履冰而临渊"讲述女子在夫家辛勤劳作和无怨无悔付出。潘岳《寡妇赋》:"顾葛藟之蔓延兮,托微茎于樛木。惧身轻而施重兮,若履冰而临谷。"属于追忆嫁入夫家及在夫家生活,在交代丈夫亡故之前。《诗女史》、《全后汉文》、庄新霞将其补在"似浮萍之托津"后。①"似浮萍之托津"之"津"真部韵,"若履冰而临渊"之"渊"真部韵,故该补入可从。

(二)《全后汉文》将"顾颜貌之艳艳,对左右而掩涕"补于"抱弱子以自慰"后。此处"静闭门以却扫,块孤茕以穷居。刷朱扉以白垩,易玄帐以素帱。含惨悴以何诉,抱弱子以自慰"为独处,无左右可言,该补入不可从。《全后汉文》"拂衾褥以安寐"后补"气愤薄而交萦,抱素枕而歔欷",此处为静静思念,当不会"气愤薄而交萦"。② 严氏该补入应是据"床"、"帷","拂衾褥"与"素枕"相类而补入的。《全后汉文》于"肠一日而九结"后补"神爽缅其日永,岁功忽其已成"。"神爽缅其日永,岁功忽其已成"感慨亡者死去时间已久。"仰皇天而叹息,肠一日而九结"感慨人生短暂。二者意思上不是很紧密,故此补入不可从。潘岳《寡妇赋》:"夜漫漫以悠悠兮,寒凄凄以凛凛。气愤薄而乘胸兮,涕交横而流枕。亡魂逝而永远兮,时岁忽其遒尽。容貌儡以顿悴兮,左右凄其相愍。"祭祀归来,深感寒彻心扉,"愿假梦以通灵兮,目炯炯而不寝"之时,在仰天长叹之前。原文中描写天气寒冷"风萧萧而增劲,寒凛凛而弥切。霜悽悽而夜降,冰濂濂而晨结"。"气愤薄而交萦,抱素枕而歔欷"与"气愤薄而乘胸兮,涕交横而流枕"相似。"顾颜貌之艳艳,对左右而掩涕"讲述容貌憔悴,左右同悲。与"容貌儡以顿颡兮,左右凄其

---

① 庄新霞《丁仪妻〈寡妇赋〉作者及相关问题考论》,《中国典籍与文化》,2007(5)。
② 《诗女史》"萦"作"荣"。案:《说文·糸部》:"萦,收卷也。"《说文·木部》:"荣,桐木也。"故当作"萦"。

相懃"相当。"神爽缅其日永,岁功忽其已成"与"亡魂逝而永远兮,时岁忽其遒尽"意思相同。故"冰潇潇而晨结"后可接"气愤薄而交萦,抱素枕而歔欷。神爽缅其日永,岁功忽其已成。顾颜貌之艳艳,对左右而掩涕"。考其用韵:"冰潇潇而晨结"质部韵;"抱素枕而歔欷"脂部韵;"岁功忽其已成"耕部韵;"对左右而掩涕"脂部韵;"悲屏幌之徒设"月部韵。庄新霞将此三句补在"仰皇天而叹息,肠一日而九结后",与潘岳《寡妇赋》相左,故不从。

　　(三)"鸟凌虚以徘徊",《全后汉文》将其补在"日曆曆以西坠"后,庄新霞从之。"鸡敛翼以登栖,雀分散以赴肆"描述他物均有归属,有群可依,以此反衬主人公之茕茕孑立。"鸟凌虚以徘徊"讲述不知将归何处,故补在此处于义相忤。潘岳《寡妇赋》:"仰皇穹兮叹息,私自怜兮何极。省微身兮孤弱,顾稚子兮未识。如涉川兮无梁,若凌虚兮失翼。"仰天长叹之际,感慨微身孤弱,有涉川无梁、凌虚失翼之比。原文"仰皇天而叹息,肠一日而九结",长叹之际,孤独之感油然而生,故有凌虚徘徊,不知将往何处之感慨。故"鸟凌虚以徘徊"可接在"肠一日而九结"后。"肠一日而九结"质部韵,"鸟凌虚以徘徊"脂部韵,二者韵部相近,故"鸟凌虚以徘徊"前有阙句"□□□□□□"。

　　(四)"旐缤纷以飞扬"。潘岳《寡妇赋》:"龙𫐉俨其星驾兮,飞旐翩以启路。"可见"飞旐"与"龙𫐉"对言。故可将"旐缤纷以飞扬"接在"驾龙𫐉于门侧"后,"设祖祭于前廊"前有阙句"□□□□□□"。且"旐缤纷以飞扬"之"扬"、"设祖祭于前廊"之"廊"同为阳部韵。《全后汉文》于"设祖祭于前廊"后补"□□□□□□,旐缤纷以飞扬",庄新霞从之,将"𫐉"与"旐"分开,于义不是很妥帖。

　　(五)"涕流迸以淋浪。"潘岳《寡妇赋》在"易锦茵以苫席兮,代罗帱以素帷。命阿保而就列兮,览巾箧以舒悲"时"口呜咽以失声兮,泪横迸而沾衣。愁烦冤其谁告兮,提孤孩于坐侧"。更换旧时装饰时,悲从中来。原文有"刷朱扉以白垩,易玄帐以素帕。含惨悴以何诉,抱弱子以自慰"。"惨悴"无人诉,唯有泪千行。"易玄帐以素帕"脂部韵,"涕流逬以淋浪"阳部韵,二者韵不相压,故"涕流逬以淋浪"后有阙句"□□□□□□"。《全后汉文》于"矧永绝而不伤"后补"□□□□□□,涕流逬以淋浪";庄新霞则将"涕流逬以淋浪"作为韵脚句,补在"易玄帐以素帕"后。二者均不可从。

(六)"雪翩翩以交零"描写天寒地冻。《全后汉文》"冰溓溓而晨结"后补"雪翩翩以交零,□□□□□□"。庄新霞补于"寒凛凛而弥切"后。考韵部,严氏补入可从。

(七)"贱妾茕茕,顾影为俦"考原文未见四言句,且赋作主体结构不完整,故存疑,庄新霞亦作如此处理。综上,赋可校为:

惟女子之有行,固历代之彝伦。辞父母而言归,奉君子之清尘。如悬萝之附松,似浮萍之托津。恐施厚而德薄,若履冰而临渊。何性命之不造,遭世路之险迤。荣华晔其始茂,所恃奄其徂泯。静闭门以却扫,块孤茕以穷居。刷朱扉以白垩,易玄帐以素帕。涕流逬以淋浪,□□□□□□。含惨悴以何诉,抱弱子以自慰。时翳翳以稍阴,日曀曀以西坠。鸡敛翼以登栖,雀分散以赴肆。还空床以下帷,拂衾褥以安寐。想逝者之有凭,因宵夜之仿佛。痛存没之异路,终窈窅而不至。时荏苒而不留,将迁灵以大行。驾龙辀于门侧,旐缤纷以飞扬。□□□□□□,设祖祭于前廊。彼生离其犹难,矧永绝而不伤。自衔恤而在疚,履春冬之四节。风萧萧而增劲,寒凛凛而弥切。霜悽悽而夜降,冰溓溓而晨结。雪翩翩以交零,□□□□□□。气愤薄而交萦,抱素枕而歔欷。神爽缅其日永,岁功忽其已成。顾颜貌之虵虵,对左右而掩涕。瞻灵宇之空虚,悲屏帏之徒设。仰皇天而叹息,肠一日而九结。□□□□□□,鸟凌虚以徘徊。惟人生于世上,若驰骥之过棍。计先后其何几,亦同归乎幽冥。

贱妾茕茕,顾影为俦。
* * * * * * *

曹丕赋"抚遗孤兮太息"、"水凝兮成冰,雪落兮翻翻",王粲赋"提孤孩兮出户",丁廙妻赋"抱弱子以自慰"、"风萧萧而增劲,寒凛凛而弥切。霜凄凄而夜降,冰漼漼而晨结",可见三者为同题同时之作,在冬季。《晓读书斋杂录》二录卷下:"今者阮瑀以建安十七年卒,粲以建安二十二年春卒,则文帝《寡妇赋》之作当在十七年以后,二十二年以前,诸人之作并不可考。"其说建安十七年(212)至二十一年(216)可参。徐公持、张可礼、刘知渐、陆侃如、吴文治、俞绍初、易健贤、王弘先、顾农、吴云、唐绍忠、刘跃进、石观海、任慧、佟丞、周进、宿美丽、刘汝霖系于建安十七年(212)。[①] 谭正璧、庄新霞则认为丁廙妻《寡妇赋》为丁仪妻在丁氏兄弟被杀后的自悼之作。[②] 案:丁氏灭门之际,其妻能否存活是问题,其时断不会作赋自悼。赋当作于建安十七年(212)至二十一年(216)。十七年(212)冬十月,公征孙权。十八年(213)春正月,进军濡须口。夏四月,至邺。[③]《初学记》卷九载曹丕《临涡赋》序:"上建安十八年至谯,余兄弟从上拜坟墓。"可知十七年(212)冬曹丕随曹操出征在

---

① 徐公持《建安七子诗文系年考证》,《文学遗产》增刊第十四辑,1982(2);张可礼《三曹年谱》,第 122 页;刘知渐《建安文学编年史》,《重庆师院学报》,1984(4);陆侃如《中古文学系年》,第 387 页;吴文治《中国文学史大事年表》,第 228 页;俞绍初《建安七子集》,第 427 页;易健贤《魏文帝集全译》,第 622 页;王弘先《曹丕及其诗文研究》,硕士学位论文,1999 年;顾农《建安文学史》,第 357 页;吴云《建安七子集校注》,第 305 页;刘跃进《秦汉文学编年史》,第 653 页;石观海《中国文学编年史·汉魏卷》,第 412 页;任慧、佟丞《公子敬爱客——试论曹丕和建安文人的文学友情》,《阿坝师范高等专科学校学报》,2007(1);周进《建安赋研究》,硕士学位论文,2009 年;张可礼、宿美丽《曹操曹丕曹植集》,凤凰出版社,2009 年,第 128 页;刘汝霖《汉晋学术编年》,第 457 页。

② 谭正璧《中国妇女文学史》,百花文艺出版社,2001 年,第 63 页;庄新霞《丁仪妻〈寡妇赋〉作者及相关问题考论》,《中国典籍与文化》,2007(5)。

③ 陈寿《三国志》,第 37 页。

外。十八年(213)冬在邺;十九年(214)十一月曹操在邺。二十年
(215)冬曹操在南郑,①曹丕在孟津,可证之《三国志》卷十三注:
"后太祖征汉中,太子在孟津。"曹操征汉中自二十年(215)三月至
十二月。曹丕自孟津还在二十一年(216)春,可证于《孟津诗》"良
辰启初节"之"初节"。二十一年(216)冬至二十二年(217)春三月
征孙权。② 故可能"感存其遗孤"当在建安十八年(213)、十九年
(214)。十八年(213)曹丕、王粲等随曹操校猎,二者在一起。曹丕
赋中"三辰周兮递照,寒暑运兮代臻",丁赋"彼生离其犹难,矧永绝
而不伤。自衔恤而在疚,履春冬之四节",亦可证作于阮瑀亡故经
年后,故系于建安十八年(213)冬。

《济川赋》见于《艺文类聚》卷八、《汉魏六朝百三家集》卷二十
四、《渊鉴类函》卷三十二、《历代赋汇》卷二十六、《全三国文》卷四。
《骈字类编》卷六十九"玉静"条下"魏文帝《济川赋》:别流分注,冰
莹玉静",实属晋应贞《临丹赋》。

顾农系于十五年(210);③王弘先、魏宏灿、王巍系于十九年
(214),④建安十五年(210)多在谯、邺。从建安十九年(214)说。

《离居赋》见于《艺文类聚》卷三十、《初学记》卷十八、《汉魏六
朝百三家集》卷二十四、《渊鉴类函》卷三百二、《历代赋汇》逸句卷
二、《全三国文》卷四。

易健贤、史超系于建安十六年(211)。⑤ 王弘先系于建安二十
四年(219)。⑥ 杨修建安十九年(214)所作《出征赋》:"茂国事之是

① 陈寿《三国志》,第42、44、45、46页。
② 陈寿《三国志》,第49页。
③ 顾农《建安文学史》,第88页。
④ 王弘先《曹丕及其诗文研究》,硕士学位论文,1999年;魏宏灿《曹丕集校注》,
第93页;王巍《曹氏父子与建安文学》,第348页。
⑤ 易健贤《魏文帝集全译》,第621页;史超《曹丕研究》,硕士学位论文,2006年。
⑥ 王弘先《曹丕及其诗文研究》,硕士学位论文,1999年。

勉兮，叹经时而离居。企观爱之偏处兮，独搔首于城隅。"疑曹丕
《离居赋》亦作于此时，实为己之念妻，却以妻之口吻情态出之。曹
丕《离居赋》："愁耿耿而不寐，历冬夜之悠。"可见赋作于冬季。建
安十九年（214）十月自合肥还，十二月在孟津。①

　　《玉玦赋》见于《艺文类聚》卷六十七、《古俪府》卷十二、《汉魏
六朝百三家集》卷二十四、《渊鉴类函》卷三百七十二、《历代赋汇》
逸句卷一、《全三国文》卷四。

　　易健贤、王弘先、魏宏灿系于建安二十年（215），可从。②

　　《柳赋》之作有曹丕、陈琳、王粲、应场、繁钦。

　　曹丕《柳赋》两段分见于《艺文类聚》卷八十九、《初学记》卷二
十八，《汉魏六朝百三家集》卷二十四则综合二者，《广群芳谱》卷七
十六、《渊鉴类函》卷四百十五、《历代赋汇》卷一百十六、《七十家赋
钞》卷四、《全三国文》卷四同。《全三国文》据《文选》李善注补"左
右仆御已多亡"于"十有五载矣"后。《全魏晋赋校注》、《曹丕集校
注》同。③　其补入合理可从。

　　陈琳《柳赋》见于《汉魏六朝百三家集》卷二十八、《全后汉文》
卷九十二。俞绍初辑佚五条：（一）天机之运旋，夫何逝之速也。
（二）有孤子之细柳，独么秤而剽殊。④　随枯木于爨侧，将并置于土
灰。（三）救斯民之绝命，挤山岳之陨颠。⑤　匪神武之勤恪，几蹈毙

　　①　陈寿《三国志》，第 49 页。
　　②　易健贤《魏文帝集全译》，第 53 页；王弘先《曹丕及其诗文研究》，硕士学位论
文，1999 年；魏宏灿《曹丕集校注》，第 124 页。
　　③　韩格平《全魏晋赋校注》，第 16 页；魏宏灿《曹丕集校注》，第 125 页。
　　④　"秤"，《韵补》卷一、《屈宋古音义》卷一、《古今通韵》卷二、《玉台新咏考异》、《康
熙字典》、《叶韵汇辑》作"枰"。案：《说文·木部》："枰，平也。""秤"指称量工具，当作"枰"。
"剽"，《玉台新咏考异》作"标"。案：《说文》段注："古谓木末曰本标，亦作本剽。"
　　⑤　《先唐赋辑补》"挤"作"济"。案：与"救"相对，当作"济"。《国语·周语》："宽
所以保本也，肃所以济世也。"救助义。《正字通》卷十一"陨"作"损"。案：与"颠"坠落
义相对，当作"陨"，"损"乃形近而讹。

之不振。（四）文武方作，小大率从。旋旐蔼蔼，①干戈戚扬。（五）重曰：穆穆天子，亶圣聪兮。德音允塞，民所望兮。宜尔嘉树，配甘棠兮。《全汉赋》载（一）；程章灿辑佚后四句，②《全汉赋校注》载上述六处残句。

王粲《柳赋》分见于《艺文类聚》卷八十九、《初学记》卷二十八；《古文苑》、《汉魏六朝百三家集》、《广群芳谱》卷七十六、《渊鉴类函》卷四百十五、《历代赋汇》卷一百十六、《全后汉文》卷九十、《全汉赋》、《全汉赋校注》将二者合并。

应玚《杨柳赋》见于《艺文类聚》卷八十九、《汉魏六朝百三家集》卷三十二、《广群芳谱》卷七十六、《渊鉴类函》卷四百十五、《历代赋汇》卷一百十六、《全后汉文》卷四十二。

曹立波、戚津虹、石观海、周进系于建安二十年（215）。③ 与曹丕《柳赋》不是同时之作。其写作时间下限为应玚卒年建安二十二年（217）。

繁钦《柳赋》，《文选》注卷二十六、《文选理学权舆》卷二、《分类字锦》卷三名《柳树赋》。案：二者实为一赋。《艺文类聚》卷八十九、《广群芳谱》卷七十六、《渊鉴类函》卷四百十五、《历代赋汇》卷一百十六、《全后汉文》卷九十三同。程章灿辑残句："翳炎夏之白日，救隆暑之赫羲。"④

石观海认为是建安二十年（215）与曹丕《柳赋》唱和之作。⑤案：二者所咏对象不同，不为同时之作，写作时间下限为繁钦卒年

---

① 程章灿《先唐赋辑补》"旋旐蔼蔼"。案：《说文·㫃部》："旐，错革鸟其上，所以进士众。""旐"与"旟"表义相类，故当作"旟"或"旐"，"旋"乃形近而讹。
② 程章灿《魏晋南北朝赋史》，第351页。
③ 吴云等《建安七子集校注》，第524页；石观海《中国文学编年史·汉魏卷》，第421页；周进《建安赋研究》，硕士学位论文，2009年。
④ 程章灿《魏晋南北朝赋史》，第353页。
⑤ 石观海《中国文学编年史·汉魏卷》，第421页。

建安二十三年(218)。

　　曹丕赋"上与袁绍战于官渡,时余始植斯柳",陈琳赋"宜尔嘉树,配甘棠兮",王粲赋"元子从而抚军,植佳木于兹庭"、"嘉甘棠之不伐",表意相联,故三人《柳赋》为同题同时之作。作年三说:(一)建安十九年(214)。陆侃如、俞绍初、梁惠、刘跃进、董志全。①(二)二十年(215)。徐公持、张可礼、刘知渐、吴文治、易健贤、顾农、曹道衡、沈玉成、金昭希、王建国、吴云、唐绍忠、石观海、任惠、佟丞、魏宏灿、周进、谷阳、董家平。② (三)黄初七年(226)。太和元年(227)。杨鉴生。③ 曹丕《柳赋》:"昔建安五年,上与袁绍战于官渡,是时余始植斯柳。自彼迄今,十有五载矣。"建安五年(200)后"十有五载"当在建安二十年(215)。

　　《迷迭赋》之作有曹丕、曹植、陈琳、王粲、应玚。

　　曹丕《迷迭赋》见于《艺文类聚》卷八十一、《太平御览》卷九百八十二、《汉魏六朝百三家集》卷二十四、《广群芳谱》卷九十二、《渊鉴类函》卷四百九、《历代赋汇》卷一百十九、《全三国文》卷四;《太平御览》、《汉魏六朝百三家集》、《历代赋汇》、《全三国文》有序。

---

　　① 陆侃如《中古文学系年》,第 395 页;俞绍初《建安七子集》,第 433 页;梁惠《曹植赋创作时期考略》,《殷都学刊》,2000 年;刘跃进《秦汉文学编年史》,第 656 页;董志全《论"三曹"与建安文学风气的形成》,《西北大学学报》,2006(4)。

　　② 徐公持《建安七子诗文系年考证》,《文学遗产》增刊第十四辑,1982(2);张可礼《三曹年谱》,第 141 页;刘知渐《建安文学编年史》,第 49 页;吴文治《中国文学史大事年表》,第 231 页;易健贤《魏文帝集全译》,第 55、622 页;顾农《建安文学史》,第 86、357 页;曹道衡、沈玉成《中古文学史料丛考》,中华书局,第 2003 页;金昭希《曹丕诗赋研究》,硕士学位论文,2003 年;王建国《曹丕〈柳赋〉创作背景及时地考辨》,《兰州学刊》,2004(6);吴云等《建安七子集校注》,第 326 页;石观海《中国文学编年史·汉魏卷》,第 421 页;任慧、佟丞《公子敬爱客——试论曹丕和建安文人的文学友情》,《阿坝师范高等专科学校学报》,2007(1);魏宏灿《曹丕集校注》,第 125 页;周进《建安赋研究》,硕士学位论文,2009 年;谷阳《曹丕赋系年》,《阜阳师范学院学报》,2009(4);董家平《曹丕赋释疑辨惑》,《青海师范大学学报》,2011(1)。

　　③ 杨鉴生《曹丕〈柳赋〉作年考》,《文学遗产》,2006(5)。

《香乘》卷二十八、《陈氏香谱》卷四作载魏文帝《迷迭香赋》,实为曹植《迷迭香赋》)。

曹植《迷迭香赋》见于《艺文类聚》卷八十一、《曹子建集》卷四、《文选补遗》卷三十四、《六朝诗集》卷二、《汉魏六朝百三家集》卷二十六、《广群芳谱》卷九十二、《渊鉴类函》卷四百九、《历代赋汇》卷一百十九、《全三国文》卷十四。

陈琳《迷迭赋》见于《艺文类聚》卷八十一、《汉魏六朝百三家集》卷二十八、《广群芳谱》卷九十二、《渊鉴类函》卷四百九、《历代赋汇》逸句卷二、《全后汉文》卷九十二。俞绍初、程章灿辑"竭欢庆于凤夜兮,虽幽翳而弥彰。事罔隆而不杀兮,亦无始而不终。""馨香难久,终必歇兮。弃彼华英,收厥实兮。"①《建安七子集》、《建安七子集校注》、《全汉赋校注》增此二条。

王粲《迷迭赋》见于《艺文类聚》卷八十一、《汉魏六朝百三家集》卷二十九、《广群芳谱》卷九十二、《渊鉴类函》卷四百九、《全后汉文》卷九十。

应玚《迷迭赋》见于《艺文类聚》卷八十一、《汉魏六朝百三家集》卷三十二、《广群芳谱》卷九十二、《渊鉴类函》卷四百九、《历代赋汇》卷一百十九、《全后汉文》卷四十二。

此为同题同时之作,所咏之迷迭在中庭,在邺。魏宏灿认为该赋写作时间、背景与《玛瑙勒赋》、《车渠椀赋》同。② 王弘先系于二十一年(216)。③ 王粲十三年(208)九月归曹,随征至十二月还。④系于十四年(209)至二十一年(216)。

曹丕《悼夭赋》见于《艺文类聚》卷三十四、《汉魏六朝百三家

---

① 俞绍初《建安七子诗文钩沉》,《郑州大学学报》,1987(2);程章灿《魏晋南北朝赋史》,第350页。

② 魏宏灿《曹丕集校注》,第132页。

③ 王弘先《曹丕及其诗文研究》,硕士学位论文,1999年。

④ 陈寿《三国志》,第31页。

集》卷二十四、《渊鉴类函》卷二百四十九、《历代赋汇》外集卷二十、《全三国文》卷四。赋言"秋气憯以厉情",可知作于秋季。赋悼文仲十一而亡,惜文仲之亡不可考,当在曹丕 11 岁(197)后。王弘先、易健贤系于建安二十一年(216)。① 王粲有《伤夭赋》,疑与此同时之作,姑系于建安十四年(209)至二十一年(216)。

曹丕、王粲有《莺赋》。

曹丕《莺赋》见于《艺文类聚》卷九十二、《汉魏六朝百三家集》卷二十四、《渊鉴类函》卷四百二十六、《历代赋汇》卷一百三十一、《全三国文》卷五。

王粲《莺赋》见于《艺文类聚》卷九十二、《汉魏六朝百三家集》卷二十九、《渊鉴类函》卷四百二十六、《历代赋汇》卷一百三十一、《全后汉文》卷九十。

曹赋为"堂前笼莺",王赋为"堂隅笼鸟",二者为同题同时之作。魏宏灿认为"堂"指东阁讲堂,在铜雀园内,《莺赋》乃为五官中郎将期间与邺下文人游宴时所作,即时在建安十六年(211)至十七年(212)。② 王弘先、易健贤系于建安十六年(211)。③ 宋战利认为《莺赋》作于黄初年间。④ 案:赋"升华堂而进御,奉明后之威神",可见莺所在之堂为曹操之堂,而非曹丕之东阁讲堂。此赋有"明后"之称。建安十七年(212)曹植所作《登台赋》中称曹操为"明后",建安二十一年(216)所作之《槐赋》中称曹操为"明后",则建安十七年(212)至二十一年(216)均有称曹操为"明后"。曹丕言及曹操,在建安十三年(208)作《蔡伯喈女赋序》称"家公",《述征赋》称

---

① 王弘先《曹丕及其诗文研究》,硕士学位论文,1999 年;易健贤《魏文帝集全译》,第 623 页。

② 魏宏灿《曹丕集校注》,第 131 页。

③ 王弘先《曹丕及其诗文研究》,硕士学位论文,1999 年;易健贤《魏文帝集全译》,第 64、621 页。

④ 宋战利《曹丕研究》,博士学位论文,2007 年。

"元司",建安十六年(211)《感离赋》称"上",建安十七年(212)《登台赋》称"上",可见称"上"时亦可称"明后",约始于建安十六年(211),故《莺赋》作于建安十六年(211)至二十一年(216)。

《玛瑙勒赋》作者有曹丕、陈琳、王粲。由曹丕赋序"命陈琳、王粲并作"可知为同题同时赋作。赋名之"玛瑙",有作"马㺉"、"马瑙"、"马脑"者。案:"玛瑙"为后起词,此前字形不固定,故音同字异。

曹丕《玛瑙勒赋》,《艺文类聚》卷八十四,《太平御览》卷三百五十八,《汉魏六朝百三家集》卷二十四,《渊鉴类函》卷二百二十九、三百六十四各有摘录,《全三国文》卷四则将其整理综合。

王粲《玛瑙勒赋》见于《艺文类聚》卷八十四、《渊鉴类函》卷三百六十四、《全后汉文》卷九十。

陈琳《马脑勒赋》存残句:(一)五官将得马脑,以为宝勒,美其英采之光艳也。使琳赋之。(二)讬瑶溪之宝岸,①临赤水之朱陂。(三)尔乃他山为错,荆和为理。制为宝勒,以御君子。(四)瑰姿玮质,纷葩艳逸。英华内照,景流外越。(五)督以钩绳,②规模度拟。雕琢其章,爰发绚彩。(六)令月吉日,天气晏阳。公子命驾,敖谦从容。(七)四宾之筜,播以淳夏。色奋丹乌,明照烈火。(八)帝道匪康,皇鉴元辅。顾以多福,康以愿宝。③(九)太上去华,尚素朴兮。所贵在人,匪金玉兮。(十)初伤勿用,俟庆云兮。遭时显价,冠世珍兮。君子穷达,亦时然兮。《全后汉文》卷九十二、《全汉赋》

————

① 《太平御览》卷八百八、《汉魏六朝百三家集》卷二十八、《渊鉴类函》卷三百六十四、《历代赋汇》卷九十八、《分类字锦》卷五十、《骈字类编》卷一百四十七、《全汉赋》、《全汉赋校注》"讬"作"托"。案:与下文"临"相对,当作"托"。

② 《韵补》卷三、《古今通韵》卷七、《康熙字典》卷二十三、《全汉赋校注》"钩"作"钓"。案:《庄子·徐无鬼》"木之曲直,必中钩绳",指取曲线的工具,当作"钩","钓"乃形近而讹。

③ 《韵补》卷三、《毛诗古音考》卷四、《古今通韵》卷七、《叶韵汇辑》卷二十、《全汉赋校注》"愿"作"硕"。案:程章灿所据《韵补》卷三作"硕","愿"于义不通,当作"硕"。

载前三条,俞绍初、程章灿辑佚后七条。①《全汉赋校注》载十条。
析之如下:(一)当为赋前小序。(二)交代马脑出产环境非比寻常,
当在制作前。(三)与曹丕赋"命夫良工,是剖是镌"、王粲赋"于是
乃命工人,裁以饰勒"相类,交代制作的人员、工具、目的等。(四)
与曹丕赋"沉光内照,浮景外鲜。繁文缛藻,交采接连"相类,细描
雕琢后之精美,可接在"以御君子"后。考其用韵,"以御君子"之
"子"之部韵;"纷葩艳逸"之"逸"质部韵,二者韵相近。(五)写制作
工具,可接在"尔乃他山为错,荆和为理"后。考其用韵,"荆和为
理"之"理"、"规模度拟"之"拟"、"爰发绚彩"之"彩"、"以御君子"之
"子"同为之部韵。(六)可能是得马脑的日子,也可能是作赋之日。
可能是赋序内容,文阙,存疑。(七)当是描述其材质之美。"明照
烈火"之"火"脂部韵,与前"临赤水之朱陂"之"陂"歌部韵相近。
(八)感慨得宝,既可在得宝前,亦可在马脑勒制成后,存疑。(九)
为描写马脑勒后之议论文句,由物及人,当在文后。(十)物、人连
言,为抒发感慨之文句,当在文后。故可为:

>　　五官将得马脑,以为宝勒,美其英采之光艳也,使琳赋之:
>托瑶溪之宝岸,临赤水之朱陂。……四宾之筵,播以淳
>夏。色奋丹乌,明照烈火。……尔乃他山为错,荆和为
>理。……督以钩绳,规模度拟。雕琢其章,爰发绚彩。……制
>为宝勒,以御君子。……瑰姿玮质,纷葩艳逸。英华内照,景
>流外越。
>　　令月吉日,天气晏阳。公子命驾,敖燕从容。
>　　帝道匡康,皇鉴元辅。顾以多福,康以硕宝。
>　　太上去华,尚素朴兮。所贵在人,匪金玉兮。

---

①　俞绍初《建安七子诗文钩沉》,《郑州大学学报》,1987(2);程章灿《魏晋南北朝
赋史》,第350页。

　　初伤勿用，俟庆云兮。遭时显价，冠世珍兮。君子穷达，亦时然兮。

　　曹丕、陈琳赋前小序提供信息：（一）并作者有曹丕、陈琳、王粲；（二）时丕为五官将；（三）丕得玛瑙制为勒，美而赋之。（四）玛瑙生于西国。易健贤系于建安二十一年（216）；魏宏灿系于十六年（211）至二十一年（216）。① 但该玛瑙是西国所献还是战胜所掠，文阙。因此，该组赋作年只能考其区间。曹丕建安十六年（211）正月至二十二年（217）九月为五官中郎将，王粲赋"游大国以广观，览希世之伟宝"中"大国"当指魏国，当在十八年（213）七月魏国初建后，故《玛瑙勒赋》作于建安十八年（213）八月至二十一年（216）九月。

　　后文《车渠椀赋》作年可考，能为考《玛瑙勒赋》作年提供参照。但就现有资料来看，不能肯定二组赋作同时。《车渠椀赋》参与人数多，且其材质来源清晰。据《西京杂记》卷二所载：武帝时，身毒国献连环羁，皆以白玉作之，马脑石为勒。赵飞燕为皇后时，其女弟所遗书中言及所上物品亦有"马脑弜"，时间在永始元年（前16年）六月左右。由上可见汉代宫廷早已使用马脑作用具。

　　《愁霖赋》之作有曹丕、曹植、王粲、应场。

　　曹丕《愁霖赋》见于《艺文类聚》卷二、《汉魏六朝百三家集》卷二十四、《渊鉴类函》卷七、《历代赋汇》卷八。

　　曹植《愁霖赋》见于《艺文类聚》卷二，其后"又《愁霖赋》"部分严可均已证明为蔡邕之赋。《曹子建集》卷三、《汉魏六朝百三家集》卷二十六、《六朝诗集》卷二、《历代赋汇》卷八见载，且蔡邕赋部分亦误载。《北堂书钞》卷一百五十一、《佩文韵府》卷二十二之十二所引实属蔡邕赋。

　　王粲《愁霖赋》存目，见于《文选》注卷三十一。

　　———————————

① 　易健贤《魏文帝集全译》，第48页；魏宏灿《曹丕集校注》，第119页。

应场《愁霖赋》见于《艺文类聚》卷二、《汉魏六朝百三家集》卷三十二、《渊鉴类函》卷七。

赋中天气涉及"雨蒙蒙"、"雨微微"、"玄云黯其四塞"、"沉云之泱漭",感情基调为"悲白日之不旸"、"哀吾愿之不将"、"意凄悢而增悲",可见为同题同时之作。作年五说。(一)建安十二年(207)。王弘先。① (二)建安十七年(212)。王巍。② (三)建安十八年(213)。俞绍初、易健贤、梁惠、吴莺莺、石观海、史超、明月熙、魏宏灿、周进。③ (四)建安二十一年(216)。吴文治。④ (五)延康元年(220)。宋战利。⑤ 曹丕赋"将言旋乎邺都"、曹植赋"迎朔风而爰迈"、应场赋"听屯雷之恒音",可知是在还邺途中,时节在冬春。赋作于王粲在曹作赋之建安十三年(208)九月至二十一年。期间冬春还邺者有建安十六年(211)、二十年(215)。十六年十二月自安定还,行程由西北往东南。二十年十二月,自南郑还,行程由西南往东北。曹植赋"迎朔风而爰迈",可见行程由南往北。二十一年春二月还邺。《魏书》:"辛未,有司以太牢告至,策勋于庙"。⑥ 二十一年春二月辛未为二月初一。则《愁霖赋》作于二十年十二月至二十一年正月。

建安时与槐树相关之作有曹丕、曹植、王粲。

曹丕《槐赋》见于《艺文类聚》卷八十八、《汉魏六朝百三家集》

---

① 王弘先《曹丕及其诗文研究》,硕士学位论文,1999年。
② 王巍《曹氏父子与建安文学》,第347页。
③ 俞绍初《建安七子集》,第428页;易健贤《魏文帝集全译》,第39页;梁惠《曹植赋创作时期考略》,《殷都学刊》,2000年;吴莺莺《二曹辞赋论》,《合肥教育学院学报》,2003(3);石观海《中国文学编年史·汉魏卷》,第414页;史超《曹丕研究》,硕士学位论文,2006年;明月熙《汉魏汝南应氏家族文学研究》,硕士学位论文,2008年;魏宏灿《曹丕集校注》,第114页;周进《建安赋研究》,硕士学位论文,2009年。
④ 吴文治《中国文学史大事年表》,第233页。
⑤ 宋战利《曹丕研究》,博士学位论文,2007年。
⑥ 陈寿《三国志》,第47页。

卷二十四、《广群芳谱》卷七十四、《渊鉴类函》卷四百十三、《历代赋汇》卷一百十六、《全三国文》卷四。

曹植《槐赋》见于《曹子建集》卷四、《六朝诗集》卷三、《汉魏六朝百三家集》卷二十六、《广群芳谱》卷七十四、《渊鉴类函》卷四百十三、《历代赋汇》卷一百十六、《全三国文》卷十四;《艺文类聚》卷八十八、《初学记》卷二十八摘录。

王粲《槐树赋》见于《艺文类聚》卷八十八、《渊鉴类函》卷四百十三、《全后汉文》卷九十;《初学记》卷二十八摘录。

三者所咏均为文昌殿之槐树,为同时之作。作年两说:(一)建安十九年(214)。张可礼、刘知渐、吴文治、俞绍初、梁惠、顾农、吴云、唐绍忠、石观海、任慧、佟丞、周进、魏宏灿。① (二)建安二十一年(216)。刘知渐、赵幼文、易健贤、王弘先、石观海、史超、宋战利、魏宏灿、谷阳。② 文昌殿在邺,曹丕赋言"盛暑之时"、"即首夏之初期";曹植赋"践朱夏而乃繁";王粲赋"履中夏而敷荣"可见作于夏季,查建安十四年(209)至二十一年夏三人在邺者,十四年(209)、二十年(215)可排除,③剩十五年(210)、十六年(211)、十七年(212)、十八年(213)、十九年(214)、二十一年。赋作于建安十八年

---

① 张可礼《三曹年谱》,第132页;刘知渐《建安文学编年史》,《重庆师院学报》,1984(4);吴文治《中国文学史大事年表》,第230页;俞绍初《建安七子集》,第432页;梁惠《曹植赋创作时期考略》,《殷都学刊》,2000年;顾农《建安文学史》,第357页;吴云等《建安七子集校注》,第292页;石观海《中国文学编年史·汉魏卷》,第418页;任慧、佟丞《公子敬爱客——试论曹丕和建安文人的文学友情》,《阿坝师范高等专科学校学报》,2007(1);周进《建安赋研究》,硕士学位论文,2009年;魏宏灿《曹丕集校注》,第129页。

② 刘知渐《建安文学编年史》,第46页;赵幼文《曹植集校注》,第148页;易健贤《魏文帝集全译》,第61页;王弘先《曹丕及其诗文研究》,硕士学位论文,1999年;石观海《中国文学编年史·汉魏卷》,第418页;史超《曹丕研究》,硕士学位论文,2006年;宋战利《曹丕研究》,博士学位论文,2007年;魏宏灿《曹丕集校注》,第129页;谷阳《曹丕赋系年》,《阜阳师范学院学报》,2009(4)。

③ 陈寿《三国志》,第32、45页。

十月王粲为侍中后,故余十九年、二十一年。曹植《魏德论》:"武帝执政日,白雀集于庭槐。"建安二十一年夏五月,曹操为魏王,王粲赋言"鸟取栖而投翼",故系《槐树赋》于建安二十一年(216)夏。

曹丕、曹植、陈琳、王粲、刘桢有《大暑赋》,繁钦、杨修有《暑赋》。

曹植《大暑赋》见于《艺文类聚》卷五、《古俪府》卷二、《六朝诗集》卷二、《汉魏六朝百三家集》卷二十六、《渊鉴类函》卷二十一、《历代赋汇》卷十一;《全三国文》卷十三"南雀舞衡"后补"映扶桑之高炽,燎九日之重光。大暑赫其遂炎,元服革而尚黄"。文末列"壮皇居之瑰玮兮,步八纮而为宇。节四运之常气兮,踰太素之仪举"。《曹植集校注》、《全魏晋赋校注》同。案:此句实属曹丕赋,见前文汉赋作者、篇目、佚文辑佚部分。《初学记》卷三:"炎帝掌节,祝融司方。维扶桑之高燎,炽九日之重光。"《太平御览》卷三十四:"曹植《大暑赋》曰:大暑赫其遂蒸,元服革而尚黄。蛇拒鳞于灵窟,龙解角于皓苍。遂乃温风赫炽,草木垂干。山拆海沸,沙融砾烂。飞鱼跃渚,潜鼋浮岸。鸟张翼而远栖,兽交逝而云散。"故《全三国文》之缀合可从。程章灿辑:"季夏三伏"。案:《玉烛宝典》卷七作"陈思王《大暑赋》序云:季夏三伏"。另笔者辑"曹植《大暑赋》云:席季夏之二伏",见前文汉赋作者、篇目、佚文辑佚部分。该句当为赋序文句,在"季夏三伏"前。

王粲《大暑赋》见于《艺文类聚》卷五、《渊鉴类函》卷二十一;《古文苑》卷二十一"风既至而如汤"后增"气呼吸以怯短,汗雨下而沾裳"。《汉魏六朝百三家集》卷二十九"扇温风而至兴"后增"或赫炽以瘴炎,或郁律而燠蒸";"鸟垂翼而弗翔"后增"根生苑而焦炙,岂含血而能当";"风既至而如汤"后增"气呼吸以怯短,汗雨下而沾裳。就清泉以自沃,犹沃涩而不凉。①体烦如以于悒,心愤闷而窘

惶"。《历代赋汇》卷十一同。《全后汉文》卷九十除《汉魏六朝百三家集》所载外，文末列"雄风飒然兮，时动帷帐之纤罗"。《全汉赋》另列"袛席荧灼"。案"袛席荧灼"当是"患袛席之焚灼"之省，不当另列。综上，王粲《大暑赋》当如《全后汉文》所载。

陈琳《大暑赋》，《全后汉文》卷九十二仅载"土润溽以歊蒸，时涣涊以溷浊。温风郁其彤彤，譬炎火之烛烛"句，《全汉赋》同。俞绍初、程章灿辑二条："料救药之千百兮，袛累热而增烦。耀灵管之匪念兮，将损性而伤神。""乐以忘忧，气变志迁。爰速嘉宾，式燕且殷。"①《全汉赋校注》载以上三残句。

刘桢《大暑赋》见于《艺文类聚》卷五、《古文苑》卷二十一、《汉魏六朝百三家集》卷三十一、《尧山堂外纪》卷八三、《渊鉴类函》卷二十一、《历代赋汇》卷十一；俞绍初、程章灿辑"实冰浆于玉醆（盏）"，②《全汉赋》、《全汉赋校注》列于文末。

繁钦《暑赋》见于《艺文类聚》卷五，《历代赋汇》卷十一同；《初学记》卷三摘录，"时惟六月"后增"林钟纪度，祝融司节。大火飏扬光，炎风酷烈。沉阳腾射，滞暑散越。区宇郁烟，物焦人渴。煌煌野火，喷薄中原"；《渊鉴类函》卷十四、二十一综合二者；《全后汉文》卷九十三"罔所避旃"后增"乃洒白汗，□□□□。身如漆点，水若流泉"。综上，繁钦《暑赋》当如《全后汉文》所载。

杨修《暑赋》存目。

曹植赋"炎帝掌节，祝融司方"与繁钦赋"林钟纪度，祝融司节"、"暑景方徂，时惟六月"、王粲赋"惟林钟之季月"类；曹植赋"鸟张翼而远栖，兽交逝而云散"、"机女绝综，农夫释耘"与刘桢赋"兽喘气于玄景，鸟戢翼于高危。农畯捉镈而去畴，织女释杼而下机"

---

① 俞绍初《建安七子诗文钩沉》，《郑州大学学报》，1987(2)；程章灿《魏晋南北朝赋史》，第341页。

② 俞绍初《建安七子诗文钩沉》，《郑州大学学报》，1987(2)；程章灿《魏晋南北朝赋史》，第341页。

类；王粲赋"喜润土之溽暑，扇温风而至兴"与陈琳赋"土润溽以歊蒸，时澳涩以涸浊。温风郁其彤彤，譬炎火之陶烛"、繁钦赋"温风澳涩，动静增烦"类，为同题同时之作。作年三说：（一）建安十一年（206）。吴洁。[①]（二）建安十九年（214）。刘知渐、吴文治、张连科、石观海、张乃鉴。[②]（三）建安二十一年（216）。张可礼、吴文治、俞绍初、梁惠、周进。[③] 吴文治认为不是同时之作。当作于建安十三年（208）九月至二十一年九月王粲在曹时。曹植见邯郸淳"时天暑热"，时曹植已为临菑侯，植为临菑侯在建安十九年。修答书中亦言："作《暑赋》，弥日而不献。"时间在建安二十一年曹植25岁时，[④]故系于建安二十一年六月。

作《车渠椀赋》者有曹丕、曹植、陈琳、徐幹、应场、王粲。赋名之"椀"，《文选》卷二十一、《文选理学权舆》卷二等作"碗"；《杜工部草堂诗笺》卷三十八、《太平御览》卷八百八作"盌"；《樊川诗集注》卷一作"捥"。案："椀"是"盌"的俗体，今作"碗"；"捥"古同"腕"，乃音近而讹。

曹丕《车渠椀赋》见于《艺文类聚》卷八十四、《汉魏六朝百三家集》卷二十四、《渊鉴类函》卷三百六十四、《历代赋汇》卷九十八；《九家集注杜诗》卷三十二、《补注杜诗》卷三十二摘录；《全三国文》卷四"其俗宝之"后增"小以系颈，大以为器"。《曹丕集校注》、《三曹诗文全集译注》、《全魏晋赋校注》等相同。[⑤]　曹丕《玛瑙勒赋》

---

① 吴洁《刘桢研究》，硕士学位论文，2007 年。

② 刘知渐《建安文学编年史》，《重庆师院学报》，1984（4）；吴文治《中国文学史大事年表》，第 230 页；石观海《中国文学编年史·汉魏卷》，第 418 页；吴云等《建安七子集校注》，第 134、583 页。

③ 张可礼《三曹年谱》，第 144 页；吴文治《中国文学史大事年表》，第 233 页；俞绍初《建安七子集》，第 434、437 页；梁惠《曹植赋创作时期考略》，《殷都学刊》，2000 年；周进《建安赋研究》，硕士学位论文，2009 年。

④ 陈寿《三国志》，第 558 页。

⑤ 夏传才、唐绍忠《曹丕集校注》，第 85 页；傅亚庶《三曹诗文全集译注》，第 344页；韩格平《全魏晋赋校注》，第 15、16 页。

序:"玛瑙,玉属也,出自西域。文理交错,有似马脑,故其方人因以名之。或以系颈,或以饰勒。余有斯勒,美而赋之。命陈琳、王粲并作。"《车渠椀赋》序"大以为器"后疑有"余有斯椀,美而赋之。命曹植、陈琳、王粲、应玚、徐幹并作"之类文句。

曹植《车渠椀赋》见于《曹子建集》卷四、《艺文类聚》卷七十三、《文选补遗》卷三十二、《汉魏六朝百三家集》卷二十四、《六朝诗集》卷二、《渊鉴类函》卷三百八十四、《历代赋汇》卷九十八、《全三国文》卷十四。

陈琳《车渠椀赋》仅存残句二条,"玉爵不挥"条见于《韵补》卷一、《叶韵汇辑》卷七;《康熙字典》卷二、《古今通韵》卷四、《全汉赋》无"指今弃宝,与齐民兮"。"廉而不刿"条见于《韵补》卷二、《会稽三赋》、《正字通》卷三、《康熙字典》卷九、《叶韵汇辑》卷十二、《古今通韵》卷一。《建安七子集校注》载两句。

徐幹《车渠椀赋》见于《艺文类聚》卷七十三、《渊鉴类函》卷三百八十四、《历代赋汇》补遗卷十二、《全后汉文》卷九十三。

应玚《车渠椀赋》见于《艺文类聚》卷七十三、《汉魏六朝百三家集》卷三十二、《渊鉴类函》卷三百八十四、《历代赋汇》卷九十八、《全后汉文》卷四十二。

王粲《车渠椀赋》见于《艺文类聚》卷八十四;《渊鉴类函》卷三百六十四无"杂玄黄以为质,似乾坤之未分",《汉魏六朝百三家集》卷二十九、《历代赋汇》卷九十八增之。《全后汉文》卷九十、《全汉赋》、《全汉赋校注》、《建安七子集校注》文末列"援柔翰以作赋"。案:该句当为赋序内容。

赵幼文就曹植《车渠椀赋》作年论证如下:"《魏志·武帝纪》:建安二十年,曹操攻屠河池,西平、金城诸将曲演、蒋石等共斩送韩遂首。凉州平定,西域交通开始恢复,西域诸国馈送,才能达致邺都。应、徐、王俱死于二十二年春,则此赋创作时期,不会后于二十二年春天,是时王粲已死,据此或写于二十一年中。"

夏传才、唐绍忠、易建贤、吴云、谷阳等亦持此说。① 赵氏之论引如下之思：凉州平在建安十九年（214）冬十月。二十年（215）四月，攻河池。五月，西平、金城诸将曲演、蒋石等共斩送韩遂首。② 按赵氏"凉州平定，西域交通开始恢复"，则十九年冬十月西域诸国馈送可致邺都；按其"西平、金城诸将曲演、蒋石等共斩送韩遂首"，则二十年五月可，则作年为十九年冬十月或二十年五月至二十一年（216）。鉴于区间宽泛性，赵氏作"或写于二十一年"之严谨表述。王弘先系于建安十四年（209）。③ 张可礼、曹立波、戚津虹、史超系于二十一年。④

　　同题同时之作，则各赋从不同角度反映当时情况，由"车渠，玉属也。多纤理缛文，生于西国"（曹丕），可知制椀之车渠生于西国；"俟君子之闲宴，酌甘醴于斯觞"（曹植）、"侍君子之宴坐，览车渠之妙珍"（王粲），表明赋作于宴集时；"夷慕义而重使，献兹宝于斯庭"（曹植），说明车渠为夷慕义献于斯庭，而非战利品。《尚书》卷二十："明王慎德，四夷咸宾。无有远近，毕献方物。"《三国志》卷四十六注："《江表传》曰：'建安三年，策又遣使贡方物倍于元年。'"可见夷慕义所献为方物。崔豹《古今注》："魏帝以车渠为椀。"其"魏帝"乃以后称前之例。综上可推作该组赋需同时符合以下条件：（一）所用车渠为西国方物；（二）是贡品；（三）六人会聚于庭。则作赋区间为建安十四年（209）至二十一年（216）九月。作椀之车渠乃夷慕义献于斯庭。汉末魏晋时，夷指东夷、西南夷外，还泛指外族，包括

　　① 赵幼文《曹植集校注》，第139页；夏传才、唐绍忠《曹丕集校注》，第85页；易健贤《魏文帝集全译》，第51页；吴云等《建安七子集校注》，第521页；谷阳《曹丕赋系年》，《阜阳师范学院学报》，2009（4）。
　　② 陈寿《三国志》，第44、45页。
　　③ 王弘先《曹丕及其诗文研究》，硕士学位论文，1999年。
　　④ 张可礼《三曹年谱》，第144页；吴云等《建安七子集校注》，第521页；史超《曹丕研究》，硕士学位论文，2006年。

东胡、西域、匈奴等，此可证之史册："将北征三郡乌丸，诸将皆曰：
'袁尚，亡虏耳，夷狄贪而无亲，岂能为尚用？'"①此时袁尚依附于
辽西单于蹋顿。当时辽东属国、辽西、右北平、上谷等边郡，号为三
郡乌丸，汉末为乌丸所控制，而乌丸原为东胡部落联盟中的一支。
"黄初三年二月，鄯善、龟兹、于阗王各遣使奉献，诏曰：'西戎即叙，
氐羌来王，诗书美之，顷者西域外夷并款塞内附。'"②鄯善、龟兹、
于阗为匈奴、西域之国。《续后汉书》卷八十下："大秦多金、银……
车渠、玛瑙。"车渠产地大秦属西域。因此曹丕赋序"生于西国"与
曹植赋之"夷"指西域。建安十四年至二十一年九月外族遣使奉献
仅两见：二十一年五月，"代郡乌丸行单于普富卢与其侯来朝"。
"秋七月，匈奴南单于呼厨泉将其名王来朝，待以客礼，遂留魏"。③
五月来献之代郡属幽州，不属西域，不产车渠。秋七月，匈奴南单
于呼厨泉为曹操封魏王来贺，地点在邺。"单于呼厨泉，兴平二年
立，以兄被逐，不得归国，数为鲜卑所钞。"④国不得归，数为鲜卑所
钞，呼厨泉唯一去处只能往西南方向西域地区发展，因此，以西域
方物车渠贡献合乎情理。考秋七月六人所在：父亲封王之际，曹
丕、曹植在邺。二十年（215）曹操征汉中时，曹丕在孟津，其诗《孟
津》"翌日浮黄河，长驱旋邺都"，可证此后不久曹丕当凯旋回邺。
应玚时为五官将文学，亦当随至邺。曹操十九年（214）秋七月征孙
权，使植留守邺。⑤《资治通鉴》卷六十七有载："秋七月，魏公操击
孙权，留少子临菑侯植守邺。"二十一年三月曹操亲耕籍田时，曹植
作《籍田赋》，则曹植时在邺。《晋书·王衮传》："魏武帝初封诸子
为侯，精选宾友，衮与徐幹俱为临菑侯文学。"为临菑侯文学之徐幹

①　陈寿《三国志》，第 29 页。
②　陈寿《三国志》，第 79 页。
③　陈寿《三国志》，第 47 页。
④　陈寿《三国志》，第 2965 页。
⑤　陈寿《三国志》，第 557 页。

当随曹植在邺。王粲二十年从征并作"从军有苦乐"五言诗,曹操二十一年春二月还邺时,①亦当随至邺。《文选》卷四十一李善注:"琳为曹洪与文帝笺。《文帝集序》曰:上平定汉中,族父都护还书与余,盛称彼方土地形势。观其辞,如陈琳所叙为也。"二十年复汉宁郡为汉中,②作笺盛称彼方土地形势之陈琳随曹操征战,二十一年春随公还邺。综上:二十一年曹操封王之际,六人同在邺。至此,上文言及作赋三条件均具备。秋七月呼厨泉献宝,故《车渠椀赋》作于建安二十一年七至九月。

曹丕《永思赋》见于《艺文类聚》卷三十、《汉魏六朝百三家集》卷二十四、《渊鉴类函》卷三百二、《历代赋汇》逸句卷二、《全三国文》卷四。似为亡人而作。王弘先系于建安二十五年(220)。③

曹丕《思亲赋》,程章灿辑"痛弱条之眇昧兮,悲瓜瓞之绵绵。蒙屯险而自育兮,常含瘁而履辛"。④疑为建安二十五年正月曹操薨时所作。

曹丕、曹植《喜霁赋》。

曹丕《喜霁赋》见于《艺文类聚》卷二、《汉魏六朝百三家集》卷二十四、《渊鉴类函》卷十一、《全三国文》卷四同;《全三国文》增"思寄身于鸿鸾,举六翮而轻飞"。易健贤、魏宏灿、史超系于延康末。⑤

曹植《喜霁赋》见于《艺文类聚》卷二、《曹子建集》卷三、《汉魏六朝百三家集》卷二十六、《渊鉴类函》卷十一、《历代赋汇》逸句卷一、《全三国文》卷十三。

---

① 陈寿《三国志》,第 47 页。
② 陈寿《三国志》,第 45 页。
③ 王弘先《曹丕及其诗文研究》,硕士学位论文,1999 年。
④ 程章灿《魏晋南北朝赋史》,第 355 页。
⑤ 易健贤《魏文帝集全译》,第 41 页;魏宏灿《曹丕集校注》,第 115 页;史超《曹丕研究》,硕士学位论文,2006 年。

　　曹丕、曹植《喜霁赋》与王粲《喜霖赋》不是同时之作，亦并非梁惠、吴莺莺、周进所言建安十八年(213)曹丕、曹植各有《愁霖赋》、《喜霁赋》，①二曹之作在延康末(220)。曹植《喜霁赋》："指北极以为期。"考曹丕延康末(220)行程：东郊(六月)→南征(庚午)→谯(七月甲午)→曲蠡(十月丙午)→洛阳，②其中南征回谯，是往北，由谯到曲蠡是由东往西；曲蠡到洛阳，是由东南向西北，结合曹植赋中"北极"之说，以回洛阳的可能性为大，则为延康元年(220)十月。

　　曹丕《感物赋》见于《艺文类聚》卷三十四、《汉魏六朝百三家集》卷二十四、《广群芳谱》卷六十六、《历代赋汇》逸句卷二、《全三国文》卷四。

　　作年二说：(一)建安十三年(208)。陆侃如、易健贤。③ (二)建安十四年(209)十二月。张可礼、吴文治、顾农、王弘先、金昭希、史超、石观海、魏宏灿、王巍、董家平。④ 学界据赋序"南征荆州"认为作于建安十四年随曹操征荆州时。然考曹丕其他随征之作，建安十三年所作《述征赋》"命元司简旅，予愿奋武乎南邺"，建安十四年所作《浮淮赋》"时余从行"，建安十六年(211)《感离赋》"上西征，余居守"，《典论·自叙》"建安初，上南征荆州"，均言及其父，交代自己从行。《感物赋》则直言"南征荆州"，未言其

----

① 梁惠《曹植赋创作时期考略》，《殷都学刊》，2000年；吴莺莺《二曹辞赋论》，《合肥教育学院学报》，2003(3)；周进《建安赋研究》，硕士学位论文，2009年。

② 陈寿《三国志》，第59、60、61、62页。

③ 陆侃如《中古文学系年》，第371页；易健贤《魏文帝集全译》，第23、620页。

④ 张可礼《三曹年谱》，第107页；吴文治《中国文学史大事年表》，第224页；顾农《曹丕的赋体革新试验》，《昌潍师专学报》，1999(4)；王弘先《曹丕及其诗文研究》，硕士学位论文，1999年；金昭希《曹丕诗赋研究》，硕士学位论文，2003年；史超《曹丕研究》，硕士学位论文，2006年；石观海《中国文学编年史·汉魏卷》，第403页；魏宏灿《曹丕集校注》，第104页；王巍《曹氏父子与建安文学》，第355页；董家平《曹丕赋释疑解惑》，《青海师范大学学报》，2011(1)。

父。据赋序可知：（一）蔗种在乡里太仆君宅；（二）舍太仆君宅为
南征荆州还之途中；（三）种蔗在阳春，再见蔗作赋在凛秋将衰之
际。建安十三年曹操南征荆州，以赤壁之败还，建安十四年春三
月，军至谯，作轻舟，治水军。秋七月，自涡入淮，出肥水，军合
肥。……十二月，军还谯。① 此次驻军谯而非经过，且十二月还
谯已是隆冬，与赋序所言“凛秋”不符。故《感物赋》不作于建安
十四年从曹操南征荆州还谯时。黄初三年（222）冬十月，孙权复
叛，复鄂州为荆州。曹丕自许昌南征。……十一月辛丑，行幸
宛。……黄初四年（223）春三月丙申，行自宛还洛阳宫。……九
月甲辰，行幸许昌宫。② 黄初四年春三月丙申自宛还洛阳宫，需
经许，正是阳春种蔗之际，与赋序“还，过乡里”相合；九月甲辰幸
许昌宫，为“凛秋”，目睹前时所种甘蔗将衰，顿生兴废之概；且黄
初三年《营寿陵诏》“丧乱以来，汉氏诸陵，无不发掘”，黄初四年
春正月诏曰“丧乱以来，兵革未戢。天下之人，互相残杀”，③与赋
序“丧乱以来，天下城郭丘墟”总结丧乱以来之敝思想一致。故
《感物赋》作于黄初四年九月。

　　曹丕《闵思赋》，程章灿辑“神爽纷其暧昧，忧虑结而缠绵。迥
夜旷其祛□，明星烂而曜晨”，赋名作《闲思赋》。④ 宋刻本《韵补》
作《闵思赋》：“神爽纷其暧昧，忧虑结而缠绵。迥夜旷其既祛，明星
烂而曜晨”。《古音丛目》卷一、《全魏晋赋校注》作《闲思赋》。案：
“闵”有忧患义。《诗经·邶风·柏舟》：“觏闵既多，受侮不少。”《孟
子·公孙丑》：“宋人有闵其苗之不长而揠之者。”赋言“忧虑结而缠
绵”，与“闵”义合。“闲”无忧患义，当作《闵思赋》，“闲”形近而讹。
写作时间下限为曹丕卒年（226）。

①　陈寿《三国志》，第 32、33 页。
②　陈寿《三国志》，第 82、83 页。
③　陈寿《三国志》，第 82、83 页。
④　程章灿《魏晋南北朝赋史》，第 355 页。

65.曹植(192—232)

曹植有《酒赋》、《鹦鹉赋》、《静思赋》、《离思赋》、《述行赋》、《述征赋》、《出妇赋》、《登台赋》、《叙愁赋》、《感婚赋》、《东征赋》、《游观赋》、《迷迭香赋》、《神龟赋》、《洛阳赋》、《愁霖赋》、《思归赋》、《藉田赋》、《大暑赋》、《慰子赋》、《槐赋》、《车渠椀赋》、《鹖赋》、《七启》、《娱宾赋》、《宴乐赋》、《释思赋》、《橘赋》、《宝刀赋》、《节游赋》、《九华扇赋》、《离缴雁赋》、《芙蓉赋》、《喜霁赋》、《愁思赋》、《九愁赋》、《九咏》、《迁都赋》、《怀亲赋》、《临观赋》、《玄畅赋》、《幽思赋》、《感节赋》、《慰情赋》、《悲命赋》、《潜志赋》、《归思赋》、《闲居赋》、《白鹤赋》、《射雉赋》、《鹍雀赋》、《蝙蝠赋》、《蝉赋》、《感时赋》、《愍志赋》、《洛神赋》。程章灿、《历代辞赋总汇》所言曹植《乐赋》"乌鸟起舞,凤凰吹笙",且疑为《宴乐赋》,可从;程章灿辑《失题赋序》:"众才所归。"辑佚《弈赋》存目。① 另曹植有《孔雀赋》,程章灿、廖国栋均有提及。②

曹植《登台赋》、《鹖赋》见前文曹操《登台赋》、《鹖赋》部分;曹植《静思赋》、《述征赋》、《出妇赋》、《迷迭香赋》、《愁霖赋》、《大暑赋》、《槐赋》、《车渠椀赋》、《喜霁赋》见前文曹丕《正情赋》、《述征赋》、《出妇赋》、《迷迭赋》、《愁霖赋》、《大暑赋》、《槐赋》、《车渠椀赋》、《喜霁赋》部分。

曹植《酒赋》见于《艺文类聚》卷七十二:

　　余览杨雄《酒赋》,辞甚瑰玮,颇戏而不雅,聊作《酒赋》,粗究其终始:

　　嘉仪氏之造思,亮兹美之独珍。仰酒旗之景曜,协嘉号于

① 程章灿《魏晋南北朝赋史》,第356页;程章灿《赋学论丛》,第167页。
② 廖国栋《建安辞赋之传承与拓新》,第16、38页;程章灿《魏晋南北朝赋史》,第395页。

天辰。穆生失礼而辞楚，①侯嬴感爵而轻身。② 其味有宜成
醪醴，苍梧缥清。或秋藏冬发，或春酝夏成。或云沸川涌，③
或素蚁如萍。尔乃王孙公子，游侠翱翔。将承欢以接意，会陵
云之朱堂。献酬交错，宴笑无方。于是饮者并醉，从横欢哗。
或扬袂屡舞，或扣剑清歌。或嚬蹙辞觞，或奋爵横飞。或叹骊
驹既驾，或称朝露未晞。于斯时也，质者或文，刚者或仁。卑
者忘贱，窭者忘贫。于是矫俗先生闻之而叹曰：噫，夫言何容
易，此乃淫荒之源，非作者之事。若耽于觞酌，流情纵佚，先王
所禁，君子所失。④

《曹子建集》卷四、《文选补遗》卷三十二、《酒概》卷四、《古俪
府》卷十二、《六朝诗集》卷三、《汉魏六朝百三家集》卷二十六、
《历朝赋格》上集、《渊鉴类函》卷三百九十三、《历代赋汇》卷一百
同；《全三国文》卷十四在《艺文类聚》基础上补残句如下：（一）
"亮兹美之独珍"后补"嗟曲蘖之殊味，□□□□□□"。案：此句
见《北堂书钞》卷一百四十八，在"仰酒旗之景曜"前。补入可
从。（二）"协嘉号于天辰"后补"缪公酣而兴霸，汉祖醉而蛇分"。
案：此处当依《北堂书钞》卷一百四十八："穆生以醴而辞楚，侯嬴

---

① 《曹子建集》、《北堂书钞》卷一百四十八、《文选补遗》、《古俪府》、《六朝诗集》、
《汉魏六朝百三家集》、《历代赋汇》、《历朝赋格》、《佩文韵府》"失礼"作"以醴"；《全三国
文》作"失醴"。案：当作"失醴"。

② 《曹子建集》、《古俪府》、《六朝诗集》"轻身"作"增深"；《文选补遗》、《历朝赋
格》作"憎深"；《历代赋汇》、《韵府拾遗》卷三十八作"轻秦"。

③ 《曹子建集》、《古俪府》、《六朝诗集》、《汉魏六朝百三家集》、《骈字类编》卷一
百四十、《佩文韵府》"川"作"潮"；《历朝赋格》作"查"；《文选补遗》、《历朝赋格》作"沸"。
案：晋陆机《七征》："秋醪春酒，兼酝增奇；浮藻吐秀，云沸渊涌。"《说文·水部》："渊，回
水也。"古文作"囦"，后缺误外面，而讹为"川"。"沸"涉上"云沸"而讹。

④ 《曹子建集》、《文选补遗》、《古俪府》、《六朝诗集》、《汉魏六朝百三家集》、《渊
鉴类函》、《历代赋汇》、《历朝赋格》、《佩文韵府》"失"作"斥"；《酒概》作"斤"。案：与
"禁"相对，当作"斥"。

感爵而轻秦。穆公酣而兴霸,汉祖醉而蛇分"顺序补入。(三)
"侯嬴感爵而轻身"后补"谅千钟之可慕,何百觚之足云"。案:此
句他本不见。因上补入的移动,该句当补在"汉祖醉而蛇分"后。
(四)"其味"后补"亮升久载休名"。案:各本皆作"其味有宜成醪
醴,苍梧缥清"。"清"、"名"均为耕部韵,"苍梧缥清"均言酒名,
可补于其前,作"其味亮升,久载休名"。见《北堂书钞》卷一百四
十八。(五)"窭者忘贫"后补"和睚眦之宿憾,虽怨仇其必亲"。
案:此句与前文皆讲述酒后异于常时之功效,补入可从。程章灿
辑残句:(一)"叙嘉宾之欢会,惟耽乐之既阕。日晻暗于桑榆兮,
命仆夫而皆逝。"(二)"安沉湎而为娱,非往圣之所述。辟洇诰之
明戒,①同元凶于三季。"②《全魏晋赋校注》同《全三国文》所载,
文末列程章灿所辑二残句。程所辑残句(一)描述宴饮结束时之
情景,可补在"和睚眦之宿憾,虽怨仇其必亲"后。(二)当为矫俗
先生所叹之语,可补在"非作者之事"后。综上,曹植《酒赋》可
校为:

> 余览杨雄《酒赋》,辞甚瑰玮,颇戏而不雅,聊作《酒赋》,粗
> 究其终始:
> 嘉仪氏之造思,亮兹美之独珍。嗟曲蘖之殊味,□□□之
> □□。仰酒旗之景曜,协嘉号于天辰。穆生失醴而辞楚,侯嬴
> 感爵而轻秦。缪公酣而兴霸,汉祖醉而蛇分。谅千钟之可慕,
> 何百觚之足云。其味亮升,久载休名。有宜成醪醴,苍梧缥
> 清。或秋藏冬发,或春酝夏成。或云沸渊涌,或素蚁如萍。尔
> 乃王孙公子,游侠翱翔。将承欢以接意,会陵云之朱堂。献酬
> 交错,宴笑无方。于是饮者并醉,从横欢哗。或扬袂屡舞,或

① 案:"洇"当作"酒"。见《韵补》卷四、《正字通》卷十、《唐韵正》卷十六。
② 程章灿《魏晋南北朝赋史》,第355页。

扣剑清歌。或颓蹶辞觞，或奋爵横飞。或叹骊驹既驾，或称朝露未晞。于斯时也，质者或文，刚者或仁。卑者忘贱，窭者忘贫。和睚眦之宿憾，虽怨仇其必亲。叙嘉宾之欢会，惟耽乐之既阕。日晻暗于桑榆兮，命仆夫而皆逝。于是矫俗先生闻之而叹曰：噫，夫言何容易，此乃淫荒之源，非作者之事。安沉湎而为娱，非往圣之所述，辟酒诰之明戒，同元凶于三季。若耽于觞酌，流情纵佚，先王所禁，君子所斥。

王粲《酒赋》见于《艺文类聚》卷七十二：

帝女仪狄，旨酒是献。蕊芬享祀，人神式宴。辩其五齐，节其三事。醍沉盎泛，清浊各异。章文德于庙堂，协武义于三军。致子弟之孝养，纠骨肉之睦亲。成朋友之欢好，赞交往之主宾。既无礼而不入，又何事而不因。贼功业而败事，毁名行以取诟。遗大耻于载籍，满简帛而见书。孰不饮而罹兹，罔非酒而惟事。① 昔在公旦，极兹话言。濡首屡舞，谈易作难。大禹所忌，文王是艰。

《汉魏六朝百三家集》卷二十九、《酒概》卷四、《渊鉴类函》卷三百九十三、《历代赋汇》卷一百同；《全后汉文》卷九十"人神式宴"后增"曲蘖必时，良工从试"；"文王是艰"后增"暨我中叶，酒流犹多。群庶崇饮，日富月奢"。《全汉赋》、《全汉赋校注》同。程章灿辑残句："酒正膳夫，冢宰是司。处濯器用，②敬涤蕴馐"。③ 此句叙祭祀敬

---

① 《渊鉴类函》"事"作"辜"。案：晋张载《酃酒赋》："鉴往事而作诫，罔非酒而惟愆。"《说文·心部》："愆，过也。""辜，罪也。"当作"辜"。
② 《韵补》卷四、《正字通》卷二、《康熙字典》卷四"处"作"虐"。案：与"敬"相对，当作"虐"。
③ 程章灿《魏晋南北朝赋史》，第343页。

酒之诚,"司"之部韵、"馐"之部韵、"试"职部韵与后文"节其三事"之"事"之部韵,韵可相押。"暨我中叶,酒流犹多。群庶崇饮,日富月奢"阐释饮酒过度之弊,追述先贤后,当是对现实的陈述,故《全后汉文》补入可从。综上王粲《酒赋》可校为:

> 帝女仪狄,旨酒是献。苾芬享祀,人神式宴。酒正膳夫,冢宰是司。虔濯器用,敬涤蕴馐。曲蘖必时,良工从试。辩其五齐,节其三事。醲沉盎泛,清浊各异。章文德于庙堂,协武义于三军。致子弟之孝养,纠骨肉之睦亲。成朋友之欢好,赞交往之主宾。既无礼而不入,又何事而不因。贼功业而败事,毁名行以取诬。遗大耻于载籍,满简帛而见书。孰不饮而罹兹,罔非酒而惟辜。昔在公旦,极兹话言。濡首屡舞,谈易作难。大禹所忌。文王是艰……暨我中叶,酒流犹多。群庶崇饮,日富月奢。……

太祖制酒禁,而融书啁之曰:"天有酒旗之星,地列酒泉之郡,人有旨酒之德,故尧不饮千钟,无以成其圣。且桀纣以色亡国,今令不禁婚姻也。"考酒禁时间:太祖外虽宽容,而内不能平。御史大夫郗虑知旨,以法免融官。岁余,拜大中大夫。① "十三年(208)春正月,司徒赵温免。夏六月,罢三公官,置丞相、御史大夫。癸巳,曹操自为丞相。秋七月,曹操南征刘表。八月丁未,光禄勋郗虑为御史大夫。壬子,曹操杀大中大夫孔融,夷其族。"② 以法免孔融官之郗虑建安十三年(208)八月丁未为御史大夫,同月,孔融被诛,则说明建安十三年(208)八月曹操已发布酒禁。《三国志》认为孔融免官后"岁余,拜大中大夫",则时间在建

---

① 陈寿《三国志》,第372页。
② 范晔《后汉书》,第385页。

安十四年(209)九月后,与《后汉书》所载孔融被诛时已为大中大夫相矛盾。魏文帝《述征赋》言建安十三年(208)随征。曹丕《酒诲》:"酒以成礼,过则败德。而流俗荒沉,作《酒诲》。"曹植《酒赋》:"安沉湎而为娱,非往圣之所述。辟酒诰之明戒,同元凶于三季。"王粲《酒赋》亦言及酒之利弊,故此组赋为同题同时之作,在王粲归曹之初,为配合曹操之禁酒令而作,时间在建安十三年。曹植因醉不能救曹仁,曹植有悔过之意,然曹植赋现存文句无此意。曹植"年十岁余,诵读诗、论及辞赋数十万言,善属文。太祖尝视其文,谓植曰:'汝倩人邪?'植跪曰:'言出为论,下笔成章,顾当面试,奈何倩人?'"[1]建安十七年(212)登台"援笔立成,可观",建安十三年曹植已 17 岁,具备写《酒赋》之能力,故系《酒赋》于建安十三年,且在九月后。

　　《鹦鹉赋》之作有曹植、陈琳、王粲、阮瑀、应玚。

　　曹植《鹦鹉赋》见于《艺文类聚》卷九十一、《渊鉴类函》卷四百二十一、《历代赋汇》卷一百三十、《全三国文》卷十四。

　　陈琳《鹦鹉赋》见于《艺文类聚》卷九十一、《汉魏六朝百三家集》卷二十八、《渊鉴类函》卷四百二十一、《历代赋汇》逸句卷二、《全后汉文》卷九十二。

　　王粲《鹦鹉赋》见于《艺文类聚》卷九十一、《汉魏六朝百三家集》卷二十九、《渊鉴类函》卷四百二十一、《历代赋汇》卷一百三十、《全后汉文》卷九十。

　　阮瑀《鹦鹉赋》见于《艺文类聚》卷九十一、《汉魏六朝百三家集》卷三十、《渊鉴类函》卷四百二十一、《历代赋汇》逸句卷二、《全后汉文》卷九十三。

　　应玚《鹦鹉赋》见于《艺文类聚》卷九十一、《汉魏六朝百三家集》卷三十二、《历代赋汇》逸句卷二、《全后汉文》卷四十二。

---

　　① 　陈寿《三国志》,第 557 页。

张连科认为在建安十四（209）至十六年（211）。^① 赵幼文、曹立波、戚津虹认为"此赋约作于建安十七年前"。^② 李冰认为曹植的《鹦鹉赋》最有可能作于建安十三年九月至建安十七年（212）之间，尤以建安十六年前后邺中宴集时期的可能性最大，但不排除在其他时间段创作的可能。^③ 应场"秋风厉而潜形，苍神发而动翼"，阮瑀"惟翾翾之艳鸟，诞嘉类于京都"，"配秋英以离绿，苞天地以耀荣"，可见赋作于秋季，且在京都。阮瑀建安十七年卒，王粲归曹后建安十三年十二月时尚在赤壁，^④故作赋时间可缩至建安十四年至十六年秋。考其间十四年秋七月，自涡入淮，出肥水，军合肥。十六年秋七月，西征马超。^⑤ 故系《鹦鹉赋》于建安十五年（210）。

曹植《离思赋》见于《曹子建集》卷一、《艺文类聚》卷二十一、《六朝诗集》卷一、《汉魏六朝百三家集》卷二十六、《历代赋汇》外集卷七、《全三国文》卷十三。

据序可知作于建安十六年秋七月。邓永康、张可礼、陆侃如、吴文治、吴明津、顾农、梁惠、曲绪宏、董尚峰、刘跃进、石观海、王巍持此论。^⑥

曹植、繁钦有《述行赋》。

---

① 吴云等《建安七子集校注》，第167页。
② 赵幼文《曹植集校注》，第59页；吴云等《建安七子集校注》，第525页。
③ 李冰《曹植〈鹦鹉赋〉创作时间考》，《湖南医科大学学报》，2009(6)。
④ 陈寿《三国志》，第31页。
⑤ 陈寿《三国志》，第32、34页。
⑥ 邓永康《魏曹子建先生植年谱》，台湾商务印书馆，1981年，第11页；张可礼《三曹年谱》，第117页；陆侃如《中古文学系年》，第383页；吴文治《中国文学史大事年表》，第226页；吴明津《曹植诗赋研究》，硕士学位论文，1994年；顾农《建安文学史》，第94页；梁惠《曹植赋创作时期考略》，《殷都学刊》，2000年；曲绪宏、董尚峰《东阿王曹植》，山东友谊出版社，2000年，第3页；刘跃进《秦汉文学编年史》，第652页；石观海《中国文学编年史·汉魏卷》，第408页；王巍《曹氏父子与建安文学》，第423页。

曹植《述行赋》见于《初学记》卷七、《古文苑》卷二十一、《汉魏六朝百三家集》卷二十六、《类隽》卷七、《渊鉴类函》卷三十一、《全三国文》卷十三。《曹植集校注》将"恨西夏之不纲"列在《述行赋》中。案：《文选》卷十、卷六十注作《述征赋》，故不属《述行赋》。张可礼、陆侃如、吴文治、梁惠、石观海、刘跃进、韩格平系于建安十六年西征马超之际。① 李伯齐、王琳、赵幼文、曲绪宏、董尚峰、吴莺莺系于建安二十年(215)三月，西征张鲁途中。② 王巍系于建安二十三年(218)。③ 张衡《温泉赋》："余适骊山，观温泉，浴神井。"古代神话：始皇与神女游，不合神女意，便唾始皇，沾肤成疮。始皇谢，神女乃以温泉涤之。事见《水经·渭水注》引《三秦记》。神井在陕西临潼县骊山下。建安十六年西征路线为潼关→渭南→关中→长安→安定。二十年路线为陈仓→散关→河池→阳平→南郑。④ 均需经骊山，相较为言，建安十六年(211)离骊山更近，⑤故系于建安十六年(211)。

繁钦《述行赋》残句"茫茫河滨，实多沙尘"，见于《文选》注卷三十、《九家集注杜诗》卷十七；"涉洙泗而饮马，耻少长之断断"，见于《史记》卷三十三、《文选笺证》卷三十一、《文选旁证》卷四十三、《过庭录》卷十一、《史记索隐》卷十、《佩文韵府》卷十一之六，作《遂行赋》；《历代辞赋总汇》将"涉洙泗而饮马兮，耻少长之断

---

① 张可礼《三曹年谱》，第 119 页；陆侃如《中古文学系年》，第 383 页；吴文治《中国文学史大事年表》，第 227 页；梁惠《曹植赋创作时期考略》，《殷都学刊》，2000 年；石观海《中国文学编年史·汉魏卷》，第 409 页；刘跃进《秦汉文学编年史》，第 652 页；韩格平《全魏晋赋校注》，第 31 页。

② 李伯齐、王琳《曹植赋简论》，中州古籍出版社，1992 年，第 154 页；赵幼文《曹植集校注》，第 133 页；曲绪宏、董尚峰《东阿王曹植》，第 3 页；吴莺莺《二曹辞赋论》，《合肥教育学院学报》，2003(3)。

③ 王巍《曹氏父子与建安文学》，第 415 页。

④ 陈寿《三国志》，第 34、35、45 页。

⑤ 中国历史地图集编辑组《中国历史地图集》第二册，第 42—43 页。

断"名为《遂行赋》。①《水经注》卷二十五:"泗水出鲁卞县北山,西南过鲁北。……洙水出泰山盖县临乐山,西南至卞县入于泗。"建安三年(198)曹操伐吕布路线为:许→彭城→下邳→决泗、沂水灌城。② 由许至彭城经"河滨"。决泗、沂水灌城需"涉洙泗",③故繁钦《述行赋》作于建安三年(198)。

曹植《叙愁赋》见于《曹子建集》卷二、《艺文类聚》卷三十五、《六朝诗集·陈思王集》卷一、《汉魏六朝百三家集》卷二十六、《渊鉴类函》卷二百六十五、《历代赋汇》外集卷十七、《全三国文》卷十三。

《三国志补注》卷一、《三国志旁证》卷二、邓永康、张可礼、陆侃如、刘知渐、吴文治、赵幼文、梁惠、曲绪宏、董尚峰系于建安十八年(213);④石观海系于建安十九年(214)。⑤ 建安十八年(213)秋七月,天子聘公三女为贵人,少者待年于国。⑥ 赋作于建安十八年(213)七月。

曹植《感婚赋》见于《曹子建集》卷三、《艺文类聚》卷四十、《六朝诗集》卷二、《汉魏六朝百三家集》卷二十六、《渊鉴类函》卷一百七十五、《历代赋汇》外集卷十五、《全三国文》卷十三。曹植第一子丧在建安二十一年(216)秋,则其感婚起码在此前二年(214)。设其二十岁后所作,则在建安十六年(211)至十九年(214)。赋当作于春季。

曹植《东征赋》两段分别见于《艺文类聚》卷五十九、《太平御

① 马积高《历代辞赋总汇·先秦汉魏晋南北朝卷》,第438页。
② 陈寿《三国志》,第16页。
③ 中国历史地图集编辑组《中国历史地图集》第二册,第44—45页。
④ 邓永康《魏曹子建先生植年谱》,第11页;张可礼《三曹年谱》,第127页;陆侃如《中古文学系年》,第393页;刘知渐《建安文学编年史》,第44页;吴文治《中国文学史大事年表》,第229页;赵幼文《曹植集校注》,第570页;梁惠《曹植赋创作时期考略》,《殷都学刊》,2000年;曲绪宏、董尚峰《东阿王曹植》,第3页。
⑤ 石观海《中国文学编年史·汉魏卷》,第420页。
⑥ 陈寿《三国志》,第42页。

览》卷三百三十六。《曹子建集》(《四部丛刊》景明活字本)、《六朝诗集》卷一、《渊鉴类函》卷二百十一与《艺文类聚》同;《曹子建集》(四库本)、《汉魏六朝百三家集》卷二十六、《历代赋汇》卷六十五、《全三国文》卷十三综合二者。由赋序可知作于建安十九年(214)七至九月征孙权时,邓永康、张可礼、陆侃如、刘知渐、吴文治、顾农、梁惠、吴莺莺、刘跃进、石观海、刘汝霖、王巍作如是论。①

曹植《游观赋》见于《曹子建集》卷一、《艺文类聚》卷六十三、《六朝诗集》卷一、《汉魏六朝百三家集》卷二十六、《渊鉴类函》卷三百四十三、《历代赋汇》逸句卷二、《全三国文》卷十三。赵幼文系于建安十九年秋,②可从。

曹植《神龟赋》见于《初学记》卷三十、《汉魏六朝百三家集》卷二十六、《六朝诗集》卷二、《玉灵聚义》卷一、《渊鉴类函》卷四百四十、《全三国文》卷十四;《艺文类聚》卷九十六摘录。陈琳《答东阿王笺》:"昨加恩辱命,并示《龟赋》。"其所言《龟赋》即曹植《神龟赋》,陈琳称曹植为"君侯",可见在曹植建安十六年(211)为平原侯后,陈琳二十二年(217)卒,则《神龟赋》作于建安十六年至二十一年(216)。陈琳《悼龟赋》稍于此后。

曹植《洛阳赋》存残句"狐貉穴于紫闼兮,茅炎生于禁闱。本至尊之攸居,□于今之可悲。"张可礼、吴文治、赵幼文、石观海系于建安十六年。③《送应氏》:"洛阳何寂寞,宫室尽烧焚。垣墙皆顿擗,

---

① 邓永康《魏曹子建先生植年谱》,第12页;张可礼《三曹年谱》,第134页;陆侃如《中古文学系年》,第396页;刘知渐《建安文学编年史》,第47页;吴文治《中国文学史大事年表》,第230页;顾农《建安文学史》,第94页;梁惠《曹植赋创作时期考略》,《殷都学刊》,2000年;吴莺莺《二曹辞赋论》,《合肥教育学院学报》,2003(3);刘跃进《秦汉文学编年史》,第656页;石观海《中国文学编年史·汉魏卷》,第419页;刘汝霖《汉晋学术编年》,第458页;王巍《曹氏父子与建安文学》,第424页。

② 赵幼文《曹植集校注》,第67页。

③ 张可礼《三曹年谱》,第117页;吴文治《中国文学史大事年表》,第226页;赵幼文《曹植集校注》,第5页;石观海《中国文学编年史·汉魏卷》,第408页。

荆棘上参天。"《洛阳赋》与《送应氏》疑为同时之作,姑系于建安十六年至二十一年。

曹植《思归赋》,程章灿辑"何曾云之沉结兮,悼大阳之潜匿。雨淋涔而累注兮,心愤悁以凄毒"。[1] 案:"悁"当作"悁"。《全魏晋赋校注》载。疑与《愁霖赋》为同期之作。

曹植《藉田赋》见于《太平御览》卷八百二十四:

> 夫凡人之为圃,各植其所好焉。好甘者植乎荠,好苦者植乎茶。好香者植乎兰,好辛者植乎蓼。至于寡人之圃,无不植也。

《北堂书钞》卷九十一:"枉千乘于陇亩,执锄镼于畦町"、"勤于耒耜,劳于耕耘";《说文解字义证》卷四十五、《渊鉴类函》卷一百五十七:"枉千乘于陇亩,执锄镼于畦町。"《全三国文》卷十三:

> 大凡人之为圃,各植其所好焉。好甘者植乎荠,好苦者植乎茶。好香者植乎兰,好辛者植乎蓼。至于寡人之圃,无不植也。
>
> 名王亲枉千乘之体于陇亩之中,执锄镼于畦町之侧。尊趾勤于耒耜,玉手劳于耕耘。

《全魏晋赋》同。此外"营畴万亩,厥田上上。奇柳夹路,名果被园。司农实掌,是谓公田",见于《汉魏六朝百三家集》卷二十六、《渊鉴类函》卷一百五十七、《历代赋汇》逸句卷一、《分类字锦》卷二十八。《佩文韵府》卷五十五之六:"营畴万亩,厥田上上。经以大陌,带以横阡"。案:《佩文韵府》所载实属曹植《藉田说》。由"寡人"之自称

---

① 程章灿《魏晋南北朝赋史》,第355页。

可知"夫凡人之为圃，各植其所好焉。好甘者植乎荠，好苦者植乎荼。好香者植乎兰，好辛者植乎蓼。至于寡人之圃，无不植也"亦属《藉田说》，《太平御览》、《全三国文》误。张可礼、吴文治、梁惠、石观海系于建安二十一年(216)。[①] 建安十九年(214)春正月，始耕藉田。建安二十一年(216)春三月壬寅，亲耕藉田。[②] 赋言"名王亲枉千乘之体于陇亩之中，执锄镬于畦町之侧。尊趾勤于耒耜，玉手劳于耕耘"。可见当指二十一年(216)曹操亲耕藉田事，故系于建安二十一年(216)三月。

曹植《慰子赋》见于《曹子建集》卷二、《艺文类聚》卷三十四、《六朝诗集》卷一、《汉魏六朝百三家集》卷二十六、《渊鉴类函》卷二百四十四、《历代赋汇》外集卷二十、《全三国文》卷十三。赋名有三：(一)《思子赋》：《艺文类聚》(四库本)、《正字通》卷五、《古今通韵》卷十。(二)《慰子赋》：《曹子建集》、《艺文类聚》(景宋本)、《韵补》卷四、《汉魏六朝百三家集》、《渊鉴类函》、《历代赋汇》、《佩文韵府》、《全三国文》。(三)《愍子赋》：《六朝诗集》。

梁惠系于建安二十年(215)。[③] 曹植《行女哀辞》有"行女生于季秋，而终于首夏。三年之中，二子频丧"。"家王征蜀汉"。其中"家王征蜀汉"指建安二十三年(218)秋七月至二十五年(220)西征刘备，此次曹植随征。则行女之亡在二十三年(218)夏，生于二十二年(217)秋。曹植前子丧在二十一年(216)。《慰子赋》未言及丧二子，当为二十一年(216)第一子丧时所作。赋言"衣沾露而含霜"可见赋作于秋季，二十一年(216)秋曹植在邺，能"入空室而独倚，对床帷而切叹"。

———————————

① 张可礼《三曹年谱》，第142页；吴文治《中国文学史大事年表》，第233页；梁惠《曹植赋创作时期考略》，《殷都学刊》，2000年；石观海《中国文学编年史·汉魏卷》，第424页。

② 陈寿《三国志》，第42、47页。

③ 梁惠《曹植赋创作时期考略》，《殷都学刊》，2000年。

七体,曹植《七启》、王粲《七释》、徐幹《七喻》、杨修《七训》。

曹植《七启》见于《曹子建集》卷九、《文选》卷三十四、《文章辨汇选》卷四百四十二、《汉魏六朝百三家集》卷二十六、《四六法海》卷十二、《七十家赋钞》卷一、《全三国文》卷十六。

王粲《七释》见于《艺文类聚》卷五十七、《汉魏六朝百三家集》卷二十九、《渊鉴类函》卷一百九十九;《全后汉文》卷九十一文句有增加。《全汉赋》在《艺文类聚》基础上有残句的罗列;俞绍初、林家骊、程章灿据《文馆词林》卷四百十四辑佚王粲《七释》;①《全汉赋校注》则与《文馆词林》同。万光治认为是《七启》,②误。

徐幹《七喻》见于《艺文类聚》卷五十七、《渊鉴类函》卷一百九十九;《全后汉文》卷九十三"熊蟠豹胎"后增:"若乃日昇如饥,聊胲美鲜。③ 横者毫析,纵者缕分。白蹢委毒,赤过擒丹。""南土之秔,东湖之菰。""丰屋广厦,崇阙百里。""连观飞榭,旋室回房。""虽毛施其不当"后增"战国之际,秦仪之徒。智略兼人,辩利轶轨。偶傥挟义,观衅相时。图爵位则佩六绂,谋货财则输海内。一怒而诸侯惧,安居而天下憩。人主见弄于股掌之上,而莫之知恶也。"《全汉赋》、《全汉赋校注》将上述文句列于文末。《楚辞补注》卷十作"徐朝《七喻》"。案:"朝"乃"幹"之讹。

杨修《七训》存目,见于《太平御览》卷五百九十:"自大魏英贤迭作,有陈王《七启》,王氏《七释》,杨氏《七训》,刘氏《七华》,从父

---

① 俞绍初《建安七子诗文钩沉》,《郑州大学学报》,1987(2);林家骊《日本所存〈文馆词林〉中的王粲〈七释〉》,《文献》,1988(9);程章灿《魏晋南北朝赋史》,第344—347页。

② 万光治《汉赋存目补遗与辨证》,《四川师范大学学报(社会科学版)》,2014(1)。

③ 《分类字锦》卷二十二、《渊鉴类函》卷三百八十九、《骈字类编》卷二百二十八"聊"作"斞";《北堂书钞》卷一百四十五作"鬪";《全汉赋》、《全汉赋校注》作"聊"。案:"斞"同"斗",《玉篇》以"斞"为"斗"的俗字,指量器。"鬪"后简化为"斗"。"聊"于义亦通。

侍中《七诲》,并陵前而邈后,扬清风于儒林,亦数篇焉。"

《文心雕龙辑注》卷三:"曹子建《七启》序:'昔枚乘作《七发》,傅毅作《七激》,张衡作《七辩》,崔骃作《七依》,辞各美丽,余有慕之焉。遂作《七启》,并命王粲作焉。'"

作年两说:(一)建安十五年(210)。赵幼文、曲绪宏、董尚峰、石观海、黄燕平。[1] (二)建安十八年(213)。俞绍初。[2] 王粲、刘桢建安二十二年(217)卒,则七体之作在此前。《三国志补注》卷三:杨修"魏武为丞相,辟为主簿",曹操建安十三年(208)六月为丞相,[3]则杨修建安十三年六月或稍后被辟,其在曹时间为建安十三年六月至二十四年(219)八月,王粲建安十三年九月归曹,随征。曹植为平原侯时,徐幹等人并见友善,故此赋作于徐幹在曹植身边时。求贤令颁布在建安十五年(210)、十九年(214)、二十二年,曹植建安十六年(211)至十八年为平原侯,则作于建安十六年(211)至二十一年(216)。曹植赋有"圣宰"之称,应场《西狩赋》中称曹操为"皇宰"、"魏公"。时曹操已经为魏公。曹植赋讲述圣宰之功与建安二十一年五月献帝诏曹操为魏王时评价曹操之语极其相似。[4] 曹植赋"然主上犹尚以沉恩之未广,惧声教之未厉,采英奇于仄陋,宣皇明于岩穴"之"主上"当指献帝。如此长篇巨制,当不是军旅间隙所能完成,此组七体之作当作于建安二十一年曹操进魏王之际,出征之前,即建安二十一年五月至九月。

曹植《娱宾赋》分见于《初学记》卷十、卷十四,《曹子建集》卷三、《六朝诗集》卷一、《汉魏六朝百三家集》卷二十六、《渊鉴类函》

---

① 赵幼文《曹植集校注》,第29页;曲绪宏、董尚峰《东阿王曹植》,第3页;石观海《中国文学编年史·汉魏卷》,第405页;黄燕平《王粲研究三题》,博士学位论文,2008年。

② 俞绍初《建安七子集》,第431页。

③ 陈寿《三国志》,第30页。

④ 陈寿《三国志》,第48页。

卷一百五十六、《历代赋汇》外集卷十九、二百五十四载后一段,《全三国文》卷十三综合二者;《曹植集校注》、《全魏晋赋校注》同。

梁惠系于建安十六年。① 赵幼文认为"然此可藉以考见建安中叶贵胄子弟之生活片段"。② 当在植为平原侯后,丕为魏太子之前,即建安十六年至二十二年某年夏。

曹植《宴乐赋》程章灿辑残句"神龟歌舞异俗,猨戏索上寻橦",③姑系于建安十六年至二十二年《娱宾赋》同时。

曹植《释思赋》见于《曹子建集》卷二、《艺文类聚》卷二十一、《六朝诗集》卷一、《汉魏六朝百三家集》卷二十六、《渊鉴类函》卷二百四十九、《历代赋汇》逸句卷二、《全三国文》卷十三。赋为"家弟出养族父郎中"而作,家弟指曹整。鄄戴公子整,奉从叔父郎中绍后。建安二十二年(217)封鄄侯。④ 八年(203)冬十月(曹操)到黎阳,为子整与谭结婚,此时曹整尚未过继,曹整过继在建安九年(204)至二十二年(217)间,赋作于此时,前两三年曹植尚小,作赋可能性相对较小。

《橘赋》之作有曹植、徐幹。

曹植《橘赋》见于《曹子建集》卷四、《六朝诗集》卷三、《汉魏六朝百三家集》卷二十六、《广群芳谱》卷六十四、《渊鉴类函》卷四百一、《历代赋汇》卷一百二十七、《全三国文》卷十四;《艺文类聚》卷八十六、《初学记》卷二十八摘录。

徐幹《橘赋》存目,见《典论·论文》。以其卒年为写作时间下限。

曹植赋言"列铜爵之园廷",当在建安十七年(212)铜雀台完工后。徐幹建安二十三年(218)卒,故《橘赋》之作在建安十七年至二

① 梁惠《曹植赋创作时期考略》,《殷都学刊》,2000 年。
② 赵幼文《曹植集校注》,第 48 页。
③ 程章灿《魏晋南北朝赋史》,第 356 页。
④ 陈寿《三国志》,第 588 页。

十二年（217）。梁惠系于建安二十二年。①

曹植《宝刀赋》见于《艺文类聚》卷六十：

> 建安中，魏王命有司造宝刀五枚，以龙熊鸟雀为识，太子得一，余及弟饶阳侯各得一焉。有皇汉之明后，思潜达而玄通。飞文义而博致，扬武备以御凶。然后砺以五方之石，鉴以中黄之壤。② 规圆景以定环，摅神功而造像。陆斩犀象，③ 水断龙舟。④ 轻击浮截，刃不纤流。⑤ 踰南越之巨阙，超西楚之泰阿。实真精之攸御，永天禄而是荷。

《曹子建集》卷四、《初学记》卷二十二、《太平御览》（《四部丛刊三编》景宋本）卷三百四十六、《六朝诗集》卷二、《汉魏六朝百三家集》卷二十六、《渊鉴类函》卷二百二十五、《历代赋汇》卷八十六、《全三国文》卷十四同。《太平御览》（《四部丛刊三编》景宋本）在"魏王"前增"家父"；"造宝刀五枚"后增"三年乃就""余及弟饶阳侯

---

① 梁惠《曹植赋创作时期考略》，《殷都学刊》，2000 年。

② 《初学记》、《古俪府》卷十、《说文解字义证》卷二十八"鉴"作"礛"；《太平御览》（《四部丛刊三编》景宋本）、《汉魏六朝百三家集》、《历代赋汇》、《骈字类编》卷一百二十五、一百三十五、《全三国文》、《渊鉴类函》作"凿"。案：中黄指黄石脂，质较硬。《说文·金部》"鉴"作"鑑"。《广韵》："礛诸，青砺也。"治玉之石。《淮南子说山》："玉待礛诸而成器。"孙诒让《正义》："凿本穿木之器，引申之凡穿物为空亦谓之凿。"结合上文"砺以五方之石"，当以"礛"为上，与"砺"相对，作动词。"鉴"为音同而讹，"凿"于义难合。

③ 《初学记》、《北堂书钞》（清文渊阁四库全书本）卷一百二十三、《古俪府》卷十、《六朝诗集·陈思王集》、《汉魏六朝百三家集》、《历代赋汇》、《全三国文》、《渊鉴类函》"象"作"革"。案：《孔子家语·子路初见》："南山有竹，不揉自直，斩而用之，达于犀革。""犀革"用来衬托南山之竹所作箭的锋利和强大的穿透力。故此处当以"革"为上。

④ 《曹子建集》、《古俪府》卷十、《六朝诗集·陈思王集》、《汉魏六朝百三家集》、《历代赋汇》、《渊鉴类函》"舟"作"角"。案：龙角亦指坚硬难断之物，故当作"角"，"舟"当是形近而讹。

⑤ 《汉魏六朝百三家集》、《历代赋汇》"流"作"削"。案：当作"削"。

各得一焉”后增“其余二枚，家王自杖之，赋曰”；“扬武备以御凶”后增“乃炽火炎炉，融铁挺英。乌获奋椎，欧冶是营。扇景风以激气，飞光鉴于天庭。爰告祠于太一，乃感梦而通灵。”“摅神思而造像”后增“垂华纷之葳蕤，流翠采之晃漾”；①《汉魏六朝百三家集》、《历代赋汇》、《全三国文》、《曹植集校注》、《全魏晋赋校注》同。《全魏晋赋校注》文末列“丰光溢削”。案：该句见于《(光绪)顺天府志》卷三十二、《说文解字句读》卷四下、《一切经音义》卷十四。《一切经音义》卷十四：“《小尔雅》作‘鞘’，诸书作‘削’，同。思诮反。《方言》：剑削也。关东谓之削，关西谓之鞞。”《广雅》：“拾室，剑鞘也。”《说文·刀部》：“削，鞞也。”故“丰光溢削”言宝刀出鞘光彩耀眼，当是在宝刀造成之际。原文“规圆景以定环，摅神功而造像”写宝刀之构思锻造，“垂华纷之葳蕤，流翠采之熿焜”写宝刀之纹理光彩，其“焜”与上句“像”叶韵，且均为六言，中间不宜补入“丰光溢削”。“削”思诮反，宵部韵。其后四句韵脚字“舟”、“流”属幽部韵，宵、幽二部合韵。考《宝刀赋》其他叶韵均为同部，故“丰光溢削”后当有阙句“□□□□”，韵脚在幽部。且“丰光溢削，□□□□”与后四句均为四言，可补于“陆斩犀革”前。

故《宝刀赋》可校为：

建安中，家父魏王命有司造宝刀五枚，三年乃就，以龙熊鸟雀为识，太子得一，余及弟饶阳侯各得一焉。其余二枚，家王自杖之。赋曰：

有皇汉之明后，思明达而玄通。飞文藻而博致，扬武备以御凶。乃炽火炎炉，融铁挺英。乌获奋椎，欧冶是营。扇景风

① 《汉魏六朝百三家集》、《历代赋汇》、《骈字类编》卷一百四十五、《全三国文》、《佩文韵府》“晃漾”作“晃㵾”。案：“熿焜”为叠韵连绵字，明亮貌。上文“垂华纷之葳蕤”之“葳蕤”亦为摹状的叠韵连绵字，故当为“熿焜”。此处脱文。

以激气，飞光鉴于天庭。爰告祠于太一，乃感梦而通灵。然后砺以五方之石，磁以中黄之壤。规圆景以定环，摅神功而造像。垂华纷之葳蕤，流翠采之爦焜。丰光溢削，□□□□。陆斩犀革，水断龙角。轻击浮截，刃不纤削。踰南越之巨阙，超西楚之泰阿。实真精之攸御，永天禄而是荷。

序称"魏王"可见作于建安二十一年(216)五月曹操为魏王后。曹操《百辟刀令》："往岁作百辟刀五枚，适成。先以一与五官将。其余四，吾诸子中有不好武而好文学者，将以次与之。"称五官将，当在曹丕建安十六年(211)正月至二十二年(217)九月为五官中郎将时。故《宝刀赋》作于二十一年五月至二十二年九月，且在饶阳侯徙封谯之前。张可礼、陆侃如、吴文治、石观海系于建安二十一年。① 宝刀"三年乃就"，则始作宝刀时曹操尚未为魏王，刀成之际为魏王。曹植建安十六年所作《离思赋》"建安十六年，大军西讨马超，太子留监国"，此时已称曹丕为太子。《世说新语·言语篇》引《典略》曰："建安十六年，世子为五官中郎将，妙选文学，使(刘)桢侍太子。"曹操《立太子令》："告子文：汝等悉为侯，子桓独不封，止为五官中郎将。此是太子可知矣。"则称曹丕为太子始于建安十六年。《三国志》卷一裴松之注："《魏略》曰：'庚辰，……豹为饶阳侯。"元郝经《续后汉书》卷二十五："十六年春正月，……豹为饶阳侯。"《三国志》、《续后汉书》："沛穆王林，建安十六年封饶阳侯，二十二年(217)徙封谯。"如此，则建安十六年受封饶阳侯者有两人，此与诸侯受封一方事实相违背。案：《三国志》、《续后汉书》所言"饶阳侯豹"，当如徐公持所说为曹林之误，②补证如下：(一)曹操二十五子为丕、彰、植、熊、昂、

---

① 张可礼《三曹年谱》，第 145 页；陆侃如《中古文学系年》，第 403 页；吴文治《中国文学史大事年表》，第 234 页；石观海《中国文学编年史·汉魏卷》，第 425 页。

② 徐公持《曹植生平八考》，《文史》第十辑。

铄、冲、据、宇、林、衮、玹、峻、矩、干、上、彪、勤、乘、整、京、均、棘、徽、茂，无曹豹。（二）建安时之曹豹建安元年（196）被杀。①（三）沛穆王林，建安十六年封饶阳侯，二十二年徙封谯，且曹林没有曹豹之别名、字，②故与曹植同得宝刀之饶阳侯为曹林。

《节游赋》之作有曹植、杨修。

曹植《节游赋》见于《艺文类聚》卷二十八、《曹子建集》卷一、《六朝诗集》卷一、《汉魏六朝百三家集》卷二十六、《渊鉴类函》卷三百八、《历代赋汇》外集卷十一、《全三国文》卷十三。

杨修《节游赋》见于《艺文类聚》卷二十八、《渊鉴类函》卷三百八、《历代赋汇》外集卷十一、《全后汉文》卷五十一。

杨修赋"游乎北园"、曹植赋"步北园而驰骛"，且二者出游时间均在春季，二者为同题同时之作。曹赋中"三台"指铜雀、金虎、冰井三台。建安十五年（210）冬作铜雀台；十八年（213）九月作金虎台。③《邺中记》："金虎、冰井皆建安十八年建也。"《历代帝王宅京记》卷十三："冰井台，在铜雀台北，建安十八年曹操既筑金虎台，明年复筑此台，以有凌室，故曰冰井。"《事物纪原》卷七："《魏志》云：建安十九年（214）魏王曹操造此台，以藏冰为凌室，故号冰井。"建安十七年（212）铜雀台成，建筑时间一年多，与此规模相差无几之冰井台建筑耗时亦约在一年。曹植赋"仲春之月"可见赋作于二月，故赋作年区间为建安二十年（215）至二十四年（219）。曹植赋言"念人生之不永，若春日之微霜。谅遗名之可纪，信天命之无常"，且仅杨修有《节游赋》之作，建安七子无一人有同题之作，疑在七子亡故后。建安二十二年（217）大疫，时间自春持续至冬季，④故作赋在建安二十三年（218）或二十四年。二十三年秋七月治兵

① 陈寿《三国志》，第223页。
② 陈寿《三国志》，第582页。
③ 陈寿《三国志》，第32、42页。
④ 范晔《后汉书》，第389页；陈寿《三国志》，第468、51页。

西征刘备,其时间行程为:七月出征→九月长安→二十四年三月自长安出邪谷→阳平→五月长安→十月还洛阳→南征关羽→摩陂→220年正月至洛阳,时曹植随征,二十四年二月不在邺,不会游北园;故《节游赋》作于建安二十三年二月。吴民津系于建安二十二至二十四年。①

曹植《九华扇赋》见于《艺文类聚》卷六十九:

> 昔吾先君常侍,得幸汉桓帝,帝赐尚方竹扇。不方不圆,其中结成文,名曰九华,其辞曰:
>
> 有神区之名竹,生不周之高岑。对渌水之素波,背玄涧之重深。体虚畅以立干,播翠叶以成秋。形五离而九折,蔑氂解而缕分。效虬龙之蜿蜒,法虹蜺之烟煴。因形致好,不常厥仪。方不应矩,圆不中规。随皓腕以徐转,发惠风之微寒。时气清以芳厉,纷飘动乎绮纨。

《曹子建集》卷三、《文选补遗》卷三十三、《古俪府》卷十二、《六朝诗集》卷二、《汉魏六朝百三家集》卷二十六、《渊鉴类函》卷三百七十九、《历代赋汇》卷八十七、《古今名扇录》、《全三国文》卷十四载。《全三国文》于"法虹蜺之烟煴"后增"抒微妙以历时,结九层之华文。尔乃浸以芷若,拂以江蓠。摇以五香,濯以兰池"。《曹植集校注》、《全魏晋赋校注》同;《太平御览》卷七百二摘录。

《扇赋》残句"情骀荡而外得,心悦豫而内安。增吴氏之姣好,发西子之玉颜",见于《初学记》卷十九、《太平御览》卷三百八十一、《渊鉴类函》卷二百五十五、《全三国文》卷十四。《温飞卿诗集笺注》卷三:"曹植《扇赋》:'效龙蛇之蜿蜒。'"与《九华扇赋》之"效虬龙之蜿蜒"当为同一句。《山堂肆考》卷一百八十二:"曹子建《扇

① 吴明津《曹植诗赋研究》,硕士学位论文,1994年。

赋》序：'昔吾先君侍奉汉桓帝，时赐上方竹扇，不圆不方，其中结成文，名曰九华扇。'子建有赋。"《格致镜原》卷五十八："曹子建《扇赋》序：'昔吾先君侍奉汉桓帝，时赐上方竹扇，不圆不方，其中结成文，名曰九华扇。'"可见《扇赋》为《九华扇赋》之简称，二者实为一赋。《九华扇赋》描写顺序为：制扇材料（竹）之生长环境→制扇过程→扇形介绍→发惠风，气清芳厉，飘动绮纨（扇之用）。接下来应该写凉风之解暑，人之心境。而《扇赋》："情驰荡而外得，心悦豫而内安"写扇子微风给人带来愉悦，"增吴氏之姣好，发西子之玉颜"强调扇之美好外形对人的增饰作用。考其用韵："寒"、"纨"、"安"、"颜"均为元部韵，文意上亦相连，故"情驰荡而外得，心悦豫而内安。增吴氏之姣好，发西子之玉颜"可接在"纷飘动乎绮纨"后。综上，《九华扇赋》可校为：

> 昔吾先君常侍，得幸汉桓帝，帝赐尚方竹扇。不方不圆，其中结成文，名曰九华。其辞曰：
> 　有神区之名竹，生不周之高岑。对渌水之素波，背玄涧之重深。体虚畅以立干，播翠叶以成阴。形五离而九折，蔑氂解而缕分。效虬龙之蜿蜒，法虹蜺之氤氲。抒微妙以历时，结九层之华文。尔乃浸以芷若，拂以江蓠。摇以五香，濯以兰池。因形致好，不常厥仪。方不应矩，圆不中规。随皓腕以徐转，发惠风之微寒。时气清以芳厉，纷飘动乎绮纨。情驰荡而外得，心悦豫而内安。增吴氏之姣好，发西子之玉颜。

疑后面还有歌颂前代当朝圣明之文句，与曹操上物于献帝为同时之作，姑系于曹植为侯至曹操最后一次出征前，即建安十六年（211）至二十三年（218）。

曹植《离缴雁赋》，《艺文类聚》卷九十一、《初学记》卷三十各自摘录；《渊鉴类函》卷四百二十、《历代赋汇》卷一百二十九、《全三国文》卷十四综合二者;《曹子建集》卷四、《六朝诗集》卷二同《艺文类聚》。建安十三年(208)正月作玄武池以肄舟师。[1] 故赋作于建安十三年后,曹植就国前,即建安十三年至二十四年(219)。

　　曹植《芙蓉赋》见于《曹子建集》卷四、《艺文类聚》卷八十二、《六朝诗集》卷二、《汉魏六朝百三家集》卷二十六、《广群芳谱》卷二十九、《渊鉴类函》卷四百七、《历代赋汇》卷一百二十二;《古俪府》卷十二摘录;《全三国文》卷十四"泛清流以擢茎"后补"退润王宇,进文帝廷"、"竦芳柯以从风,奋纤枝之绨繵"。《全三国文》补入可从,《全魏晋赋校注》同《全三国文》。当为曹植前期之作,系于就国前,即建安二十五年(220)。

　　曹植、繁钦有《愁思赋》。

　　曹植《愁思赋》见于《艺文类聚》卷三十五、《曹子建集》卷二、《汉魏六朝百三家集》卷二十六、《历代赋汇》外集卷七;《全三国文》卷十三据《太平御览》增"西风悽悢兮朝夕臻,扇簹屏弃兮绨绤损"于"鸣蜩抱木兮雁南飞"后,可从。《曹植集校注》、《全魏晋赋校注》同。《太平御览》卷二十五、《全三国文》卷十三作《秋思赋》。

　　繁钦《愁思赋》见于《艺文类聚》卷三十五,《渊鉴类函》卷十五、二百六十五,《历代赋汇》外集卷七,《全后汉文》卷九十三。《初学记》卷三、《渊鉴类函》卷十五、《历代赋汇》逸句卷一、《全后汉文》"处寒夜而怀愁"后增"风清凉以激志兮,树动叶而鼓条。云朝隮于西汜兮,遂愤薄于丹丘。"《初学记》卷三,《隋书·经籍志》卷三十九之二,《御选唐诗》卷十五,《骈字类编》卷一百四十三,《渊鉴类函》卷十五,《历代赋汇》逸句卷一,《后汉书艺文志》卷四,《佩文韵府》卷二十六之三、之五、之八,《全后汉文》卷九十三又名《秋思赋》。案:二者均通。故繁钦《愁思赋》当如《全后汉文》所载。

　　二赋作于秋季,繁钦赋作于零雨之寒夜,曹植赋作于月夜。曹

---

[1]　陈寿《三国志》,第30页。

赋忧命之长短,繁赋嗟王事之靡盬,同名而非同时之作。曹植《愁思赋》与其《释愁文》当为后期同时之作,赵幼文系于太和时。① 繁钦赋言"朝跻于西汜兮,遂愤薄于丹丘",《史记》卷四十三:"攻取丹丘。"《正义》:"盖邢州丹丘县也",属冀州。② 建安九年(204)曹操平冀州所经之地为:河→洹水→邺→邯郸→漳水→滏水→祁山→中山→平原,③需经邢州丹丘,故系于建安九年(204)。

曹植《九愁赋》言"恨时王之谬听"、"念先宠之既隆,哀后施之不遂"、"信无负于时王",可见作于曹丕代汉后。

《九咏》文句类书所存尚有溢于今本之外者,且多与《九愁赋》相乱。《九咏》先后、后王之称,疑指操、丕。④

《迁都赋》序"而末将适东阿"可证作于太和三年(229)封东阿王之际。

《怀亲赋》序及赋中所言先帝指曹操,当在曹丕代汉后。

《临观赋》言"南国菱兮国载荣"、"悲予志之长违"、"进无路以效公,退无隐以营私",可见在曹丕代汉之后。

《玄畅赋》言"夫何希世之大人,罄天壤而作皇。该仁圣之上义,据神位以统方",可见此时曹丕已代汉称帝,赵幼文系于黄初二年。⑤

《幽思赋》言"信有心而在远,重登高以临川。何余心之烦错,宁翰墨之能传",可证赋作于曹植外放之际,在曹丕为帝后。赋言"顾秋华之零落,感岁暮而伤心",可见赋作于秋末入冬之际。

《感节赋》言"惧天河之一回,没我身乎长流。岂吾乡之足顾,恋祖宗之灵丘。惟人生之忽过,若凿石之未耀。……匪荣德之累

---

① 赵幼文《曹植集校注》,第 473 页。
② 中国历史地图集编辑组《中国历史地图集》第二册,第 47—48 页。
③ 陈寿《三国志》,第 25、26 页。
④ 赵幼文《曹植集校注》,第 524 页。
⑤ 赵幼文《曹植集校注》,第 245 页。

身,恐年命之早零。慕归全之明义,庶不忝乎所生",可见作于曹植晚年。曹植《冬至献袜履颂》:"不胜感节,情系帷幄。"疑与此同时而作,即太和间。

《慰情赋》序有"黄初八年"。

《悲命赋》残句"哀魂灵之飞扬"见于《文选》卷十六李善注,疑为后期之作。

《潜志赋》见于《曹子建集》卷二、《艺文类聚》卷三十六、《六朝诗集》卷一、《汉魏六朝百三家集》卷二十六、《历代赋汇》逸句卷二、《全三国文》卷十三。赋言"退隐身以灭迹,进出世而取容",当为后期之作。

《归思赋》见于《曹子建集》卷三、《艺文类聚》卷三十、《六朝诗集》卷二、《汉魏六朝百三家集》卷二十六、《历代赋汇》逸句卷二、《全三国文》卷十三。赵幼文系于建安时期。[①] 王巍系于建安十五年(210)。[②] 张可礼、吴文治、李伯齐、王琳、吴莺莺、石观海系于建安十八年(213)。[③] "背故乡而迁徂,将遥憩乎北滨",疑为后期之作。

《闲居赋》见于《艺文类聚》卷六十四、《渊鉴类函》卷三百四十五、《全三国文》卷十四。《全三国文》文末列"愬寒风而开襟"、"愿同衾于寒女"。《文选》卷十注作"诉寒风而开襟";卷二十二作"愬寒风而开衿";《玉台新咏笺注》卷一作"遡寒风而开衿"。赵幼文系于建安二十年(215)。[④] 案:建安二十年(215)春曹操当已返邺。三月征张鲁。[⑤] 且曹植《东征赋》可谓意气风发,意识到责任重大,

---

① 赵幼文《曹植集校注》,第 57 页。
② 王巍《曹氏父子与建安文学》,第 414 页。
③ 张可礼《三曹年谱》,第 125 页;吴文治《中国文学史大事年表》,第 228 页;李伯齐、王琳《曹植赋简论》,第 154 页;吴莺莺《二曹辞赋论》,《合肥教育学院学报》,2003(3);石观海《中国文学编年史·汉魏卷》,第 414 页。
④ 赵幼文《曹植集校注》,第 132 页。
⑤ 陈寿《三国志》,第 44、45 页。

何以言忧？赋言"介特"、"无俦"、"销忧"、"何岁月之若骛，复民生之无常"，疑为就国后之作。

《白鹤赋》之作有曹植、王粲。

曹植《白鹤赋》言"伤本规之违忤，怅离群而独处。恒窜伏以穷栖，独哀鸣而戢羽。冀大网之解结，得奋翅而远游"，当为曹丕即位后之作。梁惠系于建安二十二年（217）。①

王粲《白鹤赋》见于《艺文类聚》卷九十、《汉魏六朝百三家集》卷二十九、《渊鉴类函》卷四百二十、《历代赋汇》逸句卷二、《全后汉文》卷九十。姑系于建安十四年（209）至二十一年（216）。

《射雉赋》残句"暮春之月，宿麦盈野，野雉群雊"，见于《初学记》卷三、《山堂肆考》卷二百三十七、《卓氏藻林》卷八、《渊鉴类函》卷十三、《御选唐诗》卷五、《全三国文》卷十四。曹植《猎表》："于七月伏鹿鸣尘，四月、五月射雉之际，此正乐猎之时。"疑《射雉赋》在《猎表》前，属魏赋。

《鹞雀赋》，《宣和书谱》卷十三："尔观其（曹植）以章草书《鹞雀赋》，可以想见其人也，今御府所藏章草一。"《舆地碑记目》卷二："鹞雀赋碑，在枝江县杨内翰宅，系草书，前有隋大业皇帝序云：'陈思王，魏宗室子也，后题云'黄初三年二月记'。"该赋当为曹植黄初三年二月作，属魏赋，赵幼文将之归在黄初时期。

《蝙蝠赋》见于《曹子建集》卷四、《艺文类聚》卷九十七、《文选补遗》卷三十二、《六朝诗集》卷二、《汉魏六朝百三家集》卷二十六、《渊鉴类函》卷四百四十七、《历代赋汇》卷一百三十七、《说文解字义证》卷四十二、《全三国文》卷十四。赵幼文归在黄初时期。

《蝉赋》见于《初学记》卷三、《事文类聚》后集卷四十八、《渊鉴类函》卷四百四十五。《曹子建集》卷四、《汉魏六朝百三家集》卷二十六、《六朝诗集》卷二、《历代赋汇》卷一百三十八、《文选补遗》卷

①　梁惠《曹植赋创作时期考略》，《殷都学刊》，2000年。

三十二,《全三国文》卷十四"知性命之长捐"后增"委厥体于膳夫,归炎炭而就燔。秋霜纷以宵下,晨风洌其过庭。气憯怛而薄躯,足攀木而失茎。吟嘶哑以沮败,状枯槁以丧形"。《事类备要》别集卷九十二摘录。当为后期之作。

《感时赋》残句"惟淫雨之永降,旷三旬而未晞",见于《文选》注卷二十八。六臣注作"二旬"。赋残严重,作年无考,写作时间下限为其卒年太和六年(222)。

《愍志赋》见于《曹子建集》卷三、《艺文类聚》卷三十、《北堂书钞》卷八十四、《六朝诗集》卷一、《汉魏六朝百三家集》卷二十六、《渊鉴类函》卷三百二、《历代赋汇》外集卷十五、《全三国文》卷十三。《北堂书钞》卷八十四:"曹植《愍志赋》:'委薄躯于贵戚,奉君子之裳衣。'"《渊鉴类函》卷一百七十五:"曹植《愍志赋》:'妾秽宗之陋女,蒙日月之余辉。委薄躯于贵戚,奉君子之裳衣。'"《曹植集校注》载《渊鉴类函》卷一百七十五四文句。程章灿辑后两句。[1]《全魏晋赋校注》将其归为《愍子赋》。案:以上四句不是《愍子赋》文句,《全魏晋赋校注》误。该赋残缺,作年难考,赵幼文系于建安时期,[2]不知何据。写作时间下限为其卒年太和六年。

《洛神赋》作于黄初三年(222),属魏赋。

66. 刘协(181—234)

刘协《皇德赋》,存残句"蔽天光"。《渊鉴类函》卷五十六作《皇德赋》,《北堂书钞》卷第二十作《星德赋》。《全汉赋》作"敬星光"。《全汉赋校注》作"蔽星光"。在著录赋的集子中有《皇德瑞应赋颂》一卷,梁十六卷。[3] 疑赋作实为《皇德赋》。刘协光和四年(181)生,青龙二年(234)三月庚寅年薨。[4] 其《皇德赋》写作时间下限为

---

① 程章灿《魏晋南北朝赋史》,第356页。
② 赵幼文《曹植集校注》,第33页。
③ 马积高《历代辞赋总汇·先秦汉魏晋南北朝卷》,第3页。
④ 范晔《后汉书》,第391页。

青龙二年。

　　另笔者辑佚《嘉瑞赋》序,见前文汉赋作者、篇目、佚文辑佚部分。刘劭《嘉瑞赋》未有赋序之说,且刘劭不太可能误为刘协,故该赋著作权属汉献帝刘协。

　　曹丕受禅前大臣、献帝之辞。①《三国志补注》卷一:“《魏略》曰:‘文帝欲受禅,野蚕成丝,朱草生于文昌殿侧,郡国奏凤皇十三见,白雉十九见,白鸠十九见,虎二十七见,九尾狐见于谯郡,白雀十九见,神龟出于灵芝池,黄龙十三见,赤鱼游于露镬。’”延康元年曹丕所作《答辛毗等令》:“是以上惭众瑞,下愧士民。”《答许芝上代汉图谶令》:“虽屡蒙祥瑞,当之战惶。”《答华歆等令》:“至乎天瑞人事。”《即位告天文》:“灵祥并见。”故刘协《嘉瑞赋》疑作于曹丕受禅前,即延康元年(220)末。

　　献帝一生可分为四阶段:(一)即位前:汉献帝光和四年(181)出生,光熹元年(189)即位,时年9岁,献帝建安二十一年(216)诏书:“……当此之际,唯恐溺入于难,以羞先帝之圣德……”此诏书中称先帝圣德,然灵帝朝的汉献帝年仅9岁,当不会作赋为父颂德。(二)在位时:中平六年(189)即位,延康元年(220)冬十月乙卯逊位。此阶段前期未有祥瑞之兆,逊位前则祥瑞屡现。献帝自谓“至德”并作赋为自己颂德于理不合,与其对当朝政治之反思(详见下文)亦相矛盾,故《嘉瑞赋》不是献帝为己颂德而作;综观文献,汉献帝对曹操没有“至德”之誉,《嘉瑞赋》亦不是为曹操颂德而作。(三)魏文帝朝。曹丕代汉后祥瑞见仅在黄初四年(223):十二月丙寅,赐山阳公夫人汤沐邑。是冬,甘露降芳林园。②(四)魏明帝朝至薨。祥瑞仅一见:青龙元年(233)春正月甲申,青龙见郏之摩陂井中。③(三)、

———————
① 陈寿《三国志》,第64—75、99页。
② 陈寿《三国志》,第84页。
③ 陈寿《三国志》,第99页。

（四）阶段祥瑞仅单见，非众瑞祥集，且一为"甘露"，一为"青龙"，与赋序所言"瑞雪"、"庆云"、"野谷"、"蚕茧"不符。故汉献帝《嘉瑞赋》当作于延康元年（220）末逊位时。其写作背景试分析如下：

首先，汉、魏集团力量悬殊，汉献帝借赋表明态度，保命于新魏。

汉献帝自九岁登基，历经劫难，加上天灾不断，安身之处不断迁徙，顾不上发展政党，丰满羽翼。建安元年（196）时，"宫室烧尽，百官披荆棘，依墙壁间。州郡各拥强兵，而委输不至，群僚饥乏，尚书郎以下自出采稆，或饥死墙壁间，或为兵士所杀。"①如此朝廷国情，生存面临严峻挑战，无力与强敌抗衡。献帝是在宗汉情结下可能随时被挟持以令诸侯的傀儡，终其一生，势力未曾强大过。

汉室日微，曹魏渐强。从汉献帝反思朝政、朝臣评价汉魏行为言论、曹操因功晋爵及血腥杀戮三方面可印证。

1. 献帝反思朝政，承认汉弱魏强：建安二十一年（216）诏书："……朕以不德，继序弘业，遭率土分崩，群凶纵毒，自西徂东，辛苦卑约。当此之际，唯恐溺入于难，以羞先帝之圣德。赖皇天之灵，俾君秉义奋身，震迅神武，捍朕于艰难，获保宗庙，华夏遗民，含气之伦，莫不蒙焉……"《三国志·魏书·文帝纪》："……册曰：'……汉道陵迟，世失其序，降及朕躬，大乱兹昏，群凶肆逆，宇内颠覆。赖武王神武，拯兹难于四方，惟清区夏，以保绥我宗庙，岂予一人获乂，俾九服实受其赐……'"乙卯，册诏魏王禅代天下曰："……汉道陵迟，为日已久，安、顺已降，世失其序，冲、质短祚，三世无嗣，皇纲肇亏，帝典颓沮。暨于朕躬，天降之灾，遭无妄厄运之会，值炎精幽昧之期。变兴辇毂，祸由阉宦。董卓乘衅，恶甚浇、豷，劫迁省御，（太仆）〔火扑〕宫庙，遂使九州幅裂，强敌虎争，华夏鼎沸，蝮蛇塞路。当斯之时，尺土非复汉有，一夫岂复朕民？幸赖武王德膺符运，奋扬神武，芟夷凶暴，清定区夏，保乂皇家。今王缵承前绪，至德光昭，御衡

---

① 范晔《后汉书》，第379页。

不迷,布德优远,声教被四海,仁风扇鬼区,是以四方效珍,人神响应,天之历数,实在尔躬……"壬戌,册诏曰:"……朕惟汉家世逾二十,年过四百,运周数终,行祚已讫,天心已移,兆民望绝,天之所废,有自来矣……"庚午,册诏魏王曰:"……今天既讫我汉命,乃眷北顾,帝皇之业,实在大魏……"袁宏《汉纪》载汉帝诏曰:"朕在位三十有二载,遭天下荡覆,幸赖祖宗之灵,危而复存。然仰瞻天文,俯察民心,炎精之数既终,行运在乎曹氏……"

2. 朝臣之评价言论、行为证实汉名存实亡:建安二十四年(219)冬十月,孙权遣使上书以讨关羽自效。侍中陈群、尚书桓阶奏曰:"汉自安帝已来,政去公室,国统数绝,至于今者,唯有名号,尺土一民,皆非汉有……"孙盛评曰:"夏侯惇耻为汉官,求受魏印。"[1]禅让之际,侍中辛毗、刘晔、散骑常侍傅巽、卫臻、尚书令桓阶、尚书陈矫、陈群、给事中博士骑都尉苏林、董巴等奏:"……今汉室衰替,帝纲堕坠,天子之诏,歇灭无闻,皇天将舍旧而命新,百姓既去汉而为魏,昭然著明,是可知也。先王拨乱平世,将建洪基;至于殿下,以至德当历数之运,即位以来,天应人事,粲然大备,神灵图籍,兼仍往古,休征嘉兆,跨越前代……"督军御史中丞司马懿、侍御史郑浑、羊祕、鲍勋、武周等言:"……今汉室衰,自安、和、冲、质以来,国统屡绝,桓、灵荒淫,禄去公室,此乃天命去就,非一朝一夕,其所由来久矣。殿下践阼,至德广被,格于上下,天人感应,符瑞并臻……"相国华歆、太尉贾诩、御史大夫王朗及九卿上言曰:"……汉自章、和之后,世多变故,稍以陵迟,洎乎孝灵,不恒其心,虐贤害仁,聚敛无度,政在嬖竖,视民如仇,遂令上天震怒,百姓从风如归;当时则四海鼎沸,既没则祸发宫庭,宠势并竭,帝室遂卑……"相国歆、太尉诩、御史大夫朗及九卿奏曰:"……且汉政在阉宦,禄去帝室七世矣,遂集矢石于其宫殿,而二京为之丘墟。当

---

① 陈寿《三国志》,第53页。

是之时,四海荡覆,天下分崩,武王亲衣甲而冠胄,沐雨而栉风,为民请命,则活万国,为世拨乱,则致升平,鸠民而立长,筑宫而置吏,元元无过,罔于前业,而始有造于华夏。陛下即位,光昭文德,以翊武功,勤恤民隐,视之如伤,惧者宁之,劳者息之,寒者以暖,饥者以充,远人以(恩复)〔德服〕,寇敌以恩降,迈恩种德,光被四表,稽古笃睦,茂于放勋,网漏吞舟,弘乎周文……"尚书令桓阶等奏曰:"……汉氏衰废,行次已绝……"魏王登坛受禅曰:"皇帝臣丕敢用玄牡昭告于皇皇后帝:汉历世二十有四,践年四百二十有六,四海困穷,三纲不立,五纬错行……"

3. 曹操南征北讨,因功晋爵及血腥杀戮:建安元年(196)八月为镇东将军自领司隶校尉,录尚书事。冬十一月丙戌,自为司空,行车骑将军事,百官总己以听。导致伏皇后之父伏完"以政在曹操,自嫌尊戚,乃上印绶,拜中散大夫,寻迁屯骑校尉"。建安九年(204)秋八月戊寅,自领冀州牧。建安十三年(208)夏六月癸巳,曹操自为丞相。建安十八年(213)夏五月丙申,曹操自立为魏公,加九锡。建安二十年(215)春正月甲子,立贵人曹氏为皇后。建安二十一年(216)夏四月甲午,曹操自进号魏王。[1]

叙曹操势力膨胀及晋爵,《后汉书》与《三国志·魏书》用词有所不同,如表所示:

时　间	《后汉书》	《三国志·魏书》
196 年八月	曹操为镇东将军,自领司隶校尉,录尚书事	以太祖为大将军,封武平侯。
十一月丙戌	曹操自为司空,行车骑将军事,百官总己以听	天子拜公为司空,行车骑将军。

---

[1]　范晔《后汉书》,第 380、453、387、388 页。

（续表）

时　间	《后汉书》	《三国志·魏书》
204 年八月	曹操大破袁尚，平冀州，自领冀州牧	天子以公领冀州牧，公让还兖州。
208 年六月	曹操自为丞相	以公为丞相。
213 年五月	曹操自立为魏公，加九锡	天子使御史大夫郗虑持节策命公为魏公。
216 年四月	曹操自进号魏王	天子进公爵为魏王。

　　清赵翼《廿二史答记》："寿修书在晋时，故于魏、晋革易之处，不得不多所回护。而魏之承汉，与晋之承魏一也，既欲为晋回护，不得不先为魏回护。"卷六《三国志多迴护》条举出许多例证，故陈寿在用语方面一定程度上为曹魏集团"曲笔回护"为客观事实。故《三国志·魏书》称曹操加官晋爵缘自汉天子也就能理解了。汉献帝面对劲敌曹操的强势杀戮，万般无奈却不得不一再对其加官晋爵，当官爵高至无以复加时，则是献帝性命难保之际。对此汉献帝亦心知肚明。而曹操对此认为"设使国家无有孤，不知当几人称帝，几人称王"、"江湖未静，不可让位"。①《后汉书·汉帝纪》用语更接近现实。

　　献帝与曹操关系紧张恶化自"挟天子始"："自帝都许，守位而已，宿卫兵侍，莫非曹氏党旧姻戚。议郎赵彦尝为帝陈言时策，曹操恶而杀之。其余内外，多见诛戮。""操后以事入见殿中，帝不任其愤，因曰：'君若能相辅，则厚；不尔，幸垂恩相舍。'"②面对臣强主弱局面，献帝试图扭转乾坤，二次谋杀曹操即是其具体举措：建安五年（200）春正月，车骑将军董承、偏将军王服、越骑校尉种辑受密诏诛

①　陈寿《三国志》，第 33、34 页。
②　范晔《后汉书》，第 453 页。

曹操,事泄。① 此次反抗汉献帝非常主动、谋划周密,以败告终,自此汉献帝与曹操关系恶化,后来灭董承、杀伏后及二皇子当是曹操报复献帝之举。董承女为贵人,操诛承而求贵人杀之。帝以贵人有妊,累为请,不能得。建安十九年(214),曹操逼帝废后,假为策曰……"又以尚书令华歆为郗虑副,勒兵入宫收后。闭户藏壁中,歆就牵后出。时帝在外殿,引虑于坐。后被发徒跣,行泣过诀曰:'不能复相活邪?'帝曰:'我亦不知命在何时!'顾谓虑曰:'郗公,天下宁有是邪?'遂将后下暴室,以幽崩。所生二皇子,皆鸩杀之。后在位二十年,兄弟及宗族死者百余人,母盈等十九人徙涿郡。"②

　　建安二十三年(218)春正月甲子,少府耿纪、丞相司直韦晃起兵诛曹操,不克,夷三族。③ 此次起兵诛曹操,不是汉献帝组织,但据《三辅决录》注曰:"时有京兆全(示韦),字德伟,自以为代为汉臣,乃发愤,与耿纪、韦晃欲挟天子以攻魏,南援刘备。事败,夷三族。"出兵之名仍因汉献帝而起。对有意诛杀自己却不得不面子上尊崇的汉献帝,宁负天下人的曹操,绝对会将这笔账记在汉献帝名下,只是碍于时局不得不称臣而已。曹魏集团日益强盛,汉献帝已无力诛杀逆臣。随着袁术、孙策、袁绍、刘表等相继亡故,制衡曹操的势力不复存在,曹操不杀汉献帝,不是能力不及,而是惧于自己落下"弑帝篡位"之骂名。面对父死子替,以魏代汉的强大舆论压力,汉献帝难以确保性命,唯有禅位于曹丕,方有一线希望。汉献帝禅位,绝非自愿,曹操中女曹皇后及其他政治集团之反映即是明证:"魏受禅,遣使求玺绶,(献穆曹皇)后怒不与。如此数辈,后乃呼使者入,亲数让之,以玺抵轩下,因涕泣横流曰:'天不祚尔!'左右皆莫能仰视。"④曹植对于曹丕的即位表现为"自伤失先帝意,亦

　　① 范晔《后汉书》,第381页。
　　② 范晔《后汉书》,第455页。
　　③ 范晔《后汉书》,第389页。
　　④ 范晔《后汉书》,第455页。

怨激而哭"。①《三国志·蜀书·先主传》:"或传闻汉帝见害,先帝乃发丧制服,追谥曰孝愍皇帝。"在太傅许靖等的上言中谓:"曹丕篡弑,湮灭汉室,窃据神器,劫迫忠良,酷烈无道,人鬼忿毒,咸思刘氏……"刘备即帝位后的文告:"今曹操阻兵安忍,戮杀主后,滔天泯夏,罔顾天显。操子丕,载其凶逆,窃居神器……"《三国志·吴书·吴主传》:"及操子丕,桀逆遗丑,荐作奸回,偷取天位……"诸葛亮《又与杜微书》:"曹丕篡弑。自立为帝,是犹土龙刍狗之有名也。"刘巴《为先主即皇帝位告天文》:"操子丕,载其凶逆,窃居神器。"胡综《中分天下盟文》:"及操子丕,桀逆遗丑,荐作奸回,偷取天位。"吴蜀文书所言,虽有一定夸大之词,但汉献帝禅位确非自愿当无疑。上《嘉瑞赋》为曹丕颂德,实乃汉献帝保命举措之一,当然,该赋作不排除为汉献帝手下文士所做。

其次,受天命天时观影响,献帝作赋顺天应命。

董仲舒宣扬天人感应、阴阳灾异说,儒生、方士热衷于此,以干禄位。天命、祥瑞、鬼神等信仰泛滥,形成一股社会思潮。东汉末年,长期战乱频繁,广大人民难以掌握自己命运,生活极度痛苦,人们把脱离苦海的希望寄托在渺茫不可知的自然及幻想出来的神灵身上。人们对天降祥瑞更是深信不疑,直接影响着汉末政治活动及舆论导向。

汉末天人感应直接影响政治活动:初平二年(191)六月丙戌地震。秋七月,司空种拂免。初平四年(193)春正月甲寅朔,日有食之。丁卯,大赦天下。长安宣平城门外屋自坏。夏五月癸酉,无云而雷。六月,扶风大风,雨雹。华山崩裂。太尉周忠免。六月辛丑,天狗西北行。冬十月辛丑,京师地震,有星孛于天市。司空杨彪免。十一月辛丑,地震。司空赵温免。兴平元年(194)夏六月丁丑,地震;戊寅,又震。乙巳晦,日有食之,帝避正殿,寝兵,不听事

①　陈寿《三国志》,第493页。

五日。大蝗。秋七月壬子,太尉朱儁免。……三辅大旱,自四月至于是月。帝避正殿请雨,遣使者洗囚徒,原轻系。……冬十月,长安门自坏。建安五年(200)九月庚午朔,日有食之。诏三公举至孝二人,九卿、校尉、郡国守相各一人。建安二十五(220)二月丁未朔,日有食之。三月,改元延康。延康元年夏四月丁巳,饶安县言白雉见。《魏书》:赐饶安田租,勃海郡百户牛酒,大酺三日;太常以太牢祠宗庙。黄初元年(220),改许县为许昌县。①

　　汉献帝、曹丕是天命天时观的积极倡导者与遵循者:汉献帝册曰:"……天命不于常,惟归有德……皇灵降瑞,人神告征……天之历数在尔躬……以肃承天命。"乙卯,册诏魏王禅代天下曰:"……夫命运否泰,依德升降……是以天命不于常,帝王不一姓,由来尚矣。……天之历数,实在尔躬……汉承尧运,有传圣之义,加顺灵祇,绍天明命……"壬戌,册诏曰:"……朕惟汉家世逾二十,年过四百,运周数终,行祚已讫,天心已移,兆民望绝,天之所废,有自来矣。今大命有所底止,神器当归圣德,违众不顺,逆天不祥。王其体有虞之盛德,应历数之嘉会,是以祯祥告符,图谶表录,神人同应,受命咸宜。朕畏上帝,致位于王;天不可违……"丁卯,册诏魏王曰:"天讫汉祚,辰象著明,朕祇天命,致位於王,仍陈历数於诏册,喻符运於翰墨……"庚午,册诏魏王曰:"昔尧以配天之德,秉六合之重,犹睹历运之数,移於有虞,委让帝位,忽如遗迹。……夫不辞万乘之位者,知命达节之数也……王其速陟帝位,以顺天人之心,副朕之大原。"袁宏《汉纪》载汉帝诏曰:"……然仰瞻天文,俯察民心,炎精之数既终,行运在乎曹氏。是以前王既树神武之绩,今王又光曜明德以应其期,是历数昭明,信可知矣……"丁卯,册诏魏王曰:"天讫汉祚……"

---

　　①　范晔《后汉书》,第 371、373、374、375、376、377、390 页;陈寿《三国志》,第 77 页。

曹丕的天人感应观体现:辛未,魏王登坛受禅曰:"……咸以为天之历数,运终兹世,凡诸嘉祥民神之意,比昭有汉数终之极,魏家受命之符。汉主以神器宜授於臣,宪章有虞,致位于丕。丕震畏天命,虽休勿休。群公庶尹六事之人,外及将士,洎于蛮夷君长,佥曰:'天命不可以辞拒……'"

当时朝臣亦是天命天时观的积极拥护者:《魏书》曰:"帝生时,有云气青色而圆,如车盖当其上,终日,望气者以为至贵之证,非人臣之气。"《魏氏春秋》曰:"夏侯惇谓王曰:'……今殿下即戎三十余年,功德着于黎庶,为天下所依归,应天顺民,复何疑哉!'王曰:"施于有政,是亦为政。若天命在吾,吾为周文王矣。""曹操不代汉献帝而立,天命观亦有一定作用。《魏略》曰:孙权上书称臣,称说天命。侍中陈群、尚书桓阶奏曰:"……期运久已尽,历数久已终……此天人之应,异气齐声……"①《三国志·魏书·文帝纪》:"初,黄龙见谯,光禄大夫桥玄问太史令单飏:"此何祥也?"飏曰:"其国后当有王者兴,不及五十年,亦当复见。天事恒象,此其应也。"三月,黄龙见谯,登闻之曰:"单飏之言,其验兹乎!"《魏书》曰:"王召见登,谓之曰:'昔成风闻楚丘之繇而敬事季友,邓晨信少公之言而自纳光武。登以笃老,服膺占术,记识天道,岂有是乎!'赐登谷三百斛,遣归家。"魏王侍中刘廙、辛毗、刘晔、尚书令桓阶、尚书陈矫、陈群、给事黄门侍郎王毖、董遇等言:"……是天之所命以著圣哲,非有言语之声,芬芳之臭,可得而知也,徒县象以示人,微物以效意耳……天之不泯,诞生明圣,以济其难,是以符谶先著,以彰至德。殿下践阼未期,而灵象变於上,群瑞应於下……"辛亥,太史丞许芝条魏代汉见谶纬于魏王曰:"……七月四日戊寅,黄龙见,此帝王受命之符瑞最著明者也。又曰:'初六,履霜,阴始凝也。'又有积虫大穴天子之宫,厥咎然,今蝗虫见,应之也。……此魏王之姓讳,著见

---

① 陈寿《三国志》,第57、52、53页。

图谶。《易运期》谶曰：'言居东，西有午，两日并光日居下。其为主，反为辅。五八四十，黄气受，真人出。'言午，许字。两日，昌字。汉当以许亡，魏当以许昌。今际会之期在许，是其大效也。《易运期》又曰：'鬼在山，禾女连，王天下。'臣闻帝王者，五行之精……太微中，黄帝坐常明，而赤帝坐常不见，以为黄家兴而赤家衰，凶亡之渐。自是以来四十余年，又荧惑失色不明十有余年。建安十年，彗星先除紫微，二十三年，复扫太微。新天子气见东南以来，二十三年，白虹贯日，月蚀荧惑，比年己亥、壬子、丙午日蚀，皆水灭火之象也。殿下即位……斯皆帝王受命易姓之符也。……巨迹瑞应，皆为圣人兴……今兹岁星在大梁，有魏之分野也。而天之瑞应，并集来臻，……伏惟殿下体尧舜之盛明，膺七百之禅代，当汤武之期运，值天命之移受，河洛所表，图谶所载，昭然明白，天下学士所共见也。臣职在史官，考符察征，图谶效见，际会之期，谨以上闻。"侍中辛毗、刘晔、散骑常侍傅巽、卫臻、尚书令桓阶、尚书陈矫、陈群、给事中博士骑都尉苏林、董巴等奏曰："……至於殿下，以至德当历数之运，即位以来，天应人事，粲然大备，神灵图籍，兼仍往古，休征嘉兆，跨越前代；是芝所取中黄、运期姓纬之谶，斯文乃著於前世，与汉并见。由是言之，天命久矣，非殿下所得而拒之也……"督军御史中丞司马懿、侍御史郑浑、羊祕、鲍勋、武周等言："……殿下践阼，至德广被，格于上下，天人感应，符瑞并臻，考之旧史，未有若今日之盛。夫大人者，先天而天弗违，后天而奉天时……皇天乃眷，神人同谋……"尚书令桓阶等奏曰："汉氏以天子位禅之陛下，陛下以圣明之德，历数之序，承汉之禅，允当天心。夫天命弗可得辞……"侍中刘廙、常侍卫臻等奏议曰："汉氏遵唐尧公天下之议，陛下以圣德膺历数之运，天人同欢，靡不得所，宜顺灵符，速践皇阼……"辅国将军清苑侯刘若等百二十人上书曰："……伏惟陛下应乾符运，至德发闻，升昭于天，是三灵降瑞，人神以和，休征杂沓，万国响应，虽欲勿用，将焉避之？而固执谦虚，违天逆众，慕匹夫之

微分,背上圣之所蹈,违经谶之明文……"辅国将军等一百二十人
又奏曰:"……今火德气尽,炎上数终,帝迁明德,祚隆大魏。符瑞
昭晳,受命既固,光天之下,神人同应,虽有虞仪凤,成周跃鱼,方今
之事,未足以喻……"侍中刘廙等奏曰:"伏惟陛下以大圣之纯懿,
当天命之历数,观天象则符瑞著明,考图纬则文义焕炳……"辛酉,
给事中博士苏林、董巴上表曰:"……建安元年,岁复在大梁,始拜
大将军。十三年复在大梁,始拜丞相。今二十五年,岁复在大梁,
陛下受命。此魏得岁与周文王受命相应。今年青龙在庚子,《诗推
度灾》曰:'庚者更也,子者滋也,圣命天下治。'又曰:'王者布德于
子,治成于丑。'此言今年天更命圣人制治天下,布德于民也。……
臣闻天之去就,固有常分,圣人当之,昭然不疑……天下已传矣,所
以急天命,天下不可一日无君也。今汉期运已终,妖异绝之已审,
阶下受天之命,符瑞告征,丁宁详悉,反复备至,虽言语相喻,无以
代此。今既发诏书,玺绶未御,固执谦让,上逆天命,下违民望。臣
谨案古之典籍,参以图纬,魏之行运及天道所在,即尊之验……"尚
书令桓阶等奉曰:"……臣等以为天命不可稽,神器不可渎。……
必道信于神灵,符合于天地而已。……今陛下应期运之数,为皇天
所子,而复稽滞于辞让,低回于大号,非所以则天地之道……"侍中
刘廙等奏曰:"……伏惟陛下体有虞之上圣,承土德之行运,当亢阳
明夷之会,应汉氏祚终之数,合契皇极,同符两仪。是以圣瑞表征,
天下同应,历运去就,深切著明;论之天命,无所与议……是乃天道
悦怿……"相国华歆、太尉贾诩、御史大夫王朗及九卿上言曰:
"……又汉朝知陛下圣化通于神明,圣德参于虞、夏,因瑞应之备
至,听历数之所在,遂献玺绶,固让尊号。能言之伦,莫不抃舞,河
图、洛书,天命瑞应,人事协于天时,民言协于天叙。……天命不可
久稽……"相国歆、太尉诩、御史大夫朗及九卿奏曰:"……天命有
去就……汉朝虽承季末陵迟之余,犹务奉天命以则尧之道……陛
下即位……皇天则降甘露而臻四灵,后土则挺芝草而吐醴泉,虎豹

鹿兔，皆素其色，雉鸠燕雀，亦白其羽，连理之木，同心之瓜，五采之鱼，珍祥瑞物，杂鹈于其间者，无不毕备。……伏省群臣外内前后章奏，所以陈叙陛下之符命者，莫不条河洛之图书，据天地之瑞应，因汉朝之款诚，宣万方之景附，可谓信矣（省）矣……"尚书令桓阶等奏曰："……臣等伏以为上帝之临圣德，期运之隆大魏，斯岂数载……"

左中郎将李伏表魏王曰："……武都李庶、姜合羁旅汉中，谓臣曰：'必为魏公，未便王也。定天下者，魏公子桓，神之所命，当合符谶，以应天人之位。'……合曰：'孔子玉版也。天子历数，虽百世可知。'是后月余，有亡人来，写得册文，卒如合辞。……殿下即位初年，祯祥众瑞，日月而至，有命自天，昭然著见……"

再次，汉献帝虚处帝位，难保性命情况下，借禅让播名。

袁宏《汉纪》载汉帝诏曰："……夫大道之行，天下为公，选贤与能，故唐尧不私于厥子，而名播于无穷。朕羡而慕焉，今其追踵尧典，禅位于魏王。"乙卯，册诏魏王禅代天下曰："……昔虞舜有大功二十，而放勋禅以天下；大禹有疏导之绩，而重华禅以帝位。汉承尧运，有传圣之义……"汉献帝对禅让之名"羡而慕焉"，结果其愿望实现。侍中刘廙、常侍卫臻等奏议曰："汉氏遵唐尧公天下之议……"相国歆、太尉诩、御史大夫朗及九卿奏曰："……汉朝虽承季末陵迟之余，犹务奉天命以则尧之道……"汉献帝驾崩之际，（魏明）帝变服，率群臣哭之，使使持节行司徒太常和洽吊祭，又使持节行大司空大司农崔林监护丧事。魏明帝所下诏书有言："……山阳公昔知天命永终于己，深观历数允在圣躬，传祚禅位，尊我民主，斯乃陶唐懿德之事也……"且追谥为孝献皇帝，册赠玺绶。命司徒、司空持节吊祭护丧，光禄、大鸿胪为副，将作大匠、复土将军营成陵墓，及置百官群吏，车旗服章丧葬礼仪，一如汉氏故事；丧葬所供群官之费，皆仰大司农。立其后嗣为山阳公，以通三统，永为魏宾。"其陵名曰"禅陵"。

最后,《嘉瑞赋》序内容与当时文献的吻合。

"至德"之称:汉献帝两次诏令以"至德"言曹丕:乙卯册诏:"……今王缵承前绪,至德光昭……"壬戌册诏:"……今大命有所底止,神器当归圣德……"其他朝臣之上书言曹丕为"至德"则多见:尚书令桓阶等奏曰:"汉氏以天子位禅之陛下,陛下以圣明之德……"侍中刘廙、常侍卫臻等奏议曰:"……陛下以圣德膺历数之运……"辅国将军清苑侯刘若等百二十人上书曰:"……伏惟陛下应乾符运,至德发闻……"侍中刘廙、辛毗、刘晔、尚书令桓阶、尚书陈矫、陈群、给事黄门侍郎王毖、董遇等言:"是以符谶先著,以彰至德……"侍中辛毗、刘晔、散骑常侍傅巽、卫臻、尚书令桓阶、尚书陈矫、陈群、给事中博士骑都尉苏林、董巴等奏曰:"至於殿下,以至德当历数之运……"督军御史中丞司马懿、侍御史郑浑、羊秘、鲍勋、武周等言:"殿下践阼,至德广被……"相国华歆、太尉贾诩、御史大夫王朗及九卿上言曰:"又汉朝知陛下圣化通于神明,圣德参于虞、夏……"尚书令桓阶等奏曰:"臣等伏以为上帝之临圣德,期运之隆大魏……"左中郎将李伏表魏王曰:"殿下即位初年,祯祥众瑞,日月而至,有命自天,昭然著见。然圣德洞达,符表豫明,实乾坤挺庆,万国作孚……"

众瑞之兆:"汉帝以众望在魏,乃召群公卿士,告祠高庙。使兼御史大夫张音持节奉玺绶禅位,册曰:'……皇灵降瑞……'"汉献帝丁卯,册诏魏王曰:"天讫汉祚,辰象著明……"

曹丕令曰:"凡斯皆宜圣德,故曰'苟非其人,道不虚行'。天瑞虽彰,须德而光;吾德薄之人,胡足以当之……"《答辛毗等令》:"是以上惭众瑞,下愧士民……"《答许芝上代汉图谶令》:"虽屡蒙祥瑞,当之战惶……"《答华歆等令》:"至乎天瑞人事……"《即位告天文》:"灵祥并见……"

曹丕受禅前大臣之辞:侍中刘廙等奏曰:"故受命之期,时清日晏,曜灵施光,休气云蒸……"魏王侍中刘廙、辛毗、刘晔、尚书令桓阶、尚书陈矫、陈群、给事黄门侍郎王毖、董遇等言:"殿下践阼未期,而灵象变于上,群瑞应于下……"辛亥,太史丞许芝条魏代汉见谶纬于魏王曰:"七月四日戊寅,黄龙见,此帝王受命之符瑞最著明者也……今蝗虫见,应之也……新天子气见东南以来,二十三年,白虹贯日,月蚀荧惑,比年己亥、壬子、丙午日蚀,皆水灭火之象也。殿下即位,初践阼,德配天地,行合神明,恩泽盈溢,广被四表,格于上下。是以黄龙数见,凤皇仍翔,麒麟皆臻,白虎效仁,前后献见于郊甸;甘露醴泉,奇兽神物,众瑞并出。斯皆帝王受命易姓之符也……巨迹瑞应,皆为圣人兴。观汉前后之大灾,今兹之符瑞,察图谶之期运,揆河洛之所甄,未若今大魏之最美也。夫得岁星者,道始兴……今兹岁星在大梁,有魏之分野也。而天之瑞应,并集来臻……"侍中辛毗、刘晔、散骑常侍傅巽、卫臻、尚书令桓阶、尚书陈矫、陈群、给事中博士骑都尉苏林、董巴等奏曰:"休征嘉兆,跨越前代……"辅国将军清苑侯刘若等百二十人上书曰:"人神以和,休征杂沓……"辛酉,给事中博士苏林、董巴上表曰:"今汉期运已终,妖异绝之已审,阶下受天之命,符瑞告征……"侍中刘廙等奏曰:"是以圣瑞表征……"相国华歆、太尉贾诩、御史大夫王朗及九卿上言曰:"河图、洛书,天命瑞应……"相国歆、太尉诩、御史大夫朗及九卿奏曰:"是以布政未期,人神并和,皇天则降甘露而臻四灵,后土则挺芝草而吐醴泉,虎豹鹿兔,皆素其色,雉鸠燕雀,亦白其羽,连理之木,同心之瓜,五采之鱼,珍祥瑞物,杂鹅于其间者,无不毕备……《三国志补注》卷一:'《魏略》曰:'文帝欲受禅,野蚕成丝,朱草生于文昌殿侧,郡国奏凤皇十三见,白雉十九见,白鸠十九见,虎二十七见,九尾狐见于谯郡,白雀十九见,神龟出于灵芝池,黄龙十三见,赤鱼游于露镳。'曹植所作《魏文帝诔》言及禅让之际:"上灵降瑞,黄初叔祜:河龙洛龟,凌波游下;平钧应绳,神鸾翔舞;数荚阶除,系风扇暑;皓兽素禽,飞走郊野;神钟宝鼎,形自旧土;云英甘露,瀸涂被宇;灵芝冒沼,朱华廕渚。回回凯风,祁祁甘雨,稼穑丰登,我稷我黍。……镌石纪勋,兼录众瑞……"

　　作于延康元年(220)的《上尊号碑》中有"是以布政未期,人神并和,皇天则降甘露而臻四灵,后土则挺芝草而吐醴泉,虎豹鹿兔,皆素其色,雉鸠燕爵,亦白其羽,连理之木,同心之瓜,五采之鱼,珍祥瑞物,杂遝于其间者,无不毕备。"与此同时的《受禅碑》:"天关启闻,四灵具臻。涌醴横流,山见黄人。所以显受命之□□□□□之期运也。其余甘露零于丰草,野蚕茧于茂树,嘉禾神芝,奇禽灵兽,穷祥极瑞者,期月之间,盖七百余见。自金天以□□□□□嘉禅之降,未有若今之盛者也。"黄初元年作的《孔子庙碑》中"故自受命以来,天人咸和,神气烟煴,嘉瑞踵武,休征屡臻。殊俗解编发而慕义,遐夷越险阻而来宾……"①

　　曹丕《让禅令》:"使彼众事备,群瑞效,然后……"在禅让之际,曹丕以群瑞未至为由辞让,汉献帝刘协作《嘉瑞赋》进行劝谏,正合时宜。

　　综上所述,汉献帝《嘉瑞赋》作于延康元年(220)末逊位时。

　　67. 卞兰(魏明帝时)

　　卞兰有《赞述太子赋》、《许昌宫赋》、《七牧》。《许昌宫赋》属魏赋。《七牧》残,作年不可考。

　　《赞述太子赋》见于《艺文类聚》卷十六、《渊鉴类函》卷五十九、《历代赋汇》卷四十六、《续古文苑》卷二、《全三国文》卷三十。与赋同时之《赞述太子表》言:"窃见所作《典论》及诸赋颂","今相钟繇、大理王朗"。钟繇"魏国初建,为大理,迁相国"。建安十八年(213)秋七月,始建魏社稷宗庙。……十一月,初置尚书、侍中、六卿。建安二十四年(219)九月坐魏讽反免。②则钟繇为相在建安十八年(213)十一月至二十四年(219)八月。曹丕《典论》言及孔融、陈琳、

　　① 国家图书馆善本金石组编《先秦秦汉魏晋南北朝石刻文献全编二》,北京图书馆出版社,第15、20、23页。
　　② 陈寿《三国志》,第394、42、52页。

王粲、徐幹、阮瑀、应玚、刘桢，且作《典论》时，"融等已逝，唯幹著
《论》，成一家言"。孔融十三年(208)被杀，阮瑀十七年(212)卒，陈
琳、王粲、阮瑀、应玚、刘桢本传言二十二年(217)卒；徐幹《中论
序》："徐幹年四十八，建安二十三年(218)春二月，遭厉疾，大命殒
颓。"则《典论》初成在二十三年(218)二月后。《赞述太子赋》作于
建安二十三年(218)三月至二十四年(219)八月。

汉赋系年总表

西汉(汉高祖元年至更始三年)(前 206—25)

吕后七年(前 181)

　　赵幽王刘友《临终歌》。

文帝前元元年(前 179)

　　陆贾《孟春赋》,亡佚 2 篇(暂系于此)。

文帝前元三年(前 177)

　　贾谊《吊屈原赋》。

？—文帝前元三年(？—前 177)

　　朱建赋 2 篇,亡佚。

文帝前元五年(前 175)

　　贾谊《鵩鸟赋》。

文帝前元十年(前 171)

　　贾谊《旱云赋》。

？—文帝前元十二年(？—前 168,上限为前 190)

　　贾谊《簴赋》及其他亡佚的 3 篇。

文帝前元三年至后元二年(前 177—前 162)

　　枚乘《七发》。

文帝前元十六年至景帝前元四年(前 164—前 153)

　　刘隄赋 19 篇,亡佚。

景帝前元四年至七年(前 153—前 150)

　　枚乘《柳赋》;邹阳《几赋》、《酒赋》;公孙乘《月赋》;路乔如《鹤赋》;公孙诡《文鹿赋》;羊胜《屏风赋》、《月赋》。

景帝前元四年至中元六年(前 153—前 144)

　　枚乘《梁王兔园赋》;庄夫子《哀时命》等 24 篇赋作。

景帝前元七年至中元六年(前 150—前 144)

　　司马相如《美人赋》、《梓桐山赋》、《玉如意赋》。

景帝中元三年至中元年(前 147—前 144)

　　司马相如《子虚赋》。

汉景帝四年至后元三年(前 154—前 141)

周长孺赋 2 篇,亡佚。

景帝后元三年(前 140)

　　枚皋《平乐馆赋》。

? —景帝后元三年(? —前 140)

　　枚乘《临灞池远诀赋》、《笙赋》及 4 篇亡佚赋作。

武帝建元三年(前 138)

　　司马相如《天子游猎赋》、《哀二世赋》。

武帝建元四年(前 137)

　　东方朔《猎赋》。

? —景帝后元元年(? —前 136,上限为前 169)

　　广川惠王(刘)越赋 5 篇,亡佚。

武帝元光五年(前 130)

　　司马相如《长门赋》。

景帝前元三年至元光六年(前 154—前 129)

　　刘胜《文木赋》。

武帝元朔元年(前 128)

　　东方朔《皇太子生赋》;枚皋《皇太子生赋》、《戒终赋》。

? —武帝元朔二年(? —前 127)

孔臧《谏格虎赋》、《蓼虫赋》、《鸮赋》、《杨柳赋》及亡佚20篇。

武帝元朔四年(前125)

司马相如《大人赋》。

武帝元朔五年、六年(前124、前123)

董仲舒《士不遇赋》。

文帝前元十六年至武帝元狩元年(前164—前122)

淮南王群臣赋44篇,亡佚。

武帝建元六年至元狩元年(前135—前122)

严助赋35篇,亡佚。

武帝元狩元年(前122)

东方朔《答客难》。

?—武帝元狩元年(?—前122,上限为前169)

刘安《薰笼赋》、《屏风赋》及亡佚80篇。

武帝元狩二、三年(前121、前120)

盛览《列锦赋》。

武帝元狩三年(前120)

司马相如《难蜀父老》。

元狩四年(前119)

刘彻《悼李夫人赋》。

景帝后元三年至武帝元狩六年(前141—前117)

庆虬之《清思赋》。

?—武帝元狩六年(?—前117,上限为文帝前元十一年〈前169〉)

司马相如《梨赋》、《鱼葅赋》及亡佚18篇。

景帝后元三年至武帝元鼎元年(前141—前116)

吾丘寿王赋15篇,亡佚。

?—武帝元鼎二年(?—前115)

朱买臣赋3篇,亡佚。

武帝元封二年(前 109)

枚皋《宣房赋》、《甘泉赋》、《雍赋》、《河东赋》、《封泰山赋》、《校猎赋》、《蹴鞠赋》等(亡佚 110 篇。作年不可考,暂系于此)。

? —太初三年(? —前 103)

兒宽赋 2 篇,亡佚。

武帝元封元年至武帝天汉元年(前 110—前 100)

东方朔《非有先生论》。

武帝天汉二年(前 99)

司马迁《悲士不遇赋》及亡佚 7 篇。

? —武帝后元元年(? —前 88)

东方朔《屏风赋》、《七谏》、《殿上柏柱赋》、《封泰山》、《责和氏璧》、《平乐观》、《从公孙弘借车》、《大言赋》等。

景帝后元三年至武帝后元二年(前 141—前 87)

臣说赋 3 篇,亡佚;庄忽奇赋 11 篇,亡佚。

? —武帝后元二年(? —前 87)

刘彻赋 1 篇,亡佚。

? —昭帝始元二年(? —前 85,上限为前 154)

刘辟疆赋 8 篇,亡佚。

? —昭帝元凤三年(? —前 78)

眭弘赋 1 篇,亡佚。

宣帝神爵元年(前 61)

刘向《请雨华山赋》。

武帝元封四年至宣帝五凤二年(前 107—前 56)

刘德赋 9 篇,亡佚。

宣帝甘露元年(前 53)

王褒《甘泉赋》、《洞箫赋》及亡佚 14 篇。

宣帝元平元年至黄龙元年(前 74—前 49)

张子侨赋 3 篇,亡佚;李步昌赋 2 篇,亡佚。

武帝太始元年至元帝初元二年(前96—前47)
　　萧望之赋4篇,亡佚。

宣帝元平元年至成帝竟宁元年(前74—前33)
　　华龙赋2篇,亡佚。

宣帝五凤三年至成帝建始三年(前55—前30)
　　张丰赋3篇,亡佚。

宣帝元康三年至成帝河平元年(前63—前28)
　　刘钦赋2篇,亡佚。

? —成帝建始四年(? —前24,上限为前43)
　　杜参赋2篇,亡佚。

成帝建始三年至鸿嘉四年(前44—前17)
　　扬雄《蜀都赋》。

成帝阳朔四年至永始元年(前21—前16)
　　扬雄《羽猎赋》。

成帝鸿嘉四年、永始元年(前17、前16)
　　班倢伃《捣素赋》、《自悼赋》。

成帝永始四年(前13)
　　扬雄《甘泉赋》、《河东赋》。

成帝元延元年(前12)
　　扬雄《都酒赋》、《校猎赋》。

成帝元延二年(前11)
　　扬雄《长杨赋》。

宣帝神爵四年至成帝元延三年(前58—前10)
　　佚名《神乌赋》。

宣帝黄龙元年至成帝绥和二年(前49—前7)
　　徐明赋3篇,亡佚。

成帝河平三年至绥和二年(前26—前7)
　　刘歆《灯赋》;冯商《灯赋》及亡佚8篇。

成帝绥和二年(前 7)

桓谭《仙赋》及亡佚赋作 1 篇。

? —成帝绥和二年(? —前 7)

刘向《雅琴赋》、《芳松枕赋》、《麒麟角杖赋》、《合赋》、《行过江上弋雁赋》、《行弋赋》、《弋雌得雄赋》、《雁赋》及亡佚 24 篇;虞公《丽人歌赋》。

哀帝太初元将元年(前 5)

刘歆《遂初赋》。

哀帝元寿元年(前 2)

扬雄《解嘲》、《解难》、《太玄赋》。

平帝元始五年(5)

刘歆《甘泉宫赋》。

新莽建国三年至五年(11—13)

扬雄《逐贫赋》。

? —新莽天凤五年(? —18,上限为前 43)

扬雄《核灵赋》。

王莽居摄元年至地皇四年(6—23)

薛方,诗赋数十篇,亡佚。

东汉(光武帝建武元年至延康元年,25—220)

光武帝建武二年(26)

班彪《北征赋》。

光武帝建武七年(31—?)

崔篆《慰志赋》。

光武帝建武十三年(37)

班彪《览海赋》。

光武帝建武二十年（44）

　　杜笃《论都赋》。

光武帝建武二十九年（53）

　　班彪《冀州赋》；冯衍《显志赋》、《扬节赋》。

光武帝建武元年至三十二年（25—56）

　　王隆赋少于或等于 23 篇，亡佚；夏恭赋少于或等于 20 篇，亡佚。夏牙赋少于或等于 37 篇，亡佚，稍后；卫宏赋少于或等于 5篇，亡佚。

光武帝建武二十六年至中元元年（50—56）

　　杨终《雷赋》、《电赋》。

光武帝建武三十年至明帝永平元年（54—58）

　　班固《幽通赋》。

明帝永平五年（62）

　　梁竦《悼骚赋》。

明帝永平八年（65）

　　傅毅《七激》。

光武帝建武二十三年至汉明帝永平十年（47—67）

　　佚名士卒《无题赋》。

更始三年至明帝永平十六年（25—73）

　　刘睦赋颂数十篇，亡佚。

明帝永平十七年（74）

　　班固《两都赋》；杜笃《众瑞赋》；傅毅《神雀赋》。

光武帝建武中元二年至明帝永平十八年（57—75）

　　刘玄《簧赋》。

明帝永平十六年至十八年（73—75）

　　崔骃《达旨》。

明帝永平十八年肃宗即位（75）

　　班固《答宾戏》。

章帝建初元年(76)

班固《耿恭守疏勒城赋》。

光武帝建武二十年至章帝建初二年(44—77)

杜笃《首阳山赋》。

明帝永平元年至章帝建初二年(58—77)

班固《白绮扇赋》。

明帝永平七年至章帝建初二年(64—77)

傅毅《洛都赋》。

明帝永平十三年至章帝建初二年(70—77)

杜笃《祓禊赋》。

章帝建初元、二年(76、77)

傅毅《反都赋》。

? —章帝建初三年(? —78)

杜笃《书撷赋》。

光武帝建武中元元年至章帝建初六年(57—81)

琅邪孝王京赋,篇目不详,亡佚。

? —章帝建初八年(? —83,上限为39)

东平王苍赋,亡佚,篇数不详。

章帝元和三年(86)

班固《终南山赋》。

章帝建初二年至章和二年(77—88)

班固《竹扇赋》。

和帝永元二年(90)

崔骃《大将军临洛观赋》、《大将军西征赋》、《武都赋》(《武赋》)。

明帝永平七年至和帝永元三年(64—91)

刘广世《七兴》。

? —和帝永元三年(? —91)

傅毅《舞赋》、《琴赋》、《羽扇赋》、《郊祀赋》。

明帝永平十六年至永元四年(73—92)

　　崔骃《七依》。

明帝永平十七年至永元四年(74—92)

　　崔骃《反都赋》。

和帝永元七年(95)

　　张衡《温泉赋》。

和帝永元九年(97)

　　李尤《平乐观赋》。

？—和帝永元十一年(？—99,上限为88)

　　张衡《定情赋》、《扇赋》。

和帝永元十一年—？(99—？)

　　王逸《机赋》。

？—和帝永元十二年(？—100,上限为37)

　　王充《果赋》。

和帝永元十三年(101)

　　班昭《大雀赋》;李尤《东观赋》。

和帝永元十四年(102)

　　李尤《辟雍赋》。

和帝永元十五年(103)

　　张衡《南都赋》。

和帝永元十六年(104)

　　张衡《舞赋》。

和帝永元七年至十七年(95—105)

　　班昭《蝉赋》、《针缕赋》。

和帝永元十七年(105)

　　张衡《二京赋》。

和帝永元十三年至殇帝延平元年(101—106)

　　李尤《德阳殿赋》。

？—殇帝延平元年（？—106）

　　黄香《九宫赋》。

和帝永元十二年至安帝永初二年（100—108）

　　张衡《鸿赋》。

章帝章和二年至安帝永初六年（88—112）

　　葛龚《遂初赋》（《反遂初赋》）。

安帝永初七年（113）

　　班昭《东征赋》。

安帝延光二年（123）

　　张衡《羽猎赋》；王符《羽猎赋》。

章帝章和二年至安帝延光四年（88—125）

　　苏顺《叹怀赋》。

和帝永元八年至顺帝永建元年（96—126）

　　李尤《函谷关赋》、《七叹》、《果赋》；李胜赋，数目不详，亡佚。

顺帝永建元年（126）

　　马融《长笛赋》。

？—顺帝永建元年（？—126）

　　刘騊駼《玄根赋》。

顺帝永建六年（131）

　　张衡《应间》。

顺帝永建七年（132）

　　邓耽《郊祀赋》。

顺帝阳嘉三、四年（134、135）

　　张衡《思玄赋》。

顺帝永和元年（136）

　　张衡《七辩》。

顺帝永和二、三年（137、138）

　　张衡《冢赋》、《髑髅赋》。

顺帝永和三年(138)

张衡《归田赋》、《逍遥赋》。

顺帝阳嘉四年至汉安元年(135—142)

边韶《塞赋》。

?—顺帝汉安二年(?—143,上限为88)

崔瑗《七苏》及其他亡佚赋作。

安帝元初元年至顺帝汉安三年(114—144)

王逸《荔枝赋》。

顺帝汉安三年至冲帝永熹元年(144—145)

崔琦《白鹄赋》。

桓帝建和元年(147)

崔寔《大赦赋》。

桓帝和平元年(150)

马融《梁将军西第赋》。

?—桓帝永寿四年(?—158,上限为116)

崔琦《七蠲》。

桓帝延熹二年(159)

蔡邕《霖雨赋》。

桓帝延熹三年(160)

蔡邕《述行赋》。

?—桓帝延熹六年(?—163,上限为110)

朱穆《郁金赋》。

桓帝延熹六、七年(163、164)

王延寿《梦赋》。

桓帝延熹八年(165)

王延寿《鲁灵光殿赋》;赵壹《解摈》。

?—桓帝延熹八年(?—165)

王延寿《千秋赋》、《王孙赋》。

？—桓帝延熹九年（？—166，上限为89）

马融《围棋赋》、《樗蒲赋》、《琴赋》、《龙虎赋》、《七厉》。

顺帝永建三年至延熹九年（128—166）

张升《白鸠赋》。

桓帝永康元年（167）

赵壹《穷鸟赋》。

？—桓帝永康元年（？—167，上限为110）

延笃《应讯》；桓麟《七说》。

灵帝建宁元年（168）

赵壹《刺世疾邪赋》。

桓帝延熹五年至灵帝建宁三年（162—170）

蔡邕《释诲》。

桓帝延熹七年至灵帝建宁三年（164—170）

崔寔《答讥》。

？—灵帝熹平元年（？—172，上限为101）

胡广赋作，数目不详，亡佚。

？—灵帝熹平三年（？—174，上限为114）

皇甫规《芙蓉赋》。

灵帝熹平五年（176）

刘琬《神龙赋》；郦炎《七平》。

顺帝汉安元年至灵帝光和元年（142—178）

桓彬《七设》。

灵帝光和二年（179）

蔡邕《青衣赋》。

灵帝光和四年（181）

刘琬《马赋》。

灵帝光和五年（182）

边让《章华赋》；刘宏赋1篇，亡佚。

灵帝光和六年(183)

　　刘宏《追德赋》。

? —灵帝光和六年(? —183)

　　刘梁《七举》。

顺帝汉安二年至灵帝中平二年(143—184)

　　马芝《申情赋》。

质帝本初元年至灵帝中平二年(146—185)

　　刘陶赋,数目不详,亡佚。

? —灵帝中平二年(? —185,上限为126)

　　韩说赋,数目不详,亡佚。

灵帝熹平四年至中平六年(175—189)

　　高彪赋,数目不详,亡佚。

灵帝光和元年至中平六年(178—189)

　　鸿都门学士赋作,数目不详,亡佚。包括乐松、江览等人。

灵帝中平六年(189)

　　蔡邕《弹棋赋》、《汉津赋》、《短人赋》。

? —灵帝中平六年(? —189)

　　服虔赋,数目不详,亡佚。

献帝初平二年(191)

　　崔琰《述初赋》。

桓帝延熹八年至献帝初平三年(165—192)

　　蔡邕《鲁灵光殿赋》。

献帝初平元年至三年(190—192)

　　陈琳《应讥》。

? —献帝初平三年(? —192,上限为142)

　　蔡邕《伤故栗赋》、《琴赋》、《检逸赋》(《静情赋》)、《笔赋》、《蝉赋》、《协初赋》(《协和婚赋》)、《瞽师赋》、《团扇赋》、《玄表赋》、《长笛赋》。

灵帝光和三年至献帝初平四年（180—193）

张超《诮青衣赋》。

献帝初平四年（193）

赵岐《蓝赋》。

献帝建安元年（196）

杨修《许昌宫赋》。

献帝建安二年（197）

祢衡《鹦鹉赋》。

灵帝光和元年至献帝建安三年（178—198）

赵壹《迅风赋》。

献帝建安二、三年（197、198）

张纮《瑰材枕赋》。

献帝建安三年（198）

繁钦《避地赋》、《述行赋》。

献帝建安四年（199）

陈琳《武军赋》。

献帝建安九年（204）

繁钦《愁思赋》。

献帝建安十一年（206）

曹操、曹丕《沧海赋》。

献帝建安十年至十二年（205—207）

王粲《登楼赋》。

献帝建安十二年（207）

陈琳《神武赋》；徐幹《齐都赋》。

献帝建安十三年（208）

阮瑀《纪征赋》；应场《校猎赋》；曹丕、丁廙《蔡伯喈女赋》；曹植、王粲《酒赋》；曹丕《述征赋》。

献帝建安十四年（209）

徐幹《序征赋》；王粲《游海赋》、《初征赋》；曹丕、王粲《浮淮赋》；繁钦《征天山赋》。

献帝建安十五年(210)

曹丕、王粲、丁廙、夏侯惇《弹棋赋》；曹植、陈琳、王粲、阮瑀、应玚《鹦鹉赋》；曹植《静思赋》，陈琳、阮瑀《止欲赋》；王粲《闲邪赋》；曹丕、应玚、徐幹《正情赋》。

献帝建安十六年(211)

曹丕《感离赋》、《戒盈赋》、《哀己赋》；曹植《离思赋》、《述行赋》、《述征赋》；王粲《征思赋》；徐幹《西征赋》。

? —献帝建安十六年(？—211，上限为 162)

张纮其他亡佚赋作。

献帝建安十五年至十七年(210—212)

曹丕、曹植、王粲《出妇赋》。

献帝建安十七年(212)

曹操、曹丕、曹植《登台赋》；曹丕《登城赋》。

? —建安十七年(？—212)

阮瑀《筝赋》。

献帝建安十六至十八年(211—213)

刘桢《瓜赋》。

献帝建安十八年(213)

曹丕《临涡赋》、《校猎赋》；曹植《叙愁赋》；曹丕、王粲、丁廙妻《寡妇赋》；陈琳《武猎赋》；王粲《羽猎赋》；应玚《西狩赋》；刘桢《大阅赋》。

献帝建安十六年至十九年(211—214)

曹植《感婚赋》。

献帝建安十九年(214)

曹丕《离居赋》、《济川赋》；曹植《东征赋》、《游观赋》；杨修《出征赋》。

献帝建安二十年（215）

曹丕《玉玦赋》；应场《撰征赋》、《西征赋》；刘桢《黎阳山赋》；曹丕、陈琳、王粲《柳赋》；繁钦《述征赋》。

?—献帝建安二十年（?—215,上限约为166）

潘勖《玄达赋》。

献帝建安十四年至二十一年（209—216）

曹丕《悼夭赋》；王粲《伤夭赋》、《投壶赋》、《白鹤赋》、《围棋赋》；曹丕、曹植、陈琳、王粲、应场《迷迭赋》；杨修《伤夭赋》。

献帝建安十五年至二十一年（210—216）

刘桢《遂志赋》。

献帝建安十六至二十一年（211—216）

曹植《神龟赋》、《洛阳赋》；陈琳《悼龟赋》；曹丕、王粲《莺赋》。

献帝建安十八至二十一年（213—216）

曹丕、陈琳、王粲《玛瑙勒赋》。

献帝建安二十、二十一年（215、216）

曹丕、曹植、王粲、应场《愁霖赋》；曹植《思归赋》。

献帝建安二十一年（216）

曹植《慰子赋》、《藉田赋》；徐幹《喜梦赋》；陈琳、王粲、应场、杨修《神女赋》；曹丕、曹植、王粲《槐树赋》；曹丕、曹植、陈琳、王粲、刘桢《大暑赋》；繁钦、杨修《暑赋》；曹植《七启》；王粲《七释》；徐幹《七喻》；杨修《七训》；曹丕、曹植、陈琳、徐幹、应场、王粲《车渠椀赋》；曹操《鹖鸡赋》；曹植、王粲、杨修《鹦赋》。

献帝建安八年至二十二年（203—217）

应场《赞德赋》。

献帝建安九年至二十二年（204—217）

曹植《释思赋》。

献帝建安九年至二十二年（208—217）

王粲《述征赋》。

献帝建安十六年至二十二年(211—217)

　　曹植《娱宾赋》、《宴乐赋》。

献帝建安十七年至二十二年(212—217)

　　曹植《橘赋》。

献帝建安十八年至二十二年(213—217)

　　陈琳《答客难》;应场《驰射赋》、《释宾》。

献帝建安二十一年、二十二年(216、217)

　　曹植《宝刀赋》。

献帝建安二十二年(217)

　　刘桢《鲁都赋》。

? —献帝建安二十二年(? —217)

　　陈琳《大荒赋》;应场《杨柳赋》、《灵河赋》、《慜骥赋》;刘桢《清虑赋》;王粲《喜霁赋》、《思友赋》。

献帝建安十六年至二十三年(211—218)

　　曹植《九华扇赋》。

献帝建安二十三年(218)

　　曹植、杨修《节游赋》。

? —献帝建安二十三年(? —218)

　　徐幹《橘赋》、《漏卮赋》、《从征赋》、《玄猿赋》、《哀别赋》、《冠赋》、《圆扇赋》;繁钦《柳赋》、《建章凤阙赋》、《三胡赋》、《弭愁赋》、《桑赋》、《明□赋》。

献帝建安十四年至二十四年(208—219)

　　曹植《离缴雁赋》。

献帝建安二十一年至二十四年(216—219)

　　曹植、杨修《孔雀赋》。

献帝建安二十三、二十四年(218、219)

　　卞兰《赞述太子赋》。

? —献帝建安二十五年(? —220)

曹植《芙蓉赋》；丁仪《厉志赋》。

献帝延康元年（220）

曹丕《思亲赋》、《永思赋》；曹丕、曹植《喜霁赋》；刘协《嘉瑞赋》。

不可考

西汉：蔡甲赋 1 篇；臣婴齐赋 10 篇；臣吾赋 18 篇；苏季赋 1 篇；李息赋 9 篇；朱宇赋 3 篇；长沙王群臣赋 3 篇；魏内史赋 2 篇；延年赋 7 篇；李忠赋 2 篇；张偃赋 2 篇；贾充赋 4 篇；张仁赋 6 篇；秦充赋 2 篇；谢多赋 10 篇；锜华赋 9 篇；别栩阳赋 5 篇；臣昌市赋 6 篇；臣义赋 2 篇；王商赋 13 篇；徐博赋 4 篇；王广、吕嘉赋 5 篇；路恭赋 8 篇；"客主赋" 18 篇；"杂行出及颂德赋" 24 篇；"杂四夷及兵赋" 20 篇；"杂中贤失意赋" 12 篇；"杂思慕悲哀死赋" 16 篇；"杂鼓琴剑戏赋" 13 篇；"杂山陵水泡云气雨旱赋" 16 篇；"杂禽兽六畜昆虫赋" 18 篇；"杂器械草木赋" 33 篇；"大杂赋" 34 篇；"成相杂辞" 11 篇；"隐书" 18 篇。

东汉：侯瑾《筝赋》、《应宾难》；廉品《大傩赋》。

备注：

对于不能确考写作时间而知道作者生年之赋作，以卒年为写作时间下限，上限肯定不超过其生年后 10 年，（汉时早慧者多，司马迁"年十岁则诵古文"，杨终十三岁即有赋作，曹植十多岁也有赋作，故以十岁为时间上限）上表注明时间上限，以作参考。

结　论

　　本书所取得之成果可总结如下：

　　通过扩大检索范围，辑佚前贤遗漏之存目、佚文计90条。条目数量虽不太多，但对于补充完善汉赋有一定的推进作用；通过对汉赋文本载录情况的梳理、比对，发现前贤误载、误辑、误考之处，亦可发现部分史书之错误记载。将现存全部汉赋作为研究对象，能由仅关注重点作者、完整篇目之局面转为全面观照汉赋之格局，有助于改观以往对汉赋"腴辞云构"、虚夸之印象，逐渐认识汉赋"文虽杂而有实，色虽糅而有仪"之征实性特质，客观认识汉赋在其时代之社会功能。

　　利用汉赋重模拟之特点及相近类型赋作，相关地理、历史、音韵学、古文字学等知识，缀合汉残赋48篇。汉赋文本校订缀合，为今后汉赋注析、赋作家个人作品集注析，汉赋题材、体裁的承变研究，汉赋与其他文体之间的联系，汉赋的源流研究等提供了文本基础，是揭开汉赋真实面貌的重要一环。

　　充分利用赋作所涉及的政治历史事件、人物对象、称谓用词、节令信息及作者经历等，对汉赋系年。此举将各赋纳入历史维度之上，为汉赋研究提供了时间参照；对汉代其他题材作品的研究有一定参照作用；对弄清汉代历史有重要参考价值。

　　利用相关外围资料，修正部分赋作者之生平。这样，有助于汉赋作家个人研究的补充与完善，为全面分析其多元身份拓展了一个窗口；通过对汉赋、汉赋作家的研究，为研究汉代文人之间的交游及相关文学活动、文人生活、文化史、制度史等提供信息，是更清晰认识汉代不可缺少的方面。

汉赋系年考校，对其他朝代赋作的研究、其他体裁之断代专体系年亦有一定借鉴作用；为文学史的细化作出了有益的尝试，对文学史的客观呈现略具微薄之功。

异文的考校中，限于篇幅和古文字学知识的缺乏，过于简略；汉赋文本的补缀中，因对音韵学知识懂得不多，运用起来不能得心应手，甚至不免有错讹之处；汉赋系年时，部分篇目只能划在一个区间，有待作进一步的考定；对汉代赋作家以外其他人的作品未能全面细读，难免会遗失一些重要信息；限于经费和精力，许多港台及国外汉学家研究汉赋的相关资料未能一一查阅，致许多相关研究信息缺失；希望在以后的研究中，能逐渐弥补上述不足。

汉赋文本的校订缀合内容较多，在具体篇目论述时列有校订后之文本。前贤误载、误辑、误考之处，汉赋作家生平修正部分，在行文中均有出现。赋作之系年，分散于各篇之后，不便于统一查看，故以《汉赋系年总表》作结，对文中所论及汉赋（含存目及可考亡佚篇数）1273篇进行系年，曹植等跨魏作者曹丕代汉后所作之赋不纳入本系年表中。文中疏误不妥之处，祈望方家不吝教正。

附录:本书系年取旧说与新考统计表

说明:表中"/"为前贤系年未涉及者;"○"为从前贤之说;"▲"为另立新说,共涉及132家903篇赋作。

作　者	篇名及存佚情况	前贤系年	笔者系年	备注
1 赵幽王（刘友）	临终歌	/	前 181	▲
2 陆贾	《孟春赋》	/	? —前 179	▲
	亡佚 2 篇			
3 朱建	2 篇,亡佚	/	? —前 177	▲
4 贾谊	《吊屈原赋》《吊湘赋》)	前 178、前 177、前 176	前 177	○
	《鵩鸟赋》	前 176、前 175、前 174、前 173	前 175	
	《旱云赋》	前 171	前 171	
	《簴赋》	/	? —前 168	▲
	亡佚 3 篇			
5 刘隄	19 篇,亡佚	/	前 164—前 153	▲

作　者	篇名及存佚情况	前贤系年	笔者系年	备注
6 邹阳	《几赋》	前153	前153—前150	▲
	《酒赋》			▲
7 公孙乘	《月赋》			▲
8 路乔如	《鹤赋》			▲
9 公孙诡	《文鹿赋》			▲
10 羊胜	《屏风赋》			▲
	《月赋》	/		
11 枚乘	《七发》	前180、前165、前160、前156、前149、前144	前177—前162	▲
	《柳赋》	/	前153—前150	
	《笙赋》	前148	？—前140	
	《临灞池远诀赋》			
	《梁王兔园赋》	前153	前153—前144	
	亡佚4篇	/	？—前140	
12 庄夫子	《哀时命》	/	？—前144	▲
	亡佚23篇			
13 刘越	5篇，亡佚	前136	？—前136	▲
14 刘胜	《文木赋》	前154、前138	前154—前129	○
15 孔臧	《谏格虎赋》（《谏虎赋》）	前164、前138、前126		

（续表）

作　者	篇名及存佚情况	前贤系年	笔者系年	备注
15 孔臧	《蓼虫赋》	前 124	? —前 127	▲
	《鸮赋》			
	《杨柳赋》			
	亡佚 20 篇	/		
16 董仲舒	《士不遇赋》	前 125、前 123、前 121	前 124—前 123	○
17 刘安	《屏风赋》	/	? —前 122	▲
	《薰笼赋》			
	亡佚 80 篇			
18 淮南王群臣	44 篇,亡佚	/	前 164—前 122	▲
19 严助	35 篇,亡佚	前 122	前 135—前 122	▲
20 盛览	《列锦赋》	前 136、前 129	前 121—前 120	▲
21 刘彻	《悼王夫人赋》	前 121、前 113、前 111、前 105、前 104	前 119	▲
	亡佚 1 篇	/	? —前 87	
22 司马相如	《美人赋》(《好色赋》)	前 149—前 144、前 146、前 145、前 144、前 142、受金免官后	前 150—前 144	○
	《梓桐山赋》	/		▲
	《玉如意赋》			

（续表）

作　者	篇名及存佚情况	前贤系年	笔者系年	备注
22 司马相如	《子虚赋》	前 150—前 144、前 149—前 144、前 147、前 146、前 145	前 147—前 144	○
	《天子游猎赋》	前 140—前 138、前 138、前 137、前 136、前 135、前 134	前 138	
	《哀二世赋》	前 138、前 135 后、前 130、前 127、前 126		
	《长门赋》	前 130、前 129、前 128、前 129—前 127、受金免官后、孝文园令任上	前 130	
	《大人赋》	前 133、前 125、前 119、前 118	前 125	
	《难蜀父老》	前 135、前 130、前 129、前 128	前 120	▲
	《梨赋》	/	? —前 117	▲
	《鱼菹赋》			
	亡佚 18 篇			
23 庆虬之	《清思赋》	/	前 141—前 117	▲
24 吾丘寿王	15 篇	前 116	前 141—前 116	▲
25 朱买臣	3 篇,亡佚	/	? —前 115	▲

(续表)

作　者	篇名及存佚情况	前贤系年	笔者系年	备注
26 枚皋	《平乐馆赋》	/	前 140	▲
	《皇太子生赋》	前 128	前 128	○
	《戒终赋》		前 128	
	《宣房赋》		前 109	▲
	《甘泉赋》、《雍赋》、《河东赋》、《封泰山赋》、《校猎赋》、《蹴鞠赋》等	/	前 140—?	
	亡佚 110 篇			
27 周长孺	2 篇,亡佚	/	前 154—前 141	▲
28 兒宽	2 篇,亡佚	/	? —前 103	▲
29 司马迁	《悲士不遇赋》	前 104、前 99、前 97、前 93、前 91	前 99	○
	亡佚 7 篇	/	?	
30 东方朔	《猎赋》	前 130	前 137	▲
	《皇太子生赋》	前 128	前 128	○
	《答客难》	前 124、前 119、前 110、前 104—前 100、前 108、前 102—前 97	前 122	▲
	《非有先生论》	前 125、前 104—前 100、前 108、前 102—前 97	前 110—前 100	

（续表）

作　者	篇名及存佚情况	前贤系年	笔者系年	备注
30 东方朔	《七谏》	/	?—前88	▲
	《屏风赋》			
	《殿上柏柱赋》			
	《封泰山》、《责和氏璧》、《平乐观》、《从公孙弘借车》、《大言赋》等。			
31 庄忽奇	11 篇,亡佚	/	前141—前87	▲
32 臣说	3 篇,亡佚	/	前141—前87	▲
33 刘辟疆	8 篇,亡佚	前85	?—前85	▲
34 眭弘	1 篇,亡佚	/	?—前78	▲
35 刘德	9 篇,亡佚	前56	前107—前56	▲
36 王褒	《甘泉赋》	前64、前61、前59、前57	前53	○
	《洞箫赋》	前64、前59、前57、前53		○
	亡佚 14 篇	/	?—前53	▲
37 张子侨	3 篇,亡佚	/	前74—前49	▲
38 李步昌	2 篇,亡佚	/	前74—前49	▲
39 华龙	2 篇,亡佚	/	前74—前33	▲
40 刘向	《请雨华山赋》	/	前61	▲
	《雅琴赋》《琴赋》		?—前7	
	《芳松枕赋》			
	《麒麟角杖赋》			

（续表）

作　者	篇名及存佚情况	前贤系年	笔者系年	备注
40 刘向	《合赋》	/	？—前 7	▲
	《行过江上弋雁赋》			
	《行弋赋》			
	《弋雌得雄赋》			
	《雁赋》			
	亡佚 24 篇			
41 萧望之	4 篇,亡佚	/	前 96—前 47	▲
42 张丰	3 篇,亡佚	/	前 55—前 30	▲
43 刘钦	2 篇,亡佚	/	前 63—前 28	▲
44 杜参	2 篇,亡佚	/	？—前 24	▲
45 班婕妤	《捣素赋》	前 18	前 17—前 16	▲
	《自悼赋》（《自伤赋》）	前 18、前 16		
46 佚名	《神乌赋》	西汉后期、成帝置"贼曹"后、西汉中晚期到王莽 时、前 80—前 26、前 10、扬雄《逐贫赋》后、东汉	前 58—前 10	▲
47 徐明	3 篇,亡佚	/	前 49—前 7	▲
48 冯商	《灯赋》	/	前 26—前 7	▲
	亡佚 8 篇			
49 虞公	《丽人歌赋》		？—前 7	▲
50 桓谭	《仙赋》《集灵宫赋》	前 13、前 11、前 7	前 7	○
	起码 1 篇,亡佚	/		▲

（续表）

作　者	篇名及存佚情况	前贤系年	笔者系年	备注
51 刘歆	《灯赋》	/	前 26—前 7	
	《遂初赋》	前 6、前 4	前 5	▲
	《甘泉宫赋》	前 13、前 11	5	
52 扬雄	《蜀都赋》	前 34、前 24、前 17、前 16、前 14、前 13、前 10	前 44—前 17	▲
	《甘泉赋》《河东赋》	前 14、前 13、前 12、前 11	前 13	○
	《羽猎赋》	前 14、前 13、前 12、前 11、前 10	前 21—前 16	▲
	《校猎赋》	/	前 12	
	《长杨赋》	前 13、前 12、前 11、前 10、前 8	前 11	○
	《都酒赋》《酒赋》、《酒箴》)	前 16、前 11、前 9、前 8、前 7	前 12	▲
	《解嘲》	前 6、前 5、前 4、前 3、前 2、前 1	前 2	○
	《解难》	前 6、前 5、前 4、前 3、前 2、前 1		
	《太玄赋》	前 6、前 5、前 4、前 3、前 2、前 1		
	《逐贫赋》	前 34、前 14、1、11、12	11—13	▲
	《核灵赋》	/	?—18	
53 薛方	数十篇，亡佚	/	6—23	▲
54 崔篆	《慰志赋》	26、27	31—?	▲

（续表）

作者	篇名及存佚情况	前贤系年	笔者系年	备注
55 班彪	《北征赋》	24、25、39	26	▲
	《览海赋》	36、37	37	
	《冀州赋》（《游居赋》）	随隗嚣避乱北地时、37、39、53	53	○
56 冯衍	《显志赋》	25、与阴兴，阴就结交，光武惩西京外戚宾客前、老废于家时、52、54、55	53	▲
	《扬节赋》	52		
57 王隆	亡佚，少于或等于23篇。	/	25—56	▲
58 夏恭	亡佚，少于或等于20篇。	/	25—56	▲
59 卫宏	亡佚，少于或少于5篇	/	25—56	▲
60 夏牙	亡佚，少于或等于37篇。	/	稍后于25—56	▲
61 杨终	《雷赋》	/	50—56	
	《电赋》			
62 梁竦	《悼骚赋》	61、62	62	○
63 佚名士卒	《无题赋》	47—67	47—67	○
64 刘睦	赋颂数十篇，亡佚	/	25—73	▲
65 刘玄	《簧赋》	/	57—75	▲

（续表）

作　者	篇名及存佚情况	前贤系年	笔者系年	备注
66 杜笃	《论都赋》	43、44、53	44	○
	《众瑞赋》	/	74	▲
	《首阳山赋》	77—78、78	44 → 离京，二十余年→二次入京→77	
	《祓禊赋》（《上巳赋》）	63—78	70—77	
	《书捄赋》	/	？—78	
67 琅邪孝王京	亡佚	/	57—81	▲
68 东平王苍	亡佚	/	？—83	▲
69 班固	《幽通赋》	54、55	54—58	▲
	《两都赋》	60、64、65、66、68、69、70、69—75、75—76、83、85—86、和帝时	74	
	《答宾戏》	64、75、76、77	75	
	《耿恭守疏勒城赋》	76	76	
	《终南山赋》	54、55	86	○
	《白绮扇赋》	/	58—77	
	《竹扇赋》		77—88	

（续表）

作　者	篇名及存佚情况	前贤系年	笔者系年	备注
70 傅毅	《七激》	59、60、63、64	65	▲
	《神雀赋》	74	74	○
	《洛都赋》	66、65—83	64—77	▲
	《反都赋》	66、76、77	76、77	○
	《舞赋》	76—83		
	《琴赋》(《雅琴赋》)		? —91	▲
	《羽扇赋》	/		
	《郊祀赋》			
71 刘广世	《七兴》	/	64—91	▲
72 崔骃	《达旨》	59	73—75	
	《七依》	/	73—92	▲
	《反都赋》	57、66	74—92	
	《大将军临洛观赋》	90、92		
	《大将军西征赋》	89、90	90	○
	《武都赋》(《武赋》)	90		
73 王充	《果赋》	/	? —100	▲
74 黄香	《九宫赋》	/	? —106	▲
75 葛龚	《遂初赋》(《反遂初赋》)	/	88—112	▲
76 班昭	《大雀赋》	96、101	101	○
	《蝉赋》	/	95—105	▲
	《针缕赋》			
	《东征赋》	95、113	113	○

作　者	篇名及存佚情况	前贤系年	笔者系年	备注
77 王符	《羽猎赋》	/	123	▲
78 苏顺	《叹怀赋》	/	88—125	▲
79 李尤	《平乐观赋》	96	97	▲
	《东观赋》	96、101	101	○
	《辟雍赋》	96	102	▲
	《德阳殿赋》		101—106	
	《函谷关赋》	96、明帝时	96—126	
	《七叹》	/		
	《果赋》			
80 李胜	亡佚	/	约 96—126	▲
81 刘騊驗	《玄根赋》	/	？—126	▲
82 邓耽	《郊祀赋》	/	132	▲
83 张衡	《温泉赋》	93、94、95	95	○
	《定情赋》	97、99、晚年	？—99	
	《扇赋》	101		
	《南都赋》	97、110、113	103	▲
	《舞赋》（《观舞赋》、《七盘舞赋》）	123、124、128、130、晚年	104	
	《二京赋》	100、105、106、107、20 至 30 岁	105	
	《鸿赋》	100—108、127、128	100—108	○
	《羽猎赋》	早期、123、124、129、130	123	

（续表）

作　　者	篇名及存佚情况	前贤系年	笔者系年	备注
83 张衡	《应间》	126、128	131	▲
	《思玄赋》	132、134、135	134、135	○
	《七辩》	96、晚年	136	
	《冢赋》	137、138	137、138	
	《髑髅赋》			
	《归田赋》	135、138	138	
	《逍遥赋》	晚年		
84 边韶	《塞赋》	134	135—142	▲
85 崔瑗	《七苏》	/	?—143	▲
	其他赋作亡佚			
86 张升	《白鸠赋》	159	128—166	▲
87 崔琦	《白鹄赋》（《白鹤赋》）	136、146	144、145	▲
	《七蠲》	/	?—158	
88 朱穆	《郁金赋》	163	?—163	▲
89 马芝	《申情赋》	/	143—184	▲
90 王逸	《荔枝赋》	/	114—144	▲
	《机赋》（《机妇赋》）		99—?	
91 王延寿	《梦赋》	162	163、164	▲
	《鲁灵光殿赋》	162、165	165	○
	《千秋赋》	/	?—165	▲
	《王孙赋》			

（续表）

作　者	篇名及存佚情况	前贤系年	笔者系年	备注
92 马融	《长笛赋》	126	126	○
	《梁将军西第赋》（《梁冀西第赋》、《西第颂》、《梁大将军西第颂》）	147	150	▲
	《围棋赋》	/	? —166	
	《樗蒲赋》			
	《琴赋》			
	《龙虎赋》			
	《七厉》			
93 延笃	《应讯》	/	? —167	
94 桓麟	《七说》	/		
95 崔寔	《大赦赋》	99、157	147	▲
	《答讥》	/	164—170	
96 胡广	亡佚	/	? —172	▲
97 皇甫规	《芙蓉赋》	/	? —174	▲
98 郦炎	《七平》	176	176	○
99 桓彬	《七设》	/	142—178	▲
100 刘琬	《神龙赋》	/	176	▲
	《马赋》		181	
101 边让	《章华赋》（《章华台赋》）	未出仕时	182	▲

（续表）

作　者	篇名及存佚情况	前贤系年	笔者系年	备注
102 刘宏	《追德赋》	/	183	▲
	1篇,亡佚		182	
103 刘梁	《七举》	/	? —183	▲
104 韩说	亡佚	/	? —185	▲
105 刘陶	亡佚	/	146—185	▲
106 鸿都门学士	亡佚	/	178—189	▲
107 服虔	亡佚	/	? —189	▲
108 高彪	亡佚	/	175—189	▲
109 崔琰	《述初赋》	187、188、189—192	191	▲
110 蔡邕	《霖雨赋》	159	159	○
	《述行赋》	159、160	160	
	《释诲》	159、161、163、170	162—170	
	《青衣赋》	170、171	179	
	《琴赋》(《弹琴赋》)	/	? —192	
	《弹棋赋》		189	
	《汉津赋》			
	《短人赋》			
	《鲁灵光殿赋》		165—192	
	《伤故栗赋》			
	《检逸赋》(《静情赋》)	161	? —192	

作　者	篇名及存佚情况	前贤系年	笔者系年	备注
110 蔡邕	《笔赋》	/	？—192	○
	《蝉赋》			
	《协初赋》(《协和婚赋》)			
	《瞽师赋》			
	《团扇赋》			
	《玄表赋》			
	《长笛赋》			
111 张超	《诮青衣赋》	/	180—193	▲
112 赵岐	《蓝赋》	141	193	▲
113 祢衡	《鹦鹉赋》	198、199	197	▲
114 赵壹	《解摈》	167	165	▲
	《穷鸟赋》	167、173	167	○
	《刺世疾邪赋》	173	168	▲
	《迅风赋》	/	178—198	
115 张纮	《瑰材枕赋》(《柟榴枕赋》)	/	197—198	▲
	其他赋亡佚		？—211	
116 丁仪	《厉志赋》	/	？—220	▲
117 丁廙	《蔡伯喈女赋》	202、203、206、207、208	208	○
	《弹棋赋》	/	210	▲
118 夏侯惇	《弹棋赋》	/	210	▲

（续表）

作　者	篇名及存佚情况	前贤系年	笔者系年	备注
119 阮瑀	《纪征赋》	208	208	○
	《鹦鹉赋》		210	▲
	《止欲赋》	/	210	
	《筝赋》		? —212	
120 丁廙妻	《寡妇赋》	丁氏兄弟被杀后	213	▲
121 潘勖	《玄达赋》（《玄远赋》）	/	? —215	▲
122 曹操	《沧海赋》	206、207、212	206	○
	《登台赋》	210、212	212	
	《鹖赋》（《鹖鸡赋》）	/	216	▲
123 陈琳	《应讥》	199、208	190—192	▲
	《武军赋》	198、199	199	○
	《神武赋》	207	207	
	《止欲赋》	211	210	▲
	《鹦鹉赋》	211、212 前	210	
	《武猎赋》	213	213	○
	《柳赋》	215	215	
	《迷迭赋》	216	209—216	▲
	《悼龟赋》	214	211—216	
	《神女赋》	208、209、216	216	○
	《大暑赋》	216	216	
	《车渠椀赋》	216	216	
	《大荒赋》		? —217	▲
	《答客难》	/	2.3—217	
	《玛瑙勒赋》	211—216、216	213—216	

作　者	篇名及存佚情况	前贤系年	笔者系年	备注
124 王粲	《登楼赋》	204、205、206、207、208、滞居荆州后期、降曹后	205—207	○
	《酒赋》	/	208	▲
	《游海赋》	209	209	○
	《浮淮赋》		209	
	《初征赋》	208、209	209	
	《鹦鹉赋》	211、212 前	210	▲
	《弹棋赋》	/		
	《闲邪赋》		210	
	《征思赋》	211	211	○
	《出妇赋》	211 前、213、216	210—212	▲
	《寡妇赋》	212、212—216	213	
	《羽猎赋》	213		○
	《喜霁赋》	/	？ —217	▲
	《柳赋》	215	215	○
	《思友赋》	/	？ —217	▲
	《伤夭赋》			
	《迷迭赋》	216	209—216	
	《投壶赋》			
	《白鹤赋》	/		
	《围棋赋》			
	《莺赋》	216	211—216	
	《玛瑙勒赋》	211—216、216	213—216	
	《愁霖赋》	/	215—216	

（续表）

作　者	篇名及存佚情况	前贤系年	笔者系年	备注
124 王粲	《神女赋》	216	216	○
	《车渠椀赋》			
	《大暑赋》			▲
	《七释》	/		
	《槐树赋》	216		○
	《鹖赋》	/		▲
	《述征赋》		208—217	
125 应场	《校猎赋》	208—211、213	208	
	《正情赋》	/	210	▲
	《鹦鹉赋》	211、212 前	210	
	《西狩赋》	/	213	○
	《撰征赋》	205、207	215	▲
	《西征赋》	211、215		○
	《迷迭赋》	216	209—216	▲
	《愁霖赋》	213、216	215—216	
	《神女赋》	216	216	○
	《车渠碗赋》			
	《灵河赋》	/	? —217	▲
	《慜骥赋》	归曹前		
	《杨柳赋》	215		
	《赞德赋》		203—217	
	《驰射赋》	/	213、215、217	
	《释宾》		213—217	

(续表)

作　者	篇名及存佚情况	前贤系年	笔者系年	备注
126 刘桢	《瓜赋》	/	211—213	▲
	《大阅赋》	213	213	○
	《黎阳山赋》	203、214	215	▲
	《遂志赋》	208	210—216	
	《大暑赋》	216	216	○
	《清虑赋》	211	?—217	▲
	《鲁都赋》	/	217	
127 徐幹	《齐都赋》	/	207	▲
	《序征赋》	208	209	▲
	《正情赋》	/	210	▲
	《西征赋》	210、211	211	○
	《喜梦赋》(《嘉梦赋》)	/	216	▲
	《七喻》			
	《车渠椀赋》	216		○
	《橘赋》	/	?—218	▲
	《哀别赋》			
	《冠赋》			
	《圆扇赋》			
	《玄猿赋》			
	《漏卮赋》			
	《从征赋》			

（续表）

作　者	篇名及存佚情况	前贤系年	笔者系年	备注
128 繁钦	《述行赋》	192	198	▲
	《避地赋》			
	《愁思赋》	/	204	
	《征天山赋》	207、209、212	209	○
	《述征赋》	209	215	▲
	《暑赋》	216	216	○
	《柳赋》(《柳树赋》)	215		
	《建章凤阙赋》	/	? —218	▲
	《三胡赋》			
	《弭愁赋》	211		
	《桑赋》	/		
	《明□赋》			
129 卞兰	《赞述太子赋》	/	218—219	▲
130 杨修	《许昌宫赋》	/	196	▲
	《出征赋》	213、214	214	○
	《伤夭赋》	/	209—216	▲
	《神女赋》	216	216	○
	《暑赋》		216	
	《七训》	/	216	▲
	《节游赋》		218	
	《孔雀赋》	217、217—219	216—219	
	《鹦赋》	/	216	

（续表）

作 者	篇名及存佚情况	前贤系年	笔者系年	备注
131 刘协	《嘉瑞赋》	/	220	▲
132 曹丕	《沧海赋》	206、207、212	206	○
	《蔡伯喈女赋》	202、203、206、207、208	208	
	《述征赋》	208		
	《浮淮赋》（《沂淮赋》）	209	209	
	《弹棋赋》	203、207 前、211	210	
	《正情赋》	/	210	▲
	《戒盈赋》	217	211	○
	《感离赋》	211		
	《哀己赋》	215		▲
	《出妇赋》	211 前、213、216	210—212	
	《登台赋》	210、212	212	○
	《登城赋》	212、216		
	《临涡赋》	205、210、213		
	《校猎赋》	212、213、214、208—211、216	213	
	《寡妇赋》	212、212—216		▲
	《济川赋》	210、214	214	○
	《离居赋》	211、219		▲
	《玉玦赋》	215	215	○
	《柳赋》	214、215、226		

（续表）

作　者	篇名及存佚情况	前贤系年	笔者系年	备注
132 曹丕	《迷迭赋》	216	209—216	▲
	《悼夭赋》			
	《莺赋》	211、黄初间	211—216	
	《玛瑙勒赋》	211—216、216	213—216	
	《愁霖赋》	207、212、213、216、220	215—216	
	《槐赋》	214、216	216	○
	《大暑赋》	206、214、216		
	《车渠椀赋》	209、216		
	《永思赋》	220	220	
	《思亲赋》	/		▲
	《喜霁赋》	213、220		○
133 曹植	《酒赋》	/	208	
	《鹦鹉赋》	209—211、211、212前	210	▲
	《静思赋》	211	210	
	《离思赋》		211	○
	《述行赋》	211、215、218		
	《述征赋》	211		
	《出妇赋》	211前、213、216	210—212	▲
	《登台赋》	212	212	○
	《叙愁赋》	213、214	213	
	《感婚赋》	/	211—214	▲

作　者	篇名及存佚情况	前贤系年	笔者系年	备注
133 曹植	《东征赋》	214	214	○
	《游观赋》			
	《迷迭香赋》	216	209—216	▲
	《神龟赋》	/	211—216	
	《洛阳赋》	211		
	《愁霖赋》	207、212、213、216、220	215—216	
	《思归赋》	/		
	《藉田赋》	216	216	○
	《大暑赋》			
	《慰子赋》	215、216		
	《槐赋》	216		
	《车渠椀赋》			
	《鹞赋》	/		▲
	《七启》	210、213		
	《娱宾赋》	211	211—217	
	《宴乐赋》	/		
	《释思赋》		204—217	
	《橘赋》	217	212—217	
	《宝刀赋》	216	216—217	
	《节游赋》	217—219	218	

（续表）

作　者	篇名及存佚情况	前贤系年	笔者系年	备注
133 曹植	《九华扇赋》《扇赋》	/	211—218	▲
	《离缴雁赋》		208—219	
	《孔雀赋》		216—219	
	《芙蓉赋》		? —220	
	《喜霁赋》	220	220	○

未计入表格者（计 369 篇）：

（一）赋作者生卒年不可考者：134.蔡甲赋 1 篇；135.臣婴齐赋 10 篇；136.臣吾赋 18 篇；137.苏季赋 1 篇；138.李息赋 9 篇（西汉人）；139.朱宇赋 3 篇；140.长沙王群臣赋 3 篇；141.魏内史赋 2 篇；142.延年赋 7 篇；143.李忠赋 2 篇；144.张偃赋 2 篇；145.贾充赋 4 篇；146.张仁赋 6 篇；147.秦充赋 2 篇；148.谢多赋 10 篇；149.锜华赋 9 篇；150.别栩阳赋 5 篇；151.臣昌市赋 6 篇；152.臣义赋 2 篇；153.王商赋 13 篇；154.徐博赋 4 篇；155.王广、吕嘉赋 5 篇；156.路恭赋 8 篇；157.侯瑾《筝赋》、《应宾难》；158.廉品《大傩赋》（25 家 135 篇）。

（二）作者、作年均不可考者："客主赋" 18 篇；"杂行出及颂德赋" 24 篇；"杂四夷及兵赋" 20 篇；"杂中贤失意赋" 12 篇；"杂思慕悲哀死赋" 16 篇；"杂鼓琴剑戏赋" 13 篇；"杂山陵水泡云气雨旱赋" 16 篇；"杂禽兽六畜昆虫赋" 18 篇；"杂器械草木赋" 33 篇；"大杂赋" 34 篇；"成相杂辞" 11 篇；"隐书" 18 篇（233 篇）。

总计：赋家 158 家（不包含作者作年均不可考者）；赋篇目 1273 篇。薛方、王隆、夏恭、卫宏、夏牙、刘睦、琅邪孝王京、东平王苍、李胜、崔瑗（除《七苏》外其他赋作）、胡广、韩说、刘陶、鸿都门学士、服虔、高彪、张纮除《玫瑰材枕赋》外其他赋作，涉 17 家赋作数量无法统计，未纳入上述所计中。

主要参考文献

古　籍

经

吴棫《韵补》,宋刻本。

顾炎武《音学五书·唐韵正》,观稼楼仿刻本。

史

司马迁《史记》,中华书局 1959 年。

班固《汉书》,中华书局 1962 年。

刘珍等《东观汉记》,清《武英殿聚珍版丛书》本。

陈寿《三国志》,中华书局 1959 年。

常璩《华阳国志》,《四部丛刊》景明钞本。

荀悦、袁宏《两汉纪》,中华书局 2002 年。

范晔《后汉书》,中华书局 1965 年。

周天游辑《八家后汉书辑注》,上海古籍出版社 1986 年。

郦道元《水经注》,清《武英殿聚珍版丛书》本。

魏徵等《隋书》,清乾隆武英殿刻本。

杨侃《两汉博闻》,商务印书馆民国二十六年。

王十朋《会稽三赋》,清嘉庆刻本。

徐天麟《西汉会要》,中华书局 1955 年。

徐天麟《东汉会要》,上海古籍出版社 1978 年。

马端临《文献通考》,清浙江书局本。

赵一清《三国志注补》,清《广雅书局丛书》本。

沈钦韩《后汉书疏证》,清光绪二十六年浙江官书局刊本。

姚振宗《后汉书艺文志》,民国《适园丛书》本。

姚振宗《隋书经籍志考证》,民国《师石山房丛书》本。

王先谦《汉书补注》,清光绪刻本。

梁玉绳《史记志疑》,中华书局 1981 年。

梁玉绳《史记汉书诸表订补十种》,中华书局 1982 年。

　　子

孔鲋《孔丛子》,《四部丛刊》景明翻宋本。

扬雄《法言义疏》,民国本。

葛洪《西京杂记》,《四部丛刊》景明嘉靖本。

杜公瞻《编珠》,清康熙三十七年刻本。

欧阳询《艺文类聚》,景宋刻本。

徐坚《初学记》,清光绪孔乐三十三万卷堂本。

李昉《太平御览》,《四部丛刊三编》景宋本。

苏易简《文房四谱》,清《十万卷楼丛书》本。

吴淑《事类赋》,宋绍兴十六年刻本。

黄朝英《靖康缃素杂记》,清《守山阁丛书》本。

范公偁《过庭录》,清咸丰浮溪精舍刻本。

洪迈《容斋随笔》,清修明崇祯马远调刻本。

张玉书等《佩文韵府》,上海古籍书店景《万有文库》本。

　　集

屈原等《楚辞》,《四部丛刊》景明翻宋本。

王洲明、徐超《贾谊集校注》,人民文学出版社 1996 年。

吴云、李春台《贾谊集校注》,天津古籍出版社 2010 年。

金国永《司马相如集校注》,上海古籍出版社 1993 年。

李孝中《司马相如集校注》,巴蜀书社 2000 年。

张连科《司马相如集编年笺注》,辽海出版社 2003 年。

傅春明《东方朔作品辑注》,齐鲁书社 1987 年。

张震泽《扬雄集校注》,上海古籍出版社 1993 年。

郑文《扬雄文集笺注》,巴蜀书社 2000 年。

林贞爱《扬雄集校注》,四川大学出版社 2001 年。

白静生《班兰台集校注》,中州古籍出版社 1991 年。

张震泽《张衡诗文集校注》,上海古籍出版社 1986 年。

邓安生《蔡邕集编年校注》,河北教育出版社 2002 年。

俞绍初《建安七子集》,中华书局 1989 年。

吴云等《建安七子集校注》,天津古籍出版社 2005 年。

夏传才、唐绍忠《曹丕集校注》,中州古籍出版社 1992 年。

易健贤《魏文帝集全译》,贵州人民出版社 1998 年。

魏宏灿《曹丕集校注》,安徽大学出版社 2009 年。

赵幼文《曹植集校注》,人民文学出版社 1998 年。

韩格平、沈薇薇、韩璐、袁敏《全魏晋赋校注》,吉林文史出版社
　　2008 年。

萧统《文选》,胡刻本。

何沛雄《汉魏六朝赋论集》,台北联经 1990 年。

佚名《古文苑》,《四部丛刊》景宋本。

杜甫撰、吕大防注《分门集注杜工部诗》,《四部丛刊》景宋刊本。

张溥辑《蔡中郎集》,《四部丛刊》景明活字本。

吴讷《文章辨体》,明天顺刻本。

孙星衍《续古文苑》,清嘉庆刻本。

严可均《全上古三代秦汉三国六朝文》,民国十九年景清光绪二十
　　年黄冈王氏刻本。

浦铣《复小斋赋话》,清乾隆五十三年刻本。

浦铣《历代赋话》,清乾隆五十三年刻本。

浦铣《续历代赋话》,清乾隆五十三年刻本。

陆萊《历朝赋格》,清康熙间刻本。

张惠言《七十家赋钞》,清道光元年合河康氏家塾刻本。

梁章钜《文选旁证》,清道光刻本。

胡绍煐《文选笺证》,清光绪《聚轩丛书》第五集本。

　　备注:不加说明之古籍为文渊阁《四库全书》本。

现当代专著

陈去病《辞赋学纲要》,国光书局 1927 年。

陶秋英《汉赋之史的研究》,中华书局 1939 年。

铃木虎雄《赋史大要》,正中书局 1942 年。

孙文青《张衡年谱》,商务印书馆 1956 年。

邓永康《魏曹子建先生植年谱》,台湾商务印书馆 1981 年。

张可礼《三曹年谱》,齐鲁书社 1983 年。

钟肇鹏《王充年谱》,齐鲁书社 1983 年。

刘知渐《建安文学编年史》,重庆出版社 1985 年。

陆侃如《中古文学系年》,人民文学出版社 1985 年。

张可礼《建安文学论稿》,山东教育出版社 1986 年。

何沛雄《汉魏六朝赋家论略》,台湾学生书局有限公司 1986 年。

李曰刚《辞赋流变史》,文津出版社 1987 年。

马积高《赋史》,上海古籍出版社 1987 年。

吴文治《中国文学史大事年表》,黄山书社 1987 年。

姜书阁《汉赋通义》,齐鲁书社 1988 年。

刘斯翰《汉赋——唯美文学之潮》,广州文化出版社 1989 年。

许结《张衡评传》,南京大学出版社 1991 年。

康金声《汉赋纵横》,山西人民出版社 1992 年。

王兴国《贾谊评传》,南京大学出版社 1992 年。

简宗梧《汉赋史论》,东大图书公司 1993 年。

钟肇鹏、周桂钿《王充、桓谭评传》，南京大学出版社 1993 年。
费振刚、胡双宝、宗明华《全汉赋》，北京大学出版社 1993 年。
郑竞《全汉赋》，之江出版社 1994 年。
李景华《建安文学述评》，首都师范大学出版社 1994 年。
王青《扬雄评传》，南京大学出版社 2000 年。
顾农《建安文学史》，湖南教育出版社 2000 年。
程章灿《魏晋南北朝赋史》，江苏古籍出版社 2001 年。
蔡辉龙《两汉名家田猎赋研究》，天工书局 2001 年。
陈其泰、赵永春《班固评传》，南京大学出版社 2002 年。
曹道衡、沈玉成《中古文学史料丛考》，中华书局 2003 年。
龚克昌《全汉赋评注》，花山文艺出版社 2003 年。
龚克昌《中国辞赋研究》，山东大学出版社 2003 年。
万光治《汉赋通论》，中国社会科学出版社、华龄出版社 2004 年。
费振刚、仇仲谦、刘南平《全汉赋校注》，广东教育出版社 2005 年。
程章灿《赋学论丛》，中华书局 2005 年。
徐兴无《刘向评传》，南京大学出版社 2005 年。
刘跃进《秦汉文学编年史》，商务印书馆 2006 年。
石观海《中国文学编年史·汉魏卷》，湖南人民出版社 2006 年。
刘南平、班秀萍《司马相如考释》，天津古籍出版社 2007 年。
踪凡《汉赋研究史论》，北京大学出版社 2007 年。
孙晶《汉代辞赋研究》，齐鲁书社 2007 年。
伏俊琏《俗赋研究》，中华书局 2008 年。
刘汝霖《汉晋学术编年》，华东师范大学出版社 2010 年。
王巍《曹氏父子与建安文学》，辽海出版社 2011 年。
孔德明《汉赋的生产与消费研究》，光明日报出版社 2013 年。
马积高《历代辞赋总汇·先秦汉魏晋南北朝卷》，湖南文艺出版社
　　2014 年。

论　文

唐兰《扬雄奏〈甘泉〉、〈河东〉、〈羽猎〉、〈长扬〉四赋的年代》,《学原》
　　第十期,1948 年。

鲍格洛《桓谭疑年的讨论》,《杭州大学学报》,1962(1)。

廖国栋《张衡生平及其赋之研究》,1979 年台湾政治大学文学研究
　　所硕士论文。

束景南《〈太玄〉创作年代考》,《历史研究》,1981(5)。

徐公持《建安七子诗文系年考证》,《文学遗产》增刊第十四辑,1982
　　(2)。

沈伯峻《司马相如简论》,《西南师范学院学报》,1982(2)。

王以宪《扬雄著作系年》,《湘潭大学社会科学学报》,1983(3)。

曹淑娟《论汉赋之写物言志传统》,1983 年台湾师范大学国文研究
　　所硕士论文。

刘知渐《建安文学编年史》,《重庆师院学报》,1984(4)。

郑文《对扬雄生平与作品的探索》,《文史》第 24 辑,中华书局,
　　1985 年。

臧知非《桓谭生卒年考》,《徐州师院学报》,1987(4)。

胡德怀《论王粲赋》,《中国文学研究》,1988(2)。

林家骊《日本所存〈文馆词林〉中的王粲〈七释〉》,《文献》,1988(9)。

吴明贤《蔡邕赋论》,《四川师范大学学报》,1990(4)。

章沧授《论建安赋的新风貌》,《安庆师范学院学报》,1991(1)。

方铭《扬雄赋论》,《中国文学研究》,1991(1)。

黄开国《扬雄的著述活动与著作》,《成都大学学报》,1992(2)。

顾农《徐幹论》,《山东师大学报》,1992(3)。

阮忠《论建安赋风》,《许昌师专学报》,1992(4)。

顾农《应场论》,《临沂师专学报》,1993(1)。

毕万忱《三国赋的题材分类及其特征》,《社会科学战线》,1993(3)。

束景南《〈太玄赋〉非伪作辨》,《古籍整理研究学刊》,1993(5)。

顾农《蔡邕论》,《扬州师院学报》,1994(1)。

张子侠《桓谭生卒年驳议》,《安徽教育学院学报》,1997(2)。

孟祥才《扬雄述论》,《人文杂志》,1999(2)。

顾农《建安诗文系年新考二题》,《许昌师专学报》,1999(1)。

梁惠《曹植赋创作时期考略》,《殷都学刊》,2000 年。

富世平《论班彪的赋》,《华夏文化》,2001(12)。

张应斌《繁钦〈建章凤阙赋〉补辑》,《文献》,2002(4)。

王鹏廷《建安七子述论》,2002 年博士论文。

赵逵夫师《〈两都赋〉的创作背景、体制及影响》,《文学评论》,
    2003(1)。

赵逵夫师《赵壹生平著作考》,《文学遗产》,2003(1)。

吴莺莺《二曹辞赋论》,《合肥教育学院学报》,2003(3)。

赵逵夫师《汉晋赋管窥》,《甘肃社会科学》,2003(5)。

金昭希《曹丕诗赋研究》,台湾大学中国文学研究所 2003 年硕士
    论文。

张晓明《扬雄著作存佚考及系年研究》,《青岛大学师范学院学报》,
    2004(4)。

熊良智《扬雄"四赋"时年考》,《四川师范大学学报》,2005(3)。

多洛肯《扬雄辞赋创作论》,《新疆师范大学学报》,2005(3)。

万光治《司马相如〈大人赋〉献疑》,《四川师范大学学报》,2005(3)。

杨福泉《扬雄年谱考订》,《绍兴文理学院学报》,2006(1)。

李昊《司马相如生平考辨》,《中华文化论坛》,2006(3)。

张应斌《杨修文学三题》,《贵州文史丛刊》,2006(7)。

金前文《汉赋与汉代〈诗经〉学》,2006 年博士论文。

张永山《目录学家班固年谱》,《科技情报开发与经济》,2007(4)。

庄新霞《丁仪妻〈寡妇赋〉作者及相关问题考论》,《中国典籍与文

化》,2007(5)。

宋战利《曹丕研究》,2007 年博士论文。

王辉斌《建安七子作品辨伪》,《阜阳师范学院学报》,2008(1)。

许结《诵赋而惊汉主——司马相如与汉宫廷赋考述》,《四川师范大
　　学学报》,2008(4)。

赵洛《汉赋四题》,《山西社会主义学院学报》,2009(1)。

赵逵夫师《汉王朝的兴衰与汉赋的发展及转变》,《西北民族大学学
　　报》,2009(2)。

周进《建安赋研究》,2009 博士论文。

金璐璐《班昭及其著述研究》,2009 年博士论文。

杜松柏《司马相如〈难蜀父老〉的写作年代、文体与篇名考》,《学术
　　交流》,2009(11)。

熊良智《扬雄〈蜀都赋〉释疑》,《文献》,2010(1)。

陈君《〈两都赋〉的创作与东汉前期的政治倾向》,《文学评论》,2010
　　(2)。

易小平《关于扬雄四赋作年的两个问题》,《古籍整理研究学刊》,
　　2010(6)。

金前文《西汉蜀郡赋家赋作考》,《湖北工业大学学报》,2010(6)。

王芹《东汉安陵班氏家族的文学成就》,《黑龙江史志》,2010(15)。

董家平《曹丕赋释疑解惑》,《青海师范大学学报》,2011(1)。

万光治《汉赋存目补遗与辨证》,《四川师范大学学报(社会科学
　　版)》,2014(1)。

赵章超《刘向生平辨正两题》,《古籍整理研究学刊》,2014(3)。

后　记

　　本书在我博士学位论文《汉赋系年考校》基础上作了以下改动：一、增加了"有争议的赋作者"部分。二、论文的"汉赋作者、篇目、佚文辑佚"部分增补了较多内容，特别是根据史书中个人传记，考定薛方、王隆、夏恭、夏牙、卫宏、刘睦、琅邪孝王刘京、东平王刘苍、李胜、胡广、韩说、刘陶、服虔、高彪等均有赋作。三、博士论文对于不能确考写作时间的赋作，以赋作者二十岁至卒年为写作区间，但考虑到汉赋作者中早慧者较多，本书将其写作时间上限定为其生年后10年。四、本书所涉及的赋作家和赋作篇目数量较博士论文增加较多。五、博士论文中的"汉赋同题共作"纳入各作者研究部分。六、参考文献古籍部分按经、史、子、集重新排列。七、各作者后附上生卒年。八、增加2012年至2016年相关研究成果。九、个别地方微调。

　　2009年9月进入西北师范大学攻读博士学位，恩师赵逵夫先生从博士论文选题、结构框架、行文规范等各方面悉心指导，每次是写完一章先生修改一章，然后讨论前一章中存在的问题和后一章写作中需要注意的问题。当时先生年近七旬，但精神矍铄，思维敏捷。直到今天，先生高兴时爽朗的笑声仍如在耳侧。西北师范大学2009级中国古代文学、古典文献学、历史学同窗的关心与帮助，让远在他乡的我倍感温暖；师弟魏代富挤时间逐字逐句帮我修改近27万字的毕业论文，让我分外感动，其真知灼见，多有采纳；

台湾辅仁大学的谢文容、王徽桓两位师妹,在搜集台湾方面资料时提供了大力帮助,在此,致以诚挚谢意,并希望两岸学术交流能在我们新一代学人中得到继承和发展。2012 年 6 月论文答辩中暨南大学邓乔彬先生,兰州大学张崇琛先生,西北师范大学尹占华先生、伏俊琏先生、李占鹏先生、郝润华先生、张兵先生、韩高年先生等均提出很好的意见,对书稿的修改有很大帮助。2012 年 6 月我进入贵州师范大学工作,恩师赵逵夫先生仍多次指导书稿的修改,并叮嘱我扎实开展科研。由于工作和家庭事情较多,近几年科研进度有点慢,总觉得有愧于先生的期待,希望在以后的日子能更努力。

本书为教育部人文社会科学研究青年基金项目"汉赋系年考证"(编号:13YJC751041)结题成果,为国家社科基金项目《考古发现与汉赋研究》(编号:14BZW180)前期成果。本书得到贵州师范大学中国语言文学一级学科建设经费资助。书稿出版承蒙上海古籍出版社支持与帮助,在此表示诚挚的谢意!

彭春艳于林城贵阳·贵州师范大学吟峰苑

2016 年 4 月 21 日